JANINE MONTUPET

BAL AU PALAIS DARELLI

ROMAN

ROBERT LAFFONT

ISBN 2-221-08479-9

À Marie-Josèphe Bossan

Dans la Drôme...

Cernée à l'est par les hautes falaises des Alpes, une vaste plaine s'étale où coule, encaissée profondément, l'Isère. Sur les pentes roides qui mènent aux berges, Romans dispose le lacis de ses rues étroites, tortueuses, en escaliers parfois, serrées entre des maisons médiévales.

La vieille et rude église Saint-Barnard, du nom de l'évêque fondateur de la cité en 838, dresse sur le quai ses murailles épaisses comme celles d'une forteresse et, devant elle, un pont enjambe l'Isère et conduit à Bourg-de-Péage, petite ville voisine[1].

En cette fin du Second Empire, on recense 12 674 habitants à Romans. C'est là sans compter le plus célèbre, Jacques Marteau, dit Jacquemart, automate marteleur, qui, du haut de sa tour, frappe une cloche et déclenche ainsi la marche de l'horloge.

Jacquemart fait sonner les heures des deux cités qui s'affairent, la première dans la tannerie et la chaussure, la seconde dans le feutre et le chapeau.

1. J. Valdour, *Ouvriers catholiques et royalistes*, Flammarion.

1868-1878

« Nous avons fait des bottines bleues... [1] »

1. « Chanson écrite par le compagnon du devoir du Tour de France Savinien Lapointe », in *La Chaussure* par Michel Juignet, Paris, 1997.

Sébastien, le vieux portier, passa près de l'arbre comme s'il ignorait que les petites filles y étaient perchées. Il souriait. C'était une nuit sans lune et il avait la vue de plus en plus basse.

Ses maîtres lui diraient qu'à défaut de voir il pouvait entendre. Il avait, là aussi, la meilleure des excuses : qui ne devenait sourd après tant d'années passées en chapellerie devant ces gueulardes de machines à fouler le feutre ?

Deviner la présence d'Adélaïde et de Donatienne là-haut était facile, elles s'introduisaient toutes deux dans le parc à chaque réception donnée ici. Elles savaient où était la brèche dans le mur – dissimulée par les buis – jamais rebouchée, parce que, toujours, il pensait à la belle Marie-Ange et au sourire qu'elle lui aurait donné, en remerciement, pour avoir laissé ses petites escalader le tilleul et admirer ce qui se passait dans le grand salon de la grande maison du plus grand tanneur de la ville.

Le regard de la Marie-Ange, là, dans la nuit, il en voyait encore la lumière bleue, de ce bleu... Ah ! Il ne savait pas dire, mais, rien que d'y penser, ça lui faisait encore peine. Il n'avait aimé que cette femme. Et elle, elle n'avait aimé que son beau Valentin.

Comme il regagnait sa loge, Sébastien sourit à nouveau dans sa moustache. Il aurait parié, un sou, que les fillettes savaient qu'il les savait dans l'arbre, et que de leurs deux paires d'yeux – si semblables à ceux de leur mère – elles l'avaient, par gratitude, regardé comme le faisait la Marie-Ange de son vivant, quand elle lui disait : « Tu es brave, Sébastien, et si ça n'avait pas dû se faire, depuis toujours, entre Valentin et moi, peut-être que... »

Peut-être... autrefois... mais, ce soir, il gelait à faire chuter, raides morts, tous les oiseaux des arbres, et l'Adélaïde et la Donatienne allaient s'attraper du mal à vouloir contempler le beau monde. Sûr, elles ne se souvenaient déjà plus que père, mère et frères étaient tombés sous les coups de faux de cette tueuse qu'on appelait maintenant tuberculose : la belle Marie-Ange, son Valentin et deux de leurs petits. C'est oublieux, ces jeunesses d'à peine sept et huit ans, et celles-là ne pensaient qu'à s'étourdir de musique, transies pourtant de froid mortel qu'elles devaient être.

Sébastien voulut alors rebrousser chemin pour tenter de les faire rentrer chez elles – les grands yeux bleus d'une mère inquiète l'en suppliaient. Mais, à cet instant, la sonnette des maîtres retentit : on avait besoin de lui pour réapprovisionner en bûches les cheminées. Comme si, à tant se trémousser dans les salons, on n'avait pas assez chaud ! Mais il sourit encore, parce qu'il allait regarnir aussi les feux des cuisines, et la Mathurine lui donnerait – si elle était en belle humeur – des restes revenus de la salle à manger dans les assiettes des invités. Il y aurait sûrement là un morceau de gâteau. Il le porterait à ses deux oisillons morfondus.

Elles tenaient, serrée contre elles, emprisonnée dans leurs mains, la pomme de terre cuite sous la cendre, brûlante encore, qui était chaufferette et deviendrait souper. Elles s'étaient querellées à ce sujet avant de partir. Adélaïde prétendait la sienne plus petite que celle de sa sœur. C'était faux, elles le savaient l'une et l'autre.

Et maintenant, battant des jambes en mesure sur un air de polka, Adélaïde lançait quelques coups de pied à Donatienne à cheval sur une branche, en contrebras.

Si la musique leur parvenait, elles voyaient mal les danseurs. Bien qu'ils ne fussent pas complètement tirés, les rideaux du salon ne permettaient que d'entrevoir un pan de crinoline rose, verte, bleue, l'épaulette d'or d'un militaire, le drap noir d'un habit, une cravate blanche. Parfois, la vision fugitive d'un visage de femme, surmonté d'une brillante chevelure mêlée de fleurs ou de rubans, leur faisait pousser un cri de joie.

Comme elles mangeaient leur pomme de terre, Adélaïde, entre deux longues et savoureuses mastications, affirma que rien, nulle part et jamais, ne pourrait être plus beau qu'un bal. Elle irait, quand elle serait grande et riche, à tous ceux de la terre. Alors Donatienne, parlant pour la première fois, murmura :

– Moi aussi.

Quand un air de valse s'empara de l'arbre, ce fut, pour Adélaïde, comme si les branches dénudées, malgré leur apparence quasi morte, dansaient aussi. Et elle se mit à voltiger de l'une à l'autre.

Donatienne, inquiète, disait :

– Tu vas tomber... tu vas tomber.

Et Adélaïde tomba. Dans un grand craquement de bois brisé qui, un instant, domina la musique, et fut suivi de hurlements.

Là-bas, aux cuisines, Mathurine, en meilleure humeur encore que ne l'avait espéré Sébastien, lui offrit à souper avec l'une de ces chopines de petit blanc de Peyrins auxquelles il ne savait guère résister. Il en oublia, un temps, Marie-Ange, ses beaux yeux, et ses deux filles dans leur tilleul.

À la même heure, dans la même ville de Romans-sur-Isère, Calixte Royer, long et mince garçon de seize ans, refermait derrière lui la porte de l'hôpital. Là venaient de s'éteindre, dans d'atroces souffrances, son frère aîné et sa mère, mordus par le même chien enragé trois semaines auparavant.

Le froid qui l'accueillit eût pu geler des larmes sur son visage, s'il en avait encore à verser. Mais il avait pleuré à gros sanglots, longtemps, dissimulé par les rideaux de toile blanche du lit de ses deux morts. Il offrit, à la bise qui glaçait les rues, des yeux secs où le désespoir était soudain dominé par la colère : il haïrait les chiens jusqu'à son dernier souffle.

Ce fut à cet instant que son ange gardien, pour éloigner, peut-être, ce ressentiment de son cœur, projeta vers Calixte une boule de poils blancs qui vint heurter sa jambe.

Plus réflexe que réflexion, le coup de pied du jeune homme fut immédiat et violent.

La bête gémit, resta un temps immobile, puis s'ébroua et se mit à suivre le garçon. À respectueuse distance tout d'abord et, très vite, de plus en plus près. Calixte lui jeta une pierre ramassée en chemin. Le chien l'esquiva. Et comme, par une nuit sans lune, il est difficile de trouver des projectiles et d'atteindre son but, Calixte se contenta d'accélérer sa marche.

L'animal entendit, le premier, les hurlements d'Adélaïde et les appels au secours de sa sœur. Il s'arrêta et aboya.

Les deux enfants, l'une soutenue par l'autre, avaient réussi à sortir du parc et à regagner la rue. Se précipitant vers le jeune homme, Donatienne dit qu'il fallait, vite, vite, du secours.

Le petit chien blanc, toujours là, regardait.

Calixte prit Adélaïde dans ses bras et, suivi de Donatienne et de l'animal, refit en sens inverse le chemin qu'il venait de parcourir.

En vue de l'hôpital, comme la blessée cessait un instant de gémir et de pleurer, il lui demanda comment elle était tombée. Elle dit qu'elles étaient toutes deux dans l'arbre, à regarder danser le monde, quand sa sœur l'avait poussée.

Donatienne eut un cri de révolte que personne n'entendit sauf, peut-être, le petit chien. On arrivait, et Calixte remit la fillette aux religieuses soignantes. Puis il se tourna vers Donatienne. Elle murmura :

– Ce n'est pas moi ! Le bon Dieu et le tilleul le savent. Elle est tombée parce qu'elle voulait danser dans l'arbre.

Laquelle mentait ? Alors, peut-être pour ne pas repartir tout de suite, et se sentir trop seul, comme il allait l'être désormais, Calixte demanda à Donatienne pourquoi elle ne se défendait pas mieux, si elle était innocente.

– Adélaïde n'a pas dit que je l'avais poussée en patois. Elle l'a juste dit en français.

La fillette avait parlé assez bas. Elle dut penser que ce jeune homme, si gentil, n'avait pas entendu, elle répéta :

– Elle ment en français, mais pas en patois.

Calixte regarda le petit visage levé vers lui : minuscule nez rouge de froid, joues trop blanches, clarté bleue des yeux et broussaille blonde surmontant tout cela. La sœur, la blessée, et peut-être la menteuse – en français ! –, il lui semblait qu'elle était brune. Toutes deux, à voir leurs pauvres vêtements, paraissaient encore plus misérables que lui.

Il ne demanda pas pourquoi celle qui se nommait Adélaïde prenait des libertés avec la vérité dans une langue et pas dans l'autre. Il se le rappelait, il avait lui aussi, autrefois, respecté le dialecte des parents, ne se permettant de jurons qu'en français. À ce souvenir, son chagrin, un bref instant oublié, lui retomba sur le cœur. Il se sentit à nouveau pris dans un tourbillon de désespoir qui le fit, brusquement, quitter l'hôpital, sans trop savoir où il allait.

Au-dehors, le petit chien, transi, l'attendait et agita la queue en le voyant paraître.

Comme il venait de le faire pour l'enfant blonde, Calixte

regarda avec plus d'attention la touffe immaculée de poils bouclés, le museau et les yeux noirs. Il n'avait jamais vu, en ville, un chien de cette race. Laquelle, d'ailleurs ? C'était sans doute le chiot égaré de quelque dame des riches quartiers. Mais pourquoi cette bête s'attachait-elle à ses pas ? Et juste ce soir où il se sentait l'envie d'exterminer tout ce qui aboyait et mordait ?

Dans le profond silence des rues désertes et glacées, Calixte décida de courir, à la fois pour se réchauffer et semer cette chose blanche qui roulait derrière lui. De si courtes pattes n'arriveraient pas à suivre son train accéléré. Et il perdit la bête de vue. Mais, comme il mettait la clef dans sa serrure, telle une boule de neige lancée vers lui, elle vint, à nouveau, atterrir à ses pieds, essoufflée, haletante et joyeuse.

Au-delà de la porte qu'il ouvrait, Calixte savait que seuls désespoir et solitude l'attendaient. Et ce qui frétillait là, à ses pieds, paraissait ne demander qu'à en prendre sa part. Alors, il laissa entrer le chien.

Dès qu'il fut couché dans cette chambre où, il y avait trois semaines à peine, ils vivaient heureux, sa mère, son frère et lui, Calixte ne put étouffer une nouvelle montée de sanglots. Il sentit à cet instant, sur son visage, une petite langue qui séchait ses larmes.

C'est l'un contre l'autre, l'un réchauffant l'autre, que l'animal et lui s'endormirent.

Calixte rêva que l'enfant tombée de l'arbre demandait en patois, entre deux hurlements, si elle pourrait encore danser, plus tard, malgré sa jambe fracturée. Sa sœur le lui affirmait, mais en français. Alors les cris de la blessée redoublaient.

– On me l'a donné.

Calixte se reprocha aussitôt d'avoir menti. Avec Josépha c'était inutile. Elle savait tout. Ou devinait. Déjà elle disait :

– Si on te l'a donné, ce chien – elle n'y croyait guère, cela se lisait dans son regard débordant d'ironie –, si on te l'a donné, c'est pour une mauvaise raison. Va savoir s'il n'a pas été volé. Parce qu'il vaut cher, ce cabot, frisé au petit fer qu'il est et plus blanc que pain blanc.

Elle riait. Elle était là depuis l'aurore, derrière sa fenêtre, dans son fauteuil d'osier, à surveiller. On le disait dans la ville, le tanneur Oscar Boulard n'avait nul besoin de gardien, homme ou chien, il avait sa plantureuse belle-mère qui en tenait lieu. On disait aussi qu'il exposait – au grand air, dès les beaux jours – la vieille femme à demi impotente, comme les peaux sur les étendoirs, dans l'espoir de la voir se dessécher elle aussi. Espoir déçu, toute l'humidité que l'air enlevait aux cuirs mouillés semblait la gonfler plus encore.

Elle était la terreur des six ouvriers du père Boulard. Mystérieusement en accord avec le déroulement du temps, plus régulière encore que Jacquemart qui, parfois, oubliait de marteler la cloche. Sans posséder ni montre ni pendule, elle savait l'heure à quelques minutes près et, quand elle disait : « Toi, le Benoît, encore en retard, je te signale au patron », on savait qu'elle le ferait.

Un seul avait eu grâce à ses yeux : Eudes Royer, le père de Calixte, si séduisant avec sa mousseuse moustache d'or. Et si fort aussi, capable de sortir les plus lourdes peaux de bêtes trempant dans l'eau de la Savasse[1] comme fétus de paille. Il était le seul qu'elle ait jamais vu écrire son nom à la craie, sur un mur, avec un poids de vingt kilos attaché à son poignet. Apprendre sa mort, dans cette lointaine Afrique – où la France guerroyait Dieu sait pourquoi –, était le seul événement qui ait pu faire basculer les croyances de Josépha. Quand elle pensait au bel ouvrier tanneur, au déporté politique perdu à l'autre bout du monde, elle ne le voyait pas en colon bêchant la terre, mais en fier guerrier, moustache au vent, pourfendant l'ennemi et quasiment immortel. C'était en souvenir de lui qu'elle avait laissé sa femme et ses deux fils occuper la chambre accordée autrefois et qu'ils auraient dû quitter dès son départ.

Calixte s'éloignait, le chien sur ses talons, et Josépha dit encore :

– Si tu vas voir ton vieux fou d'Allemand, demande-lui...

La fin de la phrase fut happée par des cris d'enfants s'amusant à bombarder de pierres les glaçons que charriait la rivière.

Elle devinait, bien sûr, qu'il allait chez Ulrich Steiner. Il est vrai que c'était facile, Ulrich était le meilleur ami de Calixte, et comme elle savait tout...

Le petit chien filait soudain vers le centre de la ville. Le jeune

1. Rivière qui traverse le quartier de la Prêle, à Romans, et au bord de laquelle les tanneurs étaient groupés avant 1900.

homme s'élança à sa poursuite, s'apercevant qu'il n'avait pas envie de le perdre.

– Comprenez-vous ça, monsieur Ulrich ? dit-il dès qu'il eut franchi la porte de l'horlogerie du Suisse – né à Fribourg et non en Allemagne ainsi que le voulait absolument Josépha –, comprenez-vous qu'après la mort des miens dans les conditions que vous savez je m'attache à un chien ?

– Sais-tu ce que dit M. Arthur Schopenhauer dont je t'ai déjà parlé ? Il affirme que s'il n'y avait pas de chiens il n'aimerait pas à vivre. Et t'ai-je dit comment il appelait le sien, cet homme dont tu n'as peut-être pas oublié qu'il est le plus pessimiste des philosophes ? Atma, âme du monde, en langage des Indes...

Alors, ce matin-là, prenant peut-être la chose avec cette joie de vivre qui paraissait le caractériser, le chiot envoyé par son destin à Calixte fut baptisé Atma lui aussi.

Ce fut Atma, alors qu'ils s'en revenaient tous deux chez eux, qui reconnut la petite Donatienne dans la rue et vint lui faire fête.

– Et comment va la blessée ? demanda Calixte.

– Ils ont dit à l'hôpital qu'elle resterait boiteuse.

Lorsque celle qu'elles appelaient la tante Thérèse – une cousine de leur mère – les avait recueillies, Adélaïde et Donatienne s'étaient faites aussi petites que possible pour trouver leur place dans l'exiguïté de l'unique pièce qu'elles se partageraient à trois. Il eût été préférable de dire à quatre. Parce que la tante Thérèse travaillait chez elle avec une machine à coudre le cuir occupant déjà son territoire respecté et immuable.

L'engin les avait fascinées. Peu encore, dans la ville, pouvaient se permettre d'en louer un, comme la tante Thérèse si excellente et si renommée piqueuse de bottines qu'elle ne manquait jamais de besogne.

Picapica, ainsi avaient-elles nommé leur amie la machine, dont elles furent très vite chargées de prendre soin. Ce qui voulait dire la faire propre comme un sou neuf dès que la tante avait fini son travail. Souffler sur les moutons que les cuirs, les tissus ou les fils avaient laissés derrière eux, traquer le moindre flocon de poussière, puis huiler, juste là où il fallait, en prenant bien garde que la plus invisible des gouttes de gras ne subsiste et ne tache les tiges que tante Thérèse piquait à toute allure, comme si le vent la poussait.

En récompense de leurs soins, la machine, chaque soir, pendant qu'elle s'activait, leur chantait sa petite chanson qui endormait si bien.

La seconde merveille qu'elles devaient à leur mère adoptive, c'était cette rue Bistour où elles habitaient désormais. Une rue pas comme les autres : un ruisseau y courait sous le trottoir. Et on avait aménagé là, bien en rang, quantité de petits lavoirs juste pour une personne – un ou deux par maison – couverts chacun d'une dalle.

Bien sûr, il ne fallait pas se tromper et soulever celle de la maison voisine, cela faisait toujours s'ouvrir une fenêtre avec une femme s'y penchant pour vous crier : « Eh ! petite, ici c'est le n° 6 et pas le 4 et toi tu es du 4 ! »

Adélaïde ne pouvant le faire que très rarement, à cause de ses rhumes et de sa toux, c'était Donatienne qui lavait le linge. Elle aimait à se retrouver alignée avec les autres laveuses, comme les hirondelles perchées sur le bord de la gouttière d'un toit, de l'autre côté de la rue.

Il s'en racontait des histoires, il s'en chantait des chansons tout au long de cette rangée de femmes. Donatienne chantait aussi, en essayant de taper de son battoir aussi fort que ses compagnes. Et quand la voisine de droite, à la belle saison, sortait son pot de réséda pour lui offrir de la lumière et de l'eau, c'était une fête. Parce que rien ne sentait aussi bon que le réséda quand il était heureux, dans le soleil, à boire sa bonne rasade puisée dans le ruisseau.

En bas de la rue, il y avait aussi une vieille qui arrivait avec son basilic. La plante devenait si énorme dès la première quinzaine de juin qu'on pouvait en chiper une feuille, de temps à autre. Et une feuille de basilic sur un morceau de pain avec trois grains de sel dessus, c'était le meilleur déjeuner qui soit. Donatienne le croquait en sautant à cloche-pied au bord de l'Isère et en regardant la rivière couler, couler toujours, chargée de tout ce qui glissait doucement sur son eau et défilait devant la ville.

Dans la rue Bistour, à cause du ruisseau sous le trottoir, il se passait quantité d'événements. Les tristes, comme la noyade d'un chat ou d'un chien, on essayait de vite les oublier. Mais les joyeux, on s'en réjouissait longtemps, on en parlait pendant des soirs et des soirs, à l'heure de la soupe, sous la lampe ; comme de ce qui arriva à la tante Thérèse. Elle était descendue laver, à la nuit tombée, la grande pièce de toile dans laquelle elle livrait ses tiges de bottines blanches pour la saison d'été. Et elle se préparait à s'agenouiller devant sa planche, quand un ouvrier, fouleur en chapellerie, bien connu pour ses excès de boisson, et ne voyant dans la pénombre que le trou d'eau, était venu s'y soulager de son trop-plein. Il avait reçu alors « où vous pensez, disait la tante Thérèse, un si sacré coup de battoir qu'il en était resté estropié de cet endroit, peut-être à vie ». Il avait hurlé, le malheureux, à faire se pencher la rue entière aux fenêtres et à faire danser une farandole de gros rires jusqu'aux quartiers voisins.

Mais le plus intéressant de tout cela, c'était la vie de « fille perdue » que menait la Jeannette, si jolie dans sa robe rouge, avec ses cheveux, rouges eux aussi et si longs que sa natte faisait trois fois le tour de sa tête.

Or la Jeannette, à la nuit, se baignait, entièrement nue, si blanche sous la lune, et s'aspergeant comme une possédée. Adélaïde et Donatienne auraient bien voulu la voir aussi, mais n'avaient pas pu. On ne savait jamais à quelle heure la Jeannette déciderait de « se laver de ses péchés », comme disaient les vieilles femmes, de « se faire belle », comme disaient les jeunes. Adélaïde et Donatienne, pour se consoler, avaient calculé que la longueur de ses cheveux – dont on affirmait qu'elle les dénouait pour se baigner – devait la couvrir d'un grand manteau. Donc, il y aurait peu de choses à voir.

Et puis, un jour, courut tout au long du ruisseau une rumeur extraordinaire : un riche monsieur de la ville avait emmené la Jeannette à Paris, et l'habillait de satin, de dentelles et de perles.

Adélaïde attendait avec impatience les retours de Donatienne, sa corbeille de linge lavé sous le bras, pour avoir les dernières nouvelles. Et Donatienne racontait. Le monsieur avait mis la Jeannette dans ses meubles (ce qui voulait dire quoi, au juste ?), et elle avait une voiture attelée de deux bêtes, rousses comme elle, et elle devenait la plus grande cocotte de Paris, et ses souliers de soie brodée, elle les achetait par douzaines.

Ces informations étaient rapportées par un commis voyageur qui montait à Paris, pour y représenter le plus grand marchand de chaussures de Romans, car maintenant on vendait aux Parisiens, ce qui rendait fière la tante Thérèse.

On sut encore, de même source, que la Jeannette s'appelait maintenant Mélisande, ou Corysande, quand ce n'était pas « la belle cireuse de bottes », son ancien métier. On affirmait même qu'un roi la comblait de présents, forcément royaux.

Alors Adélaïde, en buvant son lait chaud où avaient bouilli des coques d'amande – si bonnes pour calmer la toux – ou en mordillant du bois de réglisse – efficace aussi –, rêvait de celui qui viendrait, un jour, la chercher pour lui donner satins, dentelles, chevaux, souliers de soie, et la rebaptiser.

Pas Donatienne, qui avait ses rêves depuis longtemps déjà. Ils emplissaient son cœur où plus personne ne pouvait entrer.

La tante Thérèse, un jour – toute pâle et si immobile dans son lit –, ne se réveilla pas. Son travail prêt à être livré était posé à terre, près de la porte comme le découvraient Adélaïde et Donatienne chaque matin, enveloppé dans sa toile nouée aux quatre coins.

Sébastien arriva, chargea sur son dos et livra les dernières bottines de la tante Thérèse en pleurant. Puis il revint et s'occupa de tout. De l'enterrement et de l'accord avec le propriétaire de la chambre. Il dit combien les deux jeunes filles – elles étaient âgées de treize et quatorze ans maintenant – étaient raisonnables. Elles avaient été à l'école jusqu'à leur certificat d'études, comme tante Thérèse l'avait juré sur le lit de mort de leur mère, promesse sacrée et tenue. Et désormais elles gagnaient leur vie en fabrique de chaussures ou en chapellerie, selon la saison et les offres de travail. Elles pourraient donc payer leur loyer. Et lui, Sébastien, s'engageait à veiller à ce qu'elles mettent de côté l'argent nécessaire au règlement de chaque quinzaine.

Elles ne surent jamais qu'il ne s'agissait là que d'une moitié du prix de leur chambre, le vieux portier en acquittant l'autre.

À la douleur d'avoir perdu la tante Thérèse s'ajouta le chagrin de devoir rendre la machine à piquer les bottines. Elles avaient tant espéré apprendre un jour à s'en servir et pouvoir la louer à leur tour. Pour se laisser une chance de la retrouver – elle et pas une autre – quand il serait temps, elles décidèrent d'y faire un point de repère. Avec un clou, elles tracèrent un A et un D dans un petit coin, bien cachés.

Il leur resta de « mam'zelle Thérèse », comme l'appelait Sébastien, en plus des quatre-vingts francs d'économies enfouis dans la boîte à lait en fer émaillé qui ne servait plus, parce qu'elle était percée, et de ses deux robes élimées, de chauds souvenirs de sa tendresse bourrue mais réelle, et le petit répertoire de ses répliques favorites :

« Pourquoi je ne me suis pas mariée ? Eh ! merci au bon Dieu de m'avoir faite bossue, ça m'aura évité de bosser pour un homme. »

« Et d'abord, qui j'aurais pu épouser, si j'avais eu le dos aussi droit que ma planche à laver ? Un ouvrier tanneur qui aurait senti la charogne à plein nez à force de sortir de la rivière où elles ont trempé si longtemps, ces peaux qui empestent ? Un de ces ouvriers fouleurs de feutre, assoiffés comme des trous parce que le métier est dur dans la chaleur et la vapeur des chaudières et qu'ils ne résistent pas au tonneau de vin que les patrons ont bien tort de leur mettre à disposition ? »

« Et puis l'amour, l'amour... c'est comme les semelles neuves des beaux souliers, c'est brillant et lisse, mais ça le reste pas longtemps. »

Ce qui, tout d'abord, apparut comme la principale complication due à la mort de la tante Thérèse fut la tentative d'envahissement des voisins de palier. La place que laissaient la disparue et sa machine à coudre était tentante pour une famille qui vivait à six dans une seule chambre. L'établi du père, cordonnier à domicile, les accessoires de la mère, brodeuse sur cuir et sur tissus de bottines et de souliers bas, les deux lits et l'indispensable table pour manger la soupe cuite dans la cheminée laissaient peu d'espace pour les ébats des enfants. Les deux garçons de huit et dix ans travaillaient déjà en fabrique, mais les jumelles, qui marchaient à peine, furent très vite envoyées en reconnaissance chez Adélaïde et Donatienne.

Sébastien avait prévu la chose et muni ses protégées de solides arguments de défense. Adélaïde sut les mettre en pratique. Pas Donatienne, que les bébés attendrissaient. Elle les recueillait le dimanche, et parfois aussi le soir, partageant son lit avec eux.

Adélaïde haussait les épaules en disant : « Si ça t'amuse ! » Mais elle ne tolérait pas qu'au matin on donnât aux petites filles un peu de pain et de lait chaud.

– Nous avons à peine ce qu'il nous faut, tu le sais. Et tu sais aussi que pour ne pas mourir comme les parents, moi qui suis si fragile, j'ai besoin de bonne nourriture.

– C'est sur ma part que je leur donne...

– Si tu dois donner à quelqu'un, c'est à moi.

Adélaïde avait raison. Mais c'était un tel bonheur de voir briller les yeux des jumelles devant un bol de lait sucré. Alors Donatienne, en s'en cachant au mieux, continuait à gâter ses jeunes voisines. Adélaïde s'en apercevait, un éclair de fureur dans le regard.

Les jumelles moururent du croup, presque ensemble, comme elles étaient nées. Donatienne pleura longtemps, la nuit, dans son lit. Elle aurait voulu pouvoir parler de son chagrin et se faire consoler par le garçon qu'elle aimait. Mais celui-ci ignorait tout de cet amour et ne soupçonnait guère l'existence d'une petite fille ne s'endormant jamais un seul soir sans penser à lui.

Donatienne appelait celui qu'elle aimait depuis l'âge de huit ans le « garçon au petit chien blanc ». Elle savait qu'il se nommait Calixte Royer, et elle savait même comment il avait été baptisé – une deuxième fois – pendant son tour de France. Aussi introduisait-elle dans ses prières, avant de s'endormir : « Veillez bien, Seigneur Jésus, sur *Romanais-la-Rose-d'Amour.* »

Il était cordonnier-bottier, et si apprécié dans la fabrique où il travaillait qu'on lui avait acheté un remplaçant qui partirait au service militaire à sa place. Enfin, elle savait où il habitait : chez le tanneur Oscar Boulard, bien qu'il ne fût pas et n'ait jamais été tanneur, comme son père et son frère.

C'était très important d'avoir découvert son adresse. Cela permettait de se placer sur son chemin, et d'en apprendre un peu plus sur lui à chaque rencontre, comme la couleur de ses yeux, du brun avec du vert dedans. Ou celle de ses cheveux, blond doré, comme les feuilles de platane avant qu'elles ne roussissent trop. Il y avait aussi ses grandes enjambées. Parce qu'il était toujours pressé et suivi du petit chien qui courait, courait derrière lui. À cette façon de traverser la ville à toute allure, on reconnaissait Romanais-la-Rose-d'Amour, avant même d'avoir vu son visage. Et son sourire ! Personne – et elle avait regardé beaucoup d'autres hommes, des riches, des patrons tanneurs – ne souriait d'une manière aussi jolie. C'étaient, bien sûr, ses dents, si blanches, mais c'était plus que ça, c'était... comme une aubépine en fleur. Enfin, et plus encore, elle aimait son nez. Elle avait examiné ceux des gens de la ville rencontrés sur son chemin. Il y en avait tant de laids. Tandis que le sien, si droit, si fin, était ex-ac-te-ment pareil à celui de ce saint de l'église Saint-Nicolas, le deuxième à droite en entrant.

Tout cela, elle l'avait découvert entre huit et douze ans. Après, elle pensait ne plus rien avoir à apprendre du grand jeune homme au petit chien blanc. Elle avait alors compris qu'on ne sait jamais tout de celui qu'on aime. Chaque fois, à le revoir, on en apprend encore. Des choses importantes parce qu'elles n'étaient qu'à *lui.* Souvent, elle se les rappelait, ces découvertes, pendant son travail à la chapellerie, ou en passant à la suie les semelles des brodequins, ou en marchant dans la rue, ou en parlant avec Adélaïde. C'étaient soit les taches de rousseur dansant sur sa figure quand il riait, soit les boucles de ses cheveux, pareilles à des coques de ruban, tombant dans son cou, juste avant qu'il les trouve trop longues et les coupe, un peu de travers parce que, à cet endroit, ce n'est pas facile à faire soi-même.

Mais la vraie surprise – car c'en était une à chaque rencontre – était ses manières, toujours différentes, de mettre sa casquette. Tantôt il l'enfonçait jusqu'aux sourcils, tantôt à la voir si rejetée en arrière on était sûr qu'il allait la perdre. Ou alors la visière se promenait d'un côté, ou d'un autre, relevée ou baissée. Et Donatienne s'endormait en se demandant ce qu'elle préférait. Elle s'aperçut, une nuit, qu'elle n'avait encore jamais vu Romanais-la-Rose-d'Amour nu-tête. Ce serait une joie à venir ; sans doute quand elle la mériterait.

Pouvait-on être amoureuse dès l'âge de huit ans et le rester toujours ? Elle ignorait si cela était arrivé à d'autres, d'avoir le cœur pris comme ça, un soir – le soir terrible de l'accident d'Adélaïde –, mais elle avait eu ce bonheur.

Pour tout dire de sa belle histoire, elle devait ajouter que c'était quand elle avait revu Calixte Royer quatre mois après, ce jour de mai où le premier train qui allait désormais relier Romans à Valence avait été mis en marche. Il n'y avait pas eu d'inauguration officielle, mais la ville entière était quand même venue voir. On se bousculait. Elle avait pu se glisser au premier rang où était le jeune homme avec son chien dans les bras – pour qu'il ne soit pas écrasé par la grosse machine. En regardant beaucoup plus Calixte Royer que ce qu'ils appelaient la locomotive, elle s'était dit qu'elle l'aimerait toujours. Parce qu'il était beau, bon et si gai. Tout joyeux, ce matin-là, il disait aux gens qui les entouraient combien ces engins en fer roulant sur du fer allaient changer leur vie. À des femmes, sûres d'avoir peur de monter là-dedans, il répondait en riant que bientôt elles ne voudraient plus user leurs galoches sur les routes et seraient heureuses de se prélasser, assises dans les wagons. Elle avait eu envie de dire qu'elle n'avait pas peur, elle, mais n'avait pas osé.

Comment parvenir à garder un grand secret sans n'en jamais rien laisser deviner à personne, et surtout pas à une sœur aux yeux perçants ? Donatienne avait vite compris qu'il suffisait de prendre l'habitude, quand Adélaïde disait : « Tu vas encore longtemps bayer au corneilles ? », de mettre de côté l'image de Romanais-la-Rose-d'Amour marchant sur les routes avec ses compagnons tour de France, ou travaillant à son « chef-d'œuvre », pour la retrouver un peu plus tard, en reprisant les bas d'Adélaïde – qui détestait repriser – ou en balayant, toujours pour elle que la poussière aurait fait tousser. Adélaïde, qui ne saurait jamais rien des bons moments passés à la fabrique à brosser les chapeaux en ne pensant qu'à celui de la tenue de gala des compagnons – en soie et haut de forme – et qui devait aller si bien à Romanais-la-Rose-d'Amour.

Mais il ne fallait pas imaginer Calixte Royer rencontrant une jolie jeune fille qu'il pourrait aimer. Craindre les malheurs les faisait arriver, disait la vieille Josépha, qui savait ces choses.

Donatienne avait fait connaissance de la logeuse du grand jeune homme et du petit chien. Cela était arrivé à force de stationner trop souvent devant chez elle, à la belle saison, quand elle était installée sur le pas de sa porte, dans son fauteuil d'osier.

La grosse femme lui avait dit, un jour :

– Tu cherches quoi ici, petite ?

– Rien... J'aime voir les grandes peaux de bête se balancer sur vos étendoirs.

Et c'était presque vrai. Assise sur le parapet au bord de la rivière, le dimanche, dès qu'elle le pouvait, elle venait regarder les cuirs sécher sur les balcons de bois des greniers des tanneurs et aussi observer une fenêtre, sa fenêtre, en se disant : « C'est là qu'il habite, avec son petit chien blanc. Et comme moi il entend les peaux qui claquent dans le vent, les grandes qui font un bruit de tambour, les plus petites qui chantent leur chanson. »

Parfois, elle se demandait comment étaient les autres villes et si on y tannait aussi des cuirs. Il lui venait de ces curiosités parce qu'elle savait que Calixte Royer avait visité la France. Mais il lui paraissait impossible qu'il y ait de plus belles cités que la sienne, avec sa grande rivière, son beau pont et sa tour d'où le Jacquemart vous disait le temps qui passait.

Adélaïde prétendait que ceux qui y étaient allés assuraient que rien ne valait Paris, difficile à s'imaginer tant c'était grand et beau.

Qu'importait Paris à Donatienne, c'était à Romans que Calixte Royer vivait.

Et puis il y avait eu les écharpes. L'année de ses douze ans.

Pour le Bureau de bienfaisance, les dames de la ville tricotaient des couvertures et des cache-nez de laine. Sébastien s'arrangeait – connaissant l'une des personnes charitables chargées de la distribution aux pauvres – pour que ses « petites » ne soient pas oubliées. Alors, à Noël, Donatienne avait eu une écharpe bleue et sa sœur une verte. Il avait fallu faire un échange. Le bleu s'assortissait à ses yeux, disait Adélaïde, oubliant toujours que Donatienne avait les mêmes. Une Donatienne heureuse : elle allait porter les couleurs des compagnons du devoir des cordonniers-bottiers. Et nul doute qu'ainsi emmitouflée, assortie aux rubans verts de son habit d'apparat, Romanais-la-Rose-d'Amour ne la remarque.

Hélas, combien les dames tricoteuses avaient-elles dû acheter de kilos de laine couleur espérance ? Presque tous les pauvres de la ville avaient le col vert, comme un régiment de canards.

Donatienne avait alors eu l'idée de détricoter l'ouvrage et d'en retricoter un drôle de bonnet pointu. Calixte Royer se dirait peut-être : « Qui est ce petit chaperon vert ? »

Et c'était ce qui était arrivé ! Enfin presque. Elle ne pouvait pas vraiment le jurer sur le crucifix, mais elle en était quand même sûre. Romanais-la-Rose-d'Amour l'avait vue et lui avait souri. Un sourire qui avait chassé la bise glaciale. Elle n'avait plus froid, elle ne sentait plus ses engelures qui pourtant la faisaient souffrir cinq minutes auparavant. Comme le ciel était bleu tout à coup, presque un ciel de printemps qui disait que les beaux jours allaient arriver. Et si Romanais-la-Rose-d'Amour lui avait souri une fois, pourquoi ne recommencerait-il pas ? Peut-être passerait-il dans la rue Bistour, au moment du réséda et du basilic... et s'il se pouvait, par chance, que d'autres laveuses aient aussi des pots de fleurs à côté d'elles, ce serait alors si joli qu'il se dirait : « Mais je ne connaissais pas cette rue fleurie. » Puis il la verrait, elle. Lui tendrait-il la main, en la reconnaissant ? La main ! Mais il s'apercevrait alors qu'elle avait toujours des traces de suie sur la sienne, malgré le lavage du linge, et tout serait perdu. Mieux valait attendre, pour le rencontrer, qu'elle travaille à la chapellerie où c'était plus propre qu'à l'atelier des galoches. C'était en été qu'elle passait des souliers aux chapeaux.

Elle découvrit, deux ans plus tard, les visites fréquentes de Calixte Royer chez l'horloger suisse.

Elle y était allée demander combien coûterait la réparation de la vieille montre de son grand-père qui permettrait d'en obtenir plus d'argent du mont-de-piété quand il faudrait l'engager à nouveau. Là, assis à côté de M. Steiner, il y avait Romanais-la-Rose-d'Amour. Et, merveilleux cadeau, deux clientes, arrivées avant elle et longues à faire leur choix, lui avaient donné au moins vingt minutes face à face avec Calixte Royer.

Il devait, comme elle, sortir de son atelier. Il avait chaud, et l'horloger lui avait offert un verre de limonade. À ce moment-là, elle avait remarqué, en le voyant boire, que ce pouvait être très beau la bouche d'un homme. Ce qui l'avait étonnée et charmée à la fois.

Elle n'avait pas osé, devant lui, demander le prix de la réparation de la montre, elle était partie avant de parler à l'horloger. D'ailleurs, elle le savait, ce serait trop cher.

Ulrich Steiner avait vu la fuite de cette jolie jeune fille. Il avait aussi épié Calixte pendant qu'elle était là, étonné que celui-ci ne lui accordât pas un coup d'œil. Ou bien le garçon avait déjà le cœur pris ailleurs, ou il ne pensait encore qu'à son travail. Et Ulrich penchait pour cette seconde raison. Par travail, il entendait ce désir perpétuel qu'avait le jeune homme d'améliorer son rendement avec d'ingénieuses idées. Quelles idées, au fait, en ce moment ? Calixte en avait tellement, qu'il venait exposer ici, l'œil brillant, entrant en coup de vent et repartant parfois aussi vite, après avoir lancé :

– Monsieur Ulrich, imaginez que j'arrive à prendre la mesure du pied de quantité de gens, j'en ferais des moyennes, on aurait alors des tailles modèles. Qu'en pensez-vous ?...

Ou bien :

– Ne me dites pas que nous avons les deux pieds pareils ! Alors, si on essayait de faire un soulier droit et un soulier gauche, n'y gagnerait-on pas en confort ?

Ou encore :

– Et si on perfectionnait le système en vigueur du temps de Napoléon Ier ? Rappelez-vous, les troupiers avaient une semelle de rechange dans leur barda, pourquoi les civils n'en auraient-ils pas autant ?

Les idées de Calixte, cela faisait plus de douze ans maintenant qu'Ulrich Steiner les écoutait, patient et souriant.

Cela avait commencé après l'arrestation de son père, ce jour funeste où Eudes Royer, ouvrier turbulent, agitateur-né, s'était, lui tanneur, joint au mouvement revendicatif des chapeliers. Ainsi étaient les Royer, toujours avec des idées en marche accélérée et enfourchant aussi celles des autres au passage. Par malheur pour le pauvre Eudes, de cette turbulente Société des ouvriers chapeliers, la police, se demandant si elle était encore groupement de compagnonnage ou dejà mutuelle politique, avait craint que ce mauvais exemple ne s'étendît très vite à la tannerie et à la chaussure. Aussi le malheureux Royer, braillard au coup de poing facile, avait-il servi d'exemple. Arrestation et déportation en Algérie.

C'était dans la boutique d'Ulrich que cela s'était passé. Fuyant à travers la ville, essoufflé, haletant, Eudes était entré chez l'horloger, pensant tromper ses poursuivants. Malgré la mise en scène improvisée, transformant le fugitif en client, on l'avait reconnu et emmené, menottes aux poignets.

À Pâques, cette année-là, un petit garçon de dix ans, bien propre, bien coiffé et très poli, était venu apporter une pogne [1] toute chaude, de la part de la famille du condamné. Pour remercier. Et, depuis, Calixte était un peu l'enfant du Suisse, qui n'en avait pas, célibataire qu'il était et resterait.

Ulrich souriait. La première idée de Calixte, il ne l'oublierait jamais. Comme il avait demandé au garçonnet s'il avait pu étudier, bien qu'il fût, depuis l'âge de huit ans, apprenti cordonnier après avoir été deux ans ouvrier cardeur, celui-ci, fièrement, lui avait dit passer ses après-midi du dimanche et deux soirs par semaine chez M. le curé. Il y avait appris à lire, à écrire, à compter. Il savait même l'endroit exact où se trouvait, en Algérie, cette plaine de la Mitidja où son père avait attrapé ses fièvres mortelles. Il savait aussi où était Austerlitz, où son grand-père avait eu l'honneur de participer à la grande victoire de Napoléon.

Ulrich avait enchaîné alors sur le souhait de l'Empereur que tout Français sache un jour la géométrie et le latin. Calixte voulait-il tenter de pratiquer avec lui ces disciplines, en venant ici les dimanches où il n'irait pas chez son curé ?

L'enfant n'avait dit ni oui ni non. Et, quelques jours plus tard, il avait demandé la permission d'écrire sur l'ardoise qui servait à Ulrich à faire les additions de ses ventes.

Sans hésitation, le trait précis, Calixte avait alors dessiné un losange dont il avait marqué chaque angle d'une inscription de sa petite écriture appliquée, énonçant :

– En A, comme vous dites, monsieur Steiner, il y a ma tête, mon esprit, en B ma main droite, en C ma main gauche et en D mon cœur. Voilà pour la géométrie. Et, en remerciant Dieu de m'avoir donné tout ça, qui me permet de vivre et de travailler, je dis : *Deo gratias*. Et voilà pour le latin ! Mais apprendre davantage, je n'en ai pas le temps. Ce que je veux, c'est vite être un bon cordonnier-bottier. Et même un très bon. Un qui aura des idées que d'autres n'ont pas eues.

Bien plus tard, revenu de son tour de France, Calixte s'amusait souvent à dessiner son losange sur la terre d'un chemin avec une baguette de bois, ou sur le tronc d'un arbre avec son canif. Il y ajou-

1. Sorte de brioche, spécialité de Romans.

tait, au centre, le dessin d'une botte ou d'une rose. Souvent, aussi, il disait à Ulrich :

– Je pense autant à mes chaussures que vous à votre horloge à automate, nous nous ressemblons.

Ulrich avait raconté un jour à Calixte pourquoi il s'était établi à Romans, abandonnant Fribourg, la ville de ses ancêtres. Lui aussi n'avait rêvé que d'apprendre son métier et de compléter son savoir en allant étudier, un peu partout, le fonctionnement des horloges à automates marteleurs.

Et c'était le Jacquemart de Romans qui l'avait le plus séduit. Il disait de lui : « Il m'a donné de son marteau un sacré coup sur la tête dont je ne me suis jamais remis. »

En réalité, ce qui avait surtout décidé de son installation ici, au plus près de la tour de l'horloge, c'était la découverte – en classant de vieux papiers de famille – de l'existence de l'un de ses ancêtres portant le même nom qui avait construit l'automate au XVe siècle. Et de là à penser que sa famille était peut-être à l'origine du plus célèbre des Romanais...

Être responsable de la garde de son cher voisin, remonter plusieurs fois par jour le mécanisme à poids, en assurer le graissage, veiller à l'entretien de chaque pièce du mouvement d'horlogerie, voir – selon les changements de régime et de gouvernement – varier l'habillement de l'automate, en un mot, vivre avec *son* Jacquemart eût comblé Ulrich. Hélas, c'était toujours à un horloger pourvu de famille – pour la continuité du service ? – que ce soin incombait. Jamais homme n'avait tant regretté d'être resté garçon ! Vérifiant, une fois de plus, mais trop tard, que « l'état de célibataire est un état contraire à la société ». Et cet homme-là gémissait de désespoir quand, par une quelconque anomalie de Jacques Marteau, les cloches sonnaient en retard... ou ne sonnaient pas du tout. Ces jours-là, Calixte entendait :

– C'est le symbole de la ville, mon fils, et un symbole c'est sacré. Ah ! si je pouvais...

Mais précisément il ne pouvait jamais intervenir. Alors, Calixte :

– Si je suis un jour maire de Romans, Jacquemart vous sera confié, monsieur Ulrich.

Et, en attendant que l'un soit maître de la ville – ce qu'il n'ambitionnait vraiment pas – et l'autre maître de son symbole, ils confrontaient leurs opinions et leurs croyances. Ulrich défendait son vieux philosophe allemand, auquel Calixte opposait la morale et l'idéal des compagnons du devoir. Et, peu à peu, le jeune homme, se prenant à ce jeu, se mit à copier quelques aphorismes de ce monsieur Schopenhauer et à y apporter la contradiction d'un *dévoirant*[1] tout frais revenu de son tour de France. Il disait :

– Monsieur Ulrich, y a l'intelligence de l'esprit, mais aussi celle des mains et celle du cœur j'ai lu qu' « il[2] ». Et laquelle est la plus grande ? Qui le sait ? Votre savant se mesure avec les idées et les mots, moi avec la matière. C'est elle que je m'efforce de marquer. Le cuir me résiste, je le dompte, alors il gémit sous mon outil et je gagne !

– Petit, petit, disait l'horloger, crois-tu que l'homme qui pense ne livre aucun combat ? Et ne serait-ce qu'avec lui-même, pour venir à bout de ses idées ?... Mais tu as raison, « la main est esprit ».

Atma écoutait, fier peut-être d'entendre que l'emblème de la fidélité des compagnons du devoir des cordonniers-bottiers était un chien.

Atma, confié à Ulrich pendant les trois années où Romanais-la-Rose-d'Amour avait arpenté les provinces françaises et appris son métier, était allé presque chaque jour chez le tanneur vérifier si son maître était enfin revenu.

– C'est moi qu'il venait voir, disait Josépha. Je vous dis qu'il m'aime, ce cabot !

On ne l'avait pas contredite. Ulrich au cœur généreux proposait : « Laissons-la croire qu'un chien au moins aura eu de l'affection pour elle. » Mais nul n'ignorait qu'elle avait toujours un morceau de sucre dans sa poche pour attirer et pour récompenser son petit visiteur.

Il était arrivé alors que Donatienne et Atma se rencontrent et se parlent de Romanais-la-Rose-d'Amour. Ces dimanches-là, la petite fille les appelait ses récompenses. Notre-Seigneur Jésus les lui envoyait pour la remercier de donner à sa sœur ses deux sous économisés dans la semaine, pour qu'elle puisse s'acheter deux sucres d'orge au lieu d'un. Sa toux s'en trouvait mieux.

Adélaïde disait :

– Toi, tu n'en as pas besoin, tu n'es jamais enrhumée, mais moi, je suis si délicate.

1. Terme désignant un compagnon du devoir.
2. Jean Bernard, in *La Chaussure* de Michel Juignet.

Et c'était vrai, Adélaïde était fragile et il lui fallait du sucre. On ne s'en apercevait pas toujours à la voir, belle et rose et chantant pour un oui ou pour un non, mais elle était délicate. Elle préférait que l'on ne dise plus « fragile » mais « délicate », mot qu'elle aimait autant que les confitures. Elle répétait sans cesse :

– Tu le sais, Donatienne, si je ne veux pas mourir comme les parents, j'ai besoin de manger des quantités de bonnes choses.

Elles venaient d'avoir quinze et seize ans. Presque en même temps. Toutes deux étaient nées en mars. Et le vœu qu'elles avaient fait, leurs jours d'anniversaire, était de ne travailler désormais qu'en chapellerie où elles avaient acquis une bonne expérience. Mais les mortes-saisons existaient toujours et elles devaient alors rejoindre une fabrique de chaussures.

Ce matin-là, c'était vers les finitions de chapeaux de soie ou de feutres d'hommes – leur occupation préférée – qu'elles allaient.

On apercevait encore de la neige au-delà des collines, là-haut dans le Vercors, mais le printemps tout neuf était là et Donatienne en aspirait avec bonheur l'air d'une fraîcheur encore un peu acide. Adélaïde, elle, s'interdisait d'y goûter, resserrait son écharpe autour de son cou et y enfouissait son nez.

Il était six heures. Le soleil apparaissait, discrètement, dans le vacarme du martèlement des sabots, galoches et brodequins sur les pavés.

Hommes, femmes, enfants, la moitié de la ville se hâtait vers les tanneries, les fabriques de chaussures et de chapeaux.

Donatienne souriant, Adélaïde soupirant, les deux sœurs arrivaient devant la pâtisserie nimbée de son odeur sucrée. Et, là, tout basculait : Adélaïde échangeait son air boudeur contre une mine gourmande avec une rapidité digne des prestidigitations de M. Robert Houdin. Elle ne respirait plus avec crainte un air froid, mais, avec ravissement, des parfums de vanille et de caramel. Donatienne, à son tour, poussait un discret soupir.

Plantées devant la vitrine des Délices de Saint-Barnard, les jeunes filles se rapprochaient l'une de l'autre et entamaient leur conversation quotidienne. Un rite.

Adélaïde, narines frétillantes, demandait :

– Tu goûtes à quoi, aujourd'hui ?

Docile, Donatienne répondait :

– Peut-être... un éclair au café.

– Moi, je veux un chou au rhum. Non, deux. Sens l'odeur du rhum... Tu la sens ?

– Je la sens.

– Parce que le café de tes éclairs ne sent rien, tandis que mon rhum...

– C'est vrai.

– Tu vois ! Tu ne sais jamais choisir le meilleur.

Quelques longues minutes à patienter devant la vitrine de la pâtisserie – longues pour Donatienne, trop courtes pour Adélaïde, qui ajoutait :

– Ah ! si seulement je pouvais en manger vraiment, des gâteaux, je me porterais mieux. C'est le docteur qui le dit. Tu le sais.

– Oui, approuvait encore Donatienne, toujours docile.

Et convaincue aussi. C'était vrai, le médecin de l'hôpital, qui savait la fragilité des poumons d'Adélaïde, continuait à recommander une nourriture riche.

Adélaïde, paraissant avoir suivi la pensée de sa sœur, concluait :

– Ça lui est facile, à lui, de me dire ça. Comme si on avait de quoi s'acheter tout ce qu'il nous faudrait !

– Nous allons être en retard, risquait doucement Donatienne.

– Et alors ? On nous prendra quand nous arriverons.

Mais elle se remettait en marche et, malgré sa boiterie, activait l'allure pour atteindre à temps la chapellerie et éviter l'amende.

Elle allait même si vite qu'elle buta sur Calixte Royer, arrivant en sens inverse.

Ni lui ni elle ne se reconnurent. Et Donatienne était trop émue pour leur rappeler qu'il y avait huit ans maintenant, un certain soir d'hiver, l'un tenait l'autre dans ses bras.

Adélaïde ne se souvenait donc pas qu'elle avait eu la chance, elle, d'être portée, tout un long chemin, la tête posée contre le cœur de Romanais-la-Rose-d'Amour ?

Que vit Calixte, soudain face aux deux sœurs – Donatienne

s'étant vivement avancée pour retenir Adélaïde qui risquait de perdre l'équilibre ?

Il ne vit qu'une seule jeune fille dont il sut, dans l'instant, qu'elle était celle-là même dont il avait dû rêver depuis toujours sans le savoir. Il contempla l'opulente et sombre chevelure, diadème couronnant un ovale idéal, et les deux yeux bleus les plus rares du monde..., ignorant leur exacte réplique à un pas tout juste de lui.

Il ne vit qu'Adélaïde.

Pour Donatienne, ce fut une minute – car cela ne dura sûrement pas au-delà – d'une cruauté dont le souvenir ne devait plus la quitter. Longtemps elle redouta cette portion de rue, s'efforçant de l'éviter tant son cœur y saignait.

Ce fut effroyable et, pourtant, elle était sans révolte et sans réaction. S'y attendait-elle depuis toujours ? Dès l'instant où elle vit la direction du regard de Calixte Royer, elle comprit que tout était fini pour elle. Elle accepta son malheur. Et même le justifia. Elle découvrait, soudain, ce qui dans Adélaïde éblouissait un homme dont elle prit, en quelque sorte, la place. Elle vit avec ses yeux à lui ce qu'elle avait eu tous les jours devant elle, sans vraiment le voir : l'irrésistible et altière beauté de cette jeune fille qui était sa sœur. La perfection de son visage, la finesse de sa taille, la plénitude de son corsage. Et – torture inconsciente – elle y ajouta ce que Calixte ne pouvait imaginer, mais qu'elle connaissait si bien, elle : la grâce d'Adélaïde, dans ses gestes, dans sa façon de se mouvoir, faisant de son infirmité un charme supplémentaire. Elle admira avec désespoir – là, sur un trottoir – Adélaïde défaisant le soir le nattage de ses cheveux et cette grande masse lisse, sombre et soyeuse se répandant sur ses épaules. Et encore Adélaïde, les joues roses comme des fleurs après avoir bu du vin chaud et sucré, les yeux brillants de bonheur et disant, en s'étirant sous son édredon : « Ah ! si seulement je pouvais rester couchée ainsi tout l'hiver ! » Ou Adélaïde toujours, nouant le ruban de soie bleue – qui était leur propriété commune – et dont elle seule pouvait en enrouler deux fois sa taille... en trichant un peu.

Donatienne écoutait Calixte et Adélaïde. Sans se parler réellement ils se disaient, avec leurs yeux, mille choses qu'elle entendait, aussi bien que s'ils les avaient criées, là, devant ces gens qui les bousculaient et qu'ils ne paraissaient même pas voir.

Calixte répétait, elle en était sûre :

– Que vous êtes belle, mademoiselle ! Vous avez les plus beaux yeux et les plus beaux cheveux du monde. Et un teint de camélia comme je n'en ai vu à personne.

Et Adélaïde répondait :

– Mais d'où sortez-vous ? Se peut-il que je ne vous aie pas encore rencontré ?

Alors Romanais-la-Rose-d'Amour pensait, sans doute, à évoquer son tour de France qui l'avait envoyé sur des chemins et dans les villes qu'il lui décrirait plus tard, quand ils se connaîtraient mieux. Parce qu'ils allaient se revoir. Ils ne pourraient plus s'oublier, jamais.

Souvent elle avait eu faim et froid. Elle avait tremblé de peur à la pensée d'être jetée à la rue si Adélaïde et elle ne pouvaient pas payer le loyer de leur chambre en période de morte-saison dans la chapellerie ou dans la chaussure et elle avait cru que c'était cela, la souffrance. Elle en découvrait une autre, ce matin-là, la vraie. Celle du cœur et de l'âme. Existait-il plus horrible supplice que de voir l'homme que l'on aime poser des yeux pleins d'adoration sur une autre ?

– Tu viens, Adélaïde ? Il est tard.

C'était là tout ce qu'elle pouvait dire pour tenter de les séparer. Mais elle savait qu'ils ne s'oublieraient plus désormais.

Le seul espoir qu'elle eût, un bref instant, fut qu'à les regarder s'éloigner Calixte Royer vît boiter Adélaïde.

Elle tenta de rejeter cette vilaine pensée, mais n'y parvint pas.

Comme ses mains tremblaient, Donatienne interrompit un moment son travail. La pensée que cette jeune fille si redoutée, celle dont elle demandait jadis à son ange gardien de ne jamais la mettre sur le passage de Romanais-la-Rose-d'Amour, était sa sœur la torturait. Aurait-elle été moins désespérée si Calixte Royer s'était intéressé à une autre qu'à Adélaïde ? Elle le croyait, s'efforçant de chasser cette certitude de son cœur.

L'avait-elle pourtant assez prié chaque soir, son protecteur, lui recommandant d'écarter, des chemins petits et grands qu'arpentait Calixte, les trop belles personnes peuplant le vaste monde ! Pourquoi n'avait-elle pas pensé à Adélaïde qui était la plus séduisante qu'il puisse rencontrer ?

Elle la regarda. Elle travaillait en chantant plus fort et beaucoup mieux que les ouvrières qui l'entouraient. Sœur Marie-du-

Sacré-Cœur disait que c'était là une voix de soprano et la faisait entendre les jours de fête à l'église Saint-Nicolas, quand Adélaïde ne toussait pas. Nul doute, lorsque Calixte Royer l'écouterait, qu'il n'en soit ébloui lui aussi.

Adélaïde, les yeux pétillants de gaieté, demandait maintenant autour d'elle qui connaissait ce grand et joli jeune homme, plutôt blond et l'air distrait.

– Si distrait qu'il marche sans voir où il met les pieds. Je l'ai reçu sur le cœur ce matin quand il a buté sur moi. Et il m'a regardée comme si j'arrivais d'un autre monde.

On s'écria que les beaux garçons blonds, hauts de taille, il y en avait plusieurs par la ville, et que le plus distrait était Calixte Royer, le cordonnier-bottier qui travaillait chez Sylvestre, important fabricant de chaussures de Romans, où il était coupeur. Les filles folles de lui, on ne les comptait plus, mais il était sérieux, et à l'ouvrage aussi. L'une des ouvrières assura qu'il faisait non seulement douze heures chez son patron, mais bottes et souliers à la demande, le soir, chez lui. On calcula qu'il devait gagner de quoi vivre sans souci du lendemain. Et on demanda en riant à Adélaïde, puisqu'elle avait, disait-elle, reçu le garçon sur le cœur, ce que son cœur en pensait. Riant aussi, elle dit ne pas le savoir encore. Elle y réfléchissait.

Personne n'avait encore avancé que Calixte Royer s'appelait aussi Romanais-la-Rose-d'Amour. Ces femmes paraissaient l'ignorer. Adélaïde le saurait bientôt. Elle saurait, très vite, tout de lui. Mais sans apprendre jamais que sa sœur en avait su autant bien avant elle. Donatienne se le jura.

Antelme Derivault, contremaître à la chapellerie Mossant, ne pouvait s'empêcher, dès qu'il entrait dans l'atelier des femmes chargées des finitions – coiffe de soie, contrefort de basane ou de ruban et marquage au fer du nom de la maison dans le fond du chapeau –, de porter immédiatement ses regards sur Donatienne. Il la devina bouleversée et s'en émut. Était-ce enfin l'occasion de lui parler, de s'enquérir de ses soucis et de lui faire connaître les sentiments qu'il lui portait ? Mais comment y arriver, alors qu'elle était entourée des quinze femmes travaillant avec elle ? Impossible aussi de l'attendre, le soir, pour faire un bout de chemin en sa compagnie, sa sœur ne la quittait jamais.

Antelme Derivault n'appréciait pas Adélaïde et ne voulait pas livrer son amour en pâture à cette fille dont l'ironique regard lui déplaisait. Il lui faudrait attendre d'avoir la chance, un dimanche, de rencontrer Donatienne se promenant seule, sur la rive gauche de l'Isère, où il l'avait déjà aperçue par deux fois devant la tannerie Boulard. Il espéra, un moment, qu'elle lèverait les yeux vers lui, il la regardait si intensément. Mais il n'en fut rien.

Lorsque Antelme, après avoir achevé de distribuer leur travail aux ouvrières, s'éloigna vers un autre atelier, les filles s'entretinrent, à mi-voix, du contremaître, de sa réserve et de sa raideur. De La-Sincérité-le-Péageois, son nom de compagnon du devoir, il y avait longtemps que ces demoiselles avaient fait La-Sévérité-le-Péageois quand, avec calme et fermeté, il condamnait le mauvais ouvrage. Mais aucune n'ayant décelé son amour pour Donatienne ne pensa à le baptiser La-Passion-le-Péageois.

Donatienne voyait le jeu cruel de sa sœur et s'en désolait.

Avoir le bonheur d'avoir été, entre toutes, choisie par Calixte Royer et feindre de ne pas le reconnaître, chaque matin, chaque soir, lorsque leurs parcours se croisaient, il n'y avait qu'Adélaïde, dans la ville, pour être avec tant de désinvolture aussi coquette, aussi rouée. Comment pouvait-elle, alors que le jeune homme s'avançait vers elle, faire une soudaine volte-face – dans un grand tournoiement de jupe dissimulant sa boiterie – pour lancer bonjour et sourire joyeux à un groupe d'ouvriers fouleurs ? Malgré son désespoir, il arrivait à Donatienne d'admirer chez sa sœur une attitude qu'elle réprouvait. Et – elle le constatait avec amertume – les femmes de l'atelier avaient raison d'affirmer qu'en amour c'était la plus rusée qui gagnait. Alors, se refusant à pleurer sur elle-même, elle pleurait sur l'amour, la plus belle chose du monde, que l'on bafouait ainsi.

Si Calixte avait pendant ces rencontres pensé à accorder un petit coup d'œil à celle qui était là aussi, tout près de lui, il aurait vu combien elle mettait d'affection, de tendresse dans son sourire pour tenter de consoler celui qu'on ne voulait pas voir. Mais le beau compagnon du devoir des cordonniers-bottiers ne regardait jamais que la belle Adélaïde. Sauf le jour où Atma, qui avait suivi son maître, s'élança pour faire fête à celle des deux jeunes filles qu'il reconnaissait. Étonné, Calixte parut découvrir que sa bien-aimée avait une sœur dont son chien était l'ami. Et peut-être vit-il qu'elle avait des yeux bleus elle aussi, et qu'elle était blonde.

Donatienne, soudain, décida de parler, en s'étonnant de cette brusque détermination qui la faisait souvent agir alors qu'elle n'était pas vraiment sûre de le vouloir.

– Vous ne vous souvenez pas de deux petites filles, un soir d'hiver, il y a huit ans ? Il y en avait une qui était blessée...

Illumination chez Calixte. Comme si le ciel s'entrouvrait et envoyait au Romanais une brassée de ses Roses d'Amour.

– C'était *vous* ! dit-il.

Adélaïde, une fois de plus en contemplation-dégustation devant la vitrine de la pâtisserie, ne se retourna même pas vers celui qui lui parlait.

Ce fut le seul moment où Donatienne, malgré son admiration éperdue, déplora le manque d'à-propos de Calixte. Il aurait dû se hâter d'enchaîner en disant :

– Entrons aux Délices de Saint-Barnard fêter nos retrouvailles.

Il se contentait de murmurer, pieusement :

– Je me souviens. Oh oui ! je me souviens.

Et Donatienne savait qu'il pensait : « Nous étions donc destinés à nous connaître », mais en restait là.

Atma sauva la situation. Il sut aboyer suffisamment devant la porte de la pâtisserie pour tirer enfin son maître de ses souvenirs, le replonger dans le présent, lui faire découvrir qu'il restait encore beaucoup de gâteaux dans la vitrine et l'inciter à offrir à deux jolies jeunes filles d'entrer dans le magasin en goûter quelques-uns.

Ce qu'il fit, par deux fois. À sa première proposition, Adélaïde sembla ne pas avoir entendu. À la seconde, elle parut surprise, regarda assez froidement celui qui se permettait cette invitation. Puis soudain, souverainement condescendante, accepta. Une grâce accordée. Avec, enfin, un demi-sourire.

Donatienne se sentait assez misérable dans sa vieille tenue de travail, fichu sur les épaules et « en cheveux », comme auraient dit les dames de la ville toujours chapeautées. Pas Adélaïde, qui entra en reine dans la pâtisserie.

Par chance, l'heure était loin du goûter des élégantes Romanaises et de leurs enfants dans cette jolie salle aux boiseries blanc et or.

Ils s'assirent tous trois à une petite table. Adélaïde passa commande, sans hésiter. Elle savait depuis si longtemps de quoi elle avait envie. Calixte, lui, ne voulait pas de gâteau. Était-ce parce qu'il n'avait pas assez d'argent en poche ? Donatienne s'inquiéta. Mais il demanda une limonade, dont il dit, en riant, que c'était à elle qu'il devait d'avoir choisi son métier.

Adélaïde n'accordait d'attention qu'à son baba au rhum et à sa tarte aux cerises, Donatienne s'enhardissait, demandait comment cette boisson était intervenue dans son destin. Romanais-la-Rose-d'Amour, enfin, la regarda et raconta – non sans lancer de fréquents et très amoureux regards vers la plus belle dévoreuse de pâtisseries qu'il eût jamais vue.

Il n'était, dit-il, qu'un petit ouvrier cardeur de laine de sept ans, quand son frère aîné était déjà apprenti cordonnier-bottier chez un patron qui, pour fêter la naissance de son fils, emmena ceux de son atelier au café voisin.

– Antoine a bu la première limonade de sa vie ce jour-là. Il m'en parla tant que je décidai de devenir cordonnier moi aussi pour goûter à cette gourmandise, que j'associai, longtemps, à la fabrication des chaussures.

Il parlait vite, comme il marchait, se disait Donatienne. Elle se disait aussi qu'elle aimait sa voix grave et voudrait l'écouter ainsi toujours quand, soudain, Adélaïde se décida à dire :

– Moi, j'ai su ce que je voulais, le jour où le vieux Sébastien nous a fait entrer dans la grande maison dont il est le portier. On sentait là une odeur, un parfum si délicat de bonne cuisine, c'était... Ah ! c'était chaud, savoureux, je me croyais au paradis et j'avais envie d'y rester toujours. Alors je me suis assise sur une marche de l'escalier qui conduisait au premier étage, sur un beau tapis rouge retenu par des barres que je croyais en or, et j'ai dit à Sébastien que je voulais habiter ici et n'en partirais jamais. Il a dû m'emmener de force. Tu t'en souviens, Donatienne ?

Non, Donatienne ne s'en souvenait pas. Mais Calixte, comme s'il s'était lui-même assis dans cet escalier et avait pris, lui aussi, les barres de cuivre pour des barres d'or et humé de délicieuses odeurs de cuisine raffinée, Calixte disait avec le plus grand sérieux :

– Cette belle maison qui sent si bon, mademoiselle Adélaïde, vous l'aurez un jour.

Haussant les épaules et serrant son fichu autour de son cou, Adélaïde déclara qu'il était temps de partir.

Le petit chien blanc attendait à la porte de la pâtisserie. Avec l'âge il s'était assagi. Donatienne lui donna un morceau de biscuit qu'elle avait gardé à son intention et l'embrassa. N'était-il pas un peu de Romanais-la-Rose-d'Amour ?

– Il a dit que tu l'auras, ta maison aux bonnes odeurs, risqua Donatienne avant de souffler leur bougie.

– Qu'est-ce qu'il en sait ? Ce n'est pas lui qui pourra me la donner, il doit être aussi pauvre que nous.

– Il t'a offert plusieurs gâteaux. Quatre.

– S'il n'a que ça à m'offrir !

– Alors... Tu ne le reverras plus ?

Anxieuse, elle attendit une réponse.

Adélaïde n'en fit pas ; un sourire aux lèvres, elle rêvait, les yeux grands ouverts. Puis elle disparut sous son édredon, avec un profond soupir de plaisir.

Alors qu'elle tirait, jusqu'à son menton, la couverture de plume, elle ne put s'empêcher de sourire encore en pensant : « Si je devais noter une démarcation dans ma vie, ce serait : avant et après l'édredon. »

C'était vers sa dixième année que lui était venue l'idée que la seule efficace protection contre ce froid qu'elle redoutait tant, dont elle ressentait la morsure chaque nuit sous sa maigre couverture, était une couette. Cela s'était passé un jour de fin décembre où le vieux Sébastien les avait fait venir, elle et Donatienne, dans sa loge de portier, pour finir les reliefs d'un grand dîner donné chez ses maîtres. Là, elle avait vu, couvrant le lit, ce tentateur gonflement écarlate. Elle n'avait pu y résister, elle s'était glissée dessous. Et les appétissantes assiettes garnies de nourriture – viandes, légumes et desserts mêlés, empilés au petit bonheur par Mathurine la cuisinière – ne l'avaient pas fait émerger de la tiédeur où elle ronronnait.

Comment l'avait-elle obtenu, cet édredon ? Par une longue patience. Combien de fois avait-elle dit : « Monsieur Sébastien, je le voudrais » ? Et combien de temps avait-il fait la sourde oreille, le portier ? Jusqu'au jour où, sans doute las d'entendre cette rengaine, il avait dit : « C'est bon, emporte-le. Mais je n'en ai qu'un, et vous avez deux lits, il sera un soir à toi, un soir à ta sœur. Jure-le. » Elle avait juré, mais en français.

Avant de posséder l'édredon, à peine couchée, Adélaïde s'interrogeait avec anxiété : « Ai-je pris froid, vais-je être malade ? » Après, elle pouvait oublier ses terreurs et penser à autre chose qu'à sa santé, réchauffée, protégée par les plumes et la soie rouge. Parce qu'il était aussi en soie. Un vieux satin ayant connu, avant d'aboutir sur le lit de Sébastien, ses années de splendeur sur celui de ses maîtres. Un semis de reprises le décorait. Adélaïde les aimait, ces ravaudages, ils épaississaient encore plus la couette sous laquelle, désormais, elle passait le meilleur de sa vie, réfléchissant à son avenir.

Dans les ateliers où elle avait travaillé depuis l'âge de dix ans, elle avait, pensait-elle, beaucoup appris et de ses deux métiers et de ce qu'il fallait penser des hommes dont l'un d'entre eux devrait, un jour, diriger sa vie. Elle avait vu des filles ivres de bonheur parce que des garçons leur offraient des fleurs ou des rubans. Elle les avait vues aussi gémir et pleurer quand ces galants, devenus leurs maris et les ayant nanties de marmots piaillards et affamés, dépensaient leurs payes en absinthe au cabaret et ne leur offraient plus que des coups.

Peu à peu, toujours au chaud sous son édredon, elle avait tiré la conclusion de ces drames quotidiens. L'existence d'une femme devant dépendre obligatoirement de son compagnon, la seule possibilité de tranquillité était dans le bon choix de celui-ci. Elle avait, un matin, en manipulant les chapeaux destinés à des messieurs fortunés et élégants – qu'elle ne voyait absolument pas, ainsi coiffés, défaire leur ceinture pour en fouetter leur femme – décidé soudain qu'elle n'épouserait que l'un d'eux.

Elle se souviendrait toujours du moment précis où cette détermination s'était imposée à elle. Ses compagnes chantaient le retour des hirondelles et la floraison des amandiers, et elle avait en main, elle, un superbe chapeau haut de forme. Un jour peut-être, se disait-elle, un monsieur en ôterait un semblable pour la saluer et ensuite... Et pourquoi pas ? Elle était belle, toutes et tous le lui disaient.

Mais alors, songea-t-elle ce soir-là, pourquoi éprouvait-elle un certain plaisir à penser à ce Calixte Royer qui ne pouvait soulever, à son approche, qu'une vieille casquette ? Cette pensée l'irrita et irrita aussi sa gorge.

– Donatienne, donne-moi un morceau de sucre.

– Il n'y en a plus depuis déjà deux jours, tu le sais bien.

Adélaïde enfouit sa tête sous son édredon puis en rejaillit pour demander :

– Et les bâtons de guimauve ?

– Finis aussi.

– Et le pain ?

– Il reste juste celui de demain matin.

– Donne-le-moi quand même.

Grignotant son quignon, Adélaïde s'interrogeait. Après tout, les messieurs à chapeaux de grand luxe ne commençaient-ils pas, parfois, dans leur jeunesse, par porter des casquettes ?

Donatienne, cette même nuit, ne pensait, elle, qu'à un petit garçon, apprenti cardeur de sept ans qui criait de douleur quand sa mère lui arrachait le masque de laine graisseuse qui s'était incrusté sur son visage pendant sa longue journée de travail. Un petit garçon qui était devenu le seul homme qu'elle aimerait jamais.

Atma penchait sa tête de côté et fixait sur Calixte le jais si vif de ses yeux interrogateurs. Il avait de bonnes raisons d'être perplexe. Pour la première fois depuis que leurs vies s'entremêlaient, jamais le maître n'était resté si longtemps immobile à regarder s'éloigner des jeunes filles et n'avait ensuite marché si lentement.

Maintenant, dans la chaleur et l'odeur de l'homme qu'il aimait, dans la fumée de sa pipe, renonçant à comprendre, rassuré par la main qui le caressait, Atma dormait. Et c'était au tour de Calixte de s'interroger. Ce qui venait de lui tomber sur le cœur le laissait, lui aussi, perplexe. Des femmes, il en aurait eu tant qu'il en aurait voulu, si cela lui avait plu, tout au long de son tour de France – auquel parfois des compagnons donnaient le second nom de « tour d'amour ». Non pas qu'il ait refusé, certains soirs de douceur printanière ou estivale, de renverser une appétissante paysanne dans l'herbe fraîche ou le foin odorant, mais le cœur n'avait rien à y voir. Et soudain, dans une rue et sous le ciel de sa ville, dans les sons de cloche de son église, lui était apparue celle qui désormais le lui faisait battre plus vite, ce cœur. Mais que pensait-elle de lui ? Et c'était bien la première fois qu'il se posait pareille question et s'inquiétait de la réponse. Il eut envie d'aller bavarder avec le vieil Ulrich. Sans grand espoir. Ne lui ressasserait-il pas les sornettes de son philosophe allemand prétendant que le charmant petit dieu Cupidon n'était, en réalité, qu'un démon capricieux, hostile et cruel ?

Le souvenir, soudain, d'une mère [1], à Albi, qui l'avait soigné et guéri d'une mauvaise blessure à la main et réconforté un soir où il craignait de ne pas récupérer toute sa dextérité, lui donna l'envie d'une présence affectueuse et bonne conseillère. Il abandonna son siège, et ils se retrouvèrent, Atma et lui, courant par la ville, pour aller entretenir un vieillard suisse, célibataire et se méfiant de

1. Nom donné à la femme qui gère et anime un siège compagnonnique.

l'amour, d'une certaine Adélaïde, qui avait le bleu du ciel dans ses yeux et la grâce d'une fleur.

– Elle boite, dit Ulrich.

– Elle ne boitera plus, grâce à moi, lança victorieusement Calixte, dominant les tic-tac rabâcheurs des horloges, les anéantissant.

Pensif, Ulrich regardait celui que dans le fond de son cœur il appelait son fils. Il se rappela ce qu'il avait relu, la veille, de son cher vieux maître allemand : « Le but dernier de toute intrigue d'amour, qu'elle se joue en brodequins ou en cothurnes, est en réalité supérieur à tous les autres buts de la vie humaine. » Et ce fameux but, assurait Schopenhauer, c'était la procréation. Après tout, si Calixte voulait des enfants, il avait raison d'être amoureux.

Soudain, Adélaïde changea de tactique. Et Donatienne savait pourquoi. Cela datait de cette fête de la Saint-Crépin où elles avaient vu Calixte dans sa belle tenue d'apparat de compagnon du devoir des cordonniers-bottiers du tour de France. Habit noir, rubans verts flottant au revers gauche, chemise blanche, chapeau haut de forme et grande canne à pommeau d'argent à laquelle s'enroulaient les couleurs de son état. Mais, surtout, ce qui – elle en était certaine – avait fait impression sur sa sœur, c'étaient ceux qui se trouvaient aux côtés de Romanais-la-Rose-d'Amour. Des notabilités de la ville, patrons tanneurs et cordonniers-bottiers ou chapeliers, vêtus comme lui et paraissant le traiter comme l'un des leurs. Alors Adélaïde avait dû se dire qu'il serait peut-être, plus tard, aussi puissant qu'eux.

Et, ce jour-là, quand Calixte Royer était passé près d'elle et avait soulevé son beau chapeau de soie, Adelaïde lui avait rendu son salut et lui avait souri. Et depuis, chaque matin, elle avait cette façon bien à elle d'incliner, comme une dame, très légèrement la tête. On pouvait vraiment penser que le sourire qui accompagnait ce geste disait : « Bonne journée, Calixte Royer ! »

Et lui, que disait-il ? Donatienne préférait ne pas voir son regard ébloui de bonheur. Elle fermait vite les yeux si, malgré elle, elle regardait Romanais-la-Rose-d'Amour... n'ayant d'amour que pour une autre.

Il y eut une seconde invitation à la pâtisserie.

Entre une meringue au chocolat et un chou à la crème, Adélaïde prêta attention à ce que disait Calixte parlant de l'invention du grand cordonnier-bottier François Pinet, et de son talon pour chaussures de femme qui était une révolution, bien qu'on l'appelât talon Louis XV.

Délaissant un instant son assiette, Adélaïde demanda si des trouvailles de ce genre faisaient faire fortune à leurs auteurs.

Calixte ne savait trop, l'essentiel n'était-il pas de faire avancer leur métier, leur art ? Mais, voyant la moue de la jeune fille, il ajouta :

– Oh ! je crois qu'il en est aussi devenu riche.

Alors Adélaïde annonça, d'une voix décidée, qu'elle n'épouserait qu'un homme qui aurait de semblables idées.

Dans le silence qui suivit, Donatienne se demanda ce qu'allait dire Calixte Royer, qui n'avait sans doute rien inventé encore. Elle n'osait pas le regarder, quand elle l'entendit s'exclamer :

– Les idées ! Les idées nouvelles, voilà bien sûr ce qui compte et c'est à cela qu'il faut s'employer : inventer, inventer toujours... Notez que, chez nous, il est établi que le XVIIIe siècle a été le sommet de l'art de chausser, mais j'ajouterai : en raffinement, surtout, pas en géniales découvertes. Celles-là, c'est à nous maintenant de nous en occuper.

– Et vous avez des idées ? demanda Adélaïde, immédiatement après avoir commandé un troisième gâteau.

– Si j'en ai ! Faites-moi l'honneur, mademoiselle Adélaïde, de venir un jour chez moi où j'ai installé mon petit atelier, vous verrez...

– Oui, j'aimerais bien voir.

Calixte était heureux. Donatienne était sûre que son cœur en battait à grands coups de joie. Elle ne se trompait pas, Romanais-la-Rose-d'Amour était si joyeux qu'il pensa, pour la première fois, à lui dire :

– Voulez-vous un autre gâteau, mademoiselle Donatienne ?

Mais il n'entendit pas sa réponse parce que Adélaïde lui demandait d'énumérer des surnoms de compagnons du tour de France.

Il dit les plus beaux : Albigeois-l'Ami-des-Arts, le grand cordonnier-bottier son maître Pierre Capus, et Tourangeau-Va-de-Bon-Cœur, et Toulousain-le-Bon-Accord. Chez les chapeliers, le qualificatif venait avant le lieu d'origine : La-Franchise-le-Lyonnais, La-Sincérité-le-Parisien, La-Prudence-le-Bourguignon. Et chez les mégissiers ou blanchers-chamoiseurs, il y avait : Nantais-le-Paisible, Saintonge-le-Bien-Décidé, Vendôme-la-Clef-des-Cœurs.

Donatienne, rougissante, osa dire :

– Mais le plus beau c'est le vôtre, Romanais-la-Rose-d'Amour.

Pâques arriva, qui sentait l'eau de fleur d'oranger des pognes chaudes.

Calixte était venu dire à celles qu'il appelait « ces demoiselles » que Josépha Boulard en faisait de savoureuses et qu'elle lui en donnait toujours une. Il proposait d'aller la déguster sous la tonnelle d'une buvette qu'il connaissait, à la sortie de Romans. On y servait une délicieuse limonade.

C'était avec le vieux Sébastien qu'Adélaïde et Donatienne fêtaient d'habitude la fin du carême. Quand elles vinrent lui dire qu'elles étaient invitées à une partie de campagne, il les regarda en souriant. Elles étaient désormais de grandes demoiselles et lui n'était qu'un vieux perclus de rhumatismes. Il avait toujours préféré Adélaïde. Elle était tout le portrait de la belle Marie-Ange qui avait eu, comme sa fille en ce moment, de belles roses sur les joues, et qui pourtant...

– Couvre-toi bien, lui dit-il, quand le soir arrive, tu sais qu'il fait vite froid. Et amusez-vous bien. Allez, allez, petites, allez là où mes pauvres jambes ne me porteraient plus. Mais attention au joyeux vin blanc des collines, il fait perdre la tête.

– Oh ! celui qui nous invite n'aime que la limonade, dit Adélaïde en riant, toute gaie.

L'hiver était fini, elle ne toussait pas, n'était pas enrhumée en ce moment et elle adorait la pogne.

Autrefois, c'était au bel Eudes Royer que Josépha offrait son gâteau de Pâques. Elle maintenait la tradition avec Calixte, en ne manquant jamais de lui dire :

– Ton père jurait que dans tout Romans on ne trouverait pas son pareil. J'ai toujours refusé de donner ma recette et pourtant j'en connais qui me la paieraient cher !

C'était vrai, il y avait dans sa pâtisserie un quelque chose qui la différenciait des autres et on disait de Josépha, si peu donnante, qu'elle était bien capable de mourir avec son secret.

La pogne que Calixte emporta cet après-midi-là, nouée dans une serviette blanche, grosse couronne d'or fleurant le beurre frais et le parfum de l'oranger, fit dire à Donatienne :

– Tu te souviens, Adélaïde, quand nous étions petites, le boulanger nous faisait croire que les pognes étaient dorées parce que c'était le soleil qui les cuisait, alors nous les appelions les couronnes du soleil... et, une année où il avait tant plu à Pâques, tu pleurais en disant qu'il n'y aurait pas de pognes.

– Ah ! je l'ai bien connu celui-là, c'était le vieux César ! s'écria Calixte. À moi, il racontait que le vent remontait le Rhône et apportait du Sud le parfum des orangers pour aromatiser la pogne. Il ajoutait combien les vents sont changeants, et parfois même pris de folie, alors, peut-être un jour elle fleurerait la lavande, ou même la rose de Provence, notre pogne de Romans. Qui pouvait savoir, avec les fous !

Comme ils riaient tous trois, une légère brise, d'espoir celle-là, effleura le cœur de Donatienne. Calixte, à défaut d'amour, aurait pour elle de l'affection. Et elle vivrait près de lui, puisqu'il serait son frère.

La limonade était aussi fraîche et citronnée que promise. Et les arceaux de la tonnelle couronnaient quatre vieux mûriers encore vivaces, bien que datant de l'époque révolue où la soie était reine à Romans. C'était là un vrai nid d'amoureux.

Ils n'y étaient pas seuls. Un groupe de chapeliers et de chapelières, un autre de cordonniers-bottiers festoyaient comme eux.

Une belle rousse, piqueuse de bottines et qui avait travaillé pendant un temps dans le même atelier que Calixte, lui lançait de fréquentes œillades. Adélaïde, pour y mettre fin, dit à haute voix :

– Changeons de place, voulez-vous, Calixte.

C'était la première fois qu'elle supprimait le « monsieur » devant son nom. Le jeune homme en rougit de joie. Alors, Adélaïde fit plus. Ostensiblement, afin que leur voisine le vît bien, elle posa sa main sur celle de Romanais-la-Rose-d'Amour. C'était une prise de possession. Presque des accordailles, se dit Donatienne, le cœur transpercé.

Les yeux brillants comme s'il avait bu une carafe de vin et non de limonade, Calixte, mettant à son tour son autre main sur celle d'Adélaïde, dit, avec une certaine solennité :

– Mon idée, je l'ai ! Et c'est la plus belle. Je vais vous faire des bottines correctives et vous ne boiterez plus.

Un instant, Adélaïde hésita, partagée entre le dépit que l'on parlât de son infirmité et l'espoir soudain de la voir disparaître. Mais sa décision fut prompte – elle avait toujours su réagir très vite – et elle demanda :

– Comment ferez-vous ?

– J'ai trouvé ! Atma pourrait vous dire qu'après m'avoir vu passer trois nuits à travailler sur mon projet, hier soir, il a croqué un morceau de sucre pour fêter ma réussite.

Le chien dormait sur les genoux de Donatienne. Les mains de son amie lui chauffaient agréablement le dos – qu'il commençait à avoir douloureux. Les sentit-il trembler ?

Ce soir-là, dès leur bougie éteinte, Donatienne demanda à Adélaïde :

– Tu l'aimes ?

– Oui. Je le veux comme mari.

– Dis-le-moi en patois.

– *Oi. Vou volou commo homé.*

Le magasin d'Ulrich Steiner communiquait, par une porte toujours ouverte, avec les deux pièces de son appartement. Dans ce qui était à la fois salon et salle à manger parvenaient les battements du temps scandé par six grosses horloges alignées contre l'un des murs, y montant la garde depuis toujours. À Calixte qui s'étonnait que l'une ou l'autre ne disparaisse jamais, Ulrich avait dit :

– Je les aime trop pour les vendre. D'ailleurs, personne ici ne m'en donnerait leur prix.

Et de fait, datant du XVIIe et du XVIIIe siècle, elles étaient d'inestimables pièces de collection.

Ce dimanche matin-là, Calixte vint s'épancher, dans la monotonie de leurs tic-tac.

– Non seulement vous, mon bienfaiteur, êtes pour le célibat, mais aussi, je vous l'ai souvent raconté, mon maître Pierre Capus, dit Albigeois-l'Ami-des-Arts, l'un des plus grands artistes de la chaussure, ne s'est jamais marié, pour se consacrer tout entier à son métier, n'en voulant distraire aucune minute. Il a prouvé par son œuvre que la solitude est la meilleure alliée du beau travail. Je m'étais juré de faire comme vous et lui pour mener à bien mes projets, et puis...

– Et puis ?

– J'ai rencontré une jeune fille.

– Et tu as pu croire, toi, Romanais-la-Rose-d'Amour, qu'avec un nom pareil tu échapperais à l'amour ?

Ulrich riait d'un bon gros rire.

C'était un homme de petite taille, mince, fluet, et son rire ne correspondait pas à sa frêle personne. Peut-être, pour dominer la grande musique des horloges, le forçait-il depuis toujours.

– Parle-moi d'elle. Je la connais ?

– Vous l'avez sûrement vue. On ne peut pas ne pas la voir, c'est la plus belle fille de notre ville. Elle est chapelière. Et comme moi sans famille, enfin... presque, elle n'a qu'une sœur.

– Donc, tu l'aimes ?

– Si l'amour c'est de se dire : si cette jeune fille-là ne veut pas partager ma vie, je ne veux plus vivre, alors, je l'aime. Si c'est aussi de se dire que je ferai tout pour qu'elle soit la femme la plus heureuse de la Terre, alors...

– Alors, petit, cela c'est de la passion. Et je me demande...

Le gros rire résonna encore, couvrant les tic-tac implacables, et Ulrich ajouta :

– Non, à la réflexion, je ne me demande rien, parce que, moi, le célibataire, je ne connais ni l'amour ni la passion. Je te dis seulement, parce que tu es le fils que j'aurais voulu avoir, que Dieu te bénisse et te rende heureux.

Ne voulant pas trop s'attendrir, il ajouta :

– Sais-tu ce que je me suis toujours promis ? Que le jour où tu te marierais je te donnerais ma plus belle horloge. Ton père y était adossé quand on l'a arrêté, ici même, pour le déporter. J'aimerais qu'elle te rappelle d'être prudent et de ne pas te poster toujours en première ligne des mouvements revendicatifs ouvriers, selon les bons principes Royer.

Calixte parti, Ulrich soupira. Il aimait vraiment ce garçon comme son propre fils et se disait qu'il allait sans doute le perdre. Il n'avait vu que deux ou trois fois la belle Adélaïde, elle ne lui paraissait pas être de celles qui aiment à partager. Elle voudrait son mari pour elle seule.

M. Schopenhauer ne s'était pas beaucoup étendu sur la jalousie, mais Ulrich pouvait, sans son aide, en envisager les inconvénients majeurs. Il avait lu quelque part que « tout amour promptement tyrannise » et ne pensait pas que le plus tyrannique serait celui de Calixte. Mais il était prêt à parier que Romanais-la-Rose-d'Amour saurait résister aux épreuves que Dieu lui enverrait dans son ménage. Au fond de lui, l'horloger se demandait si, quoi que son jeune amoureux en pensât, son art n'était pas sa passion première, qui ne se laisserait pas distancer.

Ulrich méditait toujours, dans la cadence des tic-tac, lorsqu'un attelage stoppa devant chez lui. C'était le cabriolet de la tannerie Boulard, et Josépha y trônait. L'un des apprentis de l'établissement tenait les rênes du cheval. Josépha maintenait son chapeau dans le vent qui se levait.

Car elle s'était mise en grande tenue de visite, la vieille Boulard, et pour qui ? Pour lui ?

Ulrich détailla la robe de soie, la capote, les bottines, les gants, tout cela d'un noir brillant, ciré, glacé. Il ne se douta pas – peu familiarisé avec les toilettes féminines – du temps qu'il avait fallu à l'énorme femme, qui n'échangeait son fauteuil qu'une fois l'an contre son banc d'église à la messe de Noël, pour se parer ainsi, ni qu'elle s'y était employée depuis le lever du soleil et lui arrivait, le souffle court et endolorie de partout.

Le petit apprenti fit tinter la clochette de la porte du magasin. On était dimanche et qui ne savait, en ville, que l'horloger respectait le repos dominical ? Mais pour la vieille Boulard, fille, femme et belle-mère de tanneur, il n'y avait pas d'interdit. « Toujours l'orgueil, la superbe de ceux du cuir, les seigneurs de la ville », maugréa Ulrich. Mais sa curiosité fut la plus forte. Il ouvrit.

Descendue avec peine de sa voiture, Josépha avança vers lui dans sa sombre et opulente majesté, chercha de son regard perçant un fauteuil et, n'en voyant pas dans le magasin, pénétra sans hésiter dans le « privé » de l'horloger, qui l'y suivit, plus curieux que jamais. Il avait vu dans les petits yeux noirs de sa visiteuse – si assortis, se dit-il, à son affublement – briller des étincelles d'excitation.

Sitôt assise, et s'éventant – noir aussi l'éventail – et bien qu'elle parût légèrement irritée par le bavardage des horloges, Josépha débita le discours qu'elle avait dû préparer.

– Monsieur Steiner, si je suis ici, c'est parce que vous et moi nous nous sommes intéressés au pauvre Eudes Royer et ensuite à son enfant. Vous avez tenté – toute la ville le sait – de sauver le père et vous avez aidé le fils. J'ai fait comme vous. Et voilà qu'il nous faut intervenir encore : Calixte va se tromper. Deux jeunes filles croisent sa route, et il va choisir celle qu'il ne faut pas.

Alors, agrémentée de détails, de précisions, Ulrich entendit l'histoire de la petite Donatienne qui guettait Calixte, restait, des heures durant, à regarder sa fenêtre et à attendre qu'il sortît.

– Et je lui parlais, monsieur Steiner, et elle ne s'effarouchait pas, il fallait qu'elle soit là et rien ne l'aurait fait partir. C'était comme une force qui l'attachait sur le parapet du bord de la rivière, celle de son amour.

Josépha reprenait sa respiration, buvait une bonne rasade de cette atmosphère hérissée de tic-tac, et continuait :

– Et aussi, il faut que je vous raconte l'histoire de son Fifi. À cela, vous jugerez.

« Vous le savez, Calixte a sa petite cage d'osier près de sa table. Il aime beaucoup entendre son canari pendant que son marteau bat le cuir. Il me disait toujours que l'oiseau suivait la cadence de l'outil... Bref, voilà qu'un jour où il était parti avec son chien et sans avoir fermé sa fenêtre un chat s'est introduit chez lui, a renversé la cage, brisé les barreaux d'osier et mangé l'oiseau. Un dimanche où Donatienne était là à regarder, à attendre comme d'habitude, je lui ai raconté la mort du Fifi. Alors, elle a pleuré. Elle me disait : « Comme il a dû souffrir », et vous auriez pensé, comme moi, qu'elle parlait du canari. Eh non ! C'était sur Calixte qu'elle pleurait.

Ulrich écoutait sans sourciller, mais s'étonnait.

La réputation de Josépha Boulard était celle d'une femme autoritaire, peu accessible aux douceurs de la tendresse, et la voilà qui venait raconter des histoires sentimentales à un homme qu'elle connaissait à peine.

Mais ce qui gênait le plus l'horloger, c'était que ce fût une grosse, laide et vieille femme qui lui parlât de la sorte.

Alors, sans en avoir vraiment conscience, Ulrich ôta ses lunettes de myope. Ce qui était là maintenant, en face de lui, n'était plus qu'un tas de soie noire, quelque chose comme une ombre épaisse.

Il se sentit mieux. Et même il fit une découverte : la voix de cette opulente et vilaine personne était harmonieuse, ce dont on ne s'apercevait pas si on la regardait.

Maintenant, elle revenait à Eudes le proscrit. Elle en parlait comme une femme qui en eût été autrefois éprise. Se pouvait-il que cette vieille dame ait été jeune, jolie peut-être, et qu'elle ait aimé – sans doute en secret car rien n'en avait transpiré – le beau tanneur, célèbre pour sa force et ses convictions politiques ? Il y avait presque de l'indécence à s'imaginer la chose et, comme il allait machinalement remettre ses lunettes, Ulrich se hâta de les reposer sur la table à laquelle il était accoudé.

Il écoutait toujours cette étonnante confidence, se disant que la fraîcheur des sentiments de cette grotesque personne prouvait que ce qu'on appelait le cœur ne vieillissait pas comme on s'y serait attendu. Il en concluait que l'amour était bien aussi redoutable qu'il se l'était toujours imaginé, et se félicitait, une fois de plus, que ses flèches l'aient épargné.

Maintenant, Josépha retournait à Calixte sur lequel elle s'était promis de veiller et elle affirmait :

– Il va se tromper.

– C'est déjà fait, ajouta tout bas Ulrich, pour lui-même.

Il revit alors la petite Donatienne dans son magasin, le jour où Calixte y était. Il s'était senti attiré par cette enfant dont il s'étonnait que Calixte ne remarquât pas le charme et le joli visage.

– Il faut faire quelque chose, lui parler, et qu'il admette que celle qu'il a choisie ne le rendra pas heureux. Vous devez m'aider à lui dire qu'Eudes Royer n'aurait pas voulu de cette Adélaïde pour son fils qu'elle ne saura pas aimer.

Laissant passer un silence que s'approprièrent complètement les horloges, Ulrich osa avancer :

– Et si nous nous trompions ? Qui nous dit, l'aimant comme il l'aime, qu'il n'arrivera pas à s'en faire aimer autant ?

Josépha n'était pas satisfaite. Ce n'était pas ce qu'elle avait espéré entendre. Pourquoi avait-elle pensé que cet Allemand comprendrait la situation ? Elle se leva, presque avec agilité tant était grande l'irritation qui la soulevait.

Pour la raccompagner à sa voiture, Ulrich remit ses lunettes. Le pli dur de la bouche, la froideur du regard de sa visiteuse lui firent croire un instant qu'il avait rêvé la plus grande partie de son discours.

– Comment pouvez-vous vivre dans le vacarme de toutes ces pendules ? dit d'un ton bourru Josépha, redevenue tout à fait elle-même, ajoutant, pour elle-même aussi : « J'ai toujours pensé que ce n'était qu'un Prussien, celui-là, et j'avais raison. »

Comme toujours, Calixte était pressé. Il ne ralentissait son allure qu'en vue de la pâtisserie où il savait qu'elles faisaient encore halte, bien qu'il leur offrît des gâteaux chaque dimanche.

Il se demandait comment il allait s'y prendre pour annoncer à

Donatienne qu'il voulait lui parler sans que sa sœur entendît, quand il vit qu'elle était seule et passait dans les douces odeurs de brioche, de vanille et de caramel sans s'y attarder. Il s'inquiéta : Adélaïde était-elle souffrante ?

Donatienne le rassura. Un petit rhume seulement. En chapellerie, comme dans la chaussure, en période de grande presse, ajoutait-elle en souriant – n'ignorant pas qu'il le savait aussi bien qu'elle –, on pouvait travailler à domicle. Et cela plaisait à Adélaïde.

Rassuré, Calixte demanda :

– Pourriez-vous venir ce soir jusque chez moi, j'aimerais vous montrer quelque chose et vous parler.

Elle accepta, sans même savoir ce qu'elle disait. Et elle fut si distraite, si troublée pendant son travail, qu'Antelme Derivault dut, par trois fois, lui poser la même question avant qu'elle y répondît.

Ainsi, elle allait connaître sa chambre et son atelier avant Adélaïde.

Josépha la voyant passer crut à un miracle. Peut-être ce fou d'horloger avait-il réfléchi et parlé à Calixte.

La pièce, où autrefois les Royer vivaient à quatre, était maintenant moitié chambre, moitié atelier du dernier représentant de la famille. Le lit en occupait la partie la plus sombre, et devant la fenêtre se trouvait l'établi.

Calixte montra ses outils comme il eût présenté ses amis les plus chers : alène droite, alène à trépointe, fers divers à lisser, marteaux, pinces, et un chien, autre sorte de pince pour monter les tiges des bottes, et encore une cuillère, espèce de râpe...

Elle connaissait tout ça. Elle avait travaillé parmi des cordonniers-bottiers, elle avait entendu si souvent les voix de fer ou de bois de leurs instruments. Mais voir, toucher les « amis » de Romanais-la-Rose-d'Amour, c'était recevoir un peu de sa vie à garder dans son cœur.

Il les prenait, les caressait et les passait à Donatienne, qui eût voulu conserver plus longtemps dans les siennes la chaleur que ses mains y avaient laissée.

Il était content. Il parlait, souriait, riait même, et quelques taches de rousseur dansaient sur son visage Elle pensa, tout à coup, aux deux petites jumelles, qui avaient été si fières de montrer leur unique jouet – une ficelle à laquelle étaient enfilés quatre boutons de cuivre qu'elles faisaient tinter avec ravissement. Elles avaient alors le même regard joyeux que Romanais-la-Rose-d'Amour. Elle sut soudain qu'elle ne l'avait jamais autant aimé qu'en cet instant où il lui souriait, là, dans le soleil couchant.

Il s'interrompit, le regard redevenu grave, et il dit doucement, presque pour lui-même, pensa-t-elle :

– Mon ami Ulrich m'a fait remarquer un jour que « l'outil est le premier signe que l'homme a donné de son intelligence », en augmentant ainsi la force et l'efficacité de la main. Plus haut, il ajouta : J'ai noté cela dans un carnet que j'appelle ma deuxième mémoire. J'y écris beaucoup de choses, comme par exemple : « L'outil nous apporte le métier, mais la science intervient et nous donne la technique. » C'est un peu ma vie que je raconte en quelques phrases. Et le jour où j'ai rencontré votre sœur j'ai seulement noté : « À six heures, ce matin, 16 mars 1876 », parce que je saurai toujours ce que cela veut dire.

Elle entendait bien ce qu'il disait, mais ne cessait de se demander pourquoi il l'avait fait venir ici. Pas seulement, tout de même, pour lui montrer ses outils et lui parler de sa sœur ?

Il désigna un seau d'eau sous la table, appelé « baquet de sciences ». Elle n'avait pas le temps de demander pourquoi, il ajoutait déjà :

– J'y trempe les cuirs, ceux de dessous, et les contreforts.

Il parla aussi de l'éclairage lui permettant de travailler de nuit. C'était sa « boule du cordonnier », petit globe de verre plein d'eau concentrant la lumière de la lampe à huile sur son ouvrage. Enfin, il désigna son siège, devant l'établi.

– Pas de dossier, jamais, un tabouret est le signe de notre état.

– Pourquoi ?

Elle le savait. Mais voulait l'entendre encore parler, pour elle seule.

– Peut-être pour ne jamais nous endormir sur le travail.

Les bruits de la rue, cris d'enfants, aboiements de chiens, lui paraissaient venir d'un autre monde d'où elle n'était plus. Pendant ces quelques instants, elle fut au paradis avec Romanais-la-Rose-d'Amour. Et personne ne pouvait empêcher cela.

Elle caressa le gros galet servant à battre le cuir. Il était à la fois dur, lisse et doux. Elle aurait aimé qu'il le lui donne. Elle avait tellement envie de le prendre que sa main en tremblait.

– Maintenant, venez voir...

Il la conduisit jusqu'à son lit, sur lequel s'étalait une blonde peau de chevreau.

– Voilà ! C'est là-dedans que je vais tailler les bottines de Mlle Adélaïde.

Il caressait le cuir, l'incitant à en faire autant.

Elle avança la main, pendant qu'il ajoutait :

– Fermez les yeux pour la toucher plus profondément. C'est la plus fine que j'aie pu trouver. Elle est aussi douce que du velours et elle est vivante. Vous devez savoir qu'aucune peau n'est jamais semblable à une autre. Chacune est unique. Mon ami Ulrich affirme qu'il y a comme un aimant dans cette matière, qui attire nos mains vers elle sans que nous le voulions ou y pensions. Peut-être notre peau à nous veut-elle caresser celle-là.

– Et vous allez la découper ?

– Je vais lui donner une deuxième vie en la transformant en bottines. En bottines pour la plus belle jeune fille de la ville. Mais il faut que je vous montre ce que je suis capable de faire.

Alors, il dévoila son « chef-d'œuvre ».

Comme son maître Albigeois-l'Ami-des-Arts, qui avait créé, pour être admis compagnon, une botte, dite « de l'empereur Napoléon III », en cuir noir brodé, lui en avait fait une à la gloire du maréchal Bugeaud. Elle était en filali, ce cuir rouge du Tafilalet dans lequel étaient taillées celles des cavaliers arabes. Un ami, ancien compagnon devenu zouave, lui en avait rapporté d'Algérie.

– C'est le maréchal qui a fait donner à chaque déporté politique trois hectares de terre d'Afrique à défricher. Sans la malaria, qui fut envers mon père encore plus féroce que le gouvernement, je serais peut-être, aujourd'hui, un riche colon d'Algérie.

– Vous auriez aimé aller là-bas ?

– Pour chausser l'armée d'Afrique ? Non. Je me suis contenté de faire la botte du père Bugeaud. Regardez là, regardez bien ces broderies sur le cuir. Il y a, ici, les armes de Limoges, sa ville natale, là, en latin sa devise : ENSE ET ARATRO. Militaire et cultivateur périgourdin, il avait voulu conquérir l'Algérie « par le fer et par la charrue ». Dans ce coin, cette couronne de laurier est le rappel de sa création du premier comice agricole. Celle d'or et de perles est là pour célébrer la victoire d'Isly, et la récompense royale qui a fait de lui un duc. Et là, que voyez-vous ?

– Un bonnet ?

– Et là ?

– Une casquette.

– Eh oui ! La fameuse ! Celle de la chanson, celle qu'il avait oublié de mettre à la place de son bonnet de nuit au matin d'une bataille, je ne sais plus laquelle.

– Il y a là encore une couronne ?

– Celle de roi de l'Algérie. Ce qu'il était, enfin presque. Mais ce que je préfère, et que j'ai brodé à trois endroits différents, c'est le soleil d'Austerlitz dans la gloire duquel le maréchal a gagné son premier galon.

Elle continuait à se demander, le cœur battant : « Mais pourquoi, pourquoi m'a-t-il fait venir ici ? »

Et lui continuait à expliquer :

– Mon grand-père y était aussi et ils se sont peut-être vus, se sont parlé... Maintenant, devinez avec quoi j'ai brodé tout ça ? Avec des cheveux ! Les longs cheveux noirs de ma mère. Elle les avait coupés pour les vendre. C'était la morte-saison dans la chaussure, mon frère et moi étions malades. Avant de les porter chez le perruquier, elle en a gardé une belle mèche, en souvenir. Plus tard, je m'en suis servi pour les broderies et les coutures les plus fines ; les grosses, celles du cou-de-pied et de la baguette arrière, sont faites en fil poissé, mais les délicates sont cousues en cheveux. Exactement comme le « chef-d'œuvre » de mon maître. On a dit qu'il avait employé les siens pour la « Botte de l'empereur », mais je ne le crois guère, car il en faut de très longs. Je pense qu'il a utilisé ceux de femmes de Chine qui nous arrivent de Pékin. Mais ils n'étaient sûrement pas aussi beaux que ceux de ma mère. Les vôtres aussi sont superbes, et si blonds.

Il regarda alors Donatienne en souriant, espérant qu'elle avait compris ce qu'il voulait d'elle.

Elle avait compris.

Ses cheveux étaient de l'exacte couleur de la vivante et veloutée peau de chevreau. Ils allaient servir à faire coutures et broderies des bottines d'Adélaïde.

– Est-ce que... vous voudriez bien les dénouer ?

Elle acquiesça en inclinant doucement la tête. Elle ne pouvait parler. Elle ne savait pas si elle était malheureuse ou heureuse. Certes, il voulait ses cheveux pour orner les chaussures de sa sœur, mais c'étaient ses cheveux à elle qu'il avait choisis et seulement eux. Il avait enfin vu qu'elle était blonde.

Elle défit le volumineux chignon pris dans une résille retombant sur sa nuque. Il y était si serré qu'il ne pouvait laisser prévoir l'énorme masse dorée qui ruissela, couvrant le dos et dépassant la taille.

Radieux, Calixte s'empara de la peau de chevreau, la rapprocha de la chevelure de Donatienne et s'écria :

– On ne pouvait rêver mieux !

Ainsi, elle était là parce qu'elle était blonde. Elle ne parvenait même pas à esquisser un petit sourire.

Comme Calixte ne regardait que ses cheveux, elle sut que cela importait peu. Qu'elle rie ou pleure, le verrait-il seulement ?

Il disait :

– Vous permettez que j'en prenne un, pour le mesurer ?

Elle permettait, tremblante à le sentir si près d'elle. Il arracha, très délicatement, le long fil doré, le tirant avec douceur, en s'écriant :

– Par Dieu, il fait plus d'un mètre ! Ah ! merci, mademoiselle Donatienne. Grâce à vous, je vais réaliser les bottines les plus raffinées jamais faites, cousues et brodées ton sur ton, or sur or.

Il était heureux. Elle se réjouit qu'il le fût par elle. Elle pensa combien il eût été bon et doux de vivre à ses côtés et d'être fière de l'aider.

Comme elle était dans son rêve, elle n'entendit pas ce qu'il venait de lui dire. Il répéta :

– Pourrai-je prendre tous les cheveux dont j'ai besoin ? Je dois les couper moi-même, vous ne sauriez pas ce qu'il me faut.

Très vite, elle comprit que si elle le laissait faire maintenant il n'aurait ensuite plus besoin d'elle. Aussi dit-elle :

– Il se fait tard. Demain, si vous voulez, puisque c'est dimanche.

Ils prirent rendez-vous. Ils viendraient ici chacun de son côté, pour qu'on ne les voie pas faire le chemin ensemble.

Elle eût pu dire qu'il pensait un peu tard à préserver sa réputation après avoir passé une grande heure, seul avec elle, dans sa chambre. Mais elle savait qu'elle ne lui reprocherait jamais rien.

Quand Donatienne passa devant Josépha encore assise dans son fauteuil d'osier, elle se rappela les dimanches où elle venait s'installer en face de la vieille femme et regardait les cuirs sécher dans le vent sur les balcons de bois. Que n'aurait-elle donné à ces moments-là pour pénétrer dans la chambre dont elle sortait ce soir ! Aurait-elle jamais pensé alors que ce serait la couleur de ses cheveux qui lui en ouvrirait la porte ?

Elle se prépara avec fièvre à ce rendez-vous, sachant que ce serait le seul de ce genre qu'elle aurait jamais avec Calixte. À la nuit, pendant qu'Adélaïde dormait, elle lava ses cheveux au petit lavoir de leur rue. N'en trouvant pas l'eau assez claire, elle courut jusqu'au Cygne-Fontaine, au pied de la tour du Jacquemart, les y rincer encore.

C'était sa fontaine. Sa mère lui avait souvent dit : « Quand je t'attendais, j'ai ressenti mes premières douleurs en passant à côté d'elle ; je me suis arrêtée et j'ai bu de son eau, ce qui m'a donné la force de marcher jusque chez nous. Le gros oiseau porte bonheur. »

La tradition romanaise disait que si l'on buvait deux fois à la fontaine du Cygne on ne quittait plus jamais la ville. Mais Donatienne avait passé un pacte différent avec elle. Chaque année, à son anniversaire, elle venait y boire et y faire un vœu. Il y avait deux mois, pour ses quinze ans, elle avait encore demandé : « Fais que Romanais-la-Rose-d'Amour m'aime. »

Quand elle eut rincé sa chevelure à l'eau déversée par le bec du cygne dans la vasque en forme de coquille, elle annula son souhait, murmurant dans le silence de la nuit que seul habitait le chant de la fontaine : « Puisque c'est Adélaïde qu'il aime et qu'elle l'aime aussi. »

En s'habillant le lendemain pour la messe, qu'elle entendrait avant d'aller rejoindre Calixte, elle décida de mettre sa robe d'été en indienne. Bien qu'elle fût défraîchie et reprisée, elle était blanche, et il lui semblait que c'était ce qui convenait à cette unique journée où elle allait avoir son Romanais-la-Rose-d'Amour tout à elle pendant au moins une grande heure. Après, il ne serait plus qu'un frère.

Il faisait encore frais en cette fin d'avril, et Adélaïde, décidant, fort heureusement, de ne pas sortir, haussa les épaules, prédisant à sa sœur qu'elle allait attraper la mort vêtue ainsi.

Donatienne n'écoutait pas. Elle était au regret de n'avoir pas dix sous pour acheter du parfum, ou un savon plus fin que celui qui servait aussi bien à laver le linge qu'à leur toilette. Mais Adélaïde continuait à consacrer leurs salaires entiers – une fois la chambre payée – à la nourriture.

Pendant la messe, comme elle regardait l'autel, l'idée lui vint de prendre une fleur dans l'un des bouquets déposés aux pieds de la Vierge.

Elle attendit qu'il n'y ait plus personne dans l'église et cueillit une rose très odorante. Ce n'étaient ni Jésus ni sa sainte Mère qui pourraient lui en vouloir. Elle frictionna ses cheveux avec les pétales dans l'ombre de la sacristie.

Josépha, la voyant passer, souriante et si jolie dans sa robe blanche, ne sut que penser.

Calixte l'attendait, joyeux.

Il avait déjà découpé la peau de chevreau, mais Donatienne ne voulait pas trop vite d'une cueillette de ses cheveux. Il fallait faire durer ce moment, le plus beau qu'elle vivrait jamais. Elle devait parler pour rester ici le plus longtemps possible.

Découvrant ses galoches, qu'elle s'était efforcée de cacher jusqu'à maintenant sous sa robe, elle raconta qu'Adélaïde et elle, quand elles étaient enfants, et la morte-saison en chapellerie venue, s'employaient à frotter à la suie les mêmes semelles de bois que les siennes dans une fabrique de chaussures. Adélaïde était habile et ne se tachait presque pas, mais, elle, elle était souvent, le soir, aussi noire que les ramoneurs.

Elle voyait qu'il écoutait surtout parce qu'elle parlait de sa sœur. Ne l'aurait-elle donc jamais, même un instant, pour elle seule ? Elle aurait tant voulu entendre de lui, aujourd'hui, ce qu'elle garderait à jamais en elle. Alors elle s'enhardit à demander pourquoi il avait été baptisé, chez ses compagnons du tour de France, Romanais-la-Rose-d'Amour.

– Oh ! pour plusieurs raisons. Mais aussi parce que en arrivant à Fougères, un autre grand centre de la chaussure où j'ai beaucoup appris, j'avais offert à la mère chez qui nous allions tous habiter une rose rouge, cueillie en chemin, dans un beau jardin. Mes compagnons en avaient ri. Plus tard, au moment du choix de mon deuxième nom, on a dû repenser à la rose.

Quels sots avaient osé se moquer de lui ? Elle s'étonna d'en être furieuse au point de ressentir l'étrange besoin de le protéger, lui, un homme grand, fort et beau qui n'avait sûrement besoin de personne pour le défendre.

Il suivait son idée, lui demandait, plus sérieux tout à coup, si elle avait déjà remarqué qu'un geste, une action dus au hasard vous poursuivent souvent toute une vie.

Elle comprenait ce qu'il voulait dire. Elle aurait pu lui raconter ce qui lui était arrivé à elle aussi, comme ça, un matin. C'était, il y avait bien longtemps, dans sa rue Bistour, elle s'était penchée vers le pot de fleurs de la laveuse voisine. Et la vieille avait dit :

« Toi, tu es amoureuse de mon réséda. »

Amoureuse. Le mot était entré dans sa tête et dans son cœur. Elle avait su alors qu'elle était amoureuse du grand jeune homme au petit chien blanc. Mais elle ne pouvait rien dire d'une chose pareille. Résignée, elle se tut et dénoua ses cheveux en murmurant :

– Prenez ce que vous voudrez.

Dans le soleil qui entrait à flots par la fenêtre, la chevelure parut soudain flamber.

– C'est vraiment avec de l'or que je vais faire mes coutures ! s'exclama Calixte.

Elle était assise sur le tabouret, et le jeune homme se penchait au-dessus d'elle. Elle découvrit qu'il sentait à la fois le savon de Marseille avec lequel il avait dû se laver, l'odeur du cuir et, un peu aussi, celle du fer de ses outils. Il lui sembla que tout cela pénétrait soudain en elle comme un tourbillon. Elle en ressentit une émotion indéfinissable, encore jamais éprouvée, dont elle ne pouvait dire le nom et qui lui enflamma le sang. Et lorsque Calixte passa les mains dans ses cheveux, en en prélevant, avec grande délicatesse, deux ici, deux là, elle sut que c'était maintenant qu'elle aimait cet homme, réellement, complètement. Avant, elle n'avait que rêvé. Et la joie pourtant vive, brûlante, que lui avait jusqu'à ce jour donnée le seul plaisir de le voir s'effaçait devant l'intense besoin qu'elle ressentait soudain d'être contre lui, de le sentir, de le toucher. Tout le temps de la quête délicate, tendre même, qu'il fit de ses longs cheveux, elle fut la proie d'une sorte de vertige qui la laissa tremblante et désemparée.

Elle regardait autour d'elle. Cette chambre, il lui faudrait s'en souvenir toujours. Elle nota le couvre-lit de coton blanc, tricoté peut-être par la mère de Calixte qu'elle aurait voulu connaître. Était-ce elle qui, autrefois, accrochait ce brin de buis sur le mur ? Son fils continuait-il seulement en souvenir d'elle ? Peut-être était-il de ceux que tante Thérèse appelait, en crachant le mot, des rouges ?

Quand il eut fini, ayant enroulé son bien sur une bobine de bois, elle était immobile sur le tabouret, les paupières baissées. On aurait pu croire qu'elle dormait.

Il se le demanda et s'aperçut de sa pâleur. Il crut qu'elle s'inquiétait, craignant sa chevelure saccagée. Il la rassura, lui demanda comment il pourrait la remercier.

– Embrassez-moi, dit-elle.

Il hésita une seconde, et, en grand frère affectueux, posa ses lèvres sur une joue, puis sur l'autre.

Avait-elle espéré un autre baiser ? L'idée que Calixte pût le penser la terrifia, et elle s'enfuit, sans même prendre le temps de renouer ses cheveux.

Elle passa en trombe devant Josépha stupéfaite et courut, droit devant elle, sans s'arrêter jusqu'à ce qu'elle atteigne le bord de l'Isère.

Elle s'assit là, sur une souche d'arbre, et regarda, longtemps, l'eau couler. Elle se disait que sa vie était finie.

Quand elle regagna sa chambre, elle y trouva Adélaïde qui s'était endormie après avoir déjeuné sans se soucier de lui laisser sa part. Elle croqua un quignon de pain sec en pleurant.

Sébastien somnolait sur la chaise de paille qu'il sortait devant sa porte pour jouir de la fraîcheur de la soirée. Dans la pénombre, il ne vit pas Calixte arriver vers lui à grandes enjambées, suivi de son petit chien. Un aboiement joyeux d'Atma le réveilla tout à fait.

Sans perdre une minute, sa casquette à la main, le jeune homme attaqua :

– Je sais que vous êtes celui à qui je dois demander Adélaïde Berthon.

Remis de sa surprise, Sébastien ne dit ni oui ni non. Il réfléchissait. Cela lui prenait toujours un certain temps. Puis il acquiesça. En quelque sorte, c'était dans l'ordre, il ne voyait pas qui pourrait y trouver à redire. Depuis la mort de la Thérèse, il s'était occupé des fillettes. Il lui sembla alors entendre sa belle Marie-Ange lui dire : « Oui, c'est à toi de la conduire à l'autel à ton bras. »

Il se voyait entrant à l'église Saint-Nicolas, par deux fois, avec l'une et l'autre de ses petites, quand, brusquement, lui vint le sens de ses responsabilités. Et, d'abord, qui c'était, celui-là qui voulait Adélaïde ?

Il proposa :

– Rentrons nous mettre à l'aise et à la lumière pour que je te voie la figure.

Et, dès qu'ils furent dans la cuisine, assis devant un verre de petit blanc :

– Bon, pour être bel homme, tu l'es. Mais explique-moi un peu comment tu vas la faire vivre, ta femme.

Calixte n'attendait que ça. Il se dressa et debout, toujours la casquette à la main, parla chaussures. Longtemps.

– Si je comprends bien, conclut Sébastien, tu te mets à ton compte et tu feras de belles bottines pour les dames riches de la ville ?

– Pas seulement. Je ferai aussi travailler une dizaine d'ouvriers à domicile – comme font tant d'autres – sur des modèles pour hommes que j'ai mis au point depuis longtemps, et en fournissant les matériaux. Vous le savez, les cordonniers aiment bien rester chez eux. Je vendrai tout ça ici, sur les marchés, les foires, ou alentour, et de plus en plus loin.

– Tu es ambitieux, mon fils. Note que l'Adélaïde t'aidera. Elle a l'air, comme ça, de craindre même la brise légère qui nous vient des collines au printemps, mais elle sait ce qu'elle veut, et je peux te garantir que si elle s'attrape une idée ou une envie elle ne les lâche pas. Ah ! je pourrais t'en raconter de ses inventions, tant je la connais. Tiens, je me demande si tu as entendu dire que dans ses sept à huit ans elle s'en est allée discuter avec M. le curé, un beau matin, sans avoir peur ni de Dieu ni du diable. Tu sais comme elle est, jamais de manières, et vlan ! en avant. Le sacristain qui a tout entendu m'a dit la chose. Donc, la voilà qui regarde notre abbé bien en face, avec ses yeux qui ont l'air d'un bout de paradis, et elle demande : « Monsieur le curé, pourquoi les enfants de chœur sont toujours des garçons ? C'est pas de la justice, ça. Les enfants, c'est des filles autant que des gars. »

« Il paraît qu'elle avait réponse à tout ce que le vieux prêtre lui expliquait. Elle lui disait que Notre-Seigneur avait voulu des curés et aussi des bonnes sœurs. Il aurait donc, sûrement, voulu aussi des enfants de chœur de même, les uns avec des cheveux courts, les autres avec des longs. Et, tu me croiras si tu peux, elle a cassé et recassé les oreilles avec ça tout un temps au pauvre homme. Lui, il ne pouvait trop la contrarier, elle avait toujours été la meilleure au catéchisme. Et puis, tu le sais déjà, je parie, on résiste pas trop à son air d'ange qui médite des espiègleries. Et aussi, tu veux que je te dise, peut-être qu'il n'avait jamais pensé à ça, à des filles enfants de chœur. Comme on était en carême, ça lui gâchait un peu les bonnes petites perches de l'Isère qu'il a toujours aimé se déguster et qui devaient refroidir dans son assiette, parce que l'Adélaïde avait choisi l'heure du déjeuner pour être sûre de le trouver chez lui. Bon, je te dirai pas qu'elle avait des vues sur le vin de messe, c'est toujours le lait qu'elle a aimé plus que tout, elle l'appelle son fortifiant. Non, ce qu'elle voyait, avec les enfants de chœur, crois-moi, c'était le pain bénit. Surtout que chez nous il est souvent de la brioche, ou de la pogne, comme tu voudras, et que le curé en donnait de sacrées tranches à ses petits, après la messe. Et qu'elle le savait. Eh ! diable, elle n'a pas gagné, bien sûr. Il faut des révolutions pour changer les choses, même celles du bon Dieu. Et encore. Tu le sais comme moi, il coule du sang, mais ça chamboule guère... Oh, et l'histoire de la machine, tu la connais ? Non ? Mais alors tu maries l'Adélaïde sans rien savoir d'elle, mon pauvre ! Imagine un peu, elle devait avoir alors dans les douze ans et, un soir, parce que ça se passait quand la Thérèse piquait ses bottines jusqu'au cœur de la nuit, donc, un soir, crac ! la machine à coudre ne veut plus tourner. Tu la vois d'ici, la tête de la pauvre bossue ? Deux francs de manque avec ses oisillons toujours le bec ouvert à attendre qu'on le remplisse. À cette heure-là personne pour réparer. Arrivée ici de l'histoire, Adélaïde dit toujours que c'est de ne plus entendre la chanson habituelle de la machine qui l'a réveillée. Peut-être bien, et la voilà qui se lève et, écoute ça : elle démonte l'axe de la bielle qui avait grippé, le graisse, de même que les axes de la pédale, et remonte le tout en sifflotant de satisfaction. La Thérèse n'en revenait pas. Au matin, dans la rue, l'affaire s'apprenait et coulait comme le ruisseau des lavoirs, dans un grand air de fierté. Il paraît que les laveuses ont tapé de leur battoir en cadence pour dire : « Et pourquoi les femmes feraient pas aussi bien que les hommes ? » Ça leur faisait briller le soleil de ce matin-là encore plus. Bon, des bêtises, vieilles ou jeunes, toutes, elles parlent trop. N'empêche que ton Adélaïde, c'est quelqu'un.

« Je te dirai que, la Thérèse et moi, on savait le secret de la connaissance de la petite. À force de la nettoyer chaque soir, la machine, dans la délicatesse mais en son plus profond, elle se la connaissait comme ses *pater* et ses *ave*... Ah ! te voilà en pleine réflexion. Et je pourrais t'en raconter un plein panier sur les deux filles Berthon. Parce que tu vas aussi avoir l'autre comme sœur. Et elles se ressemblent beaucoup, par la figure. Encore que la Thérèse disait : « Elles ont les mêmes yeux de ciel, vraiment tout pareils, mais ils ne voient jamais les mêmes choses. » Donc, tu fondes famille, et mes filles passent de ton côté. Eh ! ça me reposera un peu. Et à quand la noce ?

– Le plus vite possible.

Calixte parti, Sébastien alla extraire de son armoire le haut-de-forme qu'il portait du temps qu'il était compagnon. Il l'essaya face au morceau de miroir devant lequel il taillait sa barbe.

Le souvenir qu'il avait de lui coiffé ainsi trente ans auparavant s'effaça devant ce que la glace lui renvoyait, mais il n'en fut pas trop contrit. Sa vue, de plus en plus basse, lui épargnait bien des évidences. Il se trouva donc assez bonne façon pour un père devant mener sa fille à l'autel.

Adélaïde affirmait que, du temps des crinolines, il était plus facile de suivre la mode. Un ou deux jupons, fortement amidonnés, donnaient à une jupe froncée l'ampleur voulue. Mais ce que l'on appelait maintenant la tournure s'imitait moins aisément.

Donatienne approuvait. Elle avait consenti à échanger sa robe d'indienne blanche contre la bleue de sa sœur. Adélaïde disait encore :

– Si j'avais prévu de me marier si vite, j'aurais choisi du blanc moi aussi.

Il s'agissait de la tenue d'été qu'elles avaient pu acheter, deux ans auparavant, l'une et l'autre, remplaçant, pour la première fois, jupe et camisole par une vraie robe. L'événement de l'année, permis par une saison en chapellerie particulièrement bonne et offrant un supplément de travail à domicile. Mais ces modestes toilettes de cotonnade n'étaient plus au goût du jour.

C'est alors qu'Adélaïde s'était éveillée, ce matin-là, avec l'idée qui allait tout arranger, disait-elle, radieuse. À peine levée, elle avait essayé la robe de Donatienne et lancé un victorieux : « Regarde bien comment je me mets à la mode. »

Chassant, du devant sur l'arrière, toute l'ampleur d'une jupe froncée, la relevant ensuite en une espèce de pouf dans le bas du dos, elle s'était écriée, radieuse :

– Et voilà la tournure !

– La tournure, oui, disait Donatienne, mais pas la longueur, la robe t'arrive au mollet.

– Pour le moment. Mais quand j'aurai glissé là-dessous une seconde jupe, plate celle-là, je serai tout à fait convenable.

– Et avec quoi tu la fais, cette deuxième jupe ?

– En soie, pardi ! Dans la soie des coiffes-doublures de notre chapellerie.

Là, Donatienne n'avait plus été d'accord. Adélaïde lui demandait de dérober trois mètres de tissu à l'atelier.

– C'est toi qui distribues, chaque matin, le métrage de la journée à la coupeuse, ça te sera facile.

– Je n'ai jamais volé et je ne le ferai jamais.

Enjôleuse, Adélaïde disait :

– Ce serait mon cadeau de mariage et qui ne te coûterait rien.

Comme sa sœur refusait toujours, Adélaïde avait pleuré, puis toussé, puis affirmé avoir de la fièvre jusqu'à ce qu'elle entende :

– Bon. J'essaierai.

Ce que Donatienne tenterait n'était pas de tricher sur le métrage du tissu des doublures de chapeaux, mais de demander une faveur au contremaître Antelme Derivault.

Elle lui avait expliqué, émue, rougissante, qu'elle avait besoin de soie blanche pour terminer la robe de mariage de sa sœur. Pouvait-on lui en céder, payable sur son salaire des trois quinzaines à venir ?

Étonné, Antelme avait avancé qu'un magasin, en ville, lui procurerait le même article.

– Mais il faudrait payer tout de suite, tandis qu'ici, si vous intervenez, on acceptera d'attendre un peu.

Le contremaître avait donné le tissu. Il en avait même mesuré un mètre supplémentaire, heureux que Donatienne ait fait appel à lui. Puis il s'était proposé comme témoin, puisque Adélaïde Berthon faisait partie de son atelier. Il avait ajouté que, compagnon du devoir du tour de France lui aussi, il serait honoré d'assister un « pays » ce jour-là.

L'offre d'Antelme Derivault avait flatté Adélaïde. Tout en la faisant réfléchir. Faudrait-il inviter beaucoup de gens au déjeuner de noce ? Si Calixte dépensait trop pour le mariage, que leur resterait-il pour commencer à monter leur ménage ? Elle était sûre qu'elle n'aimerait pas voir une grande compagnie manger tant de bonnes nourritures à son compte. Elle devrait le faire comprendre à Calixte. Mais, pour le moment, la tracassaient, plus encore, de sombres réalités. Elle n'avait ni chapeau ni sac pour partir avec son mari là où il voulait l'emmener. Une surprise, ce petit voyage, qui la ravissait et la désespérait à la fois. Et qu'aurait-elle eu à mettre dans un sac, si même elle en avait eu un ? Possédaient-elles, sa sœur et elle, plus de trois chemises à elles deux ?

Adélaïde, à cet instant, jeta un regard circulaire dans la chambre, cherchant ce qui pourrait être vendu ici. Rien, il n'y avait rien qui eût la moindre valeur. Sauf la montre.

C'était l'oignon en argent, du grand-père – jardinier chez un tanneur de la ville –, qui avait repêché, dans le bassin du parc, l'enfant des maîtres qui s'y noyait. En récompense, on lui avait offert cette montre, avec sa chaîne. C'était un dépôt sacré. Même l'hiver de la plus sérieuse bronchite d'Adélaïde on avait réussi à ne pas s'en défaire vraiment, il n'avait fait qu'un séjour d'un an au mont-de-piété.

– Tu iras, toi, chez Ulrich Steiner, dit ce soir-là Adélaïde. Tu sauras mieux que moi lui parler. Et on peut avoir confiance en lui.

Donatienne hésitait :

– Tu sais bien qu'elle ne marche pas.

– Et qui d'autre qu'un horloger pourrait la réparer ?

Ce fut cette décision de vendre la montre de l'aïeul qui acheva de projeter Donatienne dans la réalité de l'heure. Rien, désormais, ne serait comme avant. Elle n'aurait plus le droit de penser à Calixte, et, Adélaïde partie, il lui faudrait vivre seule ici – en admettant de pouvoir, avec un seul salaire, conserver cette chambre.

Sa sœur s'en allait donc pour toujours. Il n'y aurait plus à veiller sur elle, lui donner le meilleur de leur nourriture quotidienne, l'empêcher de prendre froid, se réveiller la nuit pour remettre du bois dans la cheminée, remonter l'édredon repoussé dans le sommeil, chauffer les galoches, le matin, avec les braises du foyer, rêver devant la vitrine du pâtissier. Tout ce qui remplissait son existence disparaissait.

Comme deux grosses larmes coulaient sur les joues de sa sœur, Adélaïde demanda :

– Pourquoi pleures-tu ? Parce qu'on vend ce vieux souvenir ? Il fallait bien qu'il serve à quelque chose un jour ou l'autre.

Dans la lente musique du beau timbre d'une horloge qui ne chantait pas en même temps que les autres, Donatienne poussa un petit soupir de soulagement. L'affaire était réglée. Elle murmura à Ulrich, comme si les pendules pouvaient entendre :

– Vous ne le direz pas à Calixte Royer ?

– Je ne raconte jamais ce qui se passe entre mes clientes et moi, ma petite demoiselle.

– Oh ! clientes ! Je ne pourrai jamais en être une vraie.

Elle riait. Elle était contente. Cinquante francs ! Avec ça on pouvait faire tant de choses.

– Et pourquoi non ? Vous vous marierez, vous aussi, un jour, répondit Ulrich.

L'écoutait-elle ? Il se le demanda. Elle rougissait soudain et disait :

– Ma sœur Adélaïde n'est pas ce que les gens croient. Ils ne savent pas.

Il se taisait, ne voulant pas arrêter sa confidence en l'interrogeant trop tôt. Et elle continua, à mi-voix :

– Personne ne sait qu'elle a peur de mourir, comme nos parents, comme nos deux petits frères.

Il risqua :

– Vous, vous n'avez pas peur ?

– Non, moi je ne tousse jamais. Elle, elle craint l'hiver si mauvais avec ses rhumes et ses bronchites. Elle ne va pas au bord de l'Isère à cause de l'humide qui tombe si vite et qui est un « perfide », un « assassin », comme disait notre tante Thérèse. Et je ne sais pas si M. Calixte a compris pourquoi il lui faut beaucoup de bonne nourriture. Il croit peut-être qu'elle est gourmande. Pensez-vous que je devrais lui apprendre qu'elle est fragile ? Non, pas fragile, elle préfère qu'on dise « délicate ».

– Je pense qu'il le sait.

– Ah ! tant mieux.

Ulrich la regardait partir.

S'il fallait absolument que Calixte se marie, elle était la femme qu'il aurait, entre toutes, choisie pour lui.

Adélaïde admirait ses bottines.

Elle n'en avait jamais vu d'aussi belles, même aux pieds des plus riches Romanaises. Posées sur l'établi de Calixte, dans les rayons du soleil couchant, elles avaient l'air d'être de l'or lacé de satin blanc. Autour d'elles, disposés en couronne, il y avait des rubans de toutes les couleurs, pour d'autres laçages, à assortir aux différents vêtements qu'elle porterait plus tard. Ils lui firent, en un éclair, entrevoir une existence future aussi colorée et aussi superbe qu'un arc-en-ciel. Mais elle en revint vite aux blancs. Ils étaient la preuve que tout était vrai, qu'elle allait épouser cet homme capable de la chausser comme une duchesse. Une duchesse qui ne boiterait plus.

Elle était assise sur son tabouret, et Calixte était à ses pieds.

Elle sentait son cœur battre à grands coups. N'avait-elle pas rêvé quand, la semaine précédente, au dernier essayage, elle avait pu marcher comme tout le monde ?

Elle releva très haut ses jupes et s'en soucia peu. Ne comptait que ce qui allait se passer quand elle mettrait ses deux pieds à terre. Elle retint son souffle.

Calixte n'était pas moins ému. Cette paire de bottines était son second « chef-d'œuvre », et doublement concluant : on pouvait faire de la chaussure corrective qui ne soit pas monstrueuse d'apparence et même puisse être des plus raffinées. Et si l'astucieuse semelle compensatrice intérieure qu'il venait d'inventer le comblait d'aise, la coupe, les coutures et les broderies de ce qui s'appellerait désormais la « Bottine Adélaïde » le rendaient plus fier encore. Les coutures surtout. Si on disait de celles de son maître, Pierre Capus, dit Albigeois-Ami-des-Arts, qu'elles étaient les plus fines du monde, que dirait-on des siennes ? Et de la rose, brodée aussi en cheveux, sur le côté extérieur de la tige ?

Par un suprême raffinement, dû à la blondeur de Donatienne, chevreau glacé, coutures et broderies étaient si dorés les uns et les autres qu'on eût pu les croire nés, par grâce divine, d'un rayon de soleil.

Adélaïde, maintenant, se levait et marchait vers la fenêtre, tournant le dos à Calixte. Puis elle virevolta, releva ses jupes au-dessus du mollet, pour bien montrer ses jambes avançant d'un mouvement égal, sans claudication ni déhanchement.

Elle alla jusqu'à Calixte qui était resté à genoux et la contemplait. Ils étaient, l'un et l'autre, ivres de bonheur.

Lorsqu'elle fut à deux pas de lui, tenant toujours ses jupes relevées, les relevant plus encore, prête, chaussée d'or, à marcher, à courir vers une vie nouvelle ensoleillée de grandes espérances, elle regarda cet homme agenouillé à ses pieds. Il était à elle ! Lui et tout ce qu'il serait capable de faire pour elle au long de leur vie commune. Alors, elle lui tendit les bras. Il se releva, et elle fut contre sa large et solide poitrine. Elle y resta pendant qu'il l'embrassait. Elle entendait maintenant battre leurs deux cœurs et elle se disait que la première chose qu'elle exigerait serait d'aller habiter ailleurs. Elle détestait les odeurs de la tannerie Boulard et les savait nuisibles à sa santé. Elle détestait aussi la vieille Josépha et n'avait aucune envie de respirer le même air qu'elle.

Pendant tout le temps de la visite d'Adélaïde, Atma n'avait pas quitté son morceau de couverture posé dans un coin de la pièce. L'apercevant, elle se promit aussi d'user de son pouvoir pour envoyer ce chien vivre loin d'eux. Calixte n'aurait plus besoin désormais que de l'affection de sa femme.

Comme elle voyait, sous la table, l'écuelle du petit animal, elle repensa soudain à ces déchets – pour chiens précisément – que le boucher leur vendait un sou, et desquels Donatienne et elle s'efforçaient d'obtenir quelque bouillon. Ce temps-là, par bonheur, se terminait. Grâce à Calixte, elle entrerait dans la boucherie sans boiter et avec cet air qu'elle savait prendre pour intimider. Étonné de la voir si bien marcher, le gros homme lui demanderait :

« Un sou de déchets, comme d'habitude ? »

Elle répondrait :

« Oui, pour mon chien. Et pour moi un beau gigot. Le plus beau. »

Et elle paierait avec une pièce d'or. Calixte avait dit qu'il en possédait vingt. Ses économies. Il en avait peut-être même plus. (Qui avouait jamais la vérité ?) Puis, devant les clientes, sûrement stupéfaites, elle dirait avec un petit sourire un rien méprisant :

« Je pense que vous avez la monnaie d'un louis ? »

Et elle partirait, la tête haute, et toujours sans boiter.

L'intensité de la joie qui l'étreignait à cet instant lui donna l'envie de raconter tout ça à ce visage si près du sien et dont la bouche cueillait tant de baisers sur ses joues, son front et ses lèvres. Elle croisa alors un regard qui la dérouta. Était-ce Calixte ? Elle en douta l'espace d'une seconde, et, se dégageant dans un brusque mouvement de recul, elle le regarda. Du col largement ouvert de sa chemise de grosse toile écrue jaillissait son cou fort et musclé, sa belle tête aux boucles mordorées et aux yeux dont la douceur et la tendresse habituelles étaient devenues soudain gravité et même dureté. Elle s'entendit dire : « Il faut que je rentre. Ma sœur va s'inquiéter. » En même temps, elle savait qu'elle ne voulait pas que les bras qui la retenaient avec tant de vigueur relâchent leur emprise.

Et ce fut elle qui entraîna Calixte vers le fond de la chambre. Vers le lit. Allongée, elle tendit un pied, puis l'autre, pour qu'il la déchausse.

Elle ne revint qu'à la nuit.

Quand Donatienne embrassa sa sœur, comme chaque soir

avant de souffler leur bougie, elle sentit sur elle l'odeur de Calixte. Elle n'avait pas besoin de cette preuve pour savoir ce qui s'était passé entre eux.

Elles étaient toutes deux dans le noir depuis un moment quand elle dit :

– C'est joli, ce losange imprimé sur les semelles intérieures de tes bottines, avec les initiales C.R. encadrant une rose.

Adélaïde n'avait pas remarqué ça. Elle en était sûre. Alors elle ajouta :

– Je pense que c'est la première fois qu'il signe ainsi une paire de chaussures. Tu dois en être fière.

Pas de réponse. Adélaïde dormait.

Et Donatienne, attendant que le sommeil lui vienne aussi, se demandait si Romanais-la-Rose-d'Amour avait été attristé que la femme qu'il aimait n'ait pas vu sa première signature, marquée aux fers, en lettres dorées sur une basane blanche.

Une belle journée, et que juillet dorait à point pour le bonheur d'Adélaïde, qui n'avait jamais trop chaud. Un ciel dont Ulrich disait galamment qu'il était aux couleurs des yeux de la mariée... et de ceux de sa sœur, les deux plus belles femmes de Romans.

– Ah, si vous aviez connu leur mère ! ajoutait Sébastien, la larme à l'œil.

Il était heureux, le portier, ancien fouleur en chapellerie, ancien compagnon du devoir du tour de France lui aussi, bien qu'il n'ait pu endosser son antique redingote d'apparat dont une armée de mites avait festoyé. Mais il lui restait le chapeau, la canne et les rubans. Ma foi, tant pis si les vêtements dèparaient un peu et souffraient de la comparaison avec ceux du marié et d'Antelme Derivault ! Cela ne l'avait pas empêché, à la sortie de l'église Saint-Nicolas, d'élever haut sa canne pour faire, avec celle d'Antelme, honneur aux jeunes époux.

Maintenant, le repas fini, tous entonnaient le plus beau refrain des cordonniers-bottiers.

Nous avons fait bien des bottines bleues
Charmants objets ! Lesquels sont au printemps,
Pour les amours, des bottes de sept lieues,

Parmi les fleurs et la poudre des champs.
Grâce à nous, élégantes semelles,
Comme aux oiseaux, pain du Petit Poucet,
Des rêves d'or faisaient battre les ailes
Sur les chemins où la beauté passait[1]...

Et Calixte enchaîna en se tournant vers sa femme, son verre à la main :

– À la beauté ! À la plus belle !

Et c'était vrai, se disait Donatienne, rien n'était plus parfait que le superbe visage rose et souriant de sa sœur, surmonté de nattes sombres disposées en couronne et piquetées de brins de fleurs d'oranger en cire. On comprenait que Calixte l'adorât. La preuve la plus éclatante de cet amour fou qu'il lui portait était là, posée sur la table, à main droite d'Adélaïde : son bouquet de mariée. Un centre d'épis de blé entouré de fleurs d'oranger. Dès l'aurore, Calixte avait couru, longtemps, jusqu'à un champ prêt à la moisson et y avait cueilli quelques épis. Il avait soudain pensé, en s'éveillant, que le rappel de l'or des bottines par celui du blé serait une jolie chose. Et en offrant le bouquet, avec son beau sourire, aussi blanc que les fleurs d'oranger, il avait dit : « Ça peut se manger ! » Adélaïde le savait. Combien de fois n'en avait-elle pas cueilli, de ces épis, croqués après les avoir fait éclater dans la poêle sur les braises du foyer !

Antelme, bien que chapelier, avait par courtoisie chanté lui aussi le refrain des cordonniers. Il était loin le temps où les compagnons du tour de France s'entre-tuaient sur les chemins s'ils n'étaient pas du même devoir. Mais il n'était pas d'accord sur l'emballement de Calixte : Donatienne était bien plus belle que sa sœur. Ses traits, si semblables aux siens, étaient aussi parfaits, ses yeux d'un bleu aussi fascinant, mais, surtout, ils reflétaient, eux, une âme pour laquelle on devait aussi parler de grande beauté. Quant aux blés d'or, objet de la course matinale du marié, c'était en hommage à la chevelure de Donatienne qu'ils eussent dû être cueillis. Mais Antelme était heureux qu'il n'en ait rien été, et que ce jeune et bouillant cordonnier-bottier fût aveugle. Car c'était l'être que de préférer une autoritaire Junon à une blonde sensitive, fleur délicate et gracieuse.

Il ne pouvait contempler que son profil. Elle était assise à côté

1. Michel Juignet, *op. cit.*

de lui et tournait peu son visage vers le sien. Elle ne quittait pas les jeunes époux des yeux. Il aurait aimé savoir si c'était Adélaïde ou Calixte qu'elle regardait si intensément. Il tenta de se rassurer : quelle jeune fille, fût-elle la plus raisonnable, n'eût pas été subjuguée par une mariée, n'eût pas eu le cœur et l'esprit tout entiers attachés à celle qui entrait dans la grande aventure dont chacune rêvait, fleurs d'oranger dans les cheveux et au corsage ? Pourtant, il avait, au fond de lui, une inquiétude : quelle femme n'aurait pas été subjuguée aussi par un homme offrant la séduction de Romanais-la-Rose-d'Amour, conquérant à la jeunesse enthousiaste et que tous, en ce moment, écoutaient. À Ulrich Steiner, qui venait de dire : « Les Allemands pensent que nous voulons une guerre de revanche. Il faudrait être fou, dans l'état où nous sommes, pour lutter contre la première armée d'Europe qui nous volera dans les plumes au premier engagement », il répondait en riant :

– Pour voler, il faut être léger. Et savez-vous comment elle va être chaussée, la première armée d'Europe et même du monde, couvée par M. de Bismarck ? Avec des souliers de plomb ! Non, que dis-je, de pierre ! Oui, mes amis, la nouvelle trouvaille prussienne est une semelle de pierre, articulée dit-on, inusable, imperméable, imputrescible. Ah ! les voyez-vous, les fantassins allemands rivés au sol par leurs brodequins ?

– C'est vrai, ça ? demanda Adélaïde en suçant une dragée.

– Presque. Presque seulement, hélas, il y aura bien quelqu'un chez eux pour empêcher cette stupide proposition. Songez que les godasses françaises de notre M. Godillot pèsent déjà trois kilos. Imaginez alors le poids des prussiennes. Quoi qu'il en soit, ce n'est pas leur armée que j'envie aux Allemands, mais leur économie. J'enrage qu'ils aient été les premiers à avoir eu l'idée d'ouvrir des magasins de vente de chaussures. Et combien en ont-ils déjà, grâce aux milliards français d'indemnités de guerre qu'ils nous ont arrachés ?

Donatienne s'était risquée à dire :

– Mais ce qu'ils y vendent, eux, ne sera jamais aussi beau que ce qu'on fait ici.

Calixte l'avait remerciée d'un sourire qui avait mis du rose aux joues de la jeune fille. Dans un brusque accès de jalousie, Antelme décida qu'il parlerait dès ce soir à Donatienne. Il lui proposerait de la raccompagner chez elle et lui dirait...

Que lui dirait-il ? Certainement pas comment était né son amour pour elle.

C'était pendant la distribution du travail à chacune des femmes de l'atelier des finitions. Il avait tendu à la jeune fille les six chapeaux d'homme dont elle devait s'occuper ce jour-là et s'était étonné de la voir s'en saisir de la main gauche. Il l'avait regardée, surpris. Mais elle avait, comme à l'habitude, sur son joli visage, cet air à la fois impénétrable et doux qui la faisait si différente des autres. Une heure plus tard, l'une des ouvrières était venue lui dire que Donatienne Berthon était à terre, sans connaissance.

Il était alors chargé à la fabrique – pour avoir été infirmier pendant la guerre, à la bataille de Champigny, en décembre 1870 – de donner les premiers soins en cas d'accident.

La jeune fille était gravement brûlée à l'épaule droite – un chaudron d'eau bouillante avait basculé sur elle pendant qu'elle attisait le feu dans sa cheminée, apprit-il plus tard. Deux femmes avaient, à grand-peine, enlevé le corsage qui collait à sa peau et il avait fait un pansement provisoire avant d'évacuer la blessée à l'hôpital.

Très étrangement, c'était le soir, chez lui, alors qu'il venait de se coucher, que s'était imposée à lui la vision du ravissant buste de femme qu'il avait eu sous les yeux le matin. Vision qu'il avait emportée dans ses rêves cette nuit-là.

Lorsque, trois jours plus tard, Donatienne était revenue, il n'était plus le même. Il ne pouvait plus chasser de sa pensée la nudité du buste de la jeune fille.

Il n'était pas favorable aux aventures entre membres du personnel, il s'efforçait d'ailleurs de mettre fin à celles qu'il voyait naître à la fabrique et n'entendait pas donner lui-même le mauvais exemple. Il pensa que son veuvage durait sans doute depuis trop longtemps et s'en fut se « distraire » à Valence.

Mauvais remède. Les filles fanées et vulgaires qu'il y avait trouvées ne pouvaient que le ramener à la fraîche beauté de Donatienne.

Comment alors, d'une simple attirance physique, était né un véritable amour ? Il avait, sans qu'il y parût, étudié la jeune fille, et peu à peu, d'escalade en escalade, il avait été soudain pris dans un éclatement de sentiments lui révélant qu'il aimait la petite Donatienne.

Depuis, il attendait son heure. Mais qu'avait-il à proposer ? Un homme ayant plus du double de son âge et chargé, de surcroît, d'un enfant qui ne pourrait pas toujours rester chez ses grands-parents maternels et qu'il devrait lui demander d'élever. Souvent, regardant ses tempes déjà grisonnantes, il se disait qu'il était fou et que cette jeunesse lui rirait au nez.

Mais souvent aussi le réconfortaient la pensée de posséder quelques biens et sa décision de ne pas rester contremaître toute sa vie. Il projetait sérieusement de s'installer à son compte. La chapellerie était en plein essor et il fallait en profiter.

Il rêva, en buvant à la santé des mariés, d'une vie où Donatienne et lui partageraient amour et travail. En reposant son verre, il se jura qu'il parlerait dès ce soir à la jeune fille.

Après les ravioles et les caillettes[1] romanaises, ils s'étaient délectés d'une daube dauphinoise – plat de résistance s'il en fut et qui était jadis servi dans les mariages de la région. C'était là un hommage d'Ulrich à la gourmandise de la mariée. Fier d'avoir retrouvé la recette, il l'avait fait exécuter par le chef de l'auberge où se donnait le repas de noce. Et chaque convive avait découvert, devant son assiette, un parchemin disant le déroulement de cette opération d'envergure qui ne nécessitait pas moins de : vingt pieds de porc, quarante paquets de couenne, deux langues de bœuf, six pieds de veau et deux têtes du même animal, huit kilogrammes de bœuf dans la culotte, cinquante carottes, vingt tomates, six oignons et autant d'ail, le tout à nager de compagnie et mijoter dans dix bouteilles de vin rouge et cinq de blanc sec pendant quatre heures. Là, une relève intervenait : sorties de leur odorant confit, les pièces de veau et de bœuf laissaient la place à un gros dindon, escorté de champignons sauvages nappés de coulis de tomate, parfumés aux anchois de Collioure, ondoyé, lui aussi, dans deux bouteilles de vin rouge, deux autres de blanc, et bénit, en apothéose, d'un litre de cognac[2].

– Vous en avez donc pris votre parti, disait Josépha à l'horloger, avec un petit coup de menton dans la direction d'Adélaïde, en ajoutant : « Et même vous la gavez ! De là à penser qu'elle sera l'épouse qu'il faut à notre Calixte...

– Qui peut savoir ?

– Ma foi..., accordait Josépha dans la béatitude de sa digestion. Ma foi...

1. Petits pâtés de viande.
2. D'après *La Cuisine des terroirs*, par R.J. Courtine.

Une légère brise venait à point rafraîchir son visage fardé d'un écarlate dû au croze-hermitage offert par Antelme. Et, paraissant soudain récupérer toute son énergie, la vieille femme déclara :

– Écoutez bien ce que je vous dis, ce n'est pas tant Calixte qui prend femme aujourd'hui, c'est Adélaïde qui fait l'honneur à Calixte de l'accepter pour mari. Vous la voyez, la différence ?

Mais Ulrich ne voulait plus rien voir de ce genre. Il regardait vivre, depuis plusieurs heures, cette belle jeune femme et il découvrait, forçant l'attirance que l'on ne pouvait s'empêcher de ressentir pour elle, ce mélange assez étrange de grâce altière et de pathétique qui se dégageait d'elle. Il n'avait pas su voir – il l'avouait – à leurs premières entrevues le côté émouvant qui transparaissait sous son apparence orgueilleuse. Aujourd'hui, pour l'avoir eue si longtemps face à lui, il comprenait ce qui avait séduit Calixte. Elle était orgueil et fragilité, dureté et douceur. Le garçon avait dû ardemment désirer qu'elle daigne l'aimer, et, en même temps, il était convaincu qu'elle ne saurait pas, ne pourrait pas vivre sans son aide.

La regardant découper son gâteau de mariage, Ulrich la compara soudain à sa pierre précieuse préférée qui peut être tantôt opaque, tantôt translucide, et dont les reflets irisés sont fascinants. Il se laissa aller à dire à Josépha :

– Elle est aussi belle qu'une opale.

Il le regretta aussitôt, entendant :

– Ouais ! Mais cette pierre-là porte malheur !

L'horloger médita, un instant, sur la jalousie féminine, puis préféra assez vite admirer à nouveau ces deux jeunes filles, nées parmi les plus pauvres de la ville, et qui avaient acquis – Dieu sait comment – tant d'aisance et de grâce. Il ne refusa pas de laisser remplir son verre à nouveau, bien qu'il eût été préférable de refuser. N'avait-il pas déjà trop bu ?

Quand Adélaïde, faisant le tour de la table pour remercier chacun de sa présence et de son cadeau, s'approcha de lui, il crut qu'un ange posait ses lèvres sur sa joue. Ce qu'il se garda de dire à Josépha... qui n'avait nul besoin d'explication pour comprendre et conclure : « Celle-là, désormais Mme Calixte Royer, saura tous les enrouler autour de son petit doigt. Y compris ce vieux fou d'horloger. » Il suffisait de la regarder, la belle mariée, déployant autant de charme auprès de tous que coulait de croze-hermitage dans les verres. Et elle relevait ses jupes pour exhiber ses jolies bottines en disant :

– Voilà comment devrait être la mode, avec des longueurs de robe à vingt centimètres du sol, pour mieux montrer les chefs-d'œuvre de nos cordonniers-bottiers... et surtout ceux du plus grand de tous, ceux de mon mari !

Il fallait voir l'air heureux de Calixte, continuait à se dire Josépha, et entendre le Suisse – puisqu'il voulait absolument être suisse ! – affirmer, comme s'il s'y connaissait :

– Eh ! cela changera un jour, sûrement. Parce que, s'il y a quelque chose qui scande le temps autant que mes horloges, c'est bien la mode. Elle marche, elle avance, sans répit elle aussi. Mon maître, Arthur Schopenhauer, aurait dit...

Qu'aurait-il dit, le philosophe allemand ? Personne n'en sut rien. L'arrivée du chef flanqué de ses deux marmitons captiva l'assemblée. Les trois cuisiniers, sur les ordres d'Ulrich, apportaient à Adélaïde les restes de la daube dauphinoise.

Présentés sur un plateau garni de feuillages et de fleurs étaient posés trois grands pots de grès hermétiquement fermés.

– Premières provisions de bouche en conserve pour notre jeune ménage, dit, radieux, l'horloger.

Adélaïde, virevoltant pour faire face à cette offrande qui la comblait de joie, avait, d'un aussi énergique que séduisant petit coup de talon en arrière, chassé sa longue jupe pour avancer plus commodément vers le présent d'Ulrich.

Il y eut un moment de franche gaieté.

Dans cette liesse due aux vins et aux nourritures, il semblait à Donatienne qu'aucun des jours vécus jusqu'à celui-ci ne s'était déroulé aussi lentement. Jusqu'à ce crépuscule qui s'éternisait. Elle attendait la nuit avec impatience pour s'y cacher, cesser enfin de sourire et de parler. Une énorme vague de douleur la submergea, et elle se demanda si elle allait mourir. N'était-ce pas un coup mortel au plus profond de sa vie qu'elle avait reçu ?

Elle regardait Adélaïde, radieuse dans sa gloire auréolée de blanc. Sa sœur avait son visage des dimanches matin où, dans la tiédeur tranquillisante de l'édredon rouge et du repos à venir, elle voulait être éveillée pour jouir de son plaisir.

« Rendors-toi, Adélaïde, tu as toussé cette nuit.

– Non. Il faut que je le voie se lever, mon jour de repos, pour en jouir encore plus ! »

Maintenant aussi elle avait ses yeux grands ouverts sur son bonheur.

Donatienne ferma les siens.

Ils quittèrent l'auberge tous ensemble, puis se séparèrent quand leur chemin l'exigea. C'est alors qu'Antelme proposa à Donatienne de la raccompagner jusque chez elle. Comme elle venait d'embrasser Calixte sur les deux joues, elle aurait aimé ne pas parler et garder sur ses lèvres, longtemps, le souvenir de ce contact. Elle n'aspirait qu'à être seule et aurait voulu refuser, mais elle ne trouva pas assez vite une excuse. Alors elle inclina la tête, en acceptant.

Ils marchaient dans le jour finissant sans rien se dire. En passant devant l'un des bancs de bois du quai, au bord de l'Isère, il lui proposa de s'arrêter un moment pour jouir des derniers éclats du soleil caressant l'eau. Elle accepta encore. Rentrer seule chez elle, pour la première fois depuis tant d'années vécues avec Adélaïde, ne la pressait guère.

Elle ne put s'empêcher de regarder Antelme Derivault qui, l'ayant fait asseoir, restait debout. Levant son visage vers lui, elle le détailla, avec un intérêt qu'elle n'accordait qu'à peu de gens ; son cœur habité par Calixte lui fermait les yeux sur les autres hommes.

Il ne ressemblait en rien à celui qu'elle aimait. Personne ne pouvait être comparé à Romanais-la-Rose-d'Amour. Avoir à peu près la même haute taille l'un et l'autre était, semblait-il, leur seul point commun. Elle refusa assez injustement à celui qu'elle avait sous les yeux la même sveltesse qu'à Calixte. Et il avait les cheveux trop noirs, un noir qu'accentuait encore la neige de ses tempes. Et elle n'aimait pas le rouge vif des rubans des compagnons chapeliers. Elle reconnut, toutefois, que s'il souriait – ce qui paraissait être rare – il y gagnait. Mais il était si calme, si souvent méditatif. Calixte, lui, disait vite, vite, tout ce qu'il pensait et on était emporté par un vent de joyeuse espérance, dans une course folle. Antelme parlait si peu... et en phrases si brèves. Du moins habituellement, car le voilà qui se mettait à raconter que ses parents, propriétaires terriens, lui avaient laissé une ferme dont on lui offrait un bon prix. Il allait la vendre et créer une chapellerie. Donatienne voulait-elle l'aider dans cette entreprise ?

Elle crut qu'il lui proposait de la débaucher. Et elle accepta, disant qu'il lui avait toujours été agréable de travailler sous ses ordres. C'est alors qu'elle l'entendit rire. Un rire grave, assorti à sa personne.

Comme il la vit étonnée, il lui dit, en prenant sa main :

– Je crains de m'être mal fait comprendre. Je ne vous propose pas d'être ouvrière chez moi. Je vous offre de créer cette chapellerie avec moi. Je veux vous épouser.

La nuit était tombée. Elle ne le voyait presque plus. Mais lui parvenait, très clairement, sa voix qui était maintenant chaude, pressante, et disait les mots qu'elle avait rêvé d'entendre prononcer par un autre.

Elle la laissa longtemps vivre dans la nuit, cette voix, sans rien dire elle-même. Mais, lorsqu'elle comprit qu'on lui demandait une réponse, elle sut qu'il lui fallait avoir le courage de parler à son tour et d'énoncer une vérité qu'elle ne pouvait cacher à celui qui s'appelait La-Sincérité-le-Péageois.

Alors elle raconta tout. Comment et combien elle avait aimé Calixte Royer, l'aimait encore, et n'était qu'à lui pour avoir vécu, des années, le cœur plein de cet amour.

Il y eut un long silence.

Peut-être tuait-on une voix, se dit-elle dans la demi-inconscience où ces événements la précipitaient. Eh bien, non ! Celle-là n'était pas morte. Plus vivante encore, plus forte, elle disait :

– Je vous aime. Vous m'aimerez un jour, plus tard. Nous attendrons ensemble.

Il n'avait pas qu'une voix, cet homme invisible dans la nuit, il avait des bras puissants qui, tout à coup, s'emparèrent de Donatienne.

Et il avait une bouche aussi...

En ce moment, Calixte embrassait-il Adélaïde avec cette fougue, cette passion ?

Désespérée, Donatienne accepta d'épouser Antelme. Il y avait quand même quelqu'un, dans cette ville, qui l'aimait.

Le Jacquemart martelait minuit, et elle ne parvenait pas à dormir.

Elle s'affola. Elle ne pourrait jamais aimer Antelme Derivault. Le cœur n'obéit à rien ni à personne. Elle le savait.

C'était un petit voyage de noces en forme de visite complète des nougatiers de Montélimar.

Adélaïde avait utilisé le produit de la vente de la montre de l'aïeul entièrement pour elle. Elle portait, avec la robe bleue qu'elle avait reprise à sa sœur, une capeline de paille nouée d'un ruban bleu aussi. Bleu encore était le laçage des bottines remplaçant le blanc de la veille. Dans un sac en tapisserie, elle avait deux chemises et une robe de rechange. Un luxe, tout cela, et qu'elle connaissait pour la première fois de sa vie.

Elle avait rendu sa toilette de mariée à Donatienne, en lui disant :

– Enlève la tournure et refais ta robe comme elle était avant.

– Je ne crois pas. Je la porterai peut-être telle qu'elle est là. Je vais me marier, moi aussi.

Un silence, qu'occupa le chant du serin en cage du voisin, puis la question proférée d'une voix assez aiguë :

– Avec qui ?

– Antelme Derivault.

Ce qui fit dire à Adélaïde, avec ironie :

– L'une dans la chaussure, l'autre dans le chapeau ! Nous ne serons pas en concurrence.

– Non. Nous ne le serons pas.

– Du moins sur le plan commercial.

Que voulait insinuer Adélaïde ? Se pouvait-il qu'elle ait compris, ou deviné ? Et que signifiait cette remarque lancée du pas de la porte en s'en allant :

– Le mariage te fera le plus grand bien !

Adélaïde n'avait jamais pris le train. Quand elle releva un peu sa jupe et posa sa bottine sur le marchepied du wagon traîné par cette machine dont son mari lui disait qu'elle était l'avenir et serait la base de la fortune de beaucoup de gens, elle eut vraiment conscience d'entrer dans sa nouvelle vie.

C'était à Calixte qu'elle devait tous les espoirs dont sa tête était pleine. C'était à lui qu'elle devrait aussi d'être parmi ceux que le chemin de fer aiderait à s'enrichir. Comme, monté le premier, il lui tendait la main pour l'aider, elle lui adressa un grand sourire de bonheur.

Ils logèrent, pour ces six jours de vacances – un mot qui n'avait encore jamais fait partie de leur vocabulaire –, dans une chambre louée en ville. Ils avaient eu le choix entre la maison d'une mercière et celle d'un boulanger. Calixte n'avait pas hésité, ils dormaient au-dessus du fournil.

Les bonnes odeurs du pain chaud leur parvenaient bien avant la fin de la nuit, et Calixte disait, en effleurant le nez d'Adélaïde :

– Tes narines frétillent, même quand tu dors.

Alors ils s'aimaient dans les effluves odorants de la cuisson des pains. Ce qui lui faisait ajouter :

– Je me demande de quoi tu te souviendras le plus, quand nous serons vieux, de mes caresses ou des parfums de la boulangerie.

– Des deux ! Mais tu n'as pas besoin de savoir dans quel ordre.

Elle l'amusait. Il ne s'ennuyait jamais avec elle. Quand il la croyait au repos sous un édredon, elle en jaillissait soudain avec une idée pas banale ou une question intelligente. Tout l'intéressait. La veille, elle lui avait raconté ce qu'elle appelait son « aventure de la vapeur ».

Elle avait accepté, un soir, d'aller boire une limonade au Grand Café avec un homme que les femmes de l'atelier appelaient « M. l'ingénieur ». Non pas pour la limonade, mais parce qu'elle voulait tout savoir de cette histoire de vapeur qui faisait marcher les deux machines à fouler le feutre installées dans la fabrique où elle travaillait.

L'homme lui avait dit :

« Que vas-tu comprendre à ce que je te raconterai d'une chaudière dont il sort une force telle qu'elle peut actionner plusieurs machines à la fois ? Et sais-tu seulement ce que veulent dire des mots comme cylindre, piston, arbre de transmission, poulie, courroie ? »

Elle avait obligé le malheureux à expliquer et expliquer encore, et même à faire un dessin. Et quand, enfin, il lui avait dit : « Bon, tu as compris, tu es contente comme ça, passons à autre chose », elle s'était enfuie en courant. Hélas, la tante Thérèse l'attendait avec son martinet et l'avait fouettée en l'accusant de vouloir suivre le mauvais exemple de la Jeannette, une fille perdue qui s'était fait enlever et emmener à Paris. L'ennui était que « M. l'ingénieur » était venu rôder rue Bistour pour essayer de retrouver sa belle amoureuse des chaudières à vapeur. Pour être sûre qu'elle n'irait pas le rejoindre, la Thérèse lui avait confisqué ses galoches pendant huit jours.

– Le paradis, disait Adélaïde en riant, pas de travail pendant une semaine, au chaud sous mon édredon. Vive les chaudières à vapeur !

Elle visita avec sérieux et compétence tous les nougatiers de Montélimar et prétendit reconnaître, chez chacun, sa manière et son tour de main secret, affirma aussi que le meilleur produit était celui à base de miel de lavande. Quand elle jura qu'elle distinguait même les fabrications qui comportaient les blancs d'œufs les plus frais, Calixte en rit pendant toute la soirée. Mais il jura, à son tour, que lorsque le ménage Royer serait riche et aurait un jardin on y planterait des amandiers et y installerait des ruches.

En attendant, ils firent l'extravagante dépense d'un bloc de nougat d'un kilo. Adélaïde venait de lire que ceux qui furent offerts aux petits-fils de Louis XIV, lors de leur passage dans la ville, en pesaient quarante fois plus, et se jugea, en proportion, une jeune mariée raisonnable. Ce qui amena Calixte à promettre, si les projets qu'il avait en vue se réalisaient, de revenir tous les ans ici faire provision de nougat.

Une nuit, Adélaïde s'éveilla soudain en hurlant et en sanglotant. Secouée de frissons, elle gémit longtemps, répétant sans cesse : « Je ne veux pas mourir. »

Calixte la prit dans ses bras, s'efforçant de la calmer et, lorsqu'il la sentit apaisée, tenta de la rendormir. Mais elle avait besoin de parler, et il l'écouta.

Elle raconta la mort de ses parents et surtout celle de sa mère.

– Elle était très malade, j'avais six ans, ma sœur cinq. Et nous ne voulions pas la quitter. Nous nous accrochions à son lit. Le médecin est venu et il nous a examinées, nous, les deux filles dont les petits frères étaient déjà morts. Puis il a dit, en regardant Donatienne : « Tâchons de sauver celle-là », et il l'a envoyée chez notre tante Thérèse. Mais j'avais entendu et compris. Je savais qu'il pensait que, moi, j'allais mourir aussi, très vite. Donatienne, elle, n'avait encore jamais été malade et elle ne toussait pas. Elle était rose, et moi j'étais toujours enrhumée et toute blanche. Elle, on allait la sauver, et moi on me laissait mourir. Après le départ de ma sœur, je hurlais des jours entiers, en me jetant sur ma mère : « Pourquoi, moi, on m'abandonne ici, pourquoi on ne m'envoie pas à la campagne, pour me guérir ? » Et un soir, quelques semaines plus tard, je criais encore, sans m'apercevoir que ma mère ne respirait plus. Je continuais à sangloter sur son corps déjà froid. Alors la tante Thérèse est venue me chercher, moi aussi. Mais j'ai toujours eu peur que ce ne soit trop tard, Donatienne a respiré au bon air plus que moi, elle a été mieux nourrie... et on lui faisait boire, tous les matins, l'eau où avaient trempé des clefs rouillées, pour le fer qui fortifie.

Comme à cet instant leur parvinrent les effluves quotidiens de la boulangerie, Calixte lui murmura en l'embrassant :

– Respire à fond ces bonnes odeurs de pain et de vie et dis-toi que tu es là, bien vivante, dans mes bras.

– Ma mère, mon père, mes petits frères étaient vivants eux aussi, juste avant...

Calixte s'ingénia à rendre les jours suivants plus délicieux encore que les précédents. Il se reprochait d'avoir souvent ri de la gourmandise de sa femme et de s'être moqué de ses grandes déclarations sur la nécessité de bien se nourrir pour faire reculer la tuberculose. Il chérit, alors, en Adélaïde la petite fille terrorisée à la pensée d'être abandonnée à la mort. Il eut des élans de tendresse éperdue auxquels il mesura encore plus la force de son amour. Ce qui le conduisit à se dire que son vénéré maître, Albigeois-l'Ami-des-Arts, s'était privé de bien des bonheurs. Où en trouver de plus parfaits que dans ce qu'on donne à celle qu'on aime ?

Comme ils avaient épuisé les ressources de la ville, il l'entraîna dans la proche campagne. Ils partirent, chaque matin, avec le panier emprunté à la boulangère qui, dans un torchon à carreaux rouges et blancs, leur emmaillotait des petits pains de froment. Ils y ajoutèrent un fromage et des fruits, et s'en furent, la main dans la main, droit devant eux.

Calixte racontait ce qu'il faisait sur les routes et les chemins pendant son tour de France. Comment il faut savoir rester silencieux pour que la nature parle et qu'on l'entende. Alors, disait-il, c'est un bonheur de l'écouter.

Ils s'allongèrent dans l'herbe, il prit Adélaïde dans ses bras, lui disant de ne plus bouger, pour laisser les oiseaux venir chanter tout près d'eux et les campagnols et les petits lapins s'approcher. Puis il lui montra comment on évide une courge avant d'aller demander à un chevrier d'y faire couler du lait de sa brebis. Il lui tailla un sifflet dans une branche de saule, la fit rire en regrettant de ne pouvoir le faire dans une canne à sucre, ce qui lui aurait convenu davantage.

Il était heureux. Il veillerait sur elle, éloignerait toute maladie et tout souci et, comme ils passaient devant un calvaire, il lui jura, sur la croix, qu'il la ferait vivre cent ans.

En regagnant la ville, elle s'inquiéta de ses bottines éraflées sur les cailloux des chemins. Il lui en promit tant de paires qu'il lui faudrait un meuble spécial pour les serrer. Ce qui le fit s'arrêter, soudain, en plein milieu de la rue.

– Personne n'a encore pensé à créer une armoire à chaussures, dit-il. Nous, nous fabriquerons la première.

– Et ma prochaine paire de bottines sera bleue comme dans la chanson.

Ils regagnèrent la ville en chantant à tue-tête :

Nous avons fait des bottines bleues
Charmants objets ! Lesquels sont au printemps,
Pour les amours, les bottes de sept lieues...

Rien ne valait se disait-il, le plaisir de la contenter et de faire luire le ciel de ses yeux. Oui, vraiment, comment son vénéré maître, Albigeois-l'Ami-des-Arts, avait-il pu croire que la solitude était nécessaire à l'accomplissement de l'œuvre d'une vie ? C'était, bien au contraire, la pensée de travailler pour la femme aimée qui permettait de donner le meilleur de soi.

Dès leur retour, Calixte trouva à louer en ville une petite maison dont le rez-de-chaussée fut installé en atelier et l'étage en chambre et cuisine. C'était modeste, mais on verrait plus tard à faire mieux.

Deux ouvriers furent engagés pour aider Calixte, et une grande table devint l'établi commun aux trois hommes. Trois chaises, dans le fond de la pièce, étaient prévues pour les clientes. Adélaïde ambitionnait de délimiter son « salon d'essayage » avec un grand rideau. C'était le prochain but à atteindre. Viendrait ensuite, peut-être, un morceau de tapis sur le sol.

Le mariage de ceux qu'Adélaïde appelait désormais « les chapeliers » était prévu pour le début d'octobre. Calixte offrit à Donatienne les bottines qu'elle mettrait ce jour-là. Elle les choisit blanches. Elle vint, un matin, les essayer.

Adélaïde était sortie, les deux ouvriers travaillaient dans l'atelier, et Calixte reçut sa belle-sœur dans le salon d'essayage.

Il lui avait donné un gros baiser sur la joue, en bon frère qui aime bien la gentille petite sœur de sa femme. Et maintenant, elle assise et lui à ses pieds, il la chaussait.

Content de son travail, avec cette simplicité qu'elle aimait tant chez lui, il était tout joyeux en lui disant :

– Je crois que ce sont les plus réussies. Plus encore que celles d'Adélaïde. Qu'en pensez-vous ?

Qu'en pensait-elle ? Elle ne voyait que la belle tête de l'homme qu'elle aimait si près d'elle, à portée de main. Et elle l'avança, cette main qui tremblait, vers la chevelure bouclée et, délicatement, doucement, l'effleura.

Calixte, qui n'avait rien senti d'une si légère caresse, achevait de nouer les rubans de satin blanc, se redressa brusquement en entendant, soudain, la voix sifflante de sa femme.

– Garce ! Il y a longtemps que je les vois, tes regards langoureux, tes coquetteries, tes cajoleries pour arriver à me prendre mon mari. Tu épouses Antelme parce qu'il a du bien. Et tu voudrais Calixte aussi. Sors d'ici, et n'y reviens jamais. Et remets tes vieux souliers, je ne veux pas que tu te pavanes avec *nos* bottines.

Calixte, très pâle mais très calme, se pencha à nouveau vers le pied de Donatienne pour achever de nouer le second ruban blanc. Puis il se redressa et, sous l'œil furieux d'Adélaïde, d'une petite tape sur l'épaule de sa belle-sœur, l'engagea à partir.

Donatienne n'avait rien dit. Calixte non plus.

Elle sanglotait sur le chemin qui la menait à sa chambre. Quel chagrin Adélaïde devait-elle faire encore en ce moment à Calixte à cause d'elle ?

Quand elle retrouva Antelme, ce jour-là, elle lui raconta tout, n'omettant rien.

– Peut-être est-ce mieux ainsi, dit-il doucement. Peut-être est-il préférable que vous ne les voyiez plus.

– Non ! Ce n'est pas mieux. Ce ne sera jamais mieux. Vous le savez. Et vous ne devez pas épouser une femme comme moi, qui en aime un autre.

Tout à sa propre souffrance, elle ne vit ni sa pâleur ni l'effort qu'il faisait pour lui sourire tendrement.

Il rappela combien il avait besoin d'elle. Elle lui avait promis de diriger l'atelier des finitions de sa chapellerie, il comptait sur son aide.

Il minimisait l'incident pour la laisser se reprendre. Comme il la sentait plus calme, il ajouta :

– Et si je ne vous épouse pas, votre sœur répandra par la ville que je ne vous ai pas jugée digne d'être ma femme.

Il regretta aussitôt d'avoir avancé ce dernier argument. Elle devait souffrir aussi de l'attitude d'Adélaïde et de la rupture de leurs liens.

Et c'était bien, en effet, ce qui soudain achevait de désespérer Donatienne. Elle aurait tout perdu. Le droit d'aimer Calixte et l'affection de sa sœur. Les points fixes de sa vie disparaissaient. Il n'y avait donc rien, jamais, de définitif ? Nulle certitude où l'on pût se blottir en sécurité ? Et ce qui avait toujours semblé douceur pouvait devenir férocité ?

Elle écoutait les bruits qui l'environnaient, elle sentait les odeurs que le vent lui apportait, tout cela était sa ville. Là-bas les tanneurs, plus près d'elle les ateliers de chaussures et les chapelleries, et son église, et son Cygne-Fontaine, et son Jacquemart qui continuait à marteler les heures, indifférent. Est-ce que tout cela allait soudain, aussi, lui devenir hostile ? Il lui vint la brusque envie de se retrouver dans les rues, au petit matin, à y faire claquer ses galoches sur les pavés avec ceux qui, comme elle, allaient donner leur journée au travail. Elle s'arrêterait devant la pâtisserie, Adélaïde dirait : « Tu goûtes à quoi, aujourd'hui ? »

Alors, désespérée, elle se jeta dans les bras d'Antelme.

La chaleur et la force de ces bras d'homme lui étaient nécessaires. Son cœur – cette chose étrange qui avait le pouvoir de tant faire souffrir –, elle savait qu'il serait, à jamais, à l'unique écoute d'un être pour lequel elle existait à peine, mais la protection d'Antelme avait le pouvoir de la calmer, de la rassurer.

Ce qui la ramenait à sa solitude, dès son réveil, c'était la disparition de l'édredon rouge sur le petit lit en fer voisin du sien, et aussi de la longue natte de cheveux noirs qui, seule – quand ? hier à peine –, signalait la présence de sa sœur, enfouie dans sa douillette chaleur. Plus jamais, au petit matin, dans le froid de la chambre, elle n'appellerait, doucement d'abord, puis un peu plus fort et encore plus fort : « Adélaïde, il est l'heure... Ton lait est chaud, ne le laisse pas refroidir. »

Ce fut ce second lit, vide, matelas de crin à nu, qui lui rappela douloureusement, à l'aube de son jour de mariage, que les Royer ne seraient pas dans l'église à ses côtés.

Sa robe, qu'avait portée Adélaïde, l'attendait. Elle n'y avait rien changé.

Elle pleura en chaussant ses bottines, s'en voulut d'être si déraisonnable et décida de se coiffer avec soin pour faire honneur à Antelme. Ce qui la conduisit, en brossant ses cheveux, à repenser encore à Calixte. Désespérée, elle posa son peigne, se demanda avec angoisse, une fois de plus, si elle avait le droit d'accepter de partager la vie d'un homme alors qu'elle ne pensait qu'à un autre.

Antelme lui avait, la veille, offert avec son bouquet de mariée une petite couronne tressée de mêmes fleurs d'oranger en cire. Elle la posa sur son front, surmontant les deux catogans noués de rubans blancs qui encadraient son visage.

Sébastien, qui la conduirait, résignée, à l'autel, passa la chercher dans la carriole qui lui servait à transporter le bois de chauffage de ses maîtres et le foin de leurs chevaux. Elle était prête, sagement assise sur sa chaise de paille, persuadée que son mariage allait être le plus triste jamais vu. Pour ne pas ébruiter sa rupture avec sa sœur, Antelme avait décidé de n'inviter que Sébastien et l'unique parente qui lui restât, une cousine, fermière dans la commune voisine.

Ils traversèrent la ville, perchés sur la banquette de bois, elle couronnée de fleurs d'oranger, Sébastien avec son chapeau en soie haut de forme de compagnon du tour de France. Et Donatienne avait peine à croire qu'il s'agissait de son mariage.

On était en automne, avec une belle arrière-saison qui dorait la ville. Quelques fantassins, du régiment caserné à Romans, et qu'ils croisèrent, crièrent : « Vive la mariée ! »

Quand ils passèrent près de son ami le Cygne-Fontaine, il lui vint la brusque envie de s'arrêter pour y faire le vœu de rendre Antelme aussi heureux qu'elle le pourrait, sinon autant qu'il le méritait. Elle dit qu'elle avait soif et demanda à Sébastien de faire stopper Fidèle, sa jument.

Il y avait là, près de la fontaine, deux fillettes jouant au cerceau. Elles contemplèrent, bouche bée, cette belle jeune fille en blanc penchée vers le cygne blanc sur ses bottines blanches. Elles virent le soleil jouer dans les plis de sa robe, étinceler dans ses cheveux, vibrer dans les boutons de fleurs d'oranger en cire de sa couronne. Elles virent l'eau déborder de la coupe de ses mains et consteller de perles son visage. Elles virent un papillon se poser sur son épaule et elles se dirent, extasiées :

« Il est blanc, lui aussi ! »

Seules leur avaient échappé les larmes mêlées aux gouttes d'eau sur les joues de la mariée.

Comme le soleil avait chauffé le cygne, Donatienne crut le sentir frémir quand elle posa ses mains sur lui. Elle fit son serment, du fond du cœur. Elle se sentait la force – elle en était tout à fait sûre maintenant – d'être affectueuse et tendre avec cet homme qui allait dans quelques instants devenir son mari.

L'eau était fraîche, et elle s'aperçut qu'elle avait vraiment soif. Elle remonta dans la carriole, presque sereine, après avoir souri aux deux petites filles.

Elle emporta avec elle l'image de ces enfants et de leurs cerceaux. Adélaïde et elle, autrefois, adoraient dévaler la rue Bistour en poussant leur cercle de bois. Elles n'en avaient qu'un pour elles deux. Elles auraient partagé beaucoup de choses, un homme aussi...

À l'église, le soleil était là. Il l'accueillait en versant une eau dorée sur les rouges, les bleus et les verts des vitraux.

Antelme avait tenu à se marier à Saint-Barnard, peut-être pour ne pas rappeler la récente cérémonie de l'église Saint-Nicolas. Et les yeux d'Antelme se posant sur Donatienne brillaient autant que les vitraux. Pourquoi ne pourrait-on pas aimer un homme qui avait tant de lumière d'amour dans le regard ? Son mariage serait peut-être moins triste qu'elle ne l'avait redouté.

Il le fut, en effet, d'autant moins qu'à partir de cet instant commença ce qu'Antelme, plus tard, appela « les égarements de Sébastien ».

Qu'avait compris le vieillard, lorsque Donatienne lui avait annoncé qu'Adélaïde et son mari ne pourraient sans doute pas venir ? Apparemment, qu'ils ne seraient qu'en retard. Aussi, dès qu'il eut mené la jeune fille à l'autel, le vieux portier surveilla-t-il sans cesse l'entrée de l'église, comme il guetta encore au déjeuner, et à peine attablé, répétant, désespéré : « Mais que fait donc l'Adélaïde ? » On dut lui dire alors qu'elle ne viendrait pas. Il ne voulut pas l'admettre. Résolu à aller la chercher, il n'écoutait plus les explications données par Antelme, abordant la vraie cause de l'absence des Royer. Il se lamentait, répétant qu'il avait promis à leur mère de veiller sur ses deux filles et que, de là-haut, la pauvre femme se désespérait de ne pas voir l'aînée au mariage de la cadette.

On en était au point où Calixte et Adélaïde devenaient plus présents que s'ils eussent été réellement assis là, à cette table, face à la pièce montée de choux à la crème soudés au caramel.

Enfin, on vint à bout des gémissements de Sébastien en les noyant dans le croze-hermitage. Les caillettes arrivant, on crut le déjeuner sauvé.

Mais c'était sans compter la cousine qui, déjà affamée de nourritures de fête, se trouva l'être aussi de savoureux secrets de famille. Sentant un mystère dans les étranges comportements du portier et des jeunes mariés, elle se mit, elle aussi, à réclamer cette sœur dont on parlait tant et qui n'arrivait jamais.

Antelme et Donatienne se regardèrent. Chez lui il y avait de l'énervement et de la contrariété : « Ces vieux imbéciles allaient tout gâcher ! » Chez elle passa un appel au secours : « Oh ! faites-les taire ! » Et, soudain, une étincelle alluma dans ces deux regards, ne cessant de se croiser, une même petite flamme gaie qui se transforma vite en sourire complice. Une complicité qui disait : « Et si nous décidions de rire de tout cela au lieu d'en pleurer ? »

Ce fut comme l'aube d'un bonheur. Timide, fragile encore. Mais c'était la première fois qu'ils se sentaient unis, plus encore, peut-être, que pendant la cérémonie dans l'église. Donatienne sut qu'elle ne serait plus jamais seule, et Antelme se dit que tout était possible. Il leur sembla voir s'entrouvrir pour eux un monde où ils allaient entrer, la main dans la main, serrés l'un contre l'autre. Ces quelques secondes étaient même chargées d'une telle intensité d'espérance qu'ils en furent éblouis. La grande clarté bleue des yeux de Donatienne se perdit dans l'éclat sombre des prunelles d'Antelme.

Alors, se souriant toujours l'un à l'autre, ce fut à qui trouverait les sujets de conversation éloignant de leur table ce qui pouvait y ramener à Calixte ou Adélaïde. On parla chapeaux, chapellerie, poils de lapin ou de castor. Et aussi de machine à fouler le feutre, celle qu'Antelme envisageait d'acheter pour mettre son atelier en marche. Il s'étendit sur cette future acquisition d'importance. Ces fouleuses n'étaient fabriquées qu'en Allemagne, ce qui était regrettable, mais il fallait tourner la page, ne plus penser à une revanche à prendre et, bien au contraire, profiter de l'avance de l'ennemi dans ce domaine de la fabrication du feutre. Il fallait s'atteler à travailler pour se battre désormais sans canons ni baïonnettes, avec le seul courage d'entreprendre.

Des brumes où le maintenait le vin, Sébastien émergea un moment pour dire sa haine des machines à fouler. D'abord, elles condamnaient beaucoup de bras à l'inaction. C'étaient des affameuses, elles aussi, tout comme ces engins divers et redoutables des fabricants de chaussures en série. Ensuite, elles travaillaient moins bien que l'homme.

– Comparez un feutre foulé par ces garces de mécaniques avec le beau travail des mains et des manicles [1] et jurez-moi, devant Dieu, que c'est pas les premiers les plus beaux.

Quand on en fut au dessert, Antelme pria sa femme de décapiter la pièce montée. Mais Donatienne dit :

– Non, vous !

Étonné, il mit une interrogation dans le sourire qu'il lui adressa en prenant le couteau tendu.

Elle se demanda s'il comprenait ce qu'elle ressentait. À la fois qu'il avait longtemps été le chef de l'atelier dont elle recevait les ordres, qu'il allait devenir plus encore – un fabricant propriétaire de son affaire – et qu'elle reconnaissait en lui le maître de leur foyer.

La maison qu'ils allaient habiter, et dont le rez-de-chaussée et le sous-sol seraient réservés à la chapellerie, était à Bourg-de-Péage, à la sortie de la petite ville, et tout entourée de champs où des vaches étaient leurs seules voisines. Mais, avant ces prés, il y avait un jardin. Un jardin qui n'était qu'un bouquet coloré, chatoyant, vibrant dans la légère brise qui se levait.

En y arrivant, après leur repas de noce, Donatienne ne put retenir une exclamation de surprise joyeuse.

Antelme disait :

– Un jour, je vous ai entendue, à l'atelier, confier à l'une de vos compagnes : « Moi, si je suis riche un jour, je m'achèterai d'abord des fleurs. » Nous ne sommes pas encore riches, mais voilà quand même vos fleurs. Elles sont mon cadeau de mariage.

– Comment en si peu de temps avez-vous fait pousser tout ça ? Ce jardin n'était qu'un champ de luzerne quand vous m'avez fait visiter la maison, il y a à peine une semaine.

– J'ai battu la campagne et les environs. J'entrais partout,

1. Petites pelles plates en bois, servant à battre le feutre.

chez les fermiers, chez les commerçants. Ce géranium-là vient de chez un maréchal-ferrant qui m'a pris pour un fou quand j'ai voulu le lui acheter. Il disait : « Ah ! mais non, non et non ! » Et puis il m'a demandé pourquoi je le voulais absolument. Alors, je lui ai parlé de vous. Et il me l'a donné sans accepter que je le lui paie. Le grand rosier blanc, là-bas, vient de chez une vieille demoiselle laide et désagréable. Je l'ai couverte d'amabilités avec constance. Au troisième jour de ma cour, elle a consenti à échanger sa plante contre une paire de dindons. Elle pensait que je refuserais le marché. Mais je le voulais, ce rosier qui couvre maintenant notre mur. Il a fallu une charrette pour le transporter, ce fut toute une affaire.

Elle riait doucement, avec timidité et en rougissant. Ça existait donc, des hommes sérieux comme celui-là, graves, même, et qui faisaient des folies pareilles, alors que leurs tempes étaient déjà blanches ?

Ils entrèrent dans la maison. Antelme dit :

– Il y a moins de meubles ici qu'il n'y a de fleurs dans le jardin. Nous verrons à améliorer cela plus tard.

Elle approuvait. Elle était moins émue qu'elle n'aurait cru à la pensée qu'elle allait désormais partager avec cet homme le grand lit de bois qui tenait tout le milieu de la chambre. Elle avait même envie de demander à qui et comment il l'avait acheté, celui-là. Peut-être s'amusait-il à acquérir ainsi drôlement toute chose. Oserait-elle lui dire qu'elle le voyait très bien offrant à une fermière de lui échanger sa couche contre... contre quoi ? Elle ne sut jamais jusqu'où l'aurait entraînée son imagination, elle se vit entraînée à son tour, portée même, puis étendue sur le fameux lit, se répétant, étonnée : « Mais il fait encore jour ! Je pensais qu'il attendrait la nuit, je pensais... »

Elle n'eut plus la possibilité de penser. Elle ne s'appartenait plus. Son corps était-il encore à elle ?

Et pourquoi donc son mari était-il si bouleversé en caressant et en baisant la grande cicatrice que la brûlure avait laissée à son épaule, cet endroit, précisément, qu'elle aurait tant voulu cacher ?

Donatienne se trouvait de la ressemblance avec le grand rosier transplanté dont Antelme avait dit : « Il lui faut s'habituer à sa nouvelle vie ici, ses racines doivent trouver leur place et j'espère qu'alors il se plaira chez nous. »

Elle aussi s'efforçait de se plaire auprès de cet homme qu'elle connaissait si peu encore. Il lui arrivait même de passer plusieurs heures sans ressentir la déchirure de son cœur en pensant à Calixte.

Elle découvrait que l'absence d'un grand bonheur n'empêche pas de jouir de quelques petits. Le premier de la journée était de se promener dans son jardin entre le géranium du maréchal-ferrant et le rosier de la demoiselle acariâtre. Antelme avait bordé l'allée centrale, garnie de sable, de résédas qui embaumaient. Lui avait-elle dit les aimer ? Il y avait, de-ci, de-là, des iris violets, raides et dignes dans leur splendeur, auxquels elle trouvait de la ressemblance avec de belles dames romanaises, épouses de riches tanneurs, ou Mme la colonelle du régiment d'infanterie, admirées, le dimanche, à la sortie de la messe.

Ce tour de son domaine fleuri durait le temps qu'Antelme consacrait à sa toilette. Quand il arrivait, rasé de frais, à l'heure du petit déjeuner, tout était prêt dans la cuisine, sur la table de ferme qui avait vu des générations de Derivault y prendre place. Ils s'asseyaient face à face sur deux chaises de paille, et elle s'efforçait de le faire parler. Elle lui demandait souvent des détails sur son tour de France, les chapelleries où il avait fait halte et qui lui paraissaient situées au bout du monde, dans un autre univers. Elle ouvrait de grands yeux, et c'était lui qui se perdait alors dans leur bleu et s'arrêtait soudain.

Elle croyait déceler, parfois, de l'angoisse dans les prunelles sombres fixées sur elle. À quoi pensait-il ? Se disait-il qu'elle aimait – et aimerait toujours – Calixte ? Elle aurait voulu le rassurer, en se rassurant elle-même, mais n'osait pas. Il était intimidant, cet homme dont la calme attitude dans le jour ressemblait si peu à la fougue dans la nuit. Alors, elle rougissait, ne savait plus où elle en était, se taisait. Et on n'entendait que les chants des oiseaux, les rires des enfants du voisinage partant pour l'école ou les lointains bruits de la ville, pendant qu'elle se demandait avec anxiété ce que voulait dire ce regard posé sur elle, à la fois lointain et si présent.

La chapellerie Derivault ouvrit ses portes un matin de novembre. Il faisait froid, et les brumes épaisses se lèveraient tard, mais Antelme et Donatienne ne s'en préoccupaient guère. Ils étaient tout au contentement d'entendre vivre leur première fouleuse de feutre. Et elle vivait allègrement, puissamment, dans un grand bruit de machine active et bien portante.

Donatienne avait le souvenir des ouvriers fouleurs travaillant torse nu, ruisselants de sueur, dans les vapeurs des cuves où trempaient les poils de lapin ou de castor. Ce qu'elle découvrit ce matin-là lui parut tenir du miracle : après quelques heures de passages renouvelés entre des rouleaux arrosés automatiquement d'eau bouillante acidulée, les cônes se feutraient régulièrement, en cadence, acquéraient leur résistance et leur imperméabilité. Les mains d'un seul homme avaient pour cela simplement actionné des leviers de commande.

La veille, les six ouvriers avaient été conviés par Antelme à venir faire connaissance avec leur nouvel atelier. Au cours d'un déjeuner offert en l'honneur de l'inauguration de la chapellerie, leur nouveau patron leur avait parlé. Et précisément de cette machine. Il savait qu'elle était impopulaire, qualifiée d'affameuse, comme celles utilisées dans les fabriques de chaussures.

Il avait parlé longtemps, avec ce calme qui impressionnait et donnait confiance. Il avait dit la stupidité et l'inutilité de refuser de voir les évidences. C'en était une que ce progrès qui permettait d'abandonner un travail pénible et peu productif pour une amélioration de vie et de rendement. Demain, les machines seraient partout. Il était bon d'être de ceux qui sauraient s'en servir les premiers. Patrons comme ouvriers.

Le plus ancien des fouleurs à main avait dit haut et fort, sûr de lui :

– Mais le travail n'est pas aussi beau.

– Ce n'est pas vrai, père Amboise, et vous le savez bien.

– Non, je le sais point. Ce que font mes mains depuis vingt ans est plus bel ouvrage que ce que crache votre mécanique.

– Et vous ne serez pas bien aise de moins peiner dans l'humidité, la chaleur et la vapeur ?

– Avec quelques bons litrons à droite et quelques autres à gauche, je la sentais plus, la maudite vapeur. Et avec votre engin nos petits tonneaux de rouge et de blanc vont aller se faire voir.

– Il fera, malgré ce progrès, encore très chaud et humide dans l'atelier, et vos petits tonneaux, père Amboise, sont déjà là, à vous attendre.

Ce fut du champagne qu'Antelme déboucha pour fêter la naissance de la chapellerie Derivault. Et Donatienne s'aperçut qu'elle adorait ça.

Cette nuit-là, le champagne aidant, elle osa demander à Antelme pourquoi il aimait tant à caresser sa cicatrice.

Elle n'eut droit qu'à cette étrange réponse :

– Parce qu'elle est à moi.

La ville entière sut très vite et la naissance de la nouvelle chapellerie et qu'elle avait une machine à fouler du tout dernier modèle.

Adélaïde en fut ulcérée. Donatienne, qui ne savait rien des chaudières et machines à vapeur et du magique circuit de transmission de leur force, en avait une avant elle !

Cette nuit-là, l'horrible cauchemar revint. Adélaïde hurla qu'elle ne voulait pas mourir, que sa sœur prendrait toutes les machines, comme elle lui avait pris sa vie, autrefois.

Adélaïde était heureuse, protégée par l'amour de Calixte et maintenue en bonne santé par la vie sans souci du lendemain. Les cauchemars où, transie de froid et de faim, elle mourait, pieds nus dans la neige, en crachant du sang – si rouge sur tout le blanc dans lequel elle agonisait – ne la réveillaient presque plus la nuit. Et si ces mauvais rêves voulaient encore, parfois, s'imposer, le rempart des bras de Calixte, la chaleur que lui dispensait son corps, le réconfort de ses paroles et ses baisers la calmaient dans l'instant. Au matin, elle ne se lassait pas de découvrir dans sa cuisine ce qui permettait un petit déjeuner des plus reconstituants. Elle poussait alors un soupir de bonheur.

Viendraient le mardi et le vendredi, jours de marché, où sa joie serait complète à remplir son grand panier d'osier au gré de ses désirs et grâce au contenu des jolies bourses, assorties de couleur à ses bottines. Calixte les lui faisait avec les petites tombées de cuir. Dans le carnet où elle notait ses dépenses, elle avait souligné, un matin : *Seizième gigot, Douzième poulet.*

On disait dans Romans : « Mme Derivault se souvient d'avoir été ouvrière et il fait bon travailler dans sa chapellerie. » On n'entendait rien de semblable sur l'atelier de Calixte dont on savait que sa femme le régentait, oubliant, elle, qu'elle avait peiné toute son enfance à noircir de suie des semelles de galoche. Toutefois, on reconnaissait que la table partagée avec les maîtres était de grande suffisance et même goûteuse. Mais aucun ouvrier passé par l'atelier Royer ne sut jamais qu'il devait ces substantiels repas quotidiens à la seule terreur de sa patronne d'avoir chez elle des poitrinaires, convaincue, comme elle l'était toujours, de l'efficacité de la bonne nourriture pour éloigner le mal qui la terrifiait.

Calixte s'amusait de l'air désolé de son Adélaïde devant la voracité des apprentis qu'elle encourageait, tout en la déplorant. « Ne te plains pas, lui disait-il, tu récupères ta viande et ton sucre sur les heures supplémentaires que tu exiges d'eux. »

Adélaïde jugeait Calixte trop généreux avec tous, c'était leur principal sujet de désaccord ; mais il passa au second plan quand la jeune femme ne put réfréner les scènes de jalousie que les élégantes clientes déclenchèrent – bien malgré elles – dans le ménage Royer. Calixte se vit accusé de s'intéresser de trop près aux jambes et jupons de ces dames.

– Pourquoi tant de sollicitude pour les pieds et chevilles des Romanaises ?

– Parce que nous en vivons. Les femmes commandent plus de chaussures que les militaires ou les pékins de bottes et de souliers. Et nous avons de la chance que ces riches personnes viennent jusque dans notre pauvre quartier s'y faire chausser. Et qu'elles ne discutent pas tes prix, que je n'aurais jamais osé imposer.

– Tu ne devais faire de bottines que pour moi.

– C'est toi qui m'as demandé d'en faire aussi pour ta charcutière.

– Parce qu'elle est aussi grosse et laide que ses cochons, mais qu'elle me sert toujours avant les autres.

– Ce n'est pas ma faute si elle nous a fait de la réclame parmi ses jolies clientes.

– Tu vois bien que tu les trouves jolies.

– C'est toi qui dis qu'elles le sont, moi, je ne vois que leurs pieds.

– Je me demande si ce n'est pas... justement...

– Quoi ?

– Je me comprends.

Alors Calixte prenait sa femme par la taille, l'embrassait dans le cou et lui murmurait :

– Jalouse ! Tu sais pourtant bien...

– Je sais que je ne veux pas que tu leur caresses les chevilles, je ne veux pas.

Calixte riait. Pas Adélaïde. Et le bruit se répandait vite que la belle Mme Royer n'était pas facile à vivre.

Si Adélaïde se demandait quand s'était infiltré en elle ce poison de la jalousie, elle savait que cela remontait à sa rupture avec Donatienne. Pourtant, elle devait reconnaître que les fréquentes visites et essayages de trois belles clientes la mettaient dans une fureur plus violente encore. Il y avait cette actrice du théâtre de Valence qui faisait la route dans son tilbury superbement attelé, venait essayer quatre paires d'escarpins et en commandait encore autant. Et cette trop coquette femme d'un important tanneur qui exigeait des bottines assorties à chacune de ses robes, ce qui, inévitablement, l'avait conduite à en avoir des bleues. Ces bottines bleues de la chanson, de ce bleu dont Calixte disait qu'il était la couleur de ses yeux, Adélaïde ne voulait les voir façonner que pour elle. Calixte était à elle. Rien qu'à elle. Le jour où elle l'avait surpris penché vers de mousseux jupons, nouant des rubans de satin azuré, elle avait compris qu'il se passait quelque chose en elle qu'elle ne pouvait maîtriser. C'était donc cela aimer ? C'était souffrir ? Ces belles dames qui relevaient trop haut leurs dessous de dentelle chez elle, elle allait devoir les supporter, et tolérer que Calixte caresse leurs chevilles et leurs pieds ? Parce que c'était ce qu'il faisait – bien qu'il s'en défendît – en s'assurant soi-disant qu'aucun pli défectueux ne marquait le cuir. Et ce plaisir qu'il prenait à nouer les lacets de ruban, comme s'il signait avec volupté son œuvre ! Frôler au passage de jolies lingeries devait lui plaire. Beaucoup trop. Et peut-être jouissait-il aussi de la douceur des velours ou des soies des robes. Et de là à...

Alors Adélaïde décida d'être aussi élégante, aussi raffinée que ses clientes de marque. Elle n'avait, jusqu'à maintenant, pensé qu'à l'installation de l'atelier et à ses nécessaires nourritures. Elle allait désormais s'occuper d'elle. Elle se savait belle, nul doute que vêtue richement elle ne surpasse en séduction ces coquettes Romanaises.

Mais où trouver de l'argent ? Calixte, dans son goût de perfection, devait passer des commandes de matières premières inconsidérées. Il ne savait pas compter et leurs maigres bénéfices de fin de mois ne permettaient pas d'extravagances.

C'est en méditant, un matin, sur d'autres restrictions à envisager qu'elle aperçut Atma sur son coussin glissé sous l'établi et accolé au tabouret de son maître. Calixte lui donnait, à table, trop de bons morceaux, elle lui en avait souvent fait la remarque, sans succès. Ce chien, vraiment, son mari l'aimait trop. C'en était ridicule. Il perdait ses poils, en laissait traîner partout, et distrayait les ouvriers de leur travail avec ses espiègleries. Cet Atma – quel nom stupide ! –, elle n'avait jamais pu le supporter.

Alors, ce matin-là, mardi, jour de foire, Adélaïde permit au chien de la suivre. Il frétillait toujours lorsqu'il la voyait prendre son panier et son ombrelle, et il fut ivre de bonheur quand il comprit qu'on lui offrait les divines odeurs de la place du Marché.

Dans le grand tumulte des cris des hommes, des hennissements des chevaux et des claquements de leurs fers sur les pavés, des crissements des roues des carrioles, il se faufilait avec allégresse.

Adélaïde le suivait des yeux, se disait qu'un jour il serait happé par un attelage et écrasé. Mais pour l'heure, avec des frémissements de joie, il reniflait les volailles piaillantes, les lapins dans leurs cages, les chevreaux entravés et les viandes, triperies et charcuteries, hélas trop haut placées sur leurs éventaires.

Trouver Marcellin-Terreur-des-Chiens était facile. Sa charrette, où déjà quelques malheureux condamnés s'égosillaient, le désignait vite.

Atma, depuis tant d'années de confiance éperdue en l'humanité, se laissa saisir par Adélaïde et remettre à Marcellin avant de comprendre ce qui lui arrivait.

Il n'était plus très jeune et fut vendu pour le prix d'une douzaine d'œufs. Mais Adélaïde aurait payé pour qu'on l'en débarrassât. Elle poussa un soupir de délivrance quand la bête eut disparu sous la bâche qui recouvrait la carriole.

Elle ne s'attarda pas en chemin et n'était pas très rassurée en regagnant l'atelier. Bien qu'il fût fréquent qu'Atma circulât dans le quartier pendant des temps assez longs, Calixte pourrait s'inquiéter trop tôt, le chercher et, allant jusqu'au marché, retrouver son chien.

Donatienne, qui faisait ses emplettes, elle aussi, ce matin-là, ne vit que l'ultime fin de la transaction entre Marcellin et Adélaïde : la main de celle-ci qui se refermait sur les quatre sous de cuivre.

Elle ne voulut pas croire à ce qui soudain lui traversait l'esprit. Pourtant, dès qu'elle fut sûre du départ de sa sœur, elle s'approcha de la charrette où, avant d'y découvrir Atma, elle reconnut sa voix.

La seconde transaction se fit aussitôt. Pour le prix de quatre douzaines d'œufs cette fois-ci, Donatienne racheta Atma qui lui sauta dans les bras avec une frénésie de gémissements et de tremblements de joie. Attitude qui aurait pu éveiller les soupçons de Marcellin s'il n'avait depuis longtemps renoncé à s'intéresser aux histoires entre chiens et hommes, toujours passionnées dans un sens, dans l'autre ou dans les deux. Il avait même acheté, un jour, à un vieux fou un cornard que celui-ci n'avait pas le courage de tuer avant d'aller se balancer lui-même au bout d'une corde à la branche d'un arbre de son jardin. Le désespéré avait bu un verre d'eau-de-vie avec le prix de l'animal, afin de mieux faire, sans doute, son nœud coulant. Eh bien, le chien s'était échappé pour aller mourir de désespoir aux pieds du pendu ! Ici, il l'aurait juré, c'était une histoire entre femmes. Et il ne voulait pas s'en mêler.

Donatienne gagna vite une petite ferme aux portes de la ville, celle des voisins de l'exploitation qu'Antelme avait vendue pour créer la chapellerie. Elle voulait confier Atma à leur garde.

Elle avait marché à toute allure, comme si elle craignait d'être poursuivie. Maintenant, il lui fallait réfléchir. Qu'Adélaïde ait eu l'affreux courage d'accomplir une telle monstruosité la désespérait. Et comment prévenir Calixte, dont elle imaginait l'anxiété ?

Elle caressait Atma, pleurait, et Atma léchait ses larmes. Elle lui dit qu'ils étaient tous deux malheureux mais qu'ils allaient, désormais, se consoler ensemble. Elle lui jura qu'elle viendrait le voir souvent. Ils parleraient de Calixte, cœur contre cœur.

Calixte décida qu'il lui fallait en débattre avec Ulrich. Il avait besoin de parler avec un homme de cette histoire de femmes qui le troublait.

Qu'Adélaïde fût jalouse – et pas seulement de quelques belles clientes –, il ne le savait que trop, et ce n'était plus là le problème. Passé l'angoisse d'avoir perdu Atma et le bonheur de le savoir en vie, grâce à un petit mot de Donatienne, le tracassait maintenant le souci des complications à venir. Et surtout l'ennui d'accepter une situation fausse : aller voir son chien là où il se trouvait désormais et, sans doute, Donatienne, sans en informer Adélaïde.

– En fait, avança Ulrich, tu es pris au piège.

C'était un peu ça, et Calixte s'en irritait.

– Ne te plains pas, fils, un grand amour ne peut que déclencher de grandes aventures... de cœur.

– Vous appelez aventures de cœur le fait que ma femme vende mon chien et que ma belle-sœur le rachète ?

– Eh oui ! Elles t'aiment toutes les deux, l'une trop exclusivement, l'autre trop généreusement. Ne me dis pas que tu ne t'es pas aperçu de la passion de la jolie Donatienne pour toi. Parce que, moi, je veux bien qu'on aime les chiens au point de les racheter à l'ignoble Marcellin, mais alors pourquoi le seul Atma, alors qu'à chaque marché il s'en vend au moins une bonne douzaine ?

– On dirait que cette histoire vous amuse ?

– Ma foi, maintenant que ton petit compagnon est sauvé, je trouve ça plutôt distrayant. Et moral. Ta femme s'est mal conduite, tu es dans ton droit en lui dissimulant que tu iras voir ton chien et peut-être aussi ta belle-sœur... si par hasard elle se trouve là.

– Je n'aime pas tout ça.

– Alors c'est simple : rentre chez toi. Oublie ton chien. Fais confiance à Donatienne, il sera bien soigné, et pardonne à ta femme.

Calixte ne répondit pas. Il paraissait regarder au loin. Quoi donc ? Le Jacquemart qui martelait sa cloche ? Ulrich dit, en souriant :

– Laisse faire le temps, fils.

Le vieil horloger ajusta ses lunettes. Il voulait mieux voir Calixte. Et il eut l'impression de le redécouvrir. Quel beau spécimen d'homme il était devenu ! Défilèrent alors, superposés là, à ce grand et séduisant gaillard – dont il comprenait que deux femmes se le disputent –, les différents Calixte qu'il avait vus se succéder : le petit garçon traçant son losange sur son ardoise, l'adolescent découvrant le métier qui allait le passionner, le fier compagnon du tour de France. Et, maintenant, l'homme amoureux aux prises avec une complication dans sa vie qu'il n'avait pas prévue et dont même il devait ignorer qu'il en existât de semblables. S'imposa, une fois de plus, au vieillard cette certitude qu'il y avait quelque chose d'invincible que ce garçon – depuis son plus jeune âge – portait en lui. Quelque chose que rien ni personne ne pourrait détruire. Et même pas la femme choisie comme compagne.

Calixte se taisait toujours.

« Il regrette de m'avoir parlé. Il est venu vers moi sur un élan du cœur et s'en repent déjà parce qu'il sait ce qu'il doit faire sans mon aide », pensa Ulrich, qui eut envie de faire intervenir, une fois de plus, son cher maître en disant : « Tu as raison, mon garçon, tout dépend de toi, de ce que tu es, de ce que tu feras, le caractère est un destin. » Mais il se tut. Et il regarda s'éloigner celui qu'il appelait son fils. Toujours à grandes enjambées, mais la petite boule de poils blancs ne roulait plus derrière.

Adélaïde avait attendu, assez inquiète, la réaction de Calixte quand, après avoir parcouru la ville, il rentra pour le souper. Ce qui l'étonna fut le complet mutisme de son mari et le calme de son attitude presque indifférente. Elle respira. Elle se sentit même le courage de dire :

– Il reviendra. Les chiens reviennent toujours.

Le regard vide qui croisa le sien l'inquiéta un peu. Et pourquoi Calixte ne pleurait-il pas la disparition de son Atma si chéri ? Pourquoi n'en parlait-il pas au lieu d'énumérer ce qu'il y aurait à faire demain, ou les difficultés que lui donnait le dernier achat de peaux de chevreau de moins bonne qualité que les précédentes ?

Ce ne fut qu'au moment où il eut le réflexe de prendre le morceau de gras de viande restant dans son assiette pour le donner à son chien qu'elle le vit pâlir. Elle s'alarma. S'était-il passé quelque chose qu'elle ignorait ?

Calixte avait l'habitude de veiller très tard. Il disait mieux se concentrer sur son travail seul dans son atelier. Elle l'attendit longtemps cette nuit-là, puis finit par s'endormir. Elle s'aperçut, au matin, qu'il ne s'était pas couché. Une paire de chaussures, à peine commencée la veille, était achevée, prête à être livrée par l'apprenti à la cliente qui l'attendait.

Et il ne parla pas plus, les jours qui suivirent. Adélaïde tenta de se persuader que c'était bien là une réaction d'homme qui disait adorer son chien mais l'oubliait sitôt disparu. Pourtant, le troisième soir après le départ d'Atma, elle fit encore une timide tentative :

– Tu n'as aucune nouvelle ?

Une brève réponse négative. Et toujours ce regard vide dès que l'on parlait d'Atma. La quatrième nuit, alors qu'elle dormait, Calixte vint la rejoindre, l'aima avec fougue, et même avec une certaine rage, puis s'endormit sans lui avoir dit les mots tendres qui accompagnaient toujours leurs ébats amoureux. Pourtant, elle triompha : il ne pouvait pas se passer d'elle.

Il lui vint, un matin, l'idée de mieux surveiller et ses ouvriers et son mari en installant dans un angle de l'atelier un petit comptoir surélevé derrière lequel elle se tiendrait pour établir les factures et encaisser les ventes.

C'était la caisse, rachetée à bon compte, d'un magasin qui avait fait faillite. Installée sur une chaise haute derrière ces trois pans de bois, Adélaïde dominait ce qui se passait autour d'elle.

Dès lors, elle soigna particulièrement le haut de sa jolie personne, étudia sa coiffure, agrémenta son col d'un ruban ou d'une fleur. Et elle fut sûre d'avoir vu dans le regard de Calixte une fugitive lueur admirative. Il ne penserait bientôt plus à son chien.

Pourtant, un matin où, du haut de son perchoir, elle le regardait travailler, l'inquiétude lui revint. Non pas vraiment née de l'attitude de son mari, mais à le découvrir, lui sembla-t-il, différent.

Adélaïde n'aimait pas trop s'attarder à réfléchir quand il ne s'agissait pas uniquement d'elle, néanmoins l'effleura la pensée que son Calixte était encore un étranger pour elle. Dix mois de vie commune ne vous lèvent pas tout le mystère d'un être. Mais fallait-il s'inquiéter ? Il lui vint, en contemplant cet homme calme, réfléchi, assidu à son travail, une bouffée de contentement : il était à elle, même s'il avait soudain décidé de garder secrètes certaines de ses pensées. D'ailleurs, elles ne concernaient que son chien, ce n'était pas important. Et, de nouveau, il passait ses nuits avec elle. Il n'y avait donc aucune raison de se soucier. Rassurée, elle s'éventa – l'été s'annonçait torride ; elle aimait jouer de l'éventail depuis qu'elle en possédait un, dernier cadeau de Calixte avant la disparition d'Atma.

Ce ne fut pas seulement un air rafraîchi qui lui parvint, mais, venant du salon d'essayage où deux clientes attendaient, des rires, puis des lambeaux de phrases dont elle comprit qu'ils la concernaient :

– Jolie ?... oui, si on veut, mais boiteuse..., aussi cache-t-elle ses jambes derrière sa caisse.

Des rires encore, puis :

– Le mari ? Superbe, lui..., et il ne nous chausse pas, il nous gante !

Et des rires, et encore des rires.

Adélaïde se leva, raide et pâle. Puis se rassit. Elle ne pouvait pas faire un esclandre en chassant ces femmes. Le Calixte qui vivait à ses côtés depuis l'affaire du chien n'était plus celui auquel elle osait tout demander et qui pardonnait tout. Elle se contint. Et parvint à sourire, lorsqu'elles s'en allèrent, à celles qu'elle avait envie de tuer.

Mais elle se demandait comment elle pourrait, à l'avenir, supporter sa clientèle. Elle savait qu'elle ne tiendrait pas longtemps sans faire une scène à son trop séduisant mari.

Calixte aimait, à l'aube, bien avant l'arrivée des deux apprentis, quand Jacquemart n'avait pas encore annoncé cinq heures, le grand silence de l'atelier où il travaillait seul, dans la quiétude. Mais c'était l'heure où Atma lui manquait le plus. La vieille couverture, pliée en quatre, était toujours à ses pieds, sous sa table. Adélaïde avait dit : « Laissons-la, il va peut-être revenir. »

Cette petite phrase était ce qu'il reprochait le plus à sa femme. Il aurait voulu qu'elle ait la sincérité de son geste et lui dise : « J'étais jalouse, tu ne dois être qu'à moi, tu ne dois aimer que moi. » Pourtant, chaque fois qu'il pensait à ce qu'il lui avait fallu de triste courage pour accomplir un tel forfait, il pensait aussi au désespoir de la petite fille comprenant qu'on ne tenterait rien pour la sauver et luttant seule pour survivre. Il entendait encore Adélaïde lui dire, comme à Montélimar : « Alors je me suis juré de ne jamais imiter mes deux petits frères qui restaient immobiles, si pâles sur leur matelas, à attendre de mourir, en refusant la nourriture. Moi, je mangerais, beaucoup, tout ce que je trouverais – un jour j'ai même volé une cervelle de mouton chez le boucher et je l'ai cuite dans un morceau de chiffon, sous la cendre. » Et elle courait dans la campagne, dès qu'elle pouvait s'échapper, pour se gaver de bon air aussi, comme l'avait recommandé le docteur à Donatienne. Surtout, elle faisait sans cesse attention, chaque soir, à se garantir contre le serein, le froid et l'humidité qui pouvaient la tuer et qu'elle devait redouter autant que des bêtes qui mordent. Qui pouvait dire alors si Atma, pour celle qui avait été cette petite fille, n'était pas une autre mauvaise bête lui volant un peu de l'amour de son mari et la faisant tousser avec ses poils semés un peu partout ?

Lorsqu'il avançait ce raisonnement en forme de défense d'Adélaïde devant Ulrich, le vieil horloger ne répondait pas. Calixte le savait, cela voulait dire : « Eh bien, tant mieux si tu crois ça, mon fils. »

Et puis Atma vivait heureux dans sa ferme, peut-être plus heureux encore qu'ici, alors ? Alors, avait conclu Ulrich : « Tu l'aimes, ton Adélaïde, c'est tout. »

Il l'aimait, c'était vrai. Certes, elle avait ses défauts. Et qui était parfait ?

Comme, l'un de ces matins-là, Adélaïde s'était levée pour lui préparer du café – ce qu'elle n'avait jamais fait avant la disparition d'Atma –, il en aspira avec volupté le parfum, enrobant dans son arôme, victorieux des odeurs de cuir et de poix, un goût de bonheur qui le combla. Il était un homme heureux, il aimait sa femme, son métier, et il avait confiance en l'avenir.

Il regarda ses mains. Elles étaient heureuses, elles aussi, elles toutes seules, comme détachées de lui, ce qui lui parut à la fois étrange et très normal. Il faudrait qu'il écrive ça dans son carnet secret où il continuait à noter les belles phrases du philosophe d'Ulrich auxquelles il opposait celles des maîtres compagnons du devoir du tour de France qui leur étaient, à son avis, bien supérieures.

N'était-ce pas à Donatienne, lorsqu'elle était venue lui donner ses cheveux, qu'il avait dit se confier ainsi à son carnet ? Il lui avait parlé aussi du plaisir qu'il prenait à l'accomplissement des gestes de son métier, de la jouissance ressentie à les sentir de plus en plus justes, accomplis, si loin des timides et incertaines tentatives du début. Quand avait-il ressenti pour la toute première fois cette plénitude du geste ? C'était pendant son tour de France et son apprentissage à Fougères où un certain coup de tranchet dans le cuir l'avait comblé de fierté par sa rectitude.

Il reporta ses regards sur Adélaïde. Elle s'avançait vers lui, tendant le bol blanc plein du liquide noir et fumant. Il oublia vite tout ce qui n'était pas elle. Il aimait quand elle avait ainsi ses cheveux dénoués, croulant comme une soie sombre sur sa longue chemise de nuit blanche. Il adorait la sentir encore empreinte de la tiédeur du lit, avec ce goût de brioche chaude qu'avait sa peau au réveil. Il avait envie d'elle. Mais il savait qu'elle se refuserait et rappellerait que le jour était pour le travail.

Il savait aussi que, dès qu'elle serait derrière sa caisse, elle ne le quitterait pas des yeux, et surtout pendant les essayages des clientes. Il savait de plus qu'il ne détestait pas sa jalousie.

Donatienne n'avait pas encore osé aller porter une douceur à Atma.

Un matin, Antelme partit pour Lyon et Saint-Étienne où il voulait traiter sur place d'achats de soies, de rubans nécessaires à la finition des chapeaux. Il la laissa assise auprès de leur rosier. Elle en avait cueilli une fleur tardive dont le parfum était doux et sucré. Machinalement, elle en imprégnait ses cheveux. Alors lui vint l'irrésistible envie d'être près de Romanais-la-Rose-d'Amour, de sentir ses lèvres sur sa joue – il ne manquerait pas de l'embrasser, c'était sûr.

Elle se dressa d'un bond. Il fallait qu'elle aille voir Atma et peut-être... Ah ! si seulement, en y pensant fortement, de tout son cœur, de tout son être, elle arrivait à ce que Calixte entende : « Venez, venez ce matin voir Atma, vous aussi. »

Elle était vêtue d'une jupe et d'une camisole de simple coton, d'un ton très doux de pervenche. Elle cueillit deux petits bouquets de roses, l'un pour sa ceinture, l'autre pour sa capeline de paille, et elle partit en courant. Puis revint. Elle avait oublié le sucre pour Atma. Elle prit aussi un panier, elle pourrait toujours dire être venue acheter des œufs à la ferme.

Il n'y avait qu'une demi-lieue à franchir. Elle courut sur le chemin, le cœur battant et en priant : « Faites, faites, mon Dieu, qu'il m'ait entendue et qu'il vienne ! »

Avant de l'avoir aperçu, elle sut qu'il était là.

Un jour, il y avait bien longtemps – avait-elle seulement dix ans à cette époque ? –, elle avait ainsi deviné sa présence, ressenti cette douceur qui la parcourait toute quand il était près d'elle. Elle s'était retournée, et il était là, en effet. Aujourd'hui, ce n'était plus une douceur, mais une sorte de souffrance délicieuse qui lui transperçait le cœur et la comblait tout à la fois.

Elle le découvrit assis sur un banc, sous un arbre. Atma abandonna ses genoux et bondit au-devant d'elle. Elle se donna une contenance en le prenant dans ses bras et avança vers Calixte en riant des grandes démonstrations d'affection du chien.

Elle fut déçue de n'être point embrassée, puis se dit que c'était peut-être mieux ainsi, sans trop en trouver les raisons. Son regard posé sur elle lui fit presque autant plaisir que si elle avait senti ses lèvres sur sa joue. C'était un regard content. Et aussi – oui, vraiment – un peu admiratif. Les paroles qui l'accompagnaient le confirmaient :

– C'est joli le bleu de votre robe avec le blanc nacré de vos roses.

Alors Calixte parla des couleurs et de leur magie. L'homme s'efforçait d'en créer autant que la nature en offrait. Savait-elle que c'était à la manufacture des Gobelins que l'on tentait le plus de tirer de chaque ton des centaines de nuances ? Elle l'ignorait. Et même ce qu'étaient les Gobelins. Il faudrait qu'elle se renseigne. Elle avait tant de choses à apprendre ! Elle avait vu des livres dans le bureau d'Antelme, elle se promit de les lire.

Il racontait maintenant sa visite d'une fabrique de Saint-Chamond où il passait commande de rubans et de lacets de bottines. Il lui conseilla d'y aller un jour. Elle serait à la fois stupéfaite et ravie de voir ces flots de banderoles de soie de centaines de coloris différents. On ne savait jamais tout des couleurs, connaissait-elle le zinzolin ?

Il rit, lui disant que le bleu de ses yeux avouait totalement ignorer le violet-rouge du zinzolin, extrait du sésame.

Elle riait aussi. Et Atma, heureux, se roulait dans l'herbe comme au temps joyeux de sa jeunesse.

Adélaïde appréciait-elle la chance qu'elle avait de vivre auprès d'un homme qui savait la beauté du monde et embellissait toute chose autour de lui ? Mais sa sœur écoutait-elle quand Calixte disait, comme maintenant, l'infinie variété de tons des fines peaux tannées dont il faisait ses bottines ? Pensait-elle à lui demander s'il en existait des zinzolines ?

Quand il fut prêt à partir, il posa Atma sur les genoux de Donatienne. Elle dut se retenir d'effleurer sa main, si près de la sienne. Que n'aurait-elle donné pour caresser ce durcissement de la peau à la première phalange de son pouce, dû au maniement du tranchet. Elle pensa – les joues soudain fardées d'écarlate – à cette main parcourant son corps et à la douce petite souffrance qu'elle en ressentirait.

Comme la fermière arrivait avec une douzaine d'œufs destinés à Donatienne, Calixte retarda un moment son départ, parut hésiter un bref instant, puis dit :

– Je fabrique, en ce moment, pour Adélaïde, une armoire à chaussures. Et j'ai eu l'idée d'incruster dans le bois, du beau bois doré de merisier, un semis de fleurs blanches, ivoire et rousses, en morceaux de coquilles d'œufs agglomérées. Mais je n'en ai jamais assez. Lorsque vous viendrez voir Atma, pourriez-vous m'en apporter ?

Puisqu'il lui parlait de sa sœur, elle demanda :

– Comment va-t-elle ?

– Oh ! très bien ! Elle a un appétit d'ogre.

Seule, ce soir-là, dans son grant lit – Antelme resterait absent trois jours –, Donatienne répéta plusieurs fois, à très haute voix : « couleur zinzoline », ce cadeau d'un joli mot que lui avait fait Calixte. Et cette demande de coquilles d'œufs, n'était-ce pas un peu une promesse de rendez-vous ?

Dirait-elle à son mari qu'elle était allée voir Atma ? Si on ne l'interrogeait pas, elle se tairait.

Elle eut une pensée à la fois affectueuse et attristée pour Antelme qui ne rapporterait, lui, de Saint-Étienne que des rubans aux sombres couleurs dont il garnirait ses chapeaux d'homme. Du brun, du gris, du noir.

Elle s'éveilla tout au plaisir de déjeuner d'œufs. Qu'importait que les coquilles rangées dans une petite boîte – après avoir été lavées – soient destinées à embellir un meuble pour Adélaïde ? Calixte serait content, cela seul comptait.

Antelme annonça à son retour qu'il avait pris de bons contacts. La demande de chapellerie de luxe s'intensifiait. Il comptait donc faire surtout de la grande qualité et ne travailler que des poils de castor ou de ragondin. Produire peu, au début, mais dans la perfection.

Étrangement, à le regarder pendant qu'il parlait ainsi, Donatienne se dit qu'il allait faire des chapeaux à sa ressemblance, parfaits sans doute, mais un peu ennuyeux. Elle s'en voulut de cette pensée mais la trouva assez juste.

Pendant le dîner Antelme reparla peu de son voyage, se contentant de remarquer – avec ce petit semblant de sourire, dont elle ne savait toujours pas la réelle signification – que les chemins de fer regorgeant de représentants de commerce, commis voyageurs et courtiers, on pouvait presque y traiter ses affaires sans descendre du train. Quelle entreprise n'envoyait désormais ses démarcheurs sur tous les rails de France ?

Puis il se tut. Elle se souvint alors des anecdotes rapportées par Calixte du moindre de ses déplacements. Les yeux baissés vers son assiette, elle rêva de ce que Romanais-la-Rose-d'Amour aurait dit après un semblable voyage. De la ville des rubans, il aurait trouvé mille choses à raconter. Et il les avait tant amusées, Adélaïde et elle, en leur parlant des chapardeurs exerçant leur métier dans les trains. On les appelait « voltigeurs » ou « hirondelles », parce que, leurs vols commis, ils parvenaient, comme les oiseaux, à voler d'un wagon à l'autre.

Elle se retint de demander à Antelme s'il avait été séduit, lui aussi, par les nombreux coloris de rubans que l'on avait dû lui montrer et s'il savait ce qu'était le zinzolin.

Comme son mari la regardait, avec toujours cet étrange reflet de sourire aux lèvres, elle craignit qu'il ne l'interrogeât sur ce qu'elle avait fait en son absence. Alors elle parla du jardin, des rossignols de plus en plus nombreux qui l'habitaient et d'une mésange bleue aperçue le matin et qui reviendrait peut-être.

Il lui avait remis une petite somme d'argent pour sa garde-robe, elle aurait aimé dire qu'elle s'était acheté le corset dont elle rêvait depuis longtemps. Elles n'avaient jamais eu assez d'argent, sa sœur et elle, le loyer de la chambre et leur nourriture payés, pour en posséder plus d'un à se partager. Et Adélaïde se l'était définitivement approprié parce qu'elle s'enrhumait quand elle ne le portait pas. Elle aurait voulu expliquer à Antelme que celui qu'elle possédait maintenant, bien qu'il ne fût qu'en coton et sans broderie ni dentelle, était d'une couleur rose, dite fleur de pêcher, assortie à sa peau. Elle aurait aimé dire aussi que, peu habituée à avoir la taille serrée, elle avait souffert toute la journée, se demandant si, en fin de compte, Adélaïde ne lui avait pas rendu service en lui permettant de laisser son corps vivre à l'aise. Mais elle n'osa pas aborder un pareil sujet. Aussi fut-elle surprise, cette nuit-là, qu'Antelme caressât longuement sa taille endolorie, comme s'il avait deviné l'histoire du corset. Elle eut le sentiment qu'il n'ignorait rien de ce qui la concernait et s'en effraya un peu.

Elle découvrit, le lendemain matin, un petit paquet contenant des rubans de soie, déposé par son mari sur la table devant laquelle elle s'asseyait pour se coiffer.

Antelme la regardait, en silence, comme il le faisait souvent, brosser ses longs cheveux ; elle se tourna vers lui et le remercia. Alors il dit, de sa manière détachée, un peu lointaine :

– J'aimerais que tu noues tes catogans avec ces rubans, comme au jour de notre mariage. Il y a là des bleus qui rappellent ceux de tes yeux selon le temps, des ors assortis à tes cheveux, des roses qui iront avec ceux de tes lèvres ou de tes joues quand tu es émue. Et aussi des blanc rosé qui sont ce que j'ai trouvé se rapprochant au plus près de ton teint.

Elle était confondue, mécontente contre elle-même, ne sachant trop ce qu'elle se reprochait le plus.

Elle fut distraite tout au long du jour. Et le soir, quand elle crut

Antelme endormi, elle pleura. Très doucement, sans bruit. Alors, elle sentit un bras qui l'entourait et la ramenait vers la chaleur d'un torse contre lequel elle s'étonna de s'apaiser aussi vite.

Ce fut dans la nuit du lendemain qu'elle sut les plans d'avenir d'Antelme concernant la chapellerie.

Il voulait, sinon concurrencer, du moins imiter la plus prestigieuse chapellerie de Bourg-de-Péage, la maison Mossant, où ils avaient travaillé tous les deux.

Comme elle en restait muette d'étonnement, il ajouta :

– Comprends-moi bien, je sais que je ne pourrai pas – du moins au début – être aussi important. Ce que je veux consiste à imiter ce qu'ils ont de mieux et à m'efforcer de travailler aussi parfaitement qu'eux. Mossant a cent ouvriers, nous en aurons tout au plus dix pour commencer. Mais cela ne nous empêchera pas de fabriquer des produits aussi beaux que les leurs. Je ne veux employer que des poils de très grande qualité – comme eux –, me fournir des meilleures peaux du Canada – comme eux encore – et, comme eux, ne pas teindre le feutre, mais le poil – et ce qu'ils sont les seuls au monde à faire depuis toujours. Tu comprends pourquoi je veux agir comme ça ?

– Oui, je crois.

Il alluma la bougie qui était sur leur table de nuit et, du tiroir de la même table, sortit son portefeuille. Il y prit une petite coupure de journal dont il lut le texte à haute voix, après avoir précisé qu'il s'agissait d'un compte rendu de l'Exposition universelle de Londres.

« ... La Drôme, cette grande terre de la chapellerie française, nous a fait connaître une bonne et sérieuse maison de Bourg-de-Péage : MM. Mossant Père et Fils. Ceux-là comptent parmi les salubres révolutionnaires qui ont entendu arracher la tête humaine aux étreintes affolantes du tuyau luisant. Ils ont restauré le chapeau souple, toujours le travaillant et le perfectionnant, au point que bientôt, tout en restant solide, il finira par ne plus rien peser. »

– Voilà ! Et depuis le jour où j'ai lu cet article, qui confirmait ce que je pensais, je me suis dit qu'il fallait ne tendre qu'à la grande qualité, à la production parfaite qui se paie cher. Nos chapeaux seront très, très chers, mais ceux qui les aimeront ne s'en préoccuperont guère. La clientèle de MM. Mossant n'est exigeante que sur la qualité.

– Mais il faudra beaucoup d'argent pour s'équiper. Une seule fouleuse ne suffira pas.

Il lui parla alors des biens de sa famille dont elle ne connaissait que la ferme paternelle. Il y avait aussi le vignoble du grand-père maternel à Tain-l'Ermitage qu'il venait de vendre avantageusement.

Elle se demanda un instant si, ayant des champs et des vignes, elle n'aurait pas préféré en vivre plutôt que de monter une chapellerie. Comme s'il devinait sa pensée, Antelme disait :

– Je n'aimais ni traire les vaches ni faire du vin.

Il resta un moment silencieux. Elle crut qu'il n'en dirait pas plus, mais, pour la première fois, il lui raconta son apprentissage à travers la France. Il était allé jusque dans l'Aude, dans la petite ville d'Espéraza, célèbre par ses chapeaux en feutre de laine, et à Chazelles-sur-Lyon, ville entièrement vouée au chapeau, où il avait appris son métier. Il était monté à Paris qui comptait aussi quelques fabriques importantes. Et, pendant qu'il était chez Mossant, il avait été envoyé en Angleterre et en Allemagne pour proposer les articles de la maison. Ce qui lui avait permis de voir ceux des concurrents là-bas, leurs installations et leurs techniques.

Ils se taisaient maintenant tous deux et, brusquement, elle sut qu'elle ne pourrait pas continuer à lui cacher ce qui lui pesait tant sur le cœur et accepter qu'il se confie à elle sans en faire autant elle-même. Elle raconta l'aventure du pauvre Atma et comment elle l'avait sauvé, et sa visite à la ferme, et sa rencontre avec Calixte.

– Je le savais, dit-il doucement.

Il n'avait rien ajouté d'autre et elle n'osait pas le questionner. Alors elle tenta cette nuit-là – après qu'il l'eut possédée avec plus de fougue encore qu'à l'accoutumée – de comprendre ce qui se passait dans le cœur d'un homme si peu communicatif et quel rôle jouaient les sentiments dans ce que l'on appelait l'amour. Et aussi ce qu'était, vraiment, l'amour. C'étaient donc des étreintes passionnées jointes à des souffrances et, parfois, à des bonheurs du cœur ? Antelme souffrait-il de savoir ne pas tenir la première place dans celui de sa femme ? Se suffisait-il de ce qu'elle fût à ses côtés et dans son lit ?

Et pourquoi laissait-il à ce point son âme dans l'ombre ? Sans doute, se dit-elle avec accablement, parce qu'il n'avait pas confiance en elle. Il devait savoir qu'elle continuerait à rencontrer Calixte, qu'elle ne pourrait pas s'en empêcher.

Elle pleura. Sur Antelme ? Sur elle ?

Mais, cette nuit-là, son mari ne la prit pas dans ses bras pour la consoler. Tant mieux, se dit-elle, s'il l'aimait moins.

Elle s'endormit en se demandant si, lorsqu'elle était enfant, chaque jour de sa vie où elle ne pensait qu'à Calixte n'avait pas été ce qu'elle avait vécu de plus beau.

Lorsque les deux ouvriers fouleurs et les trois approprieurs partaient, leur journée finie, et pendant qu'Antelme travaillait encore un bon moment dans son bureau, Donatienne parcourait son jardin avec délice.

Elle aimait y respirer loin des vapeurs du foulage et des chaudières. Comme au temps de son enfance, quand elle allait le dimanche emplir ses poumons de l'air des champs, se rouler dans l'herbe aux portes de la ville pour oublier l'odeur de la suie dont elle cirait les galoches.

Son travail – elle s'occupait de la dernière étape de la fabrication – n'était pas plus dur qu'à la chapellerie dont Antelme était contremaître. Mais lui manquaient les chants, les rires et le babillage de ses compagnes d'alors. Seule dans le petit atelier dit des « finitions », elle ne chômait ni ne s'ennuyait ; pourtant, elle voyait parfois la fin de la journée arriver avec plaisir en pensant à son jardin et au bonheur de s'y reposer jusqu'à ce que vienne le moment du souper.

L'une de ces soirées-là, assise sur le banc de bois vermoulu dont elle laissait un liseron bleu courir le long du dossier, elle s'était amusée à boucher les trous de sa vieille capeline de paille avec des roses et elle achevait d'enrouler, en guise de ruban, une tige du liseron. Elle souriait à l'aspect inattendu et charmant du chapeau ainsi fleuri. Et elle s'en coiffa après avoir défait ses catogans dont la masse lui pesait, se demandant, en riant, de quoi elle devait avoir l'air ainsi.

Elle avait, sans le savoir, l'air d'une délicieuse jeune et joyeuse fée des champs.

Antelme, qui la regardait depuis un moment sans qu'elle l'ait vu, s'avança enfin vers elle.

– Non ! dit-il, comme elle levait le bras pour retirer la capeline. Garde-la encore.

Il la surprenait souvent ainsi. La surveillait-il, ou était-il attentif à la moindre de ses actions ? Et comment fallait-il prendre ce qu'il disait maintenant, sans sourire, avec son air grave :

– Je pense que tu t'ennuies à faire des chapeaux d'homme, toujours si semblables. Peut-être préférerais-tu coiffer des femmes. Ce serait à envisager.

Elle le regarda, incrédule, ne sachant que répondre. Le dimanche précédent, il l'avait stupéfiée aussi en lui disant, au moment de partir à la messe – seul jour où elle avait décidé de porter son corset :

– Tu sais, ni Dieu ni M. le curé ne t'en voudront si tu vas les voir la taille libre.

Comment savait-il qu'elle avait mis son instrument de torture – elle le serrait à peine – et, surtout, qu'elle le détestait ?

Antelme en revenait, de lui-même, à son idée. Il avait vu dans Romans une petite boutique à louer sur la place Jacquemart. Le loyer, très faible, se justifiait par l'exiguïté du local, mais pour un démarrage on s'en contenterait. Qu'en pensait-elle ?

Comment avait-il deviné que c'était son rêve, qui remontait peut-être à l'époque où, détricotant l'écharpe verte, elle en avait confectionné un chaperon ?

Le bonheur la pâlissait, elle se voyait déjà parmi les fleurs de soie, les rubans et les plumes, décidant de ce que porteraient les dames de la ville. Elle put à peine articuler :

– Mais... est-ce que vous croyez que je saurai ?

Toujours avec autant de sérieux et de calme, il la rassura. Elle savait le travail du feutre et apprendrait vite celui de la paille, du crin et des sparteries. Quant à son goût et à son imagination créatrice – il eut alors son étrange demi-sourire –, il suffisait de voir la jolie chose qui la coiffait en ce moment. Il savait que c'était elle qui avait fait la couronne de mariée de sa sœur et garni la grande capeline qu'elle portait en partant pour Montélimar. Il avait apprécié aussi qu'avec la modique somme qu'il lui avait donnée pour s'habiller elle se soit confectionné elle-même un chapeau que toutes ces dames, à la messe ou dans la rue, admiraient. Il savait encore qu'à la fabrique Mossant, quand elle y travaillait, c'était elle qui récupérait dans la corbeille à papier les journaux de mode que la maison achetait pour se tenir au courant des tendances nouvelles.

Comment ce diable d'homme s'y prenait-il pour tout voir, tout savoir ?

Il ne lui laissait pas le temps de trouver des réponses aux questions qu'elle se posait. Il ajoutait :

– Les cônes de feutre à former, venant de chez nous, reviendront à presque rien. Pour le reste des fournitures, nous verrons à obtenir les meilleures conditions possible. Donc, avec un investissement minime, tu peux t'élancer vers la gloire en ouvrant la boutique qui pourrait s'appeler :

DONATIENNE
MODES

Qu'en pensait-elle ? Et, pour l'encourager plus encore, il lui dit avoir décompté les modistes existant déjà à Romans. Il n'y en avait que deux. Les dames romanaises se chapeautaient surtout à Valence et, parfois, à Grenoble ou à Paris. Sûrement plusieurs, parmi elles, seraient ravies de ne plus avoir à se déplacer. Et il ne fallait pas oublier les femmes des officiers du régiment en garnison ici. Pour celles-là, une jolie boutique, tenue par une jolie personne ayant du goût et du savoir-faire, serait aussi une distraction et, peut-être même, un lieu de rencontre et de potinage.

Muette, elle se disait que l'on attend des bonheurs qui n'arriveront jamais, alors que d'autres, auxquels on n'osait penser qu'en rêve, vous étaient apportés, comme par miracle, un beau jour, pendant que l'on regardait un rosier blanc escalader un mur.

Ce fut le premier soir où elle s'endormit sans penser à Calixte.

Elle s'éveilla en se demandant comment remercier Antelme. Il donnait tout et elle rien.

Elle travailla avec acharnement pour terminer les deux premiers *cronstadt*[1] sortant de la CHAPELLERIE DERIVAULT.

Ils étaient d'une souplesse et d'une légèreté qui l'enthousiasmèrent et, alors qu'elle achevait de marquer au fer et en lettres d'or, sur la coiffe de soie et dans le fond du chapeau :

DERIVAULT
ROMANS

elle s'écria, tout à coup, en riant :

1. Chapeau de forme cylindrique à calotte bombée, à mi-chemin entre le haut-de-forme et le chapeau melon.

UN CHAPEAU DERIVAULT
EST SANS RIVAL
UN DERIVAULT EST SANS RIVAUX
LES DERIVAULT N'ONT PAS DE RIVAL
PORTEZ UN DERIVAULT, VOUS SEREZ SANS RIVAL.

Antelme penserait-il à faire de la réclame pour sa maison avec des formules de ce genre ? Elle projeta d'aller écrire ses trouvailles sur le tableau noir – accroché dans son bureau – où il notait les programmes du mois. Elle attendrait qu'il soit dans les ateliers pour s'introduire chez lui afin qu'il ait la surprise de découvrir les inscriptions à son retour.

Voyant la place libre, elle s'élança vers le tableau noir, quand elle s'arrêta brusquement : elle n'était pas sûre de son orthographe. Rival ou Rivale ? Rivau ou Rivaux ?

Elle espéra trouver un dictionnaire chez Antelme. Il n'y en avait pas. Les seuls ouvrages rangés sur l'étagère étaient des guides de voyage. Russie, Allemagne, Suisse, Autriche-Hongrie, Italie, Espagne. Tous les pays que son mari lui avait dit avoir visités pour le compte de la chapellerie Mossant. Personne en ville n'avait dû aller aussi loin dans le monde qu'Antelme Derivault pour y rechercher de la clientèle. Elle en ressentit de la fierté.

Mais cette Europe étalée là ne lui donnait pas son dictionnaire. Elle décida qu'elle irait, dès le lendemain, en acheter un en faisant son marché.

Elle soigna particulièrement sa toilette, mit son chapeau du dimanche et même ses gants. Elle était désormais Mme Derivault, chapelière, en attendant d'être Mme Donatienne, modiste. Les deux se devaient de couvrir leur tête élégamment.

Ce fut tout juste avant d'entrer dans la librairie-papeterie qu'elle se heurta à Adélaïde venant en sens inverse.

Impossible de s'éviter. D'ailleurs, le voulaient-elles ?

Pendant quelques secondes elles furent face à face, immobiles. Donatienne sentit ses jambes trembler, et Adélaïde faillit perdre l'équilibre. Mais leurs regards ne vacillèrent pas. Ils absorbaient, goulûment, ce que chacune montrait à l'autre.

Donatienne se disait : « Elle a encore embelli et se porte bien. Je connais la mauvaise roseur de ses pommettes, mais celle-là est la bonne. Elle n'a pas dû tousser depuis longtemps. Elle est heureuse, cela se voit, se sent. Donc ils sont heureux, Calixte et elle. Tout est bien et peut-être va-t-elle me tendre la main... »

Adélaïde n'avait nullement envie de la tendre, cette main qu'elle déplorait de n'avoir pas gantée, elle aussi, ce matin. Sa sœur allait penser qu'elle ne pouvait pas encore s'acheter des gants, alors qu'elle en avait trois paires. Elle déplora aussi de ne pas avoir mis son chapeau. Et ce fut ce qui lui fit monter du rose aux joues. Elle était en cheveux, et Donatienne en conclurait qu'elle n'était pas devenue une dame. Sa contrariété en fut si forte qu'elle se remit en marche immédiatement en ruminant sa colère. Donatienne, déçue, le cœur gros, oublia d'entrer chez le libraire et revint chez elle son panier vide. Elle ne se sentait même pas le courage d'aller au marché.

– Eh bien ? interrogea Antelme, la voyant revenir plus tôt que prévu.

– J'ai rencontré Adélaïde.

Il ne posa pas de question. Il l'embrassa puis l'attira contre lui.

Elle s'y sentait bien, dans ses bras, si bien qu'elle dit, essuyant ses larmes :

– Antelme, j'ai pensé à quelque chose, si on disait, par exemple :

LES CHAPEAUX DERIVAULT N'ONT PAS DE RIVAL

ou bien...

Ce fut lui qui l'entraîna vers le tableau noir. Il y écrivit sous sa dictée.

Ils hésitaient. Ils aimaient aussi :

PORTEZ UN DERIVAULT,
VOUS SEREZ SANS RIVAL.

Le brouillard de ce matin-là était si peu dissipé encore qu'ils parurent jaillir, soudain, d'un autre monde, les deux zouaves qui, avec autant de vigueur qu'ils chargeaient l'ennemi, ouvrirent la porte et apparurent chez Calixte et Adélaïde. Les éclatantes couleurs de leurs uniformes fusèrent joyeusement dans l'atelier. Bleu et rouge le costume, jaune d'or les galons et les soutaches, blancs le turban et les guêtres. Seules les chaussures étaient sombres.

Il n'était pas très habituel de voir des zouaves de l'armée d'Afrique arpenter les rues de Romans, sauf quand ces zouaves-là, rentrés récemment de Kabylie, étaient des Romanais de retour au pays natal, le temps d'une permission attendue depuis plus de quatre ans. Et ils étaient aussi, ces deux fantassins, cousins de l'un des apprentis de Calixte Royer, à qui ils disaient :

– Deux paires de chaussures annuelles allouées par l'armée d'Afrique, cela peut paraître suffisant, à première vue, mais pour le régiment de marche que nous sommes, c'est peu. Elles sont plus fatiguées que nous, nos godasses, et si tu pouvais quelque chose pour elles...

Adélaïde, loin de se douter que ces deux « chacals [1] » étaient annonciateurs de son salut et allaient faire disparaître de son univers les trop jolies dames, leurs jupons trop haut relevés sur leurs fines chevilles et leurs mollets ronds, accueillit pourtant avec bienveillance ces vainqueurs de tous les champs de bataille, de l'Algérie à la Crimée.

On reparla du maréchal Bugeaud que ces jeunes n'avaient pas connu, mais qu'ils vénéraient toujours, au point que leur fanfare de marche s'appelait « La Casquette » en souvenir.

On leur montra le « chef-d'œuvre » de Calixte fait en l'honneur du duc d'Isly, en cuir écarlate. Les deux fantassins d'Afrique l'admirèrent, affirmant que Son Excellence, le gouverneur de l'Algérie, serait sans doute fort aise d'être aussi bien chaussée. Combien d'officiers, là-bas, enviaient, sans le dire, les superbes bottes rouges des cavaliers maures !

Adélaïde, bien qu'elle fût apparemment très présente, n'était plus là. Elle était en Afrique. Elle les voyait caracoler, ces guerriers ennemis, et marcher et courir derrière eux, ces régiments de zouaves. Visions où il lui semblait qu'il y avait comme une promesse. Quelque chose, encore flou, mais qui tourbillonnait dans sa tête.

Quand les zouaves furent partis, elle demanda à Calixte :

– Que penses-tu des souliers des soldats de l'armée d'Afrique ?

– De la camelote.

– Tu ne crois pas que...

– Que quoi ?

– Rien.

Elle n'était pas prête à argumenter et à discuter. Il lui fallait

1. Surnom donné aux zouaves.

réfléchir à ce qu'elle commençait à entrevoir derrière des Arabes galopant, bottes rouges à étriers d'argent aux pieds, burnous au vent – et sûrement regards farouches – ainsi que pour des zouaves franchissant entre cinquante à quatre-vingts kilomètres par jour sur des sols caillouteux où expiraient leurs semelles. Avec Calixte, elle le savait maintenant, il ne fallait exposer une idée que lorsqu'elle était longuement mûrie.

Et l'idée – ou du moins son début –, elle avait commencé à l'avoir la semaine précédente, un soir où Calixte l'avait emmenée boire un picon-grenadine au Grand Café de la place d'Armes. C'était l'endroit élégant où se côtoyaient les officiers de la garnison, les hommes les plus importants de la ville et les châtelains des environs, mêlés à quelques autres personnages de moindre envergure, du commis voyageur au petit boutiquier. Pas de femmes dites de la société, mais des commerçantes, ou des actrices venues en tournée au théâtre de la ville, ou des cocottes paradant là en pays conquis, puisque les vraies dames ne se montraient jamais ici.

Quand elle était enfant et passait devant les lumières des grands cafés de Romans, Adélaïde se disait, admirant de brillantes créatures attablées en compagnie de beaux messieurs ou de militaires : « Un jour, je serai là, moi aussi. » Plus tard, elle avait commencé à comprendre que les femmes auxquelles elle ambitionnait de ressembler, celles qui habitaient des maisons de pierre à balcons de fer forgé, avec d'épais tapis, de lourdes tentures, et où, dans la chaleur des calorifères, se répandaient les bonnes odeurs de cuisine raffinée, celles-là n'étaient jamais aux terrasses des cafés. Et, maintenant, elle avait compris tout à fait qu'elle ne faisait partie, elle, ni de celles qui parlaient trop fort et riaient avec des messieurs dans les grands cafés ou ailleurs, ni de celles qui étaient bien au chaud dans leurs maisons cossues et qui sentaient bon.

Alors qu'était-elle ?

Rien encore, à peine l'épouse d'un cordonnier-bottier. Il allait lui falloir travailler à se faire une place. Où ? Comment ?

Dans la tiédeur de son vieil édredon dont elle n'avait pas consenti à se séparer, bien qu'il ne fût plus que reprises, elle y pensait sans cesse. Et, ce soir-là, elle avait demandé à Calixte de l'emmener au Grand Café. Ce qu'il avait fait, la plaisantant sur son goût pour le picon-grenadine.

Ce qu'elle voulait, plus qu'un apéritif, c'était étudier la population de la ville, tout ce qui marchait. Il lui fallait se rendre compte par elle-même de ce qu'offrait Romans en tant que clientèle pour l'atelier Calixte Royer, ce à quoi son mari n'avait pas beaucoup réfléchi, attendant que la pratique vienne à lui sans penser à aller au-devant d'elle. Le plus amusant, dans cette affaire – ce qui la faisait rire sous cape –, c'était de baisser ici les yeux, comme si elle, femme honnête, était effarouchée d'être vue à cette terrasse, côtoyant quelques-unes de celles que les recensements récents de la ville appelaient pudiquement : « de profession non avouable », alors qu'elle ne regardait, vers le sol, que la façon dont chaque consommateur était chaussé.

Qu'était-il ressorti de cette évaluation du nombre de semelles surmontées de tiges, élégantes ou non ? Rien qui offrît vraiment à l'atelier de Calixte un avenir excitant. En comptant le nombre de cordonniers-bottiers existant déjà ici, les possibilités de vente dans les foires et les marchés, en y ajoutant même une extension dans les villes voisines, cela ne ferait jamais faire fortune. Et Adélaïde voulait s'enrichir, c'était le seul moyen de devenir quelqu'un dans sa ville. Il fallait avoir les yeux fixés sur les seuls chiffres qui comptaient, les seuls importants, ceux qui disaient, bien haut, le nombre d'ouvriers de chaque fabricant de chaussures de Romans, deux cent dix chez Sylvestre, cent soixante-dix chez Eisenrich, cent soixante chez Jouvin... Quand dirait-on – en restant modeste – cent ouvriers chez Calixte Royer ?

On était en automne, elle était mariée depuis un peu plus d'un an. Elle portait une robe neuve, à tournure et de fin lainage roux, bordée de velours ton sur ton. En velours aussi la capote nouée si joliment sous le menton. Quant aux bottines ! Elle avait chaussé l'une de ses paires préférées, en cuir mordoré avec rangée de boutons couleur d'ambre. Modèle qui avait eu un tel succès qu'il en courait déjà dix répliques par la ville. Dix paires en un mois, sans compter les bottes du châtelain, M. de Moirtiers, celles de deux officiers, et les richelieux de M. le maire. Mais ce n'était pas cela qui permettrait d'acheter une maison, même dans dix ans. Cela faisait vivre, sans plus. Alors, au faible piétinement de cette production Calixte Royer courant les pavés de Romans s'opposa soudain le long, bruyant, triomphal martèlement d'un régiment de zouaves sur les routes caillouteuses du pays d'Afrique, qu'orchestra à cet instant – était-ce un signe ? – une non moins triomphale marche militaire venue du kiosque à musique voisin.

Adélaïde avait maintenant relevé sa jolie tête. Elle jeta un regard autour d'elle. Elle vit non plus les bottes de M. de Moirtiers, mais son petit sourire pincé qu'accompagnait si bien une voix doucement insinuante, cette voix qui avait obtenu de Calixte un rabais important. Tout comme M. le maire arguant : « Toi que j'ai connu enfant, tu vas sûrement me consentir un doux petit prix. » Ou encore cette bijoutière de Valence affirmant : « Avec la réclame que je vous fais parmi mes clientes les plus huppées de la ville, vous allez me transformer ces excessifs quatorze francs en dix bien ronds, bien nets. » Parce qu'il y avait cela aussi, ces petits marchandages que l'on ne peut se permettre qu'avec un petit cordonnier-bottier. La marche militaire – si opportune ! – emporta dans ses éclats de cymbales et de trompettes cette ronde de rabais, entraînant elle-même une cohorte de côtelettes, rôtis et pâtisseries, perdus par ces manques à gagner. Et si le pas rythmé de souliers de zouaves et de turcos écrasait tout ça, un jour ? Pourquoi pas ? Si elle le voulait.

N'avait-elle pas toujours eu ce qu'elle désirait ? S'il lui avait fallu six mois pour obtenir de Donatienne l'achat d'un corset, et si le cadeau par le vieux Sébastien de son édredon avait exigé presque un an de pourparlers, la conquête de Calixte n'avait demandé qu'une minute. C'était cela qui comptait. Ce qu'un homme et d'autres aussi peut-être pourraient faire pour elle.

Elle savait quelles étoiles les lumières du Grand Café jetaient dans le ciel de ses yeux. Elle les promena autour d'elle, récoltant, victorieuse, un bouquet de regards admiratifs. Alors elle se tourna vers Calixte et lui demanda :

– Tu aimes les marches militaires ?

– C'est une musique qui me donne envie d'accomplir des prouesses.

– N'est-ce pas ? On y voit caracoler ton maréchal Bugeaud dans ses bottes rouges et marcher les zouaves et les turcos au pas de course.

À voix basse, Calixte murmura :

– J'ai envie de t'embrasser. Que se passerait-il si je le faisais, ici, au milieu de tous ces gens ?

Et, comme elle se contentait de sourire, il ajouta :

– Ils ne diraient rien, ils m'envieraient.

C'était bien ce qu'elle pensait. Elle décida, en buvant la dernière gorgée de son picon-grenadine, qu'il était temps d'agir.

Ce n'était pas Calixte, se dit-elle, qui serait difficile à convaincre. Il accepterait assez vite de renoncer à sa petite clientèle qui ne le mènerait pas loin, et envisagerait d'emprunter à Ulrich de quoi s'agrandir et louer les machines nécessaires à la fabrication de chaussures de marche pour fantassins d'Afrique. Plus long, plus compliqué serait de se battre – en quelque sorte – avec celui ou ceux dont dépendaient les commandes des armées pour en obtenir ce qu'elle voulait. Mais qu'avait-elle fait, jusqu'à maintenant, dans la chaleur de son édredon, sinon livrer bataille contre la maladie, contre la pauvreté ? Et elle avait gagné. Elle se dit alors qu'elle était sûrement un peu folle mais ne détestait pas ça. Ceux qui réussissaient ne devaient pas être comme les autres, elle en était persuadée.

Elle le regarda encore, cet homme qui était son mari et qu'elle avait déjà transformé. Disparu l'aspect d'ouvrier en chemise et pantalon grossiers, casquette en tête. Elle avait, assis là à côté d'elle, presque un monsieur, d'un genre un peu artiste, vêtu d'un costume en velours côtelé, une lavalière de soie noire fermant son col blanc et un grand feutre calmant l'indiscipline de ses boucles. Certes, il plaisait ainsi plus encore à ces dames aux jupons volages. Mais ils ne feraient désormais pas long feu, les pieds mignons devant lesquels se serait beaucoup trop longtemps agenouillé son mari.

Elle s'endormit ce soir-là en se demandant combien d'hommes comptait un régiment, une division et même l'effectif complet de l'armée d'Afrique. Et de qui dépendait l'équipement de tant d'hommes ? De quelques autres hommes, à peine deux ou trois sans doute. Le tout n'était-il pas de connaître l'un d'eux ? Où ? Comment ? Elle ne savait trop. On verrait cela plus tard, quand Calixte serait convaincu de la valeur et de la force de son idée de reconversion.

Elle se réveilla moins optimiste : il lui faudrait beaucoup de temps pour réaliser son rêve. Et si sa beauté disparaissait avant ? Elle regarda avec haine l'horloge d'Ulrich, qui scandait le temps. Elle l'aurait vendue avec plaisir ou échangée contre mille choses plus utiles, si elle l'avait pu. Entendre Jacquemart suffisait à rappeler que le temps passait, passait...

Le jeune sous-lieutenant, vicomte Gabriel-Marie de Lirac, affecté à sa sortie de Saint-Cyr au 101e régiment d'infanterie, arriva à Romans-sur-Isère tout frétillant. Ce que l'on disait de cette ville lui plaisait et il se promettait bien des bonheurs à la découvrir, à l'étudier et à écrire sur elle de longues lettres à son frère aîné. Sa situation à la porte du Midi était, certes, prometteuse de l'une de ces composantes si françaises donnant le juste milieu parfait : la fougue méridionale tempérée, la rigueur nordique adoucie. Nul doute que jouissant de ce privilège les Romanais, et surtout les Romanaises, ne fussent, comme le bruit en courait au mess des officiers, accueillants et tolérants.

Que voilà un séjour qui s'annonçait bien ! Dans son euphorie, le sous-lieutenant de Lirac s'empressa de mettre en pratique ses théories – éprouvées déjà, malgré son jeune âge – d'installation de vie de garnison.

Gabriel-Marie se flattait de ne point agir comme les autres officiers des régiments auxquels il avait été affecté pendant ses stages de formation. Il ne recherchait pas les beaux quartiers de la ville et encore moins à pénétrer, rapidement, dans les salons les plus huppés. Il avait remarqué qu'il est pratique de loger chez de petites gens. Il savait d'expérience combien peuvent amener de complications les belles dames trop sentimentales de l'aristocratie d'une cité et les non moins belles filles à marier. Il avait noté maints exemples d'avenirs compromis et de vies gâchées par un emballement fatal. Aussi se méfiait-il de tout. S'il apparaissait, chaque fois qu'il le fallait, chez sa colonelle et aux réceptions incontournables des notables d'une ville, il se gardait de rechercher là ses amours. Sa conviction était qu'une gentille petite bourgeoise, voire une ouvrière, était la compagne idéale d'un temps de garnison. Et où la découvrir ? Rien ne valait, d'après lui, pour cela, les marchés hebdomadaires. C'était là que l'on voyait, panier au bras, courant d'un éventaire à l'autre, les plus charmantes et les plus fraîches créatures, s'agitant dans le monde prosaïque qui était le leur et qui cernait leur horizon de rassurante manière. Jamais ces femmes n'ambitionnaient de sortir de leur milieu, et elles ne pensaient guère à jouer les grandes passionnées escortées de scènes infernales près de flamber à tout propos. Elles se contentaient d'être – éperdument – reconnaissantes à leur destin de mettre sur leur route un bel et jeune officier, vicomte de surcroît.

Ainsi était Gasparine, jolie brunette d'humeur joyeuse, que Gabriel-Marie dénicha et subjugua, un mois à peine après son arrivée à Romans. Elle était la compagne d'un commis voyageur en chaussures, absent les trois quarts du temps et peu suspicieux de nature. Gras et rougeaud, il était plus préoccupé par la qualité des tables d'hôte rencontrées en chemin que par les jolies servantes d'auberge – sans refuser toutefois, à l'occasion, une bonne fortune.

L'un des principes premiers de Gabriel-Marie était de ne jamais profiter de l'absence du mari pour y occuper sa place encore chaude dans son lit. On se fait toujours pincer un jour ou l'autre en sacrifiant à cette facilité. Sa jeune Romanaise venait chez lui à jours – ou nuits – et heures fixes.

Il avait trouvé à se loger au mieux chez l'habitant – une vieille demoiselle réputée assez originale et sourde. Son originalité résidait dans la façon dont elle entretenait la chambre de son pensionnaire, faisant souvent deux fois le même jour son petit ménage et oubliant, le reste de la semaine, de donner le moindre coup de balai. Mais Gasparine, entre autres majeurs qualités, possédait au plus haut point les sciences conjuguées de l'époussetage, du lavage et du rangement.

La surdité de Mlle Amélie facilitait les visites clandestines, ainsi qu'une petite porte de la maison donnant sur le jardinet et qui évitait à Gasparine de devoir passer sous le nez de la logeuse pour rejoindre son amant. Enfin, confirmant la règle que les vieilles demoiselles sont curieuses, celle-ci était, semblait-il, l'exception. Elle ne s'intéressait qu'à ses fleurs artificielles. Elle y travaillait pour son seul plaisir, étant pourvue d'une rente suffisant à son entretien.

Non seulement elle imitait ce que Dieu avait créé, mais créait elle-même ce à quoi Il n'avait pas pensé. Cela donnait d'assez étranges floraisons, disséminées un peu partout dans la petite maison du bord de l'Isère. Cela donnait aussi à la chambre du sous-lieutenant de Lirac, où croissaient d'étonnants jaillissements de bizarres végétations, l'aspect d'un reposoir, très apprécié de Gasparine.

Le Jacquemart martelait donc pour Gabriel-Marie des heures à la fois sereines et fort agréables. Tout était bien en place dans son installation. Mlle Amélie était une artiste heureuse et d'humeur égale, bien qu'on pût s'interroger parfois sur cette nécessité d'ensevelir sa maison sous tant de fleurs. Quant à Gasparine, c'était une femme pleine de prévenances et si satisfaite des arrangements pris avec son amant qu'il lui arrivait d'en verser une petite larme de joie.

Elle n'avait, cette délicieuse Gasparine, qu'un seul défaut : l'amour bavard. Elle, si discrète, un peu trop silencieuse même parfois dans le courant de leurs relations, devenait intarissable pendant leurs ébats amoureux, gratifiant son Gabriel-Marie des noms d'animaux qu'elle affectionnait. Et il y en avait ! Mais ce n'était là qu'un très mineur incident de parcours, le reste était si bien équilibré, si bien réglé, que le sous-lieutenant de Lirac commençait à prendre l'habitude de dire : « Heureux comme on peut l'être à Romans. »

Et cela aurait sans doute longtemps continué ainsi, sans le besoin d'un ressemelage urgent que Mlle Amélie conseilla de faire faire chez Calixte Royer, qui acceptait parfois ce genre de travail si l'un de ses apprentis avait le temps de l'exécuter.

Ce fut un beau matin d'octobre que le sous-lieutenant de Lirac découvrit, pour la première fois, Adélaïde, assise derrière sa caisse.

Il aurait pu la croiser au marché. Mais cela ne s'était pas produit. Elle lui apparut, ce jour-là, dans un rayon de soleil qui éclaboussait sa beauté. Elle fit, en une seconde, vaciller les théories et les principes dont il s'enorgueillissait et dont le premier était de « ne jamais être vraiment épris, ne jamais céder à la passion ».

Le Gabriel-Marie qui tendit sa paire de bottes à Mme Calixte Royer n'était déjà plus le même homme que celui qui avait franchi le seuil de l'atelier.

Adélaïde, que les militaires commençaient à intéresser, apprécia celui-ci. Il avait cette plaisante élégance de tenue et de manières des officiers distingués, jugée par elle difficilement imitable. Et, surtout, cette grisante courtoisie qui pouvait lui faire croire, par instants, qu'elle était une dame.

Le sous-lieutenant de Lirac regagna sa chambre-reposoir ébloui, persuadé d'avoir découvert la plus belle femme jamais vue.

Il s'arrêta un moment au mess des officiers pour se ressaisir un peu. Gasparine l'attendait chez lui, et il voulait éviter de poser sur elle un regard encore plein d'une autre.

Et de qui parlait-on ici ? De « la belle cordonnière », précisément. Ce qui ne surprit guère Gabriel-Marie. Qui pouvait rester insensible à la beauté de cette jeune femme ?

Il écouta ce qu'on en disait. Rien qui pût lui donner l'envie de sauter à la gorge d'un goujat se permettant des remarques déplacées ou désobligeantes à son endroit. Car, en vérité, si cela avait été, il l'aurait fait, il se serait battu pour elle. Déjà ! Il en fut à la fois accablé et follement heureux. Il était amoureux, amoureux, pour la première fois de sa vie.

Ce soir-là, Gabriel-Marie ne rentra chez lui que fort tard. Gasparine, lasse de l'attendre, était partie. Il s'en félicita, il avait besoin de remettre de l'ordre dans ses esprits. Et dans son cœur. Il ne se sentait pas en humeur de s'entendre appeler « mon lapineau chéri » ou « mon petit rat adoré ». Accoudé à sa fenêtre donnant sur le champ de trêfle voisin où s'ébattait une chevrette, il s'efforçait de se raisonner. Voyons, lui qui avait toujours loué le classicisme, accusant le romantisme d'annihiler la maîtrise de soi, la contraignant à céder aux inclinations du cœur et aux entraînements de la passion, qu'était-il en train de faire, sinon se livrer tout entier aux prémices dangereuses d'un grand amour ? Sacrebleu, que devenait l'une de ses citations favorites : « Là où la rigueur de l'intelligence cesse de conduire et de commander, les pires folies des sens trouvent à conquérir et à dominer » ? Il se dit, ravi, qu'elle gisait au fond d'une botte, la rigueur de son intelligence, et qu'il l'y laisserait.

Pour éviter de trop argumenter avec lui-même, il descendit de son premier étage au rez-de-chaussée, chez Mlle Amélie, demander un verre de son ratafia de cerises souvent proposé et rarement accepté. Dans l'escalier, il dut admettre qu'il voulait surtout interroger sa logeuse sur le ménage du cordonnier. Il faudrait crier un peu – sa fleuriste était de plus en plus sourde –, mais il s'en souciait peu ce soir. D'ailleurs, ce serait surtout à elle de parler.

Mlle Amélie, frêle et pâlichonne demoiselle de quarante-cinq ans, venait d'achever l'éclosion d'une fleur inconnue à ce jour, tenant du pois de senteur et de la capucine. En la montrant à son pensionnaire, elle demanda, la mine perplexe, pourquoi on avait baptisé pois de senteur une fleur sans parfum.

– Voyez-vous, conclut-elle, notre monde est plein d'illogisme.

À l'opposé de Gabriel-Marie, Mlle Amélie se réfugiait dans le romantisme le plus exacerbé. Elle voyait les humains à peu près comme elle voyait les fleurs, autrement. Bien qu'elle eût en ce moment en face d'elle un beau jeune homme vêtu d'un pantalon garance et d'un dolman bleu, imberbe et le regard brun et chaud droit planté sur elle, elle l'*amélisait* – comme devait le dire plus tard Gabriel-Marie – et lui ajouta, ce soir-là, de blondes moustaches, assorties à ses cheveux, et un monocle suspendu à un ruban. Elle le voyait même à ce point ainsi qu'elle lui demanda tout de go, en retombant dans la réalité, pourquoi il n'avait ni moustache conquérante et galante, comme il sied à un militaire, ni monocle élégant, comme il sied à un homme du monde.

Sans en être surpris, connaissant déjà assez bien sa charmante originale, l'œil tout juste rieur, le sous-lieutenant exposa qu'il s'ornerait de moustaches pour fêter son deuxième galon. Quant au monocle, ce serait pour plus tard encore, il y voyait parfaitement.

– On croit ça, mon jeune ami, dit Mlle Amélie. On croit qu'on voit, et on ne voit rien... de ce qu'il faut voir. Par exemple que la petite Gasparine, qui est piqueuse de bottines, a beaucoup de travail en cette période de pleine saison dans la chaussure et n'a guère le temps – déduit encore celui qu'elle passe ici – de dormir un brin.

Ainsi, son extravagante fleuriste savait tout ! Perplexe, Gabriel-Marie se demanda s'il parlerait de la belle cordonnière à cette trop perspicace demoiselle, quand ce fut elle qui ouvrit le feu.

– Et que pensez-vous de Mme Adélaïde Royer ? Je peux vous dire, tout de suite, qu'elle est une place forte imprenable. Les bras de son mari sont des remparts que vous n'arriverez jamais à abattre. Et elle l'aime au point d'en être si jalouse que certaines clientes n'osent plus aller se faire chausser chez eux de peur d'être vitriolées. Notez qu'elle a tort d'être jalouse, il l'adore. Mais elle a raison aussi, parce qu'il est, sans conteste, le plus beau cordonnier-bottier de Romans. Son père, déjà, était un superbe spécimen d'homme, il aurait pu, si sa destinée en avait fait un militaire plutôt qu'un ouvrier tanneur, être admis parmi les guides de l'Empereur. Ah ! je les ai connus, ces fiers gaillards-là. Ils avaient, Dieu me pardonne ! des pantalons si collants qu'on en rougissait à les regarder. Parce que, même si on ne le voulait pas, on avait les yeux qui y revenaient malgré eux et on ne pouvait guère s'empêcher de voir que celui-là avait bien l'arrière-train en pomme, et cet autre un peu en goutte d'huile... Ainsi, jeune homme, vous ne saviez pas que vous alliez trouver ici de si intéressants Romanais et Romanaises ?

Elle riait comme une petite fille, la demoiselle Amélie, en ajoutant, plus sérieuse, grave même :

– Vous devez apprendre que toujours nous avons eu ici de très belles femmes. On peut remonter jusqu'au XVIe siècle pour les dénombrer. Si, un jour, cela vous amuse, vous saurez l'histoire de la divine Denise Mahé, qui inspira une centaine de sonnets – mauvais d'ailleurs – à un galant gentilhomme, ou celle de Marie-Thérèse Chaballet pour laquelle se battirent deux nobles cœurs, dont l'un fut occis. Et ma mère a connu la superbe Marie-Françoise Clément-Lacoste qui représentait ici la « Victoire » chaque fois qu'il y en avait une à fêter. Nous, maintenant, nous avons notre « Belle Cordonnière » comme d'autres ont eu leur « Belle Ferronnière ».

On ne pouvait plus l'arrêter, elle tressait avec délectation, de ses petites mains diligentes, une couronne de fleurs inconnues et, avec verve, une guirlande de beautés romanaises. À regret, sembla-t-il, soucieuse sans doute de grande exactitude, elle ajouta :

– Mme Adélaïde boite un peu, mais, vous voulez que je vous dise, c'est comme un charme de plus. Ma sœur, Josépha – vous ai-je déjà confié que j'avais une sœur qui est dans la tannerie, à l'autre bout de la ville ? – ma sœur, donc, assure qu'elle a une manière à elle de se mouvoir, de donner un petit coup de talon pour chasser sa jupe qui est... comment dit-elle ?... aguichante.

Gabriel-Marie ne rêvait que de découvrir la belle Adélaïde en mouvement, il ne l'avait contemplée qu'assise, derrière sa caisse. Il dut prendre patience et écouter Amélie parler de Josépha. Les deux sœurs ne se voyaient presque jamais, trop handicapées l'une et l'autre pour se faire visite, mais elles s'écrivaient chaque semaine et se racontaient la ville vue des extrémités opposées qu'elles en occupaient. Un vieux portier, tous les vendredis, en allant faire les courses de ses maîtres, au marché échangeait leurs billets.

– Et tenez, lieutenant, c'est celui-là, le Sébastien, qui vous en dirait sur la belle Adélaïde qu'il a connue pouponne.

Mais Gabriel-Marie ne l'écoutait plus. Il avait l'irrésistible besoin de s'en aller rôder autour de la petite maison du cordonnier.

Il y avait encore de la lumière dans l'atelier au rez-de-chaussée. Au premier étage, où devait se trouver la chambre des époux, on devinait le faible éclairage d'une bougie. Il en conclut que lui travaillait encore et qu'elle était couchée. Il l'imagina dans son lit, ses beaux cheveux défaits, et il sentit alors en lui des bouillonnements de poésie qui l'étonnèrent et le ravirent à la fois. Il lui sembla que jamais son âme n'avait vibré ainsi.

Onze heures sonnant à la tour Jacquemart lui rappelèrent où il était. Il fut pris, à cet instant, d'un subit attendrissement pour cette ville où était née et vivait la femme qui était en train de le révéler à lui-même. Il gagna les bords de l'Isère. Il imagina qu'elle avait dû jouer là, enfant, et peut-être rêver, jeune fille, en regardant l'eau couler. Il déclama à haute voix tout ce qui lui passa, par la tête et le cœur, de vers de Ronsard à Baudelaire. Il vit s'avancer deux chats puis un chien qui s'attardèrent quelques instants à ses côtés. Il se demanda ce que ces trois petits passants devaient penser de ce militaire, debout, képi à la main, parlant à une rivière. S'ils le jugeaient un peu fou, ils avaient raison, il était fou d'amour.

L'Isère brillait sous la lune. Il se dit qu'il avait vingt ans, que la vie était belle et qu'il allait laisser pousser sa moustache dès demain. Mlle Amélie avait raison, il lui en fallait une. Pour séduire la belle Adélaïde.

Quand Mlle Amélie eut fini sa couronne de pois de senteur-capucines, elle la regarda un moment, songeuse, et prit sa plume pour continuer le récit de sa semaine destiné à Josépha. Il comptait déjà six grandes pages.

... Et je n'ai rien dit à mon jeune sous-lieutenant de Donatienne Derivault, ni de la brouille avec Adélaïde Royer. Ce n'est pas parce qu'ils occupent notre ville que les régiments qui s'y succèdent doivent tout en savoir. Tu me connais, je ne suis pas antimilitariste, j'aime l'uniforme et ces braves qui, très bientôt sûrement, vont nous offrir la revanche sur l'Allemagne que nous attendons. Mais je n'ai pas voulu parler de la Belle Chapelière, qu'il la trouve tout seul, comme je viens de le faire moi-même.

– Imagine-toi qu'avant-hier j'étais à chasser quelques poussières chez mon pensionnaire quand s'agite la clochette que j'ai mise à ma porte. Elle a un son aigu que je perçois très bien. Et qui attendait sur mon seuil ? Une jeune créature jamais vue encore, mais qui me regardait avec des yeux que j'avais déjà vus, eux. Ici je te fais une parenthèse importante : tu prends deux paires d'yeux, bien pareilles, même forme, même couleur, et tu te dis : voilà des mirettes copie conforme. Oui, tu te dis ça, si tu es un peu aveugle. Moi, je ne suis que sourde, je vois clair et je te demande : « Et les âmes, les âmes emprisonnées dans ces deux regards ? » Tu t'aperçois alors, comme moi avant-hier, que la forme, la couleur ça compte, certes, mais pas autant que l'âme qui vit dedans. Là-dessus, ce que tu m'as raconté de cette petite m'est revenu au galop.

Donc, je les fais entrer chez moi, ces beaux yeux d'ange. Et j'attends. Il faut toujours laisser le temps aux timides de remettre tout à l'endroit dans leur tête... et dans leur cœur, quand ils en ont un, et elle, cette jolie petite que je faisais asseoir, elle en a un et un beau, tu as raison. Bref, elle se décide à parler. Et voilà la chose. Son mari, comme tu le sais, a créé l'an dernier sa chapellerie où elle s'occupait des garnitures et finitions. Or elle va être remplacée par la cousine de M. Derivault, dont c'était autrefois le métier, qui s'était repliée dans sa ferme, entourée de ses tommes de Saint-Marcellin, mais en ressort pour reprendre du service (elle vend même sa terre pour en investir le montant dans l'affaire du cousin !). De ce fait, entre autres, la jolie Donatienne va ouvrir un magasin de modes. Et elle a besoin de fleurs artificielles. Et qui lui a raconté que je faisais les plus belles de la terre et du ciel ? – il a dit exactement comme ça –, c'est notre Sébastien-estafette !

J'aurais voulu que tu voies Donatienne Derivault devant ce que tu appelles mes nids à poussière. Elle riait de bonheur, elle disait :

– C'est le paradis ici. Je n'ai jamais rien vu d'aussi séduisant, d'aussi parfait de forme et de coloris.

Et, au bout d'un moment, quand elle s'est enfin assise, elle a ajouté, éblouie de plaisir :

– Vous vous rendez compte, mademoiselle Amélie, de ce que nous allons faire, à nous deux ?

Là, un peu confuse, elle a dit que je ne savais pas encore de quoi elle était capable, elle. Je l'ai rassurée en montrant du doigt ce qu'elle avait sur la tête. Une petite capote de velours où il ne manquait que d'y voir pousser deux ou trois de mes pois de senteur-capucines pour que ce soit un délicieux bibi, ainsi que l'on dit à Paris, paraît-il.

Il n'y avait plus qu'à poser la question de confiance, j'ai déclaré :

– Ma petite dame, je suis d'accord pour vous donner mes fleurs. Mais je dis bien mes fleurs *parce que je les fais comme ça me chante. Si demain je me réveille prête à créer des edelweiss bleus, les accepterez-vous tels que je les verrai et non tels qu'ils sont dans leurs montagnes ?*

Là-dessus, elle s'est levée, elle est venue m'embrasser et elle m'a dit, les yeux scintillants de joie, et avec ce sourire bien à elle, comme si sa bouche ne savait que ça, faire plaisir :

– Je vois, moi aussi, parfois, le monde d'une autre couleur qu'il n'est. Il m'arrive, certains jours, de le voir en violet pourpre zinzolin.

Connais-tu le zinzolin ? Je t'expliquerai ce que c'est si tu viens me voir. Au passage, tu remarqueras que cette jeunesse sait plus de choses que l'on ne croit. Quant à moi, je crépitais de satisfactions diverses : j'ai une associée. Elle est tendre et solide à la fois. Sa poignée de main la révèle tout entière, douceur de la peau et fermeté d'une petite poigne sérieuse, sincère et décidée.

Nous allons donc à nous deux, j'en suis sûre, fleurir les têtes les plus élégantes de la ville, celles qui ne conçoivent pas d'affronter la rue sans chapeau. Dès lors, tout est possible. Imagine l'une de nos clientes regagnant Paris, se promenant rue de la Paix et y rencontrant M. Worth qui demande où ont éclos ces choses étonnantes. De là à ce qu'il vienne se promener ici, dans mon jardin de fleurs de soie, pour y cueillir ce qui lui plaira le plus et en orner ses robes de bal...

Ici, Mlle Amélie posa sa plume. Sa sœur ne manquerait pas d'éclabousser cette lettre de son gros rire.

Que savait Josépha du couturier anglo-français qui faisait la loi à Paris ? Rien. Et surtout pas son goût d'ourler jupes et corsages de guirlandes de centaines de fleurs naturelles qu'il fallait découdre, lorsqu'elles étaient fanées, avant d'en recoudre d'autres pour la soirée du lendemain. Ce n'était pas à Josépha que l'on pouvait expliquer aussi que les célèbres migraines de M. Worth n'avaient rien à gagner à la fréquentation entêtante de vraies roses ou de vrais œillets, et qu'il serait sûrement ravi d'avoir sous la main des fleurs inodores de formes et de coloris nouveaux – introuvables dans la nature – et d'en lancer la mode. Et ce n'était pas non plus à Josépha que l'on pouvait faire croire qu'un jour, peut-être, on entendrait, à Romans, un M. Worth reconnaissant dire : « Mademoiselle Amélie, vous m'avez sauvé la vie ! » Il enlèverait alors son célèbre béret de velours noir, entrouvrirait sa pelisse de castor, dévoilerait le col de sa chemise de soie crème à cravate lavallière (photographie vue dans *L'Illustration*) en s'inclinant avec cette courtoisie si gracieuse qu'il réservait aux grands de ce monde. Et il repartirait vers sa rue de la Paix avec un flacon de ratafia de cerises, si bénéfique aux natures surmenées.

Mais Josépha n'avait jamais su voir la poésie là où il y en avait. Tout comme elle avait ignoré la musique. Avait-elle jamais entendu, lorsqu'elles étaient enfants, l'étonnante symphonie que se jouaient le vent et les peaux de bêtes qui séchaient sur les étendoirs de la tannerie familiale ? Les nuits d'hiver, elle était mélancolique, cette musique, mais, dès le printemps, les cuirs chantaient et dansaient gaiement dans la brise fraîche et joyeuse.

Comme tous les soirs en revenant du mess, Gabriel-Marie passa sous les fenêtres d'Adélaïde. Il n'y vit qu'une seule lumière, au premier étage dans la chambre.

Le bottier ne travaillait donc pas aussi tard qu'à l'accoutumée ? Il avait eu, c'était évident, envie de rejoindre sa jolie femme. La jalousie mordit Gabriel-Marie au cœur et le désespoir l'accabla. Il devinait, là-haut, deux jeunes mariés qui s'aimaient, sans doute avec fougue.

Il croyait pourtant bien, la veille, en venant commander sa troisième paire de bottes – il se ruinait, positivement –, avoir intéressé la « Belle Cordonnière » en lui parlant de l'un de ses oncles, commandant un régiment de chasseurs d'Afrique à Oran. Elle avait posé sa main si douce sur la sienne en lui disant :

– Parlez-moi de l'Afrique. J'adore l'Afrique.

Elle adorait peut-être l'Afrique. Mais elle adorait surtout son Calixte. Mélancolique, le sous-lieutenant de Lirac regagna la maison de Mlle Amélie, sans pouvoir deviner que sa belle n'était nullement dans les bras de son mari, endormi depuis longtemps.

Sur la petite table devant laquelle elle était assise, Adélaïde avait étalé la notice d'une machine appelée « Blake » – du nom de son inventeur américain – qui cousait ensemble aujourd'hui, en moins de temps qu'il n'en fallait hier pour enfiler une aiguille de fil de poix, semelles et tiges.

Gabriel-Marie se serait réjoui devant la scène charmante qu'offrait cette jeune femme en tenue de nuit, l'épaisse natte de ses longs cheveux nouée d'un ruban retombant sagement dans son dos. Et sa jalousie se fût calmée. Ce en quoi il aurait eu tort. Adélaïde, lisant avec ardeur ce qui concernait la Blake, était plus loin de lui encore qu'elle ne l'eût été dans les bras de son mari. Adélaïde était toute à sa passion du progrès et des machines qui le répandaient.

Un dimanche matin, Calixte arriva pour la première fois chez Ulrich en marchant lentement. Et même en s'arrêtant, par instants, pour préparer ce qu'il avait à dire.

Il venait faire une demande qui lui coûtait. Emprunter de l'argent à son vieil ami. Rien, jamais, ne lui avait paru aussi pénible. Mais Adélaïde insistait tant. D'ailleurs n'avait-elle pas raison en disant : « Si tu ne te dépêches pas, il n'y aura bientôt plus de place à prendre ici dans la chaussure. »

Dominant le concert des horloges, il exposa son affaire. Depuis qu'il avait fini son apprentissage, il avait travaillé à la fabrique de M. Silvestre. Il y faisait des articles pour hommes, marchandise courante vendue un peu partout sur les marchés, les foires et dans les villes environnantes. Puis il avait fait les bottines d'Adélaïde. Cela s'était su, et des dames de la ville étaient accourues se faire chausser chez lui. Il avait aimé ce travail.

– Tu peux dire cet art, mon fils.

– Si vous voulez. Mais ce n'est pas avec ça que je vais m'enrichir.

– Et depuis quand veux-tu être riche, toi ?

– Quand on aime, on ne doit pas compter et, pour ne pas

compter, il faut avoir de l'argent à la banque, puisque c'est là qu'on le met, maintenant.

– Explique-moi ce que je viens faire dans la chaussure, moi, horloger, parce que je ne crois pas que tu me parles pour le seul plaisir de la conversation.

– Voilà. Il y a en ce moment deux cent dix ouvriers chez mon ancien patron, et à peu près autant chez ses confrères. En pleine saison, ils sont débordés. Il y a donc place pour d'autres entreprises à Romans. Je voudrais créer la mienne avant qu'il soit trop tard. Depuis six mois, je fais travailler à domicile une trentaine de cordonniers sur deux ou trois modèles qui plaisent et que je vends bien. C'était là l'expérience que je m'étais imposée avant de songer sérieusement à ma propre fabrique. Maintenant je suis prêt. Il ne me manque que les fonds pour m'élancer.

On entendit, dans le silence qui suivit, l'éternelle chanson des tic-tac. Ulrich dit enfin :

– Je ne te demanderai pas de me développer pourquoi tu ne peux continuer à faire travailler plus d'ouvriers chez eux – je sais qu'ils aiment ça – ni le bénéfice que tu escomptes de ta fabrique. Je n'y comprendrai sans doute pas grand-chose. Alors je te dis seulement : combien te faut-il ?

– Pour le local, j'aimerais acquérir le champ qui jouxte notre maison. Il est commode d'avoir sa fabrique à sa porte. Pour les machines, les unes à louer, les autres à acheter – à l'Amérique, pour le moment –, et pour leur installation ici..., enfin, en gros, il me faudrait dix mille francs. La moitié resterait votre bien puisque je vous ferais mon associé. Quant au reste, je vous servirais des intérêts et...

– Et rien du tout ! Ces dix mille francs, je vais te les donner, un peu en avance, parce qu'ils devaient te revenir à ma mort. Mais je ne veux pas être dans la chaussure. Je n'ai rien à y faire, mes horloges me suffisent. Il y a bien assez de cordonniers-bottiers dans cette ville sans que j'y ajoute. Tu continueras à m'offrir une paire de richelieux par an, comme tu l'as toujours fait. J'en ai d'ailleurs déjà deux d'avance. Ou j'use peu, ou ce que tu fais est d'une solidité à toute épreuve.

La joie d'Adélaïde devant la générosité d'Ulrich fut gâchée par un événement qui alimenta les conversations d'une bonne partie de la ville. Des salons de la société aux boutiques et aux cafés, du dimanche à la sortie de la grand-messe aux mardis et vendredis des marchés, Romans en parla. Parce que cela en valait la peine.

Donatienne et Mlle Amélie avaient réussi leur entrée dans la mode.

On était en hiver. Le vent froid du nord, une bise en colère sifflait sa rage, raclait les rues et la pierre tendre des belles demeures et des édifices. Le ciel était bas, buté, encapuchonné dans les gris et les noirs du deuil de la nature. Les oiseaux avaient fui, et les eaux sombres et fouettées de l'Isère séparaient les deux cités avec humeur. Mais au n° 3 de la place Jacquemart, comme un défi jeté là avec malice et humour, le printemps avait atterri. Et quel printemps ! Celui des rêves de Mlle Amélie pris en main par Donatienne.

Il avait jailli, un jour, des brumes matinales dans la vitrine d'une petite boutique, s'épanouissant soudain là comme un jardin sous un rayon de soleil. Un jardin de chapeaux fleuris, enrubannés, emplumés.

Antelme avait voulu que tout se fît en secret, l'aménagement du minuscule local et la collection de Donatienne. Ils avaient conféré avec Mlle Amélie qu'il avait fallu calmer un peu, tant elle s'exaltait. Elle disait :

– Je sens la sève de ce que je vais créer qui me monte de partout et les mains me démangent.

On avait mis au point ce qu'elle devrait fournir. Mais sans l'influencer.

– Laisse-la rêver, disait Antelme, et arrange-toi de ce qu'elle va te donner. Si nous la brusquons, elle risque de se réveiller et de se mettre à te faire des fleurs comme tout le monde.

Donatienne riait, et Antelme était heureux de la voir rire.

Il avait fallu trois grands mois pour transformer le petit local de la place Jacquemart en une coquille ouatinée et fleurie de chapeaux comme Romans n'en avait jamais vu.

Selon le procédé Mossant, les poils de ragondin et de castor, teints avant le foulage, permettaient d'assurer aux clientes des feutres de couleurs indélébiles. Et cela avait donné aussi des coloris variant à l'infini qui ravissaient Donatienne et Amélie. Le teinturier de la fabrique Derivault s'était surpassé. Puis un représentant de soieries de Lyon était venu offrir ses plus beaux échantillons, et Saint-Étienne avait déversé des flots de rubans. Quant aux pailles, crins et plumes, tout cela avait voleté vers le petit atelier de la place Jacquemart comme par miracle.

Donatienne était éblouie, radieuse, éperdue de reconnaissance.

Antelme aimait qu'elle essaie chaque soir, devant lui, ce qu'elle avait élaboré dans la journée. Il disait ses préférences. Elle s'étonnait de la sûreté de ses jugements, qui d'ailleurs rejoignaient les siens. Parfois, rêveur, Antelme la regardait longuement et demandait :

– Où as-tu appris tout cela ?

Elle réfléchissait et disait :

– Je ne sais pas. Peut-être à regarder autour de moi, dans la campagne et dans la ville.

Elle avait ajouté un jour, commençant à comprendre, depuis quelque temps, le lent acquis de poésie qui s'était déposé en elle, à son insu :

– Et aussi en rêvant, un peu partout.

Comme elle voyait qu'il aimait connaître l'origine de ses créations, elle lui disait :

– Ce matin, je suis restée un moment assise dans la chapelle du saint sacrement, à l'église Saint-Barnard. Elle est si belle. Je crois que j'y ai pris cette idée de forme de calotte, drôlement cabossée, sur la fresque de droite. Vous vous rappelez ce cavalier vêtu de vert ?

Ou bien :

– C'est le voile de la Vierge à l'Enfant, celle qui est sur le mur nord, qui m'a fait penser à utiliser de la mousseline pour un genre de coiffure où Amélie pourra glisser une ou deux grappes d'une étrange glycine inconnue des botanistes.

Il lui demandait alors comment allait sa collaboration avec la vieille demoiselle. Un soir, elle rougit un peu en disant :

– Je ruse... parfois.

Il souriait, curieux d'avoir des détails.

Elle apporta alors le chapeau réalisé dans la journée. Puis l'essaya en disant :

– C'est, je crois, celui que je préfère entre tous.

Il s'agissait d'une grande capeline de velours de soie couleur rubis, sur laquelle courait une guirlande de grosses roses blanches aux pétales bordés d'un très léger filet pourpre – répliques exactes des fleurs du rosier qui couvrait le mur de leur maison.

– J'ai cueilli une rose et je l'ai posée sur la table d'Amélie, à côté de la capeline de velours rubis. Je n'ai rien dit. Je suis partie.

– Et alors ?

– Quand je suis revenue le lendemain, il y avait une douzaine de roses de soie blanche, ourlées de pourpre, posées à côté de ma capeline. Il y avait aussi un petit mot – elle adore écrire – qui disait : « Je veux bien, pour cette fois-ci, imiter avec humilité, parce que, là, il fallait faire comme Dieu a fait et pas autrement. »

Ces moments qu'ils passaient ensemble, le soir, leur étaient précieux. Antelme prenait un petit verre de marc et fumait une cigarette pendant qu'elle montrait son travail. Parfois, il apportait aussi un feutre fin et souple, réalisé à la fabrique dans la journée, pour lui en faire admirer la qualité de plus en plus parfaite.

Ce soir-là, quand elle enleva la capeline de velours aux roses blanches, Antelme dit, sortant son portefeuille de sa poche :

– Celui-ci, je l'achète. J'ai toujours eu l'intention d'être ton premier client.

Elle ne cacha pas le plaisir qu'il lui faisait. Mais n'osa pas se précipiter dans ses bras et l'embrasser. Ce fut lui qui l'attira et la tint un moment serrée contre lui. Elle eut alors le sentiment qu'il était heureux.

Si Antelme fut le premier client de Donatienne, c'est à Numa, son fils, que l'on montra, avant l'ouverture officielle, la boutique de mode.

Le garçonnet avait dix ans. Une épidémie de typhoïde à son collège le renvoyait dans sa famille pour une durée indéterminée. C'était un enfant chétif, aussi blond que son père était brun, avec les mêmes yeux noirs qu'il promenait sur gens et choses, intéressés, curieux, comme chargés de questions non formulées. Il parlait peu et répondait brièvement, mais avec calme, si on l'interrogeait, et paraissait peser ses mots. Donatienne pensa qu'il lui faudrait peut-être beaucoup de temps avant de l'amadouer.

Depuis la mort de sa mère, sept ans auparavant, Numa avait vécu à Aix-en-Provence chez ses grands-parents maternels. Il était difficile de savoir s'il les regrettait ou s'il se réjouissait d'habiter désormais avec son père. Il y eut alors la visite de la boutique qui fit découvrir un autre Numa.

Paraissant stupéfait, dès qu'il y entra, il regarda autour de lui avec intensité. Il était si surpris qu'il en oublia sa réserve et ne cessa de poser des questions à son père ou à Donatienne, s'il pensait l'un ou l'autre plus apte à lui répondre. Puis, quand il eut son content d'informations, il s'assit sur le tabouret qui, depuis son arrivée, lui avait plu et parut digérer là tout ce qu'il savait maintenant de cet étonnant endroit.

Ainsi, semblait-il se dire en regardant les murs, il faut du beau tissu, si doux au toucher et d'un si beau rouge, et avec tant de glaces dessus pour que les dames puissent essayer leurs chapeaux ? Et ces chapeaux, pleins de fleurs, d'oiseaux et de rubans, elles vont vraiment les acheter ? Pour aller à la messe ? Au théâtre ? Ou avec ce noir, là-bas, aux enterrements ?

Mais ce qui parut l'occuper plus encore fut l'atelier. Il échangea le tabouret capitonné de velours rouge contre une chaise de paille et s'intéressa aux formes en bois avec lesquelles on pouvait fabriquer ces choses à se mettre sur la tête, avant de les couvrir de plumes, de fleurs ou de rubans.

La dernière question qu'il posa fut en forme de constatation irréfutable :

– Les plumes, vous n'avez pas pu les imiter ?

Et il en parut satisfait. Les plumes, il les connaissait bien. C'était impossible à fabriquer parce que c'était trop beau. Et doux, et de couleurs si extraordinaires. Et ça permettait de voler, et ça, c'était plus extraordinaire encore.

Quelque chose le tracassait. Cet oiseau blanc qui ouvrait ses ailes sur un chapeau vert foncé – comme les feuilles du magnolia de sa grand-mère –, on l'avait donc tué pour un chapeau ? Même pas pour le manger ?

– Qu'est-ce que tu rumines ? lui demanda son père.

– Je me demande si je pourrais me servir de mon lance-pierres, dans le jardin.

À Aix-en-Provence, c'était défendu. Il n'avait pas le droit de tuer les oiseaux, mais ici, où on en garnissait les chapeaux, tous les espoirs étaient permis.

– Nous verrons, dit Antelme.

Tant mieux si on ne lui répondait pas tout de suite. Tout de suite, c'était toujours non. Mais, si on laissait passer le temps, on avait une chance que ce soit oui. Pour la bonne raison que les parents oublient peu à peu ce qui leur aurait fait dire non. Bien que, dans le cas présent, refuser soit une injustice. Elle, celle que sa grand-mère appelait « cette femme » et son père Donatienne, aurait dû lui dire : « Bien sûr, tu peux jouer avec ta fronde », parce qu'elle ne pouvait pas, mettant elle-même des mouettes mortes sur ses chapeaux, dire qu'il était méchant de tuer des petits oiseaux.

Il l'étudia pendant le souper. Elle dit qu'elle avait ouvert pour lui un pot de confiture. Il remercia. Mais sans parler plus. Arsène, son ami qui avait en ce moment la typhoïde, lui avait dit – et il savait ces choses d'expérience – qu'à une nouvelle mère, ou un nouveau père, il fallait en raconter le moins possible. Et ce moins se retournait déjà souvent contre vous parce que, avec deux « dépareillés » (c'était comme ça qu'Arsène appelait les veufs ou les veuves remariés), on était presque sûr que c'était ce qu'ils vous faisaient dire qui leur permettrait de s'engueuler immédiatement après, à cause de vous.

Allait-on lui demander s'il voulait encore de la confiture ? Il dirait : « Oui, merci beaucoup. » Arsène aurait assuré que c'était suffisant... comme paroles, pas comme confiture !

Il ne put s'empêcher de rire de sa conversation avec lui-même. Son père s'écria :

– À la bonne heure ! Tu es content ici ?

Ça, Arsène ne l'avait pas prévu. Fallait-il jamais dire qu'on était content ? De sa propre initiative, Numa accorda pourtant qu'il était content.

Il vit son père et sa femme se sourire. Puis elle le regarda, lui, et lui sourit aussi. Et elle n'avait pas l'air de se préparer à lui ordonner d'aller vider les ordures dans le trou du fond du jardin, comme à Aix.

En définitive, il serait, peut-être, vraiment content ici. Mais il dut tout remettre en question, dès le lendemain matin, quand son père lui déclara :

– Tu peux jouer avec ton lance-pierres, mais dans les bois alentour, pas dans le jardin. Donatienne aime beaucoup ses petits oiseaux et ne voudrait pas qu'on les tue.

Alors là, Arsène lui aurait dit : « Tu vois, je t'avais prévenu, jamais de logique chez les parents. Ta belle-mère veut des oiseaux sur ses chapeaux mais, en même temps, elle ne veut pas qu'on les tue. »

Dommage qu'elle soit comme ça, elle réussissait rudement bien le chocolat du petit déjeuner. Il ne lui dirait pas qu'à Aix il n'y avait pas droit.

– Numa ne vous ressemble pas, sauf peut-être les yeux.

– Non. Il est tout le portrait de sa mère. Elle était petite et très frêle.

Donatienne s'étonna d'avoir envie de savoir si Antelme l'avait aimée. Mais il parlait déjà d'autre chose. Et c'était important. Il allait voyager. Il lui fallait démarcher de la clientèle à Paris et à l'étranger. Il allait commencer par l'Angleterre, puis reviendrait et repartirait, plus tard, pour l'Allemagne. Du temps qu'il travaillait pour l'entreprise Mossant, ses voyages duraient parfois plus de deux mois, parce qu'il passait, sans reprendre pied ici, d'un pays à l'autre. Il ne s'absenterait désormais qu'une semaine ou deux. La direction de la fabrique l'exigeait.

Donatienne se demanda s'il pensait aussi à ne pas la laisser seule trop longtemps. Mais se reprocha vite de s'accorder trop d'importance.

La veille du départ d'Antelme pour Londres, elle alla boire au Cygne-Fontaine, maintenant son voisin. Elle y fit le serment de ne plus jamais retourner voir Atma dans sa ferme. Il aurait été méprisable de profiter de l'absence de son mari pour tenter de passer un moment avec Calixte. Elle préférait toutefois être tenue par un vœu. Elle n'était pas assez sûre d'elle et redoutait de ressentir soudain la folle envie de courir au-devant de Romanais-la-Rose-d'Amour.

Pendant qu'Antelme était à Londres, il arriva pour Numa une lettre de sa grand-mère. Elle y disait que l'ami Arsène était mort.

Numa pâlit, mais ne dit rien. Il prit sa fronde et s'en fut vers le bois voisin. Il n'alla pas jusque-là. Donatienne le trouva près du gros tas de feuilles mortes, dans un coin du jardin. Il y pleurait.

Elle le prit dans ses bras, et il la laissa faire.

Plus tard, quand elle vint lui dire bonsoir, alors qu'il était couché, ils parlèrent d'Arsène qui savait tant de choses, bien qu'il fût le dernier de la classe. Ils s'expliquèrent sur l'oiseau blanc. Ce n'était pas une vraie mouette, mais une imitation faite en plumes de poule. Il fut assez satisfait que Donatienne soit plus logique qu'il ne l'avait cru. Et elle était amusante à écouter quand elle lui racontait son métier de modiste où tout se faisait à contretemps. Quand la ville entière pelait de froid en décembre, Donatienne préparait ses chapeaux d'été en paille garnis d'épis de blé et de coquelicots. Ces histoires de mode étaient assez ridicules, mais sa belle-mère était plutôt gentille. Il regrettait de ne pouvoir en parler avec Arsène. Il lui aurait exposé cette idée fixe qu'elle avait d'insister – chaque fois qu'il venait lui dire bonjour à la boutique – pour l'emmener manger des gâteaux à la pâtisserie. Elle disait : « C'est bon pour toi, prends tout ce que tu veux. » Et lui, ça l'étonnait, parce qu'à Aix on disait le contraire et on n'en achetait jamais. Mais ce qui l'étonnait encore plus c'était de voir comment son père regardait Donatienne quand il savait qu'elle ne le voyait pas. Et là, il aurait eu bien besoin de l'avis d'Arsène parce que c'étaient des regards difficiles à comprendre, à la fois si contents et si tristes.

Ce fut la jeune actrice du théâtre de Valence qui apprit à Adélaïde la naissance du magasin de modes, place Jacquemart.

– C'est quelque chose de si joli, de si raffiné. On a envie de tout y acheter Mais vous savez ça bien mieux que moi, on m'a dit que c'est votre jeune sœur qui fait merveille ici dans le chapeau... comme vous dans la chaussure.

Et ainsi toute la journée ; pas un seul essayage de bottines ou d'escarpins sans qu'on lui parlât de chapeaux.

Cette boutique, elle n'irait pas la voir. On pourrait lui en rebattre les oreilles nuit et jour, elle ne prendrait jamais le chemin qui y menait. Et, d'ailleurs, qui les achèterait, ces chapeaux ? Et comment étaient-ils ? Pouvait-on croire que, parce qu'on savait nouer un ruban ici, ou poser une fleur là, on savait faire de vraies coiffures de femme ? Un jour ou l'autre – et très vite –, on s'apercevrait de l'imposture de Donatienne. Oui, imposture était bien le mot qui convenait.

Et comment prévoir des événements pareils ? se disait Adélaïde. Voilà Donatienne, qui n'avait jamais eu la moindre idée de rien, se retrouvant à diriger, et même à posséder, la plus jolie boutique de la ville.

Là, soudain : illumination. Boutique ? Donc bou-ti-quière ! Ce n'était pas ce qui vous pousserait dans la société. Alors, Adélaïde aspira avec jubilation la bonne odeur du cuir dans laquelle elle baignait. Le cuir était noble. Faire des chaussures l'était aussi et devenait une industrie. Industrie, mot nouveau et magique, plein de promesses.

Comme le vicomte – elle ne nommait plus qu'ainsi le sous-lieutenant de Lirac – arrivait, elle lissa ses cheveux, vérifia si la fleur de son corsage n'était pas fanée et prépara son sourire. La cour évidente, trop, même, que lui faisait Gabriel-Marie la flattait et l'ennuyait à la fois. Mais elle avait besoin de lui. Cet autre Lirac, commandant à l'armée d'Afrique, l'intéressait. Il avait écrit à son neveu qu'il y aurait un jour prochain une expédition vers la Tunisie, pays voisin de l'Algérie sur lequel la France avait des vues. Et cette expédition, turcos et zouaves la feraient à pied.

Si Donatienne, parfois, s'étonnait de sa réussite, c'était aussitôt pour se dire que c'était plus celle d'Antelme que la sienne. L'idée, l'organisation, la surveillance de sa boutique de modes, tout était de lui. Elle s'était contentée de travailler le feutre et les matières premières qu'il lui fournissait. Le seul petit mérite qu'elle s'accordait, et que tant de clientes exagéraient beaucoup trop, était de se laisser aller à suivre ce que son imagination – elle préférait dire sa fantaisie – lui dictait.

Mais, aussi, il y avait le génie – mot qu'elle avait appris et compris – de Mlle Amélie. Ce fut le soir où eut lieu le concert de musique sacrée à l'église Saint-Barnard – pour en inaugurer les orgues restaurées – qu'elle en fut vraiment consciente.

Quand, un peu en retard, Antelme et elle traversèrent la nef pour gagner leurs places, Donatienne reçut, comme une offrande, et dans les premiers retentissants accords des orgues, toute la beauté de ce parterre de fleurs, plumes et rubans qui était né dans son atelier, jour après jour.

Elle ne l'avait certes pas oublié, qu'elle les avait faits et vendus, ces chapeaux qui étaient là, mais les voir offerts ainsi à sa vue, dans le chant superbe qui résonnait sous l'immense voûte, l'emplit de fierté. Et de reconnaissance, car c'était surtout Mlle Amélie qui était consacrée en cet instant..., elle qui n'était même pas là pour s'en réjouir.

Elle murmura à Antelme :

– Nous aurions dû emmener Amélie avec nous.

Il comprit ce qu'elle ressentait, lui prit la main et la garda serrée dans la sienne.

Ils insistèrent pour entraîner leur fleuriste, quelques jours plus tard, au grand concours musical auquel participaient soixante-dix musiques internationales, sachant que ces dames romanaises y accourraient en grand nombre tout comme à Saint-Barnard.

Ils lui avaient offert un cornet acoustique qui, la ravissant, la décida à les suivre et l'occupa beaucoup plus que ce qui l'entourait. On eut beau lui dire : « Les reconnaissez-vous, là, vos tulipes-camélias, sur le chapeau de la colonelle ? » ou : « Admirez vos lis du Japon (qui n'en sont pas vraiment) sur la toque de la femme du maire », elle paraissait peu s'en soucier. L'intéressaient beaucoup plus les chapeaux tyroliens à plumets rouges et panaches blancs des exécutants de la musique municipale de Turin.

Le soir, il y eut feu d'artifice sur l'Isère. Amélie voulut vérifier si elle entendrait, avec son cornet, l'éclatement des fusées. Ils l'y conduisirent.

Quand ils virent de grosses larmes couler sur ses joues, ils crurent qu'elle ne percevait rien et s'en attristait, mais elle dit, souriant tout à coup :

– Vous avez vu mes fleurs ? Vous les avez vues quand elles sont brusquement éclairées par ces panaches de feu et qu'elles jaillissent, elles aussi, dans la nuit ? Elles éclatent autant qu'eux. Elles sont aussi belles qu'eux. J'en pleurerais de joie.

Elle ne s'était pas aperçue qu'elle en pleurait vraiment.

Ils reparlèrent longtemps, tous deux, avant de s'endormir, des ravissements de Mlle Amélie quand, par instants, une illumination magnifiait ses fleurs.

– C'est peut-être comme ça qu'elle les voit avant de les créer, dit Donatienne, en un rêve éblouissant.

Il le pensait aussi.

– Croyez-vous, demanda-t-elle, que ce soit cela qu'on appelle l'art ?... Je veux dire, est-on transporté, et, comme ailleurs, plus tout à fait sur la Terre, quand on est visité par une inspiration ?

Il prit un certain temps avant de lui répondre, puis acquiesça. Il le croyait en effet, et enviait ceux que leurs dons projetaient ainsi hors d'eux-mêmes.

Alors elle imagina Calixte, quand il avait créé son « chef-d'œuvre », la botte du maréchal Bugeaud.

Comme elle s'en voulait de ne pouvoir chasser cette pensée de son esprit – ou de son cœur ? –, ce fut elle qui incita Antelme à faire l'amour. Depuis quelque temps, il paraissait attendre qu'elle en prît l'initiative et elle se reprochait de ne pas y penser assez souvent. Elle s'efforça d'être plus caressante et plus heureuse dans ses bras qu'à l'habitude.

L'ouverture des portes de la fabrique Calixte Royer se fit un matin de printemps, pendant la morte-saison dans la chaussure, ce qui avait permis l'embauche de bons éléments mis momentanément à pied.

Les trois machines Blake avaient été livrées peu de jours auparavant et les cinquante ouvriers cordonniers engagés étaient là, dès six heures.

Dans la cour de l'établissement, le martèlement de leurs brodequins sur les pavés, leurs cris et leurs rires parvenaient à Adélaïde. C'était un bruit familier, il avait été l'écho de sa vie tout au long de son enfance. Il signifiait maintenant qu'elle était enfin passée complètement du côté des possédants, ceux qui comptent, ceux qui commandent. Elle savait le long chemin qu'elle avait encore à parcourir, mais elle y était, sur ce chemin, et elle n'en sortirait plus.

Il lui revint en mémoire cette manifestation d'ouvriers, quand elle avait huit ou dix ans. Les premières machines étaient apparues dans les ateliers, et la réaction était vive. Le syndicat avait donné des ordres pour que les enfants défilent, eux aussi, en criant : « À bas les affameuses qui nous volent notre pain. » Elle avait refusé d'y aller. Donatienne avait dû partir avec les petits voisins. Elle avait donné le froid et son rhume comme excuses, pour éviter de crier, elle aussi, contre les machines.

« Puisque tu en as une », disait-elle à la tante Thérèse qui essayait encore de la convaincre de rejoindre le défilé.

Et la pauvre femme s'évertuait à lui faire admettre que sa machine à coudre n'avait rien à voir avec celles des fabriques, ces engins monstrueux qui, en remplaçant les bras des hommes, les condamnaient au chômage.

« Toi, avec ta machine à coudre, tu ne chômes pas.

– Je te dis que ce n'est pas pareil et qu'il ne faut pas confondre, il y a machines et machines. »

Adélaïde savait qu'elle ne confondait pas. Elle était dans le vrai : un jour, tout se ferait avec les machines. On ne pouvait pas commencer à en inventer et s'arrêter là.

Un jour... Et ce jour était arrivé. Ce qui pouvait être mécanisé, dans la fabrique Calixte Royer, l'était. Et c'était son œuvre, il fallait en convenir. Calixte, bien qu'il prêchât les idées nouvelles, serait volontiers resté cordonnier-bottier de luxe à vie. Étudiant, innovant, perfectionnant, certes, mais seulement son art, ses belles et fines coutures faites à la main, ses savantes découpes, ses mélanges de coloris.

Artisan de génie, artiste même, où cela menait-il ? À une petite vie agréable, mais pas à la grande. Celle qui la hisserait au même rang que les femmes des industriels de la tannerie, de la chaussure ou du chapeau et la ferait inviter aux mardis de la colonelle ou à ce bal qui allait être donné pour la fin des grandes manœuvres du régiment.

On ne parlait que de ces réjouissances qui seraient les plus enviées de l'année. Le bruit courait, aussi allègrement qu'un léger mistral ébouriffant la ville, que ce serait un bal costumé. Et Adélaïde en eut très vite confirmation. Les femmes des officiers de l'état-major, et beaucoup d'autres encore, s'en vinrent frapper à sa porte. Il leur fallait des escarpins de soie pour leurs déguisements, comme seul M. Calixte savait les faire.

Adélaïde voulut demander à son mari de refuser. Il n'était plus, tous le savaient, cordonnier-bottier mais fabricant de chaussures en grande série. Puis elle réfléchit. Tout ce qui – au féminin – comptait dans cette ville ne le lui pardonnerait jamais. Et on n'avait guère besoin d'ennemis au moment où l'on s'engageait dans la grande aventure de l'industrie. Quels pires ennemis que des femmes – haut placées – en colère ?

Une cinquantaine de paires d'escarpins de soie, de satin ou de velours à faire en deux mois et sans pouvoir beaucoup sous-traiter. Ces dames voulaient toutes des créations du maître.

Calixte et Adélaïde admirent qu'il convenait de terminer en beauté le métier de « chiffonnier[1] ».

Un autre petit problème se posa. Il fallait des fleurs, aussi, découpées dans les tissus des souliers pour en garnir les empeignes.

Gabriel-Marie signala le talent de Mlle Amélie... si l'on n'avait pas d'idées trop conventionnelles sur le genre des fleurs. Son artiste, dit-il, avait parfois d'étranges inspirations.

1. Chiffonnier : ainsi appelait-on les bottiers travaillant la chaussure en tissu.

Il était toujours présent et prêt à rendre un service, le cher vicomte. Il en rendit même un immense en obtenant pour Calixte un rendez-vous au ministère de la Guerre afin qu'il puisse proposer ses modèles de souliers de marche pour fantassins d'Afrique empruntant, en guise de routes, des pistes hérissées de silex. Et non seulement hautement résistants, ces souliers pour zouaves ou turcos, mais encore insensibles aux fortes chaleurs comme aux traversées des oueds en crue.

Pour voir jaillir des étincelles dans le ciel des yeux d'Adélaïde, Gabriel-Marie était prêt à trouver d'autres irréfutables arguments de vente.

Par grande malchance, le rendez-vous, impossible à remettre, avec le chargé des achats militaires tombait précisément dans la dernière semaine où Calixte avait essayages sur essayages avec ses intransigeantes clientes.

On tint une importante réunion à trois. Que faire ? Les négociations de Gabriel-Marie, recommandé au ministère par son oncle d'Afrique et par son père, avaient pris plusieurs semaines. Et l'on accorderait difficilement une autre entrevue avec M. Octave Froment, le plus puissant intermédiaire entre les armées et les fournisseurs. Manquer de parole aux femmes des notables de Romans était impensable aussi.

Adéalaïde avait vite trouvé une solution. Ce serait elle qui irait à Paris. Mais il fallait que l'idée vienne de Calixte et non d'elle.

Elle manœuvra avec habileté.

Comme venaient d'être livrés leur premier cabriolet et sa jument Blackie – noire comme les machines Blake –, elle demanda à Gabriel-Marie de lui apprendre à en tenir les rênes.

Il fut ivre de joie. Ils allaient enfin être seuls tous deux, et avec la bénédiction du mari.

Elle se laissa voler quelques petits baisers contre la promesse d'annoncer à Calixte qu'Octave Froment ne verrait nulle objection à traiter avec une femme une commande de chaussures pour l'armée d'Afrique. Il sut être convaincant et entrevit une « belle récompense » au retour de Paris.

Aucun des deux hommes ne se douta jamais qu'une seule chose tracassait Adélaïde. L'impossibilité d'avoir le plus joli chapeau qui soit. C'était uniquement Donatienne qui faisait, à Romans, des coiffures capables de rivaliser avec celles des Parisiennes.

Adelaïde installée dans un compartiment « pour dames seules », nantie d'un sac de voyage neuf et d'un petit panier garni d'un demi-poulet rôti et de quelques pâtisseries, Calixte repartit vers son travail.

Il savait que son intrépide épouse était bien aise d'aller traiter cette commande à Paris elle-même. Intervenir dans la marche de l'affaire était l'aboutissement de ce qu'elle désirait depuis leur mariage – sans peut-être en être consciente –, et il était heureux qu'elle soit heureuse.

Il trouvait son bonheur dans le sien, mais aussi dans l'extrême plaisir qu'il aurait à continuer – à ses moments perdus – à créer des modèles pour femme. Ce serait Adélaïde qui les porterait, avant qu'ils aient des enfants à chausser aussi. Il voyait déjà les jolis souliers qu'il ferait pour deux ou trois petites demoiselles qui leur arriveraient bien un jour. Il les entendait crier de joie, et se chamailler aussi, chacune voulant ce que l'autre aurait, quand il se rappela les fleurs qu'il devait aller chercher chez Mlle Amélie, priant pour que la fleuriste ne se soit pas laissée aller à de trop étonnantes inspirations.

Il souriait en poussant la porte, jamais fermée, de la sœur de Josépha et fut, tout d'abord, contrarié de voir une jeune femme assise dans l'atelier, puis il vit que c'était Donatienne. Une Donatienne si surprise qu'elle se dressa d'un bond, laissant tomber les fleurs qu'elle tenait à la main.

Calixte se disait qu'il avait du mal à la reconnaître parce qu'il l'avait, en fait, très peu vue jusqu'à maintenant ou, plus exactement, peu regardée. On pouvait dire qu'elle ressemblait à sa sœur. On pouvait dire aussi le contraire. Seuls les yeux, évidemment..., mais ceux d'Adélaïde étaient, croyait-il, plus clairs, à moins que l'ombre du grand chapeau que portait la jeune femme ne fonçât les siens. Un bien joli chapeau. On avait raison, en ville, de trouver du talent à Mme Derivault.

Incertain, il s'interrogeait. Que devait-il lui dire ? Parler ou non d'Adélaïde ? Alors il pensa à s'informer d'Antelme. Ils s'étaient toujours bien entendus, il n'y avait aucune ombre de ce côté-là. Il fut étonné de ne pas suivre cette idée et de s'entendre demander à Donatienne si elle était heureuse. Comme elle le regardait sans répondre, il ajouta, très vite :

– Dans votre magasin de modes.

Elle dit, doucement, sans le quitter des yeux :

– Mais oui, très.

Surpris d'être troublé – pourquoi donc l'était-il ? –, il prit les clayettes de fleurs préparées pour lui et allait partir quand, se ravisant, il parla d'Atma.

Non, Donatienne n'était pas allée le voir, elle n'en avait pas eu le temps.

– J'irai demain, dit Calixte avant de refermer la porte sur lui.

Et il s'en fut, chargé de ses fleurs.

Donatienne en fit autant.

– Mais que faites-vous à vos clientes, mademoiselle Amélie, pour qu'elles sortent de chez vous en arrosant les fleurs qu'elles emportent d'un torrent de larmes ? dit Gabriel-Marie de Lirac, arrivant peu après.

Installé, le sous-lieutenant demanda qui était la jolie femme rencontrée devant la maison, et comment il se faisait qu'il ne l'ait encore jamais vue.

– Elle vient toujours pendant que vous êtes au quartier. Aujourd'hui, par exception, elle s'est attardée.

– Elle me fait penser à quelqu'un. Je cherche à qui.

– Ne cherchez pas, elle ne ressemble à personne.

– Vous êtes de mauvaise humeur, mademoiselle Amélie ?

– Oui. Il y a quelqu'un, Là-Haut, qui n'a pas fait ce qu'Il aurait dû.

Débarrassée de son locataire, Mlle Amélie reprit la lettre qu'elle écrivait à sa sœur.

... J'avais déjà mes fleurs qui se promenaient par la ville, s'inclinant pour répondre aux saluts de hauts-de-forme soulevés sur leur passage. J'en avais aussi, se courbant, se redressant, pour se courber à nouveau vers l'autel, à la grand-messe du dimanche. J'en avais encore, entrant comme des caravelles triomphantes, aux « jours » des dames importantes, dans les salons. C'était déjà beaucoup. Et voilà que, maintenant, j'en ai qui vont aller au bal et danser sur des jolis souliers. Si on me parle encore de nids à poussière...

Mais là n'est pas le sujet de ma lettre. J'ai à t'entretenir de ce que j'ai vu, aujourd'hui, dans mon atelier. La chose la plus poignante du monde.

Pour que tu sois dans l'ambiance de ce que je vais te raconter, tu dois savoir comment je travaille depuis que me sont tombés dessus des clients sérieux. Quand j'ai achevé leurs commandes, je les dispose sur des petites clayettes, par catégories de fleurs. Et ce matin, où j'avais deux livraisons prêtes, on se serait cru chez moi dans un marché aux fleurs. Il y en avait partout. Mets un brin de soleil là-dessus, et tu y es, si tu n'oublies pas mes deux perruches que toutes ces couleurs excitent et qui n'arrêtaient pas de jacasser.

Donatienne était là depuis un moment. Nous parlions du petit nombre de femmes qui peuvent se permettre de porter des chapeaux blancs : uniquement celles dont la denture est impeccable et immaculée. C'est une conviction de Donatienne qui prétend que coiffure et sourire doivent s'harmoniser. Et nous discutions de cela à propos d'un somptueux chapeau que nous venions d'achever. Sur une large capeline de feutre neigeux, modelée par ma partenaire, j'avais posé un cordon de lis noirs, entourant la calotte. Ne hurle pas, c'est superbe. Et Donatienne, qui prend le chemin d'être plus fantaisiste que moi encore, avait cueilli dans mes clayettes un grand coquelicot, du plus beau rouge, et voulait le poser à l'arrière du chapeau, tombant de sa longue tige dans le dos de celle qui achèterait ce chef-d'œuvre.

Nous en étions à nous dire que c'était sublime, mais aussi à nous demander quelle femme oserait porter ça, quand Donatienne a murmuré :

– Je ne vois qu'Adélaïde. C'est avec ses beaux cheveux noirs que s'assortiraient vos lis. Et ses dents sont aussi blanches que notre feutre. Quant à la présence du coquelicot, son originalité rappellerait celle de ma sœur. Et puis, il faut bien le dire, seul son impérial port de tête...

À cet instant, ma porte s'ouvrit. Calixte Royer entra. Il venait chercher les fleurs de ses souliers de bal.

Donatienne, qui était assise, se dressa brusquement, répandant sur sa jupe tout ce que contenaient ses clayettes. Tu l'aurais vue, une reine des fleurs. Mais si pâle.

Et voilà où je voulais en venir : j'étais là, entre eux, et je les contemplais.

Lui avait l'air de la découvrir et en même temps, crois-moi, il se sondait la conscience et le cœur.

Mais elle ! Elle, c'était presque insoutenable de la voir. Elle n'était qu'un regard, le plus beau, le plus sublime, mais aussi le plus désespéré des regards d'amour.

Aucun peintre n'aurait pu rendre le pathétique de cet instant qui était presque palpable dans son intensité. C'était un appel de détresse et, en même temps, toute la tendresse du monde qui passait là, dans un regard humain, au-dessus de mes fleurs.

A-t-il seulement compris, cet homme, que cette femme lui criait qu'elle était toute à lui ?

Mes perruches, elles, ont senti la beauté de tout ça. Elles en étaient muettes.

Qu'aurais-tu fait à ma place ?

Je me suis demandé si Calixte avait donné rendez-vous à Donatienne en parlant d'aller voir son chien le lendemain.

Adélaïde aurait pu être étonnée du calme avec lequel elle absorba Paris. Elle ne le fut pas. Elle se disait : une ville est une ville, grande ou petite, mais avec des ressemblances rassurantes.

L'intensité de la circulation, le vacarme, la bousculade, rien ne la surprit. Par comparaison avec Romans, ici, tout était multiplié, sans plus.

D'ailleurs, elle n'avait pas le temps de penser. Ce qu'elle vit, et qui l'intrigua parfois, malgré tout, elle le mit de côté pour s'en souvenir et en juger plus tard. L'urgent n'était pas là, ni l'essentiel. Ce qui comptait c'était son rendez-vous avec un certain M. Octave Froment, au ministère des Armées. Rendez-vous dont elle savait qu'il était aussi celui qu'elle avait avec son avenir.

Elle s'y prépara. Non pas tellement d'apparence, elle n'avait qu'une robe, celle de ses dimanches, en velours châtaigne avec un chapeau assorti. Elle avait chaussé ses bottines mordorées à boutons couleur d'ambre. Tout était donc en ordre de ce côté-là. Et elle comptait plus sur sa beauté que sur ce qui l'habillait.

La préoccupait davantage ce qu'elle dirait ou ferait. Elle avait prévu plusieurs exposés, selon le tour que prendrait l'interrogatoire. Cela en serait un, inévitablement.

Elle avait dormi à l'hôtel du Louvre. Elle se jeta quelques coups d'œil avant de quitter sa chambre, se vérifia dans plusieurs miroirs. Là avait peut-être été l'une de ses surprises, le nombre et les grandes dimensions des glaces dans un hôtel. Elle jugea excessif ce déploiement de luxe.

Son bonheur de la journée fut son petit déjeuner, pris dans une salle à manger pleine de miroirs, encore. Le raffinement de sa tasse chauffée, sans doute passée à l'eau bouillante avant de lui être apportée, la ravit. Comme le chocolat qu'elle y versa. La qualité des croissant l'attendrit.

À dix heures moins dix, déposée par un fiacre, elle était au ministère.

L'huissier qui la reçut vit venir à lui une bien belle personne à la démarche glissante – elle avait acquis une grande habileté dans ce glissement de sa jambe plus courte. Elle aurait pu, grâce à ses bottines spéciales, se mouvoir comme tout le monde, mais elle avait gardé, du temps où elle n'était pas encore chaussée par Calixte, cette particularité qui ne manquait pas de charme et qu'elle cultivait.

Elle fut face à Octave Froment à dix heures précises. Il ne l'avait pas fait attendre.

Gabriel-Marie de Lirac avait demandé à son oncle de prévenir le sous-secrétaire d'État de la visite de Mme Calixte Royer. La lettre était arrivée d'Oran avec un post-scriptum : « Et, mon cher, je crois que tu ne regretteras pas que la femme remplace le mari, mon neveu la dit d'une stupéfiante beauté. »

Octave Froment abordait la quarantaine sans gémissement et même avec allégresse. Il était veuf et décidé à le rester. Il aimait les arts, la beauté et les femmes.

Il n'avait pas un physique des plus remarquables, mais sa prestance le satisfaisait. Il disait : « Pour séduire, de l'allure, un bon tailleur, un bon bottier et un bon chapelier suffisent, du moins au départ. »

Tout le bleu du regard d'Adélaïde perçut la fugitive étincelle qui filtra entre des paupières à demi baissées. Elle la connaissait bien, elle l'avait captée chez beaucoup d'autres hommes. Et elle attendit, assise, le buste très droit et la tête haute, à son habitude.

On parla souliers, fabrique, armée. Elle avait ses arguments prêts, elle les énuméra avec calme et précision.

Lorsque le sujet fut épuisé, Octave Froment conclut :

– Vous n'êtes peut-être pas sans savoir que la république veut unifier les chaussures de toutes ses armées. Mais je ne vous cacherai pas que le projet n'est pas encore au point. Cela est une chance pour vous. L'un de mes inspecteurs se rendra à Romans. Il visitera votre fabrique. Si son rapport est, comme je le souhaite, favorable, vous aurez votre commande. Mais dites-moi, Romans... Romans-sur-Isère, n'est-ce pas là que Gambetta a fait son provocant discours ? N'est-ce pas chez vous qu'il a dit : « Le cléricalisme, voilà l'ennemi ! » Ça a dû en faire, du bruit, dans Landerneau !

Ça, elle ne l'avait pas prévu. M. Octave Froment était-il pour ou contre Gambetta ? Elle s'en tira en disant :

– On m'a raconté qu'il a lancé cette phrase avec tant de force, et en tapant tellement sur une table, que son œil de verre a sauté dans l'assistance. On ne l'a jamais retrouvé. Se jetant à l'eau, elle poursuivit : C'était bien fait pour lui. Romans a toujours été assez rouge sans qu'on vienne encore y ajouter.

Octave Froment se disait qu'elle était amusante. Alicia, premier sujet à l'Opéra, et qu'il entretenait, lui faisait faux bond ce soir. Il allait la remplacer par cette belle cordonnière qui paraissait n'avoir peur de rien. Le petit Lirac avait raison, elle était superbe.

Il ne croyait pas beaucoup à l'excuse donnée par le mari pour se faire remplacer par sa femme, mais autant en profiter.

Elle se laissa convaincre de ne pas dîner mélancoliquement seule à une petite table mal placée, dans le grand réfectoire de l'hôtel du Louvre.

Il vint la chercher à huit heures.

Elle l'avait prévenu qu'elle n'avait pas de toilette de rechange, il avait répondu que cela n'avait pas d'importance.

Le cabinet particulier du Rocher de Cancale ne l'effaroucha pas. Elle s'intéressa à son ameublement qui lui parut riche, mais elle ne se faisait pas confiance pour juger de ces choses. L'expérience, elle le savait, lui manquait.

Elle n'était pas assise depuis cinq minutes à table qu'elle se leva et alla devant une glace enlever son chapeau. Ici aussi il y avait profusion de miroirs

– Il me gênait, dit-elle, et me tenait chaud.

Il la crut. Ce n'était pas pour montrer sa magnifique chevelure qu'elle agissait ainsi, mais parce qu'elle avait vraiment chaud. Il était persuadé qu'elle était le naturel même, ce qui lui plaisait.

Comme il lui demandait si elle aimait les huîtres, le foie gras et les ortolans, elle allait répondre : « Oui, beaucoup », quand elle décida de la tournure que devait prendre le dîner. Et, dès que le maître d'hôtel se fut retiré, elle attaqua :

– Je n'ai jamais mangé ni huîtres, ni foie gras, ni ortolans. Ce que je vous ai expliqué ce matin, concernant notre fabrique, le nombre de nos ouvriers, la marque de nos machines, la qualité des cuirs, enfin, tout est vrai. Mais si, maintenant, je vous mens, vous ne croirez plus rien de ce que je vous ai dit, et vous aurez raison. Alors voilà, je veux que vous sachiez ce que je suis, si toutefois vous ne l'avez pas déjà deviné. Je suis fille d'ouvrier – catholique, eh oui, je n'ai pas applaudi M. Gambetta –, j'ai épousé un ouvrier, et je ne connais pas les bonnes ou les belles manières. Je ne sais même pas si elles doivent être belles ou bonnes ou les deux à la fois. Vous allez le vérifier quand j'attendrai que vous vous soyez servi de l'une de ces trois fourchettes avant de vous imiter. Je n'ai pas fait beaucoup d'études non plus, vous verrez vite que je sais peu de chose en géographie et en histoire... Sauf la vie de Mlle de La Vallière, parce que le lieutenant de Lirac me l'a fait lire... entre boiteuses, n'est-ce pas ?... En revanche, je suis imbattable pour tenir les comptes, et ma fabrique s'en porte au mieux. Enfin, j'en sais autant sur les machines à faire les chaussures que mon contremaître... Pour en revenir, au passage, à Mlle de La Vallière – autant, n'est-ce pas ? parler du peu que je sais –, j'ai étudié avec intérêt le comportement de Mme de Montespan. Non seulement elle a arraché le roi à la pauvre favorite, mais encore elle a bafoué celle-ci, l'a même asservie, « attelée à son char », comme disait celui qui a écrit le livre. La Vallière a accepté, s'est laissé traiter en esclave et humilier. J'en ai tiré mes conclusions. Il ne faut jamais être humble, c'est une attitude fatale. J'ai, je crois, toujours détesté les humbles, même quand j'étais très pauvre.

Octave Froment l'avait écoutée sans l'interrompre, ne perdant un peu le fil de son discours que lorsqu'il regardait trop sa bouche, qui le fascinait. Les lèvres en étaient ourlées à la perfection. Une fleur de chair, et qui de surcroît ne débitait pas les insipides lieux communs habituels aux jeunes dames qu'il emmenait ici quand Alicia décidait de le laisser quelque temps à jeun pour obtenir un bijou ou une fourrure.

Il se surprit à se dire : « Un an dans une bonne institution pour en avoir quelques clartés de tout, M. Worth consulté pour exalter sa beauté au maximum, et elle ferait une maîtresse à en révolutionner Paris. » Il se rappela alors qu'elle était mariée, mais un mari et surtout en province !... Et, d'ailleurs, elle en parlait fort peu. Il demanda :

– Quel âge avez-vous ?

– J'aurai dix-neuf ans le mois prochain.

Il vida son verre de champagne. C'était trop beau, cette jeunesse radieuse qui lui tombait dans les bras... enfin, presque.

Il allait lui demander aussi de prolonger son séjour, quand elle leva la main, le regard extasié, et lui dit :

– Ne parlez pas, cet instant est magique... ou plutôt si, dites-moi ce que je suis en train de manger là.

Redescendu sur terre, il réfléchit un peu.

– C'est, je crois, un soufflé aux pralines.

– Un soufflé aux pralines. Eh bien, ça, par exemple, je m'en souviendrai jusqu'à ma mort. C'est le dessert le plus divin que j'aie jamais dégusté.

Se penchant vers lui, elle lui murmura à l'oreille :

– Vous croyez qu'on nous en donnerait la recette, si vous la demandiez ?

Il dit : « Oui, bien sûr », ne sachant pas trop de quoi il s'agissait. Il ne savait qu'une chose, cette femme, il la lui fallait.

Elle avait fait un excellent dîner !

Elle pourrait dire, maintenant, qu'elle aimait les huîtres, le foie gras et les ortolans.

Comment remercier ce monsieur... d'un certain âge, qui vous offrait tout ça ? Elle l'embrassa sur les deux joues, de bon cœur.

Octave Froment, viveur célèbre, et qui traitait ces dames, cocottes, danseuses ou actrices, avec désinvolture, Octave Froment ne savait plus trop où il en était, bien que sa prestance n'en souffrît pas encore. Il continuait à porter beau, à bomber le torse, mais il ne cessait de se répéter qu'il lui fallait cette femme.

Elle virevoltait, son verre de chartreuse à la main, apparemment joyeuse, mais ne pensant qu'à s'en aller. Cet homme buvait trop, et elle aurait, d'ici peu, du mal à repousser ses assiduités.

En entrant dans le cabinet particulier, Octave Froment avait mis pardessus, chapeau, canne et gants sur un petit canapé. Elle s'en approcha, pour s'éloigner plus encore de la table.

Le haut-de-forme était posé sur son fond, comme il se devait, et il offrait à la vue ses bords gansés de soie et sa coiffe-doublure. Adélaïde se pencha vers lui. Le temps n'était pas si éloigné où elle s'occupait à marquer au fer le nom du fabricant en lettres dorées dans les fonds des chapeaux. D'où venait donc celui-là ? Elle lut :

DERIVAULT
ROMANS

Le choc fut si fort qu'elle faillit perdre l'équilibre, se rattrapa et sentit la fureur rougir ses joues.

Octave Froment l'avait rejointe, son cigare à la main, et, voyant ce qu'elle regardait, il dit en souriant :

– Mais c'est vrai, il vient de chez vous !... Ah ! vous devez l'entendre souvent, là-bas, qu'un DERIVAULT EST SANS RIVAL ! C'est d'ailleurs exact. Je ne porte plus que ça.

Elle l'aurait volontiers giflé. Elle se contenta de redemander de la chartreuse et l'avala d'un trait.

Ainsi, *ils* étaient déjà célèbres à Paris !

Si un homme comme ce vieux beau se targuant d'élégance se coiffait d'un chapeau d'Antelme, d'autres, beaucoup d'autres, à Paris ou ailleurs, devaient en faire autant, et cela ne s'arrêterait plus.

Ce n'était pas supportable.

Elle se fit servir du champagne, elle étouffait et réfléchissait à toute allure.

Ainsi elle était là, à se vendre à ce polichinelle pour avoir une malheureuse commande, qu'elle n'aurait peut-être même pas. Il était bien capable, ce vieux fou, demain ou après-demain, en compagnie d'autres femmes et en mangeant ses ortolans, d'oublier cette soirée. Et pendant ce temps, Donatienne était Mme Derivault, des DERIVAULT SANS RIVAL. Et qui pouvait certifier qu'elle ne serait pas aussi, un jour prochain, DONATIENNE, la grande modiste. Tout était possible, elle venait d'en avoir la preuve.

Elle reposa le chapeau sur le canapé avec calme et précaution, comme si c'était une chose précieuse. Et c'en était une. Sans ce haut-de-forme lui rappelant ce qu'il lui fallait faire, son voyage à Paris eût peut-être été inutile.

Elle se retourna alors vers Octave Froment, s'approcha, s'assit sur ses genoux et mit ses bras autour de son cou. Il était essentiel que cet homme se souvienne d'elle, et même ait du mal à l'oublier, et, ainsi, n'oublie pas les chaussures Calixte Royer, de Romans-sur-Isère.

Il habitait, rue de la Tour-d'Auvergne, une ancienne folie du XVIIIe siècle nichée dans un petit parc, entourée maintenant de vastes immeubles, mais aussi de vieux hôtels particuliers pourvus de jardins.

Elle ne vit, en arrivant, qu'un hall aux murs recouverts de tapisseries, un grand escalier à rampe en fer forgé, une chambre tendue de soie jaune et un lit préparé pour son maître par un domestique nullement surpris de l'arrivée de cette inconnue qu'il feignait de ne pas regarder. Elle le vit enlever en hâte une longue chemise d'homme et un bonnet, posés sur la couverture et préparés là pour une nuit sans extravagances.

Elle se déshabilla seule. Elle ne supportait pas des mains maladroites fourrageant dans ses boutonnages et ses laçages. Mais elle tendit un pied, puis l'autre, pour que M. Octave Froment, sous-secrétaire d'État, la déchausse.

Il le fit, subjugué, pendant qu'elle se demandait dans combien de temps elle pourrait dormir et si le lit était confortable.

Il peut y avoir des corvées redoutées réservant parfois d'agréables surprises. Ce fut le cas. Octave Froment avait – elle chercha le mot – de l'expérience ? du métier ? À moins qu'huîtres, foie gras et ortolans – sans oublier le soufflé aux pralines – ne soient quelque peu excitants. Toujours est-il que le temps passa assez vite. Elle perdit même un peu la tête. Tant mieux. Elle voulait qu'il soit content et se souvienne d'elle quand il s'agirait de chausser l'armée d'Afrique.

Elle s'éveilla de bonne heure. Elle se disait qu'il serait profitable d'aller à l'United Shoes Company de France voir les derniers modèles des machines Blake à coudre les semelles, quand Octave apparut. Il était fort élégant dans un vêtement d'intérieur en cachemire. Cheveux et moustache impeccables. Il précédait le petit déjeuner de son « Bijou chéri ». Bon, il était content.

Mais la tasse n'avait pas été chauffée. Ce valet de chambre, hier soir, ne lui avait pas fait bonne impression, il devait être négligent. Elle n'aurait jamais de domestique mâle. C'était bien porté, même à Romans, mais elle préférait être servie par une femme. De toute façon il ne serait pas encore question de ce luxe avant longtemps, sauf si l'armée d'Afrique, dont on parlait tant, partait en expédition chaussée par Calixte Royer. Elle aurait bien voulu parler encore de tout ça, mais elle avait un train à prendre. Il avait beau supplier, M. Octave Froment, il fallait qu'elle rentre chez elle, son mari l'attendait à l'arrivée du train à Valence... Néanmoins, elle eut cinq minutes pour aller s'accouder au balcon et regarder le parc. M. Froment en paraissait fier.

Elle enfila un bien joli déshabillé qui ne devait pas se trouver là par hasard, se laissa prendre par la taille et regarda des arbres et des plantes qui n'offraient pas un intérêt particulier. En revanche, au-delà de cette végétation, on apercevait une grande cour où s'ébattaient des fillettes et des jeunes filles. Était-ce un pensionnat ?

Pas tout à fait, disait Octave, c'était le jardin de l'Œuvre des jeunes poitrinaires. On recueillait là les phtisiques. C'était une très belle entreprise charitable. Ne payaient que celles qui en avaient les moyens, les autres, les indigentes – les plus nombreuses –, étaient gardées là jusqu'à leur mort. La phtisie pouvant durer de un mois à quarante ans, il y avait aussi de vieilles femmes, mais qui sortaient peu, seules les jeunes jouaient là, sous les arbres, et au printemps, parmi les fleurs, c'était joli à voir...

Joli ! Elle balbutia qu'elle avait froid, rentra s'habiller, répéta plusieurs fois qu'elle allait rater son train et planta là M. Octave Froment, sourde à tous les « Mais, mon petit bijou, tu as tout le temps ».

Dans le fiacre, elle se sentait déjà mieux. À la gare elle reprit ses esprits et se jura qu'elle ne remettrait plus jamais les pieds dans cette ville qui parquait les poitrinaires à deux pas des bien portants. La tuberculose était contagieuse, ils ne le savaient donc pas, ici ? Et combien y avait-il dans Paris de lieux de ce genre et combien de malades, non soignés, en circulation ?

Elle dormit quand même dans son compartiment « pour dames seules » où elle était seule aussi. Elle n'aurait jamais pensé qu'elle serait si contente de rentrer chez elle, au bon air, même quand il sentait les eaux de tannage qu'elle avait si longtemps détestées.

Calixte était sur le quai, elle lui tomba dans les bras. Qu'il était beau et jeune, et bien portant !

Blackie et le cabriolet l'attendaient. Avec une couverture et un carton de gâteaux des Délices de Saint-Barnard pour la route. Elle s'emmitoufla, se restaura et affirma être sûre d'avoir enlevé la commande.

Elle était sans remords. Elle avait fait ce qu'elle devait faire. Et sans agrément, ou presque. Sauf le fameux soufflé. Elle faillit en parler, se retint à temps. Et, soudain suspicieuse, demanda si les essayages avec ces dames étaient enfin finis. Calixte, c'était évident, avait eu bien plus de plaisir en caressant les chevilles de ses jolies dames qu'elle en se laissant caresser par son vieux beau.

Calixte riait. Son intrépide épouse avait vu la capitale mais n'avait pas changé pour autant. Il résuma :

– En somme, tu n'as pas aimé Paris.

– On ne peut pas aimer une ville pleine de poitrinaires... et qui n'a même pas un automate marteleur.

Là-dessus, elle s'endormit. Tout cela avait été assez fatigant. Sans compter qu'elle avait perdu l'un des si jolis boutons de sa bottine droite.

Adélaïde se retrouva avec un immense plaisir dans sa fabrique. Elle réintégra le petit bureau où, aidée d'un ancien comptable retiré des affaires et se satisfaisant d'un demi-salaire, elle avait la surveillance de la trésorerie.

Elle vérifiait, à un centime près, tout ce qui était acheté ou vendu. M. Mayer n'était pas autorisé à payer une facture sans qu'elle l'ait contrôlée – et deux fois plutôt qu'une – ou à reporter le paiement d'une traite acceptée par un client.

Elle était sûre qu'Octave Froment n'oublierait pas sa promesse, aussi ne l'étonna pas, un matin, deux semaines après son séjour à Paris, l'arrivée de l'inspecteur annoncé.

C'était un petit monsieur discret et tout gris, de chevelure, de barbe, de redingote et de comportement. Il regarda, posa des questions, prit des notes – beaucoup de notes – et refusa le déjeuner offert. Il accepta juste un verre de lait et un biscuit. Son estomac délicat ne supportait pas les voyages en train. En revanche, il avait encore de bonnes jambes et pensait avoir le temps, avant de repartir, de visiter la tour Jacquemart. Les automates l'intéressaient.

Il monta allègrement les quatre-vingt-dix-sept marches, atteignit le campanule de forme hexagonale et d'un mètre soixante-dix de largeur. Il s'accorda un coup d'œil sur la ville, sa rivière et ses environs déroulés à ses pieds – superbe spectacle –, mais l'intéressait surtout ce bonhomme en bois de deux mètres soixante de haut, recouvert de fer-blanc et portant l'uniforme des volontaires de 1792.

Calixte, qui faisait le guide, expliquait :

– Pour frapper les heures, seul le corps pivote et le marteau qu'il tient vient heurter la grosse cloche qui date de 1545 et pèse deux mille cent kilos.

Il ajouta – lentement, parce que, ici aussi, le petit inspecteur prenait des notes – qu'un carillon de dix-huit cloches couronnait l'ensemble. Trois d'entre elles sonnaient les quarts d'heure, et chaque jour, à midi et à dix-huit heures, le carillon égrenait deux vieilles mélodies populaires : *Sian lou ména* et *Se Canto*. Ce qui conduisit le visiteur à demander comment se disaient, en patois, drômois, armée et soldat. Il s'intéressait à tous les idiomes de France. Quand il sut qu'*olmeyo* voulait dire armée et *soudard* soldat, il eut son premier petit sourire de la journée. Et il redescendit les quatre-vingt-dix-sept marches aussi allègrement qu'il les avait montées.

Il fit une pause devant le Cygne-Fontaine, si voisin du Jacquemart, et y but dans la coupe de ses mains. Il s'intéressait, aussi, au goût des eaux de France, n'absorbant jamais ni vin ni alcool. Il trouva celle-ci très agréable et partit, apparemment très satisfait de sa visite.

Dans la quinzaine qui suivit arriva la lettre officielle du ministère passant commande à la fabrique Calixte Royer de trente mille paires de chaussures destinées à l'armée d'Afrique, livrables à raison de cinq mille par mois.

À peu près dans le même temps, une Société pour le secours des blessés militaires vit le jour à Romans. Le Comité des dames qui la présidait contacta Mme Calixte Royer et lui proposa d'être des leurs. C'était là un grand honneur qui ne se pouvait refuser. La joie qu'en eut Adélaïde n'était pas encore émoussée, quand arriva l'invitation pour la première course de chevaux qui aurait lieu dans la ville.

Calixte s'étonna de voir soudain sa femme soucieuse.

– Mais tu as enfin ce que tu voulais, alors ?

Alors, elle n'avait pas de modiste.

Il ne répliqua rien. Il redoutait de plus en plus les allusions à Donatienne, qui le mettaient mal à l'aise.

Adélaïde décida de confier ses soucis au vicomte. Il devenait son confident et l'aidait de ses conseils. Depuis qu'il avait vu Mme Derivault, il s'était renseigné et savait la brouille des deux sœurs. Il demanda à réfléchir et revint, dès le lendemain, avec une solution qui passait par une transformation totale de la personnalité de la plus jolie femme de la ville.

Il s'expliqua : que déplorait-elle ? De ne pas avoir de corbeilles de fleurs, de plumes et de rubans sur ses beaux cheveux ? Eh bien, tant mieux. Ces chapeaux-là devaient accompagner des robes à falbalas et ce n'était pas le genre qui convenait à sa beauté classique, digne du ciseau de Praxitèle (il expliqua Praxitèle aussi). Il fallait adopter le style, tout nouveau, du couturier anglo-français Redfern, et ce style, c'était le costume dit tailleur.

Il développa : jupe unie, jaquette cintrée de même tissu, blouse stricte en étoffe légère de coloris différent. C'était sobre, net, exactement ce qui ferait d'elle, en apparence, ce qu'elle était en réalité : une femme évoluée dirigeant – ou presque – une fabrique.

– Mais le chapeau ?

– Nous y arrivons. À cette tenue anglaise ne conviennent que des coiffures assez masculines. Montrez-moi donc ce panama que vous avez rapporté de Marseille à votre mari quand vous avez absolument voulu aller acheter là-bas cette machine de je ne sais quoi, d'occasion exceptionnelle, disiez-vous.

Ils étaient dans son petit bureau, le comptable était parti, et Gabriel-Marie allait s'octroyer le bonheur de fourrager dans les cheveux de sa bien-aimée pour lui indiquer comment les coiffer.

Quand les lourdes tresses furent emprisonnées dans une résille de chenille noire, il posa le panama, couvrant l'avant et dégageant l'arrière de la belle tête.

– Et maintenant regardez-vous, dit-il. Est-ce assez crâne ! Vous allez révolutionner la ville. Vous serez imitée, mais personne ne saura porter le panama comme vous. Pour l'hiver, nous verrons à trouver un feutre de même forme. Vous pourrez, à volonté, voileter cela et vous pourrez, surtout, dire désormais : « Ma sœur est une grande modiste, mais ce qu'elle fait n'est pas exactement mon genre. » Avouez que c'est trouvé ! N'aurais-je pas droit à une petite récompense ?

Il y aurait eu droit, en effet, elle le reconnaissait, il ne lui serait jamais venu à l'esprit de se transformer ainsi. Mais il fallait faire cesser ce qu'il appelait leur marivaudage. Elle n'avait pas de temps à perdre à de semblables amusements. Elle se contenta de sourire et enchaîna vite : qui allait lui faire ses costumes ? M. Redfern était à Paris et bien trop cher pour elle.

Le vicomte dénicha un petit tailleur espagnol qui réussit deux ensembles, l'un en toile écrue, pour l'été, et l'autre en drap sombre, pour l'hiver. C'était une dépense, mais elle la reconnut nécessaire. Et ce genre de vêtement et de coiffure ne lui déplaisait pas, au contraire. Elle aimait cette simplicité de ligne et même, plus encore, cette rigueur sans aucune fanfreluche.

Gabriel-Marie, ainsi encouragé, se surmultipliait et raffinait son œuvre. Il mit fin au règne des bottines bleues et brodées, nouées de rubans de satin ou de lacets de soie. Seuls convenaient, désormais, des modèles de grande sobriété, beiges, havane ou noirs, et boutonnés de préférence. Il alla jusqu'à Grenoble faire tailler dans une peausserie lavable deux douzaines de gants chamois, demi-longs et d'une belle souplesse, pour que son Adélaïde puisse conduire son cabriolet sans s'abîmer les mains. Il lui disait :

– Il faut que l'on reconnaisse de loin Mme Calixte Royer dans cette étonnante personne coiffée de son panama et gantée de chamois, menant son cheval noir à vive allure à travers la ville.

Il fit, un soir, son grand discours sur les bijoux. Il tenait de sa mère, qui savait de quoi elle parlait, les principes à ne pas oublier en matière de joaillerie.

Il existait trois catégories de bijoux. Ceux de famille, souvent fort beaux ou, s'ils l'étaient moins, si chargés d'histoire qu'ils en scintillaient d'autre manière. Il arrivait, parfois, qu'ils fussent partiellement faux, si des circonstances malheureuses avaient contraint leurs propriétaires à dessertir par-ci, par-là, quelques diamants pour relever les murs ou refaire les toits de leur château. Venaient ensuite les splendeurs offertes par les grands de ce monde aux grandes cocottes. Là, tout était vrai. Ces dames n'acceptaient que de l'exceptionnel, dont elles vivraient quand s'enfuirait leur beauté. Incomparables aussi, les parures des femmes de la haute banque et des affaires, françaises et étrangères.

Ces trois groupes-là possédaient les plus belles pierreries et perles du monde civilisé. Si l'on n'appartenait à aucun d'eux, la seule attitude intelligente était d'ignorer com-plè-te-ment les bijoux. Et surtout, surtout, de ne pas se laisser aller à en porter de petits, de médiocres.

Gabriel-Marie, en vertu des principes énoncés par la comtesse douairière de Lirac, n'accorda à Adélaïde – si elle tenait absolument à savoir l'heure – que le port d'une montre suspendue à cette longue chaîne appelée châtelaine. Cette babiole serait en argent, comme la boucle de la haute ceinture de cuir (assorti au cuir des bottines) qui devait souligner, sous la veste, et sur la jupe, la finesse de la taille. Rien, absolument rien d'autre. D'ailleurs, et Gabriel-Marie s'enflammait, grisé par son rôle de Pygmalion, d'ailleurs, si les grands sculpteurs avaient pensé que le bijou ajoutait à la beauté du corps, il y avait des siècles et des siècles que l'on aurait vu, sur les statues, bracelets, colliers ou bagues. Mais jamais artiste n'aurait voulu couper cette ligne superbe qui va de l'épaule au poignet par un cercle, fût-il en diamants, ni surcharger une belle main aux longs doigs d'anneaux inutiles.

Pour poser un point final à son œuvre, le sous-lieutenant cueillit dans sa chambre, parmi ce qui y poussait d'étrange, une sorte de marguerite double, de couleur chaudron et de cœur noir. C'était là ce qu'il fallait à la boutonnière d'Adélaïde. Il en était si persuadé qu'il en commanda six exemplaires à Mlle Amélie, craignant que ce ne fût un modèle unique qu'elle pourrait oublier et ne pas savoir refaire plus tard.

Quand il en orna le revers du veston de toile – on était en juillet –, il dit en riant :

– Et voilà ! Les amoureux ne rêvent que de déshabiller, moi, j'aurai fait le contraire.

Il n'était pas mécontent. Certes, la passion qu'il portait à son idole était peu récompensée encore. Mais il ne désespérait pas. Et il savait qu'il avait sa place dans la vie de son Adélaïde. Une place que n'occuperait jamais personne d'autre, même pas son mari, pour la bonne raison que lui seul pouvait la tenir. Calixte Royer était certainement capable de mener à bien la fabrication de chaussures en petite ou grande série, mais ce n'était pas vers lui que sa femme se tournait quand elle avait besoin d'un conseil pour son ascension sociale. Il en eut la preuve au lendemain de la première séance du Comité des dames de la Société de secours aux blessés militaires, quand il vint demander comment avait été accueillie la nouvelle apparence de Mme Calixte Royer.

– Plutôt mal, dit Adélaïde.

Mais elle n'en paraissait guère affectée.

– Ah, bah ! Racontez.

En fait, cette séance inaugurale n'était pas une journée de travail, comme elle l'avait pensé, mais un thé de dames, toutes empanachées de la tête aux pieds. Robes de soie légères, volantées, dentelées, brodées, capelines ruisselantes de fleurs et de plumes. Dans ce jardin de mignardises, l'arrivée d'Adélaïde, en strict et dépouillé tailleur de toile, coiffée de son panama et la boutonnière étrangement fleurie, avait été prise par les unes comme un manque de savoir-vivre, par les autres comme une provocation. Il y avait eu, tout d'abord, un silence, dû à la stupéfaction, puis des réactions diverses, plus ou moins désagréables.

– Par exemple ?

– On m'a offert au moins quatre tasses de thé – je déteste le thé – et on me passait sans cesse le plateau de petits gâteaux.

– Eh bien, tu devais en être satisfaite, remarqua Calixte, qui arrivait.

– Ne ris pas, tu étais visé autant que moi. On était trop aimable, on se forçait, on ne me traitait pas comme les autres. Je ne faisais pas partie du groupe.

– À part les gâteaux ? demanda Gabriel-Marie.

– Comment vous dire ? Cela se sentait, c'était dans l'air du salon, une réprobation que je respirais. Ces dames chuchotaient entre elles par petits groupes, en parlant de moi, bien sûr. Je n'ai pas vraiment entendu, mais c'était, j'en jurerais, des : « N'oubliez pas qu'elle est fille d'ouvriers, mariée aussi à un ouvrier. » Et il y avait sûrement des petits commentaires du genre : « Ça ne sait pas vivre et ça croit pouvoir prendre des airs et des genres. »

Calixte, qui écoutait toujours sa femme, dit, assez surpris :

– Tu n'as pas l'air d'en être chagrinée.

Alors, on entendit Adélaïde annoncer, la voix fort gaie, qu'elle en était, au contraire, ravie. Elle avait vite compris que tout cela n'était pas pour elle. Elle avait autre chose à faire, et de plus intéressant, qu'à papoter. Et des petits-fours, si elle en voulait, elle pouvait s'en acheter des kilos. Quant à sa nouvelle façon de s'habiller, elle n'en changerait sûrement pas.

– Et voulez-vous que je vous dise, je suis sûre que, parmi la douzaine de belles dames qui étaient là, il y en avait au moins six, peut-être même plus, qui ne m'ont pas trouvée si mal que ça.

– Vous avez fait la connaissance de mon colonel ? Je sais qu'il vient toujours passer un moment aux thés de sa femme.

– Il n'y a pas manqué. Sont arrivés aussi quelques maris, sur le tard.

Comme elle s'arrêtait là, Gabriel-Marie demanda :

– Et eux, comment ont-ils été avec vous ?

– Ils m'ont vengée ! Mais perdue en même temps. Les dames du Comité ne me pardonneront jamais l'intérêt que ces messieurs m'ont témoigné. Quoi qu'il en soit, lieutenant, il faut que je vous dise aujourd'hui, devant mon mari, qui m'approuve, combien je vous suis redevable. Je n'étais rien, et je suis devenue quelqu'un, tout d'un coup. Pourquoi m'avait-on contactée ? Seulement parce que Calixte Royer commence à se faire une place dans cette ville, mais, connaissant mes origines, ces dames s'apprêtaient à me traiter avec une certaine condescendance. Vous m'avez évité cette humiliation. On ne sait plus très bien, dans Romans, où on en est avec moi, mais j'existe. Merci. Autre chose, je croyais désirer entrer dans les belles maisons, dans les salons élégants, je m'aperçois que je ne le veux plus. J'ai autre chose à faire de bien plus intéressant que de papoter. Encore merci.

Ravi, ému, le lieutenant demanda :

– Votre mari vous autoriserait-il à m'appeler désormais Gabriel-Marie ?

– J'autorise, dit Calixte en souriant.

Cette nuit-là, Adélaïde fut malade. Calixte s'affola. On lui avait empoisonné sa femme avec des petits-fours avariés. Ou alors, bien qu'elle prétendît le contraire, elle avait souffert d'être mal accueillie dans le grand monde à s'en échauffer la bile.

Le médecin, consulté le lendemain, le rassura. Mme Royer donnerait, dans sept mois, un héritier à son mari.

Adélaïde dut réviser son jugement sur M. Gambetta. Le ministre était, certes, anticlérical, mais il avait montré, le premier, un réel intérêt pour l'expansion coloniale. Gabriel-Marie disait l'influence qu'il avait sur Jules Ferry et l'action téméraire, mais profitable à la France, de celui-ci. On entra en Tunisie. Courte et peu sanglante campagne, menée au galop par les zouaves, portés par des brodequins Calixte Royer. Le bey de Tunis, Muhammad al-Sadiq, accepta le protectorat de la France. Les commandes militaires se régularisèrent tout en augmentant. Adélaïde exultait, et son sous-lieutenant nourrissait ses espoirs d'extension territoriale continue et accélérée des bonnes nouvelles glanées au mess des officiers ou au café du Commerce.

– Nous l'aurons, notre empire colonial, vous verrez, disait-il.

Alors elle se laissait prendre et baiser la main.

Lui admirait l'innocence et la pureté de son idole et cet absolu manque de coquetterie chez une femme qui aurait pu avoir tous les hommes à ses pieds. Il savait qu'elle n'accordait à aucun la moindre privauté. Il la surveillait farouchement.

Le nouveau kiosque à musique de Romans fut inauguré un dimanche. Calixte travaillait, comme souvent en période de grande demande, et avec une partie de ses ouvriers. Adélaïde autorisa Gabriel-Marie à la mener entendre les musiques militaires et civiles qui devaient donner concert ce jour-là.

Antelme voyageait en Autriche-Hongrie, ce fut Numa qui entraîna aussi Donatienne vers les flonflons.

Et ce qui devait arriver arriva. Un remous, une poussée de la foule, et les deux sœurs se trouvèrent face à face. Elles ne s'étaient pas revues depuis deux ans, depuis leur rencontre chez le libraire.

Cette fois-ci, Adélaïde, impeccable et superbe dans son tailleur, fleur à la boutonnière et panama crânement arboré, se sentait sûre d'elle. Elle toisa Donatienne, pendant que Gabriel-Marie, bien malgré lui, murmurait :

– Sabre de bois, jolie femme et charmante toilette !

Mme Derivault, drapée très simplement de mousseline claire, réservait son élégance à son chapeau. C'était un principe de la grande modiste parisienne Caroline Reboux : jamais de lutte pour une prédominance de raffinements et de fanfreluches entre le corps et la tête. Tantôt le premier est souverain, tantôt la seconde est reine. Mais les deux régnant à la fois, c'est plus que n'en peut supporter une femme, elle succombe sous les honneurs.

Si la beauté d'Adélaïde était sculpturale, celle de Donatienne était capiteuse. Sous la grande capeline de paille d'Italie, recevant une pluie de flamboyantes capucines, la lumière dorée de sa chevelure s'exaltait, sa carnation était plus pulpeuse encore.

Le croisement des bleus des deux regards eût fait grand bruit, si un pouvoir sonore avait été accordé à ces reflets de l'âme. Et l'on eût entendu le hurlement de victoire de l'un et la plainte effacée de l'autre. Puis Donatienne détourna les yeux et, impériale, Adélaïde passa.

– Qui est-ce ? demanda Numa.

– Ma sœur.

– Elle ne vous aime pas.

– Elle le croit.

– Vous ne la voyez jamais ?

– Jamais.

« Eh bien, tant mieux ! » se dit Numa. Il se trouvait de plus en plus satisfait chez son père et n'aurait pas aimé y rencontrer cette dame qui ne devait pas être commode. Il ne se voyait pas lui expliquant préférer le saucisson aux gâteaux ni que son goûter favori était une tranche de pain et de cervelas, comme il l'avait exposé à Donatienne, qui en avait ri un bon moment avant de lui demander pourquoi il ne l'avait pas dit plus tôt. Bien que l'ami Arsène ne soit plus là pour le diriger, Numa savait qu'il ne pouvait pas répondre : « Pour ne pas vous faire de peine. » Il n'avait besoin de personne pour lui démontrer qu'on se ridiculise à dire des choses pareilles. Déjà, les penser... C'était aussi idiot que d'aimer regarder, quand *elle* avait beaucoup travaillé, et eu chaud, les gouttelettes d'eau qui coulaient de la racine de ses cheveux sur son front et qui – ça l'étonnait toujours – paraissaient alors aussi dorées que ses cheveux. En tout cas, et ça ce n'était ni idiot ni ridicule, mais positif, son père, quand il suivait Donatienne des yeux, paraissait *maintenant* plus content que triste.

Ils écoutèrent beaucoup de musique. Mais, les charcuteries étant fermées le dimanche, pas de saucisson possible. Alors elle l'emmena faire connaissance de son Cygne-Fontaine. Ils y burent tous les deux, et comme elle mettait sa main sur le col de l'oiseau en disant : « C'est mon meilleur ami », il sentit une jalousie le chatouiller. Malheur ! si Arsène vivait encore il en aurait été estomaqué.

– Que t'arrive-t-il ? demanda Donatienne.

– Rien, je suis fatigué.

– Eh bien, rentrons, mon chéri.

Elle n'avait heureusement pas appelé cet idiot d'oiseau de feraille comme ça. « Mon chéri », ce n'était que lui. Même pas son père, il l'avait bien remarqué.

Gabriel-Marie partit dès le lendemain pour Paris. Il allait y passer une semaine et fêter en famille ses vingt et un ans. Il arriva à l'hôtel de Lirac pour y apprendre la formation d'un nouveau ministère dont Octave Froment avait le portefeuille de la Guerre.

On célébra la majorité du sous-lieutenant, et aussi, un soir, la nomination d'Octave, ami d'enfance du comte de Lirac. Ce fut un dîner très intime. Père, mère, fils et le ministre avec une jolie amie de la comtesse comme cavalière.

Ce fut très gai aussi. Les messieurs furent laissés entre eux après dîner, à la manière anglaise – Mme de Lirac était née à Londres –, à déguster, non du sherry, mais fines et cognacs.

Le ministre, qui allait de grand dîner en banquet tous les soirs depuis sa nomination, se sentait bien là, les pieds devant le feu, sans discours à faire, avec un vieil ami ne nourrissant aucune prétention politique, ne méditant aucun coup bas contre lui, sans oublier un jeune officier qui s'ouvrait à la vie et bâillait quelque peu.

Octave Froment avait pris, dans la poche de son gilet, un minuscule objet qu'il manipulait distraitement, et soudain, paraissant traversé par une idée, il dit à Gabriel-Marie :

– Mais c'est toi qui me l'as envoyée ! Je m'en souviens, maintenant.

– Qui donc ?

– Celle à qui appartenait ce bouton de bottine, pardi ! Ah, quel souvenir, mes amis, quel superbe souvenir que cette femme-là !

Comme le comte de Lirac riait et disait : « Toi et tes créatures ! », Octave, se versant encore un verre de fine, s'insurgea.

– Ah non ! Une jeune femme honnête qui, j'en ai toujours eu la conviction, se laissait aller pour la première fois... et ne détestait d'ailleurs pas ça.

Et, s'adressant à Gabriel-Marie :

– Voyons, rappelle-moi comment elle s'appelle.

– Mais je ne sais pas de qui vous parlez.

– De la Romanaise.

– Il y en a plus de six mille dans la ville.

– Celle que tu m'as envoyée, tu ne l'as tout de même pas oubliée, celle-là ?

– Ma foi, si.

– Elle remplaçait son mari empêché et voulait une commande de chaussures pour l'armée. Elle l'a eue, d'ailleurs, et elle en a toujours, elle les a bien méritées. Quelle nuit, mais quelle nuit... Au matin, hélas, la belle s'est enfuie, et je n'ai gardé que le bouton arraché à sa bottine, sans doute par moi, quand je l'ai déchaussée.

– Puis-je le voir ?

Ce fut une explosion de gaieté partagée par Octave et le comte de Lirac : il fallait à Gabriel-Marie voir un bouton de bottine pour se souvenir d'une femme !

Le sous-lieutenant joua quelques instants avec ce bouton, puis le tendit à Octave Froment, maladroitement. Il lui glissa des mains, tomba, se perdit sur le tapis, ou sous un meuble, et ne fut jamais retrouvé.

– Il a roulé jusqu'à la cheminée. On le récupérera demain quand les braises seront refroidies, dit le comte.

– Fais-le-moi porter. J'y tiens, c'est mon fétiche. Et Dieu sait si j'en ai besoin en ce moment.

Le sous-lieutenant de Lirac passa huit jours à Paris. Il y fit une noce effrénée qui affola sa mère. Pas son père.

– Laissez-le donc vivre, ce garçon. Il faut qu'il nous jette sa gourme. Et si vous croyez qu'il s'amuse, dans sa garnison drômoise...

Et pendant ce temps, à Romans...

Donatienne venait d'ouvrir son magasin quand Eugénie Allard, la fermière qui gardait Atma, vint lui dire que le petit chien était à l'agonie. Il avait beaucoup baissé ces derniers temps, et, depuis hier, c'était de pis en pis. Elle avait tenté de le remonter avec du vin bien sucré, mais le pauvre *chi*[1], d'après elle, avait déjà dit adieu à cette terre. Et c'était contrariant de ne pas savoir où était M. Royer. Il était drôle, cet homme, comment le prévenir sans aller chez lui ? Bien sûr, elle y était allée quand même. Mais il n'y était pas. L'ouvrier qu'elle avait vu avait promis de faire la commission.

– Il n'y a que vous pour décider, madame, moi, je ne sais plus.

Donatienne remit son chapeau, referma sa boutique et monta dans sa carriole avec la fermière.

Atma mourut dans les bras de Donatienne. Il l'avait reconnue, elle en était sûre, et il avait poussé son dernier petit soupir en la regardant.

Elle le tenait sur ses genoux, dans le creux de sa jupe, quand Calixte arriva, essoufflé, il avait couru tout le long du chemin dès qu'on lui avait dit la visite de maîtresse Allard. Adélaïde était sortie avec la voiture, et il avait dû venir à pied.

– Il faut l'enterrer dans le coin où il aimait aller vous attendre, chaque jour que Dieu faisait, dit la fermière à Calixte. Il vous espérait là jusqu'à la tombée de la nuit. Après, il rentrait se réchauffer contre moi.

C'était à l'angle du chemin de terre menant à la ferme et de la grand-route. Ils y allèrent, Calixte portait la bêche, Donatienne, le chien.

Le trou creusé, ils s'aperçurent qu'ils n'avaient pas même un morceau de couverture pour y envelopper Atma. Donatienne gagna l'abri d'un gros arbre et y enleva son jupon. Et le petit chien blanc qu'elle avait vu, pendant tant d'années, courir derrière son maître s'en alla pour l'au-delà emmailloté dans la broderie anglaise des dessous de celle qui avait été son amie.

Elle pleurait en cherchant quelques fleurs à mettre sur la tombe. N'en trouvant pas, elle cueillit celles de son chapeau, des pois de senteur de Mlle Amélie. Calixte et elle allaient recouvrir la petite tombe de terre quand arriva, dans son cabriolet, mené au grand galop par Blackie, Adélaïde.

Elle vit tout en une seconde. Calixte tenant la main de Donatienne, leurs yeux rouges, leur air ému, puis ce trou, ce petit paquet blanc et le bouquet de fleurs posé à côté.

1. Chien, en drômois.

Elle comprit aussi vite. Elle calcula encore plus vite qu'elle avait été jouée pendant trois ans. Pendant trois ans, jour après jour, nuit après nuit, son mari lui avait menti ! Quant à sa sœur...

Elle avait gardé en main son long fouet. Avant que Calixte ait pu l'en empêcher, elle l'avait brandi et atteint Donatienne au cou où elle traça un sanglant collier. Folle de rage d'avoir raté le visage, elle allait à nouveau frapper quand Calixte parvint à la maîtriser.

La fermière accourait, entendant cris et clameurs, au moment où Antelme arriva. Venu apporter des feutres, surpris de trouver le magasin fermé, il avait interrogé les voisins et appris le départ de sa femme avec maîtresse Allard.

Le spectacle qui s'offrait à ses yeux était hallucinant. La fermière retenait avec peine Adélaïde, hurlant ses imprécations. Calixte avait dans les bras une Donatienne à demi évanouie.

Sans brusquerie, mais fermement, Antelme s'empara de sa femme, qu'il porta jusqu'à sa voiture. Il l'allongea sur la banquette et, comme du sang coulait de la plaie, y appliqua un grand mouchoir blanc sorti de sa poche.

Dans ce climat de tragédie, son calme était impressionnant. Tout autant que sa pâleur. Maîtresse Allard était partie chercher eau et eau-de-vie. Donatienne, ranimée, gémissait doucement en tenant sa main sur son cou. Rouge, échevelée, Adélaïde fut emmenée par Calixte.

Ce fut la fermière qui combla de terre la petite tombe et y planta les pois de senteur de Mlle Amélie.

Donatienne ne voulut pas de médecin. Que lui dirait-on de cet incident qui ne nuise à tous ? Et que ferait-il de plus à la blessure que la laver à l'eau boriquée ?

Antelme n'insista pas.

De la marche de l'escalier où il s'était réfugié, perplexe et inquiet aussi, Numa osa pourtant donner un conseil. Chez les Mohicans, on guérissait ce genre de blessure avec des plantes. Il avait son Fenimore Cooper toujours avec lui, et il pourrait relire le passage, si on le voulait.

Donatienne le remercia et le pria de lui tenir compagnie pendant qu'elle allait se coucher et se reposer.

Il osa demander :

– Ça vous fait mal ?

Elle inclina la tête, mais en s'efforçant de sourire. Alors il osa un peu plus :

– C'est mon père qui vous a blessée ?

Elle s'en voulut de ne pas avoir pensé que l'enfant pouvait, en effet, le supposer.

– Mais non, grand Dieu ! C'est ma sœur.

Elle se dit alors qu'elle se souviendrait toujours de l'éclair de joie du regard de Numa et aussi de sa soudaine férocité en proposant :

– Je la tuerai, pour vous avoir fait ça, si vous le voulez.

Elle le calma. Lui assura qu'elle avait besoin de lui pour préparer le repas. Elle n'y arriverait pas sans son aide. Elle se sentait fiévreuse.

Mais Antelme ne parut ni au déjeuner ni au dîner, et Donatienne dormit, veillée par Numa, jusqu'au soir.

Quand Antelme vint s'informer de son état et lui dire qu'il la laissait se reposer seule, pour ne pas la gêner ou la fatiguer, elle sut qu'il souffrait.

Elle patienta jusqu'au milieu de la nuit, espérant qu'il allait se raviser et la rejoindre. Puis elle se leva, eut la force de brosser ses cheveux, d'y nouer un ruban, et, en longue chemise de nuit et bougie à la main, descendit dans le bureau de son mari.

La porte n'était pas fermée ; sans doute voulait-il entendre si elle l'appelait. Il était assis, les bras repliés sur son bureau et la tête posée dessus. Il pleurait. Elle s'entendit murmurer :

– Antelme, me voilà maintenant avec une deuxième cicatrice qui voudrait bien être aimée et caressée autant que la première...

Le lieutenant de Lirac revint de Paris deux jours après la mort d'Atma. Il arriva chez Mlle Amélie tôt le matin, défit ses bagages et échangea sa petite tenue contre la grande : fourragère à l'épaule, gants blancs et sabre au côté.

Il se présenta à onze heures à la fabrique et fit passer sa carte pour être reçu par Mme Royer.

Adélaïde, mal remise encore, attendait le retour de Gabriel-Marie avec impatience. Il était son seul ami et elle avait besoin de ses conseils. Mais pourquoi se faisait-il annoncer ainsi, lui qui avait l'habitude d'entrer ici comme chez lui ?

Elle décida, pour pouvoir parler plus tranquillement, de le recevoir dans ce qu'elle appelait le jardin et qui n'était, pour le moment, qu'un banc de bois sous un arbre.

Quand elle s'avança vers le vicomte, tenant encore sa carte à la main, elle lui demanda, en riant, pourquoi tant de solennité. C'est alors qu'elle vit la grande tenue et l'air sérieux, grave, même, de Gabriel-Marie.

Au garde-à-vous, refusant le banc, le lieutenant dit froidement :

– Je suis ici, madame, en service commandé. Par ordre du ministre de la Guerre, je dois vous remettre ce pli (il tendit alors une enveloppe cachetée à la cire rouge) et attendre que vous en ayez pris connaissance.

De plus en plus étonnée, Adélaïde brisa le cachet, ouvrit l'enveloppe. Il y avait, dans une feuille de papier de soie, un bouton de bottine de couleur ambre. Celui qu'elle avait perdu à Paris.

Elle le tenait dans la main, le regardait et regardait aussi Gabriel-Marie, qui ajouta :

– M. Octave Froment, ministre de la Guerre, vous restitue, madame, ce petit objet égaré chez lui, une nuit, en me priant de vous assurer de son reconnaissant et inoubliable souvenir.

Adélaïde accusa le coup avec courage. Elle pâlit, mais redressa plus encore sa belle tête. Elle dit simplement :

– Merci, lieutenant.

Gabriel-Marie salua et se retira.

En février de l'année suivante, par un glacial matin de grande bise chassant les brumes et les nuages pour libérer le bleu du ciel, Alexandre Royer vint au monde.

L'accouchement avait été long et pénible. À Calixte qui lui tenait la main et bassinait son front, Adélaïde avait demandé, rageuse, pourquoi au siècle où l'on inventait tant de machines merveilleuses les femmes devaient encore souffrir en donnant la vie à leurs enfants.

Quand tout fut propre et net dans la chambre, quand Calixte, radieux, s'en alla annoncer la bonne nouvelle dans la fabrique, comme toutes les mères, Adélaïde voulut vérifier qu'il ne manquait rien au petit corps de son bébé.

Il ne lui manquait rien. Il avait même quelque chose en plus. Une assez grosse tache rouge dans le bas du dos. Adélaïde se rassura vite, se disant en souriant qu'à cet endroit-là peu de gens la verraient, quand elle pâlit soudain et manqua de s'évanouir. Elle venait de se rappeler qui avait exactement la même : Octave Froment !

Josépha écrivait à sa sœur Amélie :

... Tant mieux, ma fille, si tes créations florales courent la ville, sur les têtes ou les pieds des Romanaises. Et tu vas être étonnée, voilà que moi aussi on m'en a garni mon chapeau.

Tu te doutes que c'est Donatienne.

Imagine que je me suis dit, tout à coup, qu'il y avait bien cinq ans – au moins – que je portais le même couvre-chef. Alors j'ai fait un effort, je me suis hissée dans ma calèche et fait livrer chez notre petite modiste.

Et voilà le vrai but de ma lettre : où as-tu été chercher que cette enfant est malheureuse ? C'était un vrai pinson qui virevoltait autour de moi, en m'essayant dix, vingt chapeaux, sous le regard intéressé d'un petit gars, drôle comme tout, qui disait oui ou non avec sa tête selon que le modèle lui plaisait ou pas sur la mienne.

Et je suis repartie avec quelque chose en paille noire garnie de marguerites blanches faites par toi et, ma foi, pas trop excentriques. Tu te calmes, on dirait. Alors cesse de rêver que les gens sont malheureux quand ils pétillent de bonheur.

Autre chose. Et plus grave. Bien que... Tu vas juger.

J'étais à peine revenue de mon expédition que m'arrive Calixte. Il venait, officiellement, me remercier des deux pognes que j'ai fait porter chez lui et me montrer la première photographie de son fils.

Alors on a parlé. Beaucoup parlé. Parce que c'était ça, en vérité, qu'il venait faire, parler.

Et de quoi ? D'abord du petit Alexandre, puis d'Adélaïde qui se remettait bien et l'aidait si efficacement à la fabrique, et des concurrents, et des chapeliers, et d'Antelme, et de Donatienne. *Oui, ma fille, de notre merveilleuse modiste, de sa réussite, de son avenir. Et, de fil en aiguille, devine où nous en sommes arrivés ? À évoquer la petite fille qui, jadis, venait là, devant chez moi, regarder nos cuirs sécher dans le vent sur les balcons des greniers, et ne quittait pas des yeux une certaine fenêtre.*

Qui pouvait, mieux que moi, raconter tout ça ? Personne. Aussi ai-je raconté et raconté. Et il ne s'en allait plus, mon Calixte. Et quand j'arrêtais mes souvenirs, il me posait une question pour les faire reprendre. Puis il m'a raconté, à son tour, la scène tragique entre les deux sœurs. (Je n'ai pas dit que j'étais au courant par toi, j'ai fait l'étonnée.) On ne m'ôtera pas de l'idée qu'il est horrifié par le geste de sa femme, bien qu'il ne m'ait pas dit un mot contre elle. Mais, si tu veux mon avis, son silence est bien pire. À la place de la belle Adélaïde j'en serais assez inquiète. Et si elle avait entendu son mari me demander si, vraiment, la petite Donatienne, jadis, restait là, devant chez moi, à regarder sa fenêtre en attendant qu'il sorte, elle aurait peut-être été capable de brandir encore son fouet, mais contre lui cette fois-ci.

Alors, tu as compris ? Tu sors de tes rêves et tu entres dans la réalité pour voir que, maintenant, Calixte s'intéresse à Donatienne ? Ou il faut encore que je te donne plus de précisions ? Que je te dise qu'il ne me paraît guère heureux chez lui, malgré son enfant, et va découvrir celle qu'il aurait dû aimer dès le premier regard, celle qui lui était destinée.

Amélie ne put attendre la fin de la semaine pour répondre à sa sœur. Elle bouillait d'indignation.

... À te lire, ma fille, je nous ai revues, enfants, quand maman noyait les petits de notre chatte Célimène. Je pleurais à fendre l'âme et tu restais impassible... comme maintenant en me racontant – et je me demande qui rêve de toi ou de moi – que Calixte va « découvrir Donatienne ». Te rends-tu compte de ce que tu avances là et des drames que cela déclencherait ?

En fait, tu as toujours détesté Adélaïde et tu voudrais que ce que tu imagines là arrive.

Voyons, qu'y a-t-il de positif (c'est l'expression favorite du petit Numa que je vois beaucoup, pendant le temps des vacances, quand il vient prendre chez moi les clayettes de fleurs terminées pour les apporter à sa belle-mère), dans tout cela ? Ce qu'il y a de sûr, c'est que Donatienne s'efforce de rendre son mari heureux. Ce qui ne veut pas dire qu'elle a tout effacé dans son cœur. Quant à Calixte, mets-toi à sa place, à cause de ces histoires autour de son chien, sa belle-sœur gardera au cou une ineffaçable cicatrice. Il se sent responsable, cet homme. Et puis tu oublies le plus important, l'énorme travail qu'ils fournissent, tous. Calixte et sa femme dans leur fabrique, Donatienne dans son atelier, sans parler d'Antelme qui parcourt le monde. Alors si tu crois qu'ils ont le temps de se torturer le cœur.

Je ne vais pas attendre que Sébastien vienne chercher ma lettre. Je vais y mettre un timbre et la confier à mon petit lieutenant qui la jettera à la poste en allant à la caserne. À propos, celui-là, il est parti fêter ses vingt et un ans à Paris et il en est revenu comme s'il en avait quarante... Je me demande ce qui lui est arrivé. Mais nous le saurons un jour, le tout est de patienter...

Adélaïde avait pris froid. Elle était fièvreuse, avait besoin de sommeil, et Alexandre, perçant ses incisives dans la douleur et les hurlements, l'empêchait de dormir.

Calixte bardait l'enfant de lainages, descendait d'un étage, le promenait dans ses bras par toute la fabrique en lui chantant son répertoire de compagnon, insistant sur les refrains qui paraissaient les préférés du bébé.

On doit aimer l'outil qui nous fait vivre
Ce grave ami, fils de la probité,
Qui nous apprend, beaucoup mieux qu'un livre,
Que du travail naquit la liberté...

Mais surtout – car alors Calixte montait le ton – Alexandre semblait se réjouir d'entendre :

Ainsi chantait ce prolétaire,
Et les vents emportaient sa voix
Frappant les peuples de la terre,
Les faisaient sourire à la fois.
Associons plaisirs et peines,
Devoirs, talents, travail et puis
Chassons les haines
Allons, pauvres porteurs de chaînes,
Ensemble affilons nos outils...

Certaines nuits où les douleurs d'Alexandre ne parvenaient pas à se faire oublier, Calixte s'asseyait devant son établi. Il tenait alors l'enfant d'un bras et, de l'autre, frappait de son marteau, en cadence et avec force, un morceau de cuir, en chantant :

Eh bien, ami, prolongeons la veillée,
Compagnon qui m'est cher,
Rossignol sans feuillée
J'aime ta voix de fer[1]*...*

1. *Op. cit.*

Il arrivait à Calixte de dire à sa femme, au matin, combien le petit aimait déjà les outils dont la vue le calmait et que, peut-être, les grandes machines noires jaillies de l'ombre de l'atelier lui faisaient peur.

– Sottise, répondait Adélaïde, jamais les machines n'effraieront mon fils.

Elle se remit assez vite de son début de bronchite, mais resta dolente. Elle prit l'habitude, quand ses comptes étaient en ordre et ses inspections terminées, de monter à sa chambre et de s'y reposer un moment. Elle s'enfouissait alors, comme autrefois, sous son édredon, mais ne dormait pas, elle réfléchissait. L'activité constante qui régnait à la fabrique depuis l'augmentation des commandes de l'armée ne lui avait guère laissé la possibilité de penser à ce qui, depuis un an, avait perturbé le cours de son existence. Énumérant alors ses causes de soucis, elle s'aperçut un jour qu'elle mettait au premier plan – à son grand étonnement – la disparition de Gabriel-Marie de sa vie. Elle croyait, pourtant, déplorer avant tout la quasi-certitude qu'Alexandre était l'enfant d'Octave Froment. Or elle constatait son refus de s'appesantir sur cette tache rouge si révélatrice et son désir d'ignorer que son fils était celui du ministre de la Guerre. Il était son fils à elle, et personne ne saurait jamais rien de cette affaire qu'elle s'efforçait d'oublier et elle y parvenait, mais sans pouvoir chasser de son esprit le sous-lieutenant de Lirac et son dernier regard, froid, méprisant.

Elle n'avait éprouvé que de l'amitié pour le sémillant militaire – de cela elle était sûre –, et cette amitié lui manquait. Elle s'était habituée à se confier à Gabriel-Marie et à en recevoir des conseils. Elle découvrit aussi qu'elle se passait difficilement de ses regards admiratifs et de cette belle image qu'il lui renvoyait d'elle, à la fois réconfortante et flatteuse.

Ainsi, elle avait perdu son seul ami, celui auquel elle aurait pu dire son inquiétude devant l'attitude de Calixte. Après avoir entendu le récit de cette stupide histoire de chien qui, par deux fois, avait troublé l'harmonie de son ménage, et convaincu de la perfidie de Donatienne – ayant bien mérité son coup de fouet –, le vicomte l'aurait aidée à comprendre ce qui se passait dans l'esprit de son mari et lui donnait si souvent cet air absent, vague, lointain. Étrange comportement qui la déroutait et l'inquiétait. Ce calme, cette maîtrise de soi le faisaient désormais si différent du Calixte de l'époque des bottines bleues où il était si attentif à sa femme.

Gabriel-Marie lui aurait sans doute dit alors qu'il en était ainsi dans tous les couples quand la passion s'émoussait. À moins qu'il ne lui ait fait admettre qu'elle avait eu des torts et ne l'ait encouragée à s'efforcer de les réparer. Elle n'aimait pas cette seconde éventualité, contre laquelle elle se serait insurgée. Sa sœur et son mari, fieffés complices, l'avaient bernée pendant plus de trois ans, et, face à cette vie de mensonge fomentée par eux, ce qu'elle avait fait, elle, était bien moindre. Alors, qui étaient les vrais fautifs ? Et le vicomte de Lirac, homme d'honneur, la reconnaîtrait plus victime que coupable.

Mais le vicomte de Lirac ne s'approcherait plus jamais de la fabrique Calixte Royer. Peut-être même demanderait-il son changement de garnison. Qui, maintenant, la dirigerait, lui dirait, avec tant de délicatesse, comment se coiffer, ou rédiger une réponse à l'invitation d'une dame de la ville, ou encore ce qu'elle devait lire ?

Sous son édredon, Adélaïde ne pleurait pas, elle enrageait. On disait les femmes bavardes ? Mais les hommes, donc ! Avait-il besoin, cet Octave Froment, de raconter l'histoire de ce malheureux bouton de bottine ? Sans son indiscrétion, tout serait encore si bien organisé, Gabriel-Marie lui prendrait la main, lui affirmant qu'elle était la plus belle, et lui donnerait une telle confiance en elle qu'elle en oublierait à jamais que Calixte n'était pas le père de son fils.

Calixte... Elle n'aimait pas se demander s'il l'aimait moins et, surtout, si, quand on aime moins, on aime encore. Alors, elle croyait entendre Gabriel-Marie lui dire : « Mais comment voudriez-vous que l'on ne vous aime pas, vous ! » et elle se consolait un peu.

Elle ne trouva un vrai dérivatif que dans le travail. Elle s'activa plus encore, s'acharna, se persuadant que plus on s'enrichissait, mieux se réglaient les problèmes, quels qu'ils fussent.

La santé était bonne – elle se nourrissait si bien ! –, ses placards débordaient de réserves alimentaires.

La fabrique devenait de plus en plus importante. Le bilan, cette année-là, fut excellent au point de faire dire à Calixte : « Et si on commençait à rembourser Ulrich ? » Ce qui fit bondir Adélaïde : « Pourquoi rendre ce qui avait été donné ? Si Calixte ne tenait pas à s'enrichir lui-même, qu'il pense, au moins, à son fils. Il fallait continuer à agrandir la fabrique pour en faire, un jour très prochain, une grande usine. »

Pour ses onze ans, Numa passa de la fronde à la canne à pêche. Cet été-là, l'Isère n'eut pas de plus régulier, de plus constant habitué de ses rives, côté Romans et côté Bourg-de-Péage. La connaissance que l'enfant acquit, en une seule saison, des richesses poissonnières offertes par *sa* rivière, des meilleurs endroits et des heures les plus favorables pour les tirer de l'eau, fit l'émerveillement de Donatienne. Comme elle le complimentait, Numa répondait modestement : « Oui, c'est assez pyramidal », qualificatif – qui avait ses préférences cette année-là – dû sans doute à son intrusion dans l'histoire égyptienne.

Antelme, mi-amusé, mi-désolé, déplorait que les notes et commentaires des maîtres sur le travail de son fils n'aient, hélas, rien d'aussi pyramidal que ses pêches. C'est cet été-là qu'il fut décidé qu'à l'âge de quinze ans l'enfant quitterait le collège et s'initierait au métier de son père en commençant par l'apprendre dans les principaux centres français de la chapellerie. Perspective qui ne déplaisait pas à Numa. Il s'était déjà familiarisé dans l'atelier paternel à la fabrication de ce qu'il appelait les « vrais chapeaux », ramenant ainsi les créations de Donatienne à leur juste place – selon lui – de « drôles de choses ». Ce fut cette année-là encore qu'ayant dû faire connaissance avec Babylone le garçon en rapprocha les jardins suspendus des œuvres de sa belle-mère, qui, amusée, pouvait alors dire à son mari :

– Vous êtes injuste avec Numa. Il n'est pas ignorant du tout et il me fait découvrir sa science. J'ai appris, grâce à lui, que ces fameux jardins, auxquels mes chapeaux ressemblent, paraît-il, ont été créés par le roi Nabuchodonosor pour le plaisir de sa femme qui adorait les fleurs. Je sais aussi – enfin, presque – comment l'eau de l'Euphrate arrivait jusqu'aux plus hautes terrasses du palais... Et savez-vous, vous, que ce sont les Babyloniens qui, les premiers, ont facilité la reproduction des palmiers en semant les fleurs de l'arbre mâle sur celles de l'arbre femelle ? Numa, lui, le sait, et, désormais, moi aussi.

Elle riait. Ils étaient heureux.

Plus tard, Donatienne avait dit encore :

– On ne s'ennuie jamais avec cet enfant, Antelme. Il vient souvent passer un moment avec moi dans mon atelier et m'entretient de ce qui l'intéresse, de ses projets. Ainsi, en fréquentation quasi permanente avec l'Isère, il est en train de se poser quantité de questions à son sujet. Il rêve de partir un jour, à pied, pour la remonter jusqu'à sa source, n'ignorant pas – il l'a calculé – qu'il aura deux cent soixante et un kilomètres à parcourir. Il me grommelle que les Romanais voient couler leur rivière à chaque minute de leur existence, sans s'occuper de savoir d'où elle vient, comment elle est née. Lui, qui y fait ses pêches miraculeuses et connaît tous les oiseaux qui la survolent ou s'y abreuvent, des hérons cendrés aux grèbes et aux canards, veut tout apprendre d'elle. Il espère donc que vous lui permettrez, un jour, d'aller jusqu'au glacier du Mont-Iseran à pied, sac au dos et bâton à la main, voir jaillir sa première eau et entendre son premier chant. Il semble s'être pris d'une vraie passion pour notre rivière.

– Dieu fasse qu'il se passionne ainsi pour la chapellerie, concluait Antelme.

En tout cas, le jeune garçon paraissait déjà très intéressé par les visites des acheteurs venant sur place se faire montrer les derniers modèles sortis des ateliers Derivault. Antelme ne manquait jamais de les garder à dîner ou à souper.

Ils venaient de toute l'Europe, ces clients, et en assez grand nombre pour éviter à Antelme de trop aller désormais jusque chez eux. Et que ces hommes arrivent de Lyon, de Paris, de Londres ou d'Amsterdam, ils intéressaient tous Numa, qui les écoutait parler de leurs villes ou de leurs pays. Il parvenait à rester silencieux pendant le temps du repas, mais, s'il se présentait une possibilité pour lui de poser enfin une ou deux questions, il s'enquérait alors des cours d'eau familiers aux visiteurs et ne manquait jamais d'arriver à placer, après s'être fait indiquer les débits concurrents :

– Ici, notre Isère, l'une des plus considérables rivières de France, est la première à l'étiage, après le Rhône et avant tous les autres fleuves de chez nous.

« Il ne pense donc qu'à ça ? » disait Antelme, quelque peu agacé.

En fait, Numa pensait aussi beaucoup à l'alpinisme, nouveau sport passionnant dont Ferdinand, son nouvel ami de collège, lui parlait sans cesse. Il se voyait remontant l'Isère jusqu'au Mont-Iseran ; qui l'empêcherait alors, arrivé là, d'aller plus loin encore et de connaître la griserie de plus hautes altitudes ?

Mais seule Donatienne était dans le secret. Elle espérait d'ailleurs qu'il oublierait, avec le temps, ces idées d'escalade de montagne sûrement très dangereuses. Elle l'encourageait plutôt à perfectionner ses engins de pêche et lui offrait – puisées dans sa caisse de modiste – les petites sommes nécessaires à l'acquisition du plus bel attirail de pêcheur que les rives de l'Isère aient jamais vu.

Un matin, en se rendant à sa boutique, elle aperçut Numa non loin du pont. Elle fit un détour pour voir gigoter au bout de sa ligne une perche superbe. Tout joyeux, il lui demanda pourquoi elle ne s'était jamais amusée, elle aussi, dans son enfance, à tirer de l'eau, comme lui, quelques belles pièces. Elle ne lui avoua pas n'avoir jamais eu dix sous à elle pour acheter le moindre morceau de bambou pourvu d'un fil et d'un hameçon, ni le temps d'arpenter les rives de l'Isère autrement que pour s'y approvisionner en bois flottants, si humides qu'ils enfumaient la chambre quand le feu voulait bien s'emparer d'eux. Il lui vint, amenée par ce souvenir, du plus profond de son cœur, une immense reconnaissance envers Antelme à qui elle devait la vie sans soucis matériels qui était la sienne désormais. S'il avait été auprès d'elle en cet instant, elle se serait jetée dans ses bras, comme elle le faisait parfois. Il aurait eu alors ce doux regard débordant de tendresse, mais dans lequel elle décelait souvent encore une légère incertitude, comme s'il ne croyait pas tout à fait qu'elle l'aimait enfin.

Elle s'assit sur une souche d'arbre et resta un moment à regarder le jeune pêcheur, à contempler l'eau couler. Tant pis si elle arrivait en retard à son magasin aujourd'hui. Elle était bien là, dans cette douceur matinale caressée d'une petite brise légère et joyeuse que l'on avait envie de boire comme une boisson fraîche.

Elle pensa soudain à cet autre matin, où, à peu près à cette même place, elle voulait mourir parce que Calixte aimait sa sœur.

Et que se disait-elle, maintenant, dans ce bien-être qui la parcourait toute ? Qu'elle était heureuse ? Non pas comme elle l'avait ingénument rêvé, mais heureuse dans la sécurité. Ce mot ne lui plaisait pas trop et pourtant, elle en était sûre, il convenait.

Jacquemart sonna neuf heures. Elle embrassa Numa et s'en fut en courant vers son travail. Courant toujours, elle se heurta à Calixte Royer, qui s'avançait paisiblement. Calixte qui ne courait plus, lui, comme autrefois. Ils se saluèrent avec l'envie de s'arrêter, hésitèrent, se sourirent et passèrent leur chemin. Mais elle avait eu le temps de rencontrer le regard de son beau-frère. Un regard triste qu'elle ne lui connaissait pas.

Sa main tremblait en mettant la clef dans sa serrure. Elle dut s'y reprendre à trois fois. Toute sa joie s'était soudain envolée. Elle venait de comprendre qu'elle parvenait à être heureuse sans Calixte, mais pas si elle le savait malheureux.

Quel événement! écrivait Joséspha à sa sœur. *Qui nous aurait dit que ce brave Ulrich Steiner allait s'en aller, comme ça, d'un arrêt du cœur tout d'un coup, comme l'une de ses horloges qu'on aurait oublié de remonter?*

Si tu veux mon avis, la belle Adélaïde a une chance pas ordinaire. Avec cet héritage qui tombe dans leur trésorerie, les voilà sans aucun problème financier, prêts à se construire une véritable usine et embaucher des dizaines d'ouvriers supplémentaires.

Quoi qu'on puisse dire contre elle, il faut reconnaître que Mme Royer n'est pas hypocrite. Elle ne pleurait pas à l'enterrement de ce vieux monsieur qu'elle n'aimait pas beaucoup, alors que Calixte était très ému, bien qu'il s'efforçât dignement de le cacher.

Donatienne et son mari étaient aux obsèques aussi. Sans vouloir faire de l'esprit, je peux dire que le regard de la belle Adélaïde se posant sur la belle Donatienne était aussi noir que leurs robes.

Donc, voilà les Royer, sinon riches, du moins en mesure de concurrencer les plus importants fabricants de chaussures de notre ville. J'espère que notre Adélaïde, en se couchant le soir où le notaire les a convoqués son mari et elle pour leur annoncer qu'ils héritaient, a remercié le ciel – et le brave horloger – de tant la gâter. Et je me demande si ce qui l'enchante le plus, en ce moment, n'est pas la supériorité que cela va lui donner sur sa sœur.

Calixte est venu me voir. Sais-tu ce que je pense de ces visites? Plusieurs choses. Et la principale est qu'il se sent seul et encore plus depuis que son Allemand – Suisse, si on veut – a disparu. Il vient vers moi un peu comme vers la mère qu'il n'a plus, et je devine combien il a été déçu par Adélaïde. Il n'en dit rien, il est d'une discrétion et d'une dignité parfaites, mais on devine derrière elles bien des choses. Et puis il est perturbé aussi par sa rapide ascension. Il était ouvrier, il est devenu patron, et ce n'est pas toujours facile d'oublier qu'on a été de l'autre côté et d'être un chef sans écraser les anciens camarades.

Amélie répondit sur-le-champ à sa sœur, elle avait, elle aussi, un événement majeur à raconter.

C'est toujours ce à quoi on s'attend le moins qui vous arrive! Si je me doutais que mon beau lieutenant allait venir me demander un verre de ratafia de cerises pour m'annoncer son départ...

Et quel départ! Pour le nord de l'Afrique, ma fille. Je n'en suis pas encore revenue. Et peut-être ira-t-il plus loin dans le centre de ce continent si le désir de donner un empire colonial à la France se précise.

Ce brave jeune homme voudrait me faire croire qu'il se sent attiré par nos mers lointaines, mais je ne marche pas. On n'a pas un regard aussi lointain que les mers en question quand on est amoureux de l'aventure. Alors, à ton avis, il nous quitte pourquoi, le vicomte ? Et quand je dis « nous », cela comporte surtout son régiment et la petite Gasparine. Crois-tu qu'il en a assez du train-train romanais, des odeurs des tanneries, des fabriques de chaussures, de chapeaux, et d'être réveillé, chaque matin, par le piétinement des galoches de la moitié de la ville qui court à son travail ?

Une qui a failli faire déborder notre rivière, tant elle a pleuré, c'est la petite Gasparine. Mais le lieutenant a su en faire une abandonnée glorieuse. Il lui a démontré que les officiers français ne pouvaient laisser indéfiniment se rouiller leurs sabres et qu'il faut, pour la gloire de la France, aller les dégainer quelque part où, grâce à eux, flottera le drapeau tricolore. Alors elle continue à sangloter, mais dans la fierté.

1889-1904

« C'était un soulier de nacre de perle avec une fleur en diamant [1]... »

1. Rétif de La Bretonne, *Les Contemporaines.*

Adélaïde circulait parmi les volailles, les examinait avec autant d'attention qu'elle surveillait la réception des cuirs entrant à la fabrique. L'employé, dont c'était la fonction de vérifier les arrivages de peaux, savait depuis longtemps qu'elle avait un œil aussi perçant que le sien, et la fermière, qui venait de l'introduire dans son poulailler, savait sûrement, elle aussi, que Mme Royer, des chaussures Calixte Royer, choisirait le meilleur chapon sans hésitation.

Après, il y avait la sélection des œufs, des légumes et des fruits qu'elle entasserait dans sa voiture avec un regard où la vigilance se colorait de plaisir, ce plaisir, jamais tari, de pouvoir acheter toutes les nourritures dont elle avait envie.

Puis elle allait jusqu'aux ruches, pour l'agrément de la promenade sous les mûriers centenaires qui avaient vu la grande époque de la soie dans la région. Au retour, on passait par l'étable où la fermière offrait le bol de lait fraîchement tiré et d'une onctueuse douceur. Elle le tenait à deux mains pour en conserver la tiédeur et elle en absorbait le parfum comme l'amateur d'un grand alcool s'en enivre avant de le boire.

Enfin, elle gagnait la cuisine de maîtresse Barduc, grande pièce un peu sombre où ronronnait le foyer et qui sentait les foins coupés, les fruits mûrissants, le ragoût mijotant et la cire qui ensoleillait la grande table en bois de merisier.

Dans ces parfums de bonheur, elle goûtait au beurre sur une première tranche de pain bis, et au miel sur une seconde. Pour ne pas s'entoquer, comme disait la fermière, elle avait, à sa portée, un verre de petit-lait bien frais.

Maîtresse Barduc disait volontiers de sa meilleure cliente :

– Pour une de la ville, l'est bien simple, Mme Royer.

Et, parfois, elle ajoutait :

– On peut pas la tromper sur la qualité et elle sait compter.

Mais, dans l'esprit de la fermière, ce n'étaient là que vérités élevées au rang de vertus.

Comme une abeille, attirée par la tartine de miel, voleta dans la pièce, passant près du foyer incandescent, Adélaïde eut soudain, fulgurante, la vision d'une semblable journée d'automne où elle avait appris à Gabriel-Marie de Lirac qu'en patois drômois le même mot – *obelio* – signifiait à la fois abeille et étincelle. Elle avait ri alors qu'il s'en émerveillât, et ri de plus belle qu'il en fît un poème. Riait-elle aussi sottement de tout ce qu'il lui disait à cette époque ? Le déplaisir qu'elle éprouva d'en être certaine faillit lui gâcher la saveur de sa tartine de miel. Mais elle se reprit vite. Pourquoi remuer ces souvenirs ? Rien ne changerait de ce qui ne pouvait l'être. Le lieutenant avait condamné sa conduite – cette stupide histoire de bouton de bottine ! – et en avait été désespéré au point de quitter la ville. À cette fuite elle avait mesuré alors l'attachement et peut-être l'amour sincère qu'il lui avait portés et auxquels elle n'avait jamais beaucoup cru auparavant. Elle en avait eu du regret, sinon du remords, et en tout cas de l'irascibilité dont, comme chaque fois qu'elle s'en voulait d'une erreur commise par elle, elle gratifiait son entourage.

C'était toujours sous un édredon qu'elle continuait à se réfugier pour réfléchir, bien au chaud, cuver ses déceptions et ses rancunes, tirer ses plans aussi bien pour la marche de la fabrique que pour sa vie privée.

– Celui-là, plaisantait parfois Calixte, s'il pouvait parler, il en raconterait !

Elle haussait les épaules ou souriait, selon que ses contrariétés s'étaient atténuées ou non dans la douce chaleur de son duvet. Mais, si son humeur était frondeuse, elle répliquait n'avoir pas besoin, elle, de cahiers confidents où noter ses méditations. Sa tête lui suffisait.

Elle n'osait pas souvent faire allusion à ce fameux cahier qu'elle avait brûlé un jour où Calixte l'avait mise hors d'elle par son attitude. Cette détestable façon d'être là, devant elle, sans l'être vraiment, le regard, l'esprit et le cœur ailleurs. À quoi pensait-il dans ces moments-là ? À rien de précis, peut-être, mais sûrement pas à elle. Et c'était ce qu'elle ne lui pardonnait pas. Alors elle était allée chercher ce cahier auquel il se confiait plus qu'à sa femme – à celle qu'il avait juré de rendre heureuse ! – et elle l'avait jeté au feu, devant lui. Avec une rage qui la faisait trembler, elle en avait regardé se consumer les feuilles. Calixte n'avait rien dit. Il s'était contenu. Elle détestait cette maîtrise de soi qui en faisait un tout autre homme. Il avait quitté la pièce sans dire un mot. Il avait pu faire ça !

Elle l'avait attendu longtemps, ce soir-là. S'était-il seulement couché ?

Les réconciliations se faisaient peu à peu sans explications, ce qui sidérait Adélaïde. Et la frustrait aussi, la privant d'énumérer ses arguments de défense longuement polis.

Un soir d'hiver, ils s'étaient attardés tous deux devant leur cheminée où flambaient de grosses bûches. Calixte, apparemment serein, fumait sa pipe sans mot dire, le regard perdu là-bas, au loin. À quoi, à qui pensait-il ? Irritée, puis furieuse, elle avait failli crever ce silence d'un coup de poignard : on allait voir si apprendre de qui était *son* fils le faisait revenir de ces contrées mystérieuses qui lui mettaient ce semblant de sourire aux lèvres et cette lueur dans le regard.

Elle s'était arrêtée à temps. Stupéfaite, non pas de s'apercevoir du drame qu'elle aurait pu déclencher, mais de se rappeler que leur enfant était d'un autre. Elle croyait réellement être parvenue à oublier cette pénible affaire. Et la voilà qui réapparaissait, par la faute de Calixte. Pourquoi était-ce elle qui portait toujours le poids de tout ? Car enfin, si elle avait dû s'infliger la punition – le mot n'était pas trop fort – de céder à Octave Froment, c'était dans l'unique but d'avoir une commande dont Calixte le premier devait bénéficier. Ah ! il pouvait rêver en toute quiétude – Dieu seul savait à qui ou à quoi ! –, il n'avait pas à porter, lui, la charge de secrets irritants. Les hommes avaient toujours la partie facile, ils pouvaient faire ce qui leur chantait, alors que les femmes...

Maîtresse Barduc, revenue de son jardin les bras chargés de dalhias, se figeait, surprise, devant une Mme Royer qui paraissait passablement énervée.

– Quelque chose n'est pas à votre convenance, madame ?

Quelque chose, en effet, n'allait pas. La vie, tout simplement. Mais pouvait-elle dire, elle, la « belle Adélaïde » – comme beaucoup se permettaient, en ville, de l'appeler –, pouvait-elle dire à cette fermière ébaubie qu'une abeille, jaillie à la fois dans cette cuisine et dans son souvenir, venait de lui rappeler combien deux hommes, qui avaient dit l'aimer, avaient été injustes envers elle ? L'un ne voulant pas comprendre qu'elle soit jalouse, avec juste raison, de toutes les femmes qui lui couraient après (à commencer par sa sœur), et l'autre n'ayant pas admis qu'afin d'obtenir ce qui était vital pour la fabrique elle ait dû en payer le prix.

Elle quitta la ferme, la voiture chargée de ses trésors. Au dernier moment, elle avait ajouté un grand pot de crème fraîche. Les framboises d'automne étaient peut-être moins grosses, moins charnues que celles de l'été, mais elles avaient tout autant de parfum. Elle adorait les framboises à la crème.

Elle s'aperçut, au moment d'entrer en ville, que maîtresse Barduc avait oublié de lui donner ses dalhias. Tant mieux, malgré leurs couleurs superbes elle ne les avait jamais aimés, ils ployaient trop vite leurs têtes trop lourdes. Souriante, elle redressa la sienne. « Pauvre vieille Barduc qui avait pu croire que sa plus fidèle cliente avait de gros soucis ! Si elle savait combien, en fait, ils étaient légers. Et puis, si Calixte voulait se garder des moments de rêve, voire de mystère, libre à lui de perdre son temps. Elle n'en perdait, elle, aucun et avait l'œil à tout. Les ouvriers le savaient bien. Qui ne savait, d'ailleurs, qu'elle dirigeait autant l'affaire que son mari ? Et elle pouvait se vanter d'être plus redoutée que lui. Le seul moyen de lutter contre l'injustice d'un homme était de s'introduire peu à peu, sans trop en avoir l'air, dans cet univers qu'il se réservait : son métier. Elle avait compris ça depuis longtemps. Et qu'aurait dit la brave Barduc si elle lui avait annoncé, dans sa cuisine qui sentait si bon, qu'un jour viendrait où ce serait Mme Royer qui serait la vraie maîtresse des chaussures Calixte Royer ? Peut-être : “ Mais pourquoi donc vous voulez ça, madame, des affaires de messieurs ? ” Et elle lui aurait répondu : “ Parce que, n'ayant jamais aimé obéir, je veux diriger et commander. J'en suis plus capable que lui, mon mari, et – je me demande si vous allez pouvoir comprendre cela – parce que les livres de comptabilité et moi sommes de vrais complices. ” »

Les mûriers, les oiseaux et les papillons entendirent alors l'éclatant et joyeux rire d'Adélaïde. Par chance, aucune abeille ne voletait alentour. La belle Mme Royer n'aurait pas aimé se rappeler, à nouveau, que l'amitié d'un jeune sous-lieutenant parti pour l'Afrique lui manquait. Ce jeune sous-lieutenant qui avait tant aimé qu'abeille et étincelle s'expriment par le même mot en patois de la Drôme !

Après les bonheurs de la ferme, il y avait ceux de la Grande Épicerie fine. Ce magasin, elle le connaissait depuis toujours, et toujours il lui était apparu comme le monument de la ville dont dépendait sa santé. Ce qui aurait empêché bien des gens de devenir poitrinaires était exposé là, en rangs serrés, sur des étagères ou des comptoirs, dans des régiments de boîtes de fer ou de carton aux brillants uniformes ou dans des sacs de jute. Quant aux grands bocaux de verre, rois en leur palais, si l'on collait son nez sur la vitre de la devanture, on essayait de deviner de quoi leurs gros ventres étaient remplis. De réglisses ? De bâtons de guimauve ? De berlingots ? Sans avoir jamais osé franchir le seuil de la Grande Épicerie fine – la tante Thérèse ne se fournissait que chez l'épicier de son quartier qui faisait crédit pendant les mois d'hiver –, Adélaïde savait qu'en plus des trésors qu'on pouvait acheter là on y offrait des cadeaux inestimables. Des images d'Épinal, des vignettes à coller sur des albums aussi beaux que des livres de messe. Et des éventails en papier de soie, merveilles les plus inattendues. On croyait n'avoir en main que deux petites lamelles de bois, mais on les écartait, et cela s'épanouissait en mille pétales et devenait de grandes fleurs rondes ou, mieux encore, des soleils de toutes les couleurs de l'arc-en-ciel. Elle en avait vu un bleu, un jour, aux mains d'une petite fille de son âge qui sortait du magasin, et cela lui était apparu comme la plus grande injustice de la terre : il aurait dû être pour elle, celui-là, si assorti à ses yeux.

Maintenant, chaque fois qu'Alexandre venait ici acheter des sucettes ou des réglisses, on lui en donnait un, qu'il oubliait dans un coin quand il ne le jetait pas...

– Madame Royer, vous ne pouvez pas stationner ici, disait l'épicière en levant les bras au ciel.

– Et pourquoi ?

– Mais parce que le régiment arrive, madame ! Notre nouveau régiment qui va tenir garnison ici, le célèbre 75e d'infanterie. Et il va passer devant chez nous, dans quelques instants. Nous l'attendons. Ne le savez-vous pas ?

Adélaïde l'ignorait. Elle s'aperçut alors du mouvement inhabituel de la rue, qui s'amplifiait de minute en minute.

– Il va traverser le Pont-Vieux et défilera musique en tête, à ce qu'on dit. Le colonel et ses officiers à cheval et quelque mille fantassins à leur suite, par compagnies. Et ils passeront sous l'arc de triomphe et de bienvenue qu'on a édifié pour eux.

Autrefois, elle aurait immédiatement pensé au nombre de paires de souliers ainsi en marche. Elle était blasée désormais. Calixte Royer chaussait tant de soldats de France et d'outre-mer.

Ce remue-ménage allait-il lui gâcher, aujourd'hui, son plaisir mensuel de grande razzia dans l'épicerie la plus luxueuse de la ville, où elle était accueillie en pratique de qualité ? Contrariée, elle mena jument et voiture dans une rue adjacente. Elle commençait à peine l'énumération de sa longue liste d'achats quand les premiers échos de la musique lui parvinrent, franchissant le rideau de perles de bois à l'entrée du magasin. L'épicier, l'épicière, la vendeuse et le petit commis plantèrent là Mme Royer – pensant d'ailleurs être suivis par elle – et se précipitèrent sur le trottoir. Elle ne les accompagna pas.

Seule parmi tout ce qu'elle aimait, elle eut un petit sourire de contentement et, s'avançant jusqu'au comptoir où les éventails en papier plissé émergeaient toujours d'une ancienne boîte de biscuits, elle en choisit un bleu qu'elle déplia avec un tel plaisir qu'elle ne put s'empêcher de sourire à nouveau.

Comme ses regards se posaient sur le gros baquet où, disposées en un autre genre d'éventail, des centaines de sardines salées, couche sur couche, faisaient une roue, elle se souvint qu'elle en avait, un jour de grande misère, après de longues semaines de grève, dérobé deux. Elle les avait dessalées dans le ruisseau du lavoir et mangées crues, faute de pouvoir les griller dans la cheminée sous les yeux de tante Thérèse et de Donatienne. Ce n'était pas un mauvais souvenir. Elle savait que l'épicier l'avait vue voler et ne lui avait rien dit. Elle avait compris – elle devait avoir treize ou quatorze ans – qu'être belle pourrait lui permettre ce qui était refusé aux laides. Ses sardines crues en avaient eu, dans sa bouche, un goût de puissance.

– Madame Royer, il faut venir voir, ils arrivent !

Elle franchit le rideau de perles de bois. Après tout, ces militaires et leur musique n'orchestraient-ils pas, sans le savoir, la brillante ascension de la « belle Adélaïde » ?

Elle avait toujours en main l'éventail de papier plissé ; il lui servit à cacher la rougeur qui envahit son visage quand elle vit, parmi les officiers, un brillant capitaine, monocle à l'œil et moustaches ensoleillées au vent. Et qui n'était autre que Gabriel-Marie de Lirac.

Elle fit, comme dans un rêve, ses achats, les ajouta, dans sa voiture, à sa moisson chez la fermière.

Elle regagnait sa maison en proie à une joie qui, en fait, ne l'étonnait pas. Elle avait toujours voulu que son sous-lieutenant revienne et il était revenu. – et même en capitaine !

Sans qu'elle s'en étonnât plus, elle se souvint tout à coup du début de ce poème intitulé *Obelio* qu'il avait écrit pour elle et où il la comparait à une abeille diligente et à une femme étincelante. N'était-ce pas quelque chose comme :

Au coin du feu, je veille
Quand, soudain, une abeille...
Une abeille, à minuit, ici ?
D'où a-t-elle donc jailli ?
Mais d'une étincelle,
Pardi !

Il lui faudrait se souvenir de la suite, elle devrait la lui réciter, et lui prouver ainsi combien, toujours, elle avait pensé à lui.

Elle descendait de voiture quand elle se rappela que Gabriel-Marie et elle s'étaient quittés fâchés. Oui, sans doute. Mais, s'il revenait, c'était parce qu'il avait pardonné.

Quand elle s'octroya un temps de réflexion et de repos sous son édredon, elle en fut moins sûre. Ce qui l'irrita. Elle fut, à la fabrique, d'humeur très acariâtre et fit des remarques aussi désagréables qu'injustes à ceux qui croisèrent son chemin.

Alexandre, qui avait toujours sur la conscience quelques méfaits plus ou moins susceptibles de déclencher les foudres maternelles, sentant l'atmosphère à l'orage, décida de s'éloigner et d'aller passer ce jeudi après-midi à la pêche avec son meilleur ami. Ce qui relevait de la plus grande témérité, cet ami étant, de tous les habitants de Romans et Bourg-de-Péage réunis, le seul avec lequel sa mère lui interdisait formellement toute relation : Numa Derivault.

Leur première rencontre datait de trois ans auparavant. Alexandre et l'un de ses compagnons de collège s'étaient arrêtés, à la sortie de classe, pour regarder un jeune homme qui venait de tirer de l'Isère un brochet d'au moins quatre-vingts centimètres – dimension qui devait, le temps passant, dépasser le mètre.

Déjà passionné de pêche, Alexandre, petit bonhomme de cinq ans, avait demandé à ce champion avec quoi il amorçait.

– J'attache à ma ligne un sou troué. Un neuf pour que le brochet le voie briller. Et avec ça il va s'acheter ce qu'il veut.

Des années plus tard, Alexandre avait osé avouer à Numa que, ce jour-là, son compagnon et lui s'étaient demandé comment pouvaient bien être les magasins pour poissons, au fond de l'Isère, et il avait ajouté :

– En rentrant chez nous, j'ai posé la question à mon père. Avait-il entendu parler de cette étonnante chose ? Et il m'a répondu en riant : « Ça, je te parie un beau sou neuf que c'est un coup de Numa... » Parce que je ne te connaissais pas encore, mais lui, oui. Il savait qui tu étais et même que tu aimais beaucoup la pêche. Et plus tard encore j'ai vu qu'il avait noté cette histoire du sou troué dans son cahier. Parce que, parfois, il me fait lire des petits morceaux de ce qu'il écrit, mais en secret. Ma mère n'aime pas ce cahier.

Numa avait demandé pourquoi.

– Parce qu'elle veut pas qu'on gâche, et le cahier de mon père, elle dit que c'est du papier gâché. Mon père avait un premier cahier qu'elle lui a brûlé, pour qu'il arrête de gâcher. Alors le deuxième, il le cache.

– Une vraie cachette, introuvable ?

– Une formidable, qui se voit sans qu'on sache que c'est là. Je peux bien te le dire, parce que tu ne viendras jamais chez nous, vu qu'on est des ennemis mortels, d'après ma mère. C'est dans le vieux coussin d'un chien que mon père a beaucoup aimé. Alors, quand le chien est mort, il a gardé le coussin sous sa table de travail pour mettre ses pieds dessus. Ma mère le déteste, ce vieux coussin, mais elle ne dit trop rien. Il est bourré de petits morceaux de cuir, des tombées, quand on découpe les éléments de la chaussure, et, au milieu, il y a le cahier, toujours sous les pieds de mon père. Pas de danger que ma mère le trouve jamais.

– Et si un jour elle jette le coussin ?

– Ah ! là, ce sera terrible. Parce qu'il y a aussi des dessins dans le cahier, des idées de souliers et aussi des grandes informations à ne pas oublier. Un jour il a écrit, à l'encre rouge, parce que c'était rudement important : « Juillet 1885 : la rage est vaincue par M. Pasteur. » Et il m'a raconté comment sa pauvre maman et son frère aîné étaient morts, mordus par un chien, comment c'était terrible en ce temps-là d'être mordu. Le matin, il se lève deux, parfois trois heures avant ma mère pour faire ces choses-là, et raconter ses histoires dans son cahier..., et même, un jour, je ne sais pas pourquoi, il a dessiné un chapeau, un de femme. Il m'a dit qu'il l'avait vu dans une vitrine et qu'il était aussi joli qu'un matin de printemps...

Il est comme ça, mon père, et on s'amuse bien, nous deux, avec notre secret. Ce soir, je lui dirai qu'on se parle, toi et moi, et peut-être il te mettra encore dans son cahier si tu me dis quelque chose d'important. Par exemple ce que tu aimes le plus dans la vie. Mon père s'intéresse à ce que les gens ont choisi de faire, comme il dit, « avec leurs mains et avec leur cœur. » Toi, c'est quoi ?

– Gravir les montagnes, ça s'appelle l'alpinisme. Et aussi étudier les fleuves et les rivières.

– Ça l'intéressera. Je suis sûr qu'il n'en a jamais entendu parler... Moi, ce que j'aime le plus ce sera de faire des chaussures comme mon père parce que, déjà, il m'apprend et je sais qu'il n'y a rien de plus beau... Il fait quoi, ton père ?

– Des chapeaux. Des chapeaux d'hommes.

– Et tu en feras aussi ?

– Juste pour acheter mes piolets et mes cordes d'alpiniste.

– Tu veux dire que tu n'aimeras pas fabriquer des chapeaux, que ni tes mains ni ton cœur n'aimeront ? Si c'est comme ça, il ne faut pas le faire. Mon père dit que ce que l'on fait sans l'aimer on le fait mal.

– Il a raison.

– Et pourquoi on ne s'est pas beaucoup vus, toi et moi, après ton brochet ? Tu étais parti où ?

– Justement, j'apprenais à faire des chapeaux un peu partout. D'abord dans un pays qui s'appelle Espéraza, on y travaille le feutre de laine, et les montagnes des Pyrénées sont superbes.

– Tu les as escaladées ?

– Autant que j'ai pu.

– Et où as-tu appris encore ?

– À Chazelles-sur-Lyon. Une ville où on ne fait aussi que des chapeaux. Et là, j'ai escaladé les Alpes.

– Et maintenant ?

– Maintenant, je travaille ici avec mon père et si, de temps à autre, j'ai deux ou trois jours de repos, je vais en montagne.

– Ou bien tu pêches.

– Ou bien je pêche.

– Dommage que je n'aie pas le droit de te parler. On aurait pêché ensemble. Mais ma mère ne veut pas. Il paraît qu'il y a des histoires entre nos deux familles.

– On ne peut pas vraiment dire que tu obéis à ta mère, ça doit bien faire une bonne heure que tu me parles.

– Je me confesserai au curé de l'église Saint-Nicolas, il est plus coulant que celui de Saint-Barnard.

Amélie écrivait à Josépha :

... Tu sais la nouvelle ? Si tu as lu le journal, tu as appris que mon vicomte de Lirac nous est revenu. Et devine pour qui a été sa première visite ? Il s'est souvenu de ma porte jamais fermée à clef et je me suis trouvée, tout à coup, face à lui, avec seulement une clayette de semble-cyclamens entre nous deux. Ah, quelle surprise ! J'en aurais pleuré de joie si je ne m'étais pas retenue, par dignité, mais aussi parce que ma vue baisse et que les larmes ne l'arrangent pas. Bref, il était là, souriant... et avec une boîte de chocolats grande comme une demi-douzaine de clayettes. Il est vrai qu'il est riche maintenant, le pauvre, il a perdu père et mère pendant qu'il pourfendait des Malgaches à Madagascar.

Autrement dit, en plus de l'or de ses trois galons – oui, il est capitaine ! –, il a maintenant celui de sa famille, partagé avec son frère aîné qui a hérité aussi du château de leurs ancêtres. Le malheureux ! Les filles à marier de la ville vont être poussées vers lui par leurs mères qui vont découvrir là le plus beau parti de Romans et ses environs. Mais, si tu veux mon avis, il ne se laissera pas faire, j'ai lu ça dans ses yeux.

On dirait que ces colonies où il a guerroyé lui ont comme durci le regard, tout en le pointillant d'ironie. Tu saisis ce que je veux dire ? Pour te faire une image plus nette, je le voyais, derrière mes cyclamens, plongeant son sabre au travers du corps d'un indigène sans frémir alors qu'il devait se défendre à un contre six, et en même temps me raconter la chose en blaguant, par pudeur. Note qu'il ne m'a rien dit de ce genre, c'est moi qui me doute de ce qu'il a dû endurer. Lui a pensé que cela m'amuserait plus d'entendre parler de la reine des Malgaches. Elle s'appelle Ranavalo. Il l'a beaucoup approchée et il dit que c'est la plus rouée des femelles blanches, jaunes ou noires qu'il ait jamais connues. Elle lui a donné beaucoup de fil à retordre. À la réflexion, j'ai pensé que cette expérience lui servira sûrement pour déjouer les ruses des mères ayant des filles à marier ici.

J'en reviens au nouvel aspect de mon ex-sous-lieutenant. Non seulement le regard est plus dur, mais aussi quelque chose dans le visage, comme si on l'avait épuré. Et sa belle peau si claire d'autrefois est maintenant d'un très viril brun doré. Ma foi, c'est assez séduisant, surtout avec une moustache et des cheveux si blonds. Crois-moi, il n'y aura pas que les jeunes filles à marier qui vont lui sauter dessus, à notre nouveau capitaine.

Et ne t'imagine pas qu'il revient habiter chez moi. M. le vicomte a loué une belle maison en ville et y fait venir ses gens, ses chevaux et ses chiens.

Nous avons parlé. Un peu de tout et de tous. Je lui ai dit qu'en son absence on nous avait construit un bâtiment pour la poste aux lettres et le télégraphe, posé une horloge neuve, et restauré la tour de notre Jacquemart. J'ai fait mention de la nouvelle caserne où il se rendra sûrement avec plus de plaisir, désormais, chaque matin. Je lui ai signalé que nous avions eu l'honneur de recevoir le ministre des Postes et Télégraphes, et le général Boulanger, et notre président de la République, M. Sadi Carnot. Eh bien, tout ça ne paraissait pas tellement l'intéresser. Alors, je lui ai annoncé que la petite Gasparine avait quitté Romans pour Valence où son mari était voyageur de commerce en bijouterie. Déjà, là, il avait l'œil plus curieux, mais c'est quand j'ai parlé des industries de chez nous qu'il est devenu très attentif, son œil (t'ai-je dit qu'il l'a d'un beau brun ensoleillé, cet œil ?). Bref, on en est venus à grands pas aux fabricants de souliers. Je lui ai appris qu'ils poussaient comme des champignons, et que trois ou quatre dépassaient de beaucoup leurs concurrents, et, en particulier, les chaussures Calixte Royer, pourtant parties de rien. Un petit verre de mon ratafia de cerises pour nous éclaircir la gorge et nous avons évoqué Calixte. J'ai dit que, comme la ville, il avait bien changé en onze ans. C'est un monsieur maintenant, qui porte redingote, à qui on demande conseil et dont les paroles sont écoutées de chaque côté de l'Isère.

Du jeune Alexandre, j'ai raconté qu'assis déjà dans la fabrique alors qu'il ne marchait pas encore il y avait rampé, puis fait ses premiers pas, puis galopé, et que, maintenant, il passait la plus grande partie de ses loisirs dans les parfums du cuir et la musique des machines, en écoutant religieusement son père lui parler souliers. Un vrai petit disciple.

Je ne disais rien de Mme Calixte Royer. Je m'étais mis une pierre d'une tonne sur la langue. Alors j'ai entendu :

– Et la belle Mme Royer ?

– Toujours belle, capitaine.

Nous en sommes restés là.

Pourquoi revient-il ? Je lui ai quand même posé la question.

– Eh bien, ma chère Josépha, c'est le hasard !

Versé au 75ᵉ de ligne à son retour de Madagascar, le vicomte ignorait qu'il serait à nouveau en garnison chez nous. Il en paraît ravi. Il n'y a pas en France deux villes aussi intéressantes que nos jumelles, que l'Isère relie (nous, ici, nous disons plutôt sépare), l'une si célèbre par ses chaussures, l'autre par ses chapeaux ! Bref, à ce qu'il paraît, il y a à Romans « cette base commune de toutes les œuvres belles et vraies, cette flamme divine, ce souffle indéfinissable qui inspire... » C'est le génie, pour tout dire.

Il était soudain enthousiaste, comme s'il avait rejeté sa nouvelle apparence de conquérant pour redevenir le joyeux sous-lieutenant d'autrefois. Vrai, je me suis mise à voir étinceler nos souliers et nos couvre-chefs dans une apothéose de gloire. Peut-être même mon ex-locataire ajoutait-il mes fleurs à la renommée de notre ville, puisqu'il me demanda si je continuais à combler ce que Dieu, dans le département floral de la Création, avait négligé ou même oublié.

Je lui ai répondu que j'essayais toujours d'ajouter ma petite touche féminine à l'Œuvre faite, en quelque sorte, par un homme.

Il a ri. Et j'ai découvert, malgré ma surdité, qu'un être humain peut beaucoup changer physiquement, mais que son rire change peu. T'es-tu déjà aperçue de ça ?

Et Josépha répondait :

... Tu ne me parles pas de cette grandiose réception faite par Romans et ses notables au 75ᵉ régiment d'infanterie. Le bruit en était pourtant assez tonitruant pour te parvenir. Quant à moi, je me suis fait conduire en ville pour entendre discours et vivats. Et je me demande combien de litres de rhum ont flambé dans le punch si royalement offert aux officiers par notre ville.

Et maintenant, écoute-moi bien : je suis d'accord pour dire que Romans est certainement unique en son genre. Mais le vicomte de Lirac, ce noble militaire, parisien de surcroît, ne va pas nous faire avaler qu'il frémissait d'envie de revenir respirer l'air putride de nos tanneries. Il frémissait sûrement, mais pour tout autre chose dont j'attends avec intérêt le développement.

Un petit dîner de fête pour les vingt ans de Numa.

– Seulement nous trois, avait demandé le garçon à son père en ajoutant : Pas comme l'année dernière, où tu avais invité cet acheteur suédois sinistre, qui nous a gâché notre soirée.

– Mais qui m'a passé une commande royale, c'est le mot, puisque nous coiffons désormais la cour de Suède.

Ils en étaient au dessert et entamaient leur seconde bouteille de ce champagne que Donatienne aimait toujours autant et qui colorait ses joues du même joli rose que sa robe et le petit bouquet d'églantines qu'elle avait piqué à son corsage.

Elle riait en leur racontant la visite annuelle de sa cliente la plus redoutée. Celle qui arrivait avec son chapeau vieux d'au moins dix ans et exigeait qu'on le « rafraîchisse » afin que tout le quartier le crût neuf.

Numa ne la quittait pas des yeux. Elle était en rose aussi la première fois qu'il avait dîné avec elle et son père, à son arrivée à Romans. Cela l'avait frappé, à l'époque, parce que sa mère et sa grand-mère disaient toujours que cette couleur ne faisait pas d'usage et l'appelaient un « déjeuner de soleil », expression qui le laissait songeur. Il s'était demandé, ce soir-là, ce qu'il pourrait bien lui dire, à cette jolie dame. Les mots, à cette époque, le terrifiaient, il les trouvait aussi dangereux que les silex de sa fronde. S'il avait su, dès ce moment-là, qu'il avait en face de lui celle qui allait être sa confidente, sa complice, son meilleur ami, comme il aurait mieux dormi... À propos d'ami, précisément, il avait oublié de parler du jeune Alexandre.

– Savez-vous que je pêche parfois, le jeudi ou le dimanche, avec un drôle de petit bonhomme, le fils Royer, bien qu'il lui soit formellement interdit de me fréquenter ? Il n'a même pas le droit, paraît-il, de me dire bonjour, ce qui ne l'empêche pas de jacasser sans arrêt avec moi. Il a évoqué une « fâcherie mortelle » entre sa famille et la nôtre, m'a raconté qu'enfreindre les ordres maternels le conduisait à confesser très souvent ses désobéissances à son curé, mais qu'il vient de faire quelques accommodements avec le ciel, sinon avec sa mère : il a découvert qu'en fait il ne parle pas à un cousin-ennemi mais à un pêcheur-ami. Je n'ai pas voulu l'obliger à parler plus encore en tentant de savoir les raisons qu'on lui avait données de m'éviter. Mais ce soir, celui de mes vingt ans, ne pourrai-je connaître le fond de cette histoire ? Ou suis-je indiscret ?

Antelme, achevant son verre de champagne, se leva en disant :

– C'est à ta mère de décider ce qu'elle voudra te dire. Bavardez un peu, vous deux, moi je vais aller finir du courrier en retard dans mon bureau.

Ta mère ! Il ne parviendrait jamais à prendre Donatienne – qu'il appelait d'ailleurs par son prénom – pour sa mère. Il s'abstenait d'en faire la remarque à son père, il savait qu'il le choquerait en lui disant que sa femme était son meilleur ami.

Donatienne tendait son verre. Encore un peu de champagne. C'était à son tour d'avoir peur des mots. Et comment raconter cette partie de sa vie, qu'elle s'efforçait d'oublier, à ce garçon qui était à la fois un homme et encore un enfant ?

Elle lui souriait, revoyant avec une émotion accrue par le champagne le petit bonhomme maigre et si pâle, tombé dans sa vie comme un oiseau du nid, craintif et effarouché, mais le cœur ouvert, attendant, sans même se l'avouer, qu'on y verse de la tendresse. Les années avaient fait de lui un vigoureux sportif qui promenait sur ce qui l'entourait un regard non plus hésitant, mais vif et curieux, dont elle se demandait jusqu'à quel point il pourrait être compréhensif.

Numa vit son hésitation, regretta sa curiosité et voulut éviter cette confidence. Mais il était trop tard ; le visage penché vers les mains qui emprisonnaient son verre, Donatienne murmurait :

– Je vais te raconter le rêve d'amour d'une petite fille qui était moi.

Elle releva alors la tête et fixa sur Numa un regard dont il était sûr que seul le champagne n'aurait pas pu y mettre autant d'étoiles. Elle était heureuse de parler.

Elle dit tout, depuis l'accident d'Adélaïde et la première rencontre avec Calixte. Quand elle précisa : « Je l'ai aimé à l'instant même où je l'ai vu », il eut l'impression que la Donatienne qu'il connaissait n'était pas la vraie. La vraie était celle qui disait : « Tu comprends, il se passait quelque chose en moi que je n'arrivais pas à m'expliquer, il me semblait que cela me venait de là-haut, que c'était Dieu qui me jetait du bonheur à grandes brassées, et je ne savais plus ni où j'étais ni ce que je faisais... »

Maintenant, il aurait voulu la faire taire, mais elle avait elle-même rempli à nouveau son verre, l'avait bu en soupirant de plaisir et continuait à raconter le long cheminement de sa passion. Il n'avait jamais encore prononcé ce mot, mais il était sûr que c'était le seul qui convenait.

Quand elle lui décrivit son renoncement à cet amour, son désespoir, il ne l'écoutait plus assez pour la plaindre. Il la contemplait, éperdu. Il y avait dans son regard, sur son visage, dans les attitudes que prenait son corps, comme mille reflets de cet amour qui l'éclairaient, la magnifiaient. Il en fut bouleversé. Il se resservit du champagne lui aussi et l'avala sans même s'en rendre compte.

Elle avait chaud, le léger tissu de sa robe était plaqué sur son buste et se confondait avec sa peau. Sur ses tempes, il retrouvait les petites gouttes de sueur qu'il admirait dans son enfance – parce qu'elles étaient dorées aussi, comme colorées par la couleur de sa chevelure –, mais, lui semblait-il, tout à coup, sur une autre femme, une créature presque irréelle et en même temps étonnamment – charnellement, osa-t-il se dire – vivante, frémissante. Il ne pouvait empêcher son regard de s'égarer sur la taille souple et la gorge qu'épousait le fin tissu rose. Il rougit en se disant qu'elle ne devait pas porter de corset.

Il entendit la fin du drame familial, de plus en plus mal à l'aise. Et il espérait que Donatienne, quand elle aurait terminé sa confession, ne lui demanderait pas ce qu'il en pensait. Il était convaincu qu'un tel amour ne pouvait pas s'effacer et, au fond de lui, il ne donnait pas tout à fait tort à Adélaïde : comment supporter qu'une femme aime à ce point celui qui était son mari ? Cette pensée, qu'il se reprocha, le bouleversa plus encore.

Donatienne ne quémanda aucun jugement de sa part. Le regard perdu au loin, elle continuait à rêver. Lorsqu'elle se leva enfin avec un petit soupir, elle l'embrassa en lui souhaitant bonne nuit. Ses lèvres, en se posant sur l'une de ses joues, les firent alors rougir toutes les deux.

Il était prévu qu'à son prochain voyage à Paris Antelme emmènerait Donatienne avec lui. Ils partirent quinze jours plus tard, laissant la surveillance des ateliers à Numa, qui devrait télégraphier à leur hôtel à la moindre complication.

– Il n'y en aura pas, affirma le jeune homme avec assurance.

Il était assez content de les voir s'éloigner. Il n'avait pas récupéré sa sérénité perdue le soir des confidences de Donatienne et comptait sur un peu de solitude et de réflexion pour redevenir tout à fait lui-même. Mais la rencontre qu'il fit de Calixte Royer, à quelques jours de là, le perturba plus encore.

Il fut frappé par la fière allure de cet homme qui avançait vers lui d'une démarche dont il remarqua la longue foulée.

Il croisa un regard bienveillant où il lut à la fois surprise et curiosité. Calixte Royer hésitait-il à reconnaître un garçon qu'il n'avait pas vu depuis fort longtemps ? Avait-il su qu'il apprenait son métier en parcourant la France et ses centres chapeliers ? Sûrement, tout se savait dans Romans, puis cela franchissait l'Isère d'un coup d'aile et se répandait à Bourg-de-Péage.

Mais Numa n'avait nulle envie de rappeler qui il était à l'homme que Donatienne avait aimé. Aimait peut-être encore. Il salua pourtant. Et son salut lui fut rendu, avec un sourire. Un sourire que l'on ne pouvait s'empêcher de trouver séduisant dans un visage dont il fallait reconnaître que les traits nets, réguliers et fermes, ne manquaient pas de séduction non plus.

Numa ne sut jamais vraiment ce qui se passa alors en lui et le fit s'arrêter, un temps, puis rebrousser chemin et suivre à distance ce bel homme. Quel âge devait-il avoir ? On pouvait lui accorder entre trente-cinq et quarante ans. Dommage d'ailleurs qu'il n'en ait pas cinquante ou plus encore, se dit-il, sans s'attarder à savoir pourquoi, ni pourquoi cette filature. Il aurait été en peine de clarifier ses pensées.

Il ne se demandait pas jusqu'où cette poursuite allait le mener. Il marchait, comme s'il croyait trouver, au bout du chemin parcouru, une réponse aux questions les plus insensées – mais aussi les plus lancinantes – qu'il se posait depuis le soir de son anniversaire.

Cela le mena jusqu'au magasin de mode de Donatienne ! Il était convaincu qu'il avait toujours été sûr d'en arriver là et s'entendit rire doucement et amèrement. M. Royer s'intéressait-il aux chapeaux où à celle qui les faisait ? Et s'il allait le lui demander, lui, le fils de celui que l'on bafouait peut-être ?

Ce fut à cet instant qu'il réentendit ce que lui avait dit Donatienne, le soir de la confidence, avec son regard ébloui : « Alors, j'allais partout où je pensais qu'il était, pour respirer le même air que lui. Il n'en savait rien, bien sûr, mais j'étais heureuse d'être là, à seulement le regarder. »

Se pouvait-il, par on ne savait quelle troublante ironie du destin, que l'histoire de cet amour recommençât, mais dans l'autre sens ? Car il apparaissait évident que Donatienne et Calixte Royer n'avaient aucun contact, il ne savait pas qu'elle était à Paris et venait essayer de l'apercevoir.

Numa le regarda s'éloigner en se disant qu'il assistait sans doute à la plus étrange aventure romanesque qui soit. Par un étonnant retour des choses, cet homme, atteignant le second versant de sa vie, vivait ce qu'une petite fille et une toute jeune fille avaient vécu autrefois. C'était donc ça, l'amour, une fascinante aventure ? Mais il n'aimait pas que cela lui soit démontré avec Donatienne comme exemple.

Sur le chemin du retour il se dit que, si ce qu'il pressentait était vrai, M. Calixte Royer allait souffrir, souffrait peut-être déjà. La femme de son père ne faillirait jamais, il en était sûr, même si elle n'avait pas réussi à extraire sa belle histoire d'amour de son cœur.

Il apercevait encore Calixte marchant devant lui. Il lui trouvait moins de superbe que lorsqu'il s'élançait vers la boutique de modes. Il ne put s'empêcher de s'en réjouir.

À Paris, rue de la Paix.

Allant et venant sur le trottoir, exclusivement entre les n°s 7 et 23, entre l'immeuble de M. Worth et celui de Mme Caroline Reboux, une jolie dame blonde se laissait, sans réagir autrement qu'en souriant, bousculer par la foule de midi, celle de la sortie des ateliers des couturiers et des modistes. Et il semblait que ce fût aux anges qu'elle souriait ainsi, des anges rieurs et bavards ayant pris l'apparence des fillettes, jeunes filles et femmes jaillies des demeures des plus grands créateurs du monde de robes et de chapeaux.

Elle n'était pour personne ici Mme Derivault de Romans, ou Donatienne, modiste, elle était une inconnue aspirant à pleins poumons ce que Mlle Amélie lui avait dit être le « rayonnement de la perfection » ou l'« harmonieuse symphonie du Goût », avec un G majuscule, ajoutant, puisé dans la lecture de *L'Illustration* :

– Vous ne pourrez pas voir M. Worth, il ne reçoit, sur rendez-vous, que les grandes dames qui lui sont recommandées par ses clientes attitrées, mais essayez de rencontrer Mme Caroline Reboux. Malgré sa prodigieuse renommée, elle est restée plus abordable. On dit même qu'il lui arrive de coiffer gratuitement de jolies personnes qui ne pourraient jamais s'offrir même un ruban chez elle, et cela pour le plaisir de faire une œuvre d'art, tête et chapeau confondus.

– Je peux payer, Antelme me laisse l'argent que je gagne dans ma boutique !

– Alors, allez-y carrément. Entrez chez elle et demandez à essayer des chapeaux.

– Si elle a, comme on le dit, plus de trois cents ouvrières, elle a sûrement aussi plusieurs collaboratrices, et il y a peu de chance qu'elle vienne s'occuper de moi elle-même.

– Essayez toujours.

Donatienne était donc devant le 23 de la rue de la Paix dont la grande modiste occupait le premier étage – pendant qu'Antelme proposait aux marchands parisiens de chapeaux d'hommes ses dernières créations.

Impossible de se tromper d'adresse : sur la balustrade du balcon, CAROLINE REBOUX était écrit en immenses lettres d'or.

Elle était déjà venue la veille, mais n'avait pas franchi le porche de l'immeuble, s'apercevant heureusement à temps, mais avec désespoir, en étudiant les femmes élégantes croisées en chemin, que sa robe, qui paraissait si réussie à Romans, était presque ridicule ici. La longueur de la jupe et aussi son ampleur étaient à rectifier d'urgence. Elle était rentrée précipitamment à l'hôtel où Antelme l'avait retrouvée, coupant et cousant dans la fièvre.

Dans sa hâte à se mettre au travail, elle avait à peine ôté sa robe et, en jupon, le chapeau encore sur la tête, elle s'efforçait de s'adapter au goût du jour.

– Est-ce donc si important, ma chérie ? Je suis sûr que quantité de femmes, à Paris, suivent elles aussi la mode d'assez loin...

Elle l'avait regardé, stupéfaite. Il ne comprenait donc pas que, pour se présenter devant la plus grande modiste du monde, on ne pouvait pas être démodée ? Quelques heures plus tard, elle se sentait déjà mieux, deux mètres de largeur et quinze centimètres de longueur de jupe en moins. Au passage, elle avait supprimé aussi quatre rangs de soutache et de passementerie accablant son corsage de leur poids. De ses souliers, elle était satisfaite, ils étaient de la plus parfaite perfection romanaise, et elle en avait admiré de presque semblables dans la vitrine du chausseur Pinet boulevard de la Madeleine. Quant à son chapeau, sa dernière création, elle n'en était pas mécontente.

Elle tremblait pourtant un peu en montant l'escalier de pierre recouvert d'un opulent tapis rouge et en franchissant la porte derrière laquelle plus de trois cents femmes... trois cents !... s'occupaient à réaliser les coiffures des élégantes les plus huppées de l'univers.

Aucune, pourtant, de ces trois cents ouvrières dans l'immense salon où elle entra, si large, si long, si haut de plafond et ruisselant de boiseries dorées encadrant des panneaux de soie grège.

Tout ici était clair, ensoleillé et si gai ! Et les merveilles qui peuplaient ce palais en paraissaient joyeuses aussi, posées çà et là sur des tables, sur des porte-chapeaux, ou dans des vitrines, ou encore dans de jolies corbeilles de métal doré capitonnées de satin.

Une voix qui paraissait provenir d'un des petits salons attenants disait :

– Ce que je voudrais, madame Reboux..., un petit rien, une très petite chose, mais qui soit un amour.

Elle entendait deux rires en escalade, quand une vendeuse... non, une dame-vendeuse, dont les pas avaient été étouffés par l'épaisseur du tapis, la fit sursauter en lui demandant ce qu'elle désirait. Un chapeau, bien sûr. Et, ne sachant où elle en avait trouvé la témérité, elle ajouta vouloir avoir affaire à Mme Caroline Reboux elle-même.

Plus tard, Donatienne devait raconter à Numa :

– Ce que je venais de dire là, c'était comme si j'avais déclaré à l'un des plantons du palais de l'Élysée que je voulais entrer déjeuner avec le président de la République. La dame-vendeuse m'a regardée de la pointe de mes chaussures jusqu'à la calotte de mon chapeau et a laissé tomber, comme une pierre sur mon pied : « Et vous êtes ? » Qui étais-je ? Rien. J'ai quand même dit mon nom. Alors j'ai entendu : « Et d'où ? » Ah, ce d'où ! Il s'y égrenait tous les noms des provinces françaises les plus reculées.

– Vous auriez dû repartir, avait dit Numa.

– Jamais de la vie, j'étais là, j'y resterais.

Elle y était, en effet, restée à attendre pendant plus de deux heures et demie. Le temps ne lui avait pas paru long. Il y avait tant à regarder dans cet immense champ de chapeaux fleuris, enrubannés et emplumés. Et, tout à coup, un miroir lui avait renvoyé le sien et elle en était restée saisie pendant quelques secondes. Ce n'était pas qu'il soit laid, ou mal fait, mais il était autre. Il était, lui semblait-il, étranger à ce qui l'entourait. Alors elle eut, soudain, l'envie de s'en aller. Elle ne pouvait pas rester une minute de plus ici. Ce fut à cet instant que Caroline Reboux s'était avancée vers elle, souriante.

À Numa, elle avait raconté encore :

– Ce que je ne voulais absolument pas dire, eh bien, je l'ai déballé ! Et elle a su que j'étais modiste à Romans-sur-Isère, travaillant avec une seule petite apprentie. Elle m'a demandé, toujours en souriant, ce que je voulais, j'ai dit : « Un chapeau », et elle m'a répondu en riant alors très gaiement : « Mais puisque vous en faites ! » Et j'ai ri aussi, et ce fut comme si nous nous connaissions depuis toujours. Je lui ai même parlé de Mlle Amélie, quand elle s'étonna un peu de la couleur jaune d'or des glycines – enfin, des semble-glycines – qui couraient autour de ma tête.

« – Ma meilleure amie, originale fleuriste, les appelle des grappes de gouttes de soleil.

« – C'est ma foi vrai, et c'est très joli.

« – Ah, je le lui dirai...

Elle le lui avait dit, en effet, dès son retour, ajoutant :

– Vous auriez tant aimé, mademoiselle Amélie, voir cette merveilleuse grande dame modiste. Elle était d'une élégance si simple, si pure. Imaginez qu'elle avait une robe de fin lainage mauve, qui tombait toute droite sur son corps, avec juste une guimpe de dentelle enserrant son cou, et pour seule garniture des poignets bordés de violettes de parme en soie. Vous entendez bien ? Elle n'en avait nulle part ailleurs, seulement là, comme deux bracelets de fleurs et qui sentaient bon la violette. Je vous jure qu'ils étaient parfumés, pas trop, juste un peu, juste ce qu'il fallait. Alors, savez-vous ce qui s'est passé ensuite ? Elle m'a fait asseoir devant un miroir et, de ses belles mains qui sortaient de ses poignets de robe fleuris et odorants, elle a relevé le bord arrière de ma capeline de velours noir, puis elle a déplacé vos glycines d'or. Deux ou trois gestes à peine... et tout était différent, comme par miracle, mon chapeau était maintenant le frère en élégance de ceux qui l'entouraient.

– Tu n'as donc pas acheté de chapeau ? demanda Antelme dans le grand restaurant des boulevards où ils dînaient.

Elle montra sa capeline fleurie de glycines.

– J'ai mieux que ça. J'ai le mien, magnifié par elle... Tu comprends, c'est... c'est merveilleux !

Mais Antelme avait-il compris ? Sans doute pas, puisqu'il avait demandé, avec son regard qui voulait toujours voir jusqu'au fond d'elle :

– Tu n'es pas triste, au moins ?

Triste ? Mais elle éclatait de bonheur ! Elle savait le chemin qu'elle avait encore à parcourir et quelle enivrante satisfaction ce serait de tenter de parvenir à approcher un jour, peut-être, de ce qui sûrement s'appelait l'art.

Alors qu'ils étaient couchés, Antelme avait dit encore, en la prenant dans ses bras :

– Jure-moi que tu n'es pas triste.

Elle le jura. En s'étonnant. Ainsi, celui qui certainement l'aimait le plus au monde ne la comprenait pas, ne sentait pas ce qu'il y avait de joie en elle à avoir découvert quelle perfection était au bout, en récompense superbe, du travail de chaque jour.

Elle eut du mal à s'endormir. Si Antelme, dont elle avait toujours cru qu'il devinait tout, comprenant tout, pouvait se tromper ainsi en ce moment, peut-être se trompait-il aussi sur les sentiments qu'elle lui portait. Peut-être était-il parfois encore inquiet.

Alors, elle décida que cette nuit, si lumineuse d'étoiles parisiennes, dans laquelle baignait leur lit, devrait être inoubliable. Elle fit ce qu'elle n'avait jamais encore osé faire elle-même, en dix ans de vie conjugale, elle enleva sa chemise de nuit, l'envoya voler au travers de la chambre et se coula contre son mari.

– Je crois, lui murmura plus tard Antelme, que je t'emmènerai à Paris chaque fois que je devrai y aller.

Le vicomte de Lirac, retour de ces expéditions qui donnaient un empire à la France, était la coqueluche de la ville, Amélie et Josépha avaient vu juste. On se l'arrachait, ou du moins on le tentait, car il se répandait peu dans les salons. Celui de sa colonelle était le seul où il se rendait fréquemment, mais plus en service commandé que par plaisir. Il était revenu à sa conviction de base : une vie de garnison ne s'accommode pas sans danger de débordements de passions. Et il avait rejoint le 75e d'infanterie à Romans bien décidé à ne plus succomber à de fatales effervescences du cœur.

Comme à sa première arrivée dans la ville, il chercha une jolie personne à mettre dans son lit quand il en aurait envie et la trouva vite. Il hésita entre une brune et piquante jeune vendeuse dans le magasin de « haute confection » de Romans et la blonde et aussi piquante dugazon du théâtre de Valence. Ce fut cette dernière qui l'emporta, sans savoir jamais qu'elle devait sa chance aux dix-huit kilomètres qui la séparaient de Romans. C'était là, pensait le capitaine, un atout supplémentaire pour sa liberté. Il irait quérir sa chanteuse quand il le voudrait, et elle ne pourrait pas trop facilement lui tomber dessus à l'improviste. Autre avantage, le colonel demandait de la discrétion dans la vie privée de ceux de son état-major, on ne pourrait ainsi lui reprocher d'inciter une honnête petite Romanaise à sortir de son droit chemin.

Pendant que Gabriel-Marie se félicitait de sa bonne organisation, Rosamonde – la chanteuse – lui gazouillait ses « Mon amour, je t'aimerai toute la vie », ce qui ne le troublait pas : il était de notoriété publique qu'elle avait déjà gazouillé le même refrain à plusieurs.

De son côté, Adélaïde tirait ses plans. Elle avait résolu que le capitaine, qui n'était, elle le savait déjà, l'habitué d'aucun salon en ville, hormis celui de sa colonelle, viendrait assidûment dans le sien. Ce qui, en fait, était façon de parler, car elle n'avait toujours pas de salon. Elle n'en voulait pas. Elle se contentait avec bonheur de ce qu'elle nommait une salle, comme dans les fermes. Grande pièce aux poutres apparentes qui occupait le rez-de-chaussée entier de sa maison. S'y trouvaient à la fois la cuisine, la salle à manger et ce que l'on aurait pu appeler le salon, si l'on considérait le confort des fauteuils remplaçant les chaises autour de la table de ferme pouvant accueillir une vingtaine de couverts.

De son enfance elle avait gardé le goût et l'envie, ineffaçables, des odeurs de bonne cuisine et d'encaustique mêlées qui voulaient dire vie large, heureuse et sans souci du lendemain. Le bonheur avait, pour elle, les parfums du pain sorti du four, des confitures d'abricots ou de groseilles, auxquels venait quotidiennement s'ajouter celui des sucs du gigot ou de la volaille rôtissant dans le four. Quant à l'arôme du café du matin, lorsque le jour se lève à peine et que les gros bols de faïence blanche fument dans la grande salle encore froide mais où la chaleur des feux se répand peu à peu, elle se disait que c'était là ce qu'elle voudrait sentir à son heure dernière.

Calixte ne s'était pas opposé à cette particularité assez originale de leur habitation jouxtant la fabrique. Il avait seulement exigé la présence, en bonne place, de l'horloge de mariage offerte par Ulrich. Il s'était résolu à laisser sa femme vendre les autres. Il ne voyait pas, lui non plus, avec l'existence retirée qu'ils menaient, le besoin d'un salon. Adélaïde et lui avaient chacun un bureau, où ils recevaient leurs clients et fournisseurs. Et son petit atelier, où trônait toujours son établi, était pour lui l'essentiel.

Mais c'était là, il le savait aussi bien que sa femme, se singulariser. Quand on avait atteint leur niveau de vie, on se devait, sans doute, de sacrifier aux usages. Il s'était alors demandé qui cela pourrait choquer qu'il ne le fît pas et s'était aperçu que répondre à cette question lui importait peu. Il serait même allé jusqu'à dire ce que répétait souvent Adélaïde :

– Aux meubles et bibelots de salon je ne me connais guère, mais les choses de la cuisine, je les ai dans le sang, depuis toujours.

L'ornement principal, opulent et majestueux de ces lieux était une ancienne ravioleuse, Mme Violette, la cuisinière, sans conteste la meilleure de Romans. Contre toute attente, elle avait accepté de travailler dans cette « drôle de maison ». Elle marmonnait dans son triple menton qu'il faut de tout – et aussi des gens à lubies – pour faire le monde. Mais on ne lui avait pas refusé, ici, les deux douzaines de grands tabliers à bavette et de bonnets tuyautés blancs, ni les six robes de toile bleue qu'elle exigeait. Et elle avait admis que ce fût Adélaïde qui continuât à s'occuper des approvisionnements ; elle avait du mal à marcher et tant pis pour le manque à gagner du sou du franc, elle lui préférait son fauteuil près de ses fourneaux.

Cette organisation fonctionnait depuis deux ans. À ceux qui disaient, en ville : « Mme Royer reçoit dans sa cuisine », Mme Royer renvoyait un joyeux : « Pauvres imbéciles ! » plein de commisération.

Le reste de la maison sacrifiait aux normes. Et, même, les surpassait. Calixte et Adélaïde avaient, attenante à leur chambre, une salle de toilette pourvue du dernier modernisme avec chauffe-eau au bois et baignoire.

Mais pour attirer le capitaine dans son petit univers, encore fallait-il qu'Adélaïde le rencontrât. Il y avait plusieurs possibilités : se promener sur le principal boulevard de Romans où, périodiquement, le 75e régiment d'infanterie faisait ses manœuvres. Ou bien conduire sa voiture et Blackie II aux abords de la nouvelle caserne ou de la demeure du vicomte. Adélaïde les dédaignait, voulant éviter de paraître poursuivre l'homme le plus adulé de la garnison. Elle ne consentait qu'à aller, tous les dimanches après-midi, écouter la musique du régiment au kiosque de la place.

Calixte l'y conduisait et Alexandre suivait. Il était temps, disait sa mère, puisqu'il adorait siffloter, qu'il ajoutât à son répertoire autre chose que les rengaines des chanteurs des rues.

Mais il semblait que Gabriel-Marie de Lirac n'allât pas souvent se mêler à la foule romanaise que ces concerts attiraient. Et Adélaïde, sans vraiment se l'avouer, rentrait chez elle déçue.

Un dimanche, Alexandre obtint d'aller étrenner sa nouvelle canne à pêche plutôt que d'accompagner ses parents. Calixte devait, de son côté, achever de mettre au point un modèle de chaussure dont il avait eu l'idée. Adélaïde alla seule écouter des marches militaires et des ouvertures d'opéras. Le capitaine était là. Mais accompagné. Il escortait une jolie dame et, semblant fort occupé par elle, ne parut pas voir Adélaïde.

Elle rentra chez elle ne sachant trop si elle était vexée, triste ou furieuse. Sans doute tout cela à la fois, quand elle aperçut Alexandre et Numa, canne à pêche sur l'épaule, s'en revenant des bords de l'Isère. Son fils ne la vit pas. Il bavardait, heureux d'avoir dans son panier deux ombles et quatre barbeaux. Adélaïde l'attendit dans l'écurie où il devait ranger son attirail.

À voir le visage de sa mère, Alexandre comprit vite. Il connaissait ces accès de colère qui rougissaient ses joues et assombrissaient si fort le bleu de ses yeux. Mais il n'aurait jamais cru qu'elle allait se saisir de sa belle canne et la briser d'un coup sec sur son genou.

– Je t'interdis d'en acheter une autre. Tu n'iras plus jamais à la pêche.

Il n'ignorait pas pourquoi il était puni. Il le demanda pourtant et entendit :

– Tu sais que je t'ai défendu de parler à ce garçon.

Il ne pleura pas. Il avait décidé qu'il ne verserait plus une seule larme quand il aurait dix ans. Il s'y était préparé dès l'année précédente, se mordant l'intérieur des joues s'il se sentait près de se laisser aller à quelque faiblesse.

Il ne se plaignit pas non plus à son père. Il lui dit la chose, avec calme, entre hommes, et en espérant qu'elle serait consignée dans le cahier paternel si bien caché. Il aimait savoir qu'il y figurait. Il imagina que son père écrirait : « Devant sa canne à pêche brisée – dernier modèle venu d'Angleterre et valant 12 frs 50 –, Alexandre n'a pas pleuré. » Peut-être même ajouterait-il un commentaire louangeux, ce qui lui serait une justice rendue parce que cela avait été difficile de ne pas inonder son oreiller avant de s'endormir. Il avait bien failli s'y laisser aller en ajoutant, à sa prière du soir, la demande d'une intervention divine faisant tomber du ciel, pour lui, une nouvelle canne en bambou, dernier modèle fabriqué en Angleterre et valant douze francs cinquante.

Dans l'attente, sans grande espérance, de ce miracle, Alexandre, chaque jeudi, collait son nez à la vitrine du quincaillier qui détenait l'objet de ses rêves. Il fut assez près de croire que le bon Dieu avait, parfois, des moments d'inactivité où il se distrayait, de là-haut, à combler quelques vœux d'en bas. L'événement se produisit un jeudi, précisément, et devant la quincaillerie, qui jouxtait un grand café de la ville. Un officier, qui se distrayait, lui aussi, depuis un moment à regarder ce petit garçon en uniforme de collégien, si immobile, si longtemps, devant la même vitrine, acheva son verre et s'en fut voir ce qu'il y avait de si passionnant chez le quincaillier. Alexandre ne se fit pas prier pour le lui dire. On parla cannes à pêche, puis on se présenta, puis on reparla pêche ; le vicomte de Lirac n'en ignorait rien, sa famille possédant quelque part un domaine muni d'un étang poissonneux.

– Mais dans l'Isère, mon capitaine, c'est mieux, parce que en eau vive.

Le capitaine était d'accord, rien ne valait l'Isère. Eh bien ! est-ce qu'en l'honneur de l'arrivée du 75e régiment d'infanterie sur ses bords Alexandre Royer, pêcheur romanais, accepterait que le capitaine de Lirac lui offrît la canne à pêche de la vitrine ?

L'espace d'une seconde, avec une agilité de conscience qui lui était habituelle, Alexandre se dit qu'il lui avait été interdit d'acheter une nouvelle canne à pêche, mais pas d'en accepter une, en cadeau de la part d'un officier... qui plus est, connaissant ses parents.

Il n'était tout de même pas rassuré en arrivant chez lui. Il fallait pourtant régler l'affaire, attendre ne servirait à rien, il fonça.

Et, ce soir-là, alors qu'il remerciait le ciel de sa divine intervention, ce fut autant pour le cadeau tombé très certainement de là-haut que pour l'inattendue, la surprenante, l'inexplicable complaisance maternelle. Non seulement sa mère n'avait ni hurlé, ni tempêté, ni puni, mais elle avait ri, joyeuse. « Joyeuse » était le mot qui convenait, aussi extraordinaire que cela paraisse.

Alexandre et Gabriel-Marie de Lirac se voyaient assez souvent. Quand il le pouvait, l'enfant assistait aux manœuvres du régiment si le capitaine y participait. Et s'ils se rencontraient, ensuite, il leur arrivait de parler batailles et stratégie. Le collégien puisant, cette année-là, ses versions latines dans les *Commentaires de la guerre des Gaules*, l'officier eut le tort d'avancer qu'en fait César et Napoléon Ier avaient peut-être fait tuer beaucoup de monde pour servir leurs seules ambitions. Alexandre devint rouge d'indignation, mais parvint à se contenir en disant :

– D'abord, pour César ce n'est pas juste de dire ça. Il fallait bien qu'il chasse les Helvètes qui s'en venaient dans notre Provence. Il désirait les arrêter. Il y est parvenu, pas très loin d'ici, en Savoie.

– Mais tu es un très bon élève !

Alexandre rougit plus encore, et dut préciser, à regret, mais avec courage :

– Il faut dire que j'ai souvent cent lignes de latin à faire en punition pour chahut en classe, et comme c'est toujours un morceau de la *Guerre des Gaules* qu'on me donne à copier... Mais pour Napoléon Ier, je ne suis pas non plus d'accord avec vous. Mon père et moi, nous sommes bonapartistes, et mon grand-père était à Austerlitz... et le maître cordonnier que nous admirons le plus, Albigeois-l'Ami-des-Arts, l'était aussi. Les bottes qu'il a faites en hommage à l'empereur Napoléon III, et qui évoquent la gloire de Napoléon Ier, sont les plus belles qu'on puisse voir. Ce qui touche aux Bonaparte, chez nous, c'est sacré. Mais, si vous êtes royaliste, je respecterai votre opinion. Mon père dit toujours qu'il faut être tolérant, comprendre et admettre.

Ce qui arrangea tout fut l'évocation par le capitaine des hauts faits de gloire du 75e. Alexandre savait-il qu'après la bataille de Caldiero le général Bonaparte avait décidé que sa devise serait : « Le 75e ARRIVE ET BAT L'ENNEMI » ? Savait-il aussi qu'il était à Arcole, à Rivoli, en Égypte, qu'il fit partie de la Grande Armée, fut à Austerlitz, se rallia à l'Empereur à son débarquement à Golfe-Juan et ne fut dissous qu'avec le licenciement de la Glorieuse Armée ?

– Mais puisqu'il est là, avec vous ?

– Il a été reconstitué en décembre 1840 et il a continué sa glorieuse carrière.

– Vous êtes fier d'en être ?

– J'en suis fier, comme tu dis.

Gabriel-Marie s'intéressait à cet enfant qui, en revenant de chacune de ses pêches, apportait à sa cuisinière ses plus beaux poissons pour indéfiniment remercier « mon capitaine » de son geste généreux. Et s'il arrivait à l'officier de songer parfois à se marier, ce n'était qu'à la pensée d'avoir un fils ressemblant à ce petit bonhomme qui avait pour son père une admiration éperdue. Il disait toujours « nous » en parlant de ce qui l'intéressait ou le touchait le plus.

– Nous n'aimons pas beaucoup, mon père et moi, que ce soit le duc de Wellington, cet ennemi fatal de Napoléon, qui ait introduit en France le lustrage à la cire colorée, c'est-à-dire le cirage. Nous regrettons qu'un Français n'y ait pas pensé avant lui. Mais vous savez, nous disons, mon père et moi, que peut-être cette histoire n'est pas vraie, ils sont si hypocrites, les Anglais.

– Tu voudrais faire quoi, plus tard, Alexandre ?

– Comme papa, mon capitaine, fabriquer des chaussures. Je sais bien que je ne serai jamais aussi savant ni aussi habile que lui, mais dès maintenant j'apprends. Quand je serai bachelier, je partirai faire mon tour de France. J'irai partout où on enseigne le métier, et je reviendrai travailler à notre fabrique. Bien sûr, ce ne sera pas le grand vrai tour, comme autrefois, à pied, et avec les rites, c'est fini ça, mais il reste le beau savoir, la belle pratique que l'on acquiert, même si on arrive en train, n'est-ce pas ?

– Ta mère est d'accord ?

– Sauf qu'elle dit qu'il faut aussi apprendre à compter, à diriger, et que pouvoir faire des chaussures ne suffit pas. C'est pour ça que j'irai au collège jusqu'à dix-sept ans... Si vous me jurez de garder ça pour vous, je vais vous dire quelque chose que personne ne sait, sauf mon père : aidé par des ouvriers de chez nous, j'ai déjà fait une paire de souliers qui a été livrée avec celles qui partaient au Congo. Vous qui avez voyagé en Afrique, vous savez peut-être sur quel genre de route, ou plutôt de piste, comme on dit, elles marchent en ce moment, mes chaussures. Parfois, ça me réveille la nuit d'y penser. Ce n'est pas que j'en sois fier, non, ce serait trop, mais je suis content. Vous voyez ce que je veux dire ?

Gabriel-Marie voyait. Il voyait aussi que ce petit bonhomme râblé, bien planté sur ses ronds et solides mollets, les chaussettes souvent en accordéon, les boutons de l'uniforme rarement à l'alignement, mais sa casquette de collégien toujours à la main dès que, de loin, il apercevait son capitaine, ressemblait peu à la belle Adélaïde. Et, pourtant, parfois un geste, une attitude, une intonation la lui rappelaient. Aurait-il voulu la revoir ? Il se le demandait. Beaucoup plus que la désillusion qu'elle lui avait donnée, il regrettait de s'être conduit comme un jeune sot. Cette histoire de bouton de bottine, la mise en scène qu'il avait organisée autour le remplissaient maintenant de confusion. Il s'était souvent dit, plus tard, en lisant et relisant son livre de chevet, *La Chartreuse de Parme*, qu'il aurait mérité de recevoir d'Adélaïde ce spirituel billet que la comtesse Pietranera adressait à l'un de ses amants et qui l'avait toujours mis en joie :

« Voulez-vous agir, une fois, en homme d'esprit ? Figurez-vous que vous ne m'avez jamais connue.

« Je suis, avec un peu de mépris peut-être, votre très humble servante. »

Certes, voilà ce qu'Adélaïde pourrait, en toute justice, lui dire. De quel droit s'était-il permis de la juger ? Et l'idée qu'elle s'était sans doute divertie de sa grotesque attitude de blanc-bec l'avait longtemps poursuivi. Au point qu'il se demandait si elle n'aurait pas, en le revoyant – ce qui était inévitable dans une si petite ville –, ce sourire un peu ironique qu'il redoutait déjà jadis.

Mlle Amélie écrivait à sa sœur Josépha :

... Toi qui as une voiture à ta disposition, tu devrais bien aller voir la demeure de mon ex-locataire. On en dit mille choses dont je voudrais confirmation. Note que les renseignements que j'ai sont de première main : je me suis décidée à faire recouvrir le fauteuil où je passe une partie de ma vie, autant pour l'urgence qu'il y avait à engager cette dépense que pour bavarder avec le tapissier du vicomte de Lirac. J'en ai eu pour mon argent. Et, tout d'abord,

c'est hors la ville, ce qui en fait une maison aux champs, mais d'un raffinement qui, pour le moins, surprend. Songe qu'il y a une salle à manger tendue de nankin dont le joli ton jaune sert de faire-valoir à une collection de fruits et légumes en porcelaine de Sèvres ou d'ailleurs, et un salon aux murs décorés de bouquets d'instruments de musique à cordes, genre violes, luths, mandolines et autres ; il paraît que c'est d'un très bel effet. Mais le plus original, c'est la chambre, tendue de cuir avec des frises de pyrogravures polychromes. Il paraît qu'il a fallu quantité de peaux, fournies par les principaux tanneurs de la ville. On assure que M. de Lirac aurait dit que ne pas profiter d'une ville célèbre par ses tanneries eût été un péché. Il y a aussi une chambre plus féminine, toute de soie bleu pâle. Et pour qui ? Quoi qu'il en soit, le capitaine compte donc faire sa carrière ici pour s'y installer de la sorte ?

Donatienne est revenue de Paris avec des étoiles plein les yeux. L'affaire Derivault est en passe d'être déjà parmi les premières de la ville. Gros succès dans la capitale avec leurs chapeaux melons – bien que je trouve cela assez peu seyant. Il y en a non seulement des noirs mais des bruns, des gris pour les hommes, et des bleu pâle ou des blancs pour les tenues d'amazones de nos élégantes.

À propos d'amazone, Antelme a offert un bel alezan à sa femme, ce qui te donnera une idée de la marche de ses affaires. Je l'ai vu la semaine dernière, ce généreux mari, il accompagnait Donatienne venue chercher des fleurs. Chaque fois qu'il le peut, m'a-t-il dit, il lui fait un petit bout de conduite car ils sont si occupés tous deux qu'ils n'arrivent presque plus à se voir. Eh bien, hier, chez moi, pour le coup, il l'a vue ! Il la regardait aller de mes coquelicots à mes pétunias, et de mes marguerites à mes roses, avec des yeux de jeune fiancé amoureux.

Dans la même journée, j'ai eu la visite de Numa. Donatienne avait oublié ici une clayette de muguets. Comme le temps passe, ma fille ! Le voilà, ce garçon, déjà bon à marier, il doit avoir dans les vingt ans. Ce n'est plus le petit bonhomme chétif d'autrefois, mais un grand gars musclé. Un sportif, comme on dit maintenant. Il ne parle que d'escalader des montagnes et ne me paraît pas très exalté par les chapeaux paternels, mais il n'en travaille pas moins à la fabrique avec bonne volonté et conscience, affirme Donatienne.

Comme je lui demandais s'il s'en irait gravir notre Vercors dimanche prochain, il m'a dit qu'il y avait ici, ce soir-là, le bal des grandes manœuvres et qu'il devait y conduire sa belle-mère parce que son père a pris froid. Quand j'ai avancé qu'il pourrait être fier d'entrer dans les salons du colonel au bras d'une si jolie femme, il a rougi. Si tu veux mon avis, le sport ne suffit pas à Numa, il lui faut une compagne. Antelme peut envisager pour lui une bonne alliance, les Derivault ont désormais de l'avenir.

À propos de ce bal, s'il t'en arrive des échos, fais-les se répercuter chez moi. J'aurai bien le récit de Donatienne, elle saura me décrire les robes et les coiffures, mais je ne la crois pas capable de saisir au vol un début d'intrigue ou le comportement révélateur de deux amants qui croient leur secret bien gardé. Si, encore une fois, tu veux mon avis, elle est trop pure et met le monde à sa mesure. Et, surtout, elle ne lit pas de romans – elle n'a pas le temps – et tu ne me contrediras pas, je pense, les romans, ça vous apprend la vie.

Adélaïde avait décidé qu'elle irait à ce bal clôturant les premières grandes manœuvres du 75e d'infanterie. Comme elle avait refusé de se rendre aux festivités données par le régiment précédent, Calixte s'en étonna mais s'abstint de tout commentaire. Il n'était pas enthousiaste de ce genre de mondanités et il aurait préféré une calme soirée passée dans son atelier. Il s'était, toutefois, incliné de bonne grâce devant les derniers arguments de sa femme :

– Tu as un habit, j'ai une robe décolletée et je n'ai même pas eu un rhume depuis des mois, nous n'avons donc aucune raison de refuser cette invitation.

Avait-elle pensé que les Derivault l'avaient peut-être acceptée eux aussi ? Certainement. Alors pourquoi ce désir d'aller à ce bal ? Adélaïde ne faisait jamais rien sans raison. Il ne lui demanda pas celle qui motivait son désir, cela ne l'intéressait pas vraiment. D'ailleurs, elle lui aurait sans doute répondu par une échappatoire, comme à l'habitude.

« Épaules et épaulettes », édictait l'étiquette pour les soirs de bal du temps de la cour impériale aux Tuileries. Et Mme la colonelle s'y conformait toujours, faisant grise mine aux femmes d'officiers qui avaient des robes montantes à ses réceptions. Aussi ses salons brillaient-ils toujours, à leurs grandes lumières, de l'éclat de passementeries d'or et de chairs nacrées.

Elle aurait peut-être voulu une sélection plus stricte pour le choix de ses invités. Mais, dans une ville où l'industrie s'intensifiait si fortement, il fallait oublier d'où certains étaient partis. Avec l'aristocratie de Romans, les dynasties de grands tanneurs, elle était à son aise, mais avec cette montée rapide, fulgurante, même, des fabricants de chaussures et de chapeaux, elle se voyait obligée d'inviter sa modiste !

– Une bien belle personne, remarquait le colonel, l'œil joyeux, ajoutant : Et sa sœur, donc !

Ce qui n'arrangeait rien.

Car, s'il y avait quelques jolies femmes parmi les épouses des militaires en garnison et les notables de la ville, aucune n'égalait en beauté Mmes Royer et Derivault.

L'une était ce soir-là dans le premier salon, l'autre dans le second, l'une brune, l'autre blonde, elles étaient vêtues, par un malicieux hasard, de fluides robes blanches ne se différenciant que par leurs garnitures fleuries. Adélaïde avait une touffe de camélias au corsage et Donatienne un collier de petites roses au cou.

La brouille entre les deux sœurs était depuis longtemps connue du Tout-Romans. L'effacement voulu d'Adélaïde avait jusqu'ici évité une rencontre dans les salons de la ville. Pourquoi donc, ce soir, Mme Royer sortait-elle de sa réserve ? Le véritable divertissement de ce bal fut soudain là. Qu'allait-il se passer ?

On guettait. La belle Adélaïde avait déjà, par deux fois, marqué la soirée de son empreinte. Tout d'abord, à son arrivée, par un petit duel en forme d'échange de regards acérés avec Mme la colonelle. Les deux femmes s'étaient dévisagées sans aménité, malgré l'esquisse d'un sourire, et, n'attendant rien de bon l'une de l'autre, avaient affiché une commune indifférence.

Puis, alors qu'elle était entourée de quelques nobles dames daignant l'entretenir, Adélaïde avait brusquement interrompu la conversation, s'écriant :

– Ah ! j'aperçois, là-bas, un de mes vieux amis.

Et elle s'était dirigée, de son pas glissant, vers le groupe de musiciens qui faisaient une pause, pour aller serrer la main du violoncelliste – ancien modeste représentant en boutons, agrafes et boucles de chaussures, reconverti dans la musique, qui avait toujours été sa passion. Elle avait ostensiblement embrassé sur les deux joues le vieil homme éberlué, et leur bavardage n'avait cessé qu'à la reprise de l'orchestre. Elle ne s'en était pas tenue là. En rejoignant le groupe des dignes dames dont les regards stupéfaits ne l'avaient pas quittée, elle s'était arrêtée, au passage, auprès de l'une des femmes de chambre de Mme la colonelle qui aidait au service et offrait des plateaux de petits fours. Reconnaissant, là encore, une ancienne relation – elles avaient, ensemble, pendant quelques saisons frotté à la suie des semelles de galoches –, elle l'avait embrassée aussi affectueusement que l'ex-commis voyageur. Des étincelles joyeuses brillaient dans le bleu de ses yeux en reprenant, avec les nobles invités, la conversation où elle l'avait laissée.

Calixte l'avait regardée faire, amusé. L'impétuosité de sa femme ne cesserait de l'étonner, bien qu'il en connût tous les ressorts. Il aurait pu dire, à celles qui n'en revenaient pas de ce comportement bouleversant les usages : « Comment avez-vous trouvé son petit numéro d'indépendance ? Avez-vous compris sa volonté de n'obéir jamais qu'à ses règles et ses lois, sans se soucier des vôtres ? Elle vient de vous rappeler que, petite-fille et fille d'ouvriers, ouvrière elle-même il n'y a pas si longtemps encore, elle vous a rejointes, mais pas imitées. »

Dans ces moments-là, il ne pouvait s'empêcher de l'admirer. Et comme, séduits par cette belle créature qui créait un chuchotement continu entre toutes les autres femmes présentes, plusieurs habits noirs et rutilants uniformes s'étaient rapprochés d'elle, Calixte s'éloigna et gagna le second salon.

Perplexes, Mme la colonelle et quelques femmes d'officiers se demandaient toujours pourquoi Mme Royer, qui n'allait jamais nulle part bien qu'on l'invitât fréquemment, était là ce soir. Pour y semer la perturbation ?

Quand le capitaine de Lirac arriva, personne ne se douta que la clef du mystère s'avançait là d'un pas tranquille, la prestance fière, le monocle à l'œil droit, la moustache toujours très conquérante et le plastron dans la gloire des rubans et médailles évoquant Algérie, Maroc, Tunisie, Madagascar.

Dès son entrée dans le premier salon de son colonel, Gabriel-Marie vit Adélaïde, grand lis blanc se détachant sur le velours rouge des rideaux. Il s'était attendu à être ému. Il le fut, se reprit, et obliqua vers la maîtresse de maison et les hommages qu'il lui devait.

Quand il eut rempli ses devoirs résonna à ses oreilles le : « Voulez-vous agir, une fois, en homme d'esprit ? Figurez-vous que vous ne m'avez jamais connue... » Et ce fut une révélation : l'Adélaïde qui était là ce soir, il ne la connaissait pas, ne l'avait, précisément, jamais connue. Elle était une autre. Dix années avaient magnifié la toute jeune femme. C'était, certes, une femme splendide, mais ce n'était pas celle qu'il avait adorée. Celle-là n'existait plus. N'avait peut-être existé que dans son rêve. Il la regarda, presque serein. Était-il guéri ? se dit-il en captant, dans le bleu étincelant du regard, une invite à oublier le passé. Mais une invite assez impérieuse qui lui rappela un autre regard. Lequel ? Pardi, celui de la reine malgache, l'intrépide Ranavalono qu'il avait vue se jouer si longtemps de l'armée française avant d'avoir sa superbe rabattue. Et il se dit, soudain, qu'il y aurait peut-être une revanche à prendre ici aussi avec la belle Adélaïde, qui, tout compte fait, l'avait bien berné. Où donc allait-il se chercher des excuses envers elle ? Impassible, mais assez excité par son idée, apercevant alors Donatienne dans le second salon, il vit là le moyen de s'offrir une petite vengeance.

Dans le même second salon, Calixte regardait lui aussi Donatienne. S'il voyait la jolie personne très entourée, il voyait aussi la petite fille courant par la ville pour apercevoir un grand jeune homme suivi de son chien. Comme, à cet instant, Donatienne portait la main à son cou et à son collier de fleurs, il se dit qu'il l'avait bien mal remerciée d'un si touchant amour. Il n'avait amené dans sa vie que complications et souffrances.

Mais, dans le regard qu'elle lui adressa, il lut qu'elle ne lui en voulait pas et même, pensa-t-il, ne lui en voudrait jamais. Il en ressentit une grande douceur, une joie pure le submergea. Avec la pleine conscience de ce qu'il faisait, voyant les écueils qu'il lui faudrait contourner, mais résolu, il s'avança vers elle, comme s'il marchait, malgré le bruit qui l'entourait et les gens qu'il lui fallait écarter, sur un chemin de paix et de clarté.

Elle avait, une seconde, fermé les yeux puis les avait rouverts, pour être bien sûre de ce qu'elle voyait. L'obligation de répondre à ceux qui lui parlaient, pendant qu'elle suivait chaque pas de Calixte continuant à avancer vers elle, la contraignait à rester maîtresse d'elle-même, mais elle ne pouvait éteindre la surprise émerveillée qui emplissait son regard, dont le feu n'était entretenu que par cette pensée : « Nous allons nous parler enfin ! » Et elle s'aperçut qu'il y avait dix ans qu'elle attendait ce simple bonheur : entendre sa voix.

Ils se dirent peu de chose. Mais ils n'attachaient pas d'importance aux mots qu'ils prononçaient, peut-être même ne les entendaient-ils pas.

Seul Numa, un peu en retrait derrière sa belle-mère, n'en perdait pas une syllabe, pâle, les mâchoires serrées.

Donatienne, le cœur battant, regardait la bouche de Calixte, dont le dessin l'avait toujours bouleversée. Et Calixte découvrait chez Donatienne la douceur émouvante d'un sourire qui répandait sur son visage un voile de tendresse. Autour d'eux on parlait, riait, dans la musique de l'orchestre. Ils continuaient à ne rien entendre.

Quand un lieutenant vint demander à la jeune femme la danse qu'elle lui avait promise, elle le regarda, incertaine, paraissant ne pas avoir compris ce qu'il lui disait. C'est alors qu'elle entendit Calixte dire à l'officier :

– Non. Je crois que vous vous trompez, Mme Derivault m'avait réservé cette valse.

Et il offrit son bras à Donatienne pour gagner le salon voisin où des couples tournoyaient. Elle eut assez de présence d'esprit pour l'arrêter à mi-chemin en murmurant :

– Il ne vaudrait peut-être mieux pas...

Elle n'ajouta pas : danser devant Adélaïde. Il lui sourit et la conduisit jusqu'à un fauteuil, la fit asseoir et ils reprirent leur conversation. Elle se souvint, plus tard, qu'il lui avait dit alors que ces petites roses qu'elle avait en collier lui donnaient l'idée de lui faire une paire de chaussures de soie blanche, assortie à sa robe, et dont les trois barrettes auraient, en guise de boutons, les mêmes fleurs.

Lorsqu'un autre danseur vint réclamer à Donatienne la danse suivante, Calixte la laissa aller. Il paraissait avoir établi un plan de leurs futures relations et lui murmura :

– À très bientôt.

Elle n'osa pas le dire elle aussi, et elle se contenta d'incliner la tête en lui souriant.

Quand le capitaine de Lirac vint l'inviter à danser, elle accepta et se laissa entraîner dans une valse avec un regard encore ébloui que perçut Adélaïde, furieuse.

Gabriel-Marie n'était pas mécontent. Et il ne demanda pas la polka suivante à la belle Mme Royer, quoi qu'il lui en coutât.

Numa, sur le chemin du retour, conduisait en silence. L'air était doux, Donatienne le respira gaiement en disant :

– Quelle belle soirée !

Et, devant le mutisme de son compagnon, elle demanda :

– Pourquoi n'as-tu invité aucune des jeunes filles à danser ?

D'un ton bourru, il répondit :

– Parce que j'étais trop mal à l'aise dans l'habit de mon

père qui est trop étroit pour moi. Et, ne pouvant s'en empêcher, il ajouta : Je m'étonne que vous vous soyez aperçue que je n'ai pas dansé.

Elle ne répondit rien mais parut soudain inquiète.

– J'espère qu'il a pu dormir. Il avait beaucoup de fièvre quand nous sommes partis. Pourvu qu'il aille mieux. Nous n'aurions pas dû le laisser.

– C'est lui qui l'a exigé.

Antelme n'allait pas mieux. Comme il avait du mal à respirer, Donatienne, sa robe de bal à peine enlevée, passa la fin de la nuit à renouveler les cataplasmes de farine de lin, saupoudrés de farine de moutarde, sur sa poitrine, s'efforçant de les lui faire supporter le plus brûlants possible.

Le lendemain, le médecin diagnostiqua une fluxion de poitrine.

Cette nuit-là, il délira. Peut-être avait-il pourtant sa connaissance quand il murmura à Donatienne :

– Tu vas être libre...

Mais elle ne fut pas sûre d'avoir bien entendu.

Antelme mourut neuf jours plus tard.

Elle frissonnait, sans parvenir à pleurer.

Avec Antelme disparaissait cette chaleur qu'il entretenait autour d'elle, et s'éteignait la lumière d'un regard qui n'aurait brillé que pour elle. Elle se sentait dépouillée, abandonnée.

Le silence dans l'usine, le lendemain matin, accentua cette impression de solitude et d'angoisse. Le directeur n'avait pas donné l'ordre de la remise en marche des machines, et dans les ateliers tous se taisaient.

Calixte vint à l'enterrement. Pas Adélaïde.

Alexandre s'enfuit du collège, à l'heure de la récréation, pour aller embrasser son cousin. Malgré sa grande décision de ne plus jamais pleurer, il sanglotait, persuadé qu'il ne pourrait survivre à la mort de son père si pareil malheur lui arrivait aussi.

Mlle Amélie, sortant de chez elle pour la première fois depuis dix ans, s'étonna de trouver peu de changements dans la ville, et, voulant profiter de ce qu'elle était dans sa plus belle tenue, chapeautée et gantée, elle demanda à visiter la chapellerie Derivault. Ce n'était vraiment pas le moment, mais on n'eut pas le cœur de le lui refuser. Ne serait-ce pas un hommage rendu à

Antelme que de montrer son œuvre ? Les améliorations étaient de taille et impressionnèrent la vieille demoiselle. Donatienne, se dit-elle, était désormais aux commandes d'une importante affaire et, le travail étant le meilleur des dérivatifs aux grandes douleurs, elle guérirait plus rapidement.

Si Donatienne et Numa héritaient de la manufacture Derivault, Antelme, dans son testament, stipulait, en effet, que sa femme en aurait la direction jusqu'à l'année qui verrait les vingt-cinq ans révolus de son fils. Ces dispositions avaient été prises avec l'accord des héritiers.

Par un hasard qui ne manqua pas d'impressionner Donatienne, le rosier blanc de son mariage qui grimpait sur la façade de la maison mourut, sans que l'on sût pourquoi, quelques jours à peine après celui qui l'avait planté.

Donatienne se jetait dans le travail dès l'aube et accomplissait ses tâches, apparemment calme et presque sereine. Numa ne s'y trompait pas. Il savait qu'elle sanglotait la plus grande partie de la nuit. Il l'entendait, et il aurait eu lui aussi du mal à s'endormir si l'énorme besogne qu'il abattait ne l'avait terrassé.

Il avait pris l'habitude – son lit étant accolé au mur – d'approcher, chaque soir, son oreille de la cloison qui séparait leurs deux chambres, dans l'espoir de ne percevoir enfin que du silence. Comme il n'en était rien, lui voyant, un matin, des yeux encore si rouges dans son petit visage si pâle, il posa sa main sur celle de Donatienne et murmura :

– Il faut réagir... Il ne faut pas...

Sans lui laisser le temps de finir sa phrase, elle le regarda et lui dit, criant presque :

– Il ne faut pas quoi ? Tu le sais bien, c'est à cause de moi qu'il est mort... Je l'ai tué ! Si je n'étais pas allée à ce bal, si surtout je n'y avais pas pris tant de plaisir, Dieu ne me l'aurait pas enlevé pour me punir.

Il s'effraya. Depuis plus d'un mois, maintenant, elle ne sortait pas de son chagrin et il se demanda si la souffrance ne lui égarait pas l'esprit. Il tenta de la calmer : son père avait pris froid, on le savait. Après avoir passé plusieurs heures dans la salle surchauffée du foulage à réparer une machine, il s'était dangereusement exposé – voulant, disait-il, se rafraîchir – à la traîtrise du coucher du soleil quand la température baissait si vite. Mais elle ne l'écoutait pas, le regard vide et toute à son désespoir.

Il l'obligea, leur journée de travail finie, à faire, dans le jardin, quelques pas avec lui. Elle lui obéissait, prenait son bras, mais, quoi qu'il s'efforçât de lui raconter pour la distraire, elle restait silencieuse.

Il savait qu'elle n'avait pas revu Calixte Royer. Il savait tout ce qu'elle faisait, car ils ne se quittaient pas, travaillant ensemble à la chapellerie. Elle avait confié sa boutique de modes à sa petite apprentie, qui s'en tirait fort bien. Elle se contentait de venir au magasin s'occuper des clientes les plus importantes qui n'auraient pas accepté d'être coiffées par une autre qu'elle. Mais elle se consacrait surtout à la collection Derivault prévue par Antelme. Il lui arrivait de dire à Numa, s'il lui conseillait de ralentir un peu son rythme :

– Laisse-moi, au moins, faire quelque chose pour sa mémoire, il faut que cette année apporte le succès qu'il en attendait.

Quand tout fut prêt enfin, quand le principal acheteur parisien, la célèbre maison Delion, eut passé la plus importante commande jamais enregistrée, Donatienne était à bout de forces et, alors qu'ils allaient dîner, Numa et elle, elle fut soudain prise d'un malaise. Il n'eut que le temps de la recevoir dans ses bras, évanouie.

Il l'avait transportée dans sa chambre et allongée sur son lit. Elle était si blanche qu'il la crut morte, jusqu'à ce qu'il ait vu son buste légèrement soulevé par une faible respiration.

Il avait toujours entendu dire qu'il fallait desserrer les femmes qui défaillaient. Il dégrafa son corsage. Ce fut assez long, tant il tremblait. Et quand il la vit ainsi, à demi dévêtue, il se pencha vers elle pour écouter son cœur. Il l'écouta, mais il y posa aussi ses lèvres. Alors, affolé, il fit un tel bond en arrière qu'il renversa la carafe d'eau et le verre qui étaient sur la table de nuit. Ce fut peut-être ce bruit qui fit ouvrir enfin les yeux à Donatienne.

Cette nuit-là, ce fut Numa qui pleura.

Au matin, comme Donatienne s'excusait du souci qu'elle lui avait donné et le découvrait soudain fort pâle, elle lui fit remarquer en souriant que, s'il ne voulait pas, lui aussi, aller jusqu'au bout de ses forces, il était temps qu'il prît quelque repos.

Il inclina la tête. Il songeait, précisément, dit-il, à partir en montagne, si elle pensait pouvoir – puisque la grande presse était passée – se débrouiller sans lui pendant quelques jours.

Il partit. Elle reprit en main sa boutique, créa quelques modèles avec un intérêt qui l'étonna, travailla avec Évangéline, sa jeune apprentie, et vécut une journée de paix où elle oublia, durant quelques heures, de se reprocher d'avoir été si heureuse le soir du bal des grandes manœuvres.

Numa revint après avoir passé une semaine dans les Alpes, le visage bronzé, les cheveux plus blonds encore qu'à l'accoutumée.

Il s'était fiancé ! Elle s'appelait Bertrade Lucet. Elle avait dix-huit ans. Elle aimait l'alpinisme.

À une Donatienne émue et ravie, il raconta une très romanesque aventure. Au refuge des Grands-Mulets, première étape de l'ascension du Mont-Blanc, bloqué pendant quarante-huit heures de tempête, il avait été conquis par le courage, l'endurance et le joyeux caractère de cette jeune fille si sportive. Il s'était dit alors qu'elle était la compagne qu'il lui fallait. Enfin... il le pensait. Comme elle, de son côté, avait paru en penser tout autant, cela s'était vite décidé. Et en présence du glacier du Mont-Blanc ! Évidemment, on ne pouvait pas ne vivre qu'en haute altitude, et Bertrade envisageait sans déplaisir de s'habituer à Romans et à un mari chapelier. Elle avait le malheur d'être sans famille. Son tuteur, assez indifférent, s'occupant de ses intérêts sans y ajouter d'affection, ne voyait aucun obstacle à leur mariage et avait donné son consentement. Si Donatienne était d'accord, Numa proposait une date très proche. Dans trois semaines, au plus tard. Il précisait aussi qu'il comptait louer une petite maison, pour éviter de perturber l'organisation de celle de sa belle-mère.

Tous les arguments pour faire accepter au futur ménage de vivre au plus près de la fabrique, au second étage de l'habitation qui y était accolée, Donatienne les avança et les défendit. Mais elle crut comprendre que Bertrade voulait son indépendance et se résigna.

Le mariage se fit le mois suivant. Il pleuvait ce jour-là. Une grosse pluie sans aucune éclaircie. Mauvais temps qui semblait accordé au deuil récent. Donatienne s'en désolait. Mais la petite Bertrade – elle n'était, en effet, pas très grande – ne paraissait rebutée par rien. Elle était heureuse. On le voyait, elle aimait son Numa, l'Isère, le Mont-Blanc et les chapeaux, et sa belle-mère de surcroît.

Quand Donatienne lui avait offert de choisir dans sa boutique ce qui lui plaisait, elle avait d'abord ri en annonçant son intention de révolutionner les habitudes. Elle voulait se différencier de toutes ces dames qui gravissaient, fort courageusement, mais stupidement, les montagnes avec les mêmes chapeaux qu'elles portaient en ville. Combien de fois avait-elle vu les vents des cimes s'amuser – cela les distrayait, elle en était sûre – à envoyer au diable, c'est-à-dire dans le fond d'une crevasse, ou retourner au bas de la pente que sa propriétaire venait de gravir avec tant de peine, ces couvre-chefs si peu appropriés à l'alpinisme. Mais, si une modiste avisée trouvait un modèle pratique, résistant à la neige, à la pluie et aux bourrasques, elle serait ravie d'en lancer la mode.

Numa les avait vues alors toutes deux se passionner pour aboutir à une petite calotte emboîtant bien la tête, pourvue d'un bord pouvant être baissé ou relevé selon le temps, le tout noué sous le menton. Bertrade Derivault partit en voyage de noces – en montagne évidemment – munie de trois de ces créations qu'elle avait voulues l'une blanche, l'autre bleue et la troisième rouge.

Pendant leur absence, Donatienne s'était dit que cette nouvelle venue qui serait, peut-être, une aide précieuse dans son atelier de modes était déjà un rayon de soleil dans sa vie. Elle espérait aussi que la jeune femme parviendrait à redonner à Numa son bel enthousiasme d'autrefois dont la perte était due, sans nul doute, à celle de son père.

Quand ils revinrent, Numa installa un bureau pour lui seul. Il avait, jusqu'à maintenant, partagé avec sa belle-mère celui d'Antelme. Et Donatienne trouva cela légitime.

Comme elle lui faisait remarquer en souriant que, n'habitant plus ensemble et, désormais, séparés aussi dans le travail, ils ne se verraient plus beaucoup, elle s'étonna qu'il ne répondît rien, la regardant seulement avec une petite ombre de tristesse au fond des yeux qu'elle ne s'expliqua pas tout à fait.

Un matin, un commissionnaire vint déposer un paquet destiné à Mme Derivault. Donatienne l'ouvrit devant Numa, arrivant à ce moment. Il contenait des souliers du soir de soie ivoire garnis d'un bouquet de minuscules roses semblables à celles du collier qu'elle portait au bal des grandes manœuvres.

D'une voix blanche, Numa dit :

– Il est inutile de demander d'où cela vient !

Mais Donatienne était trop émue pour saisir l'amertume de cette remarque.

Elle emporta son trésor dans son bureau. Elle découvrit alors le billet qui y était joint. Il disait que c'étaient là des chaussures qui n'étaient pas identiques mais asymétriques. Il y en avait une pour le pied gauche et une autre pour le pied droit. C'était une tentative dont il demandait à Donatienne de lui dire ce qu'elle en pensait. Il ajoutait qu'il avait déjà eu souvent envie de mettre cette idée en pratique. Pourquoi donc, en effet, continuait-on à porter des chaussures semblables alors que nos pieds ne l'étaient pas ? Ne pensait-elle pas, comme lui, qu'il était temps que chacun d'eux cessât de modeler lui-même la forme de son soulier, plus ou moins agréablement ?

Elle vit surtout dans cette innovation le désir de s'en entretenir avec elle, ce qui lui fit monter du rose aux joues et la laissa rêveuse au long de la journée. Puis le soir, quand elle se retrouva seule, lui sauta au cœur la certitude que Calixte était en train de redevenir l'enthousiaste d'autrefois, cherchant toujours à aller plus loin dans son métier. La mémoire d'Antelme ne pouvait être entachée par les encouragements qu'elle dispenserait à un tel homme.

Elle s'endormit apaisée, pour la première fois depuis la mort de son mari.

Bertrade mit au monde, dix mois après son mariage, un gros garçon que l'on nomma Louis-Bertrand, Antelme, Donatien.

Lorsque les yeux du bébé eurent leur couleur définitive, on s'aperçut qu'il avait, plus encore que celui de son père, le regard d'Antelme. Il avait aussi sa brune chevelure. Donatienne en était heureuse.

Quand l'enfant fut sevré, Bertrade vint, un matin, s'asseoir auprès de sa belle-mère. Elle avait une faveur à lui demander : pourrait-elle garder Louis-Bertrand pendant une quinzaine de jours ? On était en période de morte-saison du chapeau, Numa et elle voulaient refaire un peu d'alpinisme.

C'était là pour Donatienne un bonheur espéré, attendu. Avoir le bébé tout à elle. Et elle regarda partir ses deux sportifs, Louis-Bertrand serré sur son cœur.

Elle vécut la première semaine dans la joie. Elle avait toujours ardemment désiré être mère, il lui semblait l'être enfin.

Elle n'en oublia pas pour autant le présent de Calixte. Elle portait ses chaussures le soir, en s'occupant de l'enfant. Puis, quand il dormait, elle continuait à penser aux remarques à faire à propos de cette innovation d'un pied droit et d'un pied gauche différents. Et elle était contente de s'apercevoir du confort de ces souliers de soie et de roses dépassant de sa longue jupe noire, jolies petites choses, incongrues dans le grand deuil qu'elle portait, et qui amenaient, malgré elle, un sourire sur ses lèvres.

Au matin du neuvième jour, avant même qu'elle ait eu le temps de préparer Louis-Bertrand pour l'emmener avec elle dans son bureau où elle avait mis un second berceau, M. le maire frappait à sa porte. Le télégraphe de Chamonix venait de lui annoncer qu'après dix heures de recherche les corps de Numa et de Bertrade Derivault, emportés par une avalanche, venaient d'être retrouvés.

M. le maire, debout, chapeau à la main, demandait, contrit et compatissant, quelles dispositions Donatienne avait l'intention de prendre pour l'enterrement. Le voulait-elle ici, ou là-bas ?

Elle décida que c'était au pied de ces montagnes où ils s'étaient connus et aimés qu'il convenait de les enterrer. Un moment, elle avait pensé aussi à l'Isère, cette grande amie de Numa, mais Bertrade avait, elle, tellement aimé son Mont-Blanc et son Chamonix.

Elle partit pour la Haute-Savoie après avoir confié Louis-Bertrand à Mlle Amélie.

Que d'événements et de malheurs en aussi peu de temps ! Il arrivait parfois à Donatienne, en s'éveillant le matin, de croire qu'elle avait fait un horrible cauchemar.

Malgré son chagrin, il lui fallut très vite se remettre au travail. Sans Numa, la charge de la chapellerie était lourde. Elle dut renoncer à s'occuper de sa boutique de modes, pour un temps du moins. Elle en laissa la responsabilité à Évangéline, avec laquelle elle conférait, chaque matin, une heure avant d'aller à la fabrique. Elle avait le plus souvent Louis-Bertrand dans les bras. L'enfant tentait de se saisir des fleurs ou des plumes des modèles à sa portée, ce qui amusait Évangéline tout en la faisant rougir de s'être laissée aller à rire dans une maison sur laquelle s'étaient abattus de si grands malheurs.

– Ainsi, nous avons un enfant, disait Mlle Amélie avec, dans le regard, l'adoration qui avait dû être celle des Rois mages devant la crèche, quand elle eut la garde de Louis-Bertrand.

Donatienne se rendait à Paris pour renouveler les contrats qu'Antelme entretenait avec les plus grandes maisons de vente de chapeaux.

Mais il n'y avait plus de visites rue de la Paix. Le seul but, désormais, était de parvenir à faire de la marque Derivault, dont l'enfant que l'on berçait serait un jour l'héritier, l'une des plus importantes de Romans.

Donatienne eut à ce sujet de fréquentes inquiétudes. Saurait-elle continuer l'œuvre d'Antelme ? Ne la rassurait que le compte qu'elle faisait des collaborateurs que son mari avait choisis, formés, et dont il disait souvent qu'ils pourraient faire marcher la fabrique sans lui. Il y avait surtout Baptiste Marchandeau. Son grand-père, originaire de Chazelles-sur-Lyon, s'était fixé à Bourg-de-Péage au cours de son tour de France, pour les beaux yeux et le joli sourire d'une charmante Péageoise. On était donc, chez M. Baptiste, dans la chapellerie de père en fils. Et sa femme dirigeait ici l'atelier de garnissage et de finition. Antelme disait de ce fidèle compagnon, que beaucoup lui enviaient, qu'il irait, pour le garder, jusqu'à en faire un associé.

C'est ce que fit Donatienne en lui confiant la direction de la fabrique. Après en avoir conféré avec son notaire, elle lui accorda une participation aux bénéfices. Cette innovation résolvait en même temps un petit problème qu'elle avait aussi exposé à son homme de loi.

– Vous comprenez, maître, avec cette tradition dans la chapellerie d'accueillir sur place les acheteurs et de les garder ensuite en invités à dîner et souper, une femme seule se trouve en difficulté. Que raconterait-on, en ville, si je festoyais avec tous ces messieurs ? Tandis qu'avec mon couple de collaborateurs je peux continuer à recevoir comme du temps de mon mari.

– Pour cela, en effet, ce sera parfait, avait conclu le notaire en souriant, mais pour le reste, pour l'essentiel, y arriverez-vous ? Vous êtes encore bien jeune, et votre chapellerie, si j'en juge par les chiffres, devient importante. À vrai dire, je n'ai encore jamais vu une femme ici être aux commandes d'une telle affaire.

– Maître, j'avais huit ans quand j'ai débuté dans le métier, et cela fait donc dix-huit ans que je suis dans les chapeaux... de toutes sortes. Si cela peut vous rassurer, j'ai aussi un excellent comptable, je l'appelle ma nourrice tant il veille sur les chiffres dont vous parlez.

Restait le magasin de modes. Il fallait admettre de le mettre en sommeil et risquer qu'une autre entreprenante émule de Caroline Reboux se fasse apprécier elle aussi des Romanaises. Mais avec Évangéline on tenterait l'impossible. Chaque dimanche, Donatienne et elle mettraient les créations au point et, un jour dans la semaine, Donatienne continuerait à aller à la boutique recevoir ses principales clientes pour le choix des modèles et les essayages.

C'était là un emploi du temps chargé et il avait fallu trouver une bonne à Louis-Bertrand, une gentille paysanne de quatorze ans, appelée Bérangère, et pour qui le bébé était vite devenu le petit roi. Ce fut grâce à elle que l'idée d'une crèche pour les enfants des ouvrières de la fabrique germa dans l'esprit de Donatienne, un matin où elle vit la fillette, nantie de deux marmots au lieu d'un, et lui expliquant :

– Celui-là, madame, c'est le fils de la Marie-Jeanne. La vieille qui le gardait est morte cette nuit, alors...

Il n'y avait pas que la Marie-Jeanne en charge d'enfant en très bas âge. Il s'avéra qu'elles étaient six dans ce cas. Et si l'on installait une petite pièce où il serait facile de garder ces bébés pendant les douze heures de présence de leurs mères à la fabrique ?

M. Baptiste avait tout d'abord levé les bras au ciel. Une garderie ? Il faudrait donc une gardienne, et un local, et des meubles, et de la nourriture ?

Certes, il fallait tout cela. Et si l'on chiffrait un peu ? suggérait Donatienne. On le fit. Ce n'était pas extravagant. La sœur aînée de Bérangère, ancienne nourrice, aussi haute et large que sa cadette était fluette, proposa ses services. Six enfants, et même le double, ne lui faisaient pas peur.

Le petit roi de la maison eut ainsi son royaume. Sa tartine de quatre heures dégustée avec quelques vassaux avaient bien meilleur goût que celle croquée en solitaire dans une cuisine.

Ainsi, avec M. Baptiste et sa femme Lucienne, Évangéline et les deux sœurs vouées aux enfants, Donatienne n'était plus seule. Sans oublier Mlle Amélie, qui consentait à se déplacer et venait passer son dimanche « en famille ». La fleuriste n'avait jamais compté de sa vie, fourrait l'argent de ses fleurs dans un tiroir et ne s'en occupait plus, mais croyait devoir, en aînée expérimentée, rappeler souvent à Donatienne qu'il ne fallait pas oublier la différence existant entre prix de vente et prix de revient et que les bénéfices n'étaient pas faits pour être dépensés.

Heureusement, ajoutait-elle, elle savait par sa sœur Josépha que la loi créant cet impôt sur les revenus dont on parlait tant était encore loin d'être votée. Le jour où la république serait devenue folle au point de décider une chose pareille, il y aurait sûrement une révolution.

Donatienne écoutait avec déférence, mais orientait parfois la conversation sur ce qui la tourmentait le plus.

– Mademoiselle Amélie, croyez-vous que mon mari a été heureux avec moi ?

– Vous lui avez donné les plus belles années de votre vie sans vraiment en être amoureuse, n'est-ce pas ? Si ce n'est pas de l'amour, ça ?

– Je l'ai aimé... beaucoup.

– C'est trop ou pas assez.

« Mais que savaient les vieilles filles de l'amour ? » se disait Donatienne.

Un jour, elle dit aussi, songeuse :

– Notre rosier de mariage est mort presque en même temps qu'Antelme, n'est-ce pas étrange ?

– Ça, ma petite, ça fait partie des hasards de la vie qui font croire aux humains à du surnaturel.

– Il y en a, n'est-ce pas ?

– Je suis une ignorante, mais je sens qu'il serait aussi stupide d'y croire tout à fait que de ne pas y croire du tout.

– Ah ! vous voyez...

– Je vais vous dire, jeune dame, ce que je vois : vous avez vingt-six ans, vous êtes jolie pour les uns, belle pour les autres, intéressante – oui, intéressante semble être le mot – pour beaucoup. Et aussi courageuse et même douée pour tous les genres de chapeaux. Alors, avec ces richesses, vivez heureuse et dites merci au bon Dieu chaque matin.

Comme Mlle Amélie riait, Louis-Bertrand se mit à rire aussi, ravi. C'était un enfant joyeux qui tolérait, le plus souvent, ses maux de dents avec bonne humeur.

Il y eut une seconde paire de chaussures envoyée par Calixte. Des mules en cuir vert d'une grande finesse, bordées d'un ruché de petites feuilles découpées dans la même peausserie, de vrais bijoux. Cette couleur ! Il n'était bien sûr pas possible que Calixte se soit souvenu du petit chaperon vert d'autrefois – l'avait-il seulement vu sur la tête d'une fillette inconnue ? –, mais pour Donatienne ce fut un tel rappel du temps de son amour éperdu que les larmes lui vinrent aux yeux. Ne naissaient-elles pas aussi d'autres tristesses et de la mélancolie de rêves irréalisables ?

Quand elle eut bien pleuré, elle chaussa ses mules et parcourut la maison. Il s'agissait cette fois encore d'un pied droit et d'un pied gauche différents, et le petit billet en demandait à nouveau la critique.

Les chaussures de bal étaient arrivées au moment de la mort de Numa et de Bertrade, et il avait été impossible d'en accuser réception. D'ailleurs, à quelle adresse ? Il n'eût pas été prudent d'écrire à la fabrique, où Adélaïde ouvrait peut-être le courrier. Alors ?

La réponse à cette question lui fut donnée le lendemain. Calixte vint lui-même à la chapellerie. Donatienne le reçut dans son bureau, apparemment comme un client, mais elle était si émue qu'elle ne lui proposa même pas un siège. Ce fut lui qui, en souriant, demanda à s'asseoir. Et, toujours souriant, ajouta :

– Maintenant, c'est moi qui vous suis à la trace. J'ai plusieurs fois, en ville, essayé, et sans succès, de vous rejoindre pour vous parler, vous courez si vite – aussi vite que moi autrefois. Mais j'ai une petite chose au cœur, paraît-il, qui m'interdit désormais de me presser.

Elle avait rougi en l'entendant rappeler le passé, elle pâlit en apprenant qu'il était malade et demanda aussitôt :

– Est-ce grave ?

– Non. Je dois seulement... modérer mes élans, dit-il, toujours souriant et avec une pointe de malice dans l'œil qu'elle décela.

Elle pensa qu'il parlait peut-être à son fils sur ce ton, à la fois détendu, gai, et s'en émut.

Il précisa que c'était cette bavarde de Josépha Boulard qui lui avait appris tant de choses bonnes à savoir, et comment une petite fille, autrefois...

Qu'allait-il dire ? Que savait-il ?

Il termina, paraissant soudain attendri :

– Comment une petite fille voulait remercier un jeune garçon d'avoir pris soin de sa sœur blessée.

Elle ne savait que dire tant son émotion lui égarait l'esprit, alors elle lui offrit du ratafia de cerises et des biscuits.

Puis ils parlèrent chaussures. Elle trouvait très souhaitable cette nouvelle façon d'en faire des asymétriques, s'étonna qu'on n'y ait pas pensé plus tôt. On y avait pensé, dit-il, dès la fin du XVIIIe siècle, mais sans y donner suite. Et, même maintenant, aucun fabricant ne tenait à s'y risquer. Pourtant, lui, Calixte, était sûr que là était l'avenir.

Il partit après avoir demandé si la petite fille qui avait usé, autrefois, ses galoches sur les pavés de Romans derrière lui accepterait les autres souliers qu'il désirait lui offrir en souvenir.

Elle le regarda s'éloigner, elle ne se souvenait que d'une chose, il lui avait baisé la main en disant « à très bientôt ».

Dès lors, ils se revirent souvent. Chaque envoi de chaussures était une double joie. Le cadeau en lui-même et la visite qui suivait.

Il y eut une autre paire de mules en velours rubis. Elles étaient garnies de petites roses du même ton.

Pendant que Donatienne les chaussait, Calixte s'était penché et avait relevé une mèche de cheveux blonds échappés de son catogan. La caresse de cette main sur son front...

Avec les bottines de soie mauve et brodées de violettes, il y avait eu ce bras passé autour de sa taille pour l'empêcher de tomber alors qu'ils se promenaient dans le jardin et qu'elle avait glissé sur des feuilles mouillées.

Aux escarpins de chevreau bleu de nuit à talons cloutés d'or s'associait, deux fois répété : « Comme on est bien près de vous, Donatienne ! »

Hier encore, alors qu'elle essayait de nouvelles mules, tout en pétales de fleur d'églantine découpés dans une peausserie blanche, à peine rosée par endroits, Calixte avait dit, en les regardant dépasser de sa robe sombre :

– Quand vos deuils seront finis, quand vous pourrez porter à nouveau de gaies couleurs, je vous ferai une collection de chaussures de ville dont je dessine les projets dès maintenant... Mais peut-être regretterai-je alors que vous quittiez ce noir, si seyant à votre teint, à vos cheveux. Vous avez l'air d'une fleur jaillie de la nuit. (Et il avait répété, plus bas :) Oui, une fleur jaillie de la nuit.

Souvent, le soir, lorsque Louis-Bertrand dormait, elle pleurait. Sur ses morts. Et aussi parce qu'elle se reprochait le plaisir qu'elle prenait aux visites de Calixte. Quand elle se calmait enfin, elle rouvrait le placard où elle rangeait ses jolis souliers. Elle les essayait les uns après les autres. Elle ne pouvait alors, en se couchant, s'empêcher de pousser un petit soupir de bonheur.

Adélaïde savait que le vicomte de Lirac entretenait une ravissante dugazon dont il avait fait la plus élégante des chanteuses du théâtre de Valence. On affirmait qu'il lui commandait ses chapeaux par demi-douzaines – et chez Donatienne ! –, imposant son goût et donnant à sa maîtresse une allure que nombre de dames, fort honorables, s'efforçaient en vain de copier.

La pensée que le capitaine, à voir souvent Donatienne dans sa boutique, pourrait s'éprendre d'elle foudroya un jour Adélaïde. N'aurait-il pas l'intention, pour mieux montrer qu'elle ne comptait plus pour lui, de faire la cour à sa sœur ? Si forte était cette inquiétude qu'elle ne la quitta plus. Et elle se répétait sans cesse que c'était pour rencontrer Donatienne que le capitaine commandait six chapeaux d'un coup, et non pour parer une petite théâtreuse de province, lui qui côtoyait ce qu'il y avait de plus beau en fait de cocottes, à Paris.

Le jour où, croisant sa sœur dans la rue, Adélaïde vit qu'un ruban de velours, assorti de couleur à sa toilette, ornait son cou tout en dissimulant sa cicatrice, elle ne douta plus : c'était là une idée de Gabriel-Marie ! Elle rentra chez elle bouleversée. Et personne avec qui parler. Personne pour la réconforter. Elle ne put alors chasser le souvenir de ses longs bavardages d'autrefois avec Donatienne et de l'affection, de la compréhension qu'elle avait toujours lues dans ses yeux. Image difficile à faire disparaître. Mécontente, de mauvaise foi à son habitude, elle accusa Donatienne de la poursuivre et de l'importuner par télépathie ; elle avait entendu parler d'étranges histoires de ce genre.

Ce fut le vieux Sébastien qui, en venant chercher la paire de chaussures qu'elle lui offrait chaque année, causa le drame sans le vouloir. Comme il disait à Adélaïde : « Je suis bien content de vous savoir réconciliées, ta sœur et toi, parce que, de là-haut, ta pauvre mère n'aimait pas beaucoup que vous soyez en chien et chat », elle l'interrogea. Il était sans méfiance, il lui raconta avoir vu, par deux fois, son mari entrer à la chapellerie Derivault, alors il s'était dit, n'est-ce pas...

La scène avec Calixte fut pénible.

Il avoua. Oui, il voyait Donatienne, il lui avait même fait des chaussures.

Adélaïde en fut d'abord muette de saisissement et de fureur. Puis elle eut une longue quinte de toux – elle était enrhumée depuis un mois – qui s'accompagna, soudain, d'un crachement de sang.

Le médecin ne fut pas rassurant. C'était là, dit-il, un grave avertissement. Calme, repos, nourriture fortifiante et, surtout, éviter le froid. La sagesse serait de passer l'hiver à la chaleur de la Côte d'Azur ou de l'Italie, et l'été à l'air pur des montagnes.

Poitrinaire ! Ainsi elle l'était devenue.

– Mais, docteur, j'ai la meilleure des nourritures !

– C'est bien, mais insuffisant.

– Alors, que faut-il faire ?

Il l'avait dit : un changement de climat.

– C'est impossible, avec la fabrique.

– Mais si, tu peux partir, je m'occuperai de tout ici, affirmait Calixte.

– Nous partirons ensemble.

Ce fut là un inépuisable sujet de discussion. Elle y revenait sans cesse. Elle reprochait à son mari de vouloir l'éloigner pour être plus libre.

– Mais libre de quoi ?

– De me tromper. Et avec ma sœur !

Leurs interminables scènes, ravivées sans cesse par Adélaïde – bien qu'elle réclamât du calme et du repos à hauts cris –, les ramenaient toujours aux mêmes dilemmes, sans solution.

Calixte avait dû tout promettre, et jurer, même en patois, tout ce que voulait Adélaïde. Elle n'admit pourtant pas de cesser de venir à la fabrique et encore moins de s'éloigner, bien qu'elle fût en proie à une peur panique de la maladie et de la mort. Mais elle ne laisserait sa place à aucune autre femme, ni dans son bureau ni dans sa chambre.

Après huit jours de lamentations, de crises de fureur, d'explosions de jalousie, d'imprécations contre sa sœur, de désir de mourir, d'envie de tuer, elle parut accepter un compromis : dès qu'elle irait mieux, elle reprendrait sa place à la fabrique, mais l'après-midi seulement, si Calixte jurait – en patois, toujours, elle l'exigeait – de ne plus jamais revoir Donatienne, et elle boirait même chaque matin le verre de sang frais qu'on lui apporterait de l'abattoir – seule nourriture qu'elle exécrât et qui lui était instamment recommandée.

Une nuit, elle réveilla Calixte pour lui demander tout à coup :

– Jure-moi que tu ne lui as pas fait de bottines bleues.

Il le lui jura. Il n'en avait jamais exécuté que pour elle.

Il la plaignait. Et se jugeait coupable. Il lui avait promis jadis de veiller sur elle, de lui faire une existence d'amandes et de miel. Certes, elle l'avait décu, mais elle pouvait sans doute en dire autant de lui. Arriveraient-ils à retrouver un équilibre de vie possible ? Ils étaient jeunes encore, et Alexandre était un lien indestructible. Si Dieu voulait qu'Adélaïde guérisse, cette guérison passait par une bonne entente.

Il sut alors comment il devait agir.

Ce qu'il confia, une nuit, à son cahier lui fut une épreuve douloureuse. Mais il tenait à le faire. Il lui avait toujours semblé que ce qui était écrit clarifiait ses pensées. Il pesa ses mots. Il se les arrachait du cœur. Lorsqu'il les vit calligraphiés, les traits nets, il se sentit plus serein. Il conclut, sans qu'il sût vraiment d'où lui venait cette certitude : « Mais à la fin, tout sera bien. »

Il ne cesserait pourtant pas de travailler aux chaussures promises à Donatienne. Il avait juré de ne pas la revoir mais pas de ne plus lui offrir de souliers. Il aurait peut-être souri s'il avait su qu'il raisonnait là, comme son fils, aux lisières de sa conscience.

Lorsqu'il monta se coucher, Adélaïde dormait, les pommettes trop roses mais le visage reposé. Elle n'avait pas eu la force de natter ses cheveux pour la nuit. Il se reprocha de ne pas l'avoir aidée à le faire. Il la regarda un long moment. La coloration si vive de ses joues lui donnait une telle apparence de jeunesse qu'il revit, cheveux dénoués et déployés, la petite mariée emmenée à Montélimar croquer du nougat. Il avait à cette époque peu d'argent en poche et craignait toujours d'être contraint de lui dire que ce fameux nougat il ne pourrait pas en acheter beaucoup. Et puis tout s'était arrangé au mieux. Il ne savait pas trop comment. Avait-il retrouvé une ou deux pièces de monnaie oubliées ? Il était si amoureux qu'il perdait un peu la tête.

Il borda Adélaïde, qui s'était découverte, régla la flamme de la veilleuse et alla voir Alexandre avant de se coucher. L'enfant avait été impressionné par la maladie de sa mère. Il voulait être sûr qu'il était bien endormi. C'était d'ailleurs toujours lui qui venait s'en assurer. Les joues de son fils étaient très roses, aussi, mais cela n'était dû qu'à la chaleur du lit et au sommeil. Il en eut un petit soupir de bonheur. Il allait continuer à faire un homme de son enfant ; cette tâche et celle de mener la centaine de compagnons qui dépendaient de lui sauraient bien remplir les années qui lui restaient à vivre.

Quand il fut allongé aux côtés de sa femme, il posa sa main sur la sienne, qui lui parut plus fraîche que ces dernières nuits. Il en fut heureux et resta ainsi. Adélaïde sentirait, dans son sommeil, qu'il était là et veillait sur elle.

Alexandre avait pêché une brème d'au moins une livre et la déposait chez le capitaine alors que celui-ci revenait du quartier.

– Alors, bonhomme, et cette guerre des Gaules ?

– Elle est bien longue, mon capitaine.

– Ça n'a pas l'air d'aller ! Tu as des soucis ?

– Oh ! avec César, ça va, je fais ce qu'il faut pour ça. Non, c'est ma mère, qui est très malade.

Il n'ajouta pas qu'il avait vu son père pleurer en écrivant dans son cahier. C'était ce qui l'atteignait le plus. Non pas qu'il fût indifférent à l'état de santé de sa mère. Mais voir pleurer son père, pour la première fois, l'avait bouleversé. Son père qui lui avait toujours dit : « Fils, un homme ne pleure pas. » Son père qui savait si bien prendre sur lui. Qui ne se laissait jamais aller, le soir, quand ils lisaient ensemble un passage du *Mémorial de Sainte-Hélène*. Même au moment tragique où l'Empereur parle du maréchal Marmont et dit : « Un homme avec qui j'avais partagé mon pain ! Sans sa trahison, les alliés étaient perdus ! » Eh bien, même là, jamais il n'avait versé une larme, alors que lui, Alexandre, sanglotait (c'était avant qu'il ait eu ses dix ans et pris ses grandes résolutions de fermeté).

– Mon capitaine, je crois qu'elle va mourir. Elle a craché du sang.

Alexandre ne vit pas la pâleur subite de l'officier. Il regardait sa brème qui était vraiment une belle brème. Il ne voulait pas tant s'intéresser à elle en ce moment, mais elle était là, sur la table de la cuisine, et il ne pouvait s'empêcher de l'admirer, si grosse, si brillante. C'est alors qu'il entendit :

– Elle est si gravement malade ?

Il lui sembla que la voix du capitaine n'était pas sa voix habituelle, et... non, il ne se trompait pas, son grand ami, ce valeureux guerrier, vainqueur des Malgaches, avait quelque chose dans l'œil qui avait bien l'air d'être une larme.

Dès l'aube, le lendemain, Gabriel-Marie avait enfourché son cheval et galopait hors la ville vers un champ de fleurs dont l'horticulteur, pour une pièce d'argent, le laissait libre de cueillir lui-même ce qu'il voulait. C'était la saison des œillets. Sous les premiers rayons du soleil, les étendues de fleurs étaient comme les reflets du ciel rougeoyant.

Il fit un bouquet énorme, fabuleux, et son retour vers Romans lui fut un envol de parfum. Un envol vers la seule femme qu'il aimait et aimerait jamais. Comment avait-il pu croire qu'il pourrait l'oublier ? Était-il resté un jour, une heure, sans penser à elle depuis qu'il l'avait quittée ?

Elle ne devait pas mourir, il savait que c'était impossible. Et s'il fallait aller chercher sa guérison à l'autre bout de la Terre, il l'y conduirait.

Pour l'instant, ce qui importait était de lui déposer ces fleurs. Elle le remercierait, l'inviterait à venir la voir. Et tout recommencerait. Non, tout commencerait.

Où pourrait-on mettre autant de fleurs parfumées à entêter un régiment entier, à tuer Madame plus sûrement que sa maladie ? disait Violette, qui ne voulait pas de ce bouquet gigantesque dans sa cuisine. Ah non, par exemple ! On trouva la solution. On mit les deux cents œillets – peut-être plus – dans l'une des jarres de grès où l'on salait le cochon et qui se trouvait vide. Et le tout sur le balcon. Porte-fenêtre fermée, la malade les voyait de son lit à travers les vitres.

Josépha écrivait à sa sœur :

... Calixte est venu me voir, en passant. Il était encore tout pâle d'avoir veillé sa femme des nuits durant. Elle va mieux, elle s'en tirera et, crois-moi, c'est elle qui l'enterrera, quoi qu'il prétende.

Te souviens-tu de ce que je t'ai dit au lendemain de son mariage, où j'avais vu la belle Adélaïde tournicoter autour des hommes qui étaient là ? Je t'ai prédit que celle-là saurait les entortiller tous autour de son petit doigt. Et c'est ce qu'elle vient de faire. Elle sentait que son Calixte lui échappait. Quoi inventer alors ? Eh bien, crachoter quelques gouttes de sang et le tour est joué ! Le voilà de nouveau à ses pieds, le mari. Et ce n'est pas tout, elle a capté aussi l'homme le plus recherché de la ville, ton capitaine. Ne me demande pas comment je sais ça, je le tiens de source sûre mais que je ne peux dévoiler.

Apparemment alanguie sur son lit, elle doit être, en réalité, crois-moi, toute pimpante. Je n'irai pas jusqu'à dire qu'elle accordera ses faveurs au sémillant officier. Elle veut dominer, mais elle donne peu en échange. Il sera à ses pieds, lui aussi, M. le vicomte, mais il lui faudra garder sa dugazon, parce que je te parie bien qu'il ne mettra jamais Mme Royer à sa place dans son lit. Je te fiche mon billet qu'elle ne lui cédera pas. À mon avis, elle est aussi froide que les poissons de notre Isère.

À propos de fleurs, est-il arrivé jusqu'à toi que le capitaine a intrigué la ville en la traversant couvert d'œillets comme à un corso fleuri ? Les hommes sont fous !

Mlle Amélie aurait pu répondre à sa sœur en lui donnant des informations complémentaires qui recoupaient les siennes, mais il aurait fallu lui parler de Donatienne, et elle ne voulait pas livrer le chagrin de sa jeune amie aux curiosités de Josépha, un chagrin digne, serein, même, aurait-on pu dire. Celui d'une femme qui aimait si fort qu'elle pardonnait tout et dont le cœur trouverait éternellement à comprendre et à excuser.

– Voyez-vous, mademoiselle Amélie, un jour il a eu besoin de mes cheveux pour coudre et broder les bottines de ma sœur, et je les lui ai donnés, heureuse qu'il ait pensé à moi pour cela. Plus tard, il a voulu l'empreinte de mon pied pour vérifier si une idée qu'il avait était bonne. Là encore j'ai été heureuse de l'aider. Il aurait pu s'adresser à d'autres, mais c'est à moi qu'il a pensé. Il ne reviendra sans doute plus me voir ; il se doit à sa femme. J'ai reçu un petit mot de lui, ma sœur est très malade.

Non, Josépha ne saurait rien de la tristesse poignante dont était empreint le regard de Donatienne alors que ses lèvres ébauchaient un courageux petit sourire.

Mlle Amélie garderait à jamais la vision de la jeune femme si blonde et si belle, tout de noir vêtue, dressée devant elle dans la dignité de son malheur et lui disant :

– Et maintenant je vais porter des fleurs sur les tombes de mes morts.

– Il y a Louis-Bertrand, votre enfant.

– Oui, il y a Louis-Bertrand.

Parfois, Mlle Amélie se demandait d'où lui venait la conviction que rien n'était fini pour Donatienne. Que l'amour si beau qu'elle donnait à Calixte ne pouvait pas se perdre comme l'eau dans le sable. Il lui arrivait, cessant de créer un nouveau genre de coquelicot ou une primevère à sa façon, de se dire, elle aussi, qu'un jour tout serait bien.

Alexandre avait été le messager chargé de remercier le capitaine de son envoi de fleurs.

– Si vous avez un peu de temps, maman sera très, très contente que vous veniez la voir.

Et Gabriel-Marie était venu.

Ils s'étaient retrouvés avec émotion. Il n'avait pu s'empêcher de dire, ce qu'il s'était pourtant bien juré de ne jamais avouer :

– Savez-vous que j'ai beaucoup souffert, autrefois ?

– Si c'est à cause de cette stupide et fausse histoire parisienne, vous avez eu tort. Je n'avais pas accordé grand-chose à ce monsieur... dont j'ai d'ailleurs oublié le nom.

– Vous êtes tout de même allée chez lui ?

– Quelques minutes à peine. Je me suis très vite sauvée. En perdant, hélas, un bouton de mes bottines. Et c'est tout... tout ce que j'ai perdu ce soir-là.

– Vraiment tout ?

– Ah ! vraiment.

Il la croyait. Il lui suffisait de la regarder pour la croire. Il lui arrivait de penser que l'on peut dire de la beauté d'une femme ce qu'affirmaient les grands maîtres de la peinture : chaque centimètre carré d'un tableau doit être une œuvre complète et parfaite en elle-même. Il détaillait alors les perfections du visage d'Adélaïde et il se disait, dans une exaltation semblable à celle de ses vingt ans, que tout en elle était superbe, séparément et dans l'ensemble. Que la beauté était ce qui surpassait toute chose et... qu'il était au septième ciel. Comment avait-il pu croire oublier une femme pareille ? Et si originale. Qui aurait, excepté elle, été capable d'organiser cette extravagante maison gravitant autour d'une cuisine ? Et quelle cuisine ! À la fois la plus chaleureuse qu'il ait jamais vue et qui, en même temps, lui rappelât ses meilleurs souvenirs d'enfance dans sa maison familiale, le vieux château de Lirac.

Il aimait tout dans cette grande pièce, qu'il appelait, comme Calixte, « la salle d'Adélaïde ». Il en aimait jusqu'à la plantureuse Violette aux joues de pommes d'api et aux petits yeux de rat vifs et durs. Il aimait Calixte et Alexandre. Il s'était retrouvé un amour et une famille.

Il avait désormais ses habitudes : il dînait le mercredi et le samedi chez les Royer. Et quels dîners ! Violette se surpassait, fière de satisfaire M. le vicomte. Il la disait championne des caillettes et des ravioles, mais aussi d'une imagination créatrice superbe. Elle avait inventé, entre autres, « pour fortifier Madame », de battre des jaunes d'œuf avec du sucre et d'y ajouter du vin vieux du pays en faisant mousser le tout à feu doux. Elle servait le mélange bien chaud à Adélaïde, qui l'adorait. Et tous s'y étaient mis, même

Alexandre. On terminait la soirée avec la « crème au vin » de Violette, dans une douce béatitude.

C'était à l'un de ces moments de chaleureuse euphorie que Gabriel-Marie avait dit à Calixte :

– « Maître cordonnier ordinaire à jamais », ainsi était le titre du bottier attitré de Louis XIV ; il avait, comme armoiries, « d'azur à une botte d'or en pal surmonté d'une couronne fermée de deux fleurs de lis, d'or aussi ». Pour vous, ce devrait être à peu près la même chose, mais la couronne serait alors fermée de deux roses.

Alexandre, ravi, avait approuvé :

– Oui, oui, c'est ce qu'il faut à mon père, des armoiries. Mais pas de cordonnier, mon commandant. Le cordonnier répare ou transforme ; le bottier, lui, crée ses modèles et les réalise lui-même ou les fait exécuter par ses ouvriers. Mon père est un créateur.

Adélaïde se portait beaucoup mieux. Du moins était-elle en « presque bonne santé », quand la vie allait selon ses désirs. Et l'on s'ingéniait à ce qu'il en soit ainsi.

À l'usine, on ne cessait d'embaucher, les commandes étaient en continuelle augmentation et les après-midi qu'elle passait avec les comptables ne la fatiguaient nullement, disait-elle. Elle affirmait à Gabriel-Marie qu'une page de chiffres était plus fortifiante pour elle que le verre de sang frais qu'il lui fallait continuer à boire.

Le capitaine, en remerciement de l'hospitalité reçue chez les Royer, avait commencé pour Adélaïde une collection de beaux objets anciens se rapportant à la cuisine et à la table. Il recherchait, dans les alentours de Romans, les faïences drômoises datant des débuts de la découverte du kaolin dans la région. Violette se demandait à quoi pourraient servir tant de daubières, mais, quand elle les vit décorant un vaisselier, elle convint que c'était assez plaisant. Elle préférait, toutefois, les confituriers qui leur succédèrent. Elle écoutait, sans l'interrompre, Madame qui lui vantait l'ancienneté de ces porcelaines, mais n'en pensait pas moins qu'une gelée de groseille n'est vraiment jolie que dans un pot de verre qui laisse voir sa belle couleur. Précisément, des goûts et des couleurs, n'est-ce pas ?

Gabriel-Marie avait aussi repris en main l'élégance d'Adélaïde. Plus de panama. Un canotier. De paille, l'été, de feutre, l'hiver. Et toujours des tailleurs de Redfern qu'imitaient maintenant plusieurs couturiers, la jupe raccourcie laissant voir la chaussure.

Mais le vicomte eut le malheur d'annoncer, un jour, que Donatienne avait fait une collection de canotiers ravissants et qu'il se proposait d'en apporter deux ou trois choisis parmi les plus réussis.

– Vous voudrez bien les réserver à vos chanteuses et vous abstenir d'en faire rentrer, ne serait-ce qu'un, ici.

Gabriel-Marie se le tint pour dit. Mais il germa dès lors dans son esprit l'idée de réconcilier les deux sœurs. Ce ne serait tout de même pas plus difficile que d'avoir adouci Ranavalona, la reine des Malgaches. Et il était persuadé qu'extraire cette rancune de son cœur serait bénéfique à la santé d'Adélaïde.

Il parla de son projet à Mlle Amélie, à laquelle il demanda quelques explications sur la dissension entre les deux plus jolies femmes de la ville. Elle les lui donna, et écrivit à sa sœur : « ... mais je lui paie des nèfles s'il la gagne, cette bataille-là. »

Tout avait été organisé pour que ce séjour à Paris fût une réussite et un plaisir pour chacun.

Adélaïde avait dit, un soir, au cours d'un dîner avec Gabriel-Marie – une Adélaïde bien portante en ce moment, souriante et pleine d'entrain :

– Cette fois-ci, je veux la voir, l'Exposition universelle. J'ai raté celle de 1889, je ne raterai pas celle de 1900.

On avait alors parlé du président de la République, qui devait l'inaugurer en même temps que le pont Alexandre-III dont Gabriel-Marie décrivait la hardiesse : seulement deux points d'appui d'où s'élance l'immense arche, cent huit mètres d'acier fondu jeté entre les grands espaces de l'esplanade des Invalides et des Champs-Élysées.

On en avait parlé longtemps, de M. Émile Loubet – de la soupe dauphinoise aux mousserons à la valentinoise – parce que avoir comme premier Français un enfant du pays, c'était quelque chose.

– Il a été maire de Montélimar, il est né tout à côté.

– Montélimar !

Adélaïde avait souri à Calixte en ajoutant :

– Tu te souviens de la boulangerie et de ses délicieux petits pains ? Notre voyage de noces, expliquait-elle à Gabriel-Marie.

Donc, il fallait y aller, à cette Exposition universelle du début du siècle.

– Et d'autant plus que nous y exposons et qu'il est fort possible que nous ayons une médaille, intervenait Alexandre en frisant sa moustache – une belle moustache brune, née de l'été précédent et qu'il achevait de fignoler, assez fier.

Gabriel-Marie approuvait, mais un peu soucieux. Il savait que Donatienne montait à Paris. Derivault exposait aussi. Et il n'avait jamais pu mener à bien son projet de réconciliation des deux sœurs. Il y avait pourtant mis de la constance et du doigté, mais Adélaïde avait la rancune tenace.

À l'arrivée sur la table des ombles chevaliers pêchés par Alexandre, il se rassura. L'Exposition s'étendrait sur plus de cent hectares, y recevrait des milliers d'exposants et des millions de visiteurs, cela limitait les chances de rencontre des deux ennemies.

Et cela s'était, en effet, bien passé. Du moins pendant la première partie du programme.

Un matin, Calixte et Alexandre étaient allés admirer le travail sur cuir dans l'ameublement. Une jeune femme, sans l'intervention d'une machine, assouplissait, gravait au burin et modelait des fleurs et des feuillages sur des panneaux d'assez grandes dimensions pour en recouvrir des murs entiers. Le charme et la poésie de ces cuirs aux reliefs colorés, entourés de boiseries claires, séduisaient le père et le fils. Ils songeaient sérieusement à en faire décorer leur bureau.

Pendant ce temps, Gabriel-Marie emmenait Adélaïde visiter la fameuse Galerie des Machines qu'elle rêvait de voir depuis longtemps, ayant raté celle de l'Exposition précédente.

Et le commandant – il avait eu son quatrième galon deux ans auparavant – avait montré là l'ensemble des chaudières centralisées et formant deux énormes groupes – les françaises et les étrangères –, fournissant à eux deux la vapeur aux machines qui produisaient la force motrice consommée par l'Exposition.

Sitôt introduite dans cet antre infernal, Adélaïde n'avait cessé de poser des questions, fort pertinentes. Et, comme elle paraissait trouver que son compagnon n'y répondait pas assez clairement, elle s'était approchée de deux messieurs lui paraissant plus compétents.

Amusé, Gabriel-Marie la regardait faire, et l'amusait aussi l'air sottement satisfait des deux hommes croyant là à une bonne fortune. Elle tira d'eux ce qu'elle voulait : l'explication de cette force motrice transformée par des dynamos en énergie électrique, force de vingt mille chevaux dont cinq mille actionnant les machines-outils – entre autres, celles qui cousaient des semelles ou assemblaient des trépointes de souliers au Palais du Vêtement. Quand elle eut demandé à quoi serviraient les quinze mille restants et su qu'ils seraient absorbés par l'éclairage de l'Exposition, satisfaite, elle planta là ses deux obligeants informateurs, assez désappointés, et vint dire à Gabriel-Marie :

– Enfant, je détestais les ouvriers qui mettaient leurs sabots pour enrayer l'engrenage d'une machine, pour la « saboter », disions-nous. Je savais que tous se plaignaient de ces monstres leur prenant leur pain, mais je pressentais aussi qu'ils avaient tort : ces machines, rien ne pourrait les arrêter longtemps..., elles étaient magiques.

– Je me demande si celles que vous avez chez vous ne sont pas vos plus belles amours ?

Ils riaient dans un soleil printanier illuminant les coupoles dorées et les couleurs bariolées de la floraison de bâtiments qui les entourait.

Ils marchaient maintenant dans les allées sinueuses du Trocadéro, bordées de constructions exotiques aux multiples fantaisies architecturales. Adélaïde regardait, curieuse, intéressée, mais sans enthousiasme devant ce déploiement de fastes. La veille, elle avait dit :

– Que d'or dépensé ici.

Et ce matin, pendant le trajet en fiacre de l'hôtel à l'Exposition, alors qu'elle signalait la prolifération d'affiches répandues partout, elle avait ajouté :

– À ma première visite à Paris, il n'y avait pas toute cette réclame sur les murs... Est-il vrai, comme je l'ai lu, que « la concurrence est au monde industriel ce que ce soleil, qui brille au-dessus de nos têtes, est au monde physique » ?

Alexandre, exalté, joyeux, lui avait répondu :

– Pardi ! Mais la France en ce moment est la première partout et en tout ! Elle vit son épopée industrielle. Et quelle épopée ! Savez-vous combien de véhicules automobiles elle produit ?

– Nous savons, nous savons. Je te promets que l'un d'eux sera un jour pour nous, si...

Sans laisser à sa mère le temps de finir sa phrase, Alexandre s'écriait :

– Si nous avons une médaille !

En se remémorant cette conversation, Gabriel-Marie regardait Adélaïde. Elle abordait maintenant la quarantaine et elle était plus belle encore que dans sa jeunesse.

Avec le temps, il s'était résigné. Il avait compris qu'il ne serait jamais que son confident et s'accommodait de cette amitié amoureuse. Il le fallait bien puisqu'elle était la seule, à sa connaissance, qui s'intéressait plus à son usine qu'aux hommes, plus aux machines-outils qu'aux robes et aux bijoux. Ce qui motivait tant de femmes la laissait froide. Froide aussi, hélas, l'amour. Qu'elle ait résisté si longtemps à sa cour pressante, ardente, l'avait stupéfié. Ainsi, la beauté de ce visage, cette carnation reflétant la lumière, ces lèvres si pleines, si bien ourlées, si voluptueuses, cela n'était qu'apparence, trompe-l'œil ? Et, pourtant, elle était férocement jalouse d'un mari auquel elle paraissait presque indifférente. Car ce couple était sinon désuni, du moins assez distendu... Lui, en ce moment, s'intéressait, avec son fils, aux œuvres d'art, et elle comptait les chevaux-vapeur !

Un soir – il s'en souvenait tout à coup –, il était passé chez eux reprendre des livres prêtés. Il était resté un moment sur le pas de la porte à les étudier sans qu'ils soupçonnent sa présence. Assis tous deux devant la cheminée, ils regardaient le feu, en silence. Ce terrible silence, cette absence de la douce petite musique d'un couple heureux qui égrène ses notes de complicité tendre, d'harmonie sereine... Était-ce seulement dû à la rouille du temps, de l'habitude, au quotidien ? Le pathétique de cette découverte l'avait attristé.

– Où allons-nous, en attendant Calixte et Alexandre pour le déjeuner ?

Comme il ne répondait pas assez vite, elle demanda :

– Vous rêvez ?

Il lui proposa de traverser la Seine et d'aller jusqu'au Champ-de-Mars et aux Palais de l'Agriculture et des Aliments. S'il y avait une constante en elle, c'était son amour de la nourriture.

Pendant qu'elle goûtait à des spécialités régionales, s'en amusait, commentait, critiquait, il continuait à la regarder, à la fois séduit et intrigué. Elle le subjuguerait toujours, pour la superbe raison qu'il ne percevrait jamais tout à fait son mystère. Une fois de plus, il s'étonna qu'une femme qui éprouvait tant de volupté – c'était le mot exact – à goûter aux douceurs culinaires se refusât les voluptés de l'amour.

– Nous étions sûrs de vous retrouver ici ! s'écriait Alexandre, qui ajoutait : C'est bon, ces petites choses, maman ?

– Di-vin !

– Tu n'auras plus faim pour le déjeuner au Pavillon suédois, disait Calixte.

– Oh ! mais si, vous verrez ça !

Les trois hommes la regardaient en riant.

Et elle était si svelte, si fine dans son tailleur, si jeune sous son petit canotier avec son regard assorti au ciel printanier, qu'ils en furent attendris.

On en arrivait à la remise des récompenses, quand tout se gâta.

Ce jour-là avait mal commencé. Adélaïde était légèrement enrhumée et sa terreur de complications possibles lui revenait alors au galop. Alexandre, rentré à l'aube, avait réveillé sa mère – leurs chambres étant communicantes.

Le petit déjeuner avait été orageux.

– Mais qu'as-tu fait jusqu'à quatre heures ? Quatre heures !

– J'ai rencontré des amis.

– Quels amis as-tu ici ? Tu mens.

Calixte avait eu le tort de dire :

– Laisse-le vivre, il a vingt et un ans et il vient de faire son service militaire.

Alexandre écoutait à peine. Il étrennait sa première jaquette – ce vêtement qui commençait à détrôner sérieusement la redingote – et essayait, devant un miroir, son chapeau haut de forme. Il se devait d'être dans cette élégante tenue, son père lui laissant le rôle glorieux d'aller recevoir, des mains du ministre du Commerce et de l'Industrie, la médaille décernée aux chaussures Calixte Royer s'il y en avait une. Et cela déplaisait à Adélaïde, qui disait à son mari :

– Tu donnes trop d'importance à ce gamin.

– Gamin ? Il travaille autant que moi et pourrait diriger l'usine s'il le fallait.

– Crois-tu qu'il était nécessaire de l'emmener chez le premier tailleur de Paris pour l'habiller ?

– Tu sais bien que c'est Lirac qui lui a offert son uniforme de Parisien.

– Lirac a tort, lui aussi. Il a exagéré, il n'y a pas que cette jaquette, il y a encore l'habit, pour ce soir, pour cette bête de fête inutile.

– Ça l'amuse, cette réception, surtout si nous avons une médaille.

– Comme s'il était nécessaire de donner, en plus, une soirée des récompenses. L'État jette l'argent par les fenêtres !

– Tu n'es pas heureuse d'aller à ce bal ? Tu as une si jolie robe.

– Je n'irai que si je me sens mieux. Je ne promets rien.

Ils eurent leur médaille d'argent. Calixte était satisfait, Alexandre sautait de joie. Et, comme ils partirent avant d'entendre que Derivault en avait une aussi, Adélaïde était assez contente. Elle se sentit même suffisamment bien portante pour aller sinon danser, du moins voir un peu à quoi ressemblait ce genre de raout gouvernemental. Qui ne lui plut guère. Trop de monde, trop de bruit, trop de mauvaise chaleur créant, à la sortie, une assassine différence de température.

Calixte et elle avaient entraîné Gabriel-Marie, qui ne s'amusait pas plus qu'eux. Seul Alexandre, superbe dans son habit, dansait avec toutes celles qui voulaient bien s'élancer au bras de ce jeune garçon réjoui et infatigable.

Ce fut à onze heures que le hasard élabora magistralement – et diaboliquement ! – son coup de théâtre.

Décor : l'un des superbes buffets.

Devant lui, arrivée d'Alexandre assoiffé et désireux de reprendre des forces avec une ou deux flûtes de champagne. Assoiffé aussi, un monsieur d'un certain âge pressé de se désaltérer. Demandes simultanées des deux hommes. Poliment, Alexandre laissa servir son digne, élégant et décoré voisin. Échange alors de courtoisies d'usage. À cet instant, entrée en scène, venant de gauche et avançant jusqu'au buffet, d'Adélaïde au bras de Gabriel-Marie et, venant de droite et gagnant aussi le buffet, de Donatienne escortée d'un fabricant de porcelaine (séduit par sa blondeur).

Dans la minute qui suivit, regards convergents des arrivants, de droite et de gauche, sur les deux hommes qui bavardaient.

Adélaïde avait – du moins le croyait-elle – oublié à jamais l'apparence d'Octave Froment. Quand elle l'aperçut, aux côtés de son fils, elle le reconnut avec effroi. Et avec non moins d'horreur découvrit, évidente, hallucinante, sa ressemblance avec Alexandre.

Gabriel-Marie vit lui aussi, et comprit tout.

Alexandre et Octave Froment discouraient toujours, comme de vieux amis.

L'ancien ministre, à regarder de plus près cet élégant jeune homme – il était sûr qu'ils avaient le même tailleur, seul Charvet savait allier souplesse et parfaite tenue d'un habit –, crut l'avoir déjà vu quelque part, son visage, son allure ne lui étaient pas inconnus.

Alexandre, dans l'euphorie du bon moment passé ici, se disait que les « vieilles moustaches » n'étaient pas toujours enquiquineuses ou rabâcheuses. Il prenait plaisir à la conversation avec cet éminent personnage, salué par tous avec déférence, et qui lui demandait, maintenant, avec le plus grand sérieux :

– Je vous ai vu marcher, monsieur, j'étais derrière vous quand vous avez fendu cette foule d'un pas léger. Puis-je me permettre de vous demander qui vous chausse ? Vous paraissez tellement à votre aise dans vos escarpins vernis... ou suis-je indiscret ? Oh ! je ne vous interrogerai pas sur votre tailleur, je suis sûr que c'est Charvet, mais votre bottier, qui est-il ?

Flatté, Alexandre s'autorisa à dire :

– Mon bottier, c'est moi, monsieur ! Enfin, pour être exact, je dirai que mes escarpins ont été conçus et exécutés dans notre fabrique, mais mon père est l'auteur de ce modèle et nous l'avons ensuite réalisé ensemble. Souplesse, légèreté, tout a été particulièrement étudié. Et je vais vous surprendre, monsieur, je suis peut-être – sûrement, même – le seul à avoir ici une paire de souliers asymétriques.

– Comment cela ?

– Mon père prétend qu'il faut en arriver là si l'on veut être vraiment à l'aise. Vous savez comme moi que, jusqu'à maintenant, on s'est contenté, pour les bottines ou les chaussures boutonnées, de faire des droites et des gauches, mais uniquement pour le sens du boutonnage. Jamais encore on n'a réussi à imposer un chaussant parfait en créant un pied droit et un pied gauche dans la forme. On a essayé, jadis, en France, et, si je ne me trompe, il y a eu un timide essai en Amérique aussi, il y a quelques décennies, mais ça n'a pas pris.

– Voilà qui est étrange ! Et pourquoi ?

– Oui, pourquoi ? Alors que l'on est si bien, si à son aise chaussé comme je le suis.

À ce moment-là, Octave Froment posa la main sur l'épaule d'Alexandre et lui demanda, l'œil suppliant :

– Ah ! monsieur, si vous me permettiez d'essayer vos chaussures, vous ne savez pas le plaisir que vous feriez à un homme qui rêve, depuis toujours, d'atteindre enfin au confort total. Mais vous ne savez pas qui je suis... Voici ma carte.

Alexandre la prit y jeta un coup d'œil, s'inclina en signe de déférence, la mit dans son portefeuille, et suivit sa « vieille moustache » – ancien ministre – qui disait, en confidence, et se penchant vers lui :

– Je connais un petit salon où nous serons tranquilles et vous me direz tout de vos escarpins.

Ils s'éloignèrent, comme deux complices.

Terrassée, Adélaïde, qui n'avait pu suivre que les gestes des deux hommes, murmurait à Gabriel-Marie, désespérée :

– Vous avez vu ? Vous avez vu ? Il lui a mis la main sur l'épaule ! Et ils s'en vont tous les deux... Mais où ? Et c'est terrible, il l'a reconnu, il lui a donné sa carte !

– Mais non, disait le commandant, tendu, irrité, dépassé, réfléchissez, ma chère, s'il l'avait reconnu, ce ne serait pas sa carte qu'il lui aurait donné... mais son cœur.

Ce fut à cet instant qu'Adélaïde, regardant sur la droite, s'aperçut de la présence de Donatienne. Dans un cri de fureur, elle s'écria :

– Ah ! elle a tout vu !

C'en était trop pour Adélaïde, qui fut prise d'un malaise qui l'aurait mise à terre si le commandant ne l'avait retenue à temps.

La suite se vécut dans l'agitation, le désordre, la confusion. Aidé d'un maître d'hôtel, Gabriel-Marie entraîna Adélaïde vers l'une des portes pour qu'elle y respire de l'air plus frais.

Quant à Donatienne, elle n'entendait plus ce que lui racontait son admirateur de Limoges. Elle n'avait pas quitté des yeux son neveu et cet inconnu. Elle les avait vus de profil, de face, et de dos. Leur ressemblance l'avait d'abord amusée, puis alertée et, soudain, glacée. Sans rien oser en déduire encore, mais étrangement angoissée, elle avait jeté un regard autour d'elle : Dieu merci, Calixte n'était pas là ! Rassurée, elle en était revenue à Alexandre et à son voisin, les avait étudiés à nouveau. Malgré la différence d'âge, les couleurs différentes de leur chevelure et de leurs moustaches, blanches chez l'un, noires chez l'autre, leur taille, leurs traits, leurs yeux et jusqu'à leur façon de se sourire, tout était extraordinairement ressemblant. Et l'avait surprise plus encore le malaise de sa sœur, qui ne s'était, de sa vie, jamais évanouie.

Elle emporta tout cela avec elle pour y réfléchir en s'éloignant au bras du porcelainier dont elle n'écoutait plus, depuis longtemps, les monologues.

– ... Ainsi, madame, est la différence entre le grand feu et le petit feu, et je pourrai ajouter que nos porcelaines françaises et surtout limousines...

Elle le planta là. Soudain elle avait peur. Son cœur lui disait que quelque chose de très grave menaçait Calixte.

Mais, sans doute par la protection de son ange gardien, celui-ci était resté loin du théâtre de cette tragi-comédie. Gabriel-Marie vint le prévenir qu'Adélaïde était souffrante. Il leur fallait regagner l'hôtel au plus vite.

– Est-elle si mal ? demanda Calixte, alarmé, ajoutant : Mais vous-même, Lirac ?... Vous êtes bien pâle.

– Cette chaleur..., balbutia Gabriel-Marie.

On s'aperçut, une fois en voiture, que l'on avait oublié Alexandre.

– Il saura bien rentrer seul, dit Calixte.

Adélaïde reprenait couleur peu à peu. On abaissa l'une des vitres de la voiture pour qu'elle respire mieux. Emmitouflée dans sa sortie de bal, elle ne laissait voir d'elle que le haut de son visage, paupières baissées.

Dans le hall de l'hôtel, avant que Lirac ne salue et ne s'éloigne, Adélaïde avait pu lui murmurer :

– Il faut que je vous parle. Arrangez-vous demain matin pour venir ici.

– Demain, j'aurai regagné Romans. Je pars cette nuit. Et, d'ailleurs, qu'avez-vous à me dire que je ne sache ?

Adélaïde ne voulut pas se coucher avant le retour d'Alexandre. Calixte eut beau se fâcher, elle attendrait son fils.

– Comme tu voudras, moi je vais dormir.

Quand Alexandre, enfin, regagna sa chambre, Adélaïde y courut.

– D'où viens-tu ?

Il expliqua qu'il n'avait pu trouver de fiacre. Il était rentré à pied.

Elle n'osait pas l'interroger plus, mais se rassurait peu à peu. Il ne paraissait ni ému ni inquiet. Elle risqua :

– Avec qui parlais-tu, au buffet ?

– Ah ! ça, c'est drôle ! Imagine qu'un certain Octave Froment, ancien ministre, s'il te plaît, s'est intéressé à mes chaussures. Il faut te dire que le président de la Chambre des députés, M. Deschanel, dont on dit qu'il est l'homme le plus élégant de France et même du monde, a l'air d'être pour mon vieux beau un modèle auquel il s'efforce de ressembler et même je sens que, s'il pouvait le surpasser, il en serait enchanté. Il paraît que, pour un homme qui se respecte, un bon tailleur, un bon bottier sont indispensables. Bref, mes escarpins lui ont parut exceptionnels et...

Adélaïde n'écoutait plus que distraitement. Ouf ! Alexandre n'avait rien vu, rien deviné.

Mais le garçon continuait :

– Il veut les mêmes, et peut-être viendra-t-il nous voir à Romans.

– Quoi ?

– Je dis que ce monsieur viendra peut-être nous voir à Romans... Oh ! sapristi ! Je crois que j'ai oublié de lui donner notre adresse !... Il faut dire que nous avons vidé ensemble une bouteille de champagne, alors, tu comprends... Mais l'essentiel, pour lui, est de savoir ce que je lui ai appris.

– Tu lui appris quoi ?

– Eh bien, qu'il faut porter, pour être tout à fait à l'aise, des chaussures asymétriques !... Ça ne va pas, maman ?

– Si..., si... Je me suis beaucoup fatiguée à ce bal.

– Moi, au contraire, je me suis amusé. L'ancien ministre est un original. Il m'a dit avoir lu un jour, dans un roman, qu'un homme habitant Paris – un monsieur très bien, évidemment – changeait cinq ou six fois par jour d'habit, selon le vent qui soufflait, et pour cela avait des appartements dans tous les quartiers de Paris. Imagine-toi que cette lecture a été pour lui une révélation. Comment n'avait-il pas pensé lui-même à ce raffinement ? Ce que je lui ai appris sur les chaussures asymétriques est sa deuxième humiliation. Il s'en veut que d'autres aient découvert cela avant lui. Il était amusant, ce bonhomme, et réellement sympathique, et je crois que je l'ai intéressé. Il sait maintenant que l'on peut différencier les chaussures, en faire une pour le pied droit et une pour le pied gauche, dans la forme et pas seulement en mettant à droite ou à gauche les boutons des bottines.

– Ah ! je t'en prie, ne me parle pas de boutons de bottine, toi !

Dès son retour à Romans, Adélaïde s'empressa d'aller voir Gabriel-Marie chez lui. Pour ne pas le perdre à nouveau, elle lui devait la vérité. Elle la lui dit.

Elle était touchante, le teint transparent, les yeux fiévreux. Et elle toussait. « Mais il ne se laisserait pas avoir une seconde fois », se disait le commandant. Elle lui avait juré qu'il n'y avait rien eu entre elle et Octave Froment. Rien ? Il y avait, tout simplement, Alexandre.

La regardant aller et venir dans son salon en proie à une nervosité qu'il ne lui avait jamais vue, il s'interrogeait. Était-ce chez lui chagrin d'amour ou blessure de vanité ? Il penchait pour cette dernière. Se disant qu'on les croit légères, ces blessures-là, mais qu'elles font plus souffrir qu'on ne l'aurait cru. Au fait, pourquoi Adélaïde tenait-elle tant à s'expliquer et, sans doute, à mentir encore ?

Elle y venait. Elle voulait s'assurer de son silence. Et surtout de celui de sa sœur.

– Parce qu'elle a vu et sûrement compris. Il faut l'empêcher à tout prix de parler à mon mari.

– Eh bien, voilà l'occasion de vous réconcilier. Vous vous retrouvez, vous vous jetez dans les bras l'une de l'autre. Émue, heureuse, votre sœur vous jure qu'elle se taira.

– Vous me voyez allant m'humilier devant elle, quémander son silence... et lui laisser croire que j'ai peur.

– Mais vous avez peur !

Gabriel-Marie accepta pourtant d'aller tenter de savoir ce que pensait et ferait Donatienne. Et, une fois de plus, Adélaïde se félicita de faire des hommes ce qu'elle voulait.

Elle aurait été stupéfaite d'apprendre que c'était pour son mari, et non pour elle, que son médiateur allait travailler.

Il l'aimait bien, Calixte Royer, le commandant, il le vérifiait en ce moment. Depuis tant d'années, il s'y était attaché. Le plaisir de dîner deux fois par semaine dans la grande et chaleureuse cuisine se doublait de celui de converser avec cet être intelligent, raisonnable et bon.

Et voilà que ce père qui adorait son fils, qui mettait en lui tous ses espoirs, ce père pourrait savoir... Il y avait aussi Alexandre, qui admirait, aimait Calixte plus que quiconque au monde. Et Gabriel-Marie l'aimait aussi, ce grand garçon, depuis de longues années. Ne le considérait-il pas un peu comme l'enfant qu'il n'avait jamais eu ?

– J'irai voir Mme Derivault dès demain. Comptez sur moi.

Il y alla. Elle était ce jour-là dans sa boutique de modes qui lui seyait. Elle y était comme dans un écrin de fleurs et de rubans.

Si elle fut surprise de sa visite – il n'était pas accompagné, comme d'habitude, de sa chanteuse –, elle n'en montra rien. Mais, à voir le visage sérieux du commandant de Lirac, elle comprit qu'il venait lui parler et elle envoya son ouvrière livrer un chapeau en ville.

Il ne rusa pas, il dit d'emblée :

– Votre sœur a bien voulu me charger d'une délicate mission, dont je ne cacherai pas qu'elle me gêne beaucoup... et je ne sais trop par où commencer.

Souriant, mais assez tristement, elle vint à son secours.

– On vous a demandé d'essayer de savoir ce que je sais et ce que je compte faire ? Eh bien, allez dire que je sais, mais que je ne ferai rien.

Et, comme Gabriel-Marie se taisait, elle ajouta :

– Évidemment, on voudra une garantie, ce ne pourra être que ma parole, il faudra s'en contenter.

Il tenta d'évoquer une possibilité de réconciliation. Elle le laissa parler puis, toujours avec son petit sourire triste, dit :

– À quoi bon ? Je serai à peine assise à côté d'Adélaïde depuis un quart d'heure qu'elle me suspectera déjà des pires desseins. J'ai beaucoup réfléchi à nos rapports, il est impossible de les rendre normaux. La haine de ma sœur pour moi est trop ancrée en elle. Vous, qui êtes de ses familiers, devez savoir que ce qui lui arrive de mal est toujours de ma faute dans son esprit. Alors ?... Et puis j'ai un enfant à élever, je ne veux pas qu'il vive dans de constantes querelles. J'ai aussi beaucoup de travail et peu de temps à perdre.

Il rendit compte de sa mission. Il entendit un rageur :

– Elle est désormais mon ennemie mortelle !

Il était certain que Mme Derivault, détenant le secret de la naissance d'Alexandre, avait une arme de gros calibre dans sa jolie petite main ; ce n'était pas un militaire qui pouvait dire le contraire. Pourtant, Gabriel-Marie aurait parié qu'elle ne s'en servirait jamais.

Les événements se précipitèrent.

Adélaïde, fiévreuse, s'alita. Elle ne se releva pas avant un mois. Cette fois-ci, le médecin fut formel, il fallait cesser tout travail à l'usine et partir respirer un air convenant mieux à ses poumons. Faute de quoi, la phtisie serait au bout du compte.

On dut, dès que la malade se sentit mieux, parler, discuter, prendre des décisions.

Adélaïde se sentait dangereusement atteinte et n'opposa qu'une faible résistance aux plans d'un nouveau genre de vie pour elle. L'essentiel n'était-il pas, précisément, de rester en vie ?

La seule condition, qui était sous-entendue dans chaque projet d'installation dans le midi de la France, était que son mari quittât, lui aussi, l'usine et Romans. On trouva à ce départ – paraissant à première vue impossible – une solution. Calixte viendrait tous les deux mois prendre les décisions les plus importantes et, s'il y avait urgence, plus souvent. Et l'on fit une solennelle promesse à Adélaïde : dès qu'il y aurait du mieux dans son état, elle serait, au moins, d'un voyage sur trois.

Ce bouleversement, pour ne pas devenir une catastrophe, n'avait été envisageable qu'en fonction de la jeune valeur d'Alexandre sur laquelle reposerait la bonne marche de l'affaire.

Persuadé, depuis quelques années, que sa mère était moins malade qu'elle ne voulait le faire croire, Alexandre s'était ôté du cœur et de l'esprit toute inquiétude quant à sa santé. Il était donc, sans remords, dans la joie la plus grande : l'usine allait être – enfin – à son père et à lui.

Et ses espérances furent dépassées.

Profitant de l'état de faiblesse – très réelle – de sa femme, Calixte lui arracha la donation des chaussures Calixte Royer, en leur totalité, pour Alexandre. Désormais, la raison sociale serait : Calixte Royer et fils.

Dans la demi-irréalité où la tenait une fièvre persistante, Adélaïde vit là comme une rédemption. En ajoutant « et fils », il lui semblait que Calixte venait presque de l'absoudre sans le savoir. Sous son édredon, elle se sentit en proie à une sérénité dont la douceur l'émut.

Elle dormit bien cette nuit-là. Et s'éveilla en meilleure forme. Cette fois-ci encore elle s'en sortirait.

Avant son départ, Calixte vint voir Donatienne. Il était dix heures du soir, Louis-Bertrand était déjà couché. Mais Calixte savait que la jeune femme veillait tard. Il avait vu de la lumière au rez-de-chaussée où elle se tenait pour travailler à ses chapeaux.

Elle pensait précisément à lui et aux moments difficiles qu'il devait vivre – toute la ville savait son départ. Elle s'étonna à peine de le voir à sa porte.

Comme elle buvait du café afin de ne pas s'endormir sur son ouvrage, elle lui en offrit. Il s'était assis en face d'elle, de l'autre côté de la grande table où s'étalaient pailles, fleurs et rubans. Elle préparait sa collection pour l'été, et il semblait, sous la lampe qui intensifiait l'éclat des coquelicots et des capucines, qu'il fût déjà là.

Calixte avait apporté une boîte. Elle contenait des chaussures. À leur vue, Donatienne ne put retenir un petit cri et murmura :

– Oh ! mon Dieu !

C'était la plus belle, la plus délicate, la plus raffinée paire de petits souliers de bal qui soit et dont elle n'aurait jamais imaginé que l'on pût en créer de semblables. Calixte expliquait. Le commandant de Lirac lui avait offert le livre d'un écrivain du XVIIIe siècle appelé Rétif de La Bretonne. Un étonnant personnage qui avait la passion des chaussures de femmes et qui les décrivait, dans ses romans, avec autant de détails que s'il les avait faites lui-même.

– J'ai reproduit ceux qui me paraissaient les plus séduisants. Le livre disait : « C'était un soulier de nacre de perle avec une fleur en diamant, les bordures étaient garnies de brillants ainsi que le talon, qui, malgré cet ornement, était fort délié... »

Et tout cela était maintenant sous les yeux de Donatienne.

– Voulez-vous les essayer ?

Elle rougit un peu, dit qu'elle portait de gros bas noirs qui gâcheraient la beauté des souliers. Il lui fallait en changer.

Elle revint vite, voulant perdre le moins possible de sa présence. Elle avait des bas blancs et se chaussa. Elle tardait à relever sa tête penchée vers le sol et, quand elle le fit, Calixte vit des larmes dans ses yeux.

– Il ne faut pas..., dit-il.

Mais il était aussi ému qu'elle. Il ajouta qu'il devait rentrer au plus tôt chez lui. Adélaïde s'inquiétait si elle s'éveillait et ne le trouvait pas à ses côtés. Le médecin voulait qu'elle n'ait aucun souci, aucun chagrin.

– A-t-on espoir de la guérir ? demanda Donatienne.

– Oui. Et c'est pour cela que je pars.

– Et où allez-vous ?

– Sur la Côte d'Azur.

Il expliqua qu'il avait loué, par une agence, une maison à Cannes.

– Et la fabrique ?

– Alexandre et mes employés sauront la diriger. Je ne crois pas être indispensable.

Il ne la quittait pas des yeux en lui parlant. Il vit qu'elle ne portait pas ce soir de ruban autour de son cou – elle l'enlevait sans doute chez elle –, et la cicatrice était comme un fin collier. Il eut un petit soupir et dit :

– Ce que j'ai à vous demander est assez délicat, si l'on considère que j'enfreins les..., disons, les désirs de votre sœur, qui ne veut aucune relation entre votre famille et la nôtre.

Il s'arrêta un moment et sourit. Ce sourire affectueux, tendre, même, qu'il avait pour elle depuis quelque temps et dont Donatienne se disait qu'il était son plus grand bonheur. Et il continua, toujours souriant :

– Autrefois, du petit chien que j'aimais, vous avez pris soin. Aujourd'hui je voudrais plus encore. Beaucoup plus : puis-je vous demander de veiller sur mon fils ? Il vous aime beaucoup, je le sais.

– Je l'aime aussi.

– Il est en ce moment grisé par sa liberté, son accession aux commandes de notre affaire, mais il aura des moments de doute, de découragement, et je serai loin.

Bien qu'il lui en coûtât, Donatienne se dut de dire :

– Ma sœur n'aimerait pas cela...

– Je le sais. Mais vous et moi nous savons aussi que ce que nous faisons là, nous devons le faire : Alexandre aura besoin de vous. Quant à Adélaïde, qui pourra jamais comprendre mieux que nous combien elle est injuste envers vous.

« Autre chose, que je désirais vous dire depuis longtemps : je ne voudrais pas que vous croyiez être à l'origine de la mésentente qui s'est installée entre ma femme et moi. Elle est venue, progressivement, à la suite d'incidents que vous connaissez et qui ne sont pas de votre fait, bien que vous y ayez été impliquée. Puis elle s'est approfondie, avec le temps, pour plusieurs raisons. Vous avez su combien j'ai aimé Adélaïde. J'ai, un jour, été stupéfait, et comme foudroyé, de découvrir que je n'avais plus pour elle que de l'amitié. Je m'étais engagé à la rendre heureuse et je n'y suis pas parvenu. Mais j'avais juré aussi de veiller sur sa santé, et à cela il faut que je parvienne. Votre sœur m'a donné mon fils, et je lui en serai toujours reconnaissant. Alexandre est mon bonheur et mon prolongement. Je suis fier de lui... Voilà !

Si, par une intervention propice des dieux, Gabriel-Marie de Lirac avait pu voir, à cet instant, le comportement de Donatienne Derivault, il aurait constaté qu'il avait gagné. Elle ne fit pas usage de l'arme de gros calibre qu'elle tenait dans sa petite main, elle dit simplement.

– Je vous promets de prendre soin d'Alexandre autant que je le pourrai.

Elle vit que Calixte voulait parler encore, mais hésitait. Elle demanda :

– Y a-t-il autre chose que je puisse faire pour vous ?

– Non. Je voudrais vous remercier et je ne sais comment...

– Un jour, il y a bien longtemps, exactement vingt et un ans, vous m'avez demandé quelques-uns de mes cheveux. Je vous les ai donnés. Vous avez voulu, ce soir-là aussi, me remercier et je vous ai dit : « Embrassez-moi. »

Il s'avança vers elle, la prit dans ses bras et lui donna ce baiser qu'elle avait tant désiré...

Ce fut elle qui eut la force de le repousser. Elle qui lui dit « non » et s'éloigna de lui. Puis elle murmura :

– Adieu, Calixte.

Quand il fut parti, elle prit les chaussures de « nacre de perle » et, les yeux pleins de larmes, monta jusqu'à sa chambre. Elle ouvrit une petite armoire et posa les souliers sur l'étagère, là où il y avait encore une place pour eux. C'était la douzième paire. Peut-être la dernière.

Si elle avait voulu, il y avait à peine quelques minutes...

Alexandre nageait positivement dans la joie. Depuis qu'il avait compris que son père s'était résigné, à la demande de sa mère, à ne faire que de la grande série, certes de qualité, mais ne nécessitant pas une créativité constante et originale, il attendait, sans beaucoup d'espoir, un changement d'orientation de la fabrique. S'appuyer sur la médaille, obtenue pour la réalisation de quelques modèles de richelieux et d'escarpins d'un style nouveau, était une tentative risquée sans l'approbation, et même contre l'opposition maternelle.

Le but de cette innovation était d'amorcer, sous la même marque, un département de chaussures de luxe. Le bon résultat obtenu était encourageant, mais cela ne voulait pas dire qu'Adélaïde serait d'accord pour continuer sur cette lancée. Elle prétendait que la fourniture aux armées était le sûr garant du meilleur équilibre de trésorerie. Ni la mode ni les saisons ne venaient contrarier la régularité des commandes militaires.

Alexandre admirait le talent de son père, se désolait depuis longtemps qu'il ne puisse être mieux exploité dans sa propre fabrique. Mais, maintenant, tout allait changer. Sans renoncer à chausser les fantassins qui arpentaient l'Afrique, on allait s'occuper des civils marchant dans les belles villes de France et même d'Europe. L'avenir de Calixte Royer et fils, comme l'avenir de Romans, était dans la chaussure de qualité, c'était l'avis de tous ici. Et, cela, ce seraient le père et le fils qui le feraient. Calixte créerait ses modèles, Alexandre travaillerait la fabrication. Son métier, il le connaissait. Certes, il n'avait pas encore la grande expérience de son père, mais il avait confiance, cela viendrait. Quant à la conduite proprement dite de l'affaire, il fallait reconnaître que sa mère avait inculqué sur ce point des règles qui perdureraient. Et les collaborateurs en place étaient gens compétents et de grande confiance. D'ailleurs, Alexandre était persuadé que son père ne se contenterait pas de revenir ici seulement six fois par an.

Le premier soir où Alexandre se retrouva seul, après dîner – moment où il avait l'habitude, depuis deux ans, de bavarder avec son père quand sa mère montait se coucher et que Violette quittait sa cuisine –, il prit conscience, dans la bonne tiédeur de la pièce qui serait désormais sa seule compagnie, de ce qui allait lui manquer le plus : le regard de l'homme qu'il avait eu posé sur lui pendant tant d'années et qui donnait ses dimensions à sa vie. Affection, sécurité, avenir tracé.

Plus par réflexe que par réflexion, il se dirigea vers le flacon d'eau-de-vie et s'en versa un petit verre. Ce n'était pas dans ses habitudes, mais ce soir...

Il se dit qu'il célébrait son entrée dans la confrérie des responsables, des dirigeants. Il s'avoua qu'il se donnait ainsi un petit coup d'encouragement. Il lui vint, à cet instant, le désir de parler à quelqu'un. Irait-il voir le commandant ? C'était risqué, sa dugazon serait peut-être là. Il préférait aller se faire réconforter par Donatienne.

Réconforter ? Eh oui ! Il s'avouait en avoir envie, sinon besoin.

Depuis qu'il avait, jadis, rejoint Numa sur les bords de l'Isère avec la canne à pêche du capitaine, il avait achevé de transgresser l'interdiction maternelle en acceptant d'aller aussi goûter chez Donatienne. Somme toute, elle était sa tante. Et il connaissait trop le côté volcanique du caractère maternel pour croire aux horribles noirceurs prêtées à Mme Derivault. À cette époque où il jouait sur les mots sans admettre ruser avec sa conscience, il se disait : « Interdiction d'aller chez ma tante Derivault, de lui parler, et même de la saluer dans la rue. Compris. Mais personne ne m'a défendu de rendre visite à la belle-mère de mon ami pêcheur. » Plus tard, cette excuse enfantine oubliée, le pli était pris et il était trop tard pour en prendre un autre ; il aimait d'une réelle affection cette si gentille et si jolie tante qu'il appelait par son prénom, comme elle lui avait demandé, en ajoutant : « Puisque ta mère ne veut pas de relations familiales, soyons des amis ».

Il passa par la fabrique avant de partir. Ils y faisaient toujours, son père et lui, une petite inspection avant de regagner leurs chambres.

Tout lui appartenait, désormais, et tout était en ordre. Quand il s'élança à travers la ville d'un pas énergique, il ne se doutait pas que sa marche nocturne le conduisait vers une nouvelle étape de Calixte Royer et fils.

Le coup de heurtoir sur sa porte fit, l'espace d'une seconde, croire à Donatienne que Calixte n'était pas parti.

– Je ne dérange pas trop ? Je me sentais un peu seul, et je me suis dit...

– Dis-toi toujours que je suis heureuse quand tu viens me voir.

– Moi aussi ! cria Louis-Bertrand de la pièce voisine.

Voilà ce qu'il était venu chercher, une famille. Il retrouvait son grand ami Numa en Louis-Bertrand. Et c'était lui, maintenant, qui emmenait l'enfant à la pêche le dimanche. Canne à l'épaule, ils allaient jusqu'à la rivière l'Herbasse dans le tramway à vapeur. Et pendant les deux trajets, à l'aller comme au retour, ils se racontaient. L'un parlait de ses chaussures, l'autre déjà de ses chapeaux. Car, contrairement à son père, Louis-Bertrand s'intéressait à la fabrique familiale. Il disait :

– Tu sais, M. Baptiste, notre directeur, m'attend. Il m'a dit : « Dépêche-toi de finir tes études et de venir travailler avec nous. » C'est lui qui a recommandé à ma mère de me faire apprendre les langues étrangères. Plus tard, il me faudra voyager partout.

– Heureusement pour toi, le monde entier ne porte pas nos genres de chapeaux. L'Afrique, le Japon, la Chine, l'Inde, et beaucoup d'autres, s'en passent. Mais rien qu'avec l'Europe tu auras déjà à connaître pas mal de façons de dire : UN DERIVAULT EST SANS RIVAL.

– Pourquoi ris-tu ? C'est sérieux, ce que je te raconte. Chez Mossant, ils parlent même le russe. Après avoir vendu leurs chapeaux à Saint-Pétersbourg, ils en ramènent des gens. Leurs caissiers sont toujours de là-bas.

Dix années les séparaient l'un de l'autre. Comme autrefois, du temps de Numa. Grâce à Dieu, Louis-Bertrand n'était pas attiré par l'alpinisme, se disait Alexandre.

– Alors, raconte-nous un peu de ta nouvelle vie, demandait Donatienne. C'est toi qui te tiens maintenant, le matin, à la porte de l'usine pour voir arriver tous vos hommes, comme le faisait ton père ?

– Non, j'ai déjà changé ça. Je serai patron dans mon bureau. Il faut se moderniser. Et, à ce propos, je voudrais vous parler de mes projets.

Il exposa ce qu'il voulait faire. Donatienne l'écouta. Puis lui dit :

– Suis-moi, je voudrais que tu voies quelque chose qui t'intéressera.

Et elle montra les douze paires de souliers.

Elle se demanda, par la suite, ce qui l'avait incitée à agir ainsi. Elle ne sut pas. Cela était venu, s'était imposé tout à coup à elle.

– C'est mon père qui a fait ça ?

– C'est lui.

– Ainsi, ce à quoi il travaillait, tard dans la nuit, c'était ça ?... Quel artiste ! Quelles belles sculptures que des souliers pareils ! Pourquoi diable s'est-il embourbé dans sa fabrication de chaussures pour l'armée ?

– Tu le sais bien. Il pensait que ce n'était pas assez rentable, ou du moins pas autant que la grande série de brodequins.

– Quel talent perdu ! Ah ! si nous étions riches, si nous pouvions nous transformer, repartir de zéro, faire, en série, mais en série de grande qualité, de la chaussure pour femmes. Qu'est-ce que vous en dites ?

– J'en dis qu'il ne faut pas oublier que ton père lui-même trouve cette fabrication-là trop sensible à la mode. Les femmes qui veulent de belles chaussures les font faire chez leur bottier ; quant aux autres, auront-elles les moyens de payer le prix d'une grande qualité ?

– Bien géré, cela pourrait être rentable, malgré tout.

– Il te faudrait des capitaux pour une nouvelle installation, tu l'admets ?

Comme Alexandre ne répondait pas, Donatienne lui dit en souriant :

– Tu rêves ?

Il n'osa pas lui dire qu'il venait de se souvenir d'avoir, par deux fois au moins, sinon plus, lu le nom de Donatienne dans le cahier de son père, quand il lui arrivait d'y écrire devant lui. Et voilà qu'il découvrait ces souliers de conte de fées créés pour elle...

– À quoi penses-tu, Alexandre ?

Il rougit, dit :

– À ces chaussures.

– Nous en reparlerons tout à l'heure.

Ils y revinrent lorsque Louis-Bertrand fut monté se coucher.

– Il est temps, je crois, que tu saches enfin ce qui nous a si violemment séparées, ta mère et moi.

Et elle raconta.

– C'est beau ! murmura Alexandre, puis, souriant tendrement, il ajouta, montrant les chaussures de « nacre de perle » : C'est aussi beau que ça !

Ils passèrent une très douce fin de soirée. Ils bavardèrent longtemps, pendant que Donatienne s'était remise à son travail. Et, la regardant faire, Alexandre lui dit :

– Mon père et vous êtes deux artistes. Ma mère ne peut pas vous comprendre. Elle a ses qualités, mais elle ne vit pas dans le même monde que vous deux. Il va me falloir faire bigrement attention à la femme que j'épouserai, si jamais je me marie.

– Tu devras y penser bientôt, tu ne peux pas vivre seul.

– Eh bien, cherchez-moi une femme. Une comme vous si possible, encore que... Et, à nouveau gai et exalté, reparti dans ses projets : Vous ai-je jamais parlé de mon tour de France ? Il n'a pas ressemblé à celui de mon père. Mais je suis passé par les meilleurs centres de fabrication. J'ai travaillé dans les usines qui se mécanisaient et j'en suis revenu plus capable que vous ne pouvez le croire de faire marcher une entreprise.

Qu'il était jeune ! Elle ne souriait pourtant pas, ne voulant pas amoindrir son enthousiasme. Et, d'ailleurs, peut-être avait-il raison.

Comme elle relevait la tête de son ouvrage et le regardait, elle s'étonna de lui trouver de la ressemblance avec son père. Elle crut revoir Calixte, autrefois, quand il s'exaltait, parlant de son avenir. Se pouvait-il que la formation d'un être par un autre fût plus forte que le sang ?

Troublée, elle le regarda encore. Il avait les gestes de Calixte, se levait, allait et venait pour accompagner le flux de ses paroles, comme jadis Romanais-la-Rose-d'Amour.

Elle dut arrêter son travail. Elle était émue et ravie : Alexandre *était* le fils de Calixte !

Alors, aussi excitée que lui, elle s'écria :

– Je connais toutes les jeunes filles à marier. Je les ai toutes coiffées, je vais te chercher celle qu'il te faut. Belle et riche. À vous deux, vous les ferez, vos chaussures pour femmes !... Voyons, que je t'examine un peu. Tu n'es pas mal, tu sais. Mais si tu prenais un peu plus soin de ta personne, si ton costume était moins fripé, ta chemise mieux repassée...

– Vous m'avez vu au bal de l'Exposition universelle ! Je peux être très bien, enfin, presque, quand je veux. Et le commandant m'a offert des habits superbes. Vous pensez que je pourrais plaire à une jeune fille riche ?

Il partit sur cette idée. Il retraversa la ville en s'attardant devant les belles demeures des grands bourgeois, des notables. Derrière l'une de ces fenêtres dormait peut-être une jolie demoiselle qui l'aimerait assez pour lui apporter... Combien, au fait, lui faudrait-il ? Il s'arrêta quelques instants au pied du Jacquemart – il avait donc tant marché ? – et près du Cygne-Fontaine, il but une petite rasade d'eau fraîche en concluant :

– L'avenir est à moi !

Il eut du mal à s'endormir. Il repensa à la confidence de Donatienne. Dans le récit qu'elle lui avait fait de son amour de jeunesse pour son père et des jalousies de sa mère, elle ne lui avait parlé ni de la vente du petit chien blanc ni du coup de fouet qui lui avait laissé cette cicatrice qu'il connaissait bien. Elle ignorait qu'il savait tout ça depuis longtemps par Numa. Il n'avait jamais eu encore l'occasion d'associer les deux mots qu'il assembla ce soir : élégance et morale. Oui, ce devait être cela que l'on pouvait appeler de l'élégance morale, ne rien dire contre sa mère à un fils pour ne pas ternir l'image qu'il avait d'elle. Était-ce pour cela que son père aimait Donatienne ? Car il l'aimait, c'était sûr..., enfin, suffisamment pour parler d'elle dans son cahier et lui faire les plus belles chaussures de la Terre.

Quoi qu'il en soit, se dit Alexandre prêt à s'endormir enfin, il ne se souhaitait pas d'amours de ce genre. Cela devait vous compliquer bigrement la vie.

Ce ne fut qu'installée dans la petite villa louée sur les hauteurs de Cannes que Mme Calixte Royer se rendit tout à fait compte qu'elle n'aurait plus voix au chapitre dans son usine. Ce « et fils », qui l'avait émue dans sa maladie, lui apparut, dans sa convalescence, et au soleil de la Côte d'Azur, beaucoup moins séduisant. Elle tenta d'en discuter avec Calixte. Il remit cette conversation à plus tard, il était très occupé par l'installation de son atelier dans un bâtiment annexe, au fond du jardin.

Mlle Amélie écrivait à sa sœur :

... et tu penses que l'Adélaïde a, une fois de plus, un pied dans la tombe et l'autre en gambade ? Cette fois-ci, je crois quand même que c'est sérieux. Sans cela Calixte ne partirait pas. Imagines-tu le petit Alexandre (enfin, petit, peut-être ne l'avons-nous pas vu grandir) à la tête de l'affaire ? Bref, tout ça c'est du souci. Mais notre Donatienne fait ce qu'elle peut pour aider. Un qui est obligeant aussi, c'est le commandant. Il entoure beaucoup Alexandre, je me demande même s'ils ne font pas des parties fines ensemble chez quelques dames de théâtre ou d'ailleurs, et pourquoi pas, après tout ?

J'ai su, par Sébastien qui le tenait du veilleur de nuit de Calixte Royer et fils, que le jeune patron est au travail dès six heures du matin avec tous et qu'il connaît son affaire. Eh bien, bravo ! Elle ne s'est pas donné beaucoup de mal pour l'élever son fils, l'Adélaïde, mais Calixte a dû faire, lui, ce qu'il fallait.

J'en reviens au commandant. Je sais de source très sûre qu'au retour de sa montée à Paris pour accompagner les Royer à l'Exposition universelle il s'est déchaîné à Valence avec toute la troupe du théâtre. Une noce carabinée, à ce qu'on m'a dit. Celui-ci, vois-tu, je le soupçonne d'avoir des crises de débauche. Après, il semble qu'il se calme pour un temps. C'est drôle, les hommes.

Tu me demandes ce que devient Donatienne, ma parole, toi qui sais tout, tu ne sais pas que ses affaires sont au mieux ? Grâce, bien sûr, à son directeur M. Baptiste. Les voilà qui fournissent la cour d'Angleterre. C'est beau, ça. Louis-Bertrand aura un joli héritage, si Dieu veut. Il est gentil, ce petit, il me rappelle Numa, autrefois, quand il venait chercher les clayettes de fleurs. Et tu vois comme est la vie, Donatienne, qui n'a pas eu d'enfant, la voilà qui a un fils quand même. Parce que le garçon l'appelle maman et a dû oublier qu'elle n'est pas sa mère.

Pour ce qui est de la politique, il paraît que ça remue à Valence et qu'on pourrait bien avoir des troubles ici aussi bientôt. Si ça bouge autant qu'en 1893 avec la grève des vermicelliers dans les usines de pâtes alimentaires, on va revoir les drapeaux rouges dans les rues et entendre L'Internationale. *On m'a dit qu'au café de Mars il y a réunion sur réunion des socialistes. Note que c'est depuis les dernières revendications qu'ils ont, à Romans, la journée de dix heures dans l'industrie de la chaussure. Note aussi qu'ici beaucoup préfèrent travailler chez eux. Mon voisin, ouvrier à domicile, celui qui me fait la gracieuseté de m'acheter mon lait tous les matins en allant chercher le sien, me dit, lui, qu'il préfère aligner ses dix-huit heures chez lui et qu'on lui f... la paix, qu'on ne l'oblige pas à entrer à l'usine au son de la cloche, à supporter la chiourme de contremaîtres hargneux ; et il aime fumer quand il en a envie. Aussi, il ne veut pas entendre parler de syndicat. À propos de syndicat, Donatienne avait l'un de leurs chefs chez elle. Il paraît qu'elle l'a tellement amadoué et charmé qu'il a démissionné ! Il faudra bien qu'un jour on laisse les femmes faire de la politique, je suis sûre qu'elles y réussiront.*

Mlle Amélie s'étonnait. Donatienne, qui s'intéressait peu aux petits potins sur les Romanais, était soudain prise d'une rage de renseignements.

– Les Duverger ont combien de filles ? Ne m'avez-vous pas dit un jour qu'ils en avaient plus que permis.

– Six ! Et toutes disponibles. Mais elles le resteront ! Elles sont vilaines et acides.

– Et les Monteillet ?

– Ils se sont débarrassés des leurs. Fort bien, ma foi.

– Qu'y a-t-il, en ce moment, à marier en ville ?

– Vous pensez déjà aux futures noces de votre Louis-Bertrand ?

– Je cherche une femme pour Alexandre.

– Ah, bah !

– Et il me la faut riche.

Dès lors, excitée, Mlle Amélie secoua sa mémoire et présenta une liste d'une dizaine de noms. Elle n'avait qu'un regret, avoir dû se passer de la collaboration de sa sœur, qui aurait été de grande efficacité. Mais tout Romans aurait immédiatement su que le fils Royer voulait convoler. Josépha n'avait jamais pu tenir sa langue.

Nantie de sa liste, Donatienne se mit à attendre la venue de clientes mères de famille accompagnées de leurs filles. Bientôt l'été serait là et ces dames ne tarderaient pas à venir choisir leurs chapeaux de paille. Et, elle l'avait remarqué, avec les beaux jours, le soleil et le ciel bleu, on s'attardait chez elle, et l'on y bavardait plus qu'en hiver.

Alexandre, pendant ce temps, ayant momentanément oublié qu'il voulait se marier, allait chasser le dimanche. « C'est là, disait-il, le meilleur délassement, après la pêche. »

Chez un vieil ami de son père, Benoît Rouvier, fabricant de cirages, il était l'invité permanent. C'était à une heure de Romans à peine. Il aurait même pu, plaisantait-il, y aller à pied s'il n'en avait ramené chaque fois un carnier trop lourd à porter.

Benoît Rouvier, plus communément appelé le père Cirex – Cirex, le roi des cirages –, était un petit homme trapu, solide, rougeaud et décoré d'une moustache à la gauloise que les plus Gaulois des Gaulois lui auraient enviée.

Alexandre était persuadé qu'il aurait sans frémir abandonné son royaume de la brillance du cuir pour ne vivre que sur ses terres, le fusil à l'épaule. Mais on tenait, dans sa famille, depuis trois générations, la recette du cirage, et il lui fallait bien être digne de l'ancêtre et continuer la tradition. Il entrait dans une fureur aussi noire que le plus sombre de ses produits si on lui disait que cette fameuse recette était arrivée chez lui avec les armées de Wellington.

– Les Anglais, tous des hypocrites et des menteurs !

Mais il ne refusait pas les affaires avec eux. Et n'était pas fâché de dire :

– Je leur ai quand même casé ma camelote.

La maison du père Cirex tenait de la ferme par sa cour et sa mare, sur le devant, et du château par une tourelle sur l'un des côtés. Dans la grande cuisine à cheminée monumentale œuvrait le meilleur cordon-bleu, après Violette.

On n'avait jamais pu savoir si le gibier vagabondait sur les terres Rouvier à l'état naturel, ou si le fabricant de cirages y ajoutait, sournoisement, de l'élevage. Quoi qu'il en soit, c'était la meilleure chasse du pays. Et comme le père Cirex ne détestait pas la présence des femmes chasseresses, les soirées qui suivaient les exploits cynégétiques ne manquaient pas d'attrait.

En attendant de trouver la jeune fille de ses rêves, Alexandre appréciait la présence d'une charmante veuve, bon fusil et plaisante compagne de battue.

Ce dimanche-là, dès qu'il eut conduit sa voiture et Blackie II aux écuries, Alexandre eut le plaisir de voir que cette piquante et savoureuse Mme Aubernon était des leurs. Si le fabricant valentinois de pâtes alimentaires, qui montait la garde depuis quelque temps auprès d'elle, n'était pas convié aujourd'hui et demain – on allait chasser pendant vingt-quatre heures –, il avait peut-être enfin ses chances. Il la soupçonnait de se faire entretenir par le vermicellier mais de ne pas se refuser quelques distractions complémentaires. Aussi, sans perdre de temps, lui fit-il compliment de son élégante tenue de chasse qui, d'ailleurs, avait dû coûter chaud. On avait raison de dire que ça marchait bien, l'industrie, à Valence, et ils avaient sûrement moins de soucis dans l'alimentation que dans la chaussure.

Il chercha à faire un compliment à la fois poétique et spirituel. N'en trouvant pas – ou ne voulant pas se torturer l'esprit par ce beau temps et dans cette douceur de l'air –, il se contenta de dire :

– Crânement élégante, votre allure garçonnière, chère madame... J'ajouterai même, conquérante.

Et, de fait, la culotte collante en peau de gant, la bottine et la guêtre, l'audacieux pantalon arrêté au-dessus du genou, et la courte – très courte – jupe plissée, tout cela tentait de cacher, sans y parvenir, des appas affriolants.

Il montra aussi combien il appréciait que la guêtre fût, comme la cartouchière, d'un ravissant cuir viennois de ton havane... Ah ! là il pouvait risquer :

– Et si assorti au miel de vos cheveux !

Il se demandait ce qu'il pourrait trouver à louer encore. Peut-être ce joli fusil de dame à la crosse damasquinée, or sur acier, quand il croisa un regard pétillant de moquerie qui stoppa la phrase commencée, qu'il ne finit jamais. À qui appartenaient ces yeux débordant de malice ? Qui était cette chasseresse, beaucoup moins élégante que l'autre, mais comptant, en revanche, quinze ans de moins ?

Comme si elle ne s'était propulsée là, dans le dos de

Mme Aubernon, que pour mettre fin à la guirlande de banalités qu'il débitait, la jeune fille (ou jeune femme, comment savoir, sous le chapeau tyrolien qui ombrait ses traits ?) s'était positivement évanouie.

Il la retrouva au cours de la battue et enregistra que cette petite personne était un excellent fusil. Elle n'avait pas d'arme damasquinée d'or, mais elle ne ratait jamais ce qui lui passait devant l'œil. Bigre, elle était étonnante. Étonnante.

Quand il la sut, parce qu'elle fit les honneurs du dîner, fille du père Cirex – qui avait négligé de la présenter –, il fut stupéfait. D'où sortait-elle ? Il ne l'avait jamais vue ici depuis plus de cinq ans qu'il y venait.

Elle sortait de son couvent. On apprenait donc si joliment à viser le faisan ou le lièvre dans les couvents ?

Non, les talents cynégétiques de Mlle Rouvier étaient dus à son Nemrod de père. Mais alors, si elle était ici aux vacances, pourquoi ne l'avait-il jamais vue ? Tout simplement parce que, depuis cinq ans, elle passait l'été en Écosse pour y apprendre l'anglais, et aussi pour chasser la grouse. Eh bien, Alexandre n'aurait jamais cru ça du père Cirex. Cette petite fille, à qui donc l'avait-il faite ? Il lui revint alors en mémoire une Mme Rouvier, douce et effacée créature dont la mort était presque passée inaperçue tant la pauvre dame avait peu compté, aussi bien à la ferme-château qu'à la fabrique de cirages. Alexandre ne se souvenait pas de l'avoir jamais vue, mais elle avait sûrement existé, la preuve en était là, qui dardait toujours ses regards piquants sur la belle Adèle Aubernon et sur lui. Ah ! mais elle était déplaisante, à la fin, cette gamine. Elle méritait une leçon. Et Alexandre redoubla d'attentions envers la bonne amie du vermicellier valentinois, qui avait eu, celui-là, le bon goût de rester chez lui. Habile manœuvre qui lui donna toutes ses chances pour la nuit à venir. La dernière pression de main de l'élégante chasseresse était une promesse. Il avait repéré sa chambre, juste en face de la sienne. Un corridor à traverser, et il était chez elle.

Dès qu'il pensa la maisonnée endormie, il entrouvrit sa porte. Bon ! Voilà que Mlle Cirex passait, un panier de linge au bras. Il fallait attendre. Il attendit. Deuxième tentative de sortie, porte entrouverte... mais pour voir repasser, dans l'autre sens, la jeune maîtresse de maison chargée cette fois des couvertures. Troisième et quatrième essai sans plus de résultat. Cette petite peste ne se coucherait donc jamais ?

Il patienta une heure encore. Pour la forme, parce qu'il avait compris. La demoiselle avait décidé de l'empêcher de traverser le couloir. Et pourquoi, bon Dieu ? En quoi cela la gênait-elle qu'il conte fleurette à Mme Aubernon ?

Il se coucha, vexé et furieux. Adèle ne lui pardonnerait pas d'avoir négligé son invite. Il s'endormit quand même assez vite, c'était bien joli, tout ça, mais il fallait chasser demain, et il ne voulait rien rater de ce qui passerait à sa portée. Surtout devant cette petite fille qui tirait comme une déesse. Il s'éveilla un peu inquiet à la pensée de revoir Mme Aubernon avant le départ pour la battue.

Mais elle ne descendit pas à l'heure prévue et ne prit pas son petit déjeuner avec les chasseurs, comme elle avait l'habitude de le faire.

On s'agitait, là-haut, dans le couloir.

Était-elle souffrante ?

Elle était furieuse. Mais désespérée aussi : sa superbe tenue de chasse avait disparu, à l'exception de sa cartouchière, qui gisait, seule, là où s'étalaient, la veille, la culotte de peau de gant, la petite jupe, la veste cintrée, le chapeau tyrolien.

La maison était en émoi. Chose pareille, inconcevable, n'était jamais arrivée ici. Mais le père Cirex s'impatientait, il fallait partir au plus vite, on avait déjà perdu assez de temps avec ces fanfreluches qui devaient, bon sang, être quelque part !

Compatissante, serviable au possible, sa fille apportait dans la chambre de l'invitée ce qu'elle avait de mieux en fait de vêtements de chasse. Mais les rondeurs affriolantes de Mme Aubernon n'arrivaient pas à s'introduire dans les culottes ou les corsages de la svelte jeune fille, ce qui n'améliorait pas l'humeur de celle qui les essayait, puis les rejetait, rageuse. Tant pis, elle ne quitterait pas sa chambre, elle ne voulait pas retarder plus encore les chasseurs. Mais elle espérait bien qu'après avoir tué de pauvres et inoffensives bestioles ils s'efforceraient de traquer son voleur de vêtements. Et, radoucie soudain, entrevoyant le bon côté de cette aventure, elle murmura à l'oreille d'Alexandre :

– Arrangez-vous pour lâcher la chasse et revenez me tenir compagnie.

Flatté, ravi, Alexandre assura que rien ne lui ferait autant de joie que d'abandonner, d'ici une heure ou deux, ses compagnons dans leur champ de betteraves et de revenir ventre à terre.

– On vous attendra, cher.

On l'attendit, en effet, mais en pure perte, il n'arriva jamais. La petite Cirex ne le lâcha pas. Il le comprit vite, le manège de la nuit recommençait. Il savait aussi qui avait dû cacher – Dieu sait où – les beaux vêtements de la belle Aubernon.

Il rageait ferme. Mais, peu à peu, devant le tir fabuleux – le qualificatif n'était pas excessif – de cette enfant, il s'adoucit. Elle était vraiment un grand fusil. À eux deux, car il se sentait obligé de faire presque aussi bien qu'elle pour lui montrer qu'il n'était ni énervé ni furieux de ses manigances, à eux deux, donc, ils firent un tableau qui amena une larme de joie dans l'œil du père Cirex.

Alexandre se disait qu'il avait perdu ses dernières chances avec la pulpeuse Aubernon – après tout, était-elle si pulpeuse que ça ? –, mais quelle chasse !

Assis à table, au souper, à côté de Charline – il savait enfin son prénom –, il fut aussi gai qu'elle. Et si les yeux noirs de la bonne amie du vermicellier valentinois avaient été de jolis petits fusils à crosse damastiquée d'or, le tableau du jour se serait enrichi de deux pièces de gibier – humain – supplémentaires.

Alexandre oublia assez vite Mlle Rouvier mais n'oublia pas le tableau de chasse de cette mémorable journée. Charline, elle, oublia totalement le tableau, mais pas Alexandre. C'eût été impossible, elle l'avait dans le cœur depuis un an, sans qu'il s'en doutât.

Elle l'avait aperçu, pour la première fois, de la fenêtre de sa chambre où elle attendait l'apparition des boutons de sa rougeole, cloîtrée dans la pièce tendue de tissu rouge pour en hâter l'éclosion.

Elle l'avait vu passer et repasser sous son balcon, un jour de battue. Guérie, elle avait pensé à lui en chassant la grouse et en apprenant l'anglais. Et, pendant sa dernière année de couvent, elle ne s'était pas endormie un seul soir sans se dire : « Je deviendrai Mme Alexandre Royer, des chaussures Calixte Royer et fils. » Ce n'était pas la cocotte d'un fabricant de pâtes alimentaires qui l'en empêcherait.

Elle fit livrer à Valence, au domicile de cette dame, ses vêtements retrouvés. Un petit chef-d'œuvre littéraire accompagnait l'envoi. Il disait que la fille de cuisine, jeune pauvresse subjuguée par la superbe tenue de chasseresse de Mme Aubernon, n'avait pu résister au violent désir d'échanger sa peau d'âne, pendant quelques heures, contre ces vêtements de rêve. Un énorme bouquet de fleurs accompagnait la restitution de la culotte de peau de gant et du reste.

Mme Aubernon n'accusa pas réception et refusa à l'avenir toute invitation aux battues du père Cirex.

Alexandre avait si bien oublié Charline Rouvier qu'en la croisant dans Romans il ne la reconnut pas. Il est vrai qu'en tenue de ville elle était méconnaissable. Elle revenait de chez Donatienne où elle avait commandé trois chapeaux. N'étant pas sur la liste de Mlle Amélie, elle n'avait pas attiré l'attention de la tante d'Alexandre.

Elle savait la parenté de celui qu'elle appelait son futur mari avec la plus grande modiste du département. Elle se proposait de faire durer les essayages de ses capelines au maximum, afin d'en arriver à parler de lui.

Son plan comportait, en outre, la conquête du commandant de Lirac, dont elle n'ignorait pas l'amitié qui le liait à Alexandre. Pour cela, il ne faudrait pas oublier de l'inviter à la prochaine chasse. Il ne détestait pas venir tirer quelques lapins chez son père.

– Mademoiselle Amélie, vous ne m'aviez pas signalé Charline Rouvier, dans les demoiselles à marier ?

– Vous m'avez demandé une jeune fille riche.

– Elle ne l'est pas ?

– Elle l'est... un peu. Le cirage n'a rien de commun avec la tannerie, par exemple.

Gabriel-Marie, consulté par Donatienne, promit d'enquêter. Le père Cirex, d'après lui, était un brave homme dépassé par sa pétulante fille unique. Il ne demanderait pas mieux que de la caser. Quelle dot lui donnerait-il ? On essaierait de le savoir en allant tirer quelques lapins chez lui. Mais ne pourrait-on trouver mieux pour Alexandre ? Un beau garçon avec une fabrique qui ne ferait que s'agrandir méritait que l'on visât plus haut.

C'était là sans compter sur la ténacité et l'esprit inventif de Charline. Quand elle était venue essayer ses chapeaux, elle avait attaqué avec une justesse de tir bien digne du grand fusil qu'elle était.

– Madame, j'aime votre neveu Alexandre depuis deux ans maintenant.

Et elle avait raconté son amour, sans oublier sa rougeole.

– Quand je l'ai vu passer sous mes fenêtres, j'ai su que c'était lui, et pas un autre. Vous pouvez me comprendre ?

Si elle pouvait ! Donatienne s'était dit que cette enfant allait souffrir ce qu'elle-même avait souffert, si Alexandre, ce soir, ou demain, entrait ici en déclarant : « J'ai rencontré la femme de ma vie ! », qui, bien sûr, ne serait pas la petite Charline.

Elle avait examiné la jeune fille. Elle était mignonne, elle avait de beaux yeux en amande, la vivacité d'un écureuil et des cheveux qui frisottaient comme ceux des bébés. Elle avait aussi la taille bien prise et de délicieuses et fines attaches, jolies mains et jolis pieds. Que demander de plus ? D'ailleurs, il n'y avait pas à le demander, ce plus, elle l'avait : éducation, instruction et dot.

Donatienne s'était interrogée : comment aider cette jeune amoureuse, non pour tenter de l'imposer à Alexandre, mais pour essayer de lui ménager des rencontres où le garçon pourrait étudier ce petit personnage moderne, n'ayant peur de rien et prêt à tout pour arriver à ses fins ? Était-il possible que les temps nouveaux, ces temps qui amenaient l'électricité dans les usines, fabriquent des femmes aussi intrépides ? D'une intrépidité qui avait suffoqué Donatienne lorsqu'elle avait entendue :

– J'ai décidé de parler à mon père. Je vais lui demander d'aller offrir ma main à Alexandre Royer. Qu'en pensez-vous ?

Donatienne avait alors pensé que Charline Rouvier des cirages Cirex n'avait besoin de personne pour parvenir à avoir son Alexandre, des chaussures Calixte Royer et fils.

Si elle avait eu, elle aussi, autrefois, l'idée d'agir et non d'espérer, peut-être aurait-elle changé sa destinée. Cette idée la poursuivit au long des jours qui suivirent, bien qu'elle tentât de la chasser.

Elle attendit avec impatience la visite d'Alexandre. Il ne manquerait pas, si le père de Charline lui offrait sa fille, de venir l'en informer.

Il vint, en effet, un soir, tout réjoui et, sinon fier, du moins assez satisfait d'annoncer que le père Cirex lui avait quasiment donné sa fille.

– Et que comptes-tu faire ?

– Comment, ce que je compte faire ? Mais je ne peux pas épouser toutes les jeunes filles qu'on me proposera.

– Parce que tu crois qu'on va t'en proposer d'autres ?

– Si celui-là commence, pourquoi d'autres ne suivraient-ils pas ?

Donatienne partit d'un grand éclat de rire. Le premier depuis bien longtemps. Alexandre la mettrait toujours en joie.

– Que t'a-t-il dit exactement, M. Rouvier ?

– J'ai cru comprendre que sa chasseresse ne verrait pas d'inconvénient à m'avoir comme mari et qu'il était – en quelque sorte – prêt à lui donner une belle dot pour faire aboutir la chose. Il m'a l'air de penser que pour se charger de la demoiselle il faut être un peu encouragé. Par une belle dot, précisément.

– Eh bien, voilà ce que tu voulais !

– La dot, sans doute, mais pas la fille.

– Mais elle est délicieuse.

– Vous voulez dire que c'est une petite chipie. Je la soupçonnerai toujours de méditer une farce quelconque dans mon dos.

Et il raconta l'affaire des vêtements de la veuve amie du vermicellier.

– Au moins j'aurai réussi à vous faire rire, ce soir, dit-il à Donatienne, qui, en effet, s'égayait à nouveau.

Puis elle plaida la cause de sa protégée. Que de preuves d'amour depuis sa rougeole ! Il n'avait pas l'air de s'en rendre compte. Et aussi des preuves de courage, parce qu'il en fallait, pour faire tout ça. Et d'humilité, donc. Était-ce ou non marcher sur son amour-propre que de demander à son père d'aller se faire offrir, comme ça, à un garçon qui, peut-être, ne voudrait pas d'elle ?

C'en était, Alexandre en convenait. Et même cela le faisait réfléchir.

Il y eut alors le bal des grandes manœuvres. Alexandre y fut avec son bel habit et ses escarpins asymétriques. Charline y était aussi, tout ensoleillée dans une robe de tulle couleur abricot, garnie de capucines. Ce n'étaient pas là des coloris « jeune fille ». Le clan des mères critiqua, mais MM. les officiers apprécièrent beaucoup. Charline entendit bien cinquante fois : « Mademoiselle, vous êtes un vrai rayon de soleil ! »

Quand Alexandre se décida à l'inviter à danser, et alors qu'il ouvrait la bouche pour la complimenter à son tour, elle le devança.

– Non, je vous en supplie, ne me dites pas, vous aussi, que je suis un rayon de soleil. Je ne pourrai vraiment pas épouser quelqu'un qui me débiterait encore une fois cette rengaine.

– Ah !... Parce que...

– Bien sûr !... Et laissez-moi vous donner un conseil. Je me suis renseignée, le terrain qui jouxte votre usine et votre maison est à vendre. Mais il faut vous dépêcher, c'est un beau territoire, il y aura vite des acquéreurs. Je suis allée le voir hier. J'y ai traîné la malheureuse créature qui me sert de gouvernante, et nous l'avons, elle et moi, arpenté de long en large. C'est ce qu'il vous faut. Autre chose, et d'autant d'importance : j'ai écouté parler mon père et M. Joseph Fenestrier, celui qui lance en grand la fabrication en série de chaussures pour hommes, dites cousues et de qualité. Vous voyez ce que je veux dire, sur le boulevard Gambetta ? Ce sera la plus vaste usine de la ville, enfin, pour le moment, parce que nous ferons sans doute mieux. Bref, il a signé un contrat avec l'United Shoes Machinery. Il paraît que le prix de location des machines est fonction de la production et que des compteurs en assureront l'estimation. Bref, ce monsieur va donc se lancer, en très grand, dans les chaussures d'hommes. Et vous, vous le ferez pour les femmes...

– Comment savez-vous que j'ai, peut-être, cette intention ?

– Oh ! je bavarde de temps à autre avec Mme Derivault. J'imagine le reste. C'est facile, vous savez, de deviner ça dans une ville comme la nôtre : nous avons les cuirs et les meilleurs tanneurs, le goût de la chaussure, et l'électricité en plus, maintenant. Donc, je me disais qu'il faut vous décider assez vite, compte tenu de ce que vous avez déjà : une fabrique, votre connaissance du métier, votre pratique, votre père encore actif, et qui peut être là s'il le faut... et, moi, j'apporte l'argent qui manque. Parfait, tout ça ! Alors, on danse ou on ne danse pas ? Vous attendez quoi ? Ah ! une dernière petite chose : je ne veux pas de compliments sur ma robe, mais je veux vous dire que vous êtes, vous, le personnage le plus élégant de cette assemblée. Je me demande si c'est l'homme ou l'habit qui est le plus remarquable ou les deux... Flûte, notre valse est finie ! Bah ! c'est peut-être mieux comme ça, si vous dansez mal je ne le saurai que lorsqu'il sera trop tard.

Alexandre éprouva le besoin, en quittant la jeune fille, d'aller reprendre ses esprits à l'air frais dans le jardin de la colonelle.

Charline gagna un petit boudoir pour s'y asseoir un moment. Et Gabriel-Marie, qui ne les avait pas quittés des yeux, elle et Alexandre, la rejoignit.

– Voulez-vous quelque chose à boire ?

– Oui. Je crois que j'en ai diablement besoin.

Quand le commandant tendit son verre à la jeune fille, il vit que sa main tremblait. Il vit aussi que deux larmes, deux grosses perles d'eau, comme en ont les enfants, coulaient sur ses joues.

– Ç'a été si difficile ?

– C'est maintenant que c'est poignant. Ou j'ai bien joué ou j'ai tout perdu. Que me reste-t-il à faire, je me le demande.

– C'est très simple. Vous retournez au salon et vous dansez avec tous ceux qui se sont inscrits sur votre carnet de bal qui, je le vois, est plus que complet. Moi, je vais ramener Alexandre ici et l'obliger à vous admirer dans les bras de ces jeunes officiers et industriels d'avenir qui vous trouvent irrésistible.

– Vous croyez ?

C'était une toute petite fille, maintenant, et qui levait vers Gabriel-Marie ses jolis yeux en amande et en détresse.

– J'en suis sûr, mon enfant.

Pendant que Charline s'envolait au bras d'un sémillant sous-lieutenant, le commandant, avant d'aller chercher Alexandre, plongé dans ses pensées au fond du jardin, s'attarda un moment à égrener les siennes. Il se revoyait à l'époque où il était comme le jeune officier valsant en ce moment avec la petite Charline. Celui-là avait-il, lui aussi, la tête pleine de grandes résolutions nées de grands principes : pas de passions fatales, pas de liaisons dangereuses, une petite vie de garnison calme, tranquille, bien organisée ? Si oui, il y avait des chances pour que lui aussi en revienne, de toutes ces fariboles. Il avait raison, le père Voltaire : « La destinée nous mène et se moque de nous. » S'il y avait ici ce soir un malheureux dont elle s'était bigrement fichue, la destinée, c'était bien le ci-devant vicomte Gabriel-Marie de Lirac !

Non seulement il l'aurait eue, sa grande passion, mais elle ne devait jamais être partagée. Pour quelqu'un qui ne voulait ni soucis ni charges d'aucune sorte, il avait une famille qui lui était tombée du ciel, des affections qui lui emplissaient le cœur et envers lesquelles il se sentait des devoirs.

Il partit d'un pas ferme cueillir Alexandre dans ses fourrés. Celui-là, il fallait qu'il comprenne où était son bonheur. Cette petite Charline n'était pas la jeune et jolie écervelée qu'il croyait. Le tout était qu'il s'en aperçoive à temps. L'étonnant, dans cette affaire, était que ce garçon, qui avait mal supporté la tutelle autoritaire de sa mère, songeât à cette énergique petite personne. Gabriel-Marie ralentit sa marche, une idée soudain l'assaillait : Alexandre, tout au fond de lui, n'était-il pas assez admiratif des qualités d'Adélaïde ? Sans vouloir l'admettre, et plaignant son père d'avoir dû faire des brodequins militaires plutôt que de se livrer à son art de la chaussure féminine, ne ressentait-il pas une réelle estime pour celle qui avait fait Calixte Royer et fils peut-être plus que Calixte lui-même ? Dans ce cas, il avait déjà compris que Charline était de la trempe des Adélaïdes..., mais avec un cœur en plus, et, cela, le découvrirait-il ?

À Donatienne, Alexandre affirma, en agaçant sa moustache :

– Eh bien ! Je vais l'épouser, et si ça ne marche pas elle ne s'en prendra qu'à elle. Après tout, ce doit être ça, la tranquillité, se marier sans avoir la responsabilité de la chose.

– Avoue que tu l'aimes. Et ne torture plus ta moustache, ou tu seras affreux le jour de ton mariage.

– Non je ne crois pas que je l'aime, mais je veux mon terrain. Elle a raison, il est épatant. Nous pourrons agrandir l'usine. Et la maison aussi. Je ne peux pas la faire vivre dans la cuisine de maman. Elle n'est pas obligée d'avoir les mêmes goûts que nous. Et puis je crois qu'elle a envie d'un salon.

– Alexandre, tu l'aimes !

– Hum... Je pense qu'il ne sera pas désagréable d'aller à la chasse ensemble. Elle est vraiment un fusil extraordinaire. Vous ne pouvez pas imaginer, je crois qu'elle n'a jamais gâché une seule cartouche de sa vie. Il faudra que vous veniez un jour voir ça.

– Alexandre, tu...

– Non, non et non, je ne l'aime pas ! Mais je l'estime. Et je me demande si ce n'est pas mieux, après tout.

Il paraissait soudain soucieux et hésitant. Hésitant, semblait-il, à en dire plus. Donatienne s'inquiéta :

– Alexandre, quelque chose ne va pas ?

– À vrai dire, oui. Il faut que je vous en parle, parce que je ne voudrais pas tourmenter mon père avec ça, enfin, pas encore, pas avant d'avoir une solution à lui proposer. Alors voilà : l'armée unifie la chaussure militaire. Elle veut exactement les mêmes brodequins pour toutes ses unités..., et le gros de ses commandes, pour ne pas dire la totalité, va aller à Alexis Godillot. Je viens d'en être informé.

– Tu veux dire que vous ne serez plus le fournisseur de chaussures pour les soldats ?

– À peu près. Nous arriverons sans doute, si nous acceptons de fabriquer le modèle qu'ils imposent, à garder une petite partie du marché. Sans plus. Nous ne sommes pas équipés comme Godillot, il est hors de question de lutter avec lui.

– Et votre essai de chaussures de qualité pour hommes ?

– Fenestrier est désormais mieux placé que nous pour le faire.

– Alors ?

– Eh bien, j'ai mon idée, vous le savez, vous qui possédez les plus beaux souliers que j'aie jamais vus. Si mon père peut nous créer des modèles, nous fabriquerons, pour mettre à la portée des bourses moyennes, et même petites, de jolies chaussures de femmes en série. Nous en avons la possibilité. Charline l'a compris, ou deviné, elle est assez étonnante, très intelligente, et elle sent les choses. Mais je ne veux pas, sans l'accord de M. Rouvier, mettre la dot de sa fille dans la réalisation de ce projet. Il va falloir que nous en discutions, mon père et moi, avec lui.

– Charline sera avec vous.

– Devant nous, si je puis dire : elle en est déjà à la transformation de l'usine.

– C'est la femme qu'il te fallait.

– Je crois que vous avez raison.

Quand son neveu fut parti, Donatienne ouvrit sa petite armoire qu'elle appelait le musée de son amour. Elle les reprit un à un, ces ravissants souliers. Personne mieux que Calixte ne saurait faire pour Alexandre ce dont il rêvait. Pour Alexandre et pour Charline, se dit-elle en souriant avec tendresse.

Avant de s'endormir, elle pensa qu'elle allait peut-être le voir bientôt, cet homme qu'elle ne cesserait jamais d'aimer. Et tout à coup elle bondit hors de son lit et se précipita vers son miroir.

Depuis combien de temps ne s'était-elle regardée dans une glace ?

Ce qu'elle y vit la rassura. Pas encore de mèches blanches ni de rides trop visibles. Elle brossa ses longs cheveux. Toujours ils lui rappelaient deux mains heureuses d'y cueillir leur fil d'or... Elle se souvint alors de ce que Gabriel-Marie de Lirac lui avait raconté, un jour, en choisissant des chapeaux pour sa petite chanteuse : en Algérie, où il avait quelque peu guerroyé, il avait appris que la femme arabe cachait sa chevelure sous le mendil, sorte de foulard, et ne la montrait à l'époux qu'au soir du mariage, en don suprême du mystère et de la beauté féminine. Alors elle se revit défaisant ses cheveux pour Calixte.

Elle s'endormit avec un sourire d'immense tendresse offert à un homme qui ne le verrait jamais.

Le mariage aurait lieu en décembre.

Avait-on choisi cette époque afin qu'Adélaïde ne puisse y venir ? Et d'autant moins qu'elle avait eu à nouveau une poussée de fièvre qui, sans être alarmante, demandait un redoublement de prudence. Mais Charline et Alexandre iraient en voyage de noces à Cannes.

Calixte arriva deux jours avant la cérémonie pour faire la connaissance de sa future belle-fille. Il y eut un dîner chez Benoît Rouvier. Alexandre avait prévenu son père, Charline était une jeune fille moderne qui parlait de tout – en deux langues – et n'avait peur de rien. Il s'en apercevrait d'ailleurs très vite.

Il n'en fut rien. Charline fut quasiment muette pendant tout le repas. Un miracle ! Elle était, enfin, intimidée par quelqu'un. Par son futur beau-père. Elle l'écoutait, paraissant fascinée.

– À Cannes, disait Calixte, le parfum des fleurs d'oranger se déverse dans toute la campagne. Le soir, la brise légère nous grise de senteurs d'orange à nous en étourdir. Nos gestes, nos pensées... et nos aliments, bien sûr, tout en est enveloppé. Le feuillage bleu des oliviers en tressaille de bonheur... ou d'envie, peut-être.

Il racontait leur vie là-bas. Ils n'avaient loué qu'une petite maison, mais elle avait un jardin. Adélaïde s'y tenait, ou dans le patio, dès qu'un peu de vent se levait. Et, pendant qu'elle se reposait, il se promenait, le plus souvent au coucher du soleil, sur les hauteurs de Cannes, ou en bas, près de la mer. C'était l'heure où le paysage prenait ses deux couleurs de paradis : l'argenté de l'eau et les roses du ciel.

Il parlait aussi de la ville. Ville de plaisir pour beaucoup.

– Les hivernants y valsent, y polkent, s'y battent avec des bouquets de fleurs ou des confettis, quand ils ne se pressent pas dans les luxueux magasins.

– De chaussures ?

– Et aussi beaux qu'à Paris ! Les mêmes, d'ailleurs : Raoul, Heyraud, André, Dressoir, Pinet. Je regarde beaucoup leurs étalages.

– Et que penses-tu de ce que tu y vois ? demandait Alexandre.

– Que l'on met, désormais, à la portée de toutes les bourses des chaussures de qualité et que cela ne s'arrêtera pas en si bon chemin.

Revenus chez eux, après ce dîner, assis dans la grande salle devant la cheminée et un feu pétillant, un verre de vin chaud en main donné d'office par Violette « pour remonter ces messieurs », ils parlaient depuis un long moment déjà.

– Tu as bien réfléchi ? disait Calixte. Les aléas, les difficultés que nous venons d'évoquer ne te font pas peur ?

– J'ai de naissance – c'est toi qui me l'as donnée – la force du cœur. Tu me l'as toujours dit, on ne fait rien sans elle, notre courage vient de là... D'ailleurs, nous n'avons pas le choix, nous sommes à un tournant, il faut se décider à aller d'un côté ou d'un autre. Allons vers celui qui nous convient le mieux, grâce à toi et à ton talent.

– Je n'ai plus l'optimisme que me donnait jadis l'ambition. Il m'arrive, maintenant, de douter.

– Je te redonnerai cet optimisme. Nous avons l'un des plus beaux métiers du monde. Rappelle-toi ce que tu me disais, un jour où tu me montrais une chaussure – dont je sais maintenant à qui tu la destinais –, que c'était une sculpture de cuir, une étrange sculpture autour du vide, mais que c'était, en même temps, précis, calculé, implacable de rigueur... et, aussi, plein de poésie.

Ils se turent. Ils fumaient leur pipe dans le silence de la cuisine où l'eau chantait dans la bouilloire ventrue de cuivre rouge. À l'autre extrémité de la pièce, Violette, couvrant ses feux de cendre avant d'aller se coucher, trouvait tant de ressemblance dans l'attitude de ces deux hommes qu'elle s'en alla en marmonnant : « Ceux-là sont bien père et fils, tout plein pareils, et aussi braves l'un que l'autre. »

Violette ne détestait pas d'être soulagée de la surveillance de « Madame », bien que l'arrivée prochaine d'une nouvelle maîtresse ici la tracassât un brin. « On sait ce qu'on laisse, on ne sait pas ce qu'on va trouver. »

Ce serait un grand mariage. Tout ce qui comptait dans la ville y assisterait. Jusqu'à Amélie et Joséphа, l'une avec son cornet acoustique, l'autre avec sa canne.

Donatienne avait réussi à convaincre Alexandre et Charline que sa place n'était pas parmi eux. Elle ne voulait pas les obliger à mentir quand ils verraient Adélaïde qui ne manquerait pas de leur demander l'énumération complète des invités. Et, même s'ils omettaient de parler de sa sœur, Adélaïde s'arrangerait toujours pour connaître la vérité.

– Et tu sais, Alexandre, combien les contrariétés sont redoutables dans son état.

Les jeunes fiancés s'étaient laissé convaincre sur la promesse qu'on se rattraperait plus tard. On se verrait, ici, très souvent, et, cela, Adélaïde ne parviendrait pas facilement à le savoir.

Les cloches sonnaient à Saint-Barnard. Donatienne, dans sa boutique, si près de l'église, en entendait les grandes volées, et elle verrait, dans un moment, les mariés arriver. Elle était attendrie par Charline. Quelle force dans cette petite femme, mais quelle sensibilité aussi ! Elle donnerait à Alexandre toute la tendresse dont sa mère l'avait sevré. Quant à Calixte, il devait être heureux du bonheur de ce fils façonné à son image. De plus en plus, à vivre avec Louis-Bertrand, elle était sûre que les enfants sont ce que les parents en font, qu'importait qu'ils ne fussent pas du même sang... Le jour où elle marierait, elle aussi, ce petit garçon qu'elle élevait, ce serait son fils qu'elle donnerait à la jeune fille qui prendrait sa place auprès de lui...

Le reste de sa pensée fut mis en fuite par la brusque ouverture de la porte du magasin et par l'entrée aussi brusque, foudroyante, de Calixte. Le Calixte toujours courant d'autrefois, mais superbe dans sa jaquette, et qui n'avait même pas pensé à se découvrir tant il paraissait pressé.

– Vous avez deux minutes, Donatienne, pas une de plus pour mettre un chapeau et me suivre à l'église.

Stupéfaite, elle ne trouva rien à dire.

Calixte, regardant autour de lui les chapeaux qui étaient là, un peu partout, puis regardant aussi la robe qu'elle portait, fonça sur une grande capeline de velours gris anthracite garnie d'aigrettes blanches, et la posa sur la tête de la jeune femme en disant :

– Il nous faudra courir jusqu'à l'église. J'ai su trop tard que vous ne viendriez pas et nous n'avons que cinq minutes si nous ne voulons pas rater l'entrée des mariés. Nous nous expliquerons plus tard, vous et moi, sur cette idée saugrenue de votre part de ne pas assister au mariage de mon fils, votre neveu. Eh bien ! Vous venez ?

– Laissez-moi au moins mettre le chapeau à l'endroit, vous me l'avez mis à l'envers. Les aigrettes doivent être derrière et non devant.

Elle riait, faillit partir avec son tablier et ne pensa pas à enlever aussi la chaîne d'argent qu'elle portait à son cou et à laquelle pendaient de petits ciseaux. Elle ne savait plus ce qu'elle faisait. Seul comptait Calixte qui était là et lui prenait la main pour l'entraîner plus vite. Elle en oublia un instant où ils allaient, qu'importait, d'ailleurs.

Ils arrivèrent juste à temps pour se faire bien remarquer de toute l'assemblée. Il ne lâchait toujours pas sa main et elle avait l'impression de marcher sur un nuage. Elle reprit à peu près ses esprits quand elle fut assise. Assise derrière le même chapeau que le sien ! Elle retomba sur terre pour murmurer : « Oh ! ciel ! » et vivement se baissa et s'affaira, agenouillée sur le prie-Dieu.

– Mais que faites-vous donc ? demanda Calixte.

Ce qu'elle faisait ? Elle tentait de conserver sa meilleure cliente, celle qui avait payé chaud ses aigrettes d'Australie et n'aurait pas supporté de voir exactement les mêmes sur un chapeau identique au sien, celui que Calixte lui avait mis d'office sur la tête, modèle qu'elle n'avait l'intention ni de porter ni de vendre. Par chance, elle avait ses ciseaux au bout de sa chaîne.

Quand elle se redressa, Calixte, qui avait compris, lui dit, en mettant sa main sur la sienne et en riant :

– Je crois que nous n'oublierons jamais ce mariage !

Comment le pourrait-elle ! C'était sûrement pour Charline le plus beau jour de sa vie, mais ce l'était pour elle aussi. Elle regardait l'autel, les mariés, elle sentait la chaleur de la main de Calixte sur la sienne et elle remerciait Dieu.

Amélie écrivait à Josépha :

... C'était une bonne chose que nous ayons été placées aux deux extrémités de l'église et de la table du repas de noce. Je vais te donner mes impressions, tu me donneras les tiennes.

Et d'abord ce coup de théâtre, au lever du rideau ! L'entrée spectaculaire du père du marié remorquant – en la tenant par la main ! – notre Donatienne. Si tout Romans n'a pas vu la chose qui se passait là, sous ses yeux et, aussi, sous l'œil de Dieu, personne ne l'a vue. Moi, j'en frétillais.

Tu imagines les répercussions de ce coup d'éclat ? Car il se trouvera bien un pigeon voyageur bavard pour apporter la mauvaise nouvelle à Adélaïde, qui nous jouera alors sa scène de Dame aux camélias, version romanaise. Calixte a dû y penser, et passer outre. Ou ne pas y penser du tout et agir sur un élan du cœur.

Bon, venons-en à la mariée. As-tu vu sa coiffure de près ? Je ne pouvais pas transformer un symbole, ça ne se fait pas, j'ai donc exécuté mes petites fleurs d'oranger copie conforme. Mais j'y ai ajouté beaucoup de feuilles vertes. Avoue que c'était original et seyant, cette couronne couleur d'espérance piquetée de blanc ? Il est temps de réveiller un peu le classique. À ce propos, il faudra que je te parle du couturier Paul Poiret, il sonne ce réveil-là à grands coups de cymbales, ça fait un bruit à en réveiller les plus sourds.

Pour en revenir à la petite Charline, Seigneur, qu'elle était jolie dans ses dentelles ! Je crois qu'on doit conserver, au chaud, dans son cœur, et à jamais, le regard de l'homme qu'on épouse et qui vous voit, traversant l'église, arriver vers lui ainsi pavoisée. J'étais assez près du mari pour l'étudier. À mon avis, il ne se disait pas : « Dieu ! elle est jolie au-delà de tout ce que j'aurai pu imaginer », mais plutôt quelque chose comme : « Tiens, tiens, elle est tout de même délicieuse, cette petite Charline ! » Sous-entendu, « je ne l'aurais pas cru ». Tu vas penser que je suis folle et qu'Alexandre n'a pas attendu, pour découvrir sa femme, le jour de leur mariage. Pourtant, c'est cela qui était dans ses yeux. Une espèce d'incrédulité. Va comprendre.

Une dernière remarque. Je me demande si tu as pu voir ça de ta place : Donatienne est entrée à l'église avec un grand chapeau de velours gris garni d'aigrettes blanches, et relevé devant. Elle en est ressortie avec un grand chapeau de velours gris, sans aigrettes blanches et relevé sur l'arrière. Avoue que c'était du Fregoli tout pur.

C'est à toi de me dire maintenant ce que tu as lu dans le regard de la jeune Charline, tu étais bien placée pour ça...

Et Josépha répondait :

... Eh bien, ils étaient assez déroutants aussi, les regards que posait la mariée sur son mari ; c'était, d'abord, de l'admiration pour son beau et élégant époux, surtout élégant, parce qu'il n'a ni la beauté de sa mère ni celle de son père, mais il a de la prestance, servie par un bon tailleur. Bref, elle l'admirait. Et en même temps, comprends ça si tu peux, elle paraissait inquiète, ce qui la rendait très humble, très épouse soumise. Alors qu'elle est plutôt délurée, à ce qu'on dit.

Nous savons tous qu'elle apporte une belle dot qui va entrer dans la trésorerie Royer, comme jadis l'héritage du brave Ulrich Steiner. Il y a des gens qui ont de la chance. Ainsi, le cirage Cirex va donner un petit coup de brillant aux chaussures Calixte Royer et fils.

À propos de Calixte, ne viens pas encore me dire qu'il ne s'intéresse pas à Donatienne, tu aurais toute la ville et le 75e régiment d'infanterie pour témoigner contre toi.

Et à propos, cette fois, de militaires, ton Lirac était là, superbe, aussi heureux que s'il était sinon le père, du moins l'oncle des mariés. Si tu veux mon avis, il y a des tas de choses que nous n'avons jamais sues.

As-tu vu que si la petite tannerie, en ma personne, était là, il y avait aussi la haute. Venue pour Cirex ou pour Royer ? J'imagine pour les deux, Alexandre a de l'avenir, et son alliance avec une Rouvier le confirme.

Ton histoire de chapeau, avec ou sans aigrettes, me prouve, comme je l'ai toujours pensé, combien il y a de frivolité dans tout ce qui touche à la mode.

Amélie eut envie de répondre aussitôt : « La mode n'est pas que frivolité, agréable passe-temps, exploitation des uns par les autres et Dieu sait quoi encore de mineur. La mode, ma bonne, est " quelque chose de très sérieux ", c'est un philosophe qui l'a affirmé ! Et pourquoi crois-tu que l'un de nos plus grands poètes – et même le plus hermétique, soit dit au passage –, je te parle de Stéphane Mallarmé, a créé un journal de mode que non seulement il dirigeait mais dont il rédigeait aussi tous les articles ? La mode, vois-tu, c'est l'histoire du monde, c'est pour nous, femmes.., notre conscience artistique, c'est encore... » Non. Elle renonçait à s'élancer sur ce sujet. Josépha, elle le savait, n'appréciait pas la contradiction.

Comme elle aimait à s'endormir sur une image agréable, elle revit le visage à la fois espiègle et tendre de Charline. Mais elle ne sut jamais pourquoi se superposa celui de Calixte dont elle se dit, déjà dans un demi-sommeil, que cet homme était d'une distinction parfaite, discrète et, crut-elle devoir ajouter, pudique. Cette remarque lui parut de la plus grande vérité et elle allait, satisfaite, sombrer dans ses rêves en approuvant que Donatienne fût amoureuse d'un tel homme, ce qui la conduisit encore à trouver bien normal que Charline le fût de son fils, qui avait cette même distinction..., enfin, presque.

Le voyage à Cannes ne dura qu'une semaine – il y avait tant à faire à Romans. Charline fut déférente, mais aussi très affectueuse avec Adélaïde. Et comme Alexandre la félicitait de sa parfaite diplomatie, voire de sa grande habileté, elle s'en étonna et protesta :

– Mais, Alexandre, je suis sincère, votre mère, je crois que je la comprends. Donatienne a raison quand elle dit : « Ma sœur ne sait pas aimer, mais elle voudrait tant qu'on l'aime. Seulement, ça non plus, elle ne sait pas le faire : elle ne sait pas se laisser aimer. » Alors, moi, je vais essayer de l'aimer quand même, malgré elle.

– Vous n'arriverez à rien.

– Si, j'y parviendrai.

– Et comment ?

– Je n'ai pas eu de mère. La mienne est morte à ma naissance... et je voudrais tant en avoir une, maintenant, alors je suis sûre que je vais trouver.

Ce soir-là, alors qu'ils se promenaient parmi les oliviers, pendant que Charline faisait la lecture à Adélaïde, Alexandre dit à son père :

– Je crois que j'ai épousé une femme à la fois trop rêveuse et trop active. Elle passe son temps à s'imaginer des situations qui ne vont que lui compliquer sa vie, et sans doute la mienne, de surcroît.

– Comment ça ?

– Elle plaint maman d'être malade, et ça, c'est normal, mais aussi d'avoir le caractère difficile. Et elle espère y remédier. Je lui paie des nèfles si elle réussit là où tu as échoué.

Après un assez long silence, dans la brise qui faisait bruire les oliviers et argentait leur feuillage, Calixte dit :

– Ne contrarie pas Charline. Elle est sincère et vraie. Je suis heureux que tu nous l'aies donnée pour fille.

– Sans trop la contrarier, j'arriverai bien à lui remettre les pieds sur la terre.

– Pas trop, mon fils, pas trop. Et permets-moi de te dire que des petites promenades comme celle-ci, le soir, dans ce paysage divin, tu devrais bien lui en offrir de temps à autre.

– Mais elle ne quitte pas maman !

– Si tu insistais un peu, je suis sûr qu'elle lirait son journal à ta mère à un tout autre moment.

On avait décidé d'annoncer la reconversion de l'affaire en profitant du séjour bénéfique des jeunes mariés et d'attendre le moment le plus favorable. Ce serait Alexandre, nouveau maître de Calixte Royer et fils, qui parlerait à sa mère. Charline dirait quelques mots pour approuver le bon emploi de sa dot, et Calixte exposerait sa future collaboration en tant que créateur de modèles. Il annoncerait l'envoi à son fils des dessins, et la description détaillée des souliers et de leurs patrons. Alexandre insisterait alors sur les talents de son père qu'il serait très fructueux d'exploiter pour les grandes séries. Bien entendu, on commencerait par dire la résolution de l'armée française d'unifier les chaussures de ses effectifs et les conséquences catastrophiques que cela avait désormais sur la marche de Calixte Royer et fils.

Mais ce plan fut contrarié par l'arrivée d'une lettre du vieux Sébastien évoquant le mariage d'Alexandre comme la dernière joie qu'il aurait sans doute eue. Il sentait qu'il baissait beaucoup, disait-il, et annonçait qu'il léguait sa canne de compagnon à sa chère Adélaïde et son chapeau à Donatienne. Hélas, toujours gaffeur, il ajoutait, parlant de la cérémonie : « Heureusement, ta petite sœur te remplaçait bien ce jour-là, ce qui a dû donner beaucoup de plaisir à ta mère qui nous regardait de là-haut. »

La violence de la réaction d'Adélaïde stupéfia Charline, qui se reprit vite et s'employa à calmer la malade. À la soigner aussi, car, inévitablement, les contrariétés aggravaient son état.

Navré de voir et d'entendre une fois de plus la malheureuse Donatienne accusée des pires abominations, Alexandre pensa que le meilleur moyen de détourner sa mère de son éternelle animosité contre sa sœur était de foncer dans l'annonce des changements spectaculaires de Calixte Royer et fils.

Il commença, comme prévu, par parler du prochain abandon des commandes de l'armée et il fut stupéfait du résultat. Non seulement Adélaïde attacha peu d'importance à ce qui en avait le plus – la nouvelle orientation de leur affaire –, mais elle parut soudain oublier sa sœur, qu'elle voulait pourfendre dix minutes auparavant, pour diriger son ressentiment contre un certain personnage qu'elle ne nommait pas mais accablait de son mépris et de sa haine conjugués. On crut qu'elle avait perdu l'esprit.

Elle ne cessait de répéter :

– Il m'avait promis, et j'ai payé le prix... Et quel prix !

On craignit une fièvre cérébrale. Charline la veilla toute la nuit. Elle renouvelait les compresses froides sur son front brûlant, en lui prodiguant des paroles d'apaisement.

Elle parut plus calme le lendemain. On avait évité le pire, et cette crise était beaucoup plus apparentée à une crise nerveuse qu'à une recrudescence de son mal de poitrine.

– Mais à qui en veut-elle tant ? demandait Alexandre.

– Comment veux-tu que je le sache ? répondait Calixte. Je pourrais aussi bien te dire qu'elle voit un ennemi personnel en la personne du brave laitier qui nous livre chaque jour. Elle l'accuse de baptiser sa marchandise. Et notre malheureux boucher n'est pas mieux jugé. Quant à notre marchand de poisson, qui apporte pourtant sa pêche encore frétillante, je t'épargnerai ce qu'elle en dit.

– Pauvre papa.

– Non, Charline a raison, c'est ta mère qu'il faut plaindre.

– En tout cas, notre affaire n'a pas trop attiré ses foudres. Grâce à cet inconnu sur lequel elle paraît en ce moment concentrer sa hargne, non, plutôt sa haine...

Le lendemain, pendant qu'Adélaïde dormait, calmée par une bonne dose de valériane, Alexandre descendit des hauteurs de Cannes où se trouvait la villa étudier les étalages des magasins de chaussures du boulevard de la Croisette. Charline alla rejoindre son beau-père à son atelier installé au fond du jardin dans une grange à foin, appelée ici feniera.

C'étaient un très vieux jardin et une très vieille grange qui avaient tous deux – l'un ayant envahi l'autre – leur état sauvage élevé au rang de baroque et dévergondée luxuriance.

Cette retraite enchantait Charline. Elle disait qu'il y avait le mot fée dans celui de *feniera* et que cela expliquait tout : les murs transformés en buissons de bougainvillées et qui, si on ne les surveillait pas de près, ne pensaient qu'à s'élancer pour tendre des rideaux devant les deux fenêtres. Quant au toit de tuiles rondes, roses, ocrées, et comme reteintées chaque matin par les couleurs de l'aurore, s'il était troué par endroits, il était rebouché d'un mystérieux mélange terre et paille apprécié de plantes follettes qui auraient refusé de jaillir d'un bon terreau mais s'amusaient à hérisser là des floraisons saugrenues. Autour de tout cela, eucalyptus, mimosas et orangers montaient la garde.

À l'intérieur, autre enchantement.

De chacune de ses promenades sur les grèves, Calixte rapportait des branches de bois, ou de frêles troncs d'arbres déposés par la mer, usés et corrodés. En séchant, ils viraient au vieil argent et, plantés à même le sol de terre battue de la feniera, ils étaient d'étranges porte-chaussures parés de souliers de reine accrochés là, comme tombés du ciel et retenus par leurs barrettes, leurs brides ou leurs lacets.

Un seul élément d'ordre, une rangée de six grandes poteries d'Anduze, jaunes et vertes, dodues et vernissées, intrusion bourgeoise dans ce qu'Adélaïde appelait « la bohémiennerie de mon mari », dont elle fréquentait peu les perfides courants d'air. Aussi Calixte était-il toujours seul chez lui, assis sur son tabouret devant son vieil établi ou allongé, à l'heure de la sieste, sur un lit de sangles – ancienne couche de moine rachetée pour trois francs chez un brocanteur.

Charline avait dit, dès le premier jour de son arrivée, en découvrant le nid de bougainvillées :

– Père, votre atelier a l'air d'un char pour bataille de fleurs. On s'attend à voir arriver des chevaux ailés qui l'emporteront et le déposeront sur la Croisette un jour de corso fleuri.

Elle venait l'y retrouver chaque matin. Il interrompait alors son travail, lui souriait et lui offrait un verre d'eau fraîche de sa gargoulette, parfumée de quelques gouttes d'anisette. Il aimait l'entendre dire :

– C'est le paradis ici !

Il ne demandait pas où était encore parti Alexandre. Son fils se souvenait-il être en voyage de noces ?

Charline se penchait vers le soulier en cours de fabrication, admirait, posait des questions, toujours pertinentes, puis disait :

– Si vous permettez que je reste encore un peu auprès de vous, travaillez comme si je n'étais pas là, je ne bougerai pas, je regarderai, c'est fascinant de voir naître une chaussure.

Elle l'avait aimé dès le premier instant, ce beau-père, affection spontanée, irrésistible. Pourtant, parfois elle ne comprenait pas son attitude vis-à-vis de sa femme. Certes, il était prévenant, attentif, attentionné, même, mais si elle avait été à la place de sa belle-mère elle aurait aimé savoir à quoi il pensait quand son regard se perdait au loin et qu'il paraissait si absent. Un matin, elle osa lui parler d'Adélaïde, qui allait beaucoup mieux et avec laquelle elle avait longuement bavardé la veille.

– Hier, nous avons évoqué, mère et moi, les nouvelles orientations de fabrication. Je sais qu'Alexandre et vous craigniez qu'elle n'y fût hostile. En fait, si elle n'est pas enthousiaste, elle admet néanmoins vos projets. Mais ce qui m'a frappée et peinée, c'est le regret qu'elle a de ne pas avoir vu la récente installation électrique et l'arrivée des dernières machines. Je la regardais pendant qu'elle me disait son désir de revenir à Romans pour y découvrir les perfectionnements de l'usine et je pensais qu'elle est quelqu'un d'assez étonnant, inattendu, peut-être déroutant...

– Et que je la comprends sans doute mal, ou même pas du tout ?

– Oh ! je ne voulais rien avancer de semblable ! Je m'interrogeais seulement... Elle est hors du commun et, de ce fait, elle ne peut pas réagir comme tout le monde.

Calixte resta un moment silencieux avant de dire :

– Alexandre a eu bien de la chance de vous rencontrer.

Ce soir-là, quand son mari la trouva, rêvant, accoudée à son balcon, et regardant au loin la mer qui miroitait sous la lune, il demanda à qui elle songeait ainsi.

– À votre mère. Elle n'est pas heureuse.

– Oui, ce n'est pas drôle d'être tout le temps malade.

– Il n'y a pas que cela. Elle souffre, j'en suis persuadée, de n'être plus aimée de votre père.

– C'est à elle qu'elle doit s'en prendre. Et s'il y a quelqu'un à plaindre, c'est plutôt Donatienne.

– Donatienne est la moins malheureuse, elle a le cœur plein de son amour. Sa sœur a le cœur vide.

– Et si nous nous couchions, au lieu de dire des sottises ?

Cette année-là laissa à Alexandre l'impression qu'il n'avait pas eu le temps de souffler une minute. Il avait même été empêché de chasser chez son beau-père aussi souvent qu'avant son mariage.

Il y avait eu l'organisation nouvelle de l'usine, le recrutement d'ouvriers plus spécialisés et, surtout, la collaboration avec son père. Chaque semaine, Calixte envoyait, accompagnés de quelques feuillets explicatifs, les projets de modèles dessinés, coloriés à la gouache et décrits de son écriture précise et nette : « Décolleté bicolore, en cuir verni noir. Le changement de couleur sera obtenu par des piqûres très rapprochées en fil du ton choisi. Je conseille du havane et du beige. »

Alexandre écrivait, lui aussi, à son père s'il y avait un détail à préciser. Lorsque les deux hommes étaient d'accord sur le modèle proposé, le travail commençait à l'usine.

Mais Calixte ne s'en tenait pas là. Parfois il réalisait le modèle lui-même. Il prit l'habitude, dès cette époque, d'exécuter la paire et de l'offrir à Charline. Ce qui lui donna l'idée de proposer la marque CHARLINE, dépendant des chaussures Calixte Royer et fils, et destinée aux femmes.

– Mais je vais voir mon nom partout !

– Vous n'aimerez pas ça ?

– Je ne sais pas.

Elle émit un petit soupir. Elle aurait tant voulu que ce soit son mari qui ait eu cette idée.

Un soir de décembre, un peu avant le premier anniversaire de leur mariage, alors qu'elle brodait près du feu, Alexandre vint s'installer dans la même pièce qu'elle plutôt que dans son bureau où la cheminée tirait mal. Il travailla deux grandes heures et elle s'interdit de le déranger. Quand, enfin, il ferma ses livres de comptabilité, il s'écria, joyeux :

– Et voilà ! Tout est en ordre, tout fonctionne parfaitement, je crois que je n'ai rien oublié.

Alors Charline posa son ouvrage et dit :

– Si. Moi.

– Qu'est-ce que vous dites ?

– Je dis que vous m'avez oubliée, moi.

Il la regarda, incrédule. Était-elle folle ? Avec calme, elle expliqua :

– Je suis sûre que vous savez la couleur de chacune des paires de souliers en fabrication, mais – et elle abaissa vivement ses paupières – savez-vous la couleur de mes yeux ?

De plus en plus stupéfait, Alexandre ouvrit la bouche, la referma, la rouvrit à nouveau.

– Quelle est cette plaisanterie ? Bien sûr que je la connais, la couleur de vos yeux.

– Alors dites-la.

– Enfin, tout cela rime à quoi ?

Paupières toujours baissées, Charline murmura :

– Dites-moi la couleur de mes yeux.

– Vous m'ennuyez, à la fin.

En le regardant, cette fois, elle continua, souriante, toujours très calme :

– Ils sont bruns. Brun roux. Je vous accorde que c'est assez banal et peut s'oublier facilement.

– C'est une scène de ménage que vous voulez ? Notre première, en fait. Alors allez-y. À part la couleur de vos yeux, que j'ai peut-être oubliée, que me reprochez-vous ?

– De vivre sans moi.

– Ma chère amie, je travaille. J'ai des responsabilités, des charges, des soucis, des...

– Je sais, je sais. Vous ne parlez jamais que de cela. Et je ne vous le reprocherais pas s'il y avait, au moins, une petite demi-heure par jour pour moi.

Elle continua longtemps. Elle avait préparé son discours. Elle sidéra Alexandre par son calme. Ce n'était pas une scène, mais une mise au point amicale, affectueuse, même. En conclusion, elle proposait, puisqu'il allait être plus occupé encore avec l'augmentation des commandes – progrès dont elle se réjouissait –, d'aller passer quelque temps auprès de sa belle-mère, qui la réclamait. Elle avait reçu une lettre de Cannes ce matin. Voulait-il la lire ?

Vexé, mécontent, dépassé, Alexandre lança :

– Eh bien, allez-y, à Cannes, si cela vous chante !

Il s'accorda s'en tirer à bon compte. Elle n'avait ni gémi ni pleuré. Elle n'avait pas cessé de sourire. L'ennui aurait été qu'elle lui demandât de l'accompagner dans le Midi. Il l'avait échappé belle.

Avant son départ, Charline alla faire une visite à son père. Elle avait besoin d'argent.

– Vous avez déjà englouti ta dot ?

– Ce n'est pas pour l'usine, c'est pour moi que j'en voudrais.

– Pour quoi faire ?

– Pour acheter une voiture automobile.

– C'est ton mari qui en veut une ?

– Non, moi. Pour me promener, à Cannes.

– Tu sais conduire ces engins-là ?

– J'apprendrai.

La discussion fut longue. Benoît Rouvier avança qu'il avait fait un gros effort financier pour verser intégralement la dot de sa fille. Le cirage n'était ni la tannerie ni la chaussure, il était difficile à Cirex de lutter avec le Lion noir, qui raflait les plus grosses parts du marché. Mais il donna l'argent demandé. Il n'avait jamais rien su refuser à cette enfant qui avait une justesse de tir qu'il n'avait encore vue à personne. Après tout, elle saurait sans doute fort bien le conduire, son drôle d'engin.

Et Charline partit pour Cannes.

Elle y fut accueillie par une Adélaïde en presque bonne santé et un Calixte qui vivait plus dans la feniera que dans la maison. Une vieille Cannoise venait chaque jour faire le ménage et la cuisine, et s'effarait devant l'énorme quantité de provisions entassées dans les placards. Y avait-il menace de révolution et étaient-ce là de prudentes réserves en cas de troubles ? Ces « étrangers » devaient avoir des accointances haut placées et savoir des choses graves. Elle sema la panique dans le quartier, et les épiciers ne surent jamais pourquoi on les dévalisait d'huile d'olive, de sucre, de farine et de confitures.

Fidèle à son plan, Charline descendait chaque jour à Cannes apprendre le maniement de la voiture automobile commandée et attendue.

Quand la quatre cylindres Peugeot de couleur bleue arriva, Charline en savait autant que le garagiste et elle était championne du changement de pneus.

Le jour où, au volant de son véhicule, elle remonta jusqu'à la petite maison de la colline fut l'un des plus joyeux de sa vie. La stupéfaction d'Adélaïde et de Calixte était telle qu'en s'endormant, ce soir-là, la jeune femme en riait encore.

Et tout se passa alors comme Charline l'avait prévu, Adélaïde se passionna pour cette machine à quatre roues et à moteur à essence (achetée en bidons de cinq litres chez l'épicier). Elle sut, en un temps record, conduire aussi bien que sa belle-fille. On s'équipa en vêtements de protection contre la poussière, grands manteaux, chapeaux arrimés par des voiles et des voilettes. On acheta un panier de pique-nique, et il ne se passa pas de jour sans promenade dans les environs. Adélaïde avait rajeuni de dix ans.

À Romans, ses premiers jours, qu'il appela de « tranquillité », furent pour Alexandre assez satisfaisants. Il crut travailler deux fois plus, s'octroya une soirée au café par-ci, par-là, pour y rencontrer les anciens amis et demanda à Violette les plats que Charline aimait le moins. Il se persuada que lire son journal au lit et ne pas vider sa pipe avant de s'endormir étaient bien agréables.

Il s'étonna, un matin, de s'éveiller mal à l'aise. Il se demanda s'il n'avait pas pris froid la veille. Non, ce n'était pas ça. L'ennui d'une machine en panne ? Non plus. Il invita le commandant à dîner. Ils burent une bonne bouteille ensemble, puis Alexandre raccompagna chez lui Gabriel-Marie, qui lui demanda quand sa femme rentrerait.

– Je n'en sais rien.

– Ne la laisse pas trop longtemps seule dans cette ville où tant d'hommes viennent chercher des distractions.

– Oh ! avec mon père à sa droite et ma mère à sa gauche, elle ne doit pas pouvoir s'agiter beaucoup.

Alexandre eut un peu de mal à s'endormir ce soir-là. Ces beaux messieurs qui arpentaient la Croisette ou, à quelques kilomètres de là, la Promenade des Anglais, des grands-ducs russes aux archiducs autrichiens, en passant par tout ce qui grouillait là de gens n'ayant rien d'autre à faire qu'à aller d'aventure en aventure au soleil et à l'air iodé, le tracassaient légèrement. Sa pipe avait moins bon goût. Vraiment, il devait couver un rhume.

Il se leva d'humeur morose, trouva son café amer, rabroua Violette et constata, furieux, que le premier coup de cloche de la rentrée aux ateliers était donné avec trois minutes de retard. Il allait d'un pas rapide engueuler le gardien quand il s'arrêta à mi-chemin, foudroyé par une effarante constatation : Charline lui manquait ! Lui manquait à l'en rendre quasiment malade.

Il rebroussa chemin et rentra s'asseoir dans son bureau. Il y resta un bon quart d'heure sans bouger, en proie à des pensées et à des réflexions qui le laissèrent stupéfait. Il accomplit son travail ce jour-là comme s'il se dédoublait : l'Alexandre qui ne cessait de penser n'empêchait pas l'Alexandre qui agissait de faire sa besogne, mais c'était une étrange sensation. Il dîna seul, monta très tôt dans sa chambre et ouvrit les placards qui contenaient les robes, les chapeaux, les chaussures de Charline. Sans qu'il sût pourquoi, une paire de gants de peau blanche qui avaient gardé la forme de ses petites mains l'émut si fort qu'il dut s'asseoir dans le fauteuil où elle travaillait à sa broderie devant la cheminée. Et tout à coup il en bondit et s'écria :

– Mais je l'aime ! Je l'aime.

Alors, par ce singulier phénomène qui, chez les Royer et les Derivault, faisait associer, consciemment ou non, le prénom de Donatienne au mot *amour* ou au verbe *aimer*, Alexandre s'élança hors de chez lui vers le Pont-Vieux et la chapellerie. Il ne se souciait pas de l'heure tardive, jamais Donatienne n'avait refusé d'ouvrir sa porte.

Elle jouait aux dominos avec Louis-Bertrand, qui hurla de joie en voyant qui arrivait, et elle demanda avec plaisir :

– Quel bon vent t'amène ?

Alexandre se laissa tomber dans un fauteuil et, mi-rieur, mi-contrit :

– Je viens vous dire que je suis le pire des imbéciles. Je viens vous dire que j'aime ma femme. Je l'aime ! Vous entendez ? Je l'aime.

Et, se tournant vers Louis-Bertrand qui riait :

– Pourquoi glousses-tu, toi ?

– Parce que tu dis que tu aimes ta femme comme si tu voulais tuer quelqu'un.

– Tu ne crois pas si bien dire, fiston, c'est moi que je voudrais tuer !... Dieu que j'ai soif, tu n'aurais pas quelque chose de fort à me donner, Donatienne ?

– À part notre ratafia de cerises, je ne vois pas trop.

– Va pour le ratafia, et je vais vous dire ce qui m'est arrivé, pas plus tard que ce soir. Non, pour être juste, ça remonte à quarante-huit heures. Jusque-là, j'ai été le pire des aveugles. Il a fallu que le commandant me parle de cette bande de snobs et d'inutiles..., ces beaux hommes nobles et riches se chauffant au soleil pendant que nous travaillons, et qui n'ont rien à faire qu'à s'amuser, pour que je me dise qu'ils avaient à leur portée ma Charline, ma femme. Alors, j'ai vu rouge, et clair en même temps, je me suis dit que s'il y en avait un qui avait le malheur de toucher à elle je le tuerais. Voilà ! C'est comme ça que j'ai compris. J'ai compris que si j'avais épousé Charline en croyant l'aimer bien, maintenant, je l'aime. Vous entendez, je l'aime.

Louis-Bertrand ramassait les dominos. Il releva la tête, penchée vers la boîte où il les rangeait, et demanda :

– Et tu attends quoi pour aller la chercher là-bas ? Tu veux l'indicateur des chemins de fer ?

Comme si on venait de lui faire la révélation la plus inattendue, Alexandre s'écria :

– Mais tu as raison ! Qu'est-ce que j'attends ?

– Je peux te dire les heures du P.L.M. Pour cette nuit, c'est fini, mais demain tu as deux trains, celui du matin et celui du soir qui passent à Valence à...

– Tu sais tout ça par cœur, toi ?

Louis-Bertrand rougit un peu et avoua :

– J'ai tellement envie de voir la mer ! Alors je me renseigne, pour le jour où je pourrais aller jusqu'à elle. Et un indicateur des chemins de fer c'est presque aussi beau qu'un roman.

– Eh bien, fiston, en souvenir du soir qui comptera peut-être comme l'un des plus heureux de ma vie, je te promets de t'emmener pêcher dans la mer l'été prochain.

Quand l'enfant fut couché, Donatienne et Alexandre parlèrent de lui. Il n'avait que dix ans mais il lisait beaucoup, était curieux de tout et faisait la joie de M. Baptiste, le directeur de l'usine, en s'intéressant déjà à la fabrication des chapeaux et au côté commercial de l'affaire.

– Ce n'était pas le cas de son père.

Et, peut-être parce qu'il était dans un grand moment d'attendrissement à se découvrir amoureux, Alexandre s'émut à reparler de Numa.

– Vous aurez eu deux enfants à élever, comme s'ils avaient été le frère aîné et le cadet.

– Oui, il m'arrive de les confondre. Parfois j'appelle Louis-Bertrand Numa. Il rit et me dit : « Maman, tu rêves encore. » Je finis par croire que j'ai eu ces deux enfants d'Antelme. Élever ses fils, c'est lui rendre un peu de l'amour qu'il m'a donné, c'est un peu me racheter.

– Vous allez continuer à vous torturer ? Mais il a été heureux, votre Antelme.

– Non ! Avant de mourir, il m'a dit : « Tu vas être enfin libre ! »

– Il avait la fièvre, le délire, même.

– Il savait ce qu'il disait, je le voyais dans son regard. Alexandre, aime ta Charline, on regrette trop plus tard de n'avoir pas assez donné son cœur.

Alexandre arriva à Cannes le surlendemain. La maison était déserte, mais Calixte était dans sa grange. Son fils l'y surprit dessinant le modèle d'un richelieu de cuir blanc gansé de ruban bleu marine.

– Voilà des couleurs qui plairont aux hivernants. Tu as raison, papa, on ne peut pas ne travailler que pour Paris. Mon arrivée ne t'étonne pas ?

– Je me doutais bien que tu viendrais un jour ou l'autre chercher ta femme. Elle est en ville avec ta mère. Elles sortent beaucoup.

Un bruit insolite fit dresser l'oreille d'Alexandre. Et Calixte dit :

– Tiens, les voilà !

– Vous avez acheté une automobile ?

– Ta femme l'a achetée. Elle la conduit. Ta mère aussi, d'ailleurs.

Ce n'était pas comme ça, pas du tout, qu'Alexandre avait imaginé ses retrouvailles avec sa femme. Il pensait la surprendre, le visage penché mélancoliquement sur sa broderie, y versant, peut-être, une petite larme, et la voilà qui descendait, en riant joyeusement, d'une quatre cylindres Peugeot bleue superbe ! Il avait changé, lui, mais pas elle, toujours inattendue, provocante, frondeuse et... Enfin, elle était Charline, et il n'y en avait qu'une comme elle. Unique, voilà ce qu'elle était.

Il lui tendit les bras. Elle s'y jeta.

– Alors, nous avons une quatre cyclindres Peugeot ?

– Nous ?

– Vous, si vous voulez, mais moi aussi un peu, j'espère.

– L'automobile est à votre mère.

– À ma mère ?

– Ne hurlez pas, vous allez réveiller toute la maison.

– Dites-moi que vous plaisantez.

– Non, j'ai acheté la Peugeot pour votre mère.

Alexandre bondit hors du lit. Il était tout nu et marchait dans la chambre sans s'en soucier.

– Vous êtes folle !

Alors elle lui expliqua ce qu'elle avait fait et pourquoi. Elle avait cherché à redonner le goût de la vie à Adélaïde. Une conversation avec le médecin, un jeune praticien nouvellement installé à Cannes et qui était convaincu des effets bénéfiques de ce climat sur les poitrinaires, avait beaucoup insisté sur les compléments essentiels du séjour ici : une nourriture abondante, variée et reconstituante...

– Ma mère ne l'a pas attendu pour ça, persifla Alexandre.

– Laissez-moi terminer ! Donc, climat, nourriture et moral stratosphérique. Et là on se heurtait à des montagnes infranchissables : querelles de famille...

– Vous voulez dire : haine, vindicte, et tutti quanti... Votre jeune médecin, joli garçon aussi, sans doute, a un remède à tout ça ?

– Vous devriez vous remettre sous les draps ou vous habiller, vous allez prendre froid, avez-vous remarqué que vous êtes tout nu ?

– Vous n'êtes pas très habillée non plus.

– Mais moi, je suis couchée.

De mauvaise grâce, plus apparente que réelle, Alexandre se recoucha et entendit la suite :

– Quand elle avait revu le médecin...

– Encore !

– Si vous m'interrompez sans cesse, nous n'y arriverons jamais, donc, j'abrège : il fallait trouver un centre d'intérêt à cette pauvre femme qui avait perdu l'appétit.

– Pauvre femme ! Ma mère ! C'est bien la première fois que je l'entends ainsi qualifiée... Quant à perdre l'appétit, vous ne ferez croire ça à personne.

– Et, pourtant, c'est vrai, quand je suis arrivée votre père s'inquiétait, elle ne mangeait presque plus.

– Je l'ai vue dîner ce soir, et c'est bien revenu !

– Oui, depuis que je suis là. Depuis que nous parcourons les alentours avec notre panier de pique-nique. Vous avez admiré notre valise d'osier, sur la gauche du véhicule, retenue par une sangle ?

– J'ai tout vu ! Vous rendez-vous compte que je désire une voiture de ce genre depuis trois ans déjà et que ma mère me l'a toujours refusée ? Quand je vous ai épousée, il ne m'est pas venu à l'esprit de dilapider l'argent de votre dot pour me faire plaisir. Dieu sait que depuis ma bicyclette je n'ai jamais rien désiré autant. Si vous croyez que c'est ma mère qui me l'a achetée, celle-là ! Ah ! bien oui, je l'ai gagnée sou par sou. Vous savez comment ? Non, une enfant gâtée, choyée comme vous, qui allait chasser la grouse en Écosse ne peut pas connaître ça. Je mondais les noix, ma chère amie. Imaginez-vous seulement ce que cela veut dire : je dégageais les cerneaux destinés à faire de l'huile. Pour un hectolitre, environ trente-cinq kilos de noix à décortiquer, j'étais payé trois francs. Au prix d'une bicyclette – si toutefois vous le savez –, cela m'a pris trois ans. Trois ans de veillées. Je me faufilais en cachette, à la nuit, hors de la maison et j'allais chez l'épicier. Il y avait mondage chez lui. J'étais, en quelque sorte, privilégié parce que je lui laissais les coquilles, je ne les emportais pas pour alimenter les feux chez nous, comme mes petits compagnons. Alors j'avais toujours du travail. Et je l'ai eue, ma bicyclette, gagnée à la noirceur de mes doigts, parce que, diable, ce que c'était salissant le brou de noix... Bon, je reconnais qu'à cette époque mes parents ne roulaient pas sur l'or et ils pensaient qu'une voiture et un cheval suffisaient à toute la famille... Vous m'écoutez ?

– Oui, et je pensais justement, en vous écoutant, que votre mère m'a raconté avoir mondé les noix, elle aussi, quand elle était enfant. Mais elle a vite été interdite de mondage aux veillées, elle mangeait trop de cerneaux.

– Elle a toujours eu un appétit d'ogre. C'est pour ça que vous ne me ferez pas croire qu'elle l'a perdu, ne serait-ce qu'un instant.

– C'est pourtant vrai. Et je le lui ai rendu. En l'interrogeant sans en avoir l'air, j'ai compris ce qui l'intéressait, ce qu'elle aimait. En l'emmenant dans le Midi, on sauve sa vie d'un côté, on la perd de l'autre : elle ne s'habitue pas à ne plus être dans l'usine au milieu de ses machines ; il lui fallait un dérivatif. Elle aime la mécanique, d'où mon automobile. Et je ne me suis pas trompée, votre mère s'est passionnée pour cet engin. Elle a quitté sa chambre, a pris à nouveau ses repas à table, s'est intéressée à la région, a retrouvé goût à l'existence, et elle sait même changer les bougies !

– Vous lui avez déjà dit que la voiture serait à elle ?

– Non. Je compte le faire en quittant Cannes. Elle aura ainsi moins de chagrin à me voir partir. Vous savez, je crois, qu'elle m'aime bien.

À la bonne heure, rien n'était encore perdu ! Il fallait trouver les arguments qui, peut-être, permettraient de rattraper la voiture. Et Alexandre évoqua la fatigue des randonnées, la poussière si néfaste dans l'état de la malade, la panne sous la pluie ou le vent qui obligerait à rester immobile, au froid, en attendant de problématiques secours.

Mais Charline, cette diablesse, avait tout prévu : vêtements imperméables, houppelandes doublées de fourrure, chapeaux arrimés par triples voiles, lunettes, boules d'eau chaude, plaids et provisions de bouche. Quant aux pannes et aux réparations, rien, là non plus, de dangereux. Parce que Adélaïde, bien entendu, ne serait pas seule à bord. Le fils du garagiste cannois avait son permis de conduire et sortirait avec elle dès qu'elle irait hors de la ville, moyennant une très faible rétribution. Le jeune garçon, fou d'automobile, était ravi d'en avoir ainsi une à sa disposition, ou presque. Et il ne fallait pas oublier Calixte. Il s'y mettrait vite, lui aussi. Qui pouvait résister à l'attrait d'un tel véhicule ?

Qui ? Elle le demandait, cette sorcière. Ah ! elle l'avait aussi bien préparé, mijoté, ce coup-là, que celui de la disparition des vêtements de la bonne amie du vermicellier de Valence et sans doute nombre d'autres manigances à sa façon.

On en arrivait à la minute de vérité : alors il l'aimait, oui ou non, cette femme démoniaque ? Cette tortueuse créature ? Eh oui ! il l'aimait. Et il fallait que ce soit un sacré amour, d'une exceptionnelle qualité, pour subir le choc de l'automobile offerte à sa mère sans en être amoindri. Que lui préparait-elle encore ? Car il faudrait s'attendre à tout avec elle.

Comme Alexandre étendait son bras pour attirer Charline

contre lui, elle dit, de son petit ton ferme, mais qu'elle savait si bien nuancer de tendresse, qu'ils allaient travailler maintenant pour s'offrir eux-mêmes un pareil véhicule. Il le faudrait plus grand. Elle avait vu le modèle qui allait être bientôt mis en vente, une limousine. C'était ce qui leur conviendrait parce qu'ils allaient être plus nombreux désormais. Elle pensait que le premier héritier Royer arriverait sans doute dans six mois.

N'était-ce pas ce qu'il prévoyait ? Elle avait encore une de ses surprises en train ! Mais celle-là, ah ! celle-là, c'en était une superbe et qui rachetait toutes les autres.

Alexandre se rhabilla pour aller annoncer cette nouvelle à son père ; il ne pouvait pas attendre, il leur fallait se réjouir ensemble. Il savait qu'il travaillait très avant dans la nuit.

Il s'élança à travers le jardin pour atteindre la feniera où brillait une petite lumière. Il avait commencé par courir, puis ralentit son allure pour savourer, sous les étoiles et dans les senteurs d'orangers, son bonheur. Il aimait sa femme et ils allaient avoir un enfant ! Il avait envie de le crier, de le chanter. Dans la douceur parfumée de l'air, il se sentit amant comblé, père attentionné, compréhensif et amical. *Amical*, tout était là. Il aurait eu cette chance, lui, que son père soit son meilleur ami. Son complice aussi. Et il s'assit un instant sur le banc vermoulu que les mimosas recouvraient presque pour mieux penser à cette complicité tendre qui les avait toujours unis. Et – sans doute parce qu'ils avaient parlé, avec Charline, des noix mondées – il se souvint, soudain, de la porte laissée toujours ouverte pour qu'il puisse rentrer se coucher sans réveiller la maison et sans que sa mère sache qu'il s'était absenté. Merveilleux père. Saurait-il, lui qui avait mis du temps à comprendre sa Charline, être aussi affectueusement perspicace ? Il était si pénétré déjà de sa paternité future qu'il se dit, en entrant dans la grange et en voyant le visage de son père tourné vers lui : « Voilà comment je regarderai mon fils, moi aussi, avec de la tendresse plein les yeux et ce petit sourire qui dit : Parle, petit, je suis là pour t'écouter. »

Quand la grande nouvelle fut annoncée, ils s'entretinrent de Charline. Alexandre dit, en riant, que l'esprit de sa femme était en état constant d'inventions plus ou moins souhaitables.

– Sais-tu ce qu'elle m'a dit, il y a à peine une heure ? « Alexandre, voudrais-tu d'un amour qui te ferait bâiller ? » Et, ma foi, si je sais que je tremblerai parfois en pensant à ce qu'elle concocte, je suis obligé de reconnaître qu'en effet je ne m'ennuierai jamais avec elle. Et puis elle est bonne. Bien meilleure que moi. À propos de cette histoire de voiture automobile qu'elle a l'intention de laisser à maman – oui, vous allez en hériter, ce qui m'a fait, au début, bouillir d'indignation – elle m'a dit encore que nous nous trompions sur les sentiments de ma mère : et qu'« il ne faut pas prendre pour de la sécheresse de cœur son genre de beauté qui tient à la noblesse de son maintien ». C'est une belle phrase, qu'elle a retenue de la quantité invraisemblable de romans qu'elle dévore. Je me suis bien gardé de l'éclairer sur le comportement, au cours des ans, de ma pauvre mère. Ai-je bien fait ?

– Qui sait, ta femme a peut-être raison... Quoi qu'il en soit, quand on rencontre un ange sur sa route, il ne faut pas lui couper les ailes. Laisse ta femme voler.

Après un moment de silence, Calixte ajouta :

– C'est la première fois que je vois ta mère aimer vraiment quelqu'un. Je crois que Charline a réussi ce miracle.

Et, comme il écrivait dans son cahier au moment où son fils était arrivé, il le referma et l'enfouit dans sa cachette – le vieux coussin posé sous son établi, et sur lequel il continuait à mettre ses pieds.

– Toujours prudent, papa ?

– Toujours, mon garçon.

Quand, au matin du départ, le fils du garagiste arriva pour conduire Alexandre et Charline à la gare dans la Peugeot bleue, Adélaïde venait d'apprendre que la voiture serait ramenée ensuite ici et lui appartiendrait. Elle avait eu alors pour sa belle-fille un regard qu'elle n'avait jamais pensé offrir à personne. Un regard tout neuf qui n'avait pas servi et où brillait de la reconnaissance. Peut-être même de l'amour.

Impressionné, Alexandre avait dit à sa femme :

– Tu dois avoir raison, je crois qu'elle t'aime. C'est stupéfiant, elle qui n'aime personne. Tu sais ce que tu es ? Non, malgré ta fertile imagination, je suis sûr que tu ne le sais pas : tu es ex-cep-tionnelle !

Au moment de monter dans le train, il s'inquiéta. Était-on sûr que ce genre de transport n'était pas nuisible à la grossesse ? Il se promit de veiller à ce que sa femme ne s'en aille plus désormais par monts et par vaux. Il fut soucieux tout le long du chemin, obligeant Charline à changer de place, car elle était sur les roues et trop secouée.

Elle riait, elle n'avait jamais été aussi heureuse qu'assise dans ce compartiment en face de son jeune mari, avec sur les genoux un panier débordant de violettes au parfum assez écœurant mais dont elle ne se serait séparée pour rien au monde. Elle garderait à jamais dans son cœur l'image d'Alexandre sur le quai de la gare, s'élançant soudain vers un petit marchand de fleurs pour lui acheter tout son éventaire et le lui apporter, triomphant, sous les regards attendris et souriants des voyageurs qui les entouraient.

La grève de 1903 commença dès leur retour. Bien qu'Alexandre s'efforçât de minimiser son ampleur pour ne pas alarmer sa femme, elle exigea d'être informée. Elle lut la déclaration d'un syndicaliste qui résumait l'affaire.

« Les patrons, qui, autrefois, se contentaient d'être de modestes fabricants, ont fait place à des capitalistes qui, pour augmenter leurs bénéfices, pressurent tous les jours les ouvriers davantage, en abaissant les façons et en prélevant un impôt sur les fournitures. Depuis l'introduction du machinisme, cette situation s'est encore aggravée par l'application des retenues de vingt à vingt-cinq pour cent pour l'achat, l'entretien et le remplacement des machines qui, de cette manière, ne coûtent rien aux patrons, tout en leur permettant de produire davantage[1]. »

– Alexandre, tu n'as pas fait ça, toi, tu n'as pas fait la retenue sur les salaires dont on parle ?

– Non, mon père s'y est toujours opposé. Mais je vois qu'il va falloir t'expliquer tout ça quand même : nous sommes à un tournant de notre histoire industrielle, comme disent les journaux. En gros, si tu veux, la concurrence des centres français et étrangers de la chaussure nous oblige à augmenter notre mécanisation pour réduire nos prix de revient et accroître notre productivité. L'introduction des machines continue à ne pas plaire aux ouvriers, qui ont déjà le grand souci du chômage saisonnier. Nous en sommes là.

– Mais si, toi, tu n'as pas abaissé les salaires, tu n'auras pas la grève ?

– Elle va s'étendre quand même, par solidarité des ouvriers entre eux.

La grève atteignit, en effet, aussi Calixte Royer et fils, à la suite du renvoi par un contremaître d'une piqueuse incitant à l'arrêt du travail, renvoi qualifié d'arbitraire.

1. Roger Pierre, *Les Origines du syndicalisme dans la Drôme*, Paris, 1973.

Calixte revint de Cannes assister son fils dans ce moment difficile. Il tenta de parler aussi bien aux ouvriers qu'à ses confrères du patronat, sans grand succès. La grève durait déjà depuis quatre semaines. Cinq cent quarante ouvriers avaient cessé le travail dans Romans et cela représentait cinq mille cinq cents journées perdues pour les patrons.

Plus de trois mille ouvriers répondirent alors à l'appel des syndicats et défilèrent pendant une journée, drapeau rouge en tête et chantant *L'Internationale* orchestrée par la fanfare ouvrière.

Ce fut le dépôt de bilan d'un fabricant de chaussures qui déclencha l'action du préfet et du maire. Calixte et Alexandre furent convoqués par eux avec tous leurs confrères. Cinq heures de pourparlers entre les délégués des patrons – dont Calixte faisait partie – et les délégués de l'Union des syndicats ouvriers.

L'engagement fut enfin pris de supprimer toute retenue, de maintenir les tarifs en vigueur, de n'opérer aucun renvoi pour fait de grève.

À l'annonce de cette victoire, la foule qui attendait les résultats de l'entrevue se répandit à nouveau par la ville et recommença ses défilés derrière le drapeau rouge. Les femmes brandissaient des bouquets de fleurs. Et, quand elles passèrent devant Calixte Royer et fils, elles en jetèrent un énorme par-dessus le mur dans la cour de l'usine désertée. Ce fut Charline qui alla le ramasser et le mit dans un vase.

– Ben, vous n'êtes pas dégoûtée, vous ! lui lança Violette, outrée.

– Il vaut mieux avoir reçu des fleurs que des pierres, non ?

L'entente n'était pas parfaite entre elles deux. Charline essayait trop souvent de supprimer les ravioles que la cuisinière prétendait toujours servir entre chaque plat, comme d'autres servent des sorbets pour préparer au plat suivant. Alexandre tentait de réaliser un accord entre les deux parties, mais c'était là une chose plus difficile encore que de parlementer avec les représentants des syndicats de la chaussure.

Les chapeliers n'étaient pas exempts de soucis eux non plus. Il y eut plusieurs dépôts de bilan parmi eux. Et un matin, grave, pâle et le regard désespéré, M. Baptiste vint trouver Donatienne dans sa cuisine avant l'ouverture des ateliers.

Tenant le bol de café qui lui était offert dans des mains qui tremblaient, le pauvre homme, sans périphrases, confia ce qui lui rongeait le cœur.

– Madame Donatienne, si tout continue à aller aussi mal, il faudra bientôt prendre une grande décision.

Ce qui allait mal, il était inutile de le lui dire, elle le savait : diminution des commandes, augmentation des salaires, et cette mode qui changeait trop souvent et demandait une trésorerie de manœuvre que l'on n'avait pas chez Derivault.

Ce qui manquait aussi, elle ne l'ignorait pas, c'était l'enthousiasme d'Antelme et ce don si particulier de savoir convaincre, de savoir vendre. Souvent elle s'était dit que le brave Baptiste, si précieux dans la fabrique, n'était pas l'homme qu'il fallait lancer dans l'arène de la concurrence pour enlever les commandes. Mais qui pourrait jamais remplacer Antelme, qui ?... Et, une flamblée soudain aux joues et le regard brillant, elle demanda, toute à l'idée qu'elle venait d'avoir :

– Monsieur Baptiste, avons-nous vraiment six mois devant nous ? Est-il possible à notre affaire de marcher pendant ce temps-là en attendant des commandes ?

– Bien sûr, madame, on pourrait, mais d'où elles viendront, ces commandes ?

Il la regardait, le père Baptiste, sa Mme Donatienne qu'ils aimaient, sa femme et lui, comme la fille qu'ils n'avaient jamais eue. Pauvre petite dame, que croyait-elle pouvoir faire dans le marasme actuel ?

Il s'en fut sonner la cloche de la rentrée des ouvriers, la mort dans l'âme.

Ce même jour, Donatienne reçut deux visites. L'une le matin, l'autre le soir. Calixte vint le premier. Il avait parlé avec Baptiste Marchandeau au cours de ces journées de grève, il avait senti l'inquiétude du directeur de Derivault et, sans vouloir s'immiscer dans ce qui ne le concernait pas, il venait demander s'il pouvait être d'une aide quelconque.

Il arrivait au moment où l'idée qu'avait eue Donatienne de reprendre les démarches si fructueuses d'Antelme et de tenter d'enlever, à Paris et en Europe, de belles commandes atteignait à son point culminant. Elle était si enthousiaste, si convaincue de sa réussite, qu'il n'osa rien dire qui pût couper son élan. Après tout, pourquoi n'y arriverait-elle pas ? Il la regardait, s'imaginait être l'acheteur qu'elle voulait convaincre et se dit qu'il aurait bien du mal à ne pas lui commander douze douzaines de chapeaux melons, coiffure qu'il détestait. Elle était là, en simple petite robe de lainage blanc, le visage animé, les yeux brillants, dans la gloire de sa magnifique chevelure d'or. Qui pourrait lui résister ? Il s'inquiéta. Et elle ? Résisterait-elle à tous ces hommes qui ne manqueraient pas de s'intéresser à elle beaucoup plus qu'il ne le faudrait ? Les années paraissaient passer en négligeant de s'attarder sur elle. Il la revit alors comme il l'avait aperçue la veille, sur sa bicyclette, coiffée d'un drôle de petit canotier piqueté de fleurs. Elle avait l'air d'annoncer la venue du printemps à toute la ville. Il la quitta, mélancolique. Quel printemps elle aurait apporté dans sa vie s'il avait été libre de lui dire qu'il l'aimait !

Ce soir-là, Gabriel-Marie vint la voir lui aussi.

Il arrivait ainsi, un ou deux soirs par semaine, quand il ne dînait pas chez Alexandre et Charline ou n'emmenait pas souper sa petite ouvrière qui habitait à la sortie de la ville. Il avait renoncé aux chanteuses. Il se déclarait sursaturé du répertoire d'opéra-comique à n'en plus pouvoir désormais supporter aucun, pas plus d'ailleurs que les humeurs des cantatrices. Mais, se disait-il, chaque corps de métier a ses inconvénients. Armandine, piqueuse de gants pour une maison de Grenoble, n'était que gentillesse et douceur, mais elle était terrorisée par celui qu'elle appelait « le cavalier », le courrier à cheval faisant la distribution et le ramassage du travail à domicile. « Surtout, monsieur de Lirac, ne venez jamais me voir les jours où il arrive de Grenoble, il ne veut pas qu'on nous dérange pendant notre travail. » Gabriel-Marie soupçonnait ce « travail » de n'en être pas tout à fait un, mais il aurait volontiers respecté les jours « non ouvrables » de sa jeune gantière. Malheureusement, le courrier à cheval arrivait parfois à l'improviste, ce qui ne simplifiait pas la situation. Donatienne riait quand Gabriel-Marie se plaignait des éternelles complications de sa vie sentimentale en soupirant.

Il s'étonna de ne pas trouver la jeune femme cousant fleurs, plumes ou rubans sur un chapeau.

– Je ne suis plus modiste ! J'ai, cet après-midi, donné ma boutique en gérance pour un an à mon apprentie qui en sait maintenant autant que moi, et je redeviens chapelière.

Il ne lui demanda pas pourquoi cette soudaine décision. Il paraissait préoccupé et parla peu pendant qu'ils jouèrent aux dominos avec Louis-Bertrand. Lorsque l'enfant fut monté se coucher,

Gabriel-Marie posa son verre de ratafia de cerises et, soudain grave et un peu ému :

– Voici une demande bien dénuée de protocole. Je ne me suis même pas changé après la caserne et j'ai oublié mes gants au mess. Enfin, malgré les apparences, mon cœur, lui, est en grande tenue pour s'offrir à vous.

De stupéfaction, Donatienne en laissa tomber la boîte de dominos. Elle ne les ramassa pas, elle écoutait le commandant. Il disait :

– Je serai lieutenant-colonel très bientôt. Je n'ai pas une grosse fortune, mais une belle aisance. Mon frère aîné, qui n'est pas marié et ne le sera sans doute jamais, a hérité avec moi de notre nid à corneilles en Périgord et n'y va guère, il n'aime que son boulevard Saint-Germain, sa bibliothèque et les médailles et pièces de monnaie anciennes qu'il collectionne. Nous aurions donc la jouissance du château de Lirac, aussi branlant soit-il. En attendant, nous pourrions vivre ici dans ma maison aux champs. Si vous vouliez bien me faire l'honneur de porter mon nom, je serais le plus heureux des hommes du 75e régiment d'infanterie, caserné à Romans-sur-Isère.

Elle avait eu le temps de reprendre ses esprits et préparait sa réponse, quand Gabriel-Marie ajouta :

– Il va sans dire que je serai un père pour Louis-Bertrand, je vous aiderai à l'élever.

Avec une grâce qui l'attendrit, elle releva la tête, qu'elle avait un instant baissée, pendant qu'il parlait, comme pour mieux écouter, mais peut-être aussi pour ne pas lui laisser lire trop vite dans son regard quelle serait sa réponse. Elle sut dire alors tout l'honneur qu'elle ressentait d'une telle demande et la gratitude qu'elle lui en aurait toujours.

Elle était digne et belle en parlant ainsi. Il pensa quel plaisir il aurait fait à sa mère si elle avait assez vécu pour connaître celle qu'il voulait lui donner pour fille. Mais il savait aussi que Donatienne ne serait jamais sa femme.

Elle lui disait maintenant, avec cette douceur enrobant si bien la fermeté chez elle, qu'il serait toujours, il le savait, amoureux d'Adélaïde. Quant à elle, il n'ignorait pas qui elle aimait. Ils pourraient, bien sûr, unir leurs deux solitudes et, qui sait, être aussi heureux que puissent l'être deux « dépareillés », comme disait le petit Numa, jadis, en parlant de parents remariés, mais elle ajouta :

– Gabriel, je ne suis pas libre. Antelme m'a confié sa chapellerie pour que j'y veille, la fasse prospérer et la passe à son fils. Ce fils mort, j'ai la charge de son enfant, et toujours celle de son seul bien.

Elle expliqua qu'elle avait décidé de tenter de remettre l'affaire sur pied.

– Mais je ne vous empêcherai pas de travailler.

– Vous me voyez, en vicomtesse de Lirac, courant proposer mes chapeaux à Paris ou à Londres ?

– Parce que c'est ce que vous allez faire ?

Il était horrifié, et furieux. Ah ! il ne la laisserait pas s'abaisser à ce métier de... représentant de commerce.

– C'est la seule chance que j'aie de tenter de sauver la chapellerie. J'ai appris l'anglais en faisant travailler Louis-Bertrand, j'ai même quelques notions d'allemand. On s'enrichit beaucoup en surveillant les études d'un enfant, vous savez.

– Peut-être. Mais je ne crois pas que vous vous enrichirez en parcourant l'Europe avec vos gibus ou vos chapeaux melons. D'ailleurs, tout cela est ridicule, vous allez réfléchir et vous verrez qu'il vaudrait beaucoup mieux m'épouser... À moins qu'il n'y ait une autre raison que vous ne m'avez pas dite. Il y en a une, n'est-ce pas ? Et je crois la deviner. Avouez que vous ne voulez pas lui faire cette peine.

– Il ne s'agirait pas d'une peine. Il ne m'aime pas, mais il sent, il sait, que je suis là, pas loin de lui, que je suis son amie.

– Comme vous resterez la mienne ?

– Comme je resterai la vôtre.

Gabriel-Marie, après un court silence, émit un rire où se mêlaient la tristesse et l'ironie, et dit :

– Le prochain blanc-bec de sous-lieutenant que je verrai arriver ici content de lui, sûr de détenir toutes les vérités, persuadé d'être le plus malin et de savoir, mieux que quiconque, s'organiser une belle petite existence de garnison, je le prends par la peau du cou et je l'emmène faire un tour sur les bords de l'Isère pour lui remettre les idées en place en lui expliquant... Non ! Il ne m'écouterait pas, ou ne me croirait pas. Qui croirait celui qui, voulant, à Romans, une vie tranquille, a trouvé le moyen de s'éprendre d'une belle dame qui ne l'a jamais aimé et qui s'est même royalement fichu de lui, puis d'en aimer une autre qui aimait ailleurs d'un indestructible amour ? Les deux femmes étant, pour tout compliquer encore, éprises du même homme ! Et un homme pour qui il éprouvait, lui, en plus, estime et amitié !

Gabriel-Marie s'efforçait de plaisanter. Mais Donatienne voyait sa tristesse et son émotion. Elle se reprocha d'en être la cause. Elle avait déjà fait le malheur d'Antelme, allait-elle faire aussi celui de ce vieil ami qui se sentait seul au point d'être venu quémander son aide ? Elle se promit de l'entourer plus, de le voir souvent, et tant pis pour ce que l'on en penserait en ville. Elle se demanda si, n'aimant pas Calixte, elle aurait été plus sensible aux belles qualités du commandant, cet homme loyal et courageux. Combien de femmes, ici et ailleurs, auraient été fières d'être distinguées par lui ! Avait-elle raison de refuser cette affection qui aurait pu sans doute devenir plus tendre ?

Elle resta longtemps éveillée cette nuit-là, inquiète. Elle devait une fois encore décider seule. Elle se dit qu'Antelme lui manquait. Son bon regard si compréhensif et sa voix douce lui disaient : « Quelque chose ne va pas, ma chérie ? »

Amélie écrivait à Josépha :

... Eh bien, pour une drôle d'histoire, c'en est une ! Et c'est, évidemment, une histoire de fleurs.

Il y a de ça trois ou quatre ans, j'avais eu l'idée d'améliorer un peu la pâleur anémique des églantines et je les avais fardées d'écarlate. C'était joli, gai et d'un rouge, il faut le dire, assez provocant. Mais voilà qu'avec tous ces micmacs politiques et ces drapeaux sanglants brandis ici et là, mes fleurs me sont restées sur les bras. Plus aucune femme bien pensante ne veut arborer cette couleur à son corsage ou sur sa tête. Or j'avais eu, au rabais, un grand métrage de soie éclatante et j'en avais fait une bonne centaine, de ces églantines. Elles m'encombraient. Je ne savais où les mettre. C'est pour le coup que tu aurais pu parler de nids à poussière. Aussi avais-je décidé, la semaine dernière, de m'en débarrasser. J'allais les brûler quand arriva Séraphine, ma ravioleuse, avec mes trois douzaines de ravioles pour ma semaine. Ici, je te fais un petit commentaire au passage, je ne sais pas si je vieillis, mais je ne leur trouve plus aussi bon goût, aux ravioles de la Séraphine. Trop de persil, à mon avis, et pas assez de fromage. Bref, elle arrive, me voit prête à jeter mes fleurettes au feu, et me les arrache des mains. Elle les aimait, imagine-toi, et depuis longtemps ! Je les lui donne, et bon débarras. (Note qu'elle ne m'a même pas offert, elle, en échange l'une des trente-six ravioles qu'elle me livrait, mais là n'est pas la question.)

Et je n'y pense plus, à mes églantines. Mais voilà qu'hier la Séraphine revient, avec ses trois douzaines de ravioles. J'avais sur le bout de la langue l'envie de lui dire que, vraiment, il y avait trop de persil et pas assez de fromage, quand elle me coupa le sifflet :

– Ah ! que vous auriez été contente, mademoiselle, de voir vos fleurs rouges circuler hier par toute la ville !

Je n'y comprenais rien. Pourquoi donc mes églantines avaient-elles parcouru tout Romans ? Tu aurais deviné, toi. Eh bien, ma fille, c'est au revers des vestons des grévistes qu'elles se sont promenées, mes fleurs !

Tu vois la tête que je faisais ?

Quand je me suis remise, j'ai appris que le gendre de la Séraphine est l'un des personnages importants du Syndicat des ouvriers de la chaussure. Il a vu chez sa belle-mère cette profusion de fleurs rouges, il les a prises et distribuées aux membres de son groupement révolutionnaire, à ces anarchistes *! La destinée des objets est quelque chose de troublant, ne trouves-tu pas ? Mais j'imagine que tu penses maintenant, comme moi, à ce qu'aurait dit notre grand-père en apprenant que sa petite-fille a fabriqué des fleurs pour les libertaires. Lui qui voulait les tuer, en bloc, d'un coup, pour en débarrasser la France à jamais !*

Combien, par la pensée, en a-t-il exterminés de ces anars, comme il disait ? Rappelle-toi ce bateau qu'il nous décrivait, avec sa grande soupape. On entassait tous les anarchistes dedans et on irait actionner la soupape au beau milieu de l'eau. Alors, ils seraient noyés, engloutis jusqu'au dernier, et le diable se chargerait de leurs âmes.

Tu te souviens du long chemin d'eau qu'il faisait, le bateau à soupape ? On démarrait sur l'Isère, mais grand-père nous regardait au fond des yeux et nous disait :

– Vous trouvez comme moi, n'est-ce pas ? que c'est bien trop près, ils *remonteraient à la surface et viendraient nous étrangler dans nos lits.*

Alors, tremblantes – avions-nous six ou sept ans ? –, nous disions :

– Non ! Non ! Qu'ils aillent ailleurs, plus loin, très loin.

Et le bateau descendait le Rhône et s'en allait sur la Méditerranée.

– Est-ce assez loin, mes filles ?

Et nous disions encore :

– Plus loin, toujours plus loin.

Tantôt il finissait au Groenland chez les Esquimaux, notre bateau à soupape, tantôt en Afrique, chez les sauvages.

Je me suis dit hier qu'en assouvissant sa haine des anarchistes le vieux grand-père – qui avait dû tout juste occire des mouches au cours de sa vie – avait trouvé ce moyen de nous apprendre la géographie. N'empêche, s'il me voit, de là-haut, fleurir ses ennemis, il doit me maudire. J'ai rêvé cette nuit que c'était moi qu'il avait mise dans le bateau à soupape.

J'ai raconté mon aventure à la petite Charline qui venait chercher un bouquet de fleurs blanches pour le berceau du petit qu'elle attend. Elle a tellement ri que j'ai cru qu'elle allait en accoucher, là, parmi mes fleurs. Ça aurait fait un joli souvenir pour plus tard à l'enfant. Il aurait pu dire : « Je suis né parmi des cyclamens qui avaient un faux air d'hortensias. » Qui sait si ça n'aurait pas influencé son destin ? Quel dommage qu'on ne puisse pas tout arranger à notre idée, comme on se ferait la vie plus poétique !

Avec ça, je ne t'ai pas dit le meilleur : Séraphine, en partant, et sur le pas de la porte, a hurlé – elle me croit toujours plus sourde que je ne suis :

– Si, des fois, vous aviez d'autres églantines rouges, gardez-les-moi, parce qu'ils sont très nombreux maintenant dans le Syndicat de la chaussure. La prochaine grève ne tardera pas, elle sera terrible, et la victoire encore plus grande, et avec vos fleurs c'est tellement plus joli !

... Voilà une bonne leçon, répondit Josépha. *Si tu avais fait des églantines telles que le bon Dieu les a créées, tout ça ne te serait pas arrivé. J'espère que tu t'en souviendras.*

Sais-tu qu'il est né, ce matin, une petite Bathilde chez les Alexandre ? Elle est superbe, et le père rayonne comme un soleil. Je me demande si Adélaïde va être assez bien portante pour venir voir l'enfant, ou si elle va être saisie par l'une de ses providentielles rechutes qui lui évitera de se déranger. Je la vois mal aimer plus ses petits-enfants que son fils dont elle s'est à peine occupée. Elle ne méritait pas d'avoir un Alexandre qui lui donne autant de satisfactions que celui-là. Il est vrai que c'est à son père qu'il ressemble, je l'ai toujours dit, et j'avais bien raison.

On était en avril. La mer avait cette odeur de printemps un peu aigrelette et qui s'associe avec bonheur à la douceur de l'air.

Ce matin-là, arrivant à un point très précis de la ville de Cannes et de sa Croisette, Calixte avait rendez-vous avec son destin devant la vitrine d'une galerie de tableaux où il s'arrêtait souvent. S'il l'avait pu, il aurait acheté une petite peinture exposée là et qui lui plaisait. Œuvre étrange d'un homme nommé Maurice Vlaminck. Un paysage, un bord de rivière, quelques arbres, un bateau, de la lumière, dans des coloris éclatants, rares, provocants. Des rouges incandescents comme si le soleil ardent y mettait le feu, des bleus que l'on ne découvrait qu'ici, certains jours où la mer les arbore comme un défi lancé à la terre et au ciel qui n'en auront jamais de semblables, et des jaunes qui sont un hymne à tout l'or qui éclaire le monde.

Pourquoi ce tableau le fascinait-il ? Il se le demandait, ce matin-là encore, quand le propriétaire de la galerie ouvrit sa porte et sortit, tenant son chien en laisse.

Ce chien, boule blanche, truffe noire, mais c'était Atma ! Et Calixte, se penchant, émerveillé, ému, avança la main pour caresser la petite bête. Qui le mordit cruellement. C'était peut-être la réplique d'Atma en apparence, mais en rageur et en hargneux.

La main de Calixte saignait abondamment, et le marchand de tableaux se confondait en excuses et répétait :

– Il n'est pas enragé, je vous le garantis. Il a seulement été surpris par votre geste. Voulez-vous que nous allions jusque chez le pharmacien ? Il y en a un tout près d'ici... J'ai de l'eau blanche et tout ce qu'il faut chez moi, si vous préférez.

Calixte préféra, en effet, entrer dans la galerie. Sa main le faisait souffrir, mais il avait envie de voir les autres tableaux.

Il avait découvert la peinture en se promenant sur la Croisette et s'étonnait de son infinie variété. Il en était resté aux œuvres d'église, et cet élan vers de nouvelles manières de voir nourrissait sa curiosité, sa perplexité aussi, mais surtout un intérêt croissant et une admiration qui de jour en jour pénétraient plus profondément en lui. Il dit, en entrant dans la pièce, où une trentaine de tableaux étaient exposés :

– On croirait qu'on vient de chausser des lunettes qui transforment le monde. Ce sont là des œuvres tout à fait inattendues pour moi, mais elles m'attirent.

– Que faites-vous ? Quel est votre métier ?

– Je suis bottier. Je crée des modèles de souliers que mon fils réalise ensuite en usine pour le plus grand nombre. Ce que nous appelons le travail en série.

– Vous dessinez donc, j'imagine, au départ ?

– Je dessine, oui, et ensuite, on pourrait dire, bien que cela soit prétentieux, que je sculpte.

Le marchand se présenta. Il s'appelait Hilaire Martin-Lavigne. Court, trapu, petite barbiche grise, crâne dénudé, il ressemblait à des milliers de commerçants, la cinquantaine venue et un petit ventre en brioche avec, jusqu'à ce que l'on croise son regard vif et qui transperçait.

Calixte, tenant sa main emmaillotée dans son mouchoir, s'arrêtait devant chaque toile.

Hilaire Martin-Lavigne le regardait comme il devait lui arriver de scruter un tableau. Et, à brûle-pourpoint, demanda :

– Voudriez-vous me montrer ce que vous faites ?

– J'habite sur la colline, un peu en dehors de Cannes..., assez loin.

– Allons-y avec ma voiture. Mais j'aimerais que nous nous arrêtions dans une pharmacie avant.

Ils étaient tous deux dans la feniera. Hilaire Martin-Lavigne regardait avec intérêt les chaussures accrochées aux branches d'arbres morts, les vases d'Anduze d'où jaillissaient les cuirs de toutes couleurs roulés comme des parchemins, et le petit établi. Puis il cueillit délicatement, avec des gestes que l'on aurait pu qualifier de déférents, un escarpin ici, un richelieu là, et il murmura, plus pour lui que pour Calixte :

– Des sculptures, en effet.

À quelques jours de là, Hilaire Martin-Lavigne revint. Et sa femme l'accompagnait. Elle était aussi longiligne qu'il était trapu et aussi affable qu'il était bourru.

– Mon épouse a la passion des chaussures. Je lui ai décrit les vôtres et elle n'a eu de cesse que je ne la conduise vers vous.

Calixte travaillait, quand le couple avait fait irruption dans la grange, à une paire de mules sur lesquelles il avait assemblé, en découpes parallèles et finement cousues, des cuirs dont les coloris s'approchaient au plus près de ceux du tableau qu'il aimait.

– Ce sont là des tons à la Vlaminck, ne trouves-tu pas ? dit Mme Martin-Lavigne à son mari.

Il acquiesça et s'enquit de la provenance de cuirs aux couleurs si variées. Calixte parla de Romans-sur-Isère, ville célèbre pour ses tanneries, et de l'idée de son fils de tenter les femmes par des coloris vifs et nouveaux pour sortir un peu de la monotonie des chaussures de série presque toujours noires ou brunes.

Lina Martin-Lavigne demanda si ces mules étaient à vendre où si elles allaient être reproduites en usine.

– Nous ne nous risquons pas encore à faire des séries – même petites – d'une telle originalité. Il m'arrive de créer des babioles de ce genre pour le plaisir, modèles que je garde et suspends à une branche. C'est ce que ma femme appelle mes lubies.

– Me les vendriez-vous, ces lubies-là ?

– Pourquoi pas ? Si elles vous plaisent, je peux en faire une paire à votre pointure.

Et Calixte la fit, la livra et n'y pensa plus... Jusqu'à un matin de mai – un matin de paradis – où la Croisette éclatait de joie de vivre.

Il s'en revenait du marché, une rascasse et des rougets dans son panier. Il n'avait pu résister au plaisir d'acheter ces poissons si colorés et encore frétillants. Il passa devant le magasin du marchand de tableaux. Il n'y en avait qu'un seul en vitrine, le Vlaminck rouge, bleu et jaune. Et, posée sur le côté, comme en hommage, la paire de petites mules aux semblables coloris. Il faillit en lâcher son panier.

Il entra dans la galerie. Souriante, Lina Martin-Lavigne s'avança vers lui en disant :

– Je me demandais si vous les verriez, je n'ai pas encore pu me résoudre à les porter. Elles sont trop jolies, je les regarde, je les caresse... Et je les ai mises en vitrine. Elles le méritent.

Cela n'était que le début de l'aventure.

Elle se continua, huit jours plus tard, par l'arrivée d'une automobile qui fit ouvrir tout grands les yeux d'Adélaïde. Un modèle qu'elle ne connaissait pas. Américain, peut-être.

C'était en effet une luxueuse Stutz, et une non moins luxueuse personne en sortit. Par chance pour Calixte, l'étrangère avait la cinquantaine, et point de beauté, malgré sa distinction et son élégance. Adélaïde n'en prit pas ombrage. Elle profita de ce que l'intruse était en grande conversation avec Calixte pour demander à son chauffeur – qui était français – des précisions sur son véhicule.

Et pendant ce temps, dans la feniera, Calixte entendait :

– J'ai acheté le tableau de ce jeune Vlaminck, mais j'ai exigé d'avoir aussi les mules. Elles sont à ma pointure. Je voudrais maintenant une vingtaine de paires de souliers assortis aux robes que Paul Poiret vient de me livrer. Afin de ne pas vous encombrer avec ces vêtements, j'ai demandé au couturier les dessins de ses modèles et des échantillons de tissu. Je vous laisse décider vous-même de ce qui conviendra à chaque tenue. Ne me parlez pas de prix, les vôtres seront les miens. Je n'exige qu'une seule chose : tout devra être prêt dans deux mois, quand je repartirai pour New York. Voici trois mille francs en acompte.

Calixte souriait. La superbe de la dame le distrayait. Il avait eu, du temps des bottines d'Adélaïde, quelques clientes assez autoritaires et peu commodes, mais celle-là était la plus déterminée et la plus arrogante. Il exigea :

– J'aimerais, tout d'abord, voir vos pieds, madame.

Il avança le tabouret pour que l'auguste personne s'y posât.

– Je vous ai déjà dit que vos mules me vont.

– Ce sont des mules, précisément. Pour les autres formes de souliers, j'ai besoin de mesures plus précises.

– Je ne consentirai jamais à vous montrer mes pieds.

– La première paire de bottines que j'ai faite était corrective, pour ma femme, qui boite.

D'où lui était venue l'idée de parler ainsi ? À la vue de la démarche de l'Américaine qui lui avait semblé un peu particulière, sans pouvoir dire toutefois pourquoi.

Dès lors, tout changea. Cette intruse assez hostile s'intégra soudain à l'ambiance de la petite grange-atelier, et elle dit, à la fois triste et confuse :

– Comment avez-vous deviné ?

– Je n'ai rien deviné. J'ai seulement pensé que quelque chose n'allait pas. Et ce qui ne va pas non plus, c'est la pointure de vos chaussures. Elles sont trop grandes.

– J'achète toujours sans essayer.

Il se taisait. Il attendait. Elle ajouta :

– Il me manque un doigt – le plus petit – à chaque pied. Seules ma mère et ma nourrice le savaient et, maintenant, ma vieille femme de chambre. Je suis parvenue à vivre vingt ans avec mon mari – mort depuis l'an dernier – sans qu'il voie jamais mes pieds... à moins, je me le demande parfois, qu'il n'ait eu l'élégance de ne rien me dire. J'ai longtemps cru que je devais cette infirmité à ma mère qui s'était toujours trop serrée dans son corset pour dissimuler qu'elle était enceinte. On disait – on le prétend encore, d'ailleurs – que ces femmes-là mettaient des petits monstres au monde. Dans mon cas, seuls les pieds ont souffert.

Elle se déchaussa enfin. En fait, il ne lui manquait pas d'orteil, mais les deux derniers étaient soudés l'un à l'autre.

– Eh bien ! dit Calixte avec entrain, le mal n'est pas grand et nous allons faire de ce petit défaut un bel avantage : un pied très étroit qui sera d'une élégance sans pareille.

Si un ange avait soudain pénétré là, brassant de ses grandes ailes blanches le parfum des orangers disséminés alentour, Mrs. Aston-Field n'aurait guère pu être plus émerveillée, plus éblouie, qu'à écouter cet homme lui ouvrant les portes du paradis.

Elle ne le quittait pas des yeux. Elle vit la bonté dans les siens et cette étincelle d'excitation qui brille dans le regard de ceux qui aiment entreprendre et savent qu'ils réussiront.

Dans les deux mois qui suivirent, et sans pour cela négliger les modèles prévus pour Alexandre, Calixte créa les vingt paires de souliers de son Américaine.

Et, là-haut, la bonne étoile brillait toujours et de plus en plus lumineuse : Paul Poiret, le couturier qui habillait Paris et l'étranger élégants, vit les chaussures de sa « chère Mrs. Aston-Field » et les trouva divines.

– Je veux le connaître, votre bottier de génie.

– Il faut, pour cela, aller à Cannes.

Il y alla.

La feniera l'enthousiasma. Il n'y manquait qu'un fauteuil.

– Oui, vraiment, mon cher, pour jouir pleinement de cette grotte de l'enchanteur Merlin, il faut un bon siège.

On le lui apporta. Il but de l'eau fraîche de la gargoulette parfumée à l'anisette, en regardant Calixte.

– Ah ! que vous êtes svelte, vous ! Avec votre air de distinction qui s'ignore, vous auriez, à Paris, toutes les femmes à vos pieds... pour vous tendre les leurs !

Paris ? Calixte ne rêvait nullement d'y aller. Cannes et Romans lui suffisaient.

– Mais vous feriez fortune... N'allez pas me dire, comme ce peintre que j'ai vu chez les Martin-Lavigne, ce Vlaminck, ce jeune fou bariolé qu'ils s'efforcent de lancer : « Vos billets ? Bouffez-les ! »

Ils finirent pourtant par s'entendre. Une visite par an dans la capitale de tous les arts, juste pour assister à une présentation de la collection Poiret. Et un contrat réglant la fourniture des modèles de chaussures pour cette collection. À Calixte de choisir de bons cordonniers-bottiers pour exécuter les commandes à venir d'après ses prototypes.

Comme Adélaïde, dévorée de curiosité, arrivait en tenue d'automobiliste, Paul Poiret lui promit un cache-poussière plus élégant. Il n'y avait pas encore pensé, mais ces longs et enveloppants manteaux gagneraient à être plus gais, plus chatoyants.

Personne n'ayant encore réussi à intimider Adélaïde, elle répondit que, lorsqu'elle changerait une bougie, le « chatoyant » risquerait d'en souffrir.

– Ma femme adore la mécanique, ajouta Calixte en souriant.

Mais Paul Poiret n'écoutait plus. Sa replète personne bien calée dans son fauteuil, l'œil brillant, il dit :

– Et on les verra vos souliers, parce que j'écourte, j'écourte. Il est temps qu'on les montre enfin, les jambes des femmes !

Dans le même temps, pendant que sa bonne étoile brillait pour Calixte, celle de Donatienne s'allumait aussi. Peut-être était-ce la même qui protégeait ainsi deux destinées faites pour s'unir, mais qu'un sort contraire s'acharnait à séparer.

Donatienne suivait son idée d'aller démarcher de possibles acheteurs, sur laquelle une autre idée s'était greffée : pourquoi ne pas offrir aussi la production Derivault aux modistes ? Les cônes de feutre de qualité si souples, si légers grâce aux poils de castor ou de ragondin teints avant feutrage, les coloris infinis et raffinés qu'il était possible d'obtenir ainsi à la demande, pouvaient intéresser les grandes prêtresses du chapeau féminin.

Elle prépara un assortiment des tons les plus rares. Et, se souvenant de la robe que portait Caroline Reboux lors de leur première entrevue, elle fit préparer par celui qu'elle appelait son « grand maître teinturier » des échantillons allant du blanc mauve au violet.

Mlle Amélie ronchonna, rouspéta, puis se calma et fit naître, découpées dans ces feutres d'une finesse, d'un velouté et d'une douceur incomparable, une profusion de fleurs. Alors, sur un grand chapeau « bergère » d'un violet tendre, Donatienne répandit la moisson de violettes de Parme et ennuagea le tout d'une voilette assortie. Cette fois-ci, elle était sûre d'être digne d'entrer dans les salons du 23 de la rue de la Paix.

Elle y entra.

Et Caroline Reboux la reconnut. Elle se souvenait des glycines jaunes de la capeline que portait Donatienne à sa première visite ici.

Si on lui donnait l'exclusivité des coloris de feutres qui pourraient dès lors être appelés le bleu, le rose ou le parme Caroline Reboux, la célèbre modiste était intéressée.

Plusieurs autres le furent aussi, chacune exigeant son exclusivité. Mais, comme le disait Calixte autrefois, on pouvait créer tant de couleurs que, sans aller jusqu'à égaler les Gobelins et leurs célèbres gammes de tons, on parviendrait néanmoins à satisfaire tout le monde.

M. Baptiste, pour la forme, dit que ce n'était pas là de la vraie chapellerie. Mais les contrats passés avec cette nouvelle clientèle, il en convint, n'étaient pas négligeables.

L'année suivante, sans le savoir, Calixte et Donatienne se trouvaient à Paris au même moment. Lui dans les salons de Paul Poiret, elle dans ceux de Caroline Reboux.

Un soir, il y eut, au Café anglais, deux tables réservées pour douze convives chacune. Les invités de M. Paul Poiret et ceux de Mme Caroline Reboux, acheteurs étrangers, habilement mêlés à des fournisseurs de qualité.

C'est ainsi que Donatienne, déjà installée parmi les chaudes boiseries d'acajou et les nombreux miroirs reflétant à l'infini tout le gratin parisien, vit entrer Calixte faisant partie de la cour qui escortait Paul Poiret.

Elle ne l'avait pas vu depuis plus d'un an. Lors de ses deux derniers courts séjours à Romans, Adélaïde était venue avec lui, et il n'avait pu se soustraire un seul moment à la surveillance conjugale.

Entouré de gens élégants, raffinés, il lui apparut tout semblable à eux. Elle en ressentit de la fierté et de l'admiration, sans penser qu'elle avait parcouru le même chemin et se trouvait, elle aussi, à sa place dans ce décor luxueux, y jouant son rôle aussi bien que lui.

Les deux groupes se faisaient face. Et tous se connaissaient. Comme on lance des serpentins et des confettis aux batailles de fleurs en temps de carnaval, des jets de phrases, entrecoupés de rires sonores, rebondissaient d'une table à l'autre.

Donatienne se disait que c'était là un monde brillant dont le but était de briller plus encore. Et Calixte comparait les deux clans à deux silex que l'on frotte et d'où jaillissent des étincelles.

Pour ces soupers dans les grands restaurants, la mode était aux robes décolletées, portées avec d'immenses chapeaux qui obligeaient les hommes à se tenir à une distance respectueuse de leurs voisines pour éviter d'être éborgnés par des aigrettes, des becs d'oiseau ou des fleurs et feuillages piquants.

Et, soudain, le regard de Calixte se posa sur ce beau visage, si accordé au décor, et qu'il avait dû effleurer déjà sans croire tout à fait que c'était elle. Il pensait si souvent à Donatienne qu'il lui arrivait de la voir partout. Et là encore... Mais c'était elle ! Et elle lui souriait, dans cette salle où il se préparait à s'ennuyer pendant deux à trois heures. Sans qu'il sût pourquoi, on riait autour de lui, et parce que, soudain, il était heureux, il joignit sa gaieté à celle des autres et adressa un sourire joyeux à sa voisine de table.

Donatienne l'intercepta. Qui était cette jolie femme qui recevait ce cadeau, la joie de Calixte ? Et comme, au même moment, le voisin de Donatienne, bel homme au type anglo-saxon, se penchait vers elle pour lui parler, elle lui sourit gaiement aussi.

Qui était ce bellâtre ? se dit Calixte, irrité. Que faisaient-ils, elle et lui, dans cette assemblée de saltimbanques ? Et que manigançaient leurs destins pour les avoir conduits ici ?

Mais Donatienne lui sourit, et le monde fut transformé. Ce sourire l'atteignit au plus profond de lui-même, l'inonda de tendresse. Désormais, ils étaient seuls, face à face, dans un moment d'extrême sensibilité qui abolit tout ce qui les entourait, un moment de grâce.

Qu'entendaient-ils ? Eux-mêmes dans un glissement du décor et du temps. « S'il était vrai, se disait Calixte, qu'elle l'ait aimé lorsqu'elle n'était qu'une petite fille, qu'elle l'ait tendrement enrobé d'amour, quel don elle lui avait fait ! »

« Je ne saurai jamais, se disait Donatienne, s'il a compris mon amour, et s'il y a été sensible. »

Tous deux eurent conscience alors, presque ensemble, dans cette fête dont ils n'étaient pas, que leur vie aurait été un grand rendez-vous manqué.

Il grava dans son cœur l'image de Donatienne en robe de dentelle, lui souriant sous un grand chapeau fleuri de violettes de Parme.

Elle se dit qu'à son heure dernière elle le verrait, fier, digne et si beau dans son habit noir.

1908-1932

«J'ai des souliers, t'as des souliers,
Les enfants de Dieu
N' vont pas nu-pieds...[1] »

1. Negro spiritual, *Fleuve profond, sombre rivière,* traduction de Marguerite Yourcenar.

Les années qui s'étaient écoulées avaient apporté chez Alexandre et Charline, après Bathilde, une deuxième petite fille, Hervine, et une troisième, Chloé.

Ces fillettes, que Calixte rêvait jadis d'avoir à son foyer, Charline les lui avait données. C'était une joie d'arriver de Cannes dans ce nid où piaillaient celles qu'Alexandre appelait ses « poulettes ». Le vieux père Cirex, s'il passait embrasser le trio, avait coutume de dire, en entendant rires et cris saluer tumultueusement son arrivée :

– Leur mère, à elle seule, faisait jadis presque autant de bruit. C'est pour qu'elle apprenne le silence, de rigueur à la chasse, que je lui ai mis sa première carabine en main. Si vous voulez que je m'occupe de ces trois-là aussi...

Alexandre n'y tenait pas. Et les accidents ? Ce vieux fou y pensait-il ? Lui confier ses petits amours, ah, ça, jamais ! D'ailleurs, ces enfants étaient la sagesse même.

– Oui, lorsqu'elles dorment, ajoutait Charline.

Josépha avait donné son opinion quand Alexandre était venu à Pâques, avec sa troupe, remercier de l'envoi des pognes. Elle avait écrit à sa sœur :

De vraies petites chipies. Imagine que, voulant prendre l'aînée, cette demoiselle de cinq ans, sur mes genoux, j'ai entendu un clair et net : « C'est pas possible, madame. » J'ai demandé pourquoi et la nommée Bathilde m'a dit : « Y a pas de place sur vos genoux, vu qu'il y a déjà votre gros ventre assis dessus. » De l'Adélaïde tout pur, ça. Et l'Alexandre qui riait, et les deux autres petites – deux et trois ans – riaient aussi sans comprendre, mais de confiance. Ce que je t'aurais calotté tout ça !

La maison avait été agrandie. On n'avait pas touché à la vaste salle cuisine, si chère à Adélaïde. On avait construit autour. Violette parlant de se retirer très bientôt dans sa campagne, Charline avait fait ajouter une petite annexe pour y loger plus tard un ménage de domestiques. Tout cela jouxtait l'usine où déjà la jeune Bathilde s'en venait rôder et parvenait parfois à pénétrer. Ce qui se passait là était si fascinant.

Quand Adélaïde, l'été, arrivait de Cannes et ne manquait jamais d'inspecter son ancien royaume, l'enfant, la voyant se diriger vers les ateliers, mettait sa main dans la sienne en disant : « Emmène-moi voir les machines avec toi. »

On profita de l'un de ces séjours pour demander son avis à Adélaïde. Quelle voiture automobile faudrait-il acheter, dès qu'on le pourrait, servant à la fois à la famille et à certaines courses pour l'usine ?

Il n'y avait pas à hésiter, il leur fallait la dernière limousine Renault exposée au Salon. Une six cylindres, avec ces nouveaux amortisseurs qui ralentissaient si merveilleusement les oscillations des ressorts. Et, bien entendu, allumage par magnéto, la six cylindres n'en supportant pas d'autre. La magnéto, « maîtresse de l'automobile d'aujourd'hui ». Adélaïde était intarissable. C'était là le grand succès de Charline : sa belle-mère avait un centre d'intérêt qui la faisait revivre.

Malgré l'augmentation du prix des cuirs, l'équipement de l'armée en consommant la plus grosse partie, malgré les augmentations de salaires, les chaussures Calixte Royer et fils s'implantaient de plus en plus. Ce n'était pas la grande réussite, mais un sérieux pas vers elle. Les mécanisations s'intensifiaient, on inventait des machines pour presque tout. Alexandre, depuis quelque temps, songeait à aller voir sur place, en Amérique, ce qu'il conviendrait très bientôt de renouveler ou d'ajouter à l'usine. Plusieurs de ses confrères avaient déjà fait ce voyage. Il en parla à son père. Calixte proposa de venir passer un mois à Romans pendant qu'il irait à Chicago. Adélaïde, entre le fils du garagiste à sa dévotion et à celle de son automobile, et la brave Cannoise qui habitait maintenant avec eux, ne serait pas seule.

Alexandre partit. Il écrivit son enthousiasme à découvrir ce pays où la fabrication des chaussures avait une avance considérable sur l'Europe. Il était fasciné, mais persuadé que d'ici peu on ferait aussi bien, quant à la mécanisation. Mais, pour ce qui était du goût, on aurait pu donner des leçons. Rien n'égalait en distinction et en élégance la chaussure française et romanaise.

Il était prévu que Charline, avec l'automobile Renault, viendrait le chercher à la gare de Valence à son retour. Elle y arriva un peu en retard – elle avait crevé en route – et découvrit son Alexandre entouré de trois personnes qui ne passaient pas inaperçues dans la gare, trois Noirs, deux hommes et une femme. Elle ne comprit pas immédiatement que ce trio escortait son mari. Elle s'était jetée dans les bras d'Alexandre en ne voyant que lui. Ce n'est qu'au moment de monter en voiture qu'Alexandre dit :

– Je les ai convaincus de me suivre en France. Ils sont cireurs. J'ai aussi ramené les deux grands fauteuils avec lesquels ils exerçaient leur art à Chicago. Parle-leur, ils ont un mal fou à comprendre mon mauvais anglais et ils sont un peu dépaysés.

Comme si elle s'attendait, depuis toujours, à cueillir sur un quai de gare un grand beau Noir de quarante ans appelé Josuah, son fils de vingt ans nommé Gédéon et Winnie, sa petite femme, comptant à peine dix-sept printemps, Charline leur tendit la main, pria les hommes de remettre leurs chapeaux melons qu'ils avaient ôtés depuis son arrivée et casa tout son monde dans la limousine.

– Tu comprends, je me suis dit : puisque Violette va s'en aller, il faut la remplacer et puis, entre les cirages de ton père et nos chaussures, avoue que des cireurs ont leur place chez nous.

– Ton idée est de leur faire cirer des chaussures à l'usine avec les produits Cirex ou de remplacer Violette à la cuisine ?

Elle riait : c'était là le genre de chose qu'elle aurait fait elle-même. Il le savait. Elle demanda :

– Explique-moi comment cette idée t'est venue.

Il tenta de le faire. Ce n'était pas très clair. Cela avait sans doute démarré par la fascination qu'avaient exercée sur lui Josuah et son fils Gédéon faisant leur métier d'une manière très personnelle. Ils étaient cireurs pour dames, ce qui était assez rare. Ils procédaient avec un tact et une discrétion tels que la plus pudique des vieilles demoiselles américaines n'hésitait jamais à leur confier ses pieds chaussés à cirer. Et ce n'était pas tout, ils chantaient en travaillant et c'était superbe. Elle allait découvrir ce qu'étaient les negro spirituals.

Si les trois petites filles ouvrirent tout grands leurs yeux, muettes pour une fois, Violette déclara qu'elle ne resterait pas un jour de plus dans cette maison où, avant qu'elle en soit partie, on la remplaçait déjà par « trois sauvages ».

– Sers-nous au moins le dîner de mon retour, quémanda Alexandre.

Elle voulut bien, mais elle s'en irait, dès l'aurore, le lendemain. En fait, elle resta encore un an. Ils adoraient les ravioles, ces gens venus du centre de l'Afrique en passant par ces pays d'Amérique. Et Violette découvrait la musique.

– Vrai, ils me feraient pleurer, quand ils chantent avec leur banjo.

Et elle pleurait, en effet, Bathilde sur ses genoux, Hervine et Chloé à ses pieds, en écoutant ce negro spiritual que Josuah et Gédéon trouvaient si adapté à une famille fabriquant des souliers, et que Charline lui avait traduit.

... J'ai des souliers, t'as des souliers,
Les enfants de Dieu n' vont pas nu-pieds.
Quand je m'en irai au Paradis
J' vais mettre mes beaux souliers vernis,
J' m'en vais marcher dans l' ciel de Dieu
En long, en large, dans le grand ciel bleu...

Bathilde, à qui Louis-Bertrand racontait de belles histoires quand elle venait goûter chez Donatienne – si Adélaïde n'était pas à Romans –, faisait un pittoresque mélange d'Évangile et de mythologie. Ce qui lui permit d'expliquer à Violette le mystère des couleurs de la peau.

– C'est comme pour le corbeau de celui qui s'appelait Apollon, un Grec. Ce corbeau-là était tout blanc, et puis le pauvre il a apporté dans son bec une mauvaise nouvelle à Apollon qui était méchant et qui a dit au corbeau : « Tu ne seras plus blanc, mais tout noir, pour te punir. » Alors, un jour, quand les hommes, les femmes et les petits enfants étaient tous tout blancs, quelqu'un a dû faire comme le corbeau, apporter une mauvaise nouvelle au bon Dieu qui l'a peint en noir dans un moment de colère. C'est pour ça qu'il y a maintenant des gens comme Josuah, Gédéon et Winnie. Il faut être très gentille avec eux parce qu'ils sont tristes d'avoir été noircis.

Violette ajoutait :

– Si Dieu les a faits noirs, il leur a laissé une belle voix.

En ville, on disait : « Ils sont fous, ces Royer ! »

C'étaient des fous très heureux.

À deux expositions, en Belgique, leurs chaussures avaient été récompensées par des médailles d'argent, et par une autre d'or en Angleterre. Les exportations en Europe s'intensifiaient. Calixte devenait une célébrité aux États-Unis. Mrs. Aston-Field continuait à commander ses chaussures par douzaines et envoyait ses amies à Cannes. Ces belles dames adoraient la petite feniera et son ermite souriant et affable. Elles s'extasiaient sur le décor si originalement champêtre et se faisaient offrir un verre d'eau anisée. Il était rare qu'Adélaïde vînt voir ce qui se passait dans la grange. Elle préférait faire la conversation avec les chauffeurs, toujours surpris par cette étonnante personne qui en savait autant qu'eux, et parfois plus, sur leurs mécaniques.

La réussite de son père faisait la joie d'Alexandre, qui voyait là une revanche accordée à un homme ayant toujours sacrifié ses goûts aux désirs de sa femme.

Calixte continuait à venir au moins tous les deux mois à Romans. Il y arrivait avec sa valise qui contenait ses modèles. Il était rare qu'Alexandre en eût la primeur, ses trois filles se la faisant ouvrir dès l'arrivée de leur grand-père, car elle contenait toujours une surprise pour elles. Des souliers de petites filles fées comme personne n'en avait nulle part au monde. Ils étaient si jolis, roses, bleus, ou, parfois, pleins de fleurs comme une prairie au printemps. De ceux-là, Calixte disait :

– Un soir, alors que je les avais finis, ils étaient seulement verts, et, le lendemain matin, les fleurs étaient venues se poser là, se peindre toutes seules...

– Mais comment ont-elles su que ce serait si joli qu'elles viennent là ?

– Ah ! les fleurs savent tout.

Soucieuse, Bathilde avait demandé un jour :

– Tu l'as dit à grand-mère... pour Josuah, Gédéon et Winnie ?

– Pas encore.

– Tu as peur, toi aussi ?

– Après ce que tu m'as raconté du corbeau qui était blanc et qui est devenu noir parce qu'il apportait la mauvaise nouvelle, je préfère attendre.

– Moi, je sais ce qu'elle va faire. Elle va d'abord les regarder, comme ça, du haut et du bas, et elle dira : « Ils vont tout manger, ceux-là. »

– Ne t'inquiète pas, je suis sûr que ça s'arrangera très bien.

– Tu lui diras qu'ils travaillent beaucoup et qu'ils sont si gentils.

– Je le lui dirai, cesse de te faire du souci.

Quand Winnie mit au monde un petit bébé très foncé, Bathilde, qui aurait dû se tracasser plus encore en pensant qu'il y avait maintenant quatre Noirs à la maison, fut subjuguée par ce poupon d'ébène enfoui dans les blancheurs de son berceau et en oublia ses craintes.

Les jours qui escortaient le printemps étaient si merveilleux que Calixte avait promis de grands pique-niques au pré de Cinq-Sous.

On partait en voiture, tous ensemble, on emportait des paniers entiers de nourriture et on allait cueillir les jonquilles qui aimaient tellement ce pré qu'elles étaient là comme un tapis doré et vivant, et personne n'aurait pu les compter parce qu'on n'avait sûrement pas pu inventer des chiffres assez grands pour ça.

Donatienne et Louis-Bertrand arrivaient dans leur cabriolet et, parfois, le colonel de Lirac lui aussi s'en venait à cheval. Josuah et Gédéon mettaient des nappes blanches sur la prairie et l'on déjeunait tous ensemble.

Souvent, il y avait Mlle Amélie, que Louis-Bertrand passait chercher chez elle. Il disait « enlever », parce qu'il fallait insister, l'emmener presque de force. Le jeune garçon avait trouvé l'argument décisif :

– Vous ne voulez pas venir voir les fleurs du bon Dieu ? Vous avez peur qu'elles soient plus belles que les vôtres ?

– Petit, je n'ai jamais eu peur de rien ni de personne, allons-y.

Et elle emportait son carnet acoustique pour entendre les oiseaux. Pour les chants, que l'on demandait, au dessert, à Josuah et à Gédéon, elle n'en avait pas besoin, ils criaient assez fort, disait-elle. Mais c'était toujours elle qui demandait *La Ronde du paradis perdu*, dont Charline lui avait fait la traduction.

Ô Ève, où qu'est Adam ?
Ô Ève, où qu'est Adam ?
– Il cueille des feuilles,
Il cueille des feuilles.

Adam dedans l' jardin
L' Seigneur t'appelle.

– Il cueille des feuilles,
Il cueille des feuilles.

Adam qui n' répond pas,
Adam, tu n'as pas honte.

– Il cueille des feuilles,
Il cueille des feuilles.

... Adam est nu
Tout nu, tout nu !

– Il cueille des feuilles,
Il cueille des feuilles[1].

Il arrivait que le père de Charline passât « par hasard » dans son tilbury. Il s'arrêtait « une minute seulement ». Il croquait une aile de poulet, engloutissait quelques caillettes froides – c'était comme ça qu'il les préférait – puis, sortant de ses énormes poches deux ou trois boîtes de cirage, disait à Josuah et Gédéon :

– Messieurs, montrez-moi ce que vous savez faire.

Il gourmandait Charline, qui traduisait encore pour eux, bien qu'ils aient déjà fait de gros progrès en langue française avec accent drômois :

– Tu n'y mets pas le ton. C'est un ultimatum. Fais-leur sentir que je les attends au tournant, que je veux qu'ils fassent jaillir des étincelles de mes cirages, ces A-mé-ri-cains !

Prudents, Josuah et son fils avaient emporté brosses, chiffons et bichons de velours. Riant comme des enfants, à croire qu'ils allaient les dévorer ces souliers du père Cirex, ils s'exécutaient.

On avait entrepris de chronométrer leurs performances. Le lieutenant-colonel de Lirac, dont les bottes étaient les plus rutilantes du 75e, affirmait, montre en main, que ces diables-là avaient de l'électricité dans les mains.

Il faisait bon et doux. Tout était chaleureux. Le soleil, qui paraissait avoir été ciré à glace, lui aussi, entrait dans les cœurs, et Winnie ajoutait, en berçant son bébé :

– L'est pas perdu, ici, l' paradis. Ah non ! Seigneur, l'est pas perdu !

On rentrait grisés, fourbus. Et les petites filles enfin se taisaient,

1. *Fleuve profond, sombre rivière, op. cit.*

somnolentes. Charline, posant sa tête sur l'épaule d'Alexandre, murmurait :

– Comme on est bien, comme on est heureux !

Et on le fut plus encore lorsque la venue d'un nouveau petit Royer fut annoncée. Pour conjurer le sort, on disait : « La quatrième petite sœur sera là pour l'an nouveau, à moins qu'elle n'arrive pour Noël. » Mais Winnie, qui avait des liens secrets, mystérieux, avec des puissances occultes, affirmait que ce serait un garçon.

Mlle Amélie recevait de sa sœur des lettres qui ne lui plaisaient qu'à demi. Josépha ne pouvait se faire à l'intrusion noire dans sa ville ; on n'avait jamais vu ça.

... Et combien elle va faire d'enfants, cette Winnie ? Imagine qu'elle en ait neuf, ou dix, et qu'ils aillent chercher des femmes et des maris à Paris où on dit qu'il y en a plein, ils feront souche ici et nous ne serons plus chez nous. Je vois bien, quand tu me parles de leurs qualités, que tu n'as pas pensé à ça. Que cette paresseuse Violette se fasse faire ses cuivres, couper son bois et monter son charbon de la cave ou éplucher ses légumes par eux ne compensera pas l'invasion. Je peux te dire qu'en ville les gens murmurent. J'attends avec impatience l'arrivée d'Adélaïde. Tu veux mon avis, elle va mettre de l'ordre dans tout ça.

Adélaïde, quand elle vint cet été-là, fut, certes, surprise. On pouvait même aller jusqu'à dire stupéfaite.

À son habitude, Mme Royer mère arrivait à l'improviste. Elle aimait surprendre. Elle avait changé de train à Valence et, descendue à Romans, s'était fait conduire par le vieux médecin qui passait par là. Si elle n'avait pas eu la chance de le rencontrer, elle aurait fait atteler la charrette de son épicier ou d'un autre commerçant ami. Elle aimait assez entendre sur son passage, à peine débarquée, les accueillants : « Vous revoilà, madame Royer ? Et en belle forme, on dirait. » Personne ne soupçonna jamais qu'elle savait que l'on disait aussi, dans son dos : « V'là la guerre de l'escarpin et du canotier qui va commencer. »

Ce jour-là, un dimanche, la troupe avait pique-niqué, non loin de la ville, sur la rive de l'Isère, pour y cueillir les iris qui la bordaient. Ils descendaient de voiture, les bras chargés de fleurs dorées. Et tous ces gens, Noirs et Blancs, riant, se bousculant, encombrés de leurs bouquets, Josuah et Gédéon, leurs inamovibles melons sur la tête, et Winnie portant son bébé d'ébène comme le saint sacrement, pouvaient surprendre et surprirent. Adélaïde regarda, médita quelques instants, mais ne dit rien, parut même ne pas avoir vraiment vu cet extravagant ajouté à la famille.

Bathilde était la plus inquiète et ce fut elle qui entraîna sa grand-mère vers les placards de la cuisine, les ouvrit et dit :

– Regarde, comme ils sont bien en ordre, maintenant. Et Winnie met tout dans des bocaux, ça s'appelle des conserves. Elle fait aussi des confitures, même avec le lait, de la confiture de lait ! C'est très pratique. Si tu veux, tu la manges, comme ça, sur du pain. Mais si tu préfères, tu peux refaire du lait en mettant de l'eau dedans. C'est magique. Tu vois, il y a des dates sur chaque bocal et on doit se servir des plus anciens et jamais des derniers préparés. (Baissant la voix, l'enfant ajouta :) Violette ne savait pas faire ça, mais Winnie lui a appris, et Violette dit qu'il faut pas refuser le progrès. Maintenant, regarde ça, des abricots séchés. On les ouvre en deux et on les met au soleil. Winnie dit que c'est bon pour toi, pour ta maladie.

Ce fut quasiment un miracle. Adélaïde ne fit qu'une seule remarque, elle trouva les fauteuils des cireurs – installés dans le hall d'entrée de l'usine – un peu trop hauts et obligeant à un effort pour s'y asseoir. Gédéon confectionna une petite plate-forme en bois. Adélaïde fit cirer ses bottines havane ou noires chaque jour.

En partant, elle emporta les bocaux de confiture de lait et les abricots secs.

Fier, Alexandre disait à sa femme :

– Tu as vu comment notre Bathilde a su y faire avec sa grand-mère ?

Le bonheur était dans la maison. Charline disait :

– Nous allons avoir un garçon parce que je veux avoir le triomphe de t'en donner un et je sens que cette fois-ci nous sommes dans un moment de complaisance de notre destin.

Ils hésitaient pour le prénom. Émile ? Vincent ? Ils n'eurent pas à choisir, Charline mit au monde deux jumeaux.

Elle souffrit une nuit entière, eut trois hémorragies successives, puis parut émerger de ce cauchemar. On lui mit un enfant dans chaque bras. Elle leur sourit, sourit aussi à Alexandre, put lui dire :

– Un beau doublé !

Puis elle murmura, si doucement qu'il eut du mal à l'entendre :

– Pourquoi ? Alors que nous sommes si heureux ? Pourquoi ?...

On lui préparait du vin chaud bien sucré pour réparer ses forces perdues, quand elle succomba à une dernière hémorragie.

Winnie avait emmené les petites filles dans sa maison, au fond de la cour. Elles n'entendirent pas Josuah et Gédéon chanter au pied du lit de leur mère :

... Mes bons amis, n' prenez pas le deuil,
Car j' vais chanter dans mon cercueil
Pour dire aux anges que j' vais chez eux,
Pour leur dire que j'ai franchi l' seuil[1]*...*

À Gabriel-Marie qui arrivait, Alexandre cria :

– Faites-les taire, bon Dieu, faites-les taire !

Il n'entendit heureusement pas Winnie, qui, penchée au-dessus des deux berceaux, disait à Gédéon, en montrant les enfants :

– Celui-là a le signe de l'or sur le front... l'autre celui de la mort.

Gabriel-Marie, devant l'état de prostration d'Alexandre, se fit apporter des vêtements de rechange par son ordonnance et ne quitta la maison qu'à l'arrivée de Calixte.

Donatienne emmena les petites filles chez elle.

1. *Fleuve profond, sombre rivière, op. cit.*

Charline était morte depuis plusieurs années, et Bathilde pénétrait encore chaque matin dans la chambre de son père en l'embrassant sur la joue droite « de la part de maman » et sur la gauche de sa part à elle. Elle le faisait comme elle faisait tout, sans mièvrerie, avec une tendresse un peu grave.

On était en 1913. Le 75e régiment d'infanterie augmentait ses effectifs, faisait subir un entraînement intensif à ses troupes, et Gabriel-Marie, quand il voyait l'enfant, si impeccable toujours, ses grandes tresses brunes « à l'alignement », gourmandant ses deux écervelées d'Hervine et de Chloé, lui disait :

– Toi, tu ferais un bon petit soldat.

Elle riait. Malgré son sérieux de sœur aînée qui se sentait responsable d'une sœur de huit ans, d'une autre de sept et de deux petits frères de cinq, elle était toujours « prête à danser », comme disait Winnie.

Si ses cadettes regimbaient souvent, Émile et Vincent ne pouvaient se passer de Bathilde. Quant à Dieudonné, marmot noir de six ans, il l'adorait.

Était-ce par provocation, voire par bravade, que la fillette le promenait chaque jeudi et chaque dimanche par la ville ? Elle l'habillait « élégant » – puisant dans les vêtements de ses frères – et lui disait : « Viens, on va visiter. » Et ils partaient, main dans la main, dire bonjour à l'automate Jacquemart, voir un défilé des soldats du 75e régiment aux beaux pantalons rouges, écouter la musique militaire sur la place d'Armes.

Mais leur spectacle préféré était celui des troupeaux transhumants traversant la ville. La joie de Dieudonné éclatait quand le berger, pour arrêter ses moutons, traînait devant eux une vieille poêle en fer attachée à une cordelette.

Il pouvait arriver qu'un passant vît l'enfant noir s'approcher des agnelets transportés dans le bât d'un âne et crût spirituel de remarquer : « Sont plus blancs que toi, ces petits-là ! » Bathilde le foudroyait alors du regard. Ce qui fit dire un jour à une vieille femme, parlant à d'autres commères, et après avoir intercepté la colère de la petite fille : « Côté caractère, c'est tout sa grand-mère Mme Royer, cette demoiselle-là ! »

Si le vieux Sébastien n'avait pas été mis en terre, trois ans auparavant, et s'il avait pu suivre Bathilde, un certain matin de décembre, il aurait dit, lui aussi, qu'elle imitait la petite Adélaïde allant frapper à la porte de M. le curé. Non pas pour revendiquer, cette fois-ci, les avantages offerts aux garçons enfants de chœur, mais pour faire une sérieuse, une importante proposition à sa paroisse.

– Monsieur l'abbé, j'ai pensé que rien ne ferait plus plaisir au bon Dieu qu'une belle crèche, grandeur nature, avec de vrais personnages. Bien sûr, le plus difficile à trouver serait le Roi mage Balthazar, mais nous, nous l'avons chez nous, c'est notre Josuah. Il serait si beau avec un grand manteau et une couronne sur la tête. Vous le voyez, apportant l'encens et la myrrhe ?

Malheureusement, M. l'abbé ne vit que les complications qui résulteraient d'un tel projet.

Bon, si à Saint-Barnard on ne voulait pas de son idée, elle irait à Saint-Nicolas. La réponse y fut plus nuancée, mais aussi ferme. Certes, ce digne et fier Josuah pourrait être un magnifique Balthazar, néanmoins...

Bathilde ayant fait part à Louis-Bertrand de l'incompréhension des deux paroisses, celui-ci conseilla les chapelles. Celle de Sainte-Marthe ne serait sans doute pas mécontente de devancer celle de Sainte-Claire, qui, avec ses personnages en cire modelés par les sœurs clarisses, tenait le haut du pavé en cette période de la Nativité.

C'était une bonne idée. Bathilde ne fit qu'un saut jusqu'à la chapelle Sainte-Marthe. Elle en revint mi-joyeuse, mi-démoralisée, et raconta à Louis-Bertrand :

– Je crois que je les ai terrassées ! Pense donc, un homme dans leur crèche ! Et noir, en plus.

Louis-Bertrand avait devancé l'appel, sur les conseils de Gabriel-Marie, et achevait son service militaire au 75e régiment d'infanterie, en attendant de se consacrer à la chapellerie Derivault. Il disait de Bathilde qu'il n'y avait rien de plus joli et de plus intelligent que ce bout de bonne femme qui menait sa famille tambour battant.

Aussi, quand Alexandre lui demanda, s'il n'était pas de caserne ce dimanche-là, d'assister à l'anniversaire de l'enfant, ne se fit-il pas prier, bien qu'il fût intrigué par cette invitation à une après-midi enfantine.

– Je vais te dire pourquoi j'aimerais que tu sois-là. Je me méfie des idées de génie de ma fille. Si tu savais combien elle ressemble à ma chère Charline ! Imagine qu'elle a décidé de fêter ses onze ans dans l'usine. Elle veut offrir, ce jour-là, une visite, commentée par elle, à ses frères, ses sœurs et Dieudonné. Mais elle exige que je ne me montre pas. Et c'est ça qui m'inquiète. Aussi j'aimerais bien que quelqu'un jette un œil sur ce drôle d'anniversaire.

– Elle ne voudra peut-être pas de moi.

– Je crois que tu es le seul qu'elle acceptera. Pour elle, tu as à la fois ton âge, ce qui la flatte, et, en même temps, tu lui fais croire que tu as encore le sien, ce qui la rassure. Je l'ai entendue vingt fois dire que tu es son meilleur ami.

– Tu m'invites, dimanche ?

Bathilde regarda Louis-Bertrand, perplexe, avant d'acquiescer, ajoutant :

– Je ne suis pas sûre que les chaussures intéressent un chapelier, mais si tu y tiens tu peux venir, ma grand-mère n'est pas ici en ce moment.

– Je serai là en observateur neutre, comme sur le champ de bataille.

– Ça veut dire quoi ?

– Je me tairai, regarderai, écouterai.

Il arriva alors que les enfants étaient déjà assis dans l'usine, à l'alignement, face à Bathilde, assise elle-même derrière une petite table où elle avait fait mettre par Winnie un verre et une carafe d'eau.

Les jeunes invités paraissaient assez déroutés par ces préparatifs. Ils attendaient sans trop savoir ce qui allait se passer. Ce n'était pas un anniversaire comme les autres, le gâteau n'était même pas en vue. Pourtant, on les avait habillés comme dernièrement pour fêter leurs cinq ans, se disaient Émile et Vincent.

Hervine et Chloé arboraient des robes roses empesées, raides comme des cloches, et des rubans roses aussi dans leurs anglaises. Vingt-quatre. Vincent vérifiait les boucles de cheveux de Chloé, Émile celles d'Hervine. Si elles n'en avaient pas chacune le même nombre, ex-ac-te-ment, on ne pouvait pas savoir ce qui se passerait. Peut-être une belle bagarre. Mais ça n'arrivait jamais, Winnie comptait toujours quatorze papillotes par tête. Eux, ils étaient en costume marin, le plus beau, le blanc.

Les filles ne pensaient qu'à ce que devaient contenir les boîtes de cadeaux destinées à Bathilde. Les garçons méditaient une évasion vers les fauteuils des cireurs, avec plan concerté à voix basse.

Quant à Dieudonné, superbe dans un vieux costume d'Émile en velours noir à col de dentelle, avec son air de sombre hidalgo en herbe, il jouait, sans le savoir, le rôle de Ruy Blas, ver de terre admirant son étoile. L'excessif de ses sentiments à l'égard de Bathilde l'écartelait. Il voulait écouter sa reine – elle lui avait dit qu'elle allait « faire une conférence sur la fabrication des chaussures » – et en même temps la servir, l'aider, parce qu'il était persuadé mieux connaître l'usine qu'elle. Il y venait souvent. Quand on demandait à son père et à son grand-père d'y travailler, en temps de presse, il s'y faufilait à leur suite. Son écartèlement se manifestait par une inconfortable position. Assis ? Debout ? Assis ? Comment pourrait-il participer au mieux ?

Bathilde trancha.

– Dieudonné, ne bouge plus, je vais commencer.

C'est à cet instant que Louis-Bertrand arriva.

Cet intrus de marque, un « grand » à belle moustache brune, pantalon rouge et tunique bleue, parut galvaniser l'assistance, sans pour autant troubler la conférencière, qui disait :

– Vous sentez la bonne odeur du cuir, mais vous ne l'entendrez pas vivre, notre usine, parce que c'est dimanche...

Comme elle marquait un temps d'arrêt, très soucieux d'aider, Dieudonné se précipita pour ajouter :

– Les machines dorment, le dimanche.

– Dieudonné, tais-toi... Donc, vous devriez entendre les courroies et les poulies qui actionnent les machines-outils qui travaillent toute la semaine pour nous, pour VOUS ! C'est cela que je veux que vous sachiez, que tout ça (geste noble alentour embrassant la grande salle, hérissée de son potentiel mécanique) nous donne tout ce que nous avons, nous, les enfants Calixte Royer et fils. Alors je vais vous dire comment cela fonctionne.

Après avoir bu un peu d'eau, Bathilde enchaîna.

– C'est une grande histoire que je vais vous raconter. Elle commence avec grand-père qui a, tout d'un coup, dans sa tête l'idée d'une chaussure. Il la voit, comme je vous vois, comme vous me voyez, elle lui saute aux yeux, et il dit : je vais faire des souliers en cuir rouge, avec un talon pas trop haut, pour que celle qui les portera puisse marcher facilement. Il dit aussi : il y aura trois barrettes, avec trois jolis boutons rouges. Mais, pour que ce soit plus beau encore, il invente de border le cuir rouge, partout, avec du cuir verni nois. Alors il dessine son modèle et il l'envoie ici avec les détails bien décrits. Ça, c'est ce qui se passe dans sa tête. Après, le travail commence ici avec les mains des ouvriers et avec les machines qui sont là, autour de vous.

Non ! Et Dieudonné en avait le cœur transpercé. Elle se trompait ! Ça ne commençait pas comme ça, il le savait, lui. Ça commençait par l'arrivée des hommes et des femmes. Ils entraient tous ici, quand la cloche sonnait. Ils enlevaient leurs vestes et mettaient un grand tablier bleu mais ils gardaient leurs casquettes. Et Jojo et Gégé, comme ils appelaient son grand-père et son père, gardaient, eux, leurs chapeaux melons. Les dames, de leur côté, recouvraient leurs robes de longues blouses, et on pouvait encore rire et parler. Après, non, après on devait se taire, enfin, presque. Voilà comment ça commençait, le travail, mais puisqu'elle ne voulait pas qu'il l'aide à dire la vraie vérité, il ne la dirait pas.

Et Dieudonné soupira, mais écouta quand même la suite.

– D'abord, la forme en bois, que les formeurs préparent d'après le modèle de grand-père. Puis les coupeurs taillent sur le patron – qu'on a fait en zinc – le cuir de la tige de la chaussure. Les coupeurs sont très importants parce qu'il ne faut pas qu'ils gâchent le cuir, ils savent bien comment s'y prendre. Après eux, il y a les coupeurs de presse qui découpent, sur une presse mécanique, les semelles, les bouts, les contreforts.

« Alors, c'est le tour des piqueuses, elles assemblent les pièces de la tige...

Bathilde paraissait en proie à un triomphal orgueil, sa petite troupe l'avait écoutée sans broncher jusqu'à maintenant. Elle allait lui enseigner la suite, le pied, le talon, quand un gémissement se fit entendre, léger tout d'abord puis plus accentué et vite long et pitoyable : Hervine et Chloé réclamaient le gâteau. Les jumeaux en profitèrent pour mettre leur plan d'évasion à exécution. C'était la débandade. L'observateur neutre intervint. Il allait confier les filles et les jumeaux à Winnie, à la cuisine, où était servi le goûter.

– Je reviendrai et tu m'expliqueras la suite.

– Mais pour toi ce n'est pas essentiel. Pour eux, oui. Je voulais qu'ils comprennent que ce qu'ils mangent, et leurs vêtements, et leurs jouets, tout ça vient de ce qui se passe ici. Et, surtout, je devais leur apprendre encore deux grandes choses importantes.

– Tu ne veux pas les expliquer à Dieudonné et à moi ?

– Ce n'est pas ce que je voulais.

De grosses larmes coulaient sur ses joues.

Dieudonné était désespéré. Il ne fallait jamais, jamais que Bathilde ait du chagrin. Il préférait mourir plutôt que de voir ça. Alors il pleura aussi.

Louis-Bertrand s'assit, installa Bathilde sur son genou droit puis Dieudonné sur le gauche et dit :

– Maintenant, la suite, moi je suis venu pour tout savoir... Mais qu'as-tu donc sous ta robe, ces drôles de bosses ?

– C'est ça l'important, justement.

Et elle sortit de ses poches deux petites chaussures. Son grand-père les lui avait faites quand elle avait quatre ans. Elles étaient en cuir vert prairie, et Calixte, avec une minutie d'enlumineur, y avait semé des fleurs printanières.

– Elles sont un peu usées. Je les aimais tant, je les ai mises jusqu'à ce qu'elles soient devenues si courtes pour moi que mes pouces en étaient tout rouges.

Et ce qu'elle expliqua alors, en prenant ses souliers à témoin, Louis-Bertrand le rapporta à Donatienne ce soir-là.

Ils avaient l'habitude, quand il venait passer une soirée avec elle, de jouer aux dominos, chacun croyant faire plaisir à l'autre en sacrifiant à ce rite. Le jeu ne les passionnait pas, mais ils s'étaient aperçus qu'ils se parlaient ainsi plus facilement et plus agréablement que dans les fauteuils du salon.

En avançant un double trois, Louis-Bertrand dit :

– J'aurais voulu que tu la voies, que tu l'entendes. C'est une enfant pas comme les autres. Quand elle nous a montré, à Dieudonné et à moi, ses petits souliers verts tout fleuris, en disant : « Ça, c'était la deuxième partie de ma conférence. Dans la première, je vous ai montré comment on fait, chez nous, les chaussures *en série*, pour que tous puissent en acheter pas trop cher. Mais je voulais revenir sur ce que fait grand-père, parce que c'est le plus important. Sans lui, sans ceux qui les inventent, les souliers, les machines ne pourraient pas travailler. C'est ça que je voulais qu'ils comprennent, que c'est grand-père qui est le plus important. Parce qu'il est un artiste. »

« Alors Dieudonné, extasié et triomphant, a dit : “ Moi j'ai compris ! J'ai tout compris ! ” Mais pendant que Bathilde soufflait ses bougies et découpait le gâteau, il m'a murmuré, en confidence : “ Ceux de l'usine dépensent tout leur argent au café, à boire l'absinthe, et leurs femmes viennent les chercher en criant qu'elles ne pourront pas acheter le pain pour leurs enfants. Mais il ne faut pas le dire à Bathilde, ça lui ferait de la peine. ”

« Quand je suis parti, notre conférencière m'a très courtoisement accompagné jusqu'à la porte, et elle m'a murmuré, en soupirant : “ Hervine et Chloé n'ont rien écouté de ce que j'ai dit. Une seule chose les a intéressées, les petits bouts de cuir ramassés par-ci, par-là, pour en faire des essuie-plumes. ”

En rangeant les dominos, Louis-Bertrand confia encore à Donatienne :

– Ce qui me touche le plus chez Bathilde, c'est le soin qu'elle prend de son Dieudonné : tu te souviens qu'elle lui avait appris à lire pour qu'il entre à l'école en en sachant plus que les autres élèves ? Cette année, ce qu'elle étudie elle-même en latin, elle le lui répète afin qu'il soit, plus tard, encore en avance. Elle doit se dire qu'elle compense ainsi la couleur de sa peau.

Donatienne avait écouté assez distraitement Louis-Bertrand, ce qui n'était pas son habitude. Au moment où il se coiffait de son képi et allait partir pour la caserne, elle lui demanda, inquiète :

– Tu crois que nous allons avoir la guerre ?

Il ne voulait pas la laisser seule, et à la nuit, avec des pensées redoutables. Il dit :

– Certainement pas.

– Mais les effectifs militaires ici ne cessent d'augmenter et l'on assure que les commandes de chaussures pour l'armée grimpent à toute allure.

– Tu ne voudrais pas que nous nous laissions prendre de court, comme en 70 ?

– Donc, on se prépare à la guerre.

– Il faut toujours être prêt, pour qu'elle n'arrive pas.

Il vit qu'il ne l'avait pas convaincue, se traita d'idiot et fut persuadé que la jeune Bathilde aurait répondu plus intelligemment que lui.

En marchant vers la caserne, il repensa à l'enfant et se promit d'aller parler d'elle avec Alexandre. Le compte rendu de l'anniversaire-conférence l'amuserait. Il crut, à cet instant, le reconnaître, marchant là-bas, devant lui ; c'était bien son pardessus mastic assez court, si en vogue, disait-on, à Paris. Toujours élégant, Royer fils, mais, bon Dieu, vers quoi galopait-il, si pressé ?

Eh bien – et Louis-Bertrand n'en revenait pas –, Alexandre entrait dans une maison à gros numéro !

Alexandre, le veuf inconsolable, le chef de famille exemplaire, allait chez les filles de la rue de l'Épaule, la rue la plus malfamée de la ville.

Pour être bien sûr de ce qu'il avait vu, Louis-Bertrand passa devant la porte qui venait de happer le respectable M. Royer fils. Maintenant, derrière les murs du n° 6, dans ce salon miteux, pitoyable, se trouvait le père de la petite Bathilde.

Il le connaissait bien, Louis-Bertrand, cet antre dit de plaisir. Il n'avait aucune peine à imaginer l'arrivée de ce client de marque. Mme Alberte, dite Ventre-à-terre, la sous-maîtresse, devait se précipiter vers lui, sourire servile et moustache en avant. Imposante, d'un pas lent et noble – du moins le croyait-elle –, Mme Marcelle, la grande patronne, arriverait peu après. Sourire plus discret, plus gourmet, opulent balcon, opulente croupe, opulent chignon et petites mains replètes de prélat bien nourri. Ces mains dont les filles disaient : « On les croit en saindoux pétri de roses et ce sont des serres de rapace. » Et quelle pensionnaire allait choisir le respectable M. Royer, des chaussures Calixte Royer et fils ? La belle Léda, grande et brune Marseillaise, dite « l'incendiaire » par certains, « feux éteints » par d'autres, parce qu'elle avait des battements de paupières fréquents. Ou Clio-l'Histoire, ainsi baptisée par le Professeur, vieux journaliste catharreux, depuis qu'il l'avait entendue appeler Marignan la chambre n° 15 et Soissons le vase de nuit. Ou encore Muguette, ronde comme une miche de pain. Mme Marcelle lui interdisait les parfums, à celle-là. « Toi, tu dois sentir la campagne, le lait, les fleurs, les petits oiseaux. » Jalouses, ses compagnes l'appelaient entre elles Bouse de vache.

Louis-Bertrand rentra, triste et quelque peu écœuré, dans la chambrée.

Pauvre Louis-Bertrand, s'il avait su... Alexandre était bien au nº 6 de la rue de l'Épaule, mais rien ne s'y était passé comme il l'avait cru.

Pas de salon avec ces dames, mais le bureau de Mme Marcelle, le lieu le plus dépouillé, le plus austère de la maison. Deux bons fauteuils, tout de même, et, posée sur une petite table, une tisanière allumée gardant bien au chaud une infusion de camomille.

Mme Marcelle en personne débarrassait M. Royer fils de son élégant pardessus, de son chapeau haut de forme, le regardait s'installer dans son siège capitonné et disait :

– Elle est prête, je l'appelle. Je crois que vous allez être heureux. Elle m'a dit, pas plus tard que ce matin, s'être souvenue de quelque chose qui va vous intéresser, peut-être vous attrister aussi, pauvre de vous... Si je vous disais que j'en ai versé ma larme, moi, quand Étiennette m'a raconté...

La porte s'ouvrit, et Étiennette entra.

C'était une brune pimpante, en tenue de femme de chambre de bonne maison : stricte robe noire, tablier et bonnet blancs. Une délicate attention, cet accoutrement, plus, même, de la part de Mme Marcelle, un retour sur le passé, une évocation attendrie. Tout comme la façon de parler de la fille imposée aussi par la grande patronne.

– Monsieur va bien ce soir ? Monsieur a eu une bonne journée ?

Mme Marcelle se retirait. Étiennette devait rester debout et si M. Royer lui disait : « Assieds-toi, petite », elle devait répondre : « Monsieur est trop bon », et se faire prier et ne se poser que sur le bord de la chaise, jamais dans l'autre fauteuil où le génie de Mme Marcelle étalait une écharpe, un chapeau ou une ombrelle – l'objet devant chaque fois être différent et avoir appartenu à Charline Royer.

Le début de cette affaire datait d'un an à peine. Alexandre avait trouvé un jour, dans un tiroir de la commode de leur chambre, un petit paquet échappé à ses rangements après la mort de sa femme. Il contenait une broche en or. Un billet disait qu'elle était destinée à une certaine Étiennette Chabrion. Par son beau-père, Alexandre avait appris que la personne en question avait été à son service pendant plus de huit ans et que Charline y était très attachée. Mais on avait, sans succès, tenté de retrouver la jeune femme qui avait, disait-on, quitté la ville en se mariant. Et c'était donc l'année précédente qu'Étiennette était arrivée un jour chez les Royer, ayant enfin su qu'on la recherchait.

Alexandre lui avait remis le petit souvenir et, attendri par la façon dont elle parlait de Charline, avait bavardé avec elle. Ou plus exactement c'était elle qui lui avait parlé de Mlle Charline, comme nul ne l'avait jamais fait. Le père Cirex ne savait qu'évoquer les exploits cynégétiques de sa fille, et personne d'autre n'avait assez connu la jeune femme pour pouvoir l'évoquer avec lui. Et voilà que lui arrivait, enfin, quelqu'un qui avait vécu l'enfance et l'adolescence de sa bien-aimée. Quelqu'un qui lui disait, les yeux pleins de larmes :

– Mlle Charline, monsieur, c'était la jeune fille la plus drôle et la plus gentille qu'on puisse avoir la chance de rencontrer. Le jour où je suis entrée à son service a été le plus beau de ma vie. J'avais tout de suite compris que j'allais être heureuse auprès d'elle. Le soir de mon arrivée je remerciais le Seigneur de m'avoir dirigée vers elle. Je n'en finissais pas de prier, à genoux, tant et si bien que je me suis endormie, comme ça, sur le parquet de la chambre. Comme je racontais ça à Mademoiselle, le lendemain, elle m'a dit :

« – Toi et moi, nous avons le même âge, quatorze ans chacune. Moi, je me prélasse dans le confort et la sécurité et toi, parce que tu vas me servir, obéir à mes caprices, supporter mon mauvais caractère, tu remercies le ciel à genoux, à t'en endormir ! Ma fille, il va falloir que je te remette les idées en place...

« Ah ! monsieur, elle m'a même emmenée, une année, en Écosse avec elle et une autre à Monte-Carlo. Seulement voilà, monsieur, j'ai jamais pu résister aux beaux hommes. À Glasgow un valet de chambre de l'hôtel, à Monte-Carlo un garçon coiffeur. Mlle Charline me disait bien que ces gens-là ne valaient rien. J'y allais quand même. Quand j'ai su que j'attendais un enfant d'un ouvrier de la fabrique de cirages, j'ai cru qu'il allait m'épouser... À ce moment-là, Mlle Charline s'est mariée. Et moi je n'ai trouvé que Mme Marcelle pour faire mettre le petit en nourrice et me prendre chez elle.

– Pourquoi n'avez-vous pas tout avoué à ma femme ?

– J'ai pas osé, monsieur. Je lui avais déjà tant fait de soucis. Son père avait voulu me mettre à la porte au moins six fois, et elle m'avait toujours défendue. À la fin, ça faisait trop... Je vous ai vu chez elle, monsieur, du temps où j'étais à son service. C'est même moi qui l'ai aidée, quand elle a manigancé l'affaire de cette p..., parce qu'il n'y a pas que dans les maisons « accueillantes », comme on dit, qu'il y en a, celle-ci, c'en était une à l'air libre et elle faisait bouillir Mademoiselle... J'aurais peut-être pas dû vous dire ça, monsieur ?

Depuis, pour parler de sa Charline, Alexandre avait la petite Étiennette, qui faisait de son mieux pour retrouver ses souvenirs.

Ce soir-là, il lui dit :

– Tu veux boire quelque chose ? Du champagne ?

– Vous savez bien que c'est pas la peine. Elle vous en compte, sans même faire semblant de les apporter, au moins deux bouteilles.

– Que vas-tu me raconter ?

– Tout d'un coup, je me suis souvenue de l'année où elle a eu sa scarlatine. Je l'ai soignée, elle a guéri, et c'est moi qui l'aie eue, la fièvre, à mon tour. Son père voulait m'envoyer à l'hôpital. Mais elle m'a fait installer dans une chambre, à côté de la sienne, et j'ai passé là le meilleur mois de ma vie. Quand je suis entrée en convalescence, elle m'apportait des romans, mais surtout elle venait me raconter ses farces. Ah, monsieur, qu'elle aimait s'amuser ! Ce qu'elle a pu lui en faire voir, à son pauvre père. Je ne sais pas où elle allait chercher toutes ses idées, mais moi, monsieur, j'ai jamais tant ri que pendant que j'étais à son service.

Il arrivait, certains soirs, qu'Alexandre demande à Étiennette :

– Raconte-moi encore la nuit à la chasse, quand elle guettait dans le couloir.

– Elle tombait de sommeil, mais elle voulait tenir. Je lui faisais du café, et elle repartait arpenter le corridor et, dès que vous ouvriez la porte de votre chambre pour aller, elle en était sûre, rejoindre une certaine dame – faites excuse, monsieur, si je me permets... –, hop ! elle bondissait. Je voulais qu'elle dorme un peu, je lui disais : « Reposez-vous, Mademoiselle, je veillerai à votre place. » Elle me répondait : « Tu crois que je vais te donner le plaisir de regarder l'homme que j'aime dans sa belle robe de chambre ? »

Sans même avoir aperçu les autres filles de la maison de Mme Marcelle, et après avoir bu sa camomille, Alexandre repartait chez lui, se souciant peu de qui pourrait le voir sortir du n° 6 de la rue de l'Épaule.

Comme Étiennette avait toujours refusé le louis qu'il voulait glisser dans sa poche après leur bavardage, il avait pris l'habitude de lui apporter, de temps à autre, une paire de souliers qu'elle acceptait avec joie. Elle disait, les yeux humides :

– Monsieur, je suis la mieux chaussée des filles de « maisons », même de celles de Paris. Ah, le soir où j'ai remercié le ciel de m'avoir fait entrer au service de Mlle Charline, quand j'ai tant dit de grâces que je m'en suis endormie à genoux sur le parquet, je ne savais pas encore jusqu'où ça irait !

Et lorsque, une nuit, Alexandre tenta de la mener encore plus loin, elle refusa avec énergie.

– Ah ! ça non, monsieur, jamais. Si Mlle Charline me voit de là-haut, je veux qu'elle sache qu'une fois au moins j'aurai su résister à un homme en souvenir d'elle. Même si Mme Marcelle doit me jeter dehors.

Mme Marcelle ne se fâcha pas. Au contraire. Les souvenirs s'épuisent, la vertu d'un homme aussi. Elle frottait l'une contre l'autre ses mains dodues qui, très bientôt, elle en était sûre, pousseraient gentiment M. Royer fils vers le grand salon. Elle avait demandé à son placeur de Marseille de lui trouver une jolie fille ayant surtout de belles jambes et des pieds parfaits. Elle avait vu combien on éprouvait de plaisir à apporter des chaussures ici. Encore fallait-il que celle à qui on les destinerait désormais n'ait pas ses extrémités en sacs de noix.

Alexandre ne fut pas plus gêné d'entrer ou de sortir du n° 6. Quand il honora le salon de sa présence, il continua à y évoquer sa Charline. Mais désormais c'était lui qui racontait. On l'écoutait. On le plaignait. Et ces dames étaient délicieusement compréhensives.

Étiennette se consolait avec philosophie. On lui avait tout pris, son monsieur, ses chaussures, ses souvenirs. Chienne de vie contre laquelle on ne pouvait rien.

Elle aurait pu tenter de tout reprendre, en « montant » avec M. Royer. Elle ne le fit jamais. On a une conscience ou on n'en a pas. Elle était fière de la sienne.

– Petite, va donc jouer plutôt que de rester là à côté de moi dans ce bureau.

– Ici c'est mieux que de jouer. J'aime sentir l'odeur des cuirs, j'aime entendre les bruits des machines et j'aime être avec toi... Puisqu'elles travaillent ici, les femmes, celles qui cousent les tiges, pourquoi, un jour, il n'y en aurait pas une qui dirigerait une usine ?

– Pourquoi pas ?

– Alors, commence à m'apprendre.

Alexandre riait, mais embrassait sa Bathilde et consentait à ce que, chaque jeudi, elle passe une heure ou deux avec les piqueuses de tiges dont la rapidité au travail la fascinait.

– Eh, ma petite demoiselle, on est aux pièces, alors plus on va vite...

À la cuisine, où sur un coin de table Dieudonné était tout à ses devoirs, Bathilde venait vérifier son travail. Elle corrigeait deux ou trois fautes, il la remerciait et, toujours soucieux de l'aider à son tour, lui disait, en échange des corrections :

– Le finissage, c'est pas comme tu dis. Tu prends le soulier, tu le retournes, et avec un morceau de verre tu grattes les taches sur le cuir des semelles, et c'est seulement après que tu les frottes au papier-émeri. Je sais que c'est vrai, parce que si ma mère casse un verre mon père lui crie tout de suite : « Le jette pas, ça me servira pour gratter les semelles si le maître me fait travailler un jour de presse. »

Mlle Amélie écrivait à sa sœur Josépha :

... J'aurais dû être clouée au sol de surprise quand je t'ai vue à la gare toi aussi. J'aurais dû, mais je pleurais trop pour m'étonner de ta présence, qui d'ailleurs ne m'étonnait pas vraiment puisque, valides ou pas, nous étions tous là.

Ah ! nous nous en souviendrons, de la nuit du 5 au 6 août 1914 ! On savait qu'il s'embarquerait pour le théâtre des opérations des Vosges, notre cher 75ᵉ. On savait surtout que partiraient 53 officiers, 3 371 hommes et 196 chevaux. Mais de le voir, ça étreignait le cœur. Et, parmi eux, notre cher lieutenant-colonel vicomte de Lirac et notre beau petit Louis-Bertrand. Tu sais que c'est presque mon fils, celui-là, que je l'ai pouponné depuis sa naissance... Vois-tu, s'il lui arrivait quelque chose, je crois qu'on pourrait m'ensevelir sous mes fleurs. Où j'ai trouvé la force de chanter La Marseillaise *avec tous ? Je ne sais pas. Mais j'ai dû crier fort parce que ce matin je n'ai plus de voix. Note que les six mille Romanais qui étaient là avec nous doivent être dans le même cas pour avoir hurlé : « Vive la France et vive le 75ᵉ ! LE 75ᵉ ARRIVE ET BAT L'ENNEMI ! » Tu le savais, toi, que c'était Bonaparte qui lui a donné cette devise, à notre beau régiment ?*

J'avais, à côté de moi – je pourrais dire sur moi, tant on était serrées –, celle qui tient le café des Amis, place d'Armes. Elle gémissait : « C'est fini, nous ne les verrons plus arriver, dès cinq heures, à la sortie des casernes, fondre sur nous comme une nuée de sansonnets assoiffés, nos pauvres petits soldats... »

Maintenant que je me suis reprise, il faut que je te raconte la visite de mon vicomte, juste avant-hier. Il venait m'embrasser avant son départ. Et aussi me demander un service. Il m'a dit : « On ne sait jamais ce que nous réserve notre destin. Si le mien est de mourir pour la France, je voudrais que vous remettiez ces deux petits paquets à deux dames qui auront compté dans ma vie. »

Tu devines de qui il voulait parler ?

L'une c'est Adélaïde Royer, l'autre Donatienne Derivault.

Ma fille, il a dû y avoir des événements que nous n'avons pas sus. Parce que, tout de même, on ne lègue pas des diamants à n'importe qui. Car ce que contiennent les deux petits paquets c'est ça, des bijoux en diamants.

Je te raconte la chose comme il me l'a dite : il a hérité de sa mère une très belle paire de pendants d'oreilles qui sont dans sa famille depuis Louis XVI, vu que c'est le roi lui-même qui les a donnés à une comtesse de Lirac à l'époque. Sans doute qu'il devait lui être très attaché, pour lui faire un cadeau pareil. Je l'ai vu, ce cadeau. Mon ex-sous-lieutenant me l'a montré. C'est de toute beauté. Imagine une branche de fleurs avec ses feuilles et tout ça en diamants. Elles devaient être joliment belles, les comtesses de Lirac, de Louis XVI à nos jours, avec ça aux oreilles. Lui, leur héritier, en a fait faire des broches. Une pour chacune de nos deux belles Romanaises. Tu la vois, la destinée des objets ? Jamais le roi Louis XVI ne se serait douté de ça : de Versailles à Romans et de ses guerres à lui – lesquelles, je ne sais pas trop – à la nôtre de 1914, quel parcours !

Donc, pour conclure, je dois remettre, si un malheur arrive, ces broches à nos belles dames. Mais je ne dois pas dire à l'une ce que j'aurai donné à l'autre ! Que dis-tu de ça ?

Et Josépha répondait :

... Je n'en dis rien. De la part des hommes, rien ne m'étonne. Et même pas ce que j'ai découvert dans la nuit du 5 au 6 août, quand notre 75ᵉ partait : Alexandre était là, encadré par ses deux grands Noirs qui chantaient La Marseillaise *eux aussi. On aura tout entendu !... Mais il ne s'agit pas de ça, écoute plutôt : parmi cette foule, il y avait aussi beaucoup de filles de la rue de l'Épaule et j'en ai vu trois crier : « Bonsoir, monsieur Royer », et il leur répondait : « Bonsoir, Muguette, ou Léda », ou je ne sais quoi encore. À toi de me dire ce que tu penses de ça. Moi, j'ai cru en avoir la berlue. Note qu'ils sont ce qu'ils sont, les hommes, mais quand il faut aller au casse-pipe ils y vont comme un seul.*

Elle a raison, ta patronne de café, la ville va être triste sans notre 75ᵉ. Combien j'en voyais passer devant chez moi quand j'étais dans mon fauteuil, dedans ou dehors ! Si je faisais une petite sieste, ils me réveillaient en parlant trop fort ou en riant, mais je ne leur en ai jamais voulu.

Ceux qui vont nous revenir, blessés ou infirmes, seront des enfants fragiles, alors qu'ils sont partis comme de fiers tigres vengeurs. Pauvres de nous.

Pour en revenir à Alexandre Royer, il a cinq enfants à charge et sera mobilisé sur place pour faire des brodequins de soldat ou des chaussures dites nationales. D'ailleurs, il doit avoir dans les trente-cinq ans, maintenant.

Je me demande ce que vont faire Calixte et Adélaïde. Revenir ici ou pas ?

Entre août et octobre 1914, vingt-trois officiers du 75e régiment d'infanterie tombèrent au champ d'honneur. Gabriel-Marie de Lirac fut de ceux-là.

Dès qu'il eut connaissance de sa citation à l'ordre de l'armée, Alexandre réunit enfants et domestiques dans la grande cuisine où l'on se retrouvait à chaque repas – salon et salle à manger désormais fermés par économie de chauffage.

Il demanda le silence et lut, la voix tremblante :

– « Lieutenant-colonel Gabriel-Marie, vicomte de Lirac, mort pour la France, le 25 septembre 1914. Officier supérieur d'un sang-froid et d'une énergie remarquables, adoré de ses camarades et de ses subordonés, exemple de bravoure et de courage pour ses hommes, est tombé mortellement frappé d'une balle au cœur. Commandeur de la Légion d'honneur à titre posthume. »

« Je vous demande, mes enfants, et vous, mes amis, d'ajouter à votre prière du soir que l'âme de notre grand soldat repose en paix. Nous avons perdu, et la France avec nous, un brave parmi les braves.

Poussant un grand soupir, Josuah conclut :

– L'a ajusté ses ailes et s'est envolé, not' colonel.

Son accent rendait la phrase difficile à saisir pour qui n'eût pas été du clan Royer. Mais tous autour de cette table étaient habitués au français folklorique des trois Noirs. En revanche, Dieudonné, leur enfant, brillant élève de Bathilde, aurait pu, assurait précisément le colonel, entrer au Théâtre-Français.

Le petit Vincent, qui paraissait soucieux, dit tout à coup :

– Quand il est parti, le colonel, il nous a dit : Je m'en vais gagner la guerre. Alors, on l'a perdue ?

– T'as rien compris. C'est pas le colonel qui commandait l'armée française, c'est le général Joffre, c'est lui qui va la gagner, répondit Émile.

Comme les trois filles prenaient leurs ouvrages de tricot – des écharpes pour les soldats –, Alexandre permit aux garçons de rester encore un moment. Il voulait parler du colonel. Il avait une histoire de canne à pêche à raconter.

Si les dégraisseurs-teinturiers faisaient le « deuil en vingt-quatre heures », Donatienne se devait de livrer les chapeaux assortis dans le même temps. Des coiffures de crêpe noir dont un voile, de crêpe aussi, comme une grande aile sombre et repliée, glissait dans le dos de celle que le malheur avait frappée.

Un homme tombait au champ d'honneur, et trois ou quatre femmes, parfois plus, et des petites filles à leur suite, venaient, en groupe éploré, passer commande. Et on pleurait, tous ensemble.

Évangéline disait :

– C'est pas possible, madame Donatienne, qu'on se trouve encore des larmes à faire couler. Quand je rentre chez moi, le soir, je me dis qu'il faut que je dorme pour oublier tant de désespoirs, mais je les revois, ces malheureuses, et je sais que ça va m'arriver aussi. Pourquoi mon père, mon frère et mon fiancé seraient épargnés, dites-moi, pourquoi ?

Que dire ? Donatienne, ne cessant de penser à Louis-Bertrand, se taisait et posait sur le rebord du chapeau noir des veuves le liseré blanc auquel elles avaient droit, elles seules, pour le deuil de leur compagnon, de leur amour.

Pour les fillettes qui avaient perdu un père ou un frère, elle ajoutait parfois un court volant d'organdi ou de tulle blanc à la coiffe noire. Mme Jeanne Lanvin, qui avait si longtemps habillé les petites filles avant d'habiller leurs mères, bordait même leurs chapeaux d'une rangée de minuscules roses faites en ruban neigeux. Mais à Romans on ne voulait jamais de cette coquetterie déplacée.

Chaque jour, de onze heures à midi, la boutique était fermée pour que Donatienne et Évangéline puissent aller servir la soupe des indigents à la cantine que les dames de la ville avaient créée.

À la chapellerie, on s'était reconverti, on fabriquait des capotes pour les soldats. M. Baptiste faisait travailler jusqu'à des heures avancées de la nuit, tant il fallait en livrer, de ces grands manteaux militaires. Mais il était furieux, M. Baptiste. Sa femme, qui était infirmière, lui disait que la majorité des blessés qui arrivaient à Romans étaient atteints au bas-ventre ou aux jambes à cause de ce maudit pantalon rouge, peut-être beau à voir en temps de paix, mais qui, au front, était une terrible cible. Quand donc allait-on changer ça ?

Ce fut seulement en juin 1915 que le drap bleu horizon fut adopté. Mais cela ne changea rien au nombre des tués. Que de chapeaux noirs ! Il était loin le temps où la vitrine de la boutique de Donatienne annonçait la venue des jonquilles et des iris avec ses coiffures fleuries.

Adélaïde, sur les conseils d'Alexandre, était restée à Cannes. Ici, les hivers sans chauffage étaient trop dangereux pour elle. On allait chercher son charbon contingenté à la mairie, mais il était bien insuffisant pour adoucir l'atmosphère de la maison... quand elle n'était pas réchauffée par les pugilats des jumeaux auxquels se joignait Dieudonné s'il voyait Vincent attaqué trop violemment par son frère. Et cela devenait alors un combat singulier, « entre Noir et Blanc », disait Émile.

Vincent était plutôt frêle, mais les deux autres étaient de fiers gaillards qui déjà, à sept et huit ans, cognaient dur. Tout finissait toujours par une claque d'Alexandre à Émile et une autre de Gédéon à Dieudonné. On ne pouvait les priver de gâteaux ou de pognes, il n'y en avait plus. Le pain même, fait de mauvaise farine et vendu rassis, était contingenté. Et si Winnie ouvrait l'un de ses pots de confiture de lait ou de fruits, chacun n'avait droit qu'à une cuillerée. La seule gourmandise autorisée était ce que le pâtissier appelait les brisés, morceaux et miettes de gâteaux secs retrouvés dans les fonds de bocaux. Mais il fallait avoir deux sous pour en acheter un cornet. Et Alexandre ne les distribuait que pour récompenser une conduite exemplaire, ce qui était rare. Alors on allait chez Donatienne. Elle donnait les pièces de cuivre, mais aussi un peu de ces bonnes saucisses conservées dans l'huile et dont une tranche sur un morceau de pain était meilleure encore que les débris de biscuits. Si elle en avait le temps, elle emmenait les enfants lire le communiqué de guerre affiché en ville. Ou bien c'était Gédéon qui entraînait sa petite troupe. Parfois, on allait chez Mlle Amélie. Émile disait :

– Les vieilles dames mangent moins que les jeunes, elle doit avoir des provisions.

Elle en avait toujours. Et les filles mettaient des fleurs dans leurs cheveux en mastiquant les caramels que la brave demoiselle faisait pour elles en se privant de sa ration de sucre.

L'hiver 1916-1917 fut très rigoureux. Comme les écoles ne pouvaient être chauffées – l'encre gelait dans l'encrier –, on pria les parents de garder leurs enfants chez eux.

Dans la grande « salle d'Adélaïde », pendant trois mois, on se tint chaud les uns contre les autres, du café-chicorée du matin au lait du soir bouilli avec des coques d'amandes séchées et un peu de cassonade.

Alexandre, pour remplacer la séance à l'école des petits drapeaux piqués sur les emplacements des fronts, avait acheté une carte de France où chacun à son tour marquait les mouvements des armées.

Bathilde faisait faire des dictées qui plaisaient. On écrivait – à l'encre bleue sur papier blanc – à Louis-Bertrand. Six lignes chacun, à tour de rôle, d'une même lettre. Hervine commençait, puis Chloé, les jumeaux et Dieudonné. On racontait ce qu'on voulait. Et Bathilde terminait, après avoir corrigé, en rouge, les fautes d'orthographe de tous. Louis-Bertrand disait qu'il était le seul dans sa tranchée à recevoir des lettres tricolores aux si nombreuses signatures.

Hervine et Chloé voulurent un jour avoir leurs filleuls de guerre. On leur trouva deux frères, gantiers à Grenoble. Avec la complicité de Bathilde, elles trichèrent sur leur âge et firent croire qu'elles auraient bientôt quinze ans. Elles élaboraient des missives si savantes et si bien calligraphiées qu'épuisées par ce labeur on ne les entendait plus de la journée.

Bathilde travaillait à l'usine dès qu'elle avait fini son programme de classe. Et Dieudonné avec elle. Le latin avait été interrompu, les trois professeurs l'enseignant à Romans étant sous les drapeaux et le quatrième venant de mourir d'une pneumonie. Aussi travaillaient-ils seuls, sur la grande table de la cuisine. Ils traduisirent tous deux, un soir, s'aidant l'un l'autre, le discours du député socialiste de Romans.

« La vision d'épouvante grandit. L'odeur du charnier étreint les gorges. La mort étend sur chaque foyer son ombre sinistre. Les entrailles des mères se déchirent. C'est la guerre ! C'est la plus grande, c'est la plus sauvage, c'est la plus abominable des guerres. »

Ils furent si fiers de leur thème qu'ils en donnèrent une lecture, à l'heure du bol de lait aux coques d'amandes. Seul Alexandre comprit et les pria de ne pas s'extasier – même en latin – sur un tel sujet, mais il le fit assez distraitement. Venait de lui sauter aux yeux l'extrême intelligence du jeune Dieudonné que Charline, si elle avait été là, aurait remarquée bien avant lui.

Il se promit, en souvenir d'elle, de faire poursuivre ses études à cet enfant. Il en parlerait à Gédéon et à Josuah, qui lui avaient demandé de le prendre à l'usine dès qu'il aurait obtenu son certificat d'études.

Louis-Bertrand vint en permission. La troupe Royer se précipita chez Donatienne, qui les pria de revenir deux heures plus tard, lorsque le poilu serait épouillé et étrillé.

Les enfants s'étaient cotisés pour acheter quatre sous de *brisés* auxquels cette attente fut fatale. Quand ils virent leur grand ami si maigre et si pâle, ils s'en voulurent. Les brisés lui auraient fait tellement de bien.

Le colonel de Lirac avait légué à Alexandre et à Louis-Bertrand le contenu de sa demeure aux champs. Et l'on avait attendu une permission d'au moins huit jours du sergent Derivault pour faire le partage. La maison, inhabitée depuis trois ans, était glacée et sinistre. Alexandre pressa les opérations en disant à son cohéritier :

– On ne va pas se mettre à compter les petites cuillères. Si tu es d'accord pour me laisser les cuirs repoussés tendus sur les murs de la chambre – que je ferai démonter pour en garnir mon bureau – et le portrait de Gabriel-Marie, je te laisse tout le reste. Ainsi nanti, tu es bon à marier.

Hervine et Chloé promenèrent alors des regards admiratifs autour d'elles, puis les ramenèrent sur Louis-Bertrand. Pendant quelques minutes, les filleuls de guerre, Arnold et Augustin, perdirent beaucoup de leur prestige, malgré leurs envois de gants datant d'avant-guerre, d'une peausserie si fine qu'on pouvait, l'hiver, les garder aux mains et tricoter avec.

À propos des filleuls gantiers, on avait évité une catastrophe de peu. Les deux poilus, venus en permission, avaient failli pousser jusqu'à Romans où ils auraient découvert que leurs belles correspondantes n'avaient que douze et treize ans. Par chance, le mariage de l'un de leurs cousins les en avait empêchés.

Les grèves de 1917 et 1918 à Romans furent dures et longues. Alexandre s'efforçait de ne pas laisser filtrer trop de nouvelles alarmantes jusque dans la salle-cuisine où la famille se tenait au chaud. Mais cinq mille ouvriers de la tannerie et de la chaussure – hommes, femmes, enfants –, cela fait grand bruit dans les rues et grand silence dans les usines. Bathilde vit les affiches sur les murs de la ville.

« Les patrons, ces vautours de la misère, honorent la guerre qui les enrichit et paient aux ouvriers des salaires de famine. Ils savent ce qui se trame : les deuils et la déception d'un côté, et les fortunes scandaleuses de l'autre qui soulèvent la conscience des masses ouvrières. Il y a assez longtemps qu'ils tirent dans le dos du peuple, car ils ne sont pas en Russie où les usines appartiennent aux ouvriers.

« Demander à gagner par jour deux misérables francs cinquante en travaillant dix longues et pénibles heures, pour fournir le pain à leurs enfants, nous paraît une revendication légitime[1]. »

La jeune fille revint bouleversée.

– C'est vrai, tout ça ?

– C'est peut-être vrai pour certains. Mais, je peux te le certifier, pas pour moi. Et j'ai presque envie de dire que, hélas, nous ne sommes pas ce qu'ils appellent des nouveaux riches. Nous nous enrichissons même bien peu en ce moment. Je me demande comment nous allons nous en tirer si je dois encore augmenter les salaires. Les gros contrats de chaussures de guerre ou nationales, ce n'est pas nous qui les avons. D'autres à Paris sont plus aptes à les obtenir, M. Godillot en particulier.

– Explique-moi.

– Tout ? Ça t'intéresse vraiment, la marche d'une petite usine comme la nôtre ?

– Oui, pour qu'elle soit grande un jour.

Dans le silence des salles et des ateliers vides, le rire d'Alexandre résonna.

– Ma parole, tu veux devenir une femme d'affaires ?

– C'est ce que j'ai décidé. Depuis longtemps déjà. J'ai quinze ans, tu sais...

Il la regarda. Quinze ans ! Vrai, il l'avait presque oublié. C'était une jeune fille. Il remarqua ses cheveux relevés. Les soucis de ces derniers temps l'avaient un peu éloigné des siens. Il présidait la grande table, entouré de ses enfants, mais les avait peu vus.

Ce soir-là, à peine assis devant la soupe fumante, il jeta d'abord un coup d'œil circulaire. Une belle famille, oui, il pouvait en être fier. Alors il scruta chaque visage.

Sa brune et belle Bathilde. Elle ressemblait à la fois à Adélaïde

1. Roger Pierre, *op. cit.*

et à Charline. Les traits parfaits de sa grand-mère, avec les yeux tendrement malicieux de sa mère, et dont la douceur cachait, comme chez elle, fermeté et volonté. Mais cette idée de vouloir travailler à l'usine ! Et une idée solide, datant déjà de plus de trois ans, depuis l'anniversaire-conférence. Après tout, pourquoi pas ? Le monde changeait. Il y avait gros à parier qu'après cette guerre plus rien ne serait comme avant.

Hervine et Chloé n'auraient certes pas les prétentions de leur sœur. « Chiffons » et « Festons », comme les appelait Émile, ne pensaient qu'à leurs jolies petites personnes, et aux rubans et dentelles qui les feraient plus jolies encore. À celles-là, on trouverait des maris et tout serait dit. Mais de qui tenaient-elles leurs chevelures rousses ? Peu importait, d'ailleurs, elles allaient bien à leur teint transparent. Et ces quelques taches de rousseur qui leur piquetaient le nez étaient attendrissantes.

Quant aux jumeaux...

Alexandre, tout en distribuant sa ration de pain à chacun, les regardait du coin de l'œil. Émile évaluait sa part et celle de son frère et, jugeant cette dernière plus avantageuse, s'en emparait. Vincent laissait faire.

– Émile, veux-tu rendre ce pain.

– Pourquoi Vincent a-t-il un morceau plus gros que le mien ?

– Les deux sont identiques.

– Dans ce cas, peu importe celui que je choisis, non ?

Avec Émile, cela ne serait pas facile. Il le savait. Mais, à tout prendre, Alexandre préférait sa brutalité à la passivité rêveuse de Vincent. Un rêveur, c'était bien ça. Hervine lui avait volé un cahier de poésies élégiaques et larmoyantes pour y puiser, disait Chloé, quelques mots rares dont elle saupoudrait ses lettres au gantier Augustin.

Il fit les comptes : quinze ans Bathilde, treize et douze ans Hervine et Chloé, dix les garçons. Et onze Dieudonné, qu'il ne fallait pas oublier, là-bas, au bout de la table. Il le regarda un moment lui aussi. Un beau petit garçon qui savait toujours se tenir à sa place. Pas de danger qu'il s'empare du pain de son voisin, celui-là. Il ne réclamait jamais rien et, si on ne lui adressait pas la parole, il ne s'autorisait pas à parler à table.

Avec la belle saison revenue, les classes avaient recommencé. Que tout augmentât, du prix du pain à celui du lait, que la viande fût rare et le charbon distribué avec de plus en plus de parcimonie, les enfants se sentaient néanmoins dans un cocon, protégés de la tourmente.

Quand la fin de la guerre arriva enfin, les portes de la maison s'ouvrirent pour laisser leur lâcher de petits Royer voler au-devant des réjouissances de la victoire.

Le 7 novembre, les cloches des églises romanaises et péageoises sonnèrent à grandes volées et le déferlement d'allégresse coula dans les deux villes. C'était un peu prématuré. Les journaux avaient anticipé. Le 11, tout recommença. Cette fois-ci, c'était la bonne. On eut donc double réjouissance à Romans. Ce soir-là, Josuah et Gédéon trouvèrent, à leur habitude, un spiritual convenant parfaitement. Ils chantèrent :

J' vais plus m'exercer pour la guerre.
J' vais déposer mon bouclier et mon épée
Au bord de la rivière
J' vais plus m'exercer pour la guerre...

Mlle Amélie, qui avait été invitée à dîner, applaudit, mais demanda son cher *Adam qui cueille des feuilles* : Adam cueillerait des feuilles de laurier et non de vigne.

Alexandre avait insisté pour que Donatienne se joigne à eux, elle avait refusé. Elle n'avait jamais voulu pénétrer dans la maison d'Adélaïde, elle ne s'en sentait pas le droit.

Louis-Bertrand ne reviendrait pas avant longtemps. Il partait avec le 75e en occupation en Allemagne. Mais il était en vie et elle en remerciait la Providence. Elle alla s'asseoir, en ville, auprès du Cygne-Fontaine. C'était toujours un endroit qu'elle aimait.

La joie de la fin de la guerre fut amoindrie par une épidémie de grippe, dite espagnole. Il y en avait déjà plusieurs cas en ville. Et l'on annonçait des chiffres énormes pour toute la France.

Alexandre se souciait pour sa petite troupe. Quand les écoles furent fermées, il pensa faire partir les enfants pour Cannes. Mais le Midi n'était pas épargné. Il y renonça.

Mlle Amélie vint un matin apporter des sachets qu'elle obligea chaque enfant à porter attachés autour du cou par un petit ruban. Un pharmacien, en ville, venait de mettre au point une formule de désinfectant qui, disait-on, faisait merveille. Les garçons rouspétèrent ferme, mais elle fut plus ferme qu'eux. Elle conseilla à Winnie d'imiter ceux qui arrosaient leur devant de porte à l'eau de Javel. En partant, elle jeta un coup d'œil à la cour de l'usine et déplora qu'elle fût difficile à désinfecter aussi. Elle regrettait qu'Alexandre ait refusé son sachet d'herbes. Elle fut, d'ailleurs, toujours persuadée qu'il eût été épargné s'il avait consenti à se protéger avec ce scapulaire d'un nouveau genre.

Le soir où il se sentit soudain fiévreux et mal en point, Alexandre fit l'effort de rédiger son testament. Ce genre de chose n'avait jamais fait mourir personne.

Il léguait à ses cinq enfants l'affaire Calixte Royer et fils – établie en société civile, comprenant l'usine et les locaux y attenants, dont la maison familiale – ainsi que les bons d'emprunt de la Défense nationale d'une valeur de vingt mille francs.

S'il décédait avant la majorité de ses fils, son père et sa mère seraient tuteurs de ses héritiers et gérants de l'usine jusqu'aux vingt et un ans révolus d'Émile et de Vincent.

Il pensa alors à sa chère fille aînée et à ses originaux mais si sincères désirs de faire partie de la direction de leur affaire. Et il ajouta qu'elle pourrait prendre une part active à sa marche dès sa majorité.

En cas de décès de Calixte ou d'Adélaïde Royer, il nommait Louis-Bertrand Derivault tuteur de ses enfants et gérant de leurs biens.

Il ne savait pas si ces formules étaient valables ainsi rédigées. Il demanderait à son notaire de mettre tout cela en ordre.

Il se sentait de plus en plus mal, mais n'allait quand même pas mourir dans la nuit. Il data et signa, prit de la quinine et se coucha.

Il put, le lendemain, régler ces affaires comme il l'avait prévu et eut encore la force de rajouter un codicille concernant les études de Dieudonné, dont il demandait à ses héritiers d'assurer la charge.

Dans le délire qui s'empara ensuite de lui, il léguait aussi une centaine de paires de souliers élégants aux petites dames de la rue de l'Épaule, pour amuser Charline, qui lui disait : « Donnes-en encore, et encore, elles seront les mieux chaussées de la ville ! » Et il chantonnait : *Les enfants de Dieu n' vont pas nu-pieds*, dont il entendait sa bien-aimée lui souffler les paroles en lui tendant la main pour l'attirer vers elle.

Quand Alexandre mourut, il y eut, comme c'était fréquent depuis plus de trois mois, cinq ou six décès consécutifs. Il n'y avait pas assez de corbillards dans la ville pour mener tous ces cercueils au cimetière le même jour.

L'enterrement fut retardé, ce qui permit à Calixte et à Adélaïde d'arriver vingt-quatre heures avant les obsèques. On était en février, il faisait très froid, la bise raclait les rues.

Donatienne, qui avait eu la garde des enfants jusqu'alors, les avait amenés chez Mlle Amélie pour éviter qu'Adélaïde n'ajoutât de la contrariété à sa douleur. Ne sachant comment les occuper, la vieille demoiselle leur proposa de réaliser, tous ensemble, une composition de fleurs de soie pour leur père.

– Vous allez cueillir ce que vous voulez parmi ce qui a poussé ici, et nous créerons une extraordinaire couronne comme personne n'en eut jamais.

Mais ils préférèrent assembler chacun leur bouquet, et elle les regarda faire.

Hervine et Chloé choisissaient ce qui aurait convenu à leur teint et à la couleur de leurs cheveux, et elle se désintéressa vite de leurs petits manèges pour s'intéresser aux jumeaux. Vincent suivait Émile, attendait que celui-ci se soit décidé pour une fleur ou une autre et l'imitait. Mais Émile s'appropriait souvent un lot entier de narcisses ou de marguerites. Cela attristait Vincent, bien qu'il s'efforçât de le dissimuler. Ce qui amena Mlle Amélie à ne rien augurer de bon pour l'avenir de Calixte Royer et fils quand ces deux-là en seraient les maîtres.

Quant à Bathilde, la détresse la figeait sur sa chaise, une rose à la main. Dieudonné s'était assis à ses pieds, après avoir cueilli une rose, lui aussi.

Prostré dans son désespoir, Calixte regardait son fils.

Adélaïde était dans la pièce voisine. Elle défaisait leurs bagages. Elle retardait le moment de revenir dans la chambre mortuaire. La peur des microbes la terrorisait. Elle attendait, pour s'asseoir auprès d'Alexandre, que la décoction de feuilles d'eucalyptus qui bouillotait sur le poêle ait assaini l'atmosphère. Elle avait beaucoup pleuré mais se sentait plus calme maintenant.

Quand elle eut rangé ses vêtements et pour se donner une raison de rester encore là, elle entreprit de défaire aussi la valise de Calixte.

Le vieux coussin d'Atma qu'elle découvrit, sur le dessus, pour caler, semblait-il, le contenu du bagage, l'aurait peut-être fait sourire à un autre moment. Pas aujourd'hui. C'était encore là un nid à microbes, comme s'il n'y en avait pas assez dans cette maison ! Elle le prit du bout des doigts pour le jeter au pied du fauteuil où son mari s'assiérait.

Le coussin aurait dû faire en atterrissant un petit bruit mou et feutré qu'il ne fit pas. Adélaïde entendit le choc amorti d'un livre heurtant le sol.

Avant même d'avoir trouvé les pressions fermant le faux coussin, elle sut qu'il y avait là un autre cahier que celui qu'elle avait autrefois brûlé.

Elle ne l'avait pas encore ouvert, mais la fureur la submergeait déjà. Une crise de rage démentielle s'empara d'elle lorsqu'elle découvrit, toutes les deux ou trois pages, les passages intitulés : « À Donatienne ».

L'un d'eux disait :

« Ma bien-aimée, je suis passé aujourd'hui devant la vitrine de votre magasin. Vous essayiez, à une très vilaine dame, un très joli chapeau. Je me suis dit que là serait toujours votre rôle : apporter à la laideur du monde la beauté dont votre cœur est plein. »

... et un autre :

« J'ai lu aujourd'hui un poème fait pour nous et qui dit : « *Je me sauve, avec toi, dans le fond de mon cœur.* »

... et encore :

« Notre premier baiser, ce soir. Je garde à jamais la douceur et le parfum de vos lèvres. Nous nous sommes épousés à cet instant-là. »

Elle n'alla pas plus avant. Les mains tremblantes, elle referma le cahier, prête à le jeter dans le poêle. Pourtant, elle le remit là où elle l'avait pris, sans vraiment avoir conscience de ce qu'elle faisait. Puis elle entra dans la chambre mortuaire. Calixte pleurait, sans se soucier d'étancher ses larmes. Elle marcha vers lui et, son regard d'acier planté dans le sien, dit, la voix froide et sèche :

– Cesse de te désoler. Il n'était pas ton fils.

Les mots atteignirent-ils Calixte ? Il leva vers sa femme son regard noyé de larmes et d'incrédulité.

Alors elle ajouta :

– Je t'ai trompé. Alexandre n'est pas né de toi.

Et elle quitta la pièce.

Ni Calixte ni Adélaïde ne savaient qu'il y avait eu un témoin à cette scène. Dieudonné.

Parce que « le parfum des fleurs est le souffle du Seigneur » – sa mère le lui disait toujours –, l'enfant arrivait avec un bouquet de violettes qui sentaient le paradis. Les imitations de Mlle Amélie étaient jolies, mais insuffisantes. Il fallait y ajouter de vraies fleurs. Il allait entrer dans la chambre de M. Alexandre par l'une des deux portes, quand l'autre, en face de lui, s'ouvrit sur Mme Adélaïde.

Il recula alors d'un pas, sachant qu'elle n'aimerait pas le voir là et le renverrait à la cuisine. Mais il resta derrière le battant, à peine entrouvert, pour venir déposer ses fleurs dès qu'il le pourrait.

Ce qu'il entendit lui fit l'effet d'une flamme mortelle crachée par l'enfer.

Que devait-il faire maintenant ? Après ce qui venait de se passer, M. Calixte voudrait être seul. Mais, et les violettes, le souffle du Seigneur ?

Il entra. Et ressortit immédiatement, hurlant dans toute la maison que M. Calixte était mort, lui aussi. Il venait de le voir, la tête renversée sur le dossier de son fauteuil.

Dans le recoin le plus sombre de la souillarde où il s'était réfugié, Dieudonné se jurait que jamais Bathilde ne saurait rien de ce qu'il avait vu et entendu. Que le Tout-Puissant le foudroie à l'instant même où il renierait sa parole !

Josépha écrivait à sa sœur :

... Ce sera, je crois, ma dernière lettre. Mes rhumatismes me font trop souffrir pour que je tienne correctement la plume. Mais, aujourd'hui encore, il faut que je te parle parce que je suis affligée. Songe un peu, j'ai connu le père, le bel Eudes, ouvrier tanneur, toujours dans les combats, à défendre, à droite et à gauche, ceux qui souffraient. Il en est mort. Et voilà, coup sur coup, son fils et son petit-fils qui s'en vont. Quelle tristesse, ma fille ! Je les aimais, ces Royer. Tu sais que je ne suis pas une tendre, mais ils m'attendrissaient. Ils étaient de notre belle race de Romanais, courageux au travail, droits et fiers, comme doivent être les hommes. Toi qui crois, plus que moi, au surnaturel, tu me comprendras si je te dis que la seule fois de ma vie où j'étais près d'y croire aussi, c'était au mariage de Calixte. Ce jour-là, j'ai senti que le malheur était sur ce couple. Je m'en veux de dire ça, ce n'est pas dans mes idées, et pourtant...

Ce ménage a vite mal tourné. Et maintenant voir un père s'en aller de chagrin, près du lit de mort de son fils, quelle tragédie ! Je le savais combien il l'aimait, son Alexandre, et qu'il reportait tout sur lui. Ah, pauvres de nous. « Crise cardiaque consécutive à un choc émotionnel », m'a dit mon médecin qui était le leur aussi. Je lui ai demandé comment il trouvait Adélaïde. Il la juge guérie, si elle continue à bien se surveiller et à descendre sur la Côte d'Azur pendant les trois mois les plus rigoureux chez nous. Son chagrin passé, je pense qu'elle sera heureuse d'être de nouveau aux commandes dans son usine. Quant aux enfants, qu'en fera-t-elle ? Grâce à Dieu, Bathilde est maintenant une jeune fille. Elle sera une mère pour ses frères et sœurs, mais ce ne sera pas tous les jours facile avec une Adélaïde souveraine chez Calixte Royer et fils.

Donatienne souffrait. La douleur cognait dans sa poitrine. Peut-être allait-elle mourir. Il était bien mort, lui, de souffrance et de désespoir, au pied du lit de son fils. Alors, elle le rejoindrait et l'éternité serait à eux...

Elle n'avait pas eu la force de monter jusqu'au premier étage, jusqu'à sa chambre. Elle restait là, dans le fauteuil où elle était assise quand M. Baptiste était venu lui annoncer : « Un autre malheur, madame, chez les Royer, M. Calixte est mort d'un arrêt du cœur, pendant qu'il veillait son fils... On dit qu'il avait déjà eu une alerte cardiaque, mais personne n'aurait pensé... »

Personne n'aurait pensé ! Bien sûr. Qui le connaissait, le cœur de Calixte ?

Elle l'avait ressenti, elle, ce qu'il avait enduré depuis la mort d'Alexandre, parce qu'elle n'avait pas cessé, une seule minute, de souffrir avec lui.

Elle avait été, par la pensée, si intensément à ses côtés qu'elle avait pu croire, par moments, lui tenir la main, et sentir son petit durillon au pouce droit, dû au maniement du tranchet...

La douleur ne cessait pas et elle ne désirait pas qu'elle s'atténue. Était-ce la même que la sienne ? Serait-il possible que Dieu les réunisse à jamais ? Dans la mort.

Elle aurait dû faire appeler le médecin, mais ne le voulait pas.

Si c'était sa fin qui se venait, elle l'accueillait avec joie. Mourir le même jour que lui... Elle eut un petit sourire où il entrait comme une complicité. Elle se cala dans son fauteuil. Elle attendit. Elle était calme, sereine presque, malgré la douleur.

S'il était vrai qu'à son heure dernière on revoyait toute sa vie, elle allait se souvenir... se souvenir...

C'est alors qu'elle comprit qu'elle recherchait ses moments de joie à elle, et non à lui. Ce fut une recrudescence de la douleur, l'étau se resserra autour et dans sa poitrine. Elle s'irritait, mais c'étaient ses bonheurs à lui qu'elle devait évoquer, pas les siens ! Aimer, c'était l'autre, tout pour l'autre et rien que l'autre. Aurait-elle donc passé sa vie à pleurer, au lieu de se réjouir des bonheurs de Calixte ?... Il avait été heureux d'épouser Adélaïde ? Elle aurait dû en être heureuse aussi, et non s'attendrir sur elle-même. Elle aurait dû en remercier le ciel, au lieu de réclamer toujours : « Et moi ? Et moi ? » Maintenant, il était trop tard. Qu'avait-elle fait de son bel amour ? Des jérémiades...

C'était ce qu'elle répétait : « Des jérémiades, des jérémiades... » quand M. Baptiste et sa femme la trouvèrent, presque inconsciente, dans son fauteuil.

Combien de jours fut-elle malade ? Elle n'en fit pas le compte.

Elle s'éveilla un matin alors que Calixte et son fils étaient enterrés depuis longtemps. Dieu n'avait donc pas voulu qu'elle parte, elle aussi. De ces jours hors du temps, il lui resta un souvenir étrange : Adélaïde et elle arrivaient à l'heure du Jugement dernier et celui-ci tombait, comme un couperet : « Vous n'avez su l'aimer, ni l'une ni l'autre, cet homme que j'avais mis sur votre chemin. » Et c'était elle, Donatienne, qui baissait la tête, alors qu'Adélaïde redressait la sienne.

Elle fut longue à se rétablir. Non pas qu'elle fût prostrée, elle avait repris son travail. Mais elle l'accomplissait mécaniquement, absente, ailleurs. Et M. Baptiste disait, lorsqu'elle lui souriait, avoir si peu l'impression que ce sourire s'adressait à lui qu'il était tenté de regarder s'il y avait quelqu'un d'autre derrière lui.

Cent fois par jour, elle se demandait : « Où est-il ? » Ainsi faisait-elle, autrefois, lorsqu'elle voulait l'imaginer, pour tenter de recueillir quelques bribes de sa vie.

Parfois, la nuit, dans l'oppression du sombre silence, elle ouvrait sa fenêtre, comme au temps où elle prenait plaisir à aspirer une grande bolée d'air frais en se disant qu'il respirait le même, quelque part, lui aussi. Et la pensée qu'il était maintenant sous terre lui donnait alors un tel frisson qu'elle en gémissait longtemps.

Elle allait voir Mlle Amélie qui avait bien vieilli, mais faisait encore ses fleurs. Ce n'étaient plus d'échevelées créations, mais ce qu'elle appelait des « copies conformes ». Elle disait : « La sagesse me vient. Après tout, ce qu'Il a créé c'est quand même ce qu'il y a de plus beau, n'est-ce pas ? »

Donatienne lui demandait parfois :

– Pourrions-nous parler un peu de Calixte ?

– Bien sûr, petite.

Pour Mlle Amélie, elle serait toujours « petite ».

M. Baptiste s'inquiétait. En un mois, Mme Donatienne était devenue méconnaissable. Elle avait beaucoup maigri, pâli, ses beaux cheveux blanchissaient. Si M. Louis-Bertrand tardait encore à revenir, si cette occupation en Allemagne se prolongeait, il ne la reconnaîtrait pas. Et Mme Baptiste hochait la tête et disait : « Notre pauvre dame, c'est comme s'il n'y avait plus jamais de soleil sur elle. » Tous deux l'obligeaient, quand elle avait fini son travail, et s'il faisait beau, à faire une petite promenade.

Elle allait jusqu'au Cygne-Fontaine, s'asseyait sur un banc et se souvenait, en écoutant Jacquemart et sa cloche. Elle faisait des vœux ici, autrefois. Elle s'y était rincé les cheveux pour que Calixte les trouve beaux. Elle y avait bu, le jour de son mariage. Tout cela pendant que l'homme qu'elle aimait vivait dans ce même air, ce même soleil, ces mêmes nuits qu'elle. Pourquoi, se répétait-elle encore, ne s'était-elle pas réjouie plus de le savoir courant par la ville, créant ses jolies souliers, aimant Adélaïde ? Elle aurait dû remercier Dieu, chaque jour, pour ce qu'Il donnait de si bon à celui à qui elle avait donné, elle, son cœur et son âme. C'était cela aimer.

Mlle Amélie aurait eu envie d'écrire à Josépha : « Crois-tu qu'elle va en mourir ? Si tu la voyais, elle fait peine. » Mais Josépha était trop vieille maintenant pour qu'on l'attriste, c'étaient des histoires gaies qu'il lui fallait. Ce qui amenait à penser que Donatienne aussi avait besoin qu'on lui change les idées..., tout en lui parlant de Calixte. Si on ne prononçait pas ce nom, elle n'écoutait pas. Alors Mlle Amélie disait :

– Je ne sais pas si je vous l'ai déjà raconté. Un jour, Calixte est arrivé ici pour me confier combien il était content de travailler avec M. Paul Poiret. Paul Poiret, ma petite, le génie de la couture, celui qui libère la femme du corset. Celui qui a fait le célèbre manteau de la célèbre Réjane : du tulle noir, voilant un taffetas, noir aussi, sur lequel un grand artiste avait peint des iris mauves. Le tout noué de rubans de satin violet... Vous voyez ça ?... Et lui, notre Romanais-la-Rose-d'Amour, il était fier de faire les souliers qui marchaient avec les merveilles créées par le couturier le plus célèbre du monde. Mais voilà plus beau encore, enfin, pour moi. Voilà que Calixte me raconte que, lorsqu'il était jeune, M. Paul Poiret inventait des encres de couleur en pilant des pétales de fleur. Et qui en faisait autant, presque à la même époque ? Votre Amélie, ici présente ! Je n'en revenais pas, nous avions eu, M. Poiret et moi, la même idée ensemble ! Ce n'est pas beau ça ? Alors, Calixte m'a dit : « Je vous promets, mademoiselle Amélie, de lui parler de vous, de lui dire qu'une demoiselle, qui fait des fleurs de soie superbes, a fait aussi des encres de couleur, comme lui, avec de vrais pétales de rose, de jacinthe, ou de clématite. » Et il le lui a dit ! Parfaitement, il lui a parlé de moi. Ah ! qu'il était complaisant, notre Calixte... Mais il me taquinait aussi. Il me disait : « Mademoiselle Amélie, la différence entre M. Paul Poiret et vous, c'est qu'il cueillait des fleurs pour faire ses encres dans le jardin de sa mère qui sentait bon, alors que vous cueilliez les vôtres dans celui de votre père qui jouxtait la tannerie et fleurait la charogne. – Oh, que je faisais, vous avez osé lui dire ça, à M. Paul Poiret ? » Si vous saviez comme il riait... Petite, petite, ne pleurez pas. Il n'aurait pas aimé que vous soyez triste. Vous savez, il vous voit, il est là, il nous écoute. Je suis sûre qu'on ne meurt pas vraiment, on disparaît, mais on est là quand même... Comment vous dire ? Il est simplement ailleurs. À la fois très loin et tout près, peut-être dans l'air que nous respirons ici, vous et moi, au-dessus de ces coquelicots bleus que j'ai faits ce matin. Je ne voulais plus transformer la nature, mais c'est la dernière fois. Ce n'est pas pour le plaisir de contrarier Notre-Seigneur, mais personne ne veut porter du rouge par ces temps de révoltes, de syndicats et de grèves. Il faut qu'Il le comprenne... Regardez comme c'est joli, ce coquelicot bleu horizon dans cette soie si finement plissée. Petite, petite, il aimerait vous voir sourire auprès de votre vieille follette d'Amélie. Souriez-lui. Bravo ! Voilà comme il vous aime.

Au premier repas pris en commun, après le double enterrement, les enfants Royer avaient ressenti combien tout serait différent désormais.

Sur la table, Winnie venait de poser la soupière fumante. Ce ne serait plus leur père qui emplirait l'assiette tendue, mais cette vieille dame qui était leur grand-mère et dont ils savaient qu'elle interdisait plus qu'elle ne permettait.

Elle allait donc rester là avec eux, toujours ? Elle ne repartirait plus pour sa maison de Cannes, ce serait à elle qu'il faudrait tout demander, et d'elle qu'il faudrait tout attendre ?

Elle était habillée de noir, comme eux. Et tant de noir, autour de la table, était la sombre confirmation de ce nouvel état de choses dont ils n'auguraient rien de bon, chacun à sa manière.

Ils attendaient qu'on les serve.

Bathilde, assise face à Adélaïde, regardait sa grand-mère. Ses yeux ne disaient pas : « À vous, maintenant, de nous servir. » Ils annoncèrent : « Ce sera moi, désormais. »

Et la jeune fille se saisit de la louche.

Dieudonné, qui venait de prier, intensément, pour qu'il en soit ainsi, était si soulagé, si heureux, qu'il en oubliait de tendre son assiette.

– Alors, toi ? lui dit Bathilde.

Et, voyant briller ses beaux yeux sombres, elle lui sourit.

Dieudonné était sûr qu'elle avait compris combien il voulait qu'elle se montre, dorénavant, jeune maîtresse ici.

Mais il regrettait qu'elle n'ait pas pu faire autrement que de servir la vieille dame la première, bien qu'il admît qu'elle ne savait pas ce qui s'était passé dans la chambre mortuaire, et avait agi selon le respect dû aux anciens.

Il se demanda, le cœur lourd, s'il arriverait à supporter que cette femme, qui avait tué son mari, continue à vivre, elle. Il n'en était pas sûr, mais il ferait de son mieux.

Le repas s'achevait, et Adélaïde n'avait ni réprimandé ni puni. Winnie desservait la table et tous s'installaient pour la soirée. Ils apportaient, les uns livres et cahiers, les autres ouvrages ou jeux. Ils eurent alors la surprise de voir leur grand-mère rester avec eux.

Elle sortit des cartes à jouer de l'une de ses poches – elle en avait plusieurs à sa robe – et elle les étala devant elle.

C'était là une patience, disait-elle.

Elle annonçait que, si elle réussissait, le vœu qu'elle allait faire serait exaucé.

– Et nous aussi, nous pouvons en faire un ? demandait Hervine.

– Vous aussi.

Le jeu, dès lors, les intéressa, et ils le suivirent, sagement assis, les yeux rivés sur les mains qui le dirigeaient. Quand ils virent mettre la dernière carte là où il leur parut qu'elle devait être, ils voulurent tous savoir s'ils pouvaient maintenant dire leurs vœux.

– Non. C'est secret. Chacun garde le sien.

Les voyant désappointés, Bathilde demanda :

– Ne peuvent-ils pas se les dire entre eux ?

– Pourquoi pas ? Mais moi, je vais me coucher.

Ils furent déçus. Ils auraient voulu qu'elle reste encore. Bien que la redoutant, ils ressentaient, inconsciemment, l'envie de l'intéresser, et une approbation, voire une félicitation de sa part, les aurait rassurés.

Plus prompt que les autres, avant qu'elle ait quitté la pièce, Émile s'était hâté de dire :

– Moi, j'ai fait le vœu d'avoir un avion, quand je serai riche. J'aime les moteurs et les mécaniques.

Elle le regarda en souriant. Alors tous se mirent à parler en même temps. Vincent dit qu'il voulait dessiner les plus belles chaussures du monde, comme son grand-père. Hervine et Chloé, ensemble, souhaitaient devenir modistes. Elles allaient ajouter : « Comme Donatienne », et s'arrêtèrent en se mordant les lèvres. Mais il était trop tard, ce fut comme si elles l'avaient dit.

– Sottes ! leur lança Adélaïde en gagnant la pièce voisine où elle avait fait installer son lit par Gédéon, pour bénéficier de la chaleur de la grande salle.

Hervine et Chloé pleuraient. Avec le blâme de leur grand-mère, leur chagrin était revenu, et l'avenir leur paraissait si sombre qu'elles sanglotaient, du fond d'un désespoir où aucune éclaircie ne pouvait luire. Et lorsqu'elles y ajoutèrent – le découvrant soudain – qu'elles ne pourraient plus aller passer leurs meilleurs moments chez Donatienne, Vincent le déplora avec elles, mais se reprit vite.

– Moi, j'irai quand même. C'est chez elle que je dessine le mieux, parce qu'elle me montre ses jolis souliers.

À cette bouée de sauvetage, les deux sœurs s'accrochèrent, entre deux sanglots :

– Nous irons avec toi !

Émile ne se joignit pas à eux. Dieudonné savait pourquoi. Émile voulait plaire à sa grand-mère. Déjà, quand elle ne venait que pour quelques jours ici, il parlait mécanique et voitures automobiles avec elle.

Mais Dieudonné avait un autre gros souci. L'usine. Si la vieille dame avait le droit de commander là aussi, le ferait-elle dans le sens que voulait Bathilde ? Il comprenait bien que la direction des fabrications dépassait de beaucoup le service de la soupe et le découpage du rôti à table. Qui sait si la grand-mère n'avait pas laissé ces rôles à sa petite-fille pour en prendre d'autres, et plus importants, ailleurs ? Il se jugea bien peu perspicace de s'être tant réjoui de voir triompher Bathilde, louche en main. Qu'allait-il en être avec les chaussures ?

Quand il vit, le lendemain matin, les deux femmes se diriger vers l'usine, il frémit et entra aussitôt en prière.

Lorsqu'elles en ressortirent, deux heures plus tard, le sourire qui illuminait le visage de sa chère Bathilde le rassura. Il le fut plus encore, le soir, au moment où elle put le prendre à part et lui raconter :

– Tu comprends, elle est intelligente. Elle sait la réussite de ceux qui font ici de la chaussure de grande qualité. Elle a vu nos modèles prévus pour l'année à venir – grand-père savait que, la guerre finie, l'usine allait reprendre ses fabrications d'avant 1914 et avait tout préparé. Nous sommes tranquilles pour 1920. Après, nous devrons aviser. Nous le ferons. Il faut aussi que tu saches que c'est une maîtresse femme. Cette usine, elle la dirigeait autrefois. Et elle est heureuse de s'y remettre.

– Mais... sa santé ?

– Elle ne restera ici qu'à la belle saison. L'hiver, pendant trois mois, le directeur travaillera sans qu'elle soit vraiment là... Mais elle y sera quand même, grâce au téléphone. C'est papa et grand-père qui l'ont formé, ce directeur. Et puis il y aura moi. L'année prochaine, après mon bachot, j'arrêterai mes études. Dans deux ou trois ans je pourrai remplacer ma grand-mère. Peut-être même avant. Et, après moi, il y aura Émile et Vincent.

– Et tes licences, et ton agrégation de latin et de grec ?

– Je m'en passerai. C'est toi qui les feras à ma place.

Elle riait. Elle ajouta :

– Il me suffira de savoir que le soulier romain se dit *calceus*.

Il était heureux et triste à la fois. Elle était si bonne élève et elle enseignait si bien ; tout ce qu'elle lui avait appris, il l'avait compris du premier coup. Il s'était parfois demandé si elle n'hésiterait pas entre le professorat et la chaussure. Mais il l'avait vue souvent dans l'usine, elle y était comme dans le soleil.

Par la dernière lettre de Louis-Bertrand, on savait le parcours de retour du 75e régiment d'infanterie. Il n'était pas possible d'aller au-devant de lui à Piolenc, Pierrelatte ou Montélimar, mais rien ni personne n'empêcherait d'emmener Donatienne retrouver son fils à Valence, le 29 octobre.

En cinq ans d'absence, Louis-Bertrand n'était revenu que quatre fois à Romans. Depuis deux ans on ne l'avait pas revu. Il avait passé plusieurs permissions à Paris où Donatienne était allée le rejoindre parce qu'elle y avait à faire.

On prendrait la Renault et tous manqueraient la classe. En s'arrangeant pour être de retour à la sortie des cours, il y avait des chances qu'on ne s'aperçût pas de leur absence.

Le plan était de commencer par dire que l'automobile était en révision chez le garagiste pour éviter qu'Adélaïde n'ait l'idée de s'en servir. Mais ce fut une précaution inutile, leur grand-mère était enrhumée et gardait la chambre.

On s'empila dans la six cylindres. Donatienne faisait plaisir à voir. Elle était vêtue de noir, elle aussi, depuis la mort de Calixte et d'Alexandre, mais sur sa grande capeline de paille elle avait piqué des roses blanches. Elle en avait préparé d'autres pour les chapeaux des trois filles. Il fallait, disait-elle, fêter le retour du sous-lieutenant Louis-Bertrand Derivault et qu'il soit fier de ceux qui venaient au-devant de lui. Winnie, de son côté, avait veillé à ce que les cols blancs des robes des filles et des costumes des garçons soient savamment amidonnés. La petite troupe était impeccable. Au dernier moment, Émile, Vincent et Dieudonné avaient décrété qu'ils ne voyaient pas pourquoi ils n'auraient pas, eux aussi, une fleur à leur boutonnière, et on était passé chez Mlle Amélie en cueillir. On en avait profité pour ajouter les caramels – qu'elle avait toujours en réserve pour eux – au dessert du pique-nique prévu quelque part, sur le chemin.

Valence pavoisée. Foule dans les rues, cris, chants, fleurs et baisers jetés aux drapeaux déployés et aux poilus marchant au pas cadencé... Mais où était Louis-Bertrand ?

Donatienne s'inquiétait quand Bathilde cria :

– Le voilà ! Le voilà.

Ah ! qu'il était beau, leur sous-lieutenant.

Ils le suivirent à travers la ville, s'efforçant de rester au plus près de lui.

Lui, malgré la joie de ce retour, avait le cœur serré devant l'uniformité noire des vêtements de cette brochette d'enfants en deuil. D'enfants ? Il se reprit, constatant combien ils avaient grandi. Et sa Bathilde ? Il avait hésité quelques instants à la reconnaître. Dieu, qu'elle était jolie !

Lorsqu'ils arrivèrent à la caserne, avant d'y pénétrer, il put s'avancer vers eux et les embrasser tous. Et c'est quand il eut Bathilde dans ses bras qu'il remercia Dieu de l'avoir conservé en vie et ramené chez lui.

Ils crevèrent un pneu sur le chemin du retour et arrivèrent à la nuit à Romans.

Le couvert était mis. Adélaïde, assise seule à table, attendait. Elle enregistra tout. Les fleurs aux chapeaux, aux boutonnières, et perçut, narines dilatées, des traces du plaisir et de la joie ressentis par chacun à Valence.

Ils allaient gagner leurs places.

– Inutile, dit-elle, vous irez vous coucher sans dîner. À voir ce que vous avez emporté comme nourriture pour votre déjeuner sur l'herbe, j'imagine que vous n'êtes pas à jeun.

Ils n'insistèrent pas. Ils allaient à tour de rôle l'embrasser, pour lui souhaiter bonne nuit. Elle les en empêcha.

– Inutile, dit-elle encore.

Bathilde hésita une seconde, avant de suivre ses frères et sœurs, mais Adélaïde ne fit pas exception pour elle. Elle gagna sa chambre, elle aussi.

Au petit déjeuner, le lendemain matin, ils avaient tous un superbe appétit qu'Adélaïde anéantit en leur annonçant qu'ils avaient déjà vu l'arrivée du 75e à Valence et n'avaient nul besoin d'être présents, une seconde fois, à cette manifestation, toute patriotique qu'elle fût.

Comment avait-elle su ? Ils la regardaient, à la fois inquiets et admiratifs, atterrés et incrédules. Ce n'était pas possible, elle ne pouvait pas faire une chose pareille. Et Donatienne, et Louis-Bertrand, qui allaient se désoler de ne pas les voir arriver en grande tenue et fleuris, comme la veille ?

On tint conseil dans le fond du jardin. On décida que Josuah et Gédéon iraient voir le défilé et diraient au lieutenant qu'ils étaient punis.

Punis, le jour où le 75e regagnait sa caserne après cinq années passées au combat à défendre la France ! Punis, alors que Louis-Bertrand, leur cousin, revenait couvert de gloire ! Ce serait là un malheur dont ils se souviendraient toute la vie.

– Gédéon, tu expliqueras bien que nous sommes *pu-nis*. Il ne faut pas qu'on croie que nous n'honorons ni notre drapeau ni notre régiment et que nous sommes de mauvais patriotes.

Gédéon et Josuah hochaient la tête, ils avaient saisi l'importance de leur mission.

L'honneur serait sauf, mais les cœurs saignaient.

Ce soir-là, à table, ils se taisaient. Ils avaient ruminé leur déception toute la journée, tenté, ulcérés, de percevoir les échos de la joie, de la fête de la ville.

Adélaïde les regardait et se disait, satisfaite, qu'ils réfléchiraient désormais à deux fois avant de n'en faire qu'à leur idée. Ils étaient domptés. Il y eut alors plus de complaisance dans ses yeux. Elle se disait qu'Émile et Vincent ressemblaient physiquement à leur mère, et la lui rappelaient. Elle l'avait aimée, cette enfant. Elle n'oublierait jamais son idée de voiture automobile pour aider à guérir une belle-mère qu'elle connaissait à peine. Ses garçons auraient-ils ses qualités ? Elle en doutait, et porta ses regards sur Hervine et Chloé. Celles-là, de leur couleur de cheveux à leur futilité, devaient tenir du grand-père ministre. Voilà qui leur aurait sans doute plu, à ces écervelées, de se savoir une pareille ascendance. Quant à Bathilde... dans cette petite, elle se retrouvait. Un mélange Adélaïde-Charline, voilà ce qu'elle était. Pas facile à mener, sûrement, mais au moins, du caractère. C'était elle l'Héritière. Un jour, plus tard, elle lui dirait tout, à cette enfant qui la comprendrait... ou la devinerait, comme Charline avait su le faire.

– Grand-mère, dites-nous pourquoi ce sont les Américains qui font toutes les machines à fabriquer les chaussures ? Pourquoi pas nous, les Français ?

C'était Émile qui crevait le silence de sa voix qui déjà muait. Et Vincent, ne voulant jamais être en reste, répétait la question. Hervine et Chloé s'en mêlaient.

Bathilde les regardait. Ils lui paraissaient tous sortir enfin de leur tristesse. Tous ? Mais où était Dieudonné ?

Comme si elle avait intercepté le regard interrogateur de sa petite-fille, Adélaïde jeta :

– Dieudonné prendra, dorénavant, ses repas avec ses parents, après nous.

Oh ! cela, c'était lâche. Et laid. Ce n'était pas un fils de domestiques qu'elle remettait à sa place. À travers lui, c'étaient encore eux, ses petits-enfants, qu'elle voulait punir d'être allés, non pas voir passer le 75e régiment d'infanterie à Valence, mais d'y avoir été avec Donatienne et au-devant de Louis-Bertrand. Et elle se vengeait sur le plus faible.

Soudain, tout ce qui se disait autour d'elle perdit son sens pour la jeune fille. Elle n'écoutait même plus. Une vérité, ou plutôt une clarté, se faisait dans son esprit. Une évidence aussi et qui devenait une urgence. Il lui fallait agir, et vite.

Comment ? Elle ne le savait pas encore. Mais elle les défendrait, elle, leur aînée. Elle les défendrait tous. Alors, elle se redressa, et droite, fière, planta ses farouches prunelles dans celles de cette dame en noir qui était leur grand-mère, mais qui ne les aimait pas. Et elle dit :

– Maman voulait que Dieudonné soit à table avec nous pour apprendre plus vite le français. Et papa aussi...

– C'est fait. Il le parle mieux que vous.

Elle voyait tout, elle entendait tout, elle était... redoutable.

« Ce soir, je lui dirai ce que je pense. J'irai dans sa chambre et, seule à seule, nous discuterons. Elle saura que j'ai compris, et que je ne la laisserai pas nous brimer. » Oui, ce soir, mais maintenant il fallait vite aller consoler Dieudonné qui devait se désespérer.

Elle le trouva travaillant sur la table de la cuisine de la petite maison de ses parents, au fond du jardin. Il était serein. Elle l'embrassa. Et ce fut lui qui dit :

– C'est mieux comme ça. Je ne l'aime pas. Elle aurait fini par le voir dans mes yeux, et ça vous aurait fait des histoires.

Et, riant, il ajouta :

– Et nous aurions tous mal digéré.

Alors, elle qui était venue consoler dit, les yeux pleins de larmes :

– Qu'allons-nous devenir ?

Il rit encore en déclarant :

– Elle est seule. Et nous sommes neuf !

Il aurait voulu pouvoir ajouter : « Elle est seule avec ses remords. » Mais il ne fallait pas que sa Bathilde sache, jamais. D'ailleurs, avait-elle des remords ?

Pour faire oublier sa tristesse à sa déesse, il raconta :

– Tu ne sais pas ? Je l'ai enfin eu mon livre sur Pline le Jeune, le libraire me l'a trouvé. Et tu ne devineras jamais ce que j'y ai déjà lu et traduit : eh bien ! il possédait beaucoup de maisons – sans doute il était riche – dont deux près de Côme, sa patrie. Et pour les distinguer l'une de l'autre, il appelait la première qui était sur la colline TRAGÉDIE, et la seconde qui était près de la mer COMÉDIE. Et il disait : « J'habite tantôt en haut ma TRAGÉDIE, perchée sur ses cothurnes, et tantôt en bas ma COMÉDIE, posée sur ses brodequins plats. » Tu la vois, l'importance des chaussures déjà, chez les Romains ?

Il n'ajouta pas que le seul homme qu'avait méprisé son cher Pline le Jeune était Regulus, ce délateur. Ce qui l'avait renforcé dans son idée de ne rien dire, jamais, de ce qu'il avait entendu dans la chambre mortuaire de M. Alexandre.

Bathilde avait séché ses larmes et souriait à Dieudonné. Elle se disait que personne ne pourrait rien contre lui. Il irait son chemin, et très loin. Il faudrait, bientôt, qu'elle aille s'enquérir, auprès de ses maîtres, de la meilleure manière d'orienter les études de ce petit prodige. S'il fallait se battre, elle se battrait. Elle savait qu'elle avait à livrer bataille sur plusieurs fronts. Elle allait commencer dès ce soir. Mais avant, elle devait vérifier que l'offense qui leur avait été faite n'affectait pas trop Josuah, Gédéon et Winnie.

Ils étaient dans la partie cuisine de la grande salle. Ils y buvaient une tasse de café. Elle en demanda une aussi. Et s'assit auprès d'eux. Elle savoura le moka de Winnie qui était toujours délectable. Elle lui en fit compliment. Elle savait, de longue date, combien un mot affectueux peut éclairer la journée de ceux qui dépendent de vous.

Elle les regardait, ses amis, et trouvait Winnie vieillie. Pourtant, elle avait à peine la trentaine. Elle n'était pas jolie avec son nez camus, mais il y avait tant de douceur dans ses yeux sombres. Elle n'avait pas perdu l'habitude de se dandiner d'un pied sur l'autre, comme lorsqu'elle était très jeune et intimidée. Gédéon, qui avait dix ans de plus qu'elle, était toujours, lui, ce beau spécimen de Noir longiligne aux traits fins et purs, et si semblable à son père que l'on pouvait, hier encore, les confondre. L'âge les différenciait maintenant, ne serait-ce que par leur casque crépelé, si neigeux chez l'un et si noir chez l'autre.

Elle ressentit combien ces trois êtres étaient ce qui restait de stable dans sa vie et dans celle de ses frères et sœurs. Elle craignait, depuis quelques jours, que la dure férule de leur nouvelle maîtresse ne leur fasse désirer rentrer chez eux. En redemandant du café, elle leur posa la question. Elle devait le faire, quoi qu'il lui en coutât et bien qu'elle tremblât d'inquiétude dans l'attente de leur réponse.

Ils étaient stupéfaits. Repartir ? Mais pour aller où ? Ils étaient chez eux ici. Ils aimaient leur petite maison, et Dieudonné en mourrait si on l'arrachait à la France et à ses études.

Après un silence, Josuah le patriarche ajouta l'essentiel, qu'il ne prononça pas, mais que ses yeux et un hochement de tête affirmèrent : « Et nous vous aimons trop, vous les enfants de M. Alexandre, pour vous abandonner. » Elle avait toujours su traduire, depuis leur arrivée ici, ce qu'ils ne pouvaient pas exprimer.

Elle était rassurée, la maison et ceux qui la menaient continueraient à leur donner à tous chaleur et protection. Et elle s'arma de courage pour aller parler à sa grand-mère.

Elle était couchée, la tête posée sur un oreiller éclatant de blancheur, le reste du corps enfoui sous cet édredon rouge qu'elle avait toujours enfermé dans un placard lorsqu'elle repartait pour Cannes et qui, maintenant, était à demeure sur son lit.

Elle était immobile, les yeux grands ouverts. Elle ne lisait jamais, sauf parfois un bulletin médical auquel elle était abonnée.

– Assieds-toi. Je t'attendais.

– Vous saviez que j'allais venir ?

– Je savais que tu viendrais, un soir ou un autre.

– Pourquoi ?

– Parce que tu es comme moi, tu veux qu'on t'explique ce que tu ne comprends pas.

Il fallait rester calme. Ne pas jeter ses griefs, comme une enfant, à la tête de cette vieille dame. Et Bathilde se dit qu'elle apprenait la patience. Autrefois, elle aurait déjà tout déballé en vrac. Elle fut satisfaite de sa maîtrise de soi, alors qu'elle s'entendait demander, presque avec détachement :

– Pourquoi nous avez-vous punis hier ? Ce que nous avons fait n'était pas si grave.

Voilà, c'était dit.

– Tu sais bien que ce n'est pas pour votre pique-nique que j'ai sévi.

– ...

– Bien ! Adélaïde se redressa un peu et ajouta : Je ne suis pas seulement votre grand-mère mais votre tutrice. Demain, quand vous serez tous réunis, vous me jurerez que vous ne verrez plus jamais ma sœur et son fils.

– Mais pourquoi ?

– Vous êtes trop jeunes, même toi, pour en connaître la raison. Vous vous contenterez d'obéir. La seule chose que je consente à vous dire est que ce qu'il y a entre Donatienne et moi est des plus graves et justifie le serment que je vous demande. C'est tout. Tu peux aller te coucher.

– Et si nous ne jurons pas ?

– Ce sera le pensionnat pour vous tous, immédiatement.

Cette pièce – salle à manger des parents transformée en chambre depuis peu –, ces vitrines courant sur les murs et contenant les collections de daubières, de confituriers, de saucières et d'huiliers, tout cela lui parut soudain inhospitalier, étranger. Elle se désespéra. Elle ne savait pas défendre ses cadets, et ils n'avaient qu'elle pour veiller sur eux.

Machinalement, elle posait ses yeux sur son confiturier préféré. Une faïence de Strasbourg « à décor de fleurs des Indes », qui autrefois l'avait fait rêver. Où étaient-elles, ces Indes ? se demandait-elle alors.

Et c'est en reportant son regard sur sa grand-mère que la

réflexion de Dieudonné lui revint : « Nous sommes neuf, et elle est seule. »

Et c'était vrai, elle était seule, cette vieille dame couchée là sous son édredon rouge. Seule pour mener une usine et une famille. Et en piètre santé, de surcroît.

Bathilde étudiait le visage qui lui faisait face. Pâle, mangé, eût-on dit, par le bleu si clair des yeux sous la masse de cheveux si noirs rayée de traits argentés.

Souffrait-elle de sa séparation avec sa sœur ? Qui pouvait savoir ces choses, qui pouvait juger ? « Elle est seule et nous sommes neuf... »

– Eh bien ! bonsoir, petite.

Peut-être ne fallait-il pas s'en tenir à la dureté du ton et du regard, peut-être...

Alors Bathilde puisa au plus profond de son cœur :

– Vous savez, pour l'usine, vous êtes formidable.

Un éclair dans tout le bleu. Méfiance, interrogation, intérêt ? Ne pas trop essayer de deviner, et continuer :

– Grand-mère, je voudrais arrêter mes études et vous aider, travailler avec vous.

Bathilde regardait les mains posées sur l'édredon. Elles étaient moins crispées, se détendaient, s'appliquaient maintenant, bien à plat sur la soie, comme si elles se reposaient, ou comme si elles disaient : « Allons-y, parlons donc de ça. »

Et c'était ce qui arrivait.

– Où en es-tu ? De mon temps, les pauvres filles comme moi, si elles avaient leur certificat d'études, c'était miracle. Mais toi, j'imagine que là où je t'ai fait naître, ce qu'ils appellent le baccalauréat est ton but.

– Je l'aurai, à la fin de cette année.

– Alors il faut attendre.

– Pourquoi ? Je n'en ai pas besoin pour travailler avec vous.

Que lisait-on dans le bleu des yeux de cette femme enfouie sous son édredon rouge ? Bathilde y vit une sorte de contentement, quelque chose comme « c'est bien, ma fille ». Et soudain :

– Alors à demain matin. Six heures et demie pour le café et, de là, à l'usine. J'ai toujours aimé être présente à leur arrivée et les voir s'installer au travail. Et il est bon qu'ils me voient, eux aussi.

– Je serai là. À côté de vous, grand-mère.

Et, se penchant vers elle pour l'embrasser, Bathilde demanda, à voix assez basse :

– Pourrai-je aller expliquer aux Derivault que... nous ne les verrons plus ? Je peux ?

Un long silence. Et puis :

– Tu peux.

– Dieudonné, tu ne me comprends donc pas ? Je dois être loyale avec elle. Elle me permet d'entrer à l'usine, ce qui est mon plus grand désir. Je ne peux plus continuer à aller chez Donatienne. Ce ne serait pas correct. Nous sommes obligés de choisir notre camp. Et nous n'aurions pas pu continuer à tromper, à nous cacher. C'était possible quand elle ne venait passer que quelques jours ici, plus maintenant. Et je ne veux pas que les garçons prennent l'habitude de mentir, ni mes sœurs.

– C'est toi qui as raison, dit Dieudonné.

Mais il soupirait.

Bathilde choisit l'heure de l'après-dîner, où avant la guerre ils jouaient aux dominos. La démarche la peinait, mais ne lui coûtait pas. Elle savait que Donatienne faciliterait l'explication, comprendrait à demi-mot.

Sans tout connaître de la brouille des deux sœurs, elle n'ignorait pas qu'il s'agissait d'une histoire d'amour. Ses parents avaient souvent laissé échapper quelques réflexions révélatrices. Il y avait aussi ces souliers, ces merveilles faites par grand-père pour sa belle-sœur. Donatienne lui dirait peut-être tout, un jour, quand elle la jugerait en âge de la comprendre. Donatienne n'avait pas dû se rendre compte qu'elle avait maintenant dix-sept ans.

Ils ne jouaient pas aux dominos. Mais aux échecs.

– Louis-Bertrand essaie de m'apprendre, mais je ne suis pas très douée.

Donatienne riait, doucement, à son habitude.

Le retour de son fils avait magiquement agi sur elle. Elle paraissait rajeunie, et elle était redevenue belle, mais... et Bathilde cherchait à qualifier le nouvel aspect de cette femme mystérieuse, si haïe de sa grand-mère. Brusquement elle crut comprendre. C'était étrange, mais évident, Donatienne était là... sans y être tout à fait. Elle se levait, marchait vers vous, vous embrassait et, en même temps, elle semblait ailleurs, très loin, bien que l'on sentît ses lèvres si douces vous faire un bon baiser sur chaque joue.

Louis-Bertrand disait :

– Petite Bathilde, tu sais que je ne t'aurais pas reconnue, à Valence, si tu avais été là sans maman.

– J'ai beaucoup grandi.

– Oh ! pas seulement grandi.

Bastienne, son amie de classe, affirmait toujours : « Tu en as de la chance, toi, tu ne rougis jamais, on peut te dire n'importe quoi, tu restes impassible. »

D'apparence, peut-être. Mais cela n'empêchait pas le trouble, l'émotion. Qu'était-ce, au fait, ce qu'elle ressentait à se voir regarder comme... Comme on regarde une femme ?

Parce que c'était bien ainsi qu'il l'avait dévisagée.

– Tu as pu t'échapper ? demandait Donatienne.

Il fallait redescendre sur terre et se souvenir du but de sa visite qui, tout à coup, apparaissait dans ses réelles conséquences. Mais c'était... c'était impossible de penser que l'on ne se verrait plus, ou seulement de loin... Elle ne verrait plus Louis-Bertrand ?

– Je comprends, disait la voix douce de Donatienne.

– Mais c'est idiot ! disait l'autre voix, celle de cet homme qui venait de lui déclarer, avec ses yeux, qu'elle était belle. Enfin, ajoutait Louis-Bertrand, cette vieille affaire ne va pas durer toute la vie ?

Pour lui qui revenait de l'enfer du front, du cloaque des tranchées, de toutes les horreurs de cette guerre, ce devait en effet être risible, cette brouille éternelle des deux sœurs.

Elle l'entendit murmurer : « Quand bien même y aurait-il eu... Il y a prescription. » Et plus haut il ajouta :

– Qu'elle ne veuille pas nous rencontrer, elle, tant mieux, mais qu'elle ne nous empêche pas de nous voir entre nous. Tu ne vas pas obéir, petite Bathilde ?

Pourquoi disait-il « petite Bathilde » ? Pourquoi pas Bathilde tout court ? Elle était une femme maintenant, il le lui avait dit... mais peut-être sans s'en rendre compte.

Où prit-elle la force de répondre ?

– Si. Nous ne pouvons pas avoir la guerre à la maison.

Il la regardait, sans rien dire. Elle s'efforça de rire, ajoutant :

– Tu me regardes comme si tu me voyais pour la première fois.

– Tu as tellement changé.

Elle aurait voulu qu'il en dise plus. S'il ne le faisait pas ce soir, il ne le pourrait plus. Quand se reverraient-ils ? Jamais ? Mais c'était horrible de se dire ça !

Donatienne, qu'ils semblaient avoir oubliée, s'avançait vers eux. Elle souriait en disant :

– Ma petite chérie, il faut que je t'apprenne... Parce qu'enfin il ne se peut pas que vous tous, qui n'avez rien à voir dans cette querelle, en portiez aussi le poids. Écoute, je ne sais pas si je fais bien... je ne sais plus... enfin, je veux que tu saches... Comment te dire ? C'est à la fois tragique et presque risible. Voilà, j'ai aimé ton grand-père bien avant qu'Adélaïde ne l'aime. Il m'a préféré ma sœur. J'ai continué à l'aimer, et il aimait toujours Adélaïde. Mais il arrivait que nous nous voyions de temps à autre, malgré sa défense, alors elle s'est imaginé les pires choses... qui n'ont jamais été. C'est tout. Et il n'y a pas de quoi faire porter le poids de cette histoire à tant de générations. Quoi qu'il en soit, obéis à ma sœur. Elle est mal portante, et les contrariétés ne lui valent rien... Mais tout cela est dépassé. Peut-être en rit-il, lui, notre cher Calixte, de là-haut.

Bathilde ne sut jamais ce qui lui fit demander :

– Mais vous, vous l'aimez toujours ?

Et Donatienne, le regard étonné et ébloui :

– Bien sûr. Je n'ai jamais aimé que lui.

Ils se taisaient tous trois, maintenant. Et il flottait dans l'air de la pièce, Bathilde le sentait, le cœur battant, de l'amour, plein d'amour...

Elle regarda Louis-Bertrand, éblouie, elle aussi, et à ce regard qui étincelait s'alluma celui du jeune homme.

– Tu sais, nous allons arranger tout ça.

Elle fit oui, d'un signe de tête. À cet homme qui venait de passer cinq ans à la guerre, à ce lieutenant décoré... et de haute taille, et large d'épaules, et le regard assuré, à celui qui était le Louis-Bertrand d'autrefois et un autre en même temps, elle faisait confiance.

– Je te raccompagne. Je ne veux pas que tu traverses la ville seule, en pleine nuit.

Ils marchaient côte à côte, d'un pas lent. Les étoiles les escortaient.

– Quand j'étais au front, il m'arrivait, certains soirs, de croire entendre notre Jacquemart.

La nuit était claire, elle le voyait, grand, fort, décidé. Réconfortant et troublant à la fois.

Il fallait, maintenant, qu'elle lui dise ce qui était si important pour elle :

– Je vais travailler à l'usine.

– À l'usine ? Et tes études ?

– Je les abandonne.

Il s'arrêta. Elle fit comme lui.

– Tu es folle ?

– Pourquoi ? Le bachot ne m'apprendra rien de plus. C'est à l'usine de mon grand-père et de mon père que j'apprendrai ce qui me sera utile désormais.

– Tu es si brillante, si pleine d'avenir...

– Quel avenir ? Toi, tout brillant que tu es, tu vas faire des chapeaux. Pourquoi pas, moi, des souliers ?

Mais ce qu'elle disait n'avait aucun sens pour elle. Elle ne pensait qu'à une seule chose : va-t-il m'embrasser ? M'embrasser comme on embrasse une femme.

Ils étaient arrivés devant chez elle.

Il l'embrassa. Mais comme il embrassait la « petite Bathilde », autrefois.

En le quittant, elle n'avait pas voulu tout de suite gagner sa chambre. Elle s'attarda dans la cour. Le gardien faisait sa ronde. Elle lui dit bonsoir et, dès qu'il fut parti, fit le tour de l'usine.

Dans la nuit claire elle reconnaissait les bâtiments, savait exactement ce qu'il y avait à l'intérieur de chacun, et la disposition de ce qu'ils contenaient.

Elle aurait pu décrire le bureau de son père – maintenant celui de sa grand-mère. Un jour, il serait le sien, elle l'avait toujours su. À cette certitude elle accrocha l'image d'une jeune femme d'affaires, décidée, élégante. Elle voyagerait aussi, cette belle personne, elle irait à Paris, voir sa clientèle. Beaucoup de messieurs très bien, très aimables, galants même, s'intéresseraient à elle, et alors Louis-Bertrand la découvrirait, surpris à nouveau.

Elle était encore devant la fenêtre du bureau quand elle se dit, haussant les épaules, qu'une seule chose importerait, ce qu'elle y ferait, dans ce bureau. L'amour, tout compte fait, n'était que secondaire. Les femmes du monde entier aimaient et étaient aimées, mais peu d'entre elles dirigeaient une usine. Elle serait de celles-là, rares, et forcément admirables, donc admirées. Et pourquoi pas, alors, de Louis-Bertrand ?

Elle voulut s'endormir sur la perspective exaltante du lendemain matin, premier jour à l'usine. S'y superposa, malgré elle, l'image de Louis-Bertrand. Elle aimait le visage que lui avait dessiné la guerre. Épuré, émacié, avec ce pli un peu désabusé au coin des lèvres. Quant à son regard ? Elle avait cru y lire... quoi donc ? Elle ne savait plus. Elle avait dû rêver. Eh bien ! tant pis, la « petite Bathilde » avait désormais sa place à l'usine, et cela seul importait.

Il y eut conciliabule des garçons.

Émile qui était mauvais élève – non qu'il fût inintelligent, mais seuls les mathématiques et le sport lui plaisaient – persuada Vincent, premier en français et en latin, que le paradis s'ouvrirait pour eux dès qu'ils seraient en âge d'entrer à l'usine eux aussi. Si une fille y était à dix-sept ans, pourquoi pas eux à quinze ? Ensuite, ils devanceraient l'appel, feraient leur service militaire et seraient prêts, à vingt et un ans, pour mettre en place deux hommes, là où il y avait, présentement, deux femmes. Ils avaient encore trois années scolaires à tirer, et ce serait la belle vie.

Vincent, espérant que ces trois années pourraient faire changer Émile d'avis, mit tous ses espoirs en elles.

Avec Dieudonné, il allait réciter du Virgile dans les champs. En rentrant, ils passaient chez Mlle Amélie, lui disaient les noms latins de ses fleurs et mangeaient ses caramels.

Il aimait aussi inventer, dessiner des souliers. Émile aurait ri comme un fou s'il lui avait dit qu'une page des *Géorgiques*, quand on écoutait Dieudonné en détailler chaque vers, donnait envie de créer de belles choses. Émile, qui pendant ce temps, s'il ne bricolait pas sa bicyclette, faisait de la gymnastique, ou jouait au football, disait : « La vie, c'est une bonne respiration, donc, il faut faire du sport. »

Hervine et Chloé se félicitaient du changement intervenu dans la vie de leur sœur aînée.

Elles avaient vite compris que la surveillance qu'elle exerçait sur elles s'en ressentirait. « Ouf, nous l'aurons moins sur le dos. »

Les désirs conjugués de ces demoiselles s'élançaient, pour le moment, en direction de Grenoble. Elles attendaient la visite de leurs gantiers Arnold et Augustin, l'un de ces prochains dimanches.

Adélaïde avait dit : « Offrez-leur à goûter, sans plus, et ne les gardez pas à dîner. Bathilde vous chaperonnera. Moi, j'ai besoin de ma journée entière de repos, dans mon lit. »

Les filleuls de guerre arrivèrent par un bel après-midi ensoleillé dans leur quatre cylindres Panhard et Levassor rouge vif, qui fit gros effet en ville. Hervine et Chloé étaient resplendissantes. Winnie avait relevé leurs cheveux de ce roux superbe dont on n'arrivait pas à trouver l'origine dans la famille. On disait dans Romans : « Les deux belles rouquines Royer », ce qui ne les laissait pas indifférentes.

Elles s'étendirent longuement sur le charbon encore rare qui avait obligé à transformer la salle à manger et le salon en chambre. La pensée que leurs deux distingués filleuls de guerre pouvaient les supposer vivre dans la cuisine les navrait.

Elles oublièrent que le service de trois domestiques noirs déconcerterait sans doute beaucoup plus.

Arnold et Augustin repartirent assez perplexes. Pas de parents, un chaperon presque aussi jeune que leurs marraines, une étonnante maison en forme de cuisine, et ces gens si noirs... Mais, en revanche, rien n'était aussi joli que leur Hervine et leur Chloé, si blanches, si roses, si rousses, elles.

Bathilde avait chaperonné sans rien voir et sans rien entendre. Elle frémissait d'impatience. Au lieu d'être assise face à ces deux freluquets, elle aurait dû arpenter l'entourage du kiosque à musique. Louis-Bertrand y était le dimanche précédent en compagnie d'une jolie jeune fille, et elle aurait voulu vérifier s'il y était encore et avec la même personne ce dimanche-ci. Elle savait, par Mlle Amélie, qu'il avait emménagé dans la petite maison du vicomte de Lirac. Il avait pris la succession de la location et s'installait dans les meubles dont il avait hérité. Pourquoi laissait-il sa mère seule dans sa grande maison, sinon pour être plus libre ? Pour vivre à sa guise ? Inviter des femmes ? Celle du kiosque à musique qui, à la réflexion, ne devait pas être une jeune fille ?

– Tu travailles trop, dans ton usine, disait Dieudonné. Et tu es triste. Ce n'est donc pas aussi intéressant que tu le croyais ?

– C'est passionnant. Mais je suis un peu fatiguée. J'aide beaucoup ma grand-mère.

– Tu devrais nous emmener tous prendre l'air au pré de Cinq-Sous, dimanche prochain.

On chargea la vieille Renault. Josuah restait à la maison. « Il ne fallait pas, disait-il, laisser Mme Adélaïde seule. » Il avait raison. Mais on savait que ses rhumatismes le faisaient souffrir et que lui aussi serait mieux au chaud, dans son fauteuil, devant la cheminée.

Les jonquilles étaient en pleine floraison. Beaucoup de Romanais venaient en cueillir. Il n'était pas étonnant que Louis-Bertrand fût du nombre.

On l'invita à déjeuner. On ne pouvait rien contre le hasard, n'est-ce pas ?

Ainsi, il n'était pas à écouter la musique du régiment avec une jolie femme ?

Jamais Bathilde n'avait trouvé les jonquilles si belles. Jamais un repas sur l'herbe ne lui avait paru aussi bon.

Louis-Bertrand, assis à côté d'elle, lui disait :

– Si je n'avais pas fait la guerre, je n'aurais peut-être pas appris à apprécier la nourriture comme elle doit l'être. Regarde, que vois-tu là ? Du sel, du poivre et un œuf dur. Eh bien, imagine que, dans la tranchée, nous en rêvions de cet œuf au sel et au poivre : « Quand on pense, nous disions-nous, qu'il y en avait sur chaque comptoir de café et qu'il ne nous venait jamais alors à l'idée d'en écaler un ! » Et nous comptions – du moins, essayait-on – le nombre énorme d'œufs à savourer, ne serait-ce que dans les bistrots d'une seule rue, en avalant notre café froid ou notre semble-soupe, glacée aussi.

Elle le regardait mettre sel et poivre au creux de sa main et y tremper son œuf dur après chaque bouchée, avec délice.

– Tiens, mange le mien, dit-elle.

– Non. C'est ça aussi, apprendre à apprécier, ne pas exagérer.

Et il lui tendit la paume de sa main où il y avait encore un mélange sel et poivre pour qu'elle y roule son œuf... qui eut alors un fastueux goût de bonheur.

Puis ils se promenèrent, seuls tous deux, et cueillirent des jonquilles.

– Pauvre Mlle Amélie, dit-il. J'aurais voulu qu'elle m'accompagne, mais depuis que sa sœur est morte elle a beaucoup vieilli et se fatigue vite...

Elle l'écoutait à peine. C'était son cœur qu'elle entendait et qui lui disait qu'elle aimait cet homme.

Deux semaines plus tard, on décida d'aller pique-niquer au bord de l'Herbasse. Plusieurs Romanais avaient eu la même idée, et Louis-Bertrand faisait partie d'un groupe de pêcheurs qui arrivaient, hérissés de leurs engins.

Dieudonné n'avait pas de canne, Louis-Bertrand lui donna la sienne. Il préférait, dit-il, bavarder avec Bathilde.

– Explique-moi ce que tu fais dans ton usine.

– Un peu de tout. Les factures à partir des nombreux bordereaux de livraison. Et puis le courrier avec les clients et les fournisseurs. Je commence aussi à travailler aux prix de revient. Et j'aide ma grand-mère pour la paie des ouvriers tous les samedis. Aux employés, contremaîtres, chefs d'atelier, elle remet les salaires mensuels sans moi. Elle ne veut sans doute pas que je sache combien elle leur donne. J'attends maintenant qu'elle m'autorise à m'intéresser à la comptabilité, c'est passionnant, les chiffres.

– Alors tu es heureuse ?

– Je suis bien, là, dans l'odeur des cuirs et le grand bruit des machines, les fraiseuses ou celles qui piquent ou clouent. J'aime voir travailler, comprendre et apprendre... Si j'étais un homme, j'aurais voulu être coupeur, manier le tranchet. C'est un instrument dangereux, pour les non-initiés. Un jour, je te montrerai comment il faut le tenir à pleine main, le dos de l'outil dans la pliure de l'index... Un coupeur, chez nous, m'avait déjà appris, il y a deux ans.

Il la regardait en souriant. Elle lui rappelait la petite fille qui voulait faire une conférence sur la fabrication des chaussures. Elle était encore presque aussi jeune, aussi enthousiaste.

Il se demanda comment on devait la juger parmi les ouvriers, les employés. Elle devait les attendrir, eux aussi. Certains, sûrement, avaient déjà dû succomber à son charme.

Elle riait, maintenant, en disant :

– Mais ce que veut m'inculquer Mme Adélaïde, ma patronne, avant tout, c'est le refus du gaspillage. Le gaspillage, c'est sa bête noire, sa hantise. Elle a des ruses d'Apache pour la traquer.

Redevenant plus sérieuse, Bathilde ajouta :

– Il y a aussi autre chose qui la ronge. Elle m'a dit hier : « Ton grand-père et ton père ont réussi le tour de force de ne pas s'enrichir pendant la guerre, quand presque tous y parvenaient ici. S'ils avaient davantage travaillé pour l'armée, nous serions à l'aise, mieux équipés, nous aurions plus de nos cinquante ouvriers, nous produirions bien au-delà des cent cinquante paires par jour que nous arrivons à peine à faire... » Je vois qu'elle se soucie pour l'avenir. Et tu sais combien la nourriture compte pour elle, alors elle calcule que nous sommes dix affamées... Je me demande aussi, parfois, si elle ne me dit pas tout ça pour éviter de payer les études de Dieudonné, comme mon père l'a demandé dans son testament.

– Ne te tracasse pas avec ces problèmes. Dis-moi une seule chose : ne regrettes-tu rien ? Ne veux-tu pas te remettre à penser à ton bachot ?

– Non... Et puis, en fin de mois, je serai payée. J'aurai mon enveloppe, comme les contremaîtres et les employés. Non seulement je ne serai plus à charge, mais je pourrai aider.

– Tu es une bonne petite Bathilde.

– Encore !

– Encore quoi ?

– Ce « petite ». Je ne suis pas si petite que ça.

– C'est vrai.

Il la regardait comme elle aimait. Comme une vraie femme, cette fois-ci, elle ne rêvait pas. Malheureusement, il disait aussi :

– Je pars pour l'Angleterre. Sans doute même pour l'Amérique, la semaine prochaine.

– Et quand reviendras-tu ?

– J'irai peut-être, après, jusqu'en Autriche...

– Nous, pour vendre nos chaussures, nous n'allons pas si loin.

C'était évident, il la regardait comme une vraie femme, mais elle ne l'intéressait pas, il s'en allait.

Hervine et Chloé insistaient pour rentrer. Elles avaient pris des coups de soleil, elles auraient, c'était sûr, des milliers de taches de rousseur. Et elles ne voulaient plus de ces bêtes de pique-nique, d'ailleurs, elles n'aimaient pas la pêche.

Les jumeaux insistaient, eux, pour rester encore. Ils avaient déjà, dans leur panier, quatre ombles et deux brèmes. Quant à Dieudonné, il venait de prendre le premier poisson de sa vie – une belle perche – et il était vissé au bord de la rivière.

Gédéon et Winnie disaient qu'il était tard, Mme Adélaïde allait s'inquiéter.

Des cris d'un côté, des trépignements de l'autre, cinq enfants qui la harcelaient, tout cela pouvait justifier que Bathilde ait les yeux pleins de larmes... d'énervement. Louis-Bertrand la prit par la taille et lui proposa une petite promenade d'une demi-heure, dernière rallonge accordée aux pêcheurs.

– Nous venons avec vous, dirent les rouquines.

– Non. J'ai besoin de parler à votre sœur.

Il avait à lui parler ! Et en la tenant par la taille... Le ciel s'entrouvrait, elle marchait sur des nuages.

Il parla. De Dieudonné. Il voulait se charger de son éducation et de ses études. Il aimait beaucoup cet enfant si doué. Et ce serait une façon de payer ce qu'il devait à Alexandre qui n'avait jamais pris sa part de l'héritage du colonel et lui avait tout laissé, même les cuirs pyrogravés qui ornaient les murs de la chambre et qui étaient de grande valeur.

Était-elle triste ? Non, elle ne l'était pas. Mais furieuse. C'était ça, les hommes ? Leurs yeux disaient une chose et leur bouche une autre. Ils vous prenaient par la taille, vous attendiez... le bonheur... et rien ne venait, ne viendrait jamais.

En rentrant, ce soir-là, Dieudonné avoua :

– Il ne m'a pas interdit de te le dire, alors voilà : c'est moi qui ai informé Louis-Bertrand que nous irions au pré de Cinq-Sous, et pêcher dans l'Herbasse. Il m'avait demandé où vous alliez pour avoir une chance de vous rencontrer... enfin, surtout toi. Alors, je l'ai prévenu des deux pique-niques.

Que penser ? Elle ne savait plus.

Hervine et Chloé s'étaient fait pincer alors qu'elles sortaient de la boutique de modes. Donatienne n'y était pas, mais Évangéline avait été ravie qu'elles passent leur après-midi du jeudi avec elle. Ces deux si jolies filles qui ne se faisaient pas prier – bien au contraire – pour essayer les chapeaux et en faire l'article aux clientes, c'était une aubaine.

– Avec vous deux, je ferai dix fois plus d'affaires.

Et c'était vrai. Sur leurs ravissantes têtes, capelines, cloches ou bérets se magnifiaient.

Si seulement elles avaient su que leur grand-mère, qui ne sortait jamais, avait, par exception, sa visite annuelle chez le médecin, précisément ce jour-là !

En représailles, Adélaïde interdit toute visite des jeunes gantiers Arnold et Augustin aux « modistes », qui hurlèrent à l'injustice en répétant – à mi-voix mais férocement : « Je la déteste ! Oh ! que je la déteste. » Et elles écrivirent, à l'encre rouge, sur papier vert d'eau, à ceux qu'elles appelaient leurs fiancés, une délirante missive. Elles y énuméraient leurs souffrances d'orphelines consignées dans une chambre, ou reléguées dans une cuisine, sous la haute surveillance de trois cerbères noirs qui leur mesuraient le pain. Elles attendirent, en dégustant des romans roses et les confitures de Winnie, une réponse en forme de baume à appliquer sur leur douleur.

Vincent avait été leur confident, mais ne l'était plus. Elles l'accusaient d'être passé à l'ennemi, depuis qu'il avait inauguré les soirées de lecture. Il avait passionné sa grand-mère avec *Les Trois Mousquetaires*. Il avait aggravé son cas en citant M. d'Artagnan père disant à M. d'Artagnan fils : « Vous devez être brave pour deux raisons : la première c'est que vous êtes gascon, la seconde c'est que vous êtes mon fils », et en paraphrasant : « Tu dois être dans la chaussure pour deux raisons : la première, c'est que tu es romanais, la seconde, c'est que tu es mon petit-fils. »

On savait que Mme Adélaïde avait raconté la chose à certains de ses collaborateurs en riant. Et ce n'était pas tout. Vincent et elle avaient de longues conversations sur le métier. La botte rouge du maréchal Bugeaud, le chef-d'œuvre de Calixte, exposée, sous globe, dans le bureau directorial de l'usine, fascinait le jeune garçon.

– Explique-moi ces coutures en cheveux, ça paraît si invraisemblable... Ce n'est pas solide, c'est à peine croyable...

Alors elle lui parlait d'Albigeois-l'Ami-des-Arts, le maître vénéré de son mari, des bottes dites de Napoléon III, aux coutures faites aussi en cheveux. Mais, le jour où Vincent voulut des détails sur la première paire de bottines faites par son grand-père pour elle, elle le rudoya brusquement. Il en fut tout contrit. Émile, qui par hasard avait été témoin de la chose, ricana.

– Ça te fera les côtes, mon vieux. Tu n'as pas encore compris qu'elle prend la mouche sans qu'on sache jamais pourquoi et au moment où l'on s'y attend le moins. Un bon conseil : fais comme moi, passe le moins de temps possible à la maison.

De fait, on ne voyait Émile qu'à table, aux heures des repas. Dès sa sortie de classe, il faisait de l'aviron sur l'Isère ou du rugby avec l'équipe romanaise.

Ce premier hiver, Adélaïde ne partit pas sur la Côte d'Azur. Son médecin, la trouvant en bonne santé, l'assura qu'avec des précautions, en s'exposant le moins possible au froid et en se reposant suffisamment, elle pouvait tenter cette expérience.

Ce ne fut une déconvenue que pour Hervine et Chloé qui ne désarmaient pas. Les jumeaux, quoi qu'ils en disent, étaient rassurés par sa présence. Et Bathilde reconnaissait nécessaire la surveillance de sa grand-mère. L'après-guerre avait ramené une forte concurrence, plusieurs petites entreprises avaient disparu. Adélaïde avait fort bien compris que l'avenir de Calixte Royer et fils, comme celui de Romans, passait par la grande qualité servie par la main-d'œuvre locale de haut niveau, ce qui avait été le principe de base d'Alexandre.

Elle venait de passer un contrat, pour préparer la saison prochaine, avec un créateur modéliste de talent.

Mais Bathilde avait été troublée de l'entendre, alors qu'elle se croyait seule dans son bureau, dire à mi-voix, en achevant de relire le contrat :

– Personne n'est indispensable, Calixte, personne, et toi comme les autres.

On disait, en ville, que la chapellerie Derivault allait bon train. Louis-Bertrand, célibataire, était très invité, et les mères de jeunes filles à marier se l'arrachaient. Il était parvenu à éviter une partie de ces guets-apens grâce à ses nombreux voyages. Mais ce bon prétexte ne pourrait pas durer indéfiniment. M. Baptiste allait prendre sa retraite, et il ne pourrait plus s'absenter aussi facilement. Toute l'affaire, désormais, reposerait sur lui. Il en était conscient. Et satisfait. Son métier lui plaisait et, sans prétendre égaler la grande maison Mossant, il savait occuper sur le marché une place enviable.

Il revenait de Londres et avait repris avec joie possession de sa petite maison. Son décor raffiné, dû au goût de Gabriel-Marie de Lirac, lui donnait parfois l'impression, après l'horreur des années de guerre, de vivre dans une demeure féerique où il était transporté par enchantement. Il s'y réveillait chaque matin avec un plaisir renouvelé.

La vieille dame toute fluette qui le servait, une veuve, autrefois piqueuse de bottines, portait à ces meubles et objets, dont on lui avait dit qu'ils étaient précieux, une vénération un peu inquiète et qui rejaillissait sur « son monsieur ». Le jour où elle avait cassé le petit pot à lait de porcelaine qu'elle savait vieux d'au moins cent cinquante ans, englobant alors dans la catastrophe et le pot et son maître, elle se lamentait en se disant : « Sûr, ils vont me mettre dehors. » Mais aucun des deux ne lui en avait voulu, et elle était toujours là, toujours admirative et toujours inquiète. Louis-Bertrand avait beau lui dire : « Madame Girard, vous êtes une perle et une mère pour moi », elle hochait la tête : « Drôle de perle et drôle de mère. » Elle avait recollé le petit pot à lait. Mais il ne pouvait plus servir et elle le regardait avec une tristesse mêlée, malgré elle, de ressentiment.

Seule Donatienne parvenait à la rassurer lorsqu'elle venait, parfois, dîner ici le dimanche, ou, en été, passer une journée entière dans le jardin. Mme Girard disait alors : « Quand votre maman arrive, monsieur, c'est comme si on sentait mieux le bon doux de l'air et le bon chaud du soleil. » Vérité que Louis-Bertrand connaissait depuis toujours. Il serait, sa vie durant, redevable à celle qui lui avait offert le meilleur d'elle-même au long de tant d'années. Il avait hésité à venir habiter la demeure du colonel, se demandant si la solitude ne lui serait pas une tristesse supplémentaire, jusqu'au jour où il avait compris qu'elle ne vivait pas seule, mais au cœur des ombres de ceux qu'elle avait aimés, compagnie qui lui faisait souvent oublier celle des vivants. Et il l'avait surprise, certaines nuits, parcourant la maison, chaussée de l'une ou l'autre paire de ces souliers qu'elle ne passait pas un seul jour sans contempler. C'était elle qui lui avait dit : « Mon fils, il te faut ton indépendance. Il n'est pas bon, pour un homme de ton âge, de vivre avec une vieille femme comme moi. » Il avait pensé alors qu'elle avait peut-être envie d'être seule, sans avoir d'effort à faire pour passer de ses rêves à la réalité. Réalité dans laquelle elle était très présente et très perspicace. Comme le jour où elle avait vu ici, sur le bureau en marqueterie du colonel, une photographie de Bathilde à douze ou treize ans. Elle lui avait demandé pourquoi il n'en avait pas une plus récente, comprenant, sans aucune explication, l'intérêt qu'il portait à la jeune fille. Il avait répondu que non seulement il n'en avait pas d'autre, mais encore que cette image-là lui rappelait que Bathilde était encore bien jeune et qu'il ne devait pas la troubler en lui montrant trop l'affection – pour ne parler, pour le moment, que de ce sentiment-là – qu'il avait pour elle. C'est à ce moment-là qu'elle lui avait dit : « Les petites filles sont amoureuses beaucoup plus tôt que tu ne le crois. » Et elle avait ri, mais avec des larmes plein les yeux.

Il l'avait encouragée, puisqu'il allait s'occuper entièrement de la chapellerie, à reprendre son métier de modiste qu'elle aimait tant. Elle n'avait pas voulu. Elle aspirait à se reposer et à lire, elle se disait tellement ignorante. Elle disait aussi n'avoir pas besoin d'argent. Les dividendes qu'il lui servait, elle ne les dépensait même pas. Elle était riche, ayant placé aussi ce qu'elle avait gagné autrefois dans la mode. Il n'avait pas insisté.

Il déjeunait chaque jour chez elle, pour n'avoir pas à faire le trajet jusqu'à sa petite maison. Mais, surtout, pour passer une heure ou deux en sa compagnie. Elle était heureuse de lui préparer ce qu'il aimait, de bavarder un moment avec lui. Mais il savait qu'elle était contente, après son départ, d'être avec ses livres ou ses souvenirs.

Mlle Amélie, ne pouvant plus écrire à sa défunte sœur Joséphа, lui parlait. Ce soir-là, elle lui disait :

« Ma pauvre, je me demande si les maisons, qui ont une âme, comme chacun sait, influencent ceux qui en héritent. Ou plus exactement, si des murs, des espaces, qui ont été imprégnés de la personnalité d'êtres divers, agissent sur ceux qui en deviennent propriétaires. Parce que, pour ne rien te cacher, le beau Louis-Bertrand me paraît marcher sur les traces du colonel de Lirac. Il m'a été rapporté, de plusieurs côtés dignes de foi, qu'on le rencontre souvent avec des “ dames ” différentes, mais toujours charmantes et quelque peu olé olé. Il me semble t'entendre me dire que les hommes n'ont pas besoin d'être inspirés par une ambiance pour faire tous les mêmes choses. N'empêche, dormir dans le même lit à baldaquin où mon ex-petit sous-lieutenant n'a pas toujours dû dormir seul, être entouré de gravures – paraît-il grivoises –, ne me dis pas que ça ne donne pas quelques idées de fredaines, en prolongement, au beau Louis-Bertrand Derivault.

« La jeune Bathilde Royer est venue me voir pour affaires. Leur nouveau créateur modéliste a mis au point, entre autres, une chaussure de bal pour jeune fille en chevreau rose ou bleu, sur laquelle il envisage de poser une petite fleur fournie par moi, si le prix que je propose leur convient. J'ai promis d'étudier la chose, mais je ne me vois pas faisant des centaines de roses pompons, ce n'est plus de mon âge.

« Cette petite Bathilde, fort élancée, ma foi, et plutôt grande, est un exquis composé de la superbe Adélaïde et de la séduisante

Charline : port de tête royal et malice du regard avec un teint éblouissant. Quelle belle créature ! On m'a dit que nos brillants officiers se désolent de ne jamais la voir aux bals de Mme la colonelle. Il paraît qu'elle sort très peu, quoique son grand deuil soit pourtant fini.

« Nous avons parlé. Elle m'a dit combien lui coûtait de ne plus voir Donatienne, ni Louis-Bertrand. Là, j'ai dressé l'oreille, un peu plus encore que d'habitude, il m'a semblé – je me trompe peut-être –, mais j'ai cru entrevoir une tristesse. Tu sais combien je me suis habituée, entendant si mal, à étudier les visages, sans tenir compte des paroles, alors, crois-moi, tout celui de cette enfant me disait que Mlle Bathilde Royer apprécie M. Louis-Bertrand Derivault. Et dans ce cas, si elle l'a rencontré en compagnie de qui on m'a dit, cela expliquerait un petit sourire tristounet qui s'étend sur ses jolis traits comme un léger voile sur un ciel bleu. »

Adélaïde avait passé un hiver dont elle disait sa fierté d'en être venue à bout. Dans le sillage de cette victoire s'inscrivait le projet de libérer la salle à manger et de réintégrer sa chambre. Le charbon étant à nouveau en vente libre, on pourrait la chauffer, et la vue en était plus agréable, donnant sur un champ voisin planté de vieux mûriers. Mais elle en retardait toujours l'exécution, disant : « La pensée d'avoir à déménager et à déplacer mes affaires m'effraie. »

Winnie, un matin, décida d'agir pour en faire la surprise à Madame. Josuah et Gédéon transporteraient lit, commode et valises. Winnie et Bathilde rangeraient. À quatre, ce serait fait en deux heures à peine.

Et tout avait été exécuté comme prévu. Il ne restait plus qu'une valise à vider, quand Winnie, appelée par une impérative odeur de brûlé, regagna sa cuisine en hâte.

« Ne remonte pas, lui cria Bathilde, je finirai seule », et elle ouvrit le dernier petit bagage.

Elle y reconnut le coussin que son grand-père avait coutume de mettre toujours sous ses pieds pendant qu'il travaillait. Ainsi, sa grand-mère le conservait. C'était émouvant. Elle allait le remettre pieusement dans la valise et la refermer, quand elle sentit la rigidité d'un livre dans la mollesse du coussin. Elle trouva vite l'ouverture et s'empara d'un cahier, relié en moleskine noire et fermé d'un gros élastique.

Elle l'ouvrit, le feuilleta rapidement, et vit qu'une page sur deux comportait un dessin de chaussure. Savait-on qu'il y avait là une mine de documents pouvant servir ? Elle se promettait, très excitée, d'en parler, quand une phrase jaillie de l'une des pages d'écriture lui fit pousser un petit cri. Elle lisait : « *J'aime Donatienne. L'amour que je ressens pour elle m'aide à vivre, bien que je sache qu'il ne peut nous mener nulle part...* » Et plus loin : « *Pourquoi n'ai-je pas compris plus tôt que c'était Elle et seulement Elle ?...* »

Elle referma le cahier, le remit dans sa cachette, troublée, mal à l'aise. Fallait-il plaindre Adélaïde d'avoir été trahie ? Ou se féliciter que Donatienne ait été aimée ? Donatienne qui ne savait rien de cet amour répondant au sien ! Et devait-on, alors, l'en informer ? Lui offrir ce bonheur ? Il lui fallait réfléchir à ce dilemme.

Adélaïde n'apprécia pas du tout son transport au premier étage fait sans elle. Elle avait interdit que l'on touche à ses affaires personnelles en dehors de sa présence.

Ce fut un drame. Elle hurlait. Josuah, Gédéon et Winnie roulaient des yeux désespérés. Émile lançait, entre haut et bas, sa formule favorite : « Mes amis, ça vous fera les côtes. » Vincent ne disait rien. Depuis quelque temps, il se renfermait. Hervine et Chloé, en revanche, virent là une pièce de plus à verser au dossier de leurs doléances, plaintes et gémissements.

Quant à Bathilde, elle était certaine de savoir ce qui motivait cette algarade : sa grand-mère cachait le cahier qui disait son malheur et le bonheur de sa sœur. Elle dormit mal. Fallait-il, ou non, informer Donatienne de l'existence de ce manuscrit et de ce qu'il contenait ? Elle décida de demander conseil à Louis-Bertrand.

Le lendemain était un dimanche. Adélaïde ne se levait pas avant le milieu de la matinée ce jour-là. Bathilde quitta la maison dès sept heures. Il y avait deux kilomètres à parcourir, peut-être même trois, pour arriver chez Louis-Bertrand. Prendre l'une des bicyclettes des jumeaux aurait signalé son départ. Cette marche, décida-t-elle, lui ferait le plus grand bien.

Elle avait presque oublié le but de sa course en allongeant le pas dans le soleil qui se levait à peine et la fraîcheur de la campagne encore humide de rosée. Elle se disait : « Je vais le voir, lui parler. J'ai une bonne raison de venir le trouver et il me gardera sans doute au moins une heure. »

Mais elle n'était pas très rassurée en heurtant sa porte.

Ce fut lui qui ouvrit. Mme Girard ne travaillait pas le dimanche, sauf lorsque Donatienne était invitée à dîner.

Il était en robe de chambre et s'inquiéta immédiatement :

– Quelque chose ne va pas ? Quelque chose de grave ?

– Non. Mais important. Je peux entrer ?

– Oui, bien sûr... Je faisais du café, tu en prendras avec moi ?

Elle remarqua alors l'élégance de sa robe de chambre en soie. Et la beauté, la richesse de ces pièces qu'elle n'avait vues qu'une fois, dans son enfance. Tout lui parut harmonieux, raffiné. Et elle était là, elle, en robe de coton, froissée de surcroît, et en sandales ! Dans sa hâte à se sauver avant le réveil de ses frères et sœurs, elle n'avait même pas relevé ses cheveux, tout juste retenus dans son dos par un ruban. Voilà qui la ferait encore appeler « petite Bathilde ».

– Je suis sûr que tu n'as pas déjeuné ?

C'était vrai. Elle n'y avait pas pensé. Il lui servit un grand bol de café et lui beurra une tartine.

– Il faut que je te dise...

– Mange d'abord. Tu parleras ensuite. Tu veux une autre tartine ?

Elle voulait bien. Elle se découvrait affamée. La promenade, sans doute.

Il la regardait, attendri, quand il se rappela qu'il avait failli, la nuit dernière, ramener chez lui cette actrice du théâtre de Valence... parce qu'il y avait dans son sourire un petit quelque chose qui lui rappelait celle qui dévorait là, face à lui, radieuse, sa seconde tartine.

Il alluma une cigarette pendant qu'elle ajoutait deux sucres dans sa tasse.

Il ne la quittait pas des yeux. Son extrême jeunesse et ses conditions d'existence lui serrèrent le cœur. Elle était sous la coupe d'une vieille femme à demi folle, entourée de quatre frères et sœurs égoïstes. Et on la lui refuserait s'il la demandait en mariage. Ne lui restait qu'à attendre qu'elle soit libérée, à sa majorité. Et il était à la fois émerveillé et torturé de la voir là, chez lui... Au fait, que voulait-elle ?

– Ma chérie, raconte, maintenant.

Ma chérie ! Comblée, fondante, elle balbutia :

– Ah ! c'est toute une histoire... Et comme je ne savais plus où j'en étais, je me suis dit que toi... qui connais la vie, tu pourrais me conseiller.

Bien que son récit fût un peu décousu – elle était à la fois dans la découverte du cahier et dans son émerveillement à se trouver là, seule avec celui qui l'appelait chérie –, elle en vint pourtant à bout et demanda :

– Alors que dois-je faire ?

– Rien.

– Comment, rien ? Tu ne veux pas que ta mère sache, enfin, qu'elle a été aimée ? Mais tu es monstrueux, cruel, et même... criminel !

– Et qui te dit qu'elle ne se complaît pas, depuis toujours, dans un éternel renoncement ?

Elle avait envie de pleurer. Il n'avait pas de cœur, cet homme, et il ne comprenait rien aux femmes. Ou il les traitait comme des petites filles, ou il s'imaginait qu'elles aimaient jouer des rôles de martyres. Eh bien, et pas plus tard que ce soir, elle irait dire à cette sublime Donatienne que l'homme de sa vie avait enfin compris, un jour, qu'il l'aimait, l'adorait... En attendant, et pendant qu'elle y était, elle allait lui dire toutes ses vérités à cet élégant monsieur en robe de chambre de soie bleu marine à passepoil rouge, sur un pyjama en... En quoi le pyjama ? Peut-être bien en soie aussi ? Et les mules ? En cuir de Russie, sûrement.

– Qu'est-ce que tu médites, avec cet air farouche ?

Se pouvait-il que des paroles que vous n'auriez jamais ni l'idée ni le courage de prononcer sortent, tout d'un coup, d'elles-mêmes, de votre bouche ? Cela se pouvait, puisque Bathilde s'entendit demander :

– Mais qu'est-ce que tu leur trouves à ces bonnes femmes que tu trimbales partout ?

– Quelles bonnes femmes ?

– Tu sais bien de quoi je veux parler. Les dames de théâtre ou de café-concert... enfin celles que tu aimes... La ville entière en parle.

Et, tout à coup, fondant en larmes :

– Elles ont quoi de plus que moi ces... ces créatures, pour que tu les aimes tant ?

– Mais je ne les aime pas !

– Alors pourquoi sont-elles dans ta vie... et dans ton lit ?

– Écoute-moi, petite Bathilde...

Elle se leva d'un bond, renversa la cafetière, s'en soucia peu.

– Dis encore une fois, une seule, « petite Bathilde », et je casse tout ici.

– Mais tu es une furie !

Il riait ! Le monstre. Il riait encore en disant :

– Viens, allons au salon, nous y serons mieux, et je vais tenter de me faire comprendre. Je voulais attendre que tu aies au moins dix-huit ans pour te parler. Mais, puisque tu insistes, nous allons régler ça aujourd'hui.

Quand ils furent installés, chacun dans une grande bergère, il prit encore le temps d'allumer machinalement une cigarette, pour l'éteindre aussitôt, et, grave soudain :

– J'ai décidé que je t'épouserai dès mon retour ici. Quand j'étais au front, je pensais à toi tendrement. Et dès que je t'ai revue, j'ai compris que je t'aimais. Mais j'ai compris aussi combien tu étais jeune. Tu n'avais encore été attirée par aucun homme, et moi, j'arrivais avec mon auréole de héros et mes médailles. Quelle femme ne se croyait pas, alors, amoureuse d'un vaillant soldat, pour peu qu'il fût à peu près présentable ? Il fallait que j'attende, au moins un an ou deux, pour que tu fasses des comparaisons, oublies mon soi-disant héroïsme et le prestige de mon uniforme... Bref, que tu voies si le chapelier te convenait assez pour l'épouser.

Elle s'était calmée. C'est très doucement qu'elle lança sa petite bombe :

– Mais je ne veux pas t'épouser, moi.

Et comme il en restait sans voix, elle ajouta, aussi calmement :

– Ce que je veux, c'est être ta maîtresse.

– Mais tu es folle !

– Non. Je veux que tu sois à moi. Mais sans qu'on se marie.

– Et pourquoi, grand Dieu ?

– Parce que je veux rester Bathilde Royer. Si je t'épouse, je deviens Bathilde Derivault. Et je n'ai rien à voir avec les chapeaux, moi. C'est diriger mon usine qui m'intéresse.

Cette fois-ci, de la cigarette qu'il alluma il tira quelques bouffées avant de répondre. Soudain très calme lui aussi, il fit remarquer :

– Mais ton usine, comme tu dis, ce sont tes frères qui la dirigeront, plus tard.

– Plus tard, en effet. J'ai calculé, ils auront vingt et un ans en 1929, et ils auront besoin de moi encore un certain temps... pour les guider.

Il avait envie de sourire, mais parvint à s'en empêcher.

– En somme, tu seras libre de m'épouser aux environs de 1930.

– À peu près, si tout va bien et si nous sommes toujours ensemble, évidemment.

– Évidemment !

– Et il serait idiot, puisque tu m'aimes et que je t'aime, d'attendre à peu près dix ans pour être heureux. Donc, je viens te dire que je suis prête à être ta maîtresse.

Il leva, malgré lui, les yeux au ciel. « Que faire, Seigneur, dans un cas pareil ? Tenter de la raisonner ? Mais avec une petite tête de mule de cet acabit... »

Impatiente, elle demandait :

– Alors ?

– Écoute-moi, écoute-moi bien : je serai le dernier des salauds si je profitais de ta jeunesse et de ton inexpérience pour... abuser de toi.

– Mais tu n'abuses pas, puisque je m'offre.

– Tu ne sais pas ce que tu fais, ma chérie.

– Je sais que je t'aime et que je ne veux plus te voir avec toutes ces femmes. Je veux que tu n'aies que moi.

Et soudain, comme si une révélation venait de lui être faite, elle s'exclama :

– Tu penses que je ne suis pas aussi jolie qu'elles ? Mais tu sais, avec un peu de poudre, un peu de rouge et bien coiffée, plus quelques fanfreluches, je peux être très, très aguichante. Quant au reste... c'est évident, tu ne peux pas savoir, alors attends, je vais te montrer.

Et, avant qu'il ait eu le temps de l'en empêcher, elle avait ôté sa robe et son jupon. Comme elle ne portait pas de corset, ses seins charmants, ronds comme deux petites pommes, apparurent. Elle hésitait seulement à retirer le reste quand, très pâle, et d'une voix sourde, Louis-Bertrand lui dit :

– Rhabille-toi... immédiatement.

– Non !

– Bien. Je reviendrai quand tu l'auras fait.

Et il gagna la porte.

– Si tu t'en vas... C'est que tu ne veux pas de moi... Alors ne reviens pas. Ne reviens plus jamais.

Lorsque rhabillée, sans l'avoir revu, elle décida de partir, elle pleurait de rage et d'humiliation, avait envie de tout casser autour d'elle dans cette maison faite pour... des cocottes. Ces cocottes qu'il aimait plus qu'elle. Mais comment étaient-elles, ces femmes-là, pour avoir tous les hommes qu'elles voulaient ?

Sur le chemin du retour, elle s'assit quelques instants pour pleurer à son aise. Quand elle n'eut plus de larmes à verser, elle tenta de digérer son humiliation. C'était impossible. Toujours elle se souviendrait qu'au lieu de la prendre dans ses bras il l'avait plantée là. Et cela, elle ne le lui pardonnerait jamais ? Ja-mais !

Brusquement, elle bifurqua et prit la direction de la chapellerie Derivault. Elle venait de décider d'informer Donatienne de ce que contenait le cahier de Calixte.

C'était l'heure du café ici aussi. Elle en accepta une tasse. Et fit son récit. En plusieurs temps, pour ne pas causer un trop gros choc à celle qui l'écoutait, le regard ébloui, radieux.

Comme elle ne disait rien encore, Bathilde demanda :

– Donatienne, dites-moi ce que l'on ressent à se sentir aimée... même quand c'est du passé.

– Ce n'est pas du passé. Je vis, je vais vivre aussi, des moments de grand bonheur. Songe un peu, petite, combien de fois je vais pouvoir me répéter : « Il m'a aimée... il m'a aimée. » Et, là où il est, il m'aime encore, toujours. Je pense qu'un vrai couple n'a qu'une seule âme pour deux. Maintenant je sais que nous avons, malgré tout, été un couple... Son âme et la mienne ne font qu'une.

Bathilde s'efforçait de n'aller nulle part où elle pût rencontrer Louis-Bertrand. Il lui écrivit six lettres, confiées à Dieudonné. Elle les déchira, sans les lire, devant le messager bouleversé.

– C'est mal, ce que tu fais là !

– Je ne veux plus entendre parler de lui. Jamais.

Le bonheur de Donatienne amenait Bathilde à plaindre Adélaïde. Elle se rapprocha d'elle. Il lui parut qu'il était temps de s'apercevoir combien cette femme, plus très jeune et en mauvaise santé, travaillait pour eux tous qui, en retour, lui rendaient bien peu d'affection.

Elle prit l'habitude de l'accompagner à la ferme de maîtresse Barduc, ou chez son cher épicier. Elle avait le sentiment, ces jours dits de grande razzia, d'être l'aînée, tant sa grand-mère lui paraissait enfantinement joyeuse de ces petites virées alimentaires.

Elle s'étonnait que Dieudonné, dont elle connaissait le tendre cœur, n'abondât pas dans son sens lorsqu'elle lui disait :

– Au fond, il faut plutôt la plaindre.

Il arrivait même que le garçon s'insurgeât :

– Mme Adélaïde est mauvaise, mauvaise, je te le dis.

Elle pensait, alors, qu'il n'avait jamais pardonné d'avoir été arraché à la table familiale.

Et Mlle Amélie s'adressait – levant les yeux vers le ciel – à Josépha :

« C'est toi qui avais raison. C'est toi qui as vu venir la chose de loin : ton Calixte a aimé ma Donatienne...

« J'étais à ma fenêtre, j'ai vu arriver à pas pressés une personne vêtue de blanc, sous une ombrelle blanche. J'ai cru que passait là une jeune fille, mais c'était Donatienne, le regard étoilé de ces petits points noirs qui pigmentent le grand bleu de ses yeux. Et ce regard, lui, avait vingt ans. Ah ! que c'est beau l'amour !

« Donc un miracle : un cahier découvert par Bathilde, et qui dit tout. Mais Donatienne n'aura sans doute jamais la joie de lire, elle-même, les mots magiques. Elle ne désespère pourtant pas. Pourquoi pas un second miracle ? La voilà, désormais, avec un but dans la vie : obtenir, un jour, le cahier. »

Deux années avaient passé sans apporter de changement dans l'usine et la famille Royer, lorsque, coup sur coup, plusieurs événements marquèrent l'une et l'autre.

Émile et Vincent quittaient le collège pour entreprendre leur tour de France. L'idée était depuis longtemps celle d'Émile, et son frère, peu enthousiaste au début, s'y était enfin rallié.

Ils partirent en train pour Fougères où ils comptaient rester au moins six mois, avant de se faire embaucher dans d'autres centres de fabrication de la chaussure.

Adélaïde n'avait pas contrecarré leur projet. Elle le trouvait raisonnable et surveilla l'équipement de ses deux petits-fils avec conscience. Ce qui les obligea à emporter un nécessaire à pharmacie qu'elle leur composa elle-même.

Dans le même temps, reçu au baccalauréat, Dieudonné quittait Romans pour Grenoble et son université. Il entrait en faculté de lettres. Son but était de préparer un professorat de français, de latin et de grec. Josuah, Winnie et Gédéon en étaient si fiers qu'ils séchèrent vite leurs yeux, le jour du départ. Et Grenoble, ce n'était pas si loin, le garçon reviendrait aux vacances.

Adélaïde voulut ignorer qui subvenait aux frais de scolarité et de séjour. Et comme on ne lui demandait rien, elle parut toujours penser que tout cela, en effet, ne coûtait rien.

Bathilde, de son côté, préférait qu'on ne parlât pas de l'aide de Louis-Bertrand. Qu'il tînt la promesse faite un jour de cueillette de jonquilles ne lui plaisait qu'à demi. Elle aurait préféré avoir à lui en reprocher l'oubli.

Du côté d'Hervine et de Chloé, les études avaient été arrêtées aussi à l'obtention de leur brevet élémentaire qui était leur seule ambition. Depuis, elles ne pensaient qu'à aller apprendre à se confectionner d'extravagants chapeaux chez Évangéline, dans l'ancienne boutique de Donatienne. Elles les arboraient à la messe du dimanche, ou aux concerts de la musique du 75e avec une crânerie qui suffoquait parfois les Romanais.

Adélaïde paraissait ne s'apercevoir de rien. Ce qui ne manquait pas d'étonner Bathilde. Ce fut une nuit de printemps 1923 qu'elle comprit tout.

Un bruit venait de la réveiller. Elle prêta l'oreille. Que se passait-il dans la chambre voisine de la sienne, celle d'Hervine et Chloé ? On y parlait à voix basse, on y marchait à pas feutrés. Elle se leva. L'une de ses sœurs était peut-être malade. C'est alors qu'elle passait devant sa fenêtre qu'elle entendit ouvrir celle d'à côté. Elle ne vit l'échelle que lorsqu'elle fut, quelques instants plus tard, accoutumée à l'obscurité. La nuit était sombre, sans aucune clarté de lune.

Était-ce des cambrioleurs ? Elle se précipitait vers sa porte pour appeler à l'aide, quand celle-ci s'ouvrit sur Adélaïde qui disait : « Tais-toi. Surtout tais-toi », en s'approchant de la fenêtre à son tour.

– Mais qu'est-ce donc ? demandait Bathilde à mi-voix.

Un petit ricanement et, de nouveau : « Tais-toi. »

– Mais...

– Mais quoi ? Tes sœurs se font enlever, et alors ?... Bon débarras, ma fille... Deux sottes dont je n'aurais jamais rien pu faire. Dis-toi bien que les gantiers sont dans leur tort. Les petites sont mineures. Donc, pas de dots, pas de trousseaux, pas de frais de mariage. Tout bénéfice, en ce moment où je n'ai pas un sou à jeter par les fenêtres.

– Vous saviez ?

– J'ai intercepté une lettre. Je les trouvais trop raisonnables, nos rouquines, depuis un certain temps. Je me doutais de quelque choses, mais je n'aurais jamais espéré pareille aubaine... Regarde-les, elles s'imaginent, pauvres idiotes, qu'elles sont des héroïnes ! Elles sont fichues d'en parler leur vie durant... Songe un peu, un enlèvement, passe encore, mais deux à la fois ! Il faut dire qu'on ne doit pas rencontrer tous les jours une paire de jeunes sots de cet acabit.

– Elles les aiment...

On entendit, à cet instant, le bruit d'un moteur qui démarrait. Hervine et Chloé étaient parties avec Arnold et Augustin Dutillet. Quand les reverrait-on ? Bathilde répéta :

– Elles les aiment, ils les aiment, eux aussi.

– Grand bien leur fasse à tous ! Je vais me recoucher. C'est avec des stupidités de ce genre qu'on s'enrhume.

Bathilde pleura un moment. Chiffons et Festons lui manqueraient. En soupirant, elle se dit qu'elles, au moins, étaient heureuses.

Adélaïde ronchonna, le lendemain matin, en voyant l'échelle encore accolée à la fenêtre. « Ils auraient pu, au moins, la ranger », dit-elle.

Il n'y avait plus de cueillette de jonquilles au pré de Cinq-Sous. Plus de promenades au bord de l'Isère pour en ramener des brassées d'iris. Avec qui y aller ?

Le travail, et seulement le travail. Ce n'était pas que ce fût pénible, au contraire, mais les dimanches étaient mélancoliques sans les bousculades, les cris et les rires de ceux qui étaient partis. Aussi, lorsque Bastienne, sa compagne d'études, vint annoncer son mariage et dit la vouloir parmi ses demoiselles d'honneur, Bathilde accepta sans se faire trop prier.

La famille de la fiancée faisait partie de ce que dans Romans on appelait « les nouveaux riches ». Ces fournisseurs de l'armée, ceux dont la guerre avait rempli les coffres. Ce qui ne les avait pas empêchés de donner deux de leurs trois fils à la France. L'un était mort en Moselle, l'autre à Verdun. Ils avaient été polytechniciens, ce qui expliquait la présence, dans le cortège de leur petite sœur, de quatre jeunes gens à bicorne, brillants garçons d'honneur. Dignes de leurs uniformes, ceux des quatre jeunes filles étaient offerts par les parents de Bastienne. Les robes de crêpe de soie pétale de rose venaient de chez les Sœurs Callot, les petites cloches de feutre du même ton de chez Caroline Reboux, et les chaussures de chez Perugia.

Quand elle se regarda dans le miroir de sa chambre, Bathilde eut quelque difficulté à se reconnaître. Cette nouvelle mode qui effaçait la taille et la poitrine, mais découvrait les jambes jusque sous les genoux, était-ce joli ? En tout cas, c'était léger, fluide, et donnait envie de danser...

– Comment me trouves-tu ? demanda-t-elle à sa grand-mère.

Adélaïde, la jaugeant de haut en bas, décréta qu'elle avait toujours prévu qu'un jour les femmes monteraient leurs jambes pour que se voient, enfin, leurs chaussures. Mais pourquoi, en revanche, les chapeaux étaient-ils enfoncés jusqu'aux yeux ? Elle l'avait toujours dit aussi, les modistes étaient stupides.

Louis-Bertrand avait accepté d'être témoin du marié. Ils avaient fait leur service militaire ensemble.

Il savait que Bathilde était demoiselle d'honneur.

Devant le refus de la jeune fille d'accepter de le revoir, il avait résolu – bien qu'il lui en coûtât – d'attendre que, d'elle-même, elle comprenne la stérilité de son obstination. Il savait qu'il risquait aussi de la perdre, un autre arriverait peut-être à la séduire. Dieudonné, fidèle compolice, l'avait tenu au courant de sa vie. Elle sortait peu, ne voyait presque personne et avait remis à sa place leur créateur modéliste qui lui faisait une cour assidue. Elle avait aussi refusé la demande en mariage d'un lieutenant du 75e. Romanesque aventure d'un jeune officier qui ne l'apercevait qu'à la messe, faisait de longues stations devant l'usine en espérant la voir sortir – avait parfois ce bonheur –, et lui écrivait. Douze lettres, avait compté Dieudonné, tout en rassurant : « Elle rit en les lisant, et les jette. Il n'y a pas à s'inquiéter. »

Louis-Bertrand et Bathilde ne s'étaient croisés en ville que deux fois. Par malheur, il était en charmante compagnie. Elle avait pâli, puis vite détourné les yeux et accéléré le pas.

– Elle est têtue comme sa grand-mère, disait Donatienne à son fils. Mais pas aussi rancunière. Patiente.

Il avait patienté. En se distrayant sans plaisir. Et il allait tenter, aujourd'hui, de la reconquérir.

La veille, le futur marié avait enterré sa vie de garçon en sa compagnie, à Valence, chez une jolie femme dont le salon était très hospitalier. Il y avait trop bu, s'était efforcé de dissiper les vapeurs d'alcool qui embrumaient son cerveau en rentrant chez lui à pied, et ne s'était pas couché. Un peu de gymnastique, une douche, beaucoup de café, et il se sentait prêt à attaquer l'ennemie.

Il l'avait vue à la minute même ou elle était arrivée dans l'église, derrière la mariée – certainement ravissante, mais dont il ne perçut qu'un nuage blanc.

Elle était là, enfin, sous ses yeux, à sa portée… Mais quelle mode stupide effaçait sa taille, rabotait ses adorables petits seins dont il avait tant rêvé ! Quant à ce chapeau qui cachait ses yeux ! Y voyait-elle seulement ?

Elle y voyait. Elle l'avait vu, lui, dominant le marié d'une bonne tête. Élégant, comme toujours, dans sa jaquette, gibus gris à la main.

Pourquoi lui sourit-elle ? Elle ne le sut jamais. Le sourire était parti tout seul, peut-être poussé par un cœur qui disait : « Ça suffit comme ça. »

Que virent-ils, elle et lui, de ce mariage ?

À la fois tout et rien. Ils entendirent de la musique, des chants, suivirent les allées et venues des mariés et de tant de gens... et firent ce qu'il fallait, mécaniquement.

Ils se retrouvèrent, assis en face l'un de l'autre, à une grande table de repas de noce. Ils mangèrent et burent. Quoi ? Ils ne le surent jamais. Ils se regardaient.

Elle avait enlevé son chapeau. Elle était la seule des quatre jeunes filles d'honneur à n'avoir pas coupé ses cheveux. Ils étaient tirés, massés sur sa nuque. Quand elle se tournait vers ses voisins de droite ou de gauche, pour leur répondre s'il le fallait, il voyait une masse noire et brillante, qui ne lui rappelait plus les longues tresses de « petite Bathilde » mais la parure d'une femme si désirable qu'il en tremblait.

Il devait dire quelques mots, lui aussi, aux deux jeunes personnes qui l'encadraient et qu'il eût été en peine de décrire. À un moment, il regarda sa montre. Quand tout cela allait-il finir ? Quand seraient-ils seuls ?

Dans le brouhaha et la petite bousculade du lever de table, il s'approcha d'elle, la prit par le bras et l'entraîna vers la porte. Ce qui les mena dans la salle de danse. Ils rebroussèrent chemin, trouvèrent enfin la vraie sortie. Là, il hésita :

– Bon Dieu, où ai-je garé ma voiture ?

– Elle est comment ? demanda Bathilde.

– C'est une Citroën noire.

– Alors, nous sommes juste devant.

– Tu viens ?

– Que vont dire les autres ?

– Tu t'en soucies ?

– Non.

Quand elle fut installée, quand il eut refermé la porte sur elle, comme il l'eût fait de celle d'un coffre-fort gardant ce qu'il avait de plus précieux au monde, elle s'écria qu'elle avait oublié son chapeau.

– Il est affreux. Je ne veux plus jamais le voir sur ta tête.

– Où allons-nous ?

– Continuer une conversation interrompue il y a deux ans. Deux ans !... Tu n'auras pas assez de toute ta vie pour expier ce que tu m'as fait endurer pendant ces vingt-quatre mois, ces sept cent trente jours... Tu ne dis rien ?

– Je calcule... et je pense que tu n'auras pas, toi, assez de toute ta vie pour me faire oublier les dix-huit mille heures d'humiliation que j'ai vécues.

Elle ne vit aucun changement dans la maison. Tout semblait exactement comme elle l'avait laissé en s'enfuyant, un certain matin. Elle allait se diriger vers une bergère Louis XVI, mais il l'entraîna dans une autre direction. Où allait-on ? Son regard croisa celui de Louis-Bertrand posé sur elle, lourd d'une étrange douceur et qui la fit frémir. Qu'importait où il la menait.

C'était à sa chambre.

Au pied du lit à baldaquin, près de cet homme qui lui paraissait soudain immense et dans l'épanouissement d'une force qui lui fit presque peur, elle se sentait d'une insignifiance extrême.

Il fermait la porte. Se retournant vers elle, il lut tant de désarroi dans ses yeux qu'il murmura : « Ma toute petite... », et la prit dans ses bras.

Oui, petite, toute petite, elle n'était que cela et rien d'autre.

Elle se laissait déshabiller. Elle n'aurait jamais eu, une seconde fois, le courage de le faire elle-même.

Ils parlaient maintenant, fenêtre ouverte sur la nuit venue, apaisés, heureux. Comme il caressait doucement ses seins, il dit :

– As-tu seulement pensé à ce matin d'il y a deux ans, à l'image obsédante que tu me laissais de toi ? T'es-tu, un seul instant, doutée du désir constant auquel tu me condamnais ?

Elle riait. D'un rire de gorge qu'il lui découvrait aujourd'hui et qu'elle avait eu, par moments, dans l'amour. Elle disait :

– Bien fait pour toi ! Pourquoi m'as-tu repoussée ? Nous avons perdu deux ans, et comme tu en as déjà... Combien, au fait ?

– Trente-quatre. Tu me trouves trop vieux pour m'épouser ?

– Tu ne penses donc qu'au mariage ? Tu sais pourtant que je n'en veux pas.

Stupéfait, il se redressa pour la regarder.

– Répète ce que tu as dit.

Elle répéta.

– Toujours cette vieille histoire qui ne tient pas debout ?

C'était elle, maintenant, qui s'asseyait et disait :

– Qui crois-tu qui la mène, notre affaire ? Ma grand-mère s'absente à présent six mois de l'année et me laisse tout diriger... Parfaitement, ne prends pas cet air sceptique. Cela fait quatre ans que je passe dans tous les services, et je connais tous nos problèmes. Elle décide et j'exécute. Mais peu à peu je vais...

– Ce qui veut dire que tu ne seras libre de vivre avec moi que lorsque tes deux frères prendront ta suite ?

– Sans doute.

– Si on considère qu'ils ont seize ans, on peut, même en étant optimiste, penser que tu as devant toi au moins dix ans... d'esclavage.

– Je ne vois pas ça comme toi. J'aime ce que je fais, Calixte Royer et fils est mon but premier.

– Merci !

– Mais tu mélanges tout ! Mon métier n'a rien à voir avec mon amour. Et toi, tu es mon amour.

– En somme, nous allons vivre comment ? Explique-moi un peu ça.

– Oh ! zut. Je nen sais rien. Comment allons-nous vivre ? Comme nous pourrons. Si tu crois que c'est agréable d'être écartelée entre toi et... le reste ! Tu le sais, je ne peux pas abandonner cette vieille dame, l'usine et l'avenir de mes frères. Je te l'ai dit, dès le début. Je veux t'aimer, sans t'épouser.

Elle se coula dans ses bras, suppliante.

– Je t'aime, aime-moi et ne pensons à rien d'autre. Je t'en prie, je t'en prie...

Après Fougères, Émile se rendit à Limoges. Vincent ne le suivit pas et revint à Romans.

Il était sombre, parlait à peine. Ce ne fut qu'au bout d'une semaine qu'il se confia à Bathilde : « Émile, dit-il, était fait pour le métier, pas lui. »

– Mais tu aimais tant dessiner des chaussures ?

– Mes projets, mes modèles, ne valent rien. J'ai posé la question de confiance à des spécialistes en leur montrant mon travail. Ils ne m'ont laissé aucun espoir. Il paraît que je ne sais même pas dessiner.

– À dix-huit ans, Van Gogh ne savait pas, lui non plus.

– Quel rapport ?

C'était vrai, cela n'en avait aucun. Mais que n'aurait-elle dit pour le réconforter ? Il lui paraissait si pitoyable.

– J'ai pris une décision. Je vais monter à Paris et m'engager comme vendeur chez un grand marchand de chaussures.

– Tu n'y penses pas ! C'est ridicule.

– Ne crois pas ça. On peut se faire, dans ce métier, de très belles situations, devenir gérant de succursales importantes en France ou en Europe. Et plus tard, quand Émile dirigera notre affaire, s'il crée un magasin à Paris, je serai prêt à le gérer.

Il s'animait maintenant et développait une idée qui lui trottait dans la tête depuis quelque temps déjà. Il pensait que les très bons vendeurs-chausseurs devaient tout connaître de la fabrication de la chaussure afin de pouvoir diriger efficacement l'acheteur. Et, puisqu'il savait, lui, comment était construit un soulier, il ferait un parfait conseiller-chausseur apprécié à la fois des clients et du marchand. Quant à faire les vitrines, s'occuper des stocks, voilà qui lui plairait aussi.

« Après tout, pourquoi pas ? » se disait Bathilde.

Vincent décida de parler à Adélaïde.

Elle lisait son bulletin médical quand il frappa à la porte de sa chambre.

Elle l'écouta sans l'interrompre. Puis fit quelques remarques pertinentes et conclut que, s'il ne réussissait pas dans cette voie, ce serait, malgré tout, une expérience profitable. Quand comptait-il partir ? Le plus tôt possible ? Fort bien.

Comme elle se levait et se dirigeait vers le sac où elle serrait l'argent de la maison, il pensa qu'elle allait lui donner un petit viatique pour ses débuts de vendeur.

Elle extirpa, lentement, un billet de cent francs d'une liasse, et dit :

– Quand tu seras à Paris, pousse donc jusqu'à l'Institut Pasteur et essaie de voir ce monsieur Calmette, celui du B.C.G. Dis-lui toute mon admiration et ma gratitude en lui remettant cette offrande de ma part.

Lorsque Vincent vint faire ses adieux à Donatienne, il raconta l'histoire. Ils en rirent tous deux. Et le garçon repartit de chez sa tante avec une enveloppe contenant mille francs.

Quand il l'avait remerciée, elle avait dit : « Ton grand-père aurait fait cela à ma place, s'il avait vécu. Considère que c'est lui qui t'aide, par ma main. »

Vincent ignorait qu'elle se considérait désormais comme la grand-mère des petits-enfants de Calixte. « S'il en avait eu le temps, il me les aurait confiés, eux aussi, comme il m'avait jadis confié Alexandre », se disait-elle.

Les grèves de février 1924 ne firent pas revenir Adélaïde de Cannes. « Il faut maintenant que tu saches te débrouiller seule », téléphonait-elle à Bathilde. Elle hurlait ses ordres dans l'appareil, ne s'étant jamais habituée à baisser le ton en se servant de cette invention qui la ravissait. « C'est exactement comme si j'étais avec toi, petite. Tu me poses ton problème et je te réponds à la seconde ; il n'y a plus de distance ! »

Bien qu'elle n'en ait rien montré, elle savait que Louis-Bertrand était entré dans le cœur de sa petite-fille. Parfois, son regard s'était durci en se posant sur elle, puis elle avait haussé les épaules en marmonnant plus ou moins. Et Bathilde disait à son amant : « Elle finira peut-être par oublier ses vieilles haines », sans y croire tout à fait.

Il y avait de grands changements en vue dans la vie de Louis-Bertrand. Il vendait sa chapellerie et ouvrait, avec un ami de guerre, une banque à Paris. Donatienne approuvait et laissait sa part de l'usine dans la nouvelle affaire. Elle se préparait à emménager dans la petite maison du colonel que laisserait son fils, puisque la sienne serait cédée avec l'usine.

Cette nouvelle orientation conduisit Louis-Bertrand à insister à nouveau pour que Bathilde l'épouse. Et elle avait dû le répéter encore, elle devrait attendre qu'Émile prenne sa place. Mais, désespérée, elle demandait pourquoi il renonçait à la chapellerie et à une affaire qui marchait si bien.

– Jusqu'au jour où elle ne marchera plus.

– On portera toujours des chapeaux.

– Qui peut en être sûr ?

– Tu les vois, les hommes, sans chapeaux ?

Il lui avait alors montré, en riant, une publicité qui disait :

VOUS
QUI SORTEZ TÊTE NUE
VOUS ÊTES
INCORRECT
PARCE QUE INCOMPLÈTEMENT HABILLÉ.
ILLOGIQUE
SORTIRIEZ-VOUS SANS CHAUSSURES, SANS COL,
SANS GANTS ?
DÉSORDONNÉ
POUR PARAÎTRE AVOIR OUBLIÉ VOTRE CHAPEAU.
IMPRUDENT
RISQUANT DE VOUS ENRHUMER.
IMPOLI
CAR VOUS NE POUVEZ SALUER.
SOYEZ HOMME...
PORTEZ UN CHAPEAU.

– Et alors ?

– Tu n'entrevois pas déjà là que, peu à peu, avec tout ce qui change dans notre vie, on va abandonner le port du chapeau ?

– Non.
– Eh bien ! parions !
– Je parie surtout que tu veux quitter Romans...

Mlle Amélie mourut dans sa quatre-vingt-onzième année, alors que ses églantines rouges parcouraient à nouveau les rues de Romans au revers des anarchistes et sympathisants des condamnés à mort Sacco et Vanzetti. Elle léguait sa maison à Bathilde.

Ce fut en demandant à Adélaïde de lui dégager la somme nécessaire pour payer les frais de succession que Bathilde s'aperçut de l'état précaire des finances de Calixte Royer et fils.

– Je ne peux pas te donner ce que tu demandes. Pas en ce moment, petite. Notre saison a été mauvaise, tu le sais. Ce que j'ai comme liquidités m'est absolument nécessaire.

Louis-Bertrand régla l'affaire. Ce qui irrita Adélaïde, mais elle rongea son frein.

Les nouvelles de Vincent étaient intéressantes et réconfortantes. Il travaillait boulevard de la Madeleine, était déjà monté en grade, avait de très grands espoirs d'autres avancements. On envisageait de lui confier la gérance d'une succursale.

Émile revint, après son service militaire.

Son arrivée, un matin, stupéfia ceux qui avaient travaillé à l'usine du temps d'Alexandre, tant il lui ressemblait, dans sa façon de marcher, de parler, de rire, plus encore que physiquement.

Au débotté, il inspecta l'usine. S'attardant à chaque poste, posant des questions, parlant métier avec assurance.

– Vrai, on croirait M. Alexandre revenu, dit un vieil ouvrier, ému.

Dès le premier soir, Émile annonçait à Adélaïde qu'il comptait avoir un sérieux entretien avec elle.

Elle le reçut dans sa chambre. Elle le pria de s'asseoir, mais il resta debout, dominant de toute sa haute taille cette vieille dame allongée sous son édredon rouge.

Il la regardait sans rien dire. Elle ne disait rien non plus. Ils se mesuraient. Enfin il parla :

– Je ne suis pas revenu pour prendre ma place ici. Je vous la laisse. J'ai d'autres projets. Mais je veux ma part de l'affaire. Donnez-moi, en liquidités, ce qui représente le cinquième de Calixte Royer et fils.

Elle prit un temps de réflexion, sans cesser de croiser son regard, et dit enfin :

– Tu choisis très mal ton moment. Je comptais sur cette année pour nous renflouer un peu, or elle est pire que l'année passée.

– Je ne vous en félicite pas.

Le bleu des yeux d'Adélaïde était devenu d'un brillant d'acier. Mais elle dit, calmement :

– Tu peux penser ce que tu veux.

– Aurai-je mon argent ?

– Non.

– J'ai le droit de vous demander des comptes et je peux faire vendre l'affaire pour toucher mon héritage.

– Tu peux.

– Cela ne vous effraie pas ?

– Non.

– C'est ce que nous verrons.

Il partit en claquant la porte.

Elle se leva dès qu'elle fut seule. Elle était parvenue à rester calme devant ce petit voyou... Car ce n'était que cela, un petit voyou. Mais sa rage n'était pas dirigée contre lui. Celui qu'elle haïssait une fois de plus, en ce moment, c'était Calixte.

Calixte qui avait mis l'affaire au nom de son fils et dont les héritiers, un par un, viendraient demander des comptes. Des comptes à elle ! Elle qui l'avait faite, cette maison.

Elle étouffait. Elle sonna Winnie pour avoir une infusion de tilleul. Puis elle se recoucha. Il lui fallait réfléchir. Elle continuait à ne savoir le faire que bien au chaud sous son édredon.

Elle ne pouvait se le cacher, les cinq enfants, tous majeurs maintenant, étaient en droit d'exiger leur part. De Bathilde elle était sûre. Hervine et Chloé, mariées à leurs gantiers, étaient des riches Grenobloises qui ne manquaient de rien. Quant à Vincent, il était content de son sort et serait facile à convaincre dans le bon sens.

Restait Émile, le danger. Et pourquoi voulait-il son argent ?

Dès demain, elle verrait avec sa banque de combien elle pourrait disposer pour le calmer.

Louis-Bertrand installé à Paris, Bathilde ne vivait désormais que pour les fins de semaine passées avec lui, deux fois par mois. Il lui organisait des séjours surprises qui la ravissaient. Il l'attendait à la gare le vendredi soir et lui annonçait, par le menu, le déroulement de leurs réjouissances.

Il avait un appartement, situé à l'angle de la rue de Beaune et du quai Voltaire, avec vue sur le Louvre et la Seine, que son associé, Edmond Barsac, vieux Parisien, lui avait déniché et que Bathilde retrouvait avec bonheur. Elle y laissait sa garde-robe de « femme du monde », offerte par Louis-Bertrand, et s'amusait beaucoup à « changer de peau » dès son arrivée.

La jeune banque Barsac-Derivault n'était encore qu'une petite affaire, mais Edmond, très lancé dans le monde parisien, en avait ouvert les portes au jeune couple. Aussi les fins de semaine étaient-elles soit très mondaines, soit très intimes. Mais toujours, au programme, un circuit touristique. Louis-Bertrand et Bathilde apprenaient Paris ensemble.

Elle lui disait : « Nous avançons dans la connaissance de la ville, comme dans celle de nos corps. Et je me demande si, mariés, nous aurions autant d'infinies découvertes de plaisir. »

Un jour, il la mena à Saint-Julien-le-Pauvre. Ils étaient seuls dans la chapelle. Il sortit deux alliances de sa poche. Il lui en passa une au doigt et lui demanda d'en faire autant pour lui, en disant :

– Laisse-moi croire que nous sommes mariés.

Il s'aperçut, dès son arrivée ce vendredi-là, du souci qu'elle ne parvenait pas à dissimuler. Elle avoua les exigences d'Émile et le peu de trésorerie dont disposait Calixte Royer et fils.

– D'après Adélaïde, même en ne lui accordant que le quart de ce qu'il demande, nous mettons l'affaire en péril.

– Tu as parlé à ton frère ?

– Oui. Il prétend que l'usine, depuis ce qu'il appelle « la régence de la reine mère », est très mal gérée et veut « retirer ses marrons du feu avant qu'ils soient trop grillés ».

– Aimerais-tu que je lui parle ?

– Il n'écoute personne. Il compte, paraît-il, partir pour l'Amérique et ne désire pas y arriver en misérable émigrant. Il veut démarrer là-bas très honorablement.

Ce soir-là, Louis-Bertrand s'efforça de faire oublier ses soucis à la jeune femme. Il l'emmena au théâtre, puis souper et danser. Il lui avait offert, dernièrement, une robe de mousseline fuchsia entièrement rebrodée de perles, de chez Jeanne Lanvin, et un manteau de velours du même ton garni de renards blancs. Comme elle faisait retourner toutes les têtes sur son passage, il lui demanda, pour la vingtième fois, si elle ne voulait pas, enfin, mener la vie brillante qu'il lui faisait ici, sans avoir à rentrer chausser ses sabots à Romans.

Elle sourit, mais ne répondit pas.

Ils dansaient. Il sentait contre le sien son corps ferme et d'une telle douceur à la fois... et il se disait qu'elle ne serait jamais complètement à lui, maudissant son besoin de se dévouer pour une usine et une famille ingrate.

Le prélèvement sur la trésorerie Calixte Royer et fils pour désintéresser, en partie, Émile mettait déjà l'affaire en difficulté. Mais le garçon voulait plus encore. Ce qui lui était proposé était à peine, disait-il, le vingtième de la valeur de l'affaire, et il avait droit au cinquième. Il n'en démordait pas. Adélaïde, de son côté, restait aussi ferme que furieuse.

– Déjà, avec ce que je te donnerai, nous serons étranglés.

Il était aussi furieux qu'elle. Bathilde se gardait bien d'assister à leurs entrevues.

Un soir, Émile frappa, une fois de plus, à la porte de la chambre d'Adélaïde.

Elle l'attendait, raidie, décidée, et toujours aussi furieuse, sous son édredon.

Quelle ne fut pas sa surprise, lorsque Émile lui déclara qu'il acceptait la somme offerte.

« Encore un que j'aurai maté », se dit-elle, quand il la quitta. Elle était satisfaite. Mais irritée à nouveau, elle aurait dû proposer moins encore, et il s'en serait contenté.

Ni elle ni Bathilde ne surent jamais ce qui s'était passé chez Donatienne qui avait demandé à Émile de venir s'entretenir avec elle, et lui avait dit :

– Petit, je ne veux pas que, de là où il est, ton grand-père voie son affaire déclarée en faillite par la faute de l'un de ses enfants. Combien demandes-tu ?

– Seulement mon dû. L'affaire vaut actuellement, parce qu'elle a été mal gérée, aux environs de cinq cent mille francs. J'en veux cent mille, puisque nous sommes cinq héritiers. Ma grand-mère ne m'en propose que vingt mille. Si elle ne change pas d'avis, je m'entendrai avec mon frère et mes sœurs et je ferai vendre.

– Non. Ces quatre-vingt mille francs qui te manquent, je vais te les donner.

– Pourquoi vous ?

– Tu as donc oublié que je suis ta tante ? Et je me considère, même, un peu comme ta grand-mère.

– Vous le ferez, vous me donnerez quatre-vingt mille francs ?

– Tu m'accompagneras, demain, à ma banque et nous réglerons ça.

– Mais... votre fils, enfin votre beau-fils, que dira-t-il ?

– Cet argent que je te donne est à moi, en propre. Mes économies, si tu préfères.

Cette nuit-là, en arpentant la ville – petite promenade pour clarifier ses idées –, Émile conclut que deux vieilles dames venaient donc de régler son sort.

L'une était une sacrée mégère.

De l'autre, il n'était pas loin de penser qu'elle était un peu folle.

Ses pas le menèrent au pied du Jacquemart, près du Cygne-Fontaine. Il s'y rafraîchit le visage et rit, seul dans la nuit. Non, tout compte fait, la tante Donatienne était seulement une originale. Mais plus que sympathique.

La grande crise de 1929 s'étendit comme une aile noire sur Romans. Les faillites se multiplièrent. Le tiers des ouvriers de la ville fut en chômage. Les maisons les plus importantes, les plus solides, réduisirent les heures de travail ou licencièrent une partie de leurs effectifs.

Quand l'ombre noire se profila au-dessus de Calixte Royer et fils, Adélaïde et Bathilde se regardèrent.

La vieille dame était impassible, tête haut dressée, pommettes trop rouges dans un visage trop pâle.

La jeune ouvrait tout grands des yeux incrédules : « Ce n'était pas possible ! Une usine, c'était quelque chose de vrai, de vivant, cela ne pouvait pas disparaître, comme ça ? Cela ne se pouvait pas, n'est-ce pas ? »

La vieille dame, aux pommettes trop rouges, hochait la tête : « Si, cela se pouvait. »

Bathilde demanda à Louis-Bertrand s'il pensait que c'étaient les exigences d'Émile qui avaient précipité la chute de Royer.

– Cela n'a rien arrangé. Mais l'inévitable serait arrivé tout de même. Cette crise va durer et tout ce qui n'est pas solidement soutenu va s'effondrer.

– Et toi ?

– Moi, je me félicite d'avoir vendu ma chapellerie et je ne me plains pas de la marche de ma nouvelle affaire.

– Tu as de la chance.

– Partage-la enfin avec moi.

– Laisse-moi le temps. Il va nous falloir, grand-mère et moi, compter ce qui nous reste. Quand j'aurai tout organisé avec elle, je pense qu'elle retournera à Cannes. Quant à moi, je vais vendre la maison de Mlle Amélie pour avoir de quoi vivre.

– Mais l'usine et les terrains vous rapporteront suffisamment.

– Nous... ne vendons pas.

– Vous ne vendez pas ? Mais pourquoi ?

– Nous pensons... Je pense vraiment que des jours meilleurs reviendront et nous voulons garder nos biens. D'ailleurs, en ce moment, nous vendrions mal.

– Mais la crise va certainement continuer pendant, au moins, trois ou quatre ans.

– Nous patienterons.

Louis-Bertrand soupira. Il connaissait sa Bathilde, quand elle avait une idée...

Il se contenta de dire :

– Tu sais que je suis là pour tout ce dont tu auras besoin.

– Pour le moment, ça peut aller. Et personne ne nous demande de comptes : Vincent a une bonne situation, et mes deux sœurs m'ont écrit de ne pas me tracasser, la ganterie familiale n'a pas de problème.

L'année suivante, Vincent obtint la gérance de la succursale, dans Old Bond Street, de l'une des plus grandes marques françaises de chaussures. Six mois plus tard, il annonçait son mariage avec une jeune Anglaise. Il ne donnait pas beaucoup de détails, il paraissait débordé par son travail, mais très heureux. En post-scriptum, il ajouta qu'il apprenait le français à Cora, sa femme, en lui lisant ses chers *Trois Mousquetaires* !

Dieudonné était agrégé de français-latin-grec. Il vint passer quinze jours à Romans avec ses parents avant de gagner Marseille où il était nommé professeur de lycée.

Josuah, mal portant depuis quelque temps, eut la joie de le revoir avant de mourir à l'automne suivant.

Lorsque Dieudonné revint pour l'enterrement, il en profita pour régler avec Bathilde le problème de ses parents dont elle dut avouer avoir du mal à payer les salaires. Il annonça qu'il se chargeait de leur entretien. Il leur ferait une rente et ils fourniraient désormais un travail plus réduit en échange de la jouissance de leur petite maison du fond du jardin. Il connaissait son Gédéon et sa Winnie, il savait qu'ils ne changeraient rien à leur service et que Bathilde pourrait compter sur eux comme par le passé.

La veille de son départ, sachant qu'il s'en irait très tôt le lendemain matin, il cherchait la jeune femme pour lui faire ses adieux.

– Elle est là-bas, dit Winnie en montrant l'usine.

– Qu'y fait-elle ?

– Elle y va souvent. Elle marche, là-dedans, elle regarde... elle pleure...

Plus de la moitié des machines – qui étaient louées – étaient reparties. N'étaient restées que celles qui appartenaient à l'usine, petits îlots sur une grande mer calme.

Les pas résonnaient dans le profond silence. Seule l'odeur des cuirs survivait, présence nostalgique.

Bathilde était dans le bureau de son père.

Lorsque Adélaïde y travaillait, il était devenu le sien, mais désormais il était à nouveau, pour elle, celui de M. Alexandre.

Elle avait sorti d'une armoire un livre de comptabilité datant de l'époque où sa mère vivait encore et qu'elle n'était, elle, qu'une toute petite fille déjà fascinée par l'usine, où elle venait souvent, tenant la main de son père. Il l'asseyait sur le fauteuil canné qui lui était, pensait-elle, réservé, en disant : « Sois sage pendant que je signe mon courrier et nous irons ensuite faire notre petite promenade. » Cette récompense attendue était d'aller voir les piqueuses de tiges qui travaillaient si vite, si vite... Il y en avait une très jolie, avec de grands yeux tristes. Sa préférée, qui savait si magiquement piquer le cuir, et qui devait être bien heureuse, bien fière de voir ses mains, voletant comme des ailes d'oiseau, accomplir des miracles. Un jour, elle ne l'avait plus vue et appris son départ. Cela avait été un gros chagrin. Des années plus tard, elle avait su qu'elle était morte d'une phtisie, emportée en quinze jours. Encore maintenant, en regardant en direction de sa place d'autrefois, elle pensait à elle.

Tant de présences, pendant tant d'années, avaient meublé ces salles, les avaient fait vivre, tant de fantômes... Toute cette petite humanité, groupée là parce que grand-père Calixte avait eu, un jour, le désir de faire des chaussures...

Elle ouvrit le livre de comptabilité. L'usine marchait bien, en ce temps-là. Et Bathilde soupirait quand Dieudonné arriva.

Se serait-elle attendue, toute à ses souvenirs, à voir entrer le petit garçon de jadis, qui levait vers elle ses yeux inquiets et qu'elle rassurait en l'embrassant, petit fantôme disparu, lui aussi...

Elle regarda Dieudonné comme si elle le découvrait, frappée par sa belle allure, son aisance et la douce chaleur de son regard.

Elle invita à s'asseoir ce bel homme qui repoussait, très loin, l'enfant qui lui prenait la main et qu'elle emmenait se promener par la ville, narguant ceux qui se moquaient d'eux.

Il prit le même fauteuil canné, toujours là, M. le professeur qui parlait à la perfection deux langues vivantes, deux langues mortes, et avait, par son travail incessant et sa belle intelligence, récolté tous les succès. Pensait-il toujours, comme son cher Pline le Jeune, que « la gloire doit être une conséquence, non un but » ? Il n'avait pas cessé d'avancer, elle avait reculé... et l'usine n'était plus.

Il dit, comme s'il devinait sa pensée :

– Tu sais, rien n'est jamais fini.

– Tu le crois ? Tu crois qu'un jour, peut-être...

– Et pourquoi pas ?

– Ai-je tort de vouloir garder l'usine ? Tu sais que c'est moi qui le veux ?

– Je le sais.

– Tu as toujours su ce que je pensais. Comment faisais-tu ?

Rêveuse, elle ajoutait :

– C'est vrai. Nous nous aimions beaucoup. Dieudonné, dis-moi ce que je vais devenir, devine encore.

– Tu as Louis-Bertrand, n'est-ce pas l'essentiel ?

Elle eut un petit soupir, avant de répondre.

– Tu as raison. Et toi, aimes-tu quelqu'un ?

– Non.

– Mais tu te marieras un jour.

– Non.

Elle riait.

– Alors tu deviendras un vieux professeur célibataire ?

– Sans doute.

Il souriait en la regardant tendrement.

Ils se dirent adieu. Quand se reverraient-ils ? Peut-être à Noël ? Il l'espérait.

Elle l'embrassa sur les deux joues.

Elle le regarda s'éloigner. Quel bel homme il était devenu, son petit protégé d'autrefois, celui qui aimait caresser les agnelets, si blancs, de sa petite main, si noire !

Et lui se disait qu'au grand secret de son enfance, qu'il avait baptisé « Des Violettes du Seigneur », s'en ajoutait désormais un autre, plus grand encore et qu'il appelait « Nausicaa ».

C'était en comparant, un jour, la jeune princesse grecque, si belle, si pure, à sa Bathilde qu'il avait soudain compris qu'il aimait son amie d'enfance autrement qu'il n'aurait dû.

Il avait su garder le premier secret. Il saurait aussi garder le second.

Vincent écrivit pour annoncer la naissance d'une petite Albane. Cora désirait connaître sa famille française, et ils viendraient, tous trois, dès que les affaires – qui marchaient au mieux – leur en laisseraient le temps.

Émile, lui, ne donnait aucune nouvelle. C'était préférable, Adélaïde ne voulait plus que l'on prononce son nom. S'il arrivait qu'elle entende, malgré tout, parler de lui, elle continuait à dire : « Ce voyou » ou « ce fieffé coquin ». À sa haine pour sa sœur s'ajoutait celle pour son petit-fils.

L'année suivante, par une torride après-midi, alors que Bathilde préparait une citronnade pour Adélaïde, un taxi s'arrêta devant la maison.

C'était Vincent !

Il tenait sa petite fille de dix-huit mois dans les bras et le chauffeur posait une valise sur le pas de la porte. Mais où était Cora ?

Cora ne viendrait pas voir sa famille de France. Ne viendrait jamais. Elle s'était enfuie, abandonnant enfant et mari.

Il resta deux jours, retrouva sa chambre de garçon, et ses vieux Alexandre Dumas, avec émotion.

Et il repartit. Mais en laissant la petite Albane.

Il ne pouvait s'en occuper. La gérance de son magasin lui prenait tout son temps. Il avait tenté par deux fois de confier l'appartement et l'enfant à une domestique, sans bons résultats, Albane était mal soignée et malheureuse.

Découvrant les conditions de vie assez précaires de sa grand-mère et de sa sœur, il promit l'envoi d'une pension mensuelle. Il pouvait déjà en régler trois mois d'avance. Il viendrait voir sa fille, dès qu'il le pourrait.

Tout s'était passé si vite !

Bathilde se retrouva en charge d'une petite fille avant d'en avoir compris toutes les conséquences.

Quelle serait la réaction de Louis-Bertrand ?

L'attitude d'Adélaïde était aussi un souci. Pourquoi donc l'aïeule avait-elle cette dureté dans le regard quand elle le posait sur l'enfant blonde ?

Si blonde ? Lui rappelait-elle Donatienne ?

Cette toute petite chose, était-ce sa sœur à cet âge ?

Louis-Bertrand continuait à venir à Romans une fois par mois. Bathilde n'allait plus que rarement à Paris. Elle confiait l'enfant à Winnie, en lui recommandant bien... Elle n'avait pas besoin d'en dire plus, Winnie avait compris, avant Bathilde elle-même, que Mme Adélaïde n'aimait pas ce petit ange.

Au cours de l'un de ses rares séjours à Paris, Bathilde découvrit, dans les affaires qu'elle laissait chez Louis-Bertrand, une paire de gants de femme qui n'était pas à elle. Un parfum aussi et qui n'était pas le sien. Puis des bas. Faisait-on exprès de les oublier là, pour montrer qu'on existait ? Mais qui ?

Elle lut, peu après, dans un roman de Colette, une phrase qui lui entra comme un stylet dans le cœur : « Trompe-moi, mais ne me trahis pas. » Qu'était-elle, elle ? Trompée ou trahie ?

Mais par sa faute, elle en convenait.

Un vieux ménage, voilà ce qu'ils étaient désormais, sans s'être mariés.

La petite Albane avait dix ans quand la guerre de 40 fut déclarée.

En juin, alors que l'armistice était proche, les Allemands ordonnèrent l'évacuation de Romans.

Les ponts avaient sauté et, de l'autre côté de l'Isère, Bourg-de-Péage restait aux Français. Ce qui amenait cette dramatique situation : Romans tirait sur Bourg-de-Péage, qui tirait sur Romans !

Il avait donc fallu partir, dans la campagne, en pleine nuit, soudainement. Bathilde n'avait, heureusement, pas à s'occuper de Donatienne restée chez elle. Elle habitait en dehors de la ville et ne tombait pas sous le coup de l'évacuation. Mais eux, où iraient-ils ?

Adélaïde pensa à la ferme de maîtresse Barduc. On s'y rendit dans la vieille Renault qui voulut bien faire encore ce trajet.

L'accueil fut des plus chaleureux.

Pour Albane, ce furent huit jours de vacances dont elle se souvint longtemps.

Maîtresse Barduc était aux petits soins pour sa meilleure cliente, bien que le couple de gens si noirs qui l'accompagnait l'ait fort surprise. Mais ce monsieur Gédéon était très serviable et ne se croisait guère les bras. Et Mme Winnie savait des recettes qui l'intéressèrent. En particulier une certaine confiture de lait.

L'armistice fut signé et on regagna Romans.

En première urgence, disait Adélaïde, il fallait trouver un moyen d'entreposer des réserves alimentaires qu'une perquisition ne puisse pas faire découvrir.

Elle conféra longuement avec Gédéon.

La solution adoptée fut de transformer le petit cabinet de toilette abandonné lorsque la salle de bains avait été construite, il y avait de cela près de quarante ans.

C'était un espace de deux mètres sur trois. Il fallait le rendre invisible. Gédéon proposa de murer la porte et de recouvrir le panneau entier de papier peint.

– Et par où entrera-t-on ?

– Par le plafond, madame Adélaïde. En ouvrant une trappe à l'étage au-dessus, dans le plancher. Un petit escalier en bois et vous y êtes !

Ce fut fait en trois jours. Et on y transporta les conserves de Winnie, les provisions de sucre, de farine, une jarre de beurre salé, une autre de saucisses romanaises conservées dans l'huile et tant d'autres choses... et jusqu'à une caisse d'un vieux cognac dont on pourrait avoir besoin pour se donner un petit coup de chaleur en hiver.

Adélaïde tenait un compte exact de ses denrées et donnait, le matin, ce qui était nécessaire aux repas de la journée, mais avec parcimonie, et après discussions sans fin des menus.

Les locaux de l'usine furent attribués à des réfugiés lorrains. Ce fut bien accepté. C'étaient là des gens paisibles, ne demandant qu'à vivre discrètement en attendant de rentrer chez eux. Et cela évita, en 42, quand Romans fut à nouveau occupé, d'avoir là des Allemands.

Bathilde n'allait plus à Paris.

– Tu es triste ? demandait parfois Albane.

Alors la jeune femme, s'en voulant d'assombrir l'enfant, réagissait. La vie était assez pénible sans qu'elle y ajoutât ses états d'âme.

Elle eut des nouvelles de Vincent par un maquisard qui glissa, un jour, une lettre dans son panier, pendant qu'elle faisait la queue devant la boucherie pour avoir leurs rations de viande.

Vincent disait qu'il avait vu le général de Gaulle qui demandait des volontaires parmi les Français de Londres connaissant particulièrement bien certaines régions pour y participer à la Résistance. Il s'était proposé pour la Drôme et y avait été parachuté. Il essaierait de donner, de temps à autre, un petit billet de santé.

Blessé un jour dans une embuscade, on le conduisit discrètement, une nuit, à l'hôpital de Romans. Il y fut soigné et pansé et, comme on ne pouvait l'y garder, il frappa, deux nuits plus tard, à la porte de la maison.

Où le cacher ? Gédéon pensa à la réserve de Mme Adélaïde.

Mme Adélaïde accepta de mauvaise grâce, mais accepta. Après tout, ce petit Vincent ne lui avait jamais causé d'ennui et avait payé la pension de son enfant jusqu'à ce que ces bandits d'Allemands compliquent tout.

On installa donc le blessé sur un matelas parmi les conserves et les confitures.

– N'en abuse pas, recommanda la vieille femme avant de refermer la trappe. Je vérifierai, j'ai la liste de tout ça.

Albane fit la connaissance de ce père héroïque qu'elle vit repartir avec tristesse.

Adélaïde s'aperçut, après son départ, qu'il avait usé la moitié de sa provision de bougies pour relire ses chers romans d'Alexandre Dumas. Mais il n'avait bu qu'une demi-bouteille de cognac. Ce qui n'était rien en comparaison des trois qui furent ingurgitées par celui qui lui succéda, un officier aviateur anglais qu'il fallut garder là huit jours.

Bathilde avait, parfois, des nouvelles de Louis-Bertrand qui vivait l'occupation allemande à Paris et ne pouvait pas quitter sa banque. Ou ne voulait pas, se disait-elle.

Le dernier billet de Vincent, en date du 23 juillet 1944, fut déposé par un maquisard fuyant le Vercors menacé d'encerclement par les Allemands. Il disait, citant d'Artagnan : « Le jeune mousquetaire était en excellentes dispositions pour trépasser héroïquement », mais il s'efforcerait de survivre quand même. Il fallait avoir confiance, et bientôt on se retrouverait.

Trois divisions allemandes cernèrent le Vercors. Tous les résistants furent décimés. Ceux qui tentèrent de traverser l'Isère furent mitraillés. Vincent fut de ceux-là.

On ne connut que bien plus tard son rôle glorieux dans la Résistance, par Dieudonné avec qui il était en liaison.

Mais Dieudonné n'était pas de ceux qui se vantent de leurs actions d'éclat. Et des siennes on sut peu de chose. « Il avait, dit-il avec simplicité, fait son devoir. »

1948

Les souliers d'or

Quels souliers qu' tu vas t' mettre aux pieds?
Des souliers d'or[1] *!*

1. Negro spiritual, *Fleuve profond, sombre rivière*, *op. cit.*

Gédéon faisait ce qu'il pouvait pour tenter, depuis que les réfugiés lorrains étaient repartis, de récupérer son jardin. Il voulait semer quelques graines de fleurs pour sa chère Mlle Albane. À la place de plants de pommes de terre, pouvait-il faire pousser, enfin, les marguerites ou les pois de senteur qu'elle aimait ? Mais que dirait Mme Adélaïde qui comptait tout, même ici, et verrait les tubercules arrachés ? Il regarda, inquiet, dans sa direction. Elle paraissait somnoler dans son fauteuil d'osier, éventail encore ouvert à la main.

Mme Adélaïde ne somnolait pas. Elle regardait, paupières à demi baissées, Albane, son arrière-petite-fille, ou plus exactement l'épiait. Épiait sur son visage ce qui pouvait lui donner raison.

Tout d'abord, éliminer cette couleur de cheveux, le seul argument, le seul vraiment qui autorisait toutes les sottises débitées.

Donc, si ce n'était qu'elle était blonde, c'est à son arrière-grand-mère Royer qu'elle ressemblait et non à son arrière-grand-tante Derivault. À preuves : pour commencer, son cou si rond, si pur, portant bien droit, bien haut sa jolie tête. C'était là le « port Adélaïde ». Et le teint... De camélia... le « teint Adélaïde »... si cette écervelée ne s'exposait pas tant au soleil, engouement stupide. Puis les yeux, ces yeux de ce bleu étonnant, et le dessin de la bouche, si parfait...

Et à qui tout cela avait-il appartenu avant d'être reporté sur cette jeune fille de dix-huit ans ?

À elle, et à elle seule, Adélaïde Royer, née Berthon. Alors, pourquoi disaient-ils tous : « Elle est le portrait craché de son arrière-grand-tante Donatienne » ?

Parce qu'ils n'étaient que des imbéciles. Cette enfant était la réplique exacte – couleur de cheveux mis à part – de son arrière-grand-mère. Cela dit, une fois pour toutes. Et qu'on ne lui serine plus ces stupidités.

– Tu veux ta citronnade, grand-mère ?

– Il n'est pas encore temps, petite.

Cette enfant ne savait jamais l'heure. À sa décharge, elle n'avait pas vécu entourée d'horloges. Ces horloges, à propos, eh bien, elle n'aurait pas dû les vendre si tôt. Elles valaient maintenant des fortunes. Mais Calixte n'avait jamais su penser à l'avenir. Il aurait dû lui interdire de les bazarder. Elles seraient encore là. On les mettrait en salle des ventes à Paris où elles feraient un bon prix. Voilà qui aurait arrangé les finances.

– Et si je vous lisais votre *Illustration*, grand-mère ?

– Non. J'attendrai Bathilde, elle articule mieux que toi.

Bathilde, précisément, arrivait, avec le goûter d'Adélaïde.

« Celle-là les a, mes cheveux. Mais elle me ressemble moins. Du Charline en elle. Ah ! Je l'aimais bien, ma petite Charline. Dieu me l'a enlevée trop tôt. Elle m'aurait chouchoutée à merveille, elle. »

– Voulez-vous que je vous lise quelque chose, grand-mère ?

C'était Charline qui lisait le mieux... Enfin...

– Lis, ma fille.

– Voulez-vous l'article sur les voitures ? « Peu d'essence, peu d'usure, Peugeot... » On parle toujours de la 202, livrée en berline 4 places ou en coupé découvert, comme avant-guerre.

– Alors, passe. J'attends les nouveaux modèles. Que nous n'achèterons évidemment jamais.

– On parle aussi de Rolls-Royce.

– Français, achetez français ! Je ne sors pas de là, tu le sais. On croirait que tu as oublié que ce sont les chaussures de ce Tchéco-slovaque, ce Bata, qui ont amené la crise qui nous a ruinés.

Albane riait, et disait.

– Comme de toute façon nous n'aurons jamais de Rolls-Royce !

– Ne ris pas comme une sotte.

Mais elle continuait. Un vrai fou rire qu'elle n'arrivait pas à arrêter.

– Je ne sais pas pourquoi je ris, c'est vrai, c'est idiot.

Albane ne savait pas la raison de sa gaieté, mais les dieux peut-être savaient, si c'étaient eux qui avaient mis en route la grande affaire qui commença par un « Oh ! » de surprise de Bathilde, parcourant toujours son *Illustration*, que suivit un autre : « Oh ! ça alors ! »

– Eh bien, quoi ? Vous êtes donc aussi stupides l'une que l'autre, aujourd'hui ?

Bathilde, suffoquée, disait :

– Grand-mère on parle de vous dans L'*Illustration* !

– Tu es folle ?

– Écoutez...

Il résulta de cette lecture qu'un certain E.R. Farell, propriétaire de la plus importante marque de chaussures des U.S.A., la Farell-Shoes, venait de mourir dans un accident d'avion. Il pilotait son appareil personnel et s'était écrasé après avoir heurté une ligne électrique à haute tension. Sa femme, Sandra, interviewée, évoquait l'histoire de son mari, d'origine française. Elle parlait de l'ancêtre, ouvrier lainier de six ans, aux masques bleus ou noirs selon les laines travaillées, d'une limonade toujours espérée et jamais bue, de la botte de cuir rouge brodée en cheveux dite du maréchal Bugeaud, chef-d'œuvre du même aïeul, devenu cordonnier, ainsi que des bottines de mariage de sa fiancée et enfin des chaussures de rêve créées pour de belles clientes américaines... Tout y était !

Adélaïde, stupéfaite, en oubliait sa tartine – et sa barre de chocolat pourtant si rare encore – pour lancer un retentissant : « Ah ! par exemple ! », et ajouter : « Relis-moi encore tout ça », et conclure :

– De quel droit, ils nous volent nos souvenirs, ces Américains ? Et d'abord comment ils les connaissent ?

La réponse à cette question attendait à la grille d'entrée.

Gédéon, qui venait, d'un coup de pioche déterminé et courageux, d'arracher trois plants de pommes de terre, leva la tête. On sonnait, à cette heure ? Deux messieurs ? Qui c'était, ceux-là ?

La voiture d'où descendaient les arrivants, le chauffeur en livrée, allaient impressionner Gédéon, lorsqu'il entendit, avec stupéfaction, qu'on lui parlait anglais. Il répondit dans la même langue. Il allait voir si ces dames pouvaient recevoir MM. Gaskill, avocats de New York.

Elles pouvaient. Elles n'étaient plus à une surprise près !

Dilemme : mais où recevoir ? Dans le jardin ? Dans la maison ?

Le charbon n'était pas encore en vente libre, le salon et la salle à manger étaient occupés par Adélaïde et Albane.

Avec ce côté éternellement frondeur qui la caractérisait, et devant la sobre élégance de ses visiteurs, Adélaïde décida d'accueillir ces étrangers dans la salle commune que l'on ne pouvait s'empêcher de prendre pour une immense cuisine.

Au demeurant, MM. Gaskill and Gaskill en avaient vu bien d'autres et ne s'étonnaient pas facilement... sauf, peut-être, de ces deux Noirs américains, perdus au fin fond de cette province française. Mais là encore, pourquoi pas ?

On leur donna le choix entre une citronnade et un cognac à l'eau. Ils préférèrent le cognac, dont on leur épargna que c'était la dernière bouteille, rescapée de la guerre, que l'on en avait bu cinq avec les réfugiés lorrains pendant les cinq Noël qu'ils avaient passés ici, et une à l'annonce du débarquement. On leur épargna même que Lady Vanessa Rigley avait compensé les trois englouties par l'officier anglais, son mari, par trois splendides plaids en cachemire. On leur épargna, en fait, tout ce qu'Adélaïde débitait chaque fois qu'elle offrait un verre de cognac à quelqu'un, pour la bonne raison que l'arrivée de ces deux messieurs surprenait. On attendait que ce soit eux qui parlent.

Ils le firent.

Et ce fut assez long. Mais quelle histoire !

M. Lester et M. Reginald, son cousin, de la firme Gaskill and Gaskill, étaient parfaitement rodés dans la découpe du déroulement d'un récit. L'un se chargeait de l'exorde, l'autre de la péroraison, et le discours lui-même était scrupuleusement partagé. Leur français était fluide, et s'il arrivait à l'un de ne pas assez vite trouver le terme exact dans cette langue, son cousin et associé y suppléait.

Ce fut M. Lester, l'aîné sans doute, qui débuta.

Donc M. Émile Royer-Farell – eh oui, c'était de lui qu'il s'agissait – venait de décéder dans un accident d'avion (ces messieurs se confondirent, de concert, en condoléances) et continuèrent.

Mrs. Farell disait souvent à son mari que ce sport était dangereux, les petits avions particuliers lui avaient toujours fait peur. Et, ajoutait-elle, lorsqu'on est chargé de famille, il conviendrait de s'en abstenir. Mais M. Émile Royer-Farell était un grand sportif, tous le reconnaissaient. La charge écrasante de ses usines justifiait qu'il compensât ses efforts intellectuels par une dépense physique. La dernière lui avait été fatale. Et MM. Gaskill and Gaskill étaient ici pour donner lecture, à ses héritiers, du testament du défunt.

Ici, M. Reginald prit la parole à son tour et lut :

– « Moi, Émile Royer-Farell, lègue la moitié de mes biens à ma femme Sandra et à mes deux fils Rupert et Calixte. (Petite parenthèse : Rupert né du second mariage de Mrs. Sandra Farell n'était que le fils adoptif d'Émile. Seul Calixte était son enfant légitime.)

« L'autre moitié de mes biens sera répartie entre les membres de ma famille française, en réparation du préjudice que je lui ai causé en l'obligeant à me donner ma part de l'affaire Calixte Royer et fils à un moment qui mettait celle-ci en péril.

« La répartition de cette moitié de ma fortune sera ainsi faite :

« Cinquante pour cent seront à partager entre ma sœur Bathilde Royer, mes sœurs Hervine et Chloé Dutillet et Albane Royer, la fille de mon frère Vincent.

« Les cinquante pour cent restants iront à Mme Donatienne Derivault, en remerciement de l'aide généreuse qu'elle m'a accordée au moment de mon départ.

« Fait à New York le 15 mai 1947. »

Puis ces messieurs entreprirent de développer l'histoire de la réussite fabuleuse d'Émile Royer-Farell.

Celles à qui ce récit s'adressait l'écouteraient-elles vraiment ? Sans doute pas.

Adélaïde parce qu'elle ne décolérait pas. Que ce voyou d'Émile lègue une partie de sa fortune à ses petites-filles était normal. Mais qu'il en fasse autant pour Donatienne, voilà qui relevait de la démence. Et quelle était cette histoire d'aide généreuse ?

Quant à Bathilde et Albane, elles croyaient rêver.

MM. Gaskill and Gaskill n'en continuèrent pas moins leur exposé :

Émile Royer était arrivé à New York en pleine dépression américaine. Ce qui lui avait permis d'investir sa petite fortune française dans une affaire en totale déconfiture, mais dont les locaux et l'équipement étaient de premier ordre. Son propriétaire, Adlaï Farell, venait de mourir et sa veuve, Mrs. Sandra Farell, avait été fort heureuse de pouvoir vendre en cette période difficile.

Émile Royer, en épousant, peu après, la veuve d'Adlaï Farell, était devenu citoyen américain et son nom avait évolué : Émile Royer-Farell puis Émile R. Farell pour n'être plus qu'Émile Farell, président de la Farell-Shoes Company. La première affaire américaine de chaussures.

Tout cela valait bien un second verre de cognac à l'eau !

Et maintenant, ces dames avaient-elles quelques questions à poser ?

Elles en avaient, sans en avoir, elles étaient dépassées par l'événement.

Alors, MM. Gaskill and Gaskill abordèrent la seconde partie de leur mission, dont Bathilde sentit qu'elle était la plus importante pour qui, en somme, représentait les intérêts de Mrs. Sandra Farell. Il s'agissait de savoir comment la répartition de cette fortune était possible sans nuire à la marche de l'affaire. On ne pouvait couper en deux puis en quatre la Farell-Shoes, et il conviendrait de s'entendre, très vite, avec les personnes chargées des intérêts de Mmes Royer, Dutillet et Derivault, sur la meilleure manière de procéder. Mme Antelme Derivault, que MM. Gaskill venaient de voir, avait nommé M. Louis-Bertrand, banquier à Paris, comme étant son représentant. Si Mmes Royer et Dutillet n'y voyaient pas d'inconvénient, et à moins qu'elles n'aient d'autres personnes en vue, M. Louis-Bertrand Derivault pouvait aussi prendre leurs affaires en main.

Bathilde et Albane n'osaient pas regarder dans la direction d'Adélaïde. Elles se contentèrent de dire qu'il leur fallait réfléchir à cela, qui, pour tout dire, les dépassait un peu.

MM. Gaskill comprenaient parfaitement.

Et on en arrivait, maintenant, à la troisième et dernière partie de cette affaire, qui en était la conclusion à la fois familiale et mondaine :

Mrs. Sandra Farell venait de reprendre ses habitudes d'avant-guerre et résidait, en ce moment, à Venise, comme chaque année à cette époque. Elle était très désireuse de connaître sa famille française et la priait de lui faire le grand plaisir de résider, elle aussi et autant qu'elle le voudrait, au palais Darelli qu'elle avait l'habitude de louer six mois par an. Ce séjour s'agrémenterait d'un bal, celui qu'elle donnerait dans un mois, pour couronner une présentation des collections des plus célèbres bottiers dans le monde.

On pourrait peut-être s'étonner d'un tel déploiement de festivités alors qu'Émile Farell n'était mort que depuis deux mois. Mais c'était lui précisément qui avait organisé cette manifestation d'intérêt commercial et il était difficile de décommander les participants qui avaient travaillé une année durant dans ce but. Certes, disait Mrs. Farell, le bal aurait pu être supprimé. Mais il n'était pas très politique de changer quoi que ce soit au déroulement prévu, beaucoup d'artistes bottiers pourraient être déçus ou se sentir lésés. Il y aurait donc défilé des collections et bal.

MM. Gaskill and Gaskill se permirent une mimique de chats gourmands, ce qui fit présager qu'ils seraient sans doute de toutes ces fêtes. Ils annonçaient d'ailleurs que, si ces dames n'y voyaient pas d'inconvénient, les bases de l'exécution des volontés du défunt seraient établies pendant leur séjour à Venise.

Sur ce, ces messieurs se retirèrent, après avoir accepté un dernier verre avec reconnaissance, ce mois d'août était particulièrement chaud dans cette partie de la Drôme.

Hervine et Chloé qui avaient divorcé, cinq ans auparavant, toutes deux, s'étaient installées à Paris. Elles y étaient modistes, à l'enseigne Hervine et Chloé.

Elles téléphonèrent, très excitées. Elles invitaient Adélaïde, Bathilde et Albane à descendre chez elles pour y composer leurs garde-robes. On irait chez les plus grands couturiers, bien entendu. Il fallait, pour ce séjour à Venise, que le clan Royer fasse honneur à la France, face à l'Amérique, et dans la plus belle cité du monde.

Adélaïde se retira très tôt dans sa chambre, pour y ruminer ses rancœurs. Passe encore de n'hériter de rien, mais que Donatienne ait la plus grosse part du gâteau américain, voilà qui était révoltant. Cet Émile, tout millionnaire qu'il ait été, restait un petit voyou... Et maintenant il fallait aller à Paris et à Venise ! Et elle irait partout, quoi qu'il lui en coûte. Elle se devait de surveiller tout ça... tout ce bouleversement. Ses écervelées de petites-filles ne s'en tireraient jamais sans elle. Cette histoire de bal paraissait être un bon petit guet-apens où ces innocentes tomberaient, tête baissée. Et, là-bas, une fois pour toutes, elle dirait aussi son fait à sa sœur, cette intrigante... cette voleuse !

On avait dîné tôt, la nuit n'était pas encore tombée, et Bathilde et Albane avaient décidé d'aller rendre visite à Donatienne.

Elles la trouvèrent dans son jardin, assise près du rosier qu'elle avait planté dès son arrivée dans la maison du colonel, identique à celui d'autrefois, à fleurs blanches ourlées de carmin, en souvenir d'Antelme.

– Je pense à lui très souvent, dit-elle et, se tournant vers Albane, elle ajouta : Sais-tu, mon enfant, que les êtres ne disparaissent tout à fait que si nous le voulons bien. Si je pense à Antelme, je ne le laisse pas mourir complètement. Tu y es ?

– J'y suis. Avec vous, Donatienne, je suis partout où vous voulez.

– Pardi, tu es une autre moi-même ! Tu me ressembles tellement... Viens un peu que je te voie à la lumière... C'est bien ça, et de plus en plus, tout moi à ton âge !

« C'est extraordinaire, se disait Bathilde pensivement en regardant l'une et l'autre. Même maintenant, malgré la différence d'âge, la similitude est frappante... »

– Donatienne, dit-elle, que pensez-vous de ce qui nous arrive ?

– Quoi donc ?

– Mais... le testament !

– Ah ! C'est vrai, c'est triste que ce pauvre Émile soit mort, je l'aimais bien.

– Et cet héritage, si inattendu ?

– Ça, c'est autre chose. Il faut se le dire, cela va nous entraîner beaucoup de complications.

– Que dit Louis-Bertrand ?

– Que c'est l'occasion pour moi de connaître Venise. Il n'a pas osé ajouter « avant de mourir ». Mais ce n'est pas pour cela que j'irai jusqu'à ce palais Darelli.

– Et pourquoi donc ?

– Comment, pourquoi ? Mais pour y montrer les souliers de Calixte ! C'est un défilé de chaussures, à ce que j'ai compris, et des plus belles du monde, il paraît. Alors je vais leur présenter les miennes. Ça m'étonnerait qu'elles ne soient pas les plus merveilleuses... J'ai été bien inspirée le jour où j'ai fait faire une valise pour les transporter. On aurait dit que je savais qu'un jour elles voyageraient.

– Est-ce que tu crois ?... demandait Albane, sur le chemin du retour, sans oser finir sa phrase.

– Qu'elle devient un peu folle ? Non, elle a toujours vécu dans ses rêves, et elle est peut-être plus dans le vrai que nous, qui sait...

Si, de là-haut, Amélie et Josépha avaient tout vu et entendu – sait-on jamais ? –, elles en avaient pour une bonne petite tranche d'éternité à commenter le déroulement des événements.

Qui aurait pu dormir, dans de telles circonstances ?

Pas Adélaïde, qui rumina sa rancœur et sa rage toute la nuit.

Pas Bathilde, qui, passé le bonheur de savoir l'avenir d'Albane réglé par cet héritage, ne pensait qu'à Louis-Bertrand. Il allait accompagner sa mère à Venise, elle l'y reverrait… Quant à la possibilité de rouvrir l'usine avec l'argent américain, elle n'osait pas y songer, il ne fallait pas, c'était un trop beau rêve qui amènerait une déception trop grande s'il s'avérait irréalisable.

Pas Albane, non plus, qui se disait qu'une extraordinaire aventure commençait. Une aventure qui faisait pâlir ce petit projet d'aller visiter la Lorraine, invitée par l'une des familles hébergées dans l'usine, et d'y retrouver François, à Nancy. François, l'ami de ces cinq années de guerre. Ils avaient fait ensemble de longues courses à bicyclette pour transmettre des lettres aux dissidents qui descendaient du Vercors à leur rencontre, et en ramener d'autres à Romans. Ces lettres, serrées sur leur cœur, Dieu qu'ils avaient eu peur d'être surpris avec elles quand les Allemands patrouillaient ! Certes, ils avaient tremblé côte à côte. Mais tout cela était loin maintenant. Les quelques baisers accordés alors à François, aussi…

L'étonnant était que pas une seule de ces quatre femmes, en comprenant Donatienne, n'ait demandé le montant approximatif de l'héritage.

Elles n'y avaient pas pensé.

Mais MM. Gaskill and Gaskill y pensaient, eux, à cette anormale réaction, et ne s'en félicitaient pas. Ils n'auguraient rien de bon d'un tel désintéressement.

Ils téléphonèrent le résultat de leur entrevue à Mrs. Farell. Ils étaient perplexes. Si peu de réaction, chez des personnes qu'on allait inonder sous une pluie de dollars, était assez inquiétant. Elles devaient se réserver de laisser parler leurs hommes d'affaires.

– Comment vivent-elles ? demanda Mrs. Farell.

Un double rire, et Lester dit :

– Dans une cuisine !

Puis Reginald :

– Avec deux domestiques noirs venus de Chicago !

Silence à l'autre bout du fil, par-delà le Grand Canal, et derrière la façade du sublime palais Darelli, tout rose dans le couchant :

– Vous plaisantez ?

– Nullement. Vous ne manquerez pas d'être surprise par ces femmes.

– Comment sont-elles ?

– Fort belles. Quelle race !

Encore un silence et :

– Élégantes ?

– Vous jugerez par vous-même, chère Sandra. Elles ont accepté votre invitation. C'est le seul côté positif, pour le moment. Demain, nous allons voir les deux autres sœurs. Elles habitent Faubourg-Saint-Honoré, celles-là.

Second coup de téléphone, le lendemain, parti de l'hôtel Ritz et arrivant jusqu'au Grand Canal et le sublime palais Darelli, toujours rose dans le couchant :

– Ah ! celles-là savent à quoi s'en tenir ! Par l'ambassade américaine, où elles ont des amis, elles ont appris, grosso modo, la valeur de la Farell-Shoes. Elles étaient frétillantes.

– Comment sont-elles... physiquement ?

– Rousses, très rousses.

– Élégantes ?

– Autant que nous pouvons en juger : extraordinairement.

– Vous pensez que le plus gros danger est chez ces deux femmes ?

– Le danger est partout ! Elles sont six femmes. Qui peut prévoir ce que feront six femmes ?

Bathilde tenta de faire renoncer Adélaïde à ces voyages. Ils seraient fatigants.

– Je me porte parfaitement bien en ce moment, petite.

– Venise n'est peut-être pas un endroit très sain. Dans toutes ces eaux, que de milliards de microbes...

– Je ne boirai que de l'eau minérale, en bouteilles cachetées. Et dis-toi bien, ma fille, que je ne renoncerai pas. Si cette Farell-Shoes existe en fin de compte avec ces millions de dollars, c'est parce que moi, avec mes bons petits sous romanais, j'ai d'abord créé Calixte Royer et fils. Oui ou non ? Et ensuite, c'est mon petit-fils, Émile, qui l'a faite, la première marque américaine de chaussures, oui ou non ? Alors, tu me vois n'assistant pas à ce qui va se passer ?

Hervine et Chloé avaient tout compris.

L'héritage était colossal : la famille Royer volait, sur les ailes de ses anges protecteurs, vers la fortune. La grande, la vraie. Et, dans l'autre camp, on tremblait. Si les Françaises voulaient intervenir dans la gestion de l'affaire, elles le pouvaient. Si elles voulaient faire vendre la Farell-Shoes, elles en avaient le droit.

Pourquoi donc Émile avait-il mis sa femme et ses enfants dans une pareille situation ? Elles entrevoyaient cent raisons aussi croustillantes les unes que les autres.

En attendant de connaître le fin mot de tout cela, il fallait se préparer à ce voyage et à ce bal. Elles allaient s'occuper de tout.

Elles avaient choisi les maisons de couture qui conviendraient le mieux à chacune pour y composer sa garde-robe. On conduirait Adélaïde chez ce cher Worth dont les descendants étaient suffisamment classiques et sauraient ce qu'il lui fallait. Pour Bathilde, elles avaient pensé à Rochas ou Jacques Fath. Et Albane, elle, se devait de suivre le « new-look » de Dior. Quant à elles, fidèles adeptes de Schiaparelli depuis déjà quelques années, elles n'avaient pas à chercher plus loin.

– Mais pourquoi tout ça ? demandait Adélaïde, ne s'intéressant qu'au salon de thé Ladurée, où elle avait bien l'intention de se rendre tous les jours – le magasin de Modes et Frivolités de ses rousses petites-filles était à deux pas de ce palais des douceurs.

– Parce que, grand-mère, si vous arrivez toutes trois en pauvresses, Mrs. Farell vous traitera comme telles. Et puis on ne va pas au bal de l'année sans y être préparé.

– Et qui va payer ?

– Nous. Nous avancerons ce qu'il faudra.

Hervine n'ajouta pas avoir appris de Louis-Bertrand – qu'elle avait contacté – qu'il emmènerait sa mère s'habiller chez Jean Patou.

– Si c'est toi qui payes, allons-y, dit Adélaïde, dont la dernière robe, faite à Romans, devait dater de 1936 ou 1937.

Bathilde, sans vouloir vexer ses sœurs, préférait aller chez Lanvin, où Louis-Bertrand l'avait initiée à la perfection de la haute couture... quand il ne pensait qu'à lui faire plaisir... quand il l'aimait.

– Vous faites donc de si bonnes affaires ? demanda Adélaïde à Hervine.

– Nous avons eu de la chance. Ce que nous avons obtenu de nos maris en divorçant nous a permis de reprendre ce magasin de frivolités qui périclitait. Nous y avons ajouté nos chapeaux, ils ont plu et voilà !

Albane écoutait, regardait et s'interrogeait. Hier encore, on n'avait même pas de quoi lui acheter une nouvelle bicyclette, et aujourd'hui... Et ce Faubourg-Saint-Honoré où elles logeaient en ce moment, dans l'appartement situé au-dessus du magasin HERVINE ET CHLOÉ, et cette rue de la Paix et cette place Vendôme !... C'était sûr, elle allait se réveiller et se retrouver à Romans.

Elle ne commença à croire à la réalité des choses qu'en allant commander sa robe de bal chez Dior, avec Chloé.

Chloé était dans cette luxueuse maison de couture comme chez elle. Audacieusement élégante en tailleur de fin lainage du célèbre rose Schiaparelli, elle semblait connaître beaucoup de gens ici, et disait à une dame, paraissant l'une des souveraines de ces lieux feutrés d'un gris doux rechampi de blanc :

– Il nous faut quelque chose de très, très jeune fille, aérien, angélique, qui aille avec son teint si pur, avec le ciel de ses yeux et avec sa charmante innocence.

– Je vois, je vois, disait la dame.

Alors on fit appeler un mannequin. Une jeune femme arriva, ennuagée de tulle blanc, ceinturée de taffetas pêche-abricot. Et, quand elle virevolta, on aperçut dans son dos un ruissellement de rose thé. C'était superbe.

– Ne cherchons pas plus loin, disait Chloé. Nous y sommes ! Il faudra, tout juste, remplacer le coloris pêche-abricot par du bleu très pâle, les roses thé par des roses blanches et peut-être un peu moins de décolleté et un peu de manches... Mais il faut nous faire ça vite, c'est pour le bal Farell, dans quinze jours.

– Tu es contente, ma chérie ? demandait Hervine ce soir-là. Comme on n'écouterait pas sa réponse, Albane fut dispensée de la donner.

Dès le lendemain matin, elle annonça qu'elle allait voir les antiquités égyptiennes au Louvre, certaine que personne ne voudrait l'accompagner. Les antiquités égyptiennes, en ce moment, chez les Royer, on ne pouvait pas dire que l'on s'en préoccupait vraiment.

À onze heures, elle était chez Dior.

Elle demanda à être reçue par M. Dior. Elle fit passer le petit mot qu'elle avait préparé :

« Albane Royer, nièce de Mrs. Farell, voudrait s'entretenir cinq petites minutes avec M. Christian Dior, au sujet de sa robe pour le bal Farell, au palais Darelli, à Venise. »

– Cinq minutes, pas plus, vint lui dire, très cérémonieusement, une dame en noir à collier de perles, M. Dior vous reçoit entre deux rendez-vous.

Eh bien, ce n'était pas plus difficile que ça ! Le nom de Farell devait être magique.

À cet homme sérieux, grave même, mais qui, soudain, lui adressait un gentil sourire, elle dit tout de suite :

– Monsieur, j'irai très vite et au plus pressé. Voilà : ma tante, hier, pas Mrs. Farell, une autre, d'accord avec l'une de vos dames-directrices, a décidé de bousiller votre « Soir de bal » et de m'habiller en jeune fille – très jeune fille, pure, douce, angélique, innocente... Or, monsieur, ce n'est pas à vous qui révolutionnez la mode en ce moment que je vais apprendre qu'une robe doit correspondre au caractère de celle qui la porte. Vous avez dit ça, un jour, vous en souvenez-vous ? Et moi, monsieur, je n'ai rien d'angélique, à part mes yeux bleus trompeurs et mes cheveux, dits d'or. Si vous me donnez seulement cinq minutes de plus, je vais vous expliquer ça un peu mieux.

– Vous êtes la nièce de Mrs. Farell, m'avez-vous dit ?

– Oui, depuis peu... Enfin, non, depuis toujours, mais je ne le savais pas... elle non plus d'ailleurs. Ah ! c'est que j'en aurais tellement à vous dire... Nous n'allons jamais y arriver en cinq minutes.

À ce moment-là, M. Dior, après avoir à nouveau souri, parla dans la petite boîte noire qu'il avait sur son bureau et dit :

– Qu'on s'occupe de mon rendez-vous suivant, j'aurai un bon quart d'heure de retard.

En très peu de mots, Albane expliqua alors l'héritage, l'invitation au bal et le départ pour Venise. Puis elle en revint à l'essentiel :

– Comme je vous le disais, monsieur, je ne veux absolument pas être costumée en jeune fille sage, nuage de tulle blanc, ceinture bleue... le soi-disant fameux bleu de mes yeux ! Avec ça, j'aurai l'air d'avoir quinze ans... encore qu'à quinze ans... et c'est là que je voulais en venir. Ce que j'ai maintenant à vous dire, peu de gens le savent, presque tous les témoins de l'affaire sont morts, hélas. Pour que vous compreniez, je dois vous expliquer que mon père, parachuté de Londres dans son pays natal, était un résistant. Il a pu venir nous voir, il a passé quatre jours avec moi. Ah ! ce fut merveilleux... nous avons lu *Les Trois Mousquetaires* ensemble... et il m'a laissé deux grenades, au cas où... Vous vous rappelez cette époque, n'est-ce pas, monsieur, elle n'est pas si loin ? Bref, je n'aurai pas eu l'occasion de me servir de ces grenades si...

– Si ? dit M. Dior – tout comme avait dit M. de Tréville, le lieutenant-capitaine des mousquetaires « en fixant sur d'Artagnan un regard si perçant qu'on eût dit qu'il voulait lire jusqu'au fond de son cœur ».

– Si... les résistants n'avaient pas subtilisé un chargement de chaussures destinées à la Milice ! Des chaussures de forme américaine et de couleur acajou. Une première commande, très spéciale, de souliers que seuls les miliciens porteraient. Mais cela, hélas, les dissidents ne le savaient pas. Par miracle, je l'appris. Les Allemands, malheureusement, aussi. Alors quand eux, les résistants, s'amèneraient dans Romans pour faire leur ravitaillement, mine de rien, et ignorant qu'immédiatement ils seraient reconnus à leurs chaussures, vous devinez ce qui se passerait : tout porteur de souliers de forme américaine et de couleur acajou était, forcément, un résistant ! Qu'auriez-vous fait à ma place, monsieur ? J'ai pris ma bicyclette, et je n'ai pas demandé à François, mon habituel compagnon de mission, de m'accompagner, c'était trop risqué. Je ne pouvais entraîner personne dans cette expédition. J'ai mis les deux grenades, à tout hasard, dans le panier accroché à mon guidon et je suis partie en plein jour. Et j'ai pédalé, pédalé... J'étais à deux pas des sentinelles françaises gardant le chemin menant à l'un des camps de résistants, quand une patrouille allemande est arrivée. J'étais déjà descendue de bicyclette et, par malheur, un dissident que je connaissais bien m'avait aperçue et fait signe, et les Allemands avaient tout vu !... Il faut maintenant que vous sachiez, monsieur, que mon père, qui fuyait l'encerclement du Vercors et s'était jeté dans l'Isère pour tenter d'échapper à ses poursuivants, y avait été mitraillé à mort et que ses compagnons, pris sur place, avaient été torturés et massacrés. Alors, monsieur, j'ai lancé mes deux grenades sur la patrouille allemande ! Je ne sais pas combien ils étaient, quatre ?... six ? J'ai prévenu le résistant de l'affaire des chaussures et j'ai fui. Je suis revenue chez moi je ne sais trop comment. Je tremblais, on a cru que j'avais la grippe et on m'a couchée avec des infusions de tilleul. J'aurais plutôt eu besoin d'un verre de cognac... malheureusement le cognac, chez nous à cette époque, ne sortait de sa cachette que dans les grandes occasions... Mais ça c'est une autre histoire... Voilà ! Tout cela, je vous l'affirme, je ne l'ai jamais raconté à personne, mais il fallait que je vous explique que l'innocente jeune fille aux yeux célestes et aux cheveux d'ange, ce n'est pas moi, pas moi du tout... Pensez donc, je ne sais même pas combien d'hommes j'ai tués. Et je ne me vois pas, ennuagée d'ailes blanches et ceinturée de bleu couleur voile de la Vierge Marie. J'aurai l'air de qui là-dedans, vis-à-vis de moi-même ?

– Et comment vous verriez-vous habillée pour le bal de votre tante Farell ?

– Mais... monsieur, c'est vous qui êtes Christian Dior, pas moi. Comment, maintenant que vous savez tout de moi, me voyez-vous, vous ?

Le couturier demanda alors qu'on lui apporte « Soir de bal », la robe choisie par Chloé.

– Nous allons voir ce que cela donne sur... la personne que vous êtes, mademoiselle.

C'était, il fallait bien le dire, sublime, ces flots de tulle blanc en forme de jupe écourtée sur le devant et formant un peu traîne dans le dos, et ce corsage, très décolleté, tenant par deux fines épaulettes, la taille emprisonnée dans une large ceinture d'un satin pêche-abricot qui retombait en très larges pans sur lesquels était jetée une grappe de roses du même ton.

M. Dior regarda, fit marcher, puis tourner, puis marcher encore Albane. Et ne dit rien.

Quand elle fut rhabillée et qu'ils se retrouvèrent seuls, il parla :

– Cette robe est faite pour vous, sans y changer quoi que ce soit. D'ailleurs, soyez rassurée, je ne laisse jamais « bousiller », comme vous dites, mes modèles, je serais intervenu pour éviter cette erreur. Et ce « Soir de bal », en votre honneur, s'appellera désormais « Pour un idéal ». Ne vous inquiétez pas, personne ne comprendra. Personne ne comprend jamais le pourquoi des noms que nous donnons à nos créations. Je pourrais vous dire combien cette robe, à la fois si simple et si pure, vous convient... Mais je veux épargner votre modestie.

Albane souriait.

« À ce sourire de d'Artagnan, M. de Tréville jugeait qu'il n'avait pas affaire à un sot... » Une sotte, en la circonstance.

Comme elle allait partir, M. Dior la rappela :

– Vous savez peut-être que j'aime à créer des « ensembles », où tout s'accorde, se coordonne. Aussi aimerais-je que vous fassiez faire des chaussures dans le tissu pêche-abricot de la ceinture. Des sandales, légères, à barrettes très fines rappelant la finesse des épaulettes de la robe. Voyons, qui peut vous faire ça, et en si peu de temps ?... Essayez Valerio Vali, une espèce de génie, mais si original. J'entends là, aussi bien de talent que de caractère. Si vous lui dites que vous venez de ma part, il y a une petite chance pour qu'il vous reçoive. Mais je ne vous garantis rien. Faites-vous donner, malgré tout, un morceau du satin de la ceinture par ma première, à tout hasard.

« Autre chose, surtout ne mettez pas de roses dans vos cheveux, si jamais cette idée vous venait. Vous nuiriez à la cascade de fleurs qui coule sur les pans de la ceinture... Le mieux serait, si vous en trouvez, l'un de ces beaux peignes en forme de diadème que l'on faisait, autrefois, en écaille blonde. Ce serait parfait dans le blond de vos cheveux et tout à fait assorti à la ceinture et aux fleurs. Mais je doute que vous en dénichiez un, sauf peut-être chez un antiquaire. Ces belles choses d'autrefois n'ont plus cours.

– Je crois que je sais de quoi il s'agit. J'ai une tante qui a exactement les mêmes cheveux que les miens, et son mari lui avait offert un ou deux de ces peignes.

– Il y aura des photos du bal Farell dans tous les magazines, tâchez d'être sur l'une d'elles, cela me fera plaisir de vous y voir.

Elle avait envie de l'embrasser. Elle le fit. Alors, il cueillit, dans le vase qui se trouvait sur son bureau, le petit bouquet de muguet – sa fleur porte-bonheur – et le lui donna.

En marchant dans l'avenue Montaigne, son bouquet de muguet à la main, Albane découvrit, tout à coup et à la fois, que ce devait être du muguet de serre, puis qu'on était en septembre, et combien il lui avait été facile de faire confidence de son énorme secret à un monsieur qu'elle ne connaissait pas... donc à un inconnu, encore que l'on puisse épiloguer, longuement, là-dessus : un homme célèbre comme celui-là qui portait si haut la gloire de la couture française n'était plus un inconnu ! C'était un bienfaiteur public.

Quoi qu'il en soit – et elle débouchait maintenant dans le Faubourg-Saint-Honoré – quoi qu'il en soit, cette affaire de chaussures de l'ignoble Milice aux ordres des Allemands et des deux grenades laissées par son père avant de regagner le maquis, elle s'était juré de ne jamais la raconter à sa famille, et elle l'avait déballée, là, sans même une vraie raison. Il aurait suffi de dire à M. Dior qu'elle le priait d'intervenir pour que l'on ne défigure pas son superbe « Soir de bal » en l'accablant de bleu pâle et céleste, et Chloé, qui n'écoutait pas sa nièce, aurait été obligée d'écouter le premier couturier du monde. Alors, pourquoi ? Que se passait-il en vous par moments qui, en quelque sorte, agissait en dehors de vous ?

Cette réflexion l'aurait occupée tout le long du Faubourg-Saint-Honoré, si les vitrines, rencontrées en chemin, ne lui avaient fait un tort considérable, celle d'Hermès en particulier qui la ramena à une constatation évidente : tout ce qu'elle voyait là relevait de l'art, était de l'art.

Elle regagna HERVINE ET CHLOÉ très excitée, exaltée. Ah ! que la vie était belle !

– Alors, ces antiquités égyptiennes ? demanda Hervine, sans écouter la réponse.

– Superbes !

Valerio Vali avait vingt-cinq ans, et il était new-yorkais.

La race américaine, depuis les fréquents apports italiens, était généreuse de ce type d'homme, mélange bien dosé d'Anglo-Saxon et de Latin, dont on pouvait se demander laquelle des deux origines dominait. L'une et l'autre en fait, aussi bien dans l'aspect physique que dans le comportement.

Valerio Vali ajoutait le charme romain de son père à la rigueur, toute bostonienne, de sa mère. Il était élancé, comme beaucoup de jeunes Américains aux ancêtres venus d'Angleterre, avec un visage bien italien presque basané, dont les durs méplats contrastaient avec la douceur d'un regard brun et chaud.

Des lunettes d'écaille – il était myope –, un complet de flanelle grise et, évidemment, de fort beaux souliers.

Mais Albane ne vit pas grand-chose de tout cela. Ce qui l'impressionna, dès la première minute, ce fut l'air particulièrement ennuyé – par son intrusion ? – et si indifférent à son égard de ce monsieur. Dieu ! le contrariait-elle à ce point en lui demandant dix minutes d'entretien ? M. Dior, le grand M. Dior si occupé, avait été autrement aimable que ce bottier, assez peu connu, en somme.

Elle eut très envie de s'en aller. Mais elle pensa qu'elle décevrait le couturier, si elle ne tenait pas compte de ses désirs. Alors, elle espéra que Valerio Vali voudrait bien se rappeler qu'elle était là, dans son salon, ou ce qui en tenait lieu, à attendre son bon plaisir.

Enfin, il se décidait à parler comme s'il venait de longuement réfléchir pour savoir si cela valait la peine qu'il perdît dix minutes de son précieux temps et dit :

– M. Dior sait pourtant que je ne prends aucune nouvelle cliente, au-delà des vingt – exactement vingt – qui sont mon maximum et pour lesquelles je fais, à chacune, environ douze paires de chaussures par an. Ce n'est qu'à la mort de l'une d'elles que je pourrai en prendre une nouvelle. Mais je veux bien vous mettre sur la liste d'attente.

Ça n'allait pas du tout ! Elle ne venait pas s'inscrire pour des souliers à livrer à son trentième ou quarantième anniversaire. Elle en voulait pour le bal Farell, qui avait lieu dans quinze jours. Pourtant, elle se contint et ne dit rien. Ce qui l'étonna, parce qu'elle venait, en ravivant ses souvenirs pour M. Dior, de se retrouver en jeune guerrière et se disait qu'elle n'allait pas se laisser impressionner par un bottier – fût-il de génie – elle qui avait tué au moins quatre Allemands.

Comme il ne s'attendait pas à ce qu'elle commente ce qu'il venait de lui dire, Valerio Vali continua. Pour prendre rang sur sa liste, il fallait, tout d'abord, qu'elle montre son pied. Il ne pouvait s'intéresser qu'à un pied qui l'inspirerait. Voulait-elle passer se déchausser dans son atelier ? Là encore, il venait d'hésiter, se demandant, sans doute, si elle en valait la peine.

Étonnant endroit que celui où travaillait le maître. Vingt petits meubles, en bois d'acajou, très étroits et à tiroirs, surmontés chacun d'une paire de pieds en plâtre, couraient le long des quatre murs. Au centre, une grande table de travail. Beaucoup d'ordre partout.

À même le sol, un immense vase de porcelaine de Chine bleue débordant d'arums. Et non loin de là, un très féminin petit fauteuil Louis XVI laqué blanc et recouvert d'une soie ancienne aux tons pastel. Sans doute l'une des vingt dames privilégiées s'asseyait-elle là pour un essayage. Valerio Vali y conduisait Albane.

Elle se déchaussa et montra son pied. Elle le savait de forme dite « grecque ». Elle se demanda, avec une envie de rire qui commençait et dont elle redoutait la montée, s'il allait lui dire qu'il n'aimait que les pieds de forme dite « égyptienne ».

Mais il ne dit rien. Il mesurait et prenait des notes dans le plus parfait silence.

Ayant besoin de mettre un nom devant ses écritures et ses chiffres, il demanda :

– Vous vous appelez ?

– Albane Royer, de Romans-sur-Isère (Drôme), adresse : Établissements Calixte Royer et fils... Bien qu'ils n'existent plus.

Ce fut magique ! Cela valait, non, cela dépassait l'énoncé du nom de Farell et de Farell-Shoes !

– Calixte Royer ? répéta Valerio Vali, en proie, semblait-il, à l'incrédulité.

– Oui, Calixte Royer était mon grand-père.

Il y avait de tout dans le regard que Valerio Vali, à travers ses lunettes d'écaille, levait vers Albane, du « C'est merveilleux ! » et autant de « N'auriez-vous pas pu le dire plus tôt ? ». Mais dominait le « C'est incroyable ! ».

Et maintenant, Valerio regardait Albane, la voyait car, elle en était sûre, il ne l'avait pas vue encore, mais à peine effleurée d'un coup d'œil indifférent et ennuyé.

Il regardait, c'était évident, Mlle Royer petite-fille de Calixte. Mais cette demoiselle-là était aussi, elle, Albane, dont soudain il lui plaisait qu'on la dise si belle, si blonde... si ?... que disait-on encore d'elle qui puisse plaire à cet homme ?

– Et qui êtes-vous, par rapport à Émile Royer ?

– Sa nièce, la fille de son frère jumeau, Vincent.

– Et... vous êtes ici pour me demander quoi ?

Quelle question ! Il était vraiment l'original dont avait parlé Christian Dior, ce bottier.

– Mais une paire de souliers... de bal. Pour le bal Farell, à Venise. Au palais Darelli.

– Vous connaissez Sandra Farell ?

– Oui, enfin, pas tout à fait encore. En réalité, je ne l'ai jamais vue. Mais elle est ma tante quand même.

Maintenant Valerio Vali riait. On se demandait bien pourquoi. Mais le rire lui allait bien. Il avait de belles dents, une belle bouche. Et cette bouche disait :

– Je vais vous les faire ces chaussures. J'irai, dès demain, voir votre robe et ce qu'elle m'inspire. Voulez-vous un verre de porto ? Ou plutôt, un jus d'orange ?

Lui donnait-il quatorze ans ?

– Je préfère le porto.

Et il riait encore. Mais pourquoi, grand Dieu ?

En descendant une rue toute en pente dont elle ignorait le nom, elle courait. Non pas qu'elle fût pressée, mais elle avait envie de courir dans la brise légère, se sentant aussi légère qu'elle.

Les passants la regardaient, étonnés mais souriants. Elle avait l'air, avec le Sacré-Cœur en toile de fond, d'un ange jailli de sa coupole.

Elle revint le lendemain, nourrie des rêves qui avaient illuminé sa nuit et illuminaient maintenant son regard. Elle arrivait chez Valerio Vali avec l'envie de voir ses yeux sans ses lunettes. Aussi étrange que cela lui paraisse, c'était ce qu'elle avait envie de faire : lui ôter ses lunettes.

Elle avait découvert, la veille, entre Montmartre et le Faubourg-Saint-Honoré, et plus particulièrement en parcourant la rue de Rivoli – car elle était rentrée à pied chez HERVINE ET CHLOÉ –, que c'était une sacré séduction, chez un homme, qu'un air indifférent, lointain, voire ennuyé. Passé la rue de Castiglione, elle était même allée jusqu'à se demander si cette attitude était valable aussi chez les femmes. Mais elle y avait répondu avant d'avoir atteint la rue Cambon. Même si c'était payant, elle n'en serait jamais capable. Alors, autant n'y plus penser. L'indifférence et elle n'étaient pas compatibles.

Il l'accueillit, à la fois sérieux et souriant. En somme, se dit-elle, du Valerio première manière, avant la révélation Royer, mixé à du Valerio seconde manière, après découverte.

Mais elle ne comprenait pas mieux que la veille pourquoi son nom de famille avait été si magique. Une seule explication : aux États-Unis, les clientes de Calixte Royer avaient dû être plus nombreuses qu'on ne le croyait et le grand-père plus célèbre que la légende ne le disait. Valerio Vali avait dû voir des chaussures faites par lui dans les musées et les avait admirées. Il faisait bénéficier sa descendante de cette admiration. Elle aurait pu demander à Adélaïde quelques explications. Elle s'en était abstenue. Elle voulait garder Valerio Vali pour elle. Et surtout, ne pas en parler devant Hervine et Chloé, qui lui étaient apparues comme des dévoreuses d'hommes. Elles avaient des amants, c'était sûr, et cela ne regardait qu'elles, mais leur façon d'en parler paraissait, sans qu'elle se l'explique vraiment, presque déplaisante. Non. Elle ne leur livrerait pas Valerio Vali en pâture.

Maintenant, il riait de bon cœur en lui disant :

– Nous nous sommes offert une bonne bataille, Christian Dior et moi. À votre propos. Ou plutôt, pour être plus précis, il y a eu combat singulier entre la robe et le soulier. Dior voulait que je vous fasse des sandales, très découpées, dans un certain satin pêche-abricot. Et moi je ne voulais pas.

– Ah ! et pourquoi ?

– Parce que j'ai beaucoup mieux. Une soie ancienne exactement dans les tons de ces deux fruits. Elle devait être, vers le XVIIIe siècle, de coloris très vifs, le temps a passé sur eux et les a sublimés. C'est superbe. Ainsi, dans le dos de votre jupe, vous avez une cascade de roses, et devant, là où elle est écourtée, vous montrerez des petits souliers qui ont l'air d'être faits des pétales froissées de ces fleurs. C'est le genre de travail que j'aime. Les autres ne m'intéressent pas. Êtes-vous d'accord ?

Oh ! Certes elle l'était !

Mais elle n'avait plus aucune envie de partir pour Venise. On était si bien à Paris.

Mrs. Farell attendait, en début d'après-midi, ce qu'elle appelait la première fournée de Françaises, le clan Royer, les Derivault n'arrivant qu'un peu plus tard dans la journée.

Elle considérait avoir, pour le moment, les atouts de son côté. Elle était reposée, fraîche, élégante, sur fond de palais vénitien dont les splendeurs lui étaient familières et – elle en était persuadée – lui seyaient. Les cinq femmes attendues arriveraient fatiguées, poussiéreuses, fripées, et ne pourraient manquer d'être stupéfaites, voire intimidées, par le sublime Sérénissime.

Elle dut déchanter. La troupe adverse était loin d'être en piteux état, et sa tenue de voyage d'une parfaite sobriété sentait sa haute couture. Évidemment, quand on a Paris sous la main...

– Ainsi, vous êtes ma petite-fille américaine, disait, de but en blanc, la plus âgée des visiteuses, avec un air d'impératrice non détrônée.

– Et vous êtes donc ma grand-mère française ! C'est la surprise que cet imprévisible Émile nous réservait.

Mrs. Farell se mordit la lèvre. Ce n'était pas ce qu'elle avait l'intention de dire. Elle s'en voulut, et ne fut plus que sourires.

On s'étudia, discrètement.

Chez les Royer, on jugea que Sandra Farell avait de la dignité, de l'élégance, point de beauté, mais quelque chose... ce « quelque chose » qui parfois y supplée. Car, si Mrs. Farell n'était pas jolie, on était obligé d'admettre que cela n'avait pas beaucoup d'importance, tant l'ensemble de sa personne touchait à la perfection.

En complément, et en conclusion, Adélaïde pensa, s'en tenant à l'apparence : « C'est une inutile, uniquement préoccupée d'elle-même. »

Bathilde, qui avait croisé la dureté du regard, sentit l'ennemie. Hervine et Chloé, habituées aux clientes américaines souvent difficiles, exigeantes, mais discutant rarement les prix, décidèrent qu'elle avait sûrement du bon et du mauvais. Et Albane avoua qu'elle l'impressionnait.

Cette première entrevue fut brève. Un imposant majordome conduisit les arrivantes à leurs appartements. On se reverrait plus tard. Mrs. Farell s'en excusait, la préparation du bal lui prenant tout son temps.

On s'installa tout en admirant. Que de beauté, que de merveilles ! Il fallait pourtant remettre à plus tard le plaisir de les détailler. L'atmosphère importait plus, pour le moment, que le décor. Adélaïde était de sombre humeur, qu'allait donner la rencontre avec sa sœur ? On devait débattre encore de ce problème.

Quand elles firent le compte du nombre d'années pendant lesquelles leur grand-mère et leur grand-tante ne s'étaient pas adressé la parole, les trois sœurs atteignirent le chiffre effarant de soixante-dix.

Soixante-dix ans durant, Adélaïde avait haï Donatienne, et Donatienne supporté cette haine !

Et les belligérantes allaient, aujourd'hui, se rencontrer, se parler et débattre d'intérêts communs !

Du moins, l'espérait-on.

Adélaïde se reposait en ce moment dans sa chambre. Donatienne n'allait pas tarder à arriver de Paris, escortée par Louis-Bertrand. Avant le dîner de ce soir, qui devait réunir toute la famille, il fallait obtenir que les deux ennemies sinon se réconcilient, du moins se supportent. Cela revenait à s'assurer d'une trêve du côté d'Adélaïde, ce qui ne serait déjà pas facile à obtenir. Grâce à Dieu, aucun problème du côté de Donatienne, on savait qu'elle serait la complaisance même.

Bathilde soupira. « On devait, dit-elle, mettre au plus vite Mrs. Farell au courant de cette complication familiale. » Sachant que la corvée retomberait inévitablement sur elle, il lui apparut soudain que ce qui semblait si normal, ou du moins établi depuis si longtemps à Romans, pourrait s'avérer, ici, assez invraisemblable. Cette vieille histoire de rancunes accumulées, de vindictes mesquines, cette guérilla admise, une fois pour toutes, par les membres du clan Royer-Derivault, était du dernier grotesque dans l'univers de marbre et de splendeurs du palais Darelli et face à cette Mrs. Farell courtoise apparemment, mais en réalité – et on ne pouvait l'en blâmer – si mal disposée à leur égard. Et comment, sans porter atteinte à la dignité des deux vieilles dames, exposer cette affaire, pas toujours compréhensible, et que leurs descendants eux-mêmes n'avaient jamais vraiment clarifiée ?

Quant à travestir la vérité, il ne pouvait en être question, on connaissait suffisamment Adélaïde pour savoir qu'elle allait jacasser indéfiniment et tout révéler à la moindre occasion. Mieux valait ne pas imaginer l'air méprisant de l'élégante dame américaine devant un tel déballage.

S'armant de courage, Bathilde fit demander, par l'imposant majordome, un moment d'entretien à la maîtresse de maison.

Mrs. Farell s'enorgueillissait quelque peu de sa parfaite éducation bostonienne. Néanmoins, si elle ne fit aucun commentaire après l'exposé succinct de la situation par Bathilde, on lisait dans son regard un très net : « Il ne nous manquait plus que cela ! »

Les rancunes de vieilles dames irréductibles, Sandra connaissait : deux de ses cousines octogénaires, pour une histoire de terrains mitoyens, étaient mortes sans s'être, elles non plus, adressé la parole pendant un demi-siècle. Mais c'est avec l'air de la femme la plus civilisée du monde à qui on vient d'exposer des mœurs de sauvages qu'elle demanda :

– Que comptez-vous faire ?

– Organiser la rencontre et, si possible, la réconciliation.

– Quand le ferez-vous ?

– Le plus tôt sera le mieux. Si cela doit mal se passer, il faut qu'il nous reste le temps de nous retourner.

– Leur dissentiment pourrait-il empêcher nos accords ? Mme Royer sait-elle que Mme Derivault hérite en même temps que ses petites-filles ?

– Ce coup-là a déjà été porté.

– Et la réaction ?

– Assez tragique.

– Et depuis ?

– Elle rumine, ressasse. Nous nous demandons si nous devons les laisser seules se retrouver, ou assister à leur rencontre. Ce qui nous inquiète le plus, c'est la canne de ma grand-mère. Nous voudrions éviter, si tout va mal, qu'elle ne la brandisse ou, pis encore, ne frappe sa sœur.

– Vous dites ? Elle en est capable ?

– Elle a fait pire.

Bathilde maintenant s'amusait. Elle aurait juré que cette hautaine Américaine devait envoyer, vers l'au-delà, un cinglant reproche à ce pauvre Émile : « Vous auriez pu me prévenir que vous aviez cette étonnante famille en réserve, tout à fait digne d'agrémenter votre non moins étonnant testament. » Mais Mrs. Farell parvenait à rester parfaitement correcte et même à faire taire ses yeux.

– Où pourrions-nous organiser la rencontre ?

– Je vous propose le *portego*, ce vaste salon dont la splendeur les impressionnera peut-être. À moins que vous ne pensiez que le calme du jardin, avec ses fontaines, ses antiques statues...

Innocente Mrs. Farell, qui croyait les splendeurs de ce monde capables d'intimider Adélaïde ! Bathilde faillit lui dire que le seul endroit qui pourrait vraiment plaire à une femme se fichant éperdument de ce à quoi elle paraissait, elle, tant tenir serait sans doute les cuisines, mais elle s'en abstint.

Donatienne arriva, fringante et joyeuse. Ce voyage ? Une petite promenade.

« Voulait-elle se rafraîchir un peu ? lui demandait Bathilde. Et ensuite voir Adélaïde ? »

Elle disait « oui » à tout, stupéfaite, les yeux clignant devant tant de merveilles. À un moment, elle murmura : « Et j'aurais pu mourir sans voir ça ! »

Et, tout haut :

– Il nous en aura fait des cadeaux, ton frère ! Si jamais je m'étais douté, quand il est venu me dire adieu, qu'il me ferait inviter dans un palais à Venise... Dis-moi, ils sont tous aussi beaux ceux qui sont le long de cette rue en eau ?... Non, dis-moi plutôt, il doit y avoir ici, comme dans les châteaux de chez nous, une chapelle ? Je voudrais aller y faire une petite prière avant d'affronter ma sœur.

– Il y en a une. Tu y prieras parmi des fresques sublimes.

– Comment est Adélaïde ?

– Irritable.

– Sa santé ?

– Superbe. Elle redoute seulement les microbes de l'eau du canal. Nous lui avons juré que ce n'est pas celle-là qui arrive dans les conduites, mais elle se lave les dents et le visage à l'eau minérale. Et comme il n'y a pas, ici, nos marques françaises et qu'elle ne fait pas confiance aux étrangères, voilà un autre sujet de contrariété, pour employer un mot correct.

Bathilde annonça à Adélaïde l'arrivée de Donatienne. Et répéta que, pour ne pas imposer aux Farell l'aspect d'une famille désunie, ce qui compliquerait encore les choses, il était temps de...

– C'est bien, c'est bien, coupa la vieille dame.

Le portego du premier étage avait donc été choisi comme lieu de rencontre des deux sœurs.

Arrivant chacune de leur appartement, elles devaient s'y retrouver, l'une venant du côté nord, l'autre du côté sud du palais.

Il avait été prévu de faire, discrètement, surveiller l'entrevue par Albane. Elle se dissimulerait derrière une porte, à peine entrouverte, pour voir ce qui se passerait sans se laisser voir elle-même.

« En somme, disait la jeune fille, en riant, on ouvre leur cage dorée, et on les fait entrer dans l'arène. »

L'arène, en l'occurrence, était l'un des plus beaux salons de Venise.

Bien que presque toutes les familles de la Sérénissime aient été ruinées au moment de l'effondrement de la Cité, il y avait eu tant et tant de splendeurs dans ces demeures patriciennes qu'il en restait suffisamment pour faire encore de chacun des palais un vrai musée.

Le portego de la casa Darelli était décoré de fresques, de colonnes, de statues, de miroirs somptueusement encadrés, et de tableaux de grands maîtres du XVIe siècle.

Mmes Calixte Royer et Antelme Derivault n'en admirèrent rien.

Le regard de chacune, rivé sur celui de l'autre, n'en bougeait pas. Comme elles voyaient assez mal, elles plissaient les yeux. Férocement chez Adélaïde, sereinement chez Donatienne.

Elles se firent des réflexions presque identiques : « Elle est toujours aussi mince, aussi droite, et nous avons les mêmes cheveux blancs. Ainsi, nous nous ressemblons plus encore qu'autrefois où nos coloris nous différenciaient. »

Avec un rectificatif chez Adélaïde : « Mais je suis toujours la plus belle », et une constatation admirative chez Donatienne : « Elle a toujours son port en majesté, elle mourra la tête haute. »

Ni l'une ni l'autre ne pensèrent à conclure : « Sacrée race que la nôtre ! »

« En fait, se disait Albane, assez réjouie derrière sa porte, il se passe là une étrange chose. Ces deux vieilles dames, qui n'ont jamais pu, de leur vie, contempler tant de splendeurs, les ignorent. Et lesdites splendeurs sont rudement étonnées, elles, d'être dédaignées, pour la première fois depuis des siècles et des siècles qu'elles règnent ici. Leur longue et artistique existence doit être en état de choc. » Et Albane concluait, amusée, qu'elle devait être l'unique arrière-petite-fille et arrière-petite-nièce de dames aussi étonnantes. Elle était, très excitée, dans l'attente des premières paroles qui seraient prononcées.

On n'en était pas encore là.

Les deux sœurs avisèrent deux fauteuils, hauts, larges, de vrais trônes, et s'y installèrent calmement. Ce qui rassura Albane.

Elles furent là comme deux reines, adossées au brocart rouge et au bois doré des sièges. Elles prirent un temps de repos. Non pas pour regarder autour d'elles, mais en elles-mêmes. Et Adélaïde attaqua, sèchement :

– Tu es satisfaite de ton dernier coup ? De ces millions de dollars que tu nous voles ?

– Tu sais bien qu'Émile a voulu me remercier de ce que j'ai fait pour lui. Je ne demandais rien, dit doucement Donatienne.

– Qui te demandait, à toi, de te mêler de nos affaires ?

– En donnant cet argent à Émile, je vous ai évité la vente de votre maison, et une vie difficile.

– Et qui te dit que nous n'aurions pas aimé ça ? Mais tu as toujours voulu tout me prendre, et jusqu'à l'envie que j'aurais eue de lutter, moi, toute seule, pour conserver mon bien.

– ...

– Tu as toujours voulu ce que j'avais : mon mari, mes bottines, mon fils, mes petits-enfants, mes amis... Et tu te croyais forte parce que tu détenais mon secret. Mais ce fameux secret, qui intéresse-t-il maintenant ?

– ...

– Ose me dire que tu n'as pas aimé Calixte.

– Je l'ai aimé. Avant que tu ne l'aimes toi-même. Et tu sais bien que cela n'est jamais allé plus loin. Il n'aimait que toi.

Il y eut un silence qui inquiéta, derrière la porte. Mais tout était calme, et Albane se rassura.

Adélaïde avait simplement besoin d'un temps d'arrêt pour se demander s'il se pouvait que Donatienne n'ait pas su, ou compris, que Calixte l'avait adorée.

Elle regardait autour d'elle, sans voir ni les fresques du XVIe siècle ni les tableaux des grands maîtres.

Ce n'était là, pour elle, qu'un décor auquel elle n'était pas habituée et qui la perturbait. Tout cela ne valait pas un bon lit, un édredon, une douce chaleur, permettant de réfléchir en paix. Ces immensités fraîches et humides, d'une indifférence glaciale, inquiétante même, ne lui convenaient pas. Comment pouvait-on vivre dans tant de marbre, et parmi tant de colonnes et de statues ?

Soudain, ce fut Donatienne que l'on entendit :

– J'ai décidé de te laisser l'héritage entier que m'a octroyé Émile. Je ne me reconnais aucun droit là-dessus. Quand j'ai offert mes économies à ton petit-fils, je lui ai fait un cadeau qui n'était pas, quoi que tu en penses, un placement. Ces dix millions de dollars qui doivent me revenir, je te les donne.

Albane riait, c'était pour le coup que les fantômes des patriciens-marchands peints sur les fresques des murs devaient frémir plus encore. Dix millions de dollars jetés là, par une petite vieille dame qui n'avait même jamais dû voir comment était fait un dollar !

Il fallut un certain temps à Adélaïde pour les avaler, ces dix millions de dollars. Elle se méfiait.

– Tu me donnes ça, comme ça ?

– Non, pas comme ça.

– Ah ! Je me disais bien...

– Oh ! ce que je te demande en échange n'a pas de vraie valeur. Enfin, cela ne se chiffre pas en argent : je veux le cahier de Calixte. Je te le paie dix millions de dollars.

La réponse ne se fit pas attendre. Elle tomba comme un couperet :

– Jamais !

– Réfléchis bien à ce que mes dix millions te permettront de faire à Romans, dans l'usine, combien de machines cela représente.

– J'ai dit : jamais.

Et Adélaïde se leva. L'entretien, pour elle, était terminé.

Pas pour Donatienne. De sa petite voix calme et douce, elle annonça :

– Réfléchis bien. Dix millions de dollars ! C'est beaucoup d'argent. Tu deviens alors la principale héritière, tu peux faire ce que tu veux. Tu es la plus forte, la plus riche... Réfléchis encore.

– Jamais, tu entends, jamais !

Adélaïde prit sa canne et s'éloigna. Puis revint et lança rageusement :

– Ce cahier, qui te dit qu'il existe ?

– Je sais que tu l'as.

– Et si, pour moi, il valait plus que tes millions de dollars ?

– Pour le jeter au feu ? Comme le premier.

Adélaïde, en regardant autour d'elle pour trouver une repartie cinglante, prit conscience des tonnes de marbre et de colonnes qui peuplaient cette immense pièce. Et ce fut pour souhaiter qu'elles écrasent Donatienne, si calme et si sereine dans son fauteuil vénitien, avec son séraphique sourire aux lèvres.

Bathilde informa Mrs. Farell que l'entrevue s'était à peu près bien passée, c'est-à-dire sans drame, mais qu'un autre problème se posait : Mme Derivault ne signerait l'accord préparé par les avocats qu'en échange de certains papiers de famille, d'une valeur uniquement sentimentale, mais auxquels elle tenait assez pour abandonner sa part d'héritage à sa sœur si on lui donnait satisfaction.

La brouille entre les deux vieilles dames n'avait pas étonné Mrs. Farell. Cette nouvelle affaire, en revanche, la sidéra. Avait-elle bien compris ? Mme Derivault renonçait à dix millions de dollars pour obtenir quelques papiers sans valeur ?

« Ces Françaises sont folles ! » dit Sandra à ses deux avocats. Ils étaient, quant à eux, assez perplexes. Le comportement des femmes françaises leur apparaissait, en effet, très différent de celui des femmes américaines. Ils avaient hâte de s'entretenir avec le banquier Louis-Bertrand Derivault et de savoir ce qu'il pensait du contrat préparé pour éviter la vente des actions de la Farell-Shoes par les héritières, dès qu'elles en seraient propriétaires.

– Je ne sais comment les occuper, soupira Sandra. Je me sens loin d'elles au point que les sujets de conversation me manquent... et si je les faisais grimper jusqu'au dernier étage du palais pour qu'elles bavardent avec Livio Darelli ? Elles seront flattées de connaître le vieux patricien. Du moins, je l'espère. Je lui avais d'ailleurs annoncé leur visite.

Un plateau de vermeil, une grappe de raisin muscat, serrée, charnue, dorée à point, un petit pain aussi doré qu'elle et un flacon de marsala, couleur de caramel, jouaient de tous leurs ors dans le soleil.

C'était la collation de son maître que Giuseppe posait sur une table volante, orientant celle-ci de manière que la grande lumière ne vînt pas éblouir Son Excellence lorsqu'elle s'assiérait devant son léger repas. Trop léger, déplorait le vieux maître d'hôtel. Et il soupira. Non seulement ce n'était pas là un vai déjeuner, mais l'assiette de la Compagnie des Indes était ébréchée et les dentelles du napperon et de la serviette n'avaient pas été réparées, bien que la jeune Zolfina ait promis de le faire.

Les deux conflits mondiaux subis par Giuseppe lui avaient appris que, les folies guerrières des hommes enfin calmées, rien ne redevenait jamais comme avant. À l'exception de ceux de sa génération, qui saurait, désormais, ce que devait être le parfait service d'une noble maison vénitienne ?

Et Giuseppe s'éloigna en soupirant à nouveau. D'où qu'il posât ses regards lui venait une souffrance. Où était-elle, la splendeur de l'antique maison Darelli, après ces derniers bouleversements ?

Comme son maître arrivait, le vieux serviteur, sans qu'il y parût, étudia sa démarche. À coup sûr, la crise de goutte se préparait. Une certaine façon de poser le pied gauche, avec moins de fermeté que le droit, qu'avait Son Excellence quand le mal s'annonçait ne trompait jamais.

Troisième soupir. Parce que ce qui achevait de faire la vie plus noire qu'une olive noire, c'était bien la santé du cher *signor*. Demain le pauvre homme hurlerait – comme un cochon qu'on égorge – et ferait plus de vacarme que toutes les sirènes des *vaporetti* et toutes les cloches des églises de Venise réunies.

– Giuseppe, tu prépareras le café pour huit personnes. Nous avons des invitées, dit Livio Darelli.

Et voilà ! Encore une fois elle oubliait que le maître avait absolument besoin de sa sieste.

Elle, l'Américaine, Mrs. Sandra Farell, qui louait le palais, en s'imaginant louer de même son propriétaire. Et elle allait lui amener encore ses amis pour bien leur montrer qu'elle appelait Son Excellence, *carissimo*, ou *Livio dearest* ainsi qu'elle disait, cent fois chaque jour que Dieu faisait.

Comme il grignotait quelques grains de muscat en jetant un coup d'œil autour de lui, Livio Darelli ajouta :

– Tu serviras aussi du marasquin et des *uvetti*[1]... et pourquoi n'y a-t-il pas de fleurs dans les vases ?

– Zolfina n'aura pas eu le temps, elle travaille à la préparation du bal. Et elle aide à faire les chambres des invités de Mrs. Farell. Il paraît que Son Excellence a donné son accord.

– C'est bien, tu peux aller.

– Son Excellence n'a rien mangé.

– Je dînerai mieux ce soir.

D'un pas allègre – après un troisième verre de marsala –, Livio Darelli se dirigea vers l'escalier qu'allaient gravir les visiteuses attendues.

« S'il croit me tromper en marchant vite, se dit Giuseppe, c'est lui qui se trompe. Elle est là, tout près, la goutte. Ce sera, au plus tard, pour la semaine prochaine... parce que, des uvetti, il laissera encore les raisins et ne boira que l'alcool... ah ! *Jesu Maria !*

Comme il passait devant le portrait en pied de la signora Darelli, mère de son maître, Giuseppe s'arrêta un instant pour lui dire, à mi-voix :

– Où allons-nous ainsi ? Eh ! où nous pouvons ! Parce qu'avec tout le respect que je dois à la signora, nous voilà, dettes payées, toujours aussi pauvres que rats d'église, et le palais appartient à l'Américaine pendant les six mois à venir, et nous sommes à peine chez nous à notre dernier étage de repli. Quant à la crise de goutte qui

1. *Uvetti :* raisins secs marinés dans la *grappa*, eau-de-vie italienne.

nous guette, elle arrive au triple galop. Avec les complications, les soucis et le travail qu'occasionne ce bal dans ce qui nous reste de la gloire de jadis, nous ne pourrons même pas être malades en paix.

Aux temps de la splendeur de la maison Darelli, Livio, avec un faste dont on ne cesserait de parler à Venise, avait donné de grandioses réceptions en son palais sur le Grand Canal. On l'avait vu, ces soirs-là, descendre jusqu'au quai recouvert des aubussons qu'il possédait alors, accueillir les plus prestigieux de ses hôtes au sortir de leurs gondoles – souverains étrangers ou princes royaux – puis remonter en haut de l'escalier d'honneur y recevoir les autres invités de moindre importance.

Les étages nobles de sa demeure n'étant momentanément plus à lui, le vieillard attendait, désormais, ses visiteurs sur le palier des combles dont il s'était réservé l'usage.

Ce jour-là, vêtu de flanelle gris anthracite, cravate sombre et gardénia à la boutonnière aussi blanc que sa chemise, le gentilhomme avait encore fière allure, même si, à y regarder de près, le costume n'était plus très frais et le linge habilement reprisé.

L'appartenance de la famille Darelli à la noblesse vénitienne remontait à 1284, sous le doge Giovanni Dondolo, l'année même où l'on avait, pour la première fois, frappé la monnaie de la Sérénissime République, le ducat d'or, ou sequin.

Admis ainsi dans le patriciat à la fois sous le titre si orgueilleusement unique de *Nobile Homo* et sous le signe de l'or, les Darelli auraient dû en avoir leurs finances protégées à jamais.

Mais, de généralissime de la flotte vénitienne, en passant par les honorifiques états de provéditeur, ou de procurateur de Saint-Marc, sans oublier la pourpre cardinalice et les ambassades, ceux de l'illustre maison ne s'en étaient pas moins appauvris au cours du dernier siècle. Ils avaient, sans doute, négligé de mettre en pratique le conseil de l'un de leurs ancêtres – patricien et marchand –, disant à son fils : « Efforce-toi, toujours, d'un ducat d'en faire deux. »

Bien avant la Seconde Guerre mondiale, le vieux gentilhomme ne possédait déjà plus que son palais sur le Grand Canal, domicile et source unique de revenus lui évitant de faire partie de la cohorte des *barnabotti*, ces nobles sans ressources qui, à l'état endémique, avaient toujours existé à Venise.

Si Mrs. Farell avait attendu un an de plus pour occuper la casa Darelli, comme à son habitude, avant tous ces « remue-ménage guerriers », Livio affirmait qu'il n'aurait sans doute pas survécu. Aussi, lorsque sa bien-aimée locataire revint, enfin, se réinstaller à Venise, il ne put lui cacher qu'il était en piètre état, plus fragile encore que ses lustres de verre de Murano que seule la délicatesse de plumeaux de marabout pouvait effleurer sans les briser.

– *Caro mio*, l'Amérique va avoir à nouveau soin de vous, avait dit affectueusement Sandra en lui prenant la main, ajoutant : Elle le fera avec délicatesse, je vous le promets.

Livio reconnaissait que le rôle des dollars de papier vert dans la maison Darelli rejetait désormais, loin derrière lui, celui des ducats d'or. Il faut vivre avec son temps, et *per Bacco !* que c'était bon de vivre quand on avait senti le frôlement de la mort.

Livio espérait donc encore quelques douces années à venir. Non qu'il eût peur de mourir, mais il disait, avec un petit clin d'œil, craindre de retrouver au purgatoire, où il irait sûrement, Domenica, son épouse, qui lui avait déjà imposé, avec sa démente jalousie, un enfer sur terre.

Son âge ? Il voulait l'oublier. Venise et trente-huit petits-cousins le disaient octogénaire. C'était là perfidie, rétorquait Livio, mais la cité des Doges n'était-elle pas la plus médisante ville du monde ? Quant aux petits-cousins, il ne leur avait pas offert la moindre goutte de grappa depuis plus d'un quart de siècle, tant lui déplaisait de voir défiler chez lui cette fourmilière de lointains parents, tous Vénitiens, dont la trop haute stature l'irritait.

Les Darelli, si anciens patriciens de la Sérénissime, étaient grands par maints nobles aïeux, force gloires et vertus (vices aussi, ajoutait encore la médisance). Qu'importait alors d'avoir quelques centimètres de plus ou de moins ? C'était là ce que pensait Livio, mais sa taille trop brève le chagrinait quand même. Aussi faisait-il doubler la hauteur de ses talons de chaussures. Droit dressé sur le mètre soixante-cinq ainsi obtenu, il se sentait déjà mieux, mais pas au point d'avoir à lever le menton vers les petits-cousins, tous si injustement démesurés.

Domenico, son père, veuf lui aussi, avait vécu successivement avec deux maîtresses – les médisances vénitiennes disaient, bien sûr, simultanément. Fort belles, ensorcelantes au point de ne rien pouvoir leur refuser, le jeune Livio n'avait pu les empêcher de lui apprendre leurs langages respectifs, l'une étant anglaise et l'autre française. Elles dormaient maintenant au cimetière de San Michele et il avait longtemps déposé des fleurs sur leurs tombes. Il leur devait bien ça, grâce à elles ses locataires américaines avaient été ravies de pouvoir bavarder sans fin avec lui. Et voilà qu'aujourd'hui il allait, à nouveau, se servir de son français, les dernières invitées de Mrs. Farell attendues aujourd'hui arrivaient de Paris.

Sandra avait dit, la veille :

« Demain, six belles dames venues de France, désireront faire votre connaissance. »

Avait-elle vraiment dit six ? Et belles ?

Le vieux patricien en avait été, à son réveil ce matin-là, tout émoustillé. Des Françaises ! Depuis combien de temps, à cause de cette maudite guerre, n'en avait-il reçu ici ? Mieux valait ne pas compter.

Donc six femmes. Et de la même famille, semblait-il. Mais pourquoi Sandra avait-elle ajouté : « Étudiez-les bien, je vous dirai pourquoi après » ?

Il y aurait eu là quelque chose d'assez excitant si l'Américaine n'avait eu un air soucieux qu'il ne lui avait jamais vu et qui l'inquiétait. Il l'aimait bien, sa milliardaire – la première à n'avoir exigé de lui ni pièce climatisée pour ses fourrures, ni modernisation des salles de bains pour ses femmes de chambre. Aussi acceptait-il volontiers de la contenter en recevant ceux qu'elle tenait à faire défiler sous les combles du palais.

Et maintenant, il attendait l'apparition de ces Françaises. Déjà, il les entendait parler dans l'escalier de cent vingt marches de marbre, d'une assez rude ascension qu'il ne lui déplaisait pas, en général, d'infliger à ses visiteurs.

Il ne manquait jamais d'écouter les voix avant de voir les visages, cela réservait parfois de distrayantes surprises. Il prêta l'oreille. Sandra Farell disait, parlant de lui :

– Il ne descend pas dans les pièces dont il n'a plus la jouissance, si nous voulons le voir il faut aller jusqu'à lui.

Et une voix, très jeune, demandait :

– Il ne sort donc jamais ?

– Jamais pendant mon séjour ici.

– Il ne va ni en ville, ni... ailleurs ?

– Ailleurs n'existe plus pour lui. Il vous dira : « Voyager ? On ne voyage que pour aller à Venise et j'y suis, depuis des siècles ! »

Il entendit un frais et joli rire. La jeune fille – c'en était sûrement une qui s'égayait ainsi – était-elle jolie aussi ? Et Livio se redressa afin de ne pas perdre le moindre centimètre de sa taille. Puis il s'éloigna un peu pour ne pas avoir l'air d'avoir guetté.

Ce fut elle – la jeune fille – qui atteignit la première le palier. Elle était blonde, vêtue de blanc, et belle comme une fleur d'amandier. Dix-sept, dix-huit ans ? Elle lui rappelait la *dosetta*, la petite dogaresse peinte par Longhi, lisse, soyeuse et veloutée à la fois. Mais déjà les autres étaient là qui l'entouraient. Ah, qu'il aimait cela ! Voilà comment il voudrait mourir, enserré dans un bouquet de femmes.

D'un coup d'œil il les situa. Les aînées qui se ressemblaient – l'une marchant avec une canne boitait-elle un peu ? –, deux vieilles dames élancées aux têtes d'une grâce orgueilleuse casquée de neige. Mêmes yeux d'un bleu que l'âge avait cendré mais qui avait dû être éblouissant. Et même délicatesse de traits.

Elles étaient élégantes, avec simplicité, dans la fluidité de fines soies – ce crêpe de Chine dont le nom et la texture l'avaient toujours fait rêver. L'une en gris de perle, l'autre en mauve éteint de violette de Parme. D'identiques rubans de velours noir enserraient leur cou.

Elles avaient dû être superbes, se disait-il. Elles l'étaient encore, comme toutes celles auxquelles Dieu a modelé un visage sur une parfaite ossature que l'âge ne peut détruire.

Les accompagnait – comme les suivantes des reines –, rousses à la quarantaine un peu opulente et l'œil rieur, une autre paire de sœurs, semblait-il. Moins de beauté et de distinction, mais quelle vitalité on devinait chez elles ! Livio aurait juré que ces deux-là se disputaient leurs amants, qu'elles devaient aimer jeunes et fringants autant qu'elles paraissaient adorer les vêtements de couleurs crues.

Gainée de soie noire, le regard vif, précis, suivait lentement, comme à regret, une femme brune encore jeune et offrant, indifférente à sa curiosité d'homme, l'attrait troublant de son indéfinissable personnalité. De ses longues et lourdes paupières s'étirant vers les tempes – quand, soudain, elles voilaient l'or sombre du regard – jusqu'à l'arc tentateur de sa bouche rarement entrouverte sur un éclair blanc, son visage était d'une impassibilité déconcertante. Et ce n'était pas là une attitude de l'instant, mais, on le sentait, le reflet d'un calme parfait et constant que nul battement de gorge émue, nul geste brusque ne contredisait. « Ah ! que n'avait-il vingt ans de moins, se dit Livio, il aurait eu plaisir alors à faire ployer cette nuque trop raide, ce cou si rond, si pur, petite colonne de muscles émouvante dans son fragile orgueil de chair drue. Cela avait toujours été le moment qu'il aimait le plus quand cédait une belle rétive, tête enfin penchée vers lui, consentante. » Alors, soudain, il se sentit las et vieux, et il se tourna vers la jeune fille. « Paternellement », se dit-il, résigné.

Mais, posant à nouveau, et malgré lui, ses yeux sur celle qu'il appelait déjà l'amazone en noir, il la surprit regardant aussi la jeune fille avec une tendresse qui farda tout à coup son visage d'une grande douceur. Étrange femme. Les vibrations qui émanaient d'elle étaient contradictoires, déconcertantes. Qui était-elle réellement ? Il hésitait.

Et quels liens de parenté soudaient ces Françaises entre elles ? Sandra s'était contentée de les nommer sans plus, et il n'avait guère retenu ces noms étrangers...

Il les regardait toujours, allant des unes aux autres.

Les vieilles dames trônaient maintenant dans les deux fauteuils de bois doré et damas ivoire, à haut dossier, qu'elles s'étaient, d'autorité, attribués. Elles dominaient, droites, dignes, la jeune fille assise sur un tabouret à leurs pieds. Les trois autres étaient debout. Mais il lui semblait enregistrer une dissonance, une fausse note. D'où cela venait-il ?

Il se dit : « Il y a quelque chose qui ne va pas. » C'est alors qu'il perçut chez Sandra Farell quelque chose aussi qui semblait ne pas aller.

Il croyait bien la connaître, son Américaine, et voilà qu'il en doutait tout à coup. Qu'y avait-il soudain en elle de changé ? Ressentait-elle de l'irritation à être confrontée à ces six Françaises vêtues avec raffinement, et qui étaient belles ou l'avaient été ? Sans doute pas, car il se souvenait d'un soir où, s'étant laissée aller à faire une orgie d'uvetti, Sandra avait avoué : « Je ne suis pas une beauté, Livio, je le sais, mais reconnaissez que je suis mieux que ça. » Il avait reconnu, de bonne grâce.

Plus il y réfléchissait, plus il sentait que l'affaire – il y en avait sûrement une – dépassait des rivalités de femmes. Il s'agissait donc de comprendre pourquoi Sandra avait invité ces femmes qu'elle ne paraissait guère porter dans son cœur ? Il commençait à entrevoir que ce devait être pour une raison très précise.

Sur ce mystère voletaient sourires de commande et paroles courtoises.

Certainement, ces dames redescendues dans leurs appartements, Sandra s'expliquerait et il saurait tout.

Alors, ils parlèrent du bal qui se préparait, au premier étage du palais.

Comme celles qu'il appelait déjà « les joyeuses commères », l'une en vert vif, l'autre en rose ardent, lui demandaient si la fameuse *bauta*, le costume vénitien du Carnaval qu'elles comptaient revêtir ce soir-là, était toujours noire ou pouvait exister en coloris plus réjouissants, il répondit que ce vêtement était sombre parce qu'il devait rappeler aux Vénitiens la présence constante de la Mort. Mais, ajouta-t-il en souriant, rien n'interdisait d'en porter des roses ou des verts.

Sans en avoir l'air, comme par hasard, il était allé jusqu'à la cheminée dont le devant de marbre surélevé de quelques centimètres les lui ajoutait généreusement. Et il bavardait, dominé par le portrait en pied de sa mère en tenue de bal, peint par Boldini. Elle était là, frileusement drapée de soie mordorée ourlée de zibeline. Brune comme avait dû l'être son fils et avec la même douceur sombre et veloutée de l'œil. C'était le seul tableau qu'il emportait avec lui dans sa retraite avant l'invasion Farell. Il ne dirait pas à celles qui l'écoutaient combien sa mère avait souffert de l'emprise sur son mari d'une ravageuse créature venue de Chicago, et aurait mieux supporté de voir son palais englouti dans les eaux du Grand Canal plutôt que de surprendre – même de l'au-delà – une Américaine dans sa chambre.

Ils bavardaient toujours. Et Livio se préparait à répondre aux plus classiques des questions... Non, il ne tombait pas trop de gens dans le Canal, bien qu'on n'en sache plus le nombre, au jour le jour, depuis que la Gazette avait abandonné la rubrique quotidienne des noyades. On avait tout juste droit à une statistique en fin d'année. Et encore c'était sans doute pour le seul plaisir de rappeler que c'était ici qu'entre autres choses on avait, il y avait des siècles, inventé la statistique... Oui, c'était vrai, Venise s'enfonçait dans l'eau d'au moins trente centimètres tous les cent ans. Cela lui permettrait d'avoir la seule mort digne d'elle, elle périrait engloutie... Les gondoliers, ils ne changeaient guère depuis des siècles... Leur prestance, leur bagout, leur verve ne se perdaient guère, ne sommeillaient même pas, fouettés qu'ils étaient par les chants tonitruants des sirènes des vaporetti...

Mais il n'eut à faire aucune de ces réponses. Avaient-elles, toutes les six, appris leurs guides de Venise par cœur ? Il s'amusa un instant à les imaginer attentives à la lecture que leur en avait peut-être faite la jeune fille.

Sandra Farell, corsetée dans sa parfaite éducation bostonienne, parlait, de tout et de rien, ne le faisant intervenir que lorsqu'elle le jugeait nécessaire. Alors il put, à nouveau, étudier les Françaises.

Passé le bref intérêt qu'elles avaient accordé à ce qu'il appelait sa résidence secondaire, et à lui-même, elles paraissaient surtout étrangement captivées, fascinées même, par Sandra Farell. Il en ressentit quelque dépit. Parce que enfin ce devait être la première fois qu'elles découvraient une aussi originale décoration. Personne, à sa connaissance, n'avait jamais tendu les murs de son salon avec des toiles de voiles de galéasses datant d'au moins deux siècles.

Quand, en 1936, il s'était résolu à louer la casa Darelli aux Américains, il avait visité le dernier étage du palais – décidant de s'y réfugier – où il n'avait pas remis les pieds depuis son enfance. L'état de délabrement dans lequel il le trouva l'accabla. Murs et sols exigeaient de coûteuses réparations. Et c'était en pénétrant dans les débarras où avaient été entassés les meubles mutilés au cours des ans qu'il avait découvert, les préservant de la poussière, d'immenses voiles d'anciens navires vénitiens aux coloris surprenants. Des gammes de tons allant de la coquille d'œuf aux ocres et aux roux les plus beaux qui soient. Il lui sembla voir là des nuages fabuleux de ciels d'aurore, de crépuscule ou d'orage. Il décida que ces paysages de nuées féeriques que les mers, leurs vagues, leurs embruns et leur sel, les vents et leurs colères, les soleils et leurs ardeurs, avaient peints l'attendaient, ayant dormi là jusqu'à ce qu'il les réveille. Ce qu'il fit.

Et ce fut si beau sur ses murs, ces tableaux dignes des plus grands Turner, qu'il décida d'encadrer tout cela de boiseries dorées. Il n'en manquait pas dans nombre de pièces désaffectées du palais.

Parmi les meubles invalides, mais encore réparables, il en découvrit juste ce qu'il lui fallait pour meubler sa chambre et son salon ; car il ne pouvait être question d'enlever le moindre tabouret dans les étages loués. Ce qui était superflu était vendu depuis longtemps.

Giuseppe fut au désespoir devant ces murs recouverts de vieilles toiles de voiles pleines d'auréoles, de taches et même de traces de rouille. Il suggéra d'en dissimuler quelques-unes sous des gravures raccolées par-ci par-là. Cette compensation lui fut refusée.

Livio était si satisfait de sa retraite qu'il la regagnait avec plaisir dès qu'arrivaient ses locataires. Il rêvait, parmi ces ciels étranges où chaque heure du jour ajoutait ses touches personnelles et éternellement renouvelées.

Il aurait aimé que ces Françaises – sinon toutes, du moins une ou deux – apprécient la beauté de ses murs. Mais il les excusa vite. Si elles ne s'intéressaient pas au décor, elles y ajoutaient tant. Jamais, au cours des nombreuses invasions Farell, son repaire n'avait été à pareille fête. La jeune fille s'enhardissait maintenant et parcourait le salon. Il aima qu'elle laisse, en les caressant doucement, une trace d'elle sur la collection d'objets d'écaille qui s'assortissait si bien avec les brumes rousses des murs et la coupe de raisin muscat doré, posée tout près d'eux par Giuseppe pour que de jolies mains y grappillent. C'est alors que, par un glissement du temps, un souvenir, une vision s'imposèrent à lui et le firent aller vers la jeune fille pour la conduire jusqu'à une fenêtre d'angle ouverte, non sur le Grand Canal, mais sur un petit, à l'arrière du palais.

– Je venais là parfois, lui dit-il, lorsque j'étais enfant. J'aimais faire descendre, au bout d'une longue cordelette, un panier avec cinq sous dedans quand je voyais arriver la sandale, la petite gondole du marchand de fruits. Et un automne, celui de mes douze ans, à l'époque du muscat, comme en ce moment, alors que je remontais mon raisin, mon panier fut arrêté en passant devant la fenêtre de la lingerie. Une toute petite main y saisit une grappe plus grosse qu'elle. Le lendemain et les jours qui suivirent, même aventure. Je laissais faire. Je fus amoureux de cette petite main, avant de l'être de Marcellina tout entière. C'était une fillette de mon âge à qui nos lingères apprenaient leur métier. Notre idylle muette me ravissait. J'attendais mon marchand de raisin dans les transes, redoutant qu'il ne m'oubliât... Plus jamais je n'ai su dire à une femme que je l'aimais avant autant d'élégance, sans en attendre une récompense.

– Et alors ? demanda la jeune fille.

– Et alors ? Eh bien, plus tard elle a épousé le marchand de raisin muscat.

– Vrai ? dit Mrs. Farrell.

– Non... Mais cela aurait dû être, pour la beauté de l'histoire. Je l'ai aimée longtemps, la petite Marcellina. Elle était ravissante, avec son visage de madone malicieuse. Elle peuplait mes nuits et leurs rêves, mes jours et leurs espérances. Un matin, j'ai enfin osé pénétrer dans la lingerie. J'ai effleuré son index, tout piqueté à ravauder notre linge, et j'ai entrevu, pour la première fois, ce que voulait dire le mot *volupté*.

L'une des vieilles dames, celle qui était vêtue de mauve, et avait écouté, murmura :

– C'est le plus bel amour, ce tout premier. Et il ne s'efface jamais.

Sa sœur lui lança alors un regard où le bleu éteint de ses yeux se ralluma soudain. Elle eut aussi un rire bref que Livio jugea un peu grinçant, ce qui l'amena à considérer plus attentivement ces deux femmes, couple étonnant dont il aurait aimé à percer le mystère.

– Vous ne m'aviez jamais parlé de cette Marcellina, dit Sandra, sans sourire, en le quittant.

Gelosa! pensa-t-il, pas mécontent. C'était rajeunissant de rendre encore une femme jalouse à son âge, même s'il ne s'agissait pas vraiment d'amour. Et il aurait peut-être tenté de réparer son impair quand la belle amazone en noir, en lui disant au revoir, ajouta :

– Je me demande, depuis mon entrée chez vous, si vous ne possédez pas, sur les quatre murs de cette pièce, les plus beaux Turner qui soient au monde.

Il prit alors les mains de la jeune femme et les baisa, l'une après l'autre, longuement.

Il les adorait, ces Françaises.

Et s'il avait su qu'en lui parlant ainsi Bathilde pensait à ces Turner que Louis-Bertrand lui avait fait découvrir un jour, à Londres..., ne pensait qu'à Louis-Bertrand qu'elle n'avait pas encore pu voir, Livio n'en aurait été que plus ravi, les belles histoires d'amour, il adorait ça !

Après avoir escorté ses invitées, Sandra était en hâte remontée chez Livio et, son souffle à peine récupéré, demandait à boire quelque chose de très fort.

– Et je vous raconterai tout.

– Giuseppe ! La grappa !

Giuseppe, jaune de dépit, s'exécutait.

– Vous les avez vues, disait Sandra, ces femmes qui sont entrées dans ma vie pour la ravager ? Les deux ancêtres, Adélaïde et Donatienne, les deux follettes, Hervine et Chloé, Bathilde l'intransigeante et la jeune Albane. Et maintenant, écoutez-moi bien, Livio : si ces Françaises le veulent, demain je serai ruinée, ou presque.

Diavolo! Qu'est-ce que cela signifiait ?

Sandra l'expliquait :

– Je n'avais rien voulu vous dire encore. J'essayais d'en parler le moins possible, pour tenter d'oublier. Je comptais, à mon arrivée ici, sur ma joie à revoir Venise après tant d'années d'absence dues à cette guerre... Hélas, Livio, même la beauté retrouvée de votre palais n'a pu me rendre un semblant de sérénité... Voilà donc l'affaire : à la mort d'Émile, nous pensions – nous étions même sûrs – d'hériter mes fils et moi de sa fortune. Or, il a fait un testament en léguant la moitié à sa famille de France, qu'il a soi-disant lésée en quittant sa ville natale pour gagner les États-Unis.

« Cette moitié, Livio, représente non seulement cinquante pour cent de la Farell-Shoes, mais aussi de mon appartement de Park Avenue, de ma résidence d'été de New Port, de celle d'hiver de Sun Valley. Je dois partager tout cela, ne pouvant en racheter la moitié, faute de disponibilités financières suffisantes, paraît-il.

Livio, stupéfait, demanda :

– Mais pourquoi vous mettre dans cette situation difficile ? Qu'Émile ait voulu dédommager sa famille française, on peut le comprendre, mais l'homme d'affaires qu'il était a bien dû envisager les complications qui résulteraient pour vous de ce testament ?

Sandra hésitait. Dirait-elle tout à son vieil ami ? Elle s'y résolut :

– Émile a dû prendre cette décision alors qu'il venait de découvrir la liaison que j'avais, à l'époque, avec un homme que j'avoue avoir aimé... et surtout, il n'était pas sûr que notre fils Calixte Jr fût de lui.

– Et vous ?

– Moi non plus.

Sandra pleurait. Cette femme, dont Livio aurait juré qu'elle devait ignorer ce que c'était de verser une larme, sanglotait et soudain, avec rage, disait :

– Émile employait souvent une expression française que je détestais, que je faisais parfois semblant de ne pas comprendre, bien que nous ayons toujours pratiqué sa langue maternelle à la maison, comme il l'exigeait. Il me disait : « Ça te fera les côtes, ma vieille... » Eh bien ! il me les a faites, les côtes, une fois encore, avec son testament.

Après avoir bu un peu de grappa, Sandra dit en soupirant :

– La plus dangereuse est la vieille dame Adélaïde. Les autres paraissent la redouter.

– Il n'y a plus d'hommes dans cette famille ? Elles les ont tous tués ?

Mrs. Farell n'avait aucune envie de plaisanter. Elle ne rit pas.

D'ailleurs, Livio non plus. L'appauvrissement de sa milliardaire entraînerait le sien. Mais n'y avait-il pas beaucoup d'exagération dans cette affaire ? Comment l'énorme fortune de Sandra, née de la plus importante usine de chaussures des États-Unis, donc du monde, la Farell-Shoes, pouvait-elle être menacée par ces quelques femmes ? Et surtout par deux vieilles dames ? Il les revoyait comme si elles étaient encore là, l'une en soie gris de perle, l'autre en mauve de Parme, leurs rubans noirs autour du cou. S'imposa à lui la vision de leurs regards de ce bleu si doucement estompé, de leur attitude si sereine. Non, Sandra devait se tromper.

Était-ce parce qu'elles avaient son âge que cette Adélaïde et cette Donatienne l'émouvaient ? Et comment le portaient-elles, le poids de leurs longues années de vie ? Pensaient-elles, comme lui, que c'était d'une incroyable légèreté ? Aussi légère qu'une plume de marabout, une existence ? Il lui arrivait de se le dire avec incrédulité et même, parfois, avec effroi.

Alors Livio fit le geste – assez fataliste – de chasser tout cela d'un revers de main. Geste qu'il avait si souvent vu faire à son père en ses dernières années et qui, depuis quelque temps, s'inscrivait aussi dans ses habitudes. Puis il écouta à nouveau Sandra. Ce qu'elle racontait était étonnant, certes, mais il ne parvenait pas à détester le clan des Françaises autant qu'elle. Il faudrait reparler de cela plus tranquillement demain. Il commençait à se sentir fatigué. Faire le beau, le jeune, devant six femmes, cela vous vidait son homme.

Sandra partie, lorsque Giuseppe voulut fermer les rideaux de sa chambre, Livio l'en empêcha. Il voulait s'endormir en contemplant le ciel : « Mauvais pour les rhumatismes, l'air de la lagune », maugréa le vieux serviteur. Mais Livio n'entendait pas. Il regardait les étoiles, comme jadis, lorsqu'il pensait à la petite Marcellina, se disant qu'elle devait les compter, elle aussi. Il voulait s'endormir en se souvenant d'elle et de l'amour le plus pur, le plus complet peut-être, qui ait jamais empli son cœur. Alors il s'efforça de retrouver le visage de la jeune lingère.

Il n'y parvenait pas ; dans sa demi-somnolence, il lui voyait des yeux bleus, de fascinants yeux bleus qu'il essayait de repousser mais qui s'imposaient... Donatienne... Il aimait ce prénom. Et elle lui avait plu, cette vieille dame. Il aurait aimé la connaître quand elle était jeune, elle devait être à la fois éblouissante et douce... Livio aimait la douceur chez la femme.

Avant de s'endormir tout à fait, il rappela Giuseppe :

– Tu ne m'as pas dit ce qu'ils font, en bas.

– Ils boivent du champagne, Excellence, avant de passer à table.

– Ils sont en retard !

– Le monsieur français arrivé de Paris et les deux avocats de Mrs. Farell ont parlé très longtemps.

– De quoi ?

– Zolfina, qui aidait Eduardo à leur servir à boire, dit qu'on n'entendait que le mot dollar, dollar, dollar.

– Quel menu au dîner ?

– Des tas de choses que Votre Excellence n'aime pas trop... mais aussi du *risotto* de langoustines.

– Tu diras au chef de m'en garder pour mon déjeuner de demain, il est meilleur encore réchauffé.

– C'est déjà fait, Excellence. Avant même de passer le plat à table, votre part est mise de côté, en priorité.

Et Giuseppe s'éloigna en grommelant. On n'allait tout de même pas donner des restes à Son Excellence ! Elle était toujours servie la première, comme il se devait, quand un plat lui convenait. Peu importait que Mrs. Farell en soit ou non informée.

Grand dîner casa Darelli.

Mrs. Farell accueillait, officiellement, ce soir le clan français, venu pirater – grâce à la déplorable extravagance de son mari – une famille américaine ne pouvant que se désespérer, pieds et poings liés devant ce tragique abordage.

Ces pirates, elle les attendait dans le superbe salon de l'un des plus célèbres palais vénitiens. Elle était certaine qu'ils allaient y faire piètre figure. Après tout, ce n'était là que de petites gens. Émile, c'était elle qui l'avait « fait ». S'il était devenu un seigneur américain, il le devait à sa femme. Certes, il avait su bâtir sa fortune, et en dix-huit ans à peine, mais elle lui avait appris comment la dépenser avec grandeur et distinction.

Elle se jeta un dernier coup d'œil dans l'un des miroirs qui éclaboussaient les murs de leur luminosité – elle avait fait renforcer l'installation électrique – et s'apprécia. Balenciaga était le premier, sans conteste, de tous les couturiers parisiens. Dior faisait beaucoup parler de lui en ce moment avec son new-look, elle irait voir de quoi il s'agissait à son prochain séjour à Paris, mais elle n'était pas prête à renoncer à ce cher Cristobal qui, seul, savait vous mouler dans un fourreau. Celui qu'elle portait ce soir en crêpe noir et mat était un chef-d'œuvre de précision. Et, comme disait Mme Arlette, première chez Balenciaga : « On pourrait tout juste passer une feuille de papier de soie entre le tissu et votre peau, Mrs. Farell. » Donc, pas question de prendre un gramme. Mais, comme disait aussi cette chère amie Wallis Windsor : « Une femme n'est jamais ni assez mince ni assez riche. »

« Mince, je le suis, se dit Sandra Farell, mais riche, il va falloir combattre pour le rester, et ce sera sans doute plus difficile que de se priver de chocolats. »

Mrs. Farell adorait les chocolats qu'elle appelait ses redoutables « black calories ».

– Tout va bien ? s'informa Sandra auprès d'Alonzo, son majordome.

– Parfaitement, Madame. J'ai transmis aux chefs les ordres de Madame. L'heure de passer à table est encore repoussée de trente minutes.

– Sans problème ?

– Sans aucun problème, Madame.

Sandra ne s'attarda pas, comme cela lui arrivait parfois, à se féliciter de l'allure majestueuse d'Alonzo. Mais elle déplorait, sans oser l'avouer, que son personnel italien ne soit pas, comme celui de Livio, composé de Napolitains. Elle aimait leur habitude d'attribuer le titre d'Excellence à tous les grands qu'ils servaient. Elle n'aurait pas détesté, du tout, s'entendre donner de l'*Eccellenza.*

Ses deux fils la rejoignaient. Elle les regarda traverser le portego. Elle appréciait leur démarche alerte, leur aisance et cette pointe de désinvolture qu'ils savaient déjà, tous deux, arrêter quand il le fallait.

L'aîné avait vingt ans. Le cadet seize. Ils lui ressemblaient. Bruns et longilignes comme elle, mais avec un regard à la fois plus tendre et moins distant. Ils étaient de beaux spécimens d'Américains sportifs et sains. Mais leurs points communs s'arrêtaient là. Rupert tenait de son père, Adlaï Farell, une certaine propension à vouloir être celui dont on s'occupe le plus. Calixte Jr disait de lui ce qu'Alice Roosevelt disait de son père Théodore, le président : « Il veut toujours être celui qui tient la première place : la mort à l'enterrement, la mariée au mariage, le bébé au baptême. » Calixte Jr, au contraire, était indépendant, et moins on s'occupait de lui, plus il était satisfait, tout comme Émile autrefois dont il était peut-être bien le fils. Il avait aussi, comme lui, d'épais sourcils très rapprochés, se rejoignant presque, et le même rapide débit d'élocution.

La situation amusait les deux garçons. Cette famille française qui leur tombait du ciel était intéressante à découvrir. La teneur du testament ne les avait pas affolés. Lester et Reginald Gaskill leur avaient garanti que, même diminuée de moitié, la fortune restait fort belle. Et Calixte Jr avait dit, avec assurance : « Nous arriverons bien, mon frère et moi, à rattraper tout ça, quand nous serons aux commandes de la Farell-Shoes. »

L'aîné était déjà à Harvard, et le cadet se préparait à l'y rejoindre.

Les surprenant à se livrer à leur éternelle plaisanterie sacrilège : jeter leurs noyaux d'olive dans une urne de marbre de Michel-Ange, Sandra pensa à son troisième fils – né, cinq ans avant Rupert, de son premier mariage avec l'homme d'affaires Aldo Vali –, pour regretter qu'il ne séjourne plus jamais ici, comme lorsqu'il était tout jeune... C'était lui, au temps de la première année de la location du palais, qui avait inauguré de lancer les papiers de petits-fours et les noyaux d'olive dans l'urne... Où était-il, en ce moment, son beau, son génial Valerio ? Quelque part dans le monde d'où il donnait bien rarement de ses nouvelles. Elle aurait tant voulu qu'il consente à se joindre aux grands bottiers qui, demain soir, feraient défiler leurs créations dans la salle des fêtes du palais. Mais Valerio avait autant de talent qu'il était peu sociable... Il aurait pu donner son numéro de téléphone... à moins qu'il ne soit en pleine jungle, à tenter de chausser les sauvages... Du temps d'Émile, on le voyait plus souvent. Il avait beaucoup aimé son beau-père. Cela voulait-il dire qu'il l'aimait moins, elle, sa mère ? Lui reprochait-il d'avoir été infidèle à un homme qu'il vénérait ?... C'était d'ailleurs étonnant, cette admiration de sa part pour Émile. Était-ce leur amour commun pour les chaussures ?... Mais Sandra n'alla pas plus avant dans ses réflexions, ses invités arrivaient. Adélaïde en tête et fort élégante ! Qui lui avait fait cette imposante robe de faille gris cendré ? Et elle avait un bien beau bijou accroché à son ruban de cou de velours noir.

Elles étaient, ces dames Royer, beaucoup mieux qu'elle ne l'aurait pensé. Bathilde portait sans nul doute du Lanvin, elle était signée, sa robe blanche perlée. Et les deux modistes avaient raison d'aimer les plus excentriques des modèles de Schiaparelli, ils étaient faits pour elles. Quant à la petite Albane, c'était du new-look, sans aucun doute sa robe de soie bleue à jupe de grande ampleur, très resserrée à la taille et descendant à mi-mollet. Était-ce aussi architecturé que du Balenciaga ? Elle en doutait, mais c'était une mode jeune, évidemment. Peut-être faudrait-il en passer par Dior, désormais. Dès ce bal fini, elle partirait pour Paris. Elle ne pourrait pas regagner New York sans s'être fait une opinion sérieuse sur les récents ukases de la haute couture, en France. Elle avait sa réputation à soutenir.

Sa réputation ! À cet instant, son infortune lui étreignit le cœur. Elle ne serait plus la richissime Mrs. Farell s'il lui fallait vendre son domicile de Park Avenue, ses maisons de New Port et Sun Valley. Elle ne serait plus rien. Cette pensée jeta dans ses yeux une haine qui imprima brusquement une incroyable dureté à tout son visage. Elle en fut si consciente qu'elle abaissa ses paupières pour tenter de dissimuler sa fureur. Elle parvint pourtant à se contenir, rouvrit les yeux et rencontra, à cet instant, ceux d'Adélaïde qui lui parurent diaboliquement ironiques.

Par un suprême effort, elle put sourire à nouveau et faire compliment à « sa grand-mère » de son bijou.

Et Adélaïde, souriante aussi, expliquait que c'était là une pièce historique datant du XVIIIe siècle, un bijou unique en vérité, dont il eût été impossible de trouver la réplique. Il avait été fait à la demande de Louis XVI pour l'une de ses favorites... « Oui, un bijou unique », répétait Adélaïde... quand Donatienne, entrant au bras de Louis-Bertrand, offrit à la vue de tous, et identiquement accrochée à son ruban de cou de velours noir, la même broche !

On put croire, l'espace d'une seconde, que les diamants étaient passés du cou de l'une à celui de l'autre. Il y eut un moment de flottement, hors du temps. Tous ceux qui étaient dans ce portego furent alors aussi figés que les patriciens-marchands peints sur les fresques des murs... Jusqu'à ce que Sandra, avec ce qu'elle appela plus tard, lorsqu'elle faisait le récit de cet événement, « son aisance mondaine tout à fait bostonienne et sa connaissance étendue des bijoux anciens et modernes », dise, suavement :

– Ce sont là, j'imagine, deux pendants d'oreilles montés en broches ? Pièce unique, en vérité, de beauté et de rareté que cette paire de bouquets de fleurs en diamants. Et comme c'est charmant que chaque sœur ait le sien !

Sandra avait vu qu'Adélaïde paraissait furieuse, vexée et assez près de la syncope. Et cela ne lui déplaisait pas, pas du tout.

Adélaïde, en effet, fulminait. Ainsi Donatienne, une fois de plus, lui aurait pris son bien : elle s'était aussi emparée de Gabriel-Marie ! De son meilleur ami, de son confident. Ça, elle allait le payer. Et très cher, beaucoup plus qu'avec les millions de dollars qu'elle abandonnait si généreusement. Et Adélaïde prit sa décision, calmement, froidement. Elle accepterait l'échange proposé. Et Donatienne aurait alors la punition qu'elle méritait. Elle serait bien capable d'en mourir, elle aussi...

Souriante, Adélaïde passa à table avec assurance et sérénité. Comment n'avait-elle pas pensé plus tôt à ce qu'elle aurait dû faire depuis longtemps ?...

Comme la conversation était sans intérêt, elle s'en mêla. Elle allait raconter à celui qui était donc son arrière-petit-fils, à Calixte Jr, comment elle avait roulé les Allemands avec son ingénieuse cachette où résistants et officiers anglais avaient fait des séjours gastronomiques parmi ses conserves et ses confitures.

– Et le cognac ! Ah ! ils l'avaient vite découvert, mon cognac datant de la dernière guerre ! Ainsi que mes abricots secs, si riches en vitamines et qui avaient été aussi fortifiants pour eux que les épinards de votre marin Popeye !

Elle riait. Tous riaient avec elle.

Ces Françaises ! Elles sont étonnantes, étonnantes, disaient les deux Gaskill and Gaskill avec, chacun, une jolie femme rousse à sa droite.

Devant ces évocations, Albane se demanda si elle allait lancer sa petite bombe... ou plutôt ses grenades ? Elle y renonça à temps. Ce n'était pas à ceux-là, assis autour de cette table, qu'elle raconterait la chose. Mais, un jour, à un homme qui créait de merveilleux souliers de bal et dont elle était sûre qu'il lui dirait qu'elle avait bien fait, qu'elle ne pouvait pas laisser massacrer une centaine de vaillants et courageux maquisards du Vercors. Et elle l'emmènerait le visiter, son Vercors, elle raconterait ses héros et leurs souffrances...

Elle avait un peu envie de pleurer... Mais surtout parce qu'elle ne savait pas si elle le reverrait jamais, ce Valerio Vali.

Bathilde et Louis-Bertrand étaient assis côte à côte. Le hasard ? Ce ne pouvait être que lui.

Ils se parlaient peu. Mais ils savaient déjà, ils l'avaient su au premier regard, qu'ils s'étaient, enfin, retrouvés.

Adélaïde, avant de gagner sa chambre, s'arrêta dans la galerie qui desservait leurs appartements, et demanda à Bathilde d'entrer chez elle un instant.

– J'ai réfléchi, ma fille, j'accepte de donner le cahier de Calixte à Donatienne. Il faudrait que quelqu'un nous l'apporte ici, et vite. J'ai pensé à Dieudonné. Fais le nécessaire. Téléphone, dis-lui d'aller à Romans, dans ma chambre, et d'y chercher une petite valise de cuir havane rangée au fond du placard de droite, tout en haut.

– Louis-Bertrand, disait Bathilde, tu vas laisser ta mère se dépouiller pour avoir le plaisir de lire ce que contient ce vieux cahier ?

– Et pourquoi pas ? Ces confidences de l'homme qu'elle a aimé, elle y tient plus qu'à des dollars, plus qu'à sa vie. Si j'avais pu les obtenir d'Adélaïde, il y a longtemps que je les lui aurais offerts, ces fameux papiers...

Bathilde plongea ses yeux dans ceux de cet homme qui renonçait ainsi à un fabuleux héritage, car la fortune de Donatienne reviendrait à ce fils adoptif dont elle avait fait son héritier.

– Je t'aime, tu sais, dit-elle.

Il sortit de sa poche la chaîne à laquelle étaient accrochées quelques clefs, et aussi une alliance, qu'il détacha. Elle sortit de son corsage une petite chaîne où pendait une même alliance.

Ils les échangèrent. Puis se les passèrent au doigt, mutuellement.

Comme elle était dans ses bras, elle s'écria tout à coup qu'il lui fallait appeler Paris, d'urgence.

– Ah non ! tu ne vas pas encore m'échapper !

Ils purent joindre Dieudonné, du grand lit en bois doré de la chambre de Bathilde. Sandra avait fait mettre des téléphones à tous les chevets.

Un plateau de vermeil, une tasse de vieux Chine, une cafetière en argent et un toast au chaud dans une serviette de beau lin blanc.

C'était le petit déjeuner de son maître que Giuseppe posait sur son lit, après avoir fait entrer le soleil dans la chambre.

– Quelles nouvelles d'en bas ?

– Beaucoup, Excellence, ce matin. Et d'abord on s'affaire pour le bal. On dit que les grands bottiers sont arrivés hier au soir. Ils sont logés, comme Son Excellence le sait, à l'hôtel Danieli. Et puis il s'est passé des choses.

– Ah ! Lesquelles ?

– Je vais vous envoyer Zolfina, Excellence, c'est elle qui a vu. Vous savez comme elle est, elle se glisse partout où elle sent qu'il faut aller. Elle est comme attirée par les événements... alors qu'ils ne se sont pas encore produits ; elle va, d'instinct, là où ils vont arriver. Son Excellence comprend ce que je veux dire.

Son Excellence comprenait. Et ordonnait :

– Envoie-la-moi tout de suite. Qu'attends-tu ?

– Que Son Excellence ait mangé son toast, au lieu de le jeter aux mouettes dès que j'ai le dos tourné.

Zolfina arriva, essoufflée, ravie, émue.

– Alors ?

– Alors, Excellence, ce que j'ai vu ce matin c'était plus beau qu'au cinéma. Il faut d'abord que je vous dise que j'ai demandé, en bas, à apporter le petit déjeuner à la signorina Albane. Je l'aime. Elle est si jolie, si gentille, et elle a de si belles robes. Si vous voyez celle pour le bal de ce soir, de ce signor Dior, dont on parle tant !...

Donc, on me donne son plateau avec du chocolat, des brioches et la plus belle rose, que ce chafouin d'Alonzo voulait pour Mrs. Farell, et je me suis sauvée avec. Mais la demoiselle n'était pas chez elle ! Et où était-elle ? Alors j'ai regardé dans sa penderie. On peut deviner, Excellence, où une femme est allée, si on voit ce qui manque parmi ses vêtements. Il manquait la robe en coton à carreaux bleus et blancs, une petite chose comme j'en porte. Donc elle n'était pas loin, j'ai cherché et je l'ai trouvée, dans le jardin, les jupes retroussées et pataugeant dans la grande vasque de la fontaine. Vieux-Persan-Gris la regardait, avec son air, que vous savez, de dire : « Il faut toujours qu'on me dérange, moi, le chat-roi de la maison ! » Mais il regardait quand même parce qu'il devait trouver que c'était joli à voir, les vieilles statues, les vieux bancs de pierre, et les plantes, et les fleurs, et la demoiselle qui jouait dans l'eau de la fontaine.

« J'ai posé le plateau. Et Vieux-Persan-Gris, qui voudrait toujours nous faire croire qu'il vient de se régaler de tous les oiseaux qui lui sont passés sous les moustaches, alors qu'il se déplace maintenant comme un escargot, est venu déjeuner avec elle... Mais je n'arrivais pas à m'en aller, je sentais qu'il ne fallait pas que je parte, je me suis seulement éloignée, un peu. Je suis restée derrière le vieux dieu Pan qui ne peut plus jouer de sa flûte parce qu'elle est cassée, et qui fait semblant. C'est alors qu'un homme est arrivé ! Un homme jeune, en costume que vous dites de voyage, et avec un sac, comme un sac de marin à l'épaule, ce qui n'allait pas avec les beaux vêtements de tweed, ni avec ses lunettes d'écaille, ni avec son air distingué.

« La demoiselle lui tournait le dos elle ne l'avait encore ni vu ni entendu, mais Vieux-Persan-Gris, tout à coup, rajeuni de dix ans, sauta du banc de pierre pour aller se frotter à la jambe de ce monsieur qui connaissait son vrai nom. Et qui lui disait : " Tu es donc toujours là, mon vieux brigand de Bacco ? "

« Alors, Excellence, la jeune fille s'est retournée d'un coup, et elle ne pouvait pas parler. D'émotion, elle était debout, toute droite comme les statues. Et il s'avançait vers elle, lui, cet homme...

– Valerio Vali, dit pensivement Livio.

– Je ne sais pas. Je ne le connais pas. Vous allez me dire que j'aurais dû partir... Mais je ne pouvais pas. Et puis l'Amour, c'est à tout le monde, comme le soleil, alors pourquoi je n'aurais pas regardé l'Amour ?

« Il a ouvert le sac. Et savez-vous ce qu'il en a sorti ?

– Des souliers !

– Vous avez deviné ! Cinq, six paires de jolis souliers, de toutes les couleurs. Et comme elle était pieds nus et mouillés, il les lui a essuyés avec la serviette du plateau. Puis il lui a essayé les chaussures, une à une. Quand je suis partie, ils se parlaient comme on se parle quand on s'aime... et Vieux-Persan-Gris lappait le chocolat.

– Et quoi d'autre ?

– La vieille dame, la pas gentille, a ronchonné parce que sa tasse n'avait pas été chauffée. L'autre, la douce, était déjà à sa fenêtre et m'a demandé comment nos palais tenaient sur l'eau. Je lui ai répondu ce que vous m'avez expliqué le jour où je riais parce que vous aviez dit que vous étiez « un vieux pilotis, vous aussi ». Vous vous en souvenez, Excellence ? Je lui ai donc précisé que tout tient sur des centaines de milliers de troncs d'arbres enfoncés profond, profond dans la lagune. Elle a réfléchi et m'a dit :

– Et quand le bois sera pourri ?

– Ah ! Signora, ce sera la fin du monde.

– Tu n'as rien appris d'autre ?

– Si. Mais je n'ose pas vous le dire, c'est de l'amour, encore.

– Raison de plus !

– Voilà. C'est Alonzo qui a annoncé, comme il aurait dit, tenez, justement, que Venise était engloutie, que le monsieur banquier français n'avait pas couché dans son lit. Il ne l'a pas révélé aux autres, vous savez qu'il interdit les commérages à l'office, mais à Giuseppe. Mais vous avez aussi que, Giuseppe et moi, on est communicants, comme les canaux. Donc Giuseppe m'a dit d'aller voir un peu ce qui se passait. Mais je n'avais rien besoin d'aller voir. C'est moi qui ai fait les couvertures hier au soir, et le monsieur français était dans la chambre de cette belle dame brune qui a l'air un peu triste, ou plutôt avait l'air, parce que ça m'a paru fini. Ils se parlaient, tendrement. Très tendrement... Alors, tout à l'heure, j'ai laissé le plateau du monsieur et j'ai pris celui de la dame, mais – et dites-moi, Excellence, pourquoi j'ai fait ça ? – j'y ai ajouté une deuxième tasse. Et c'était ce qu'il fallait ! Ils étaient dans le même lit. Je l'avais deviné.

« Ils mont remerciée de tout – le monsieur parle très bien italien, la dame pas trop mal –, du café, des toasts, de la rose. Et ils m'ont dit, à moi, Zolfina : " Merci aussi d'être si jolie ", et que c'était un plaisir de me voir arriver pour annoncer une belle journée. Je sais bien, Excellence, que c'était parce qu'ils devaient être très heureux qu'ils étaient si gentils, mais ça m'est allé au cœur quand même. Une dernière chose, on attend un autre monsieur français, pour le dîner, avant le bal. Il paraît qu'il apporte quelques papiers dont on avait absolument besoin ici.

Valerio, montant quatre à quatre l'escalier, arriva comme une bombe chez Livio. Il était bouleversé.

– Je viens d'apprendre, par ma mère, cette affaire d'héritage...

– Cela ne te concerne pas vraiment. Tu n'hérites pas. Émile ne t'avait pas adopté ?

– Non. Mon père est toujours en vie et, fort heureusement, en bonne santé, mais cette affaire me concerne plus que vous ne le croyez. Écoutez-moi bien : une inconnue vient de me demander de lui créer des souliers de bal. Je refuse. Je lui demande son nom et j'apprends qu'elle est la nièce de celui qui fut mon beau-père et à qui je dois d'avoir connu et aimé mon métier. Je change alors d'attitude et, en souvenir d'Émile, j'accepte de faire ce que veut cette jeune fille. Là-dessus, miracle, je m'aperçois que je suis amoureux ! Amoureux fou, tout à coup... J'apprends par Albane qu'elle vient ici, invitée à ces fêtes où je n'avais absolument pas l'intention d'aller, et me voilà dans le train, sans même y avoir réfléchi. J'arrive. Je lui dit que je l'aime.

– Pour le moment, tout va bien.

– Jusqu'à ce que ma mère me déclare, il y a dix minutes : « Bravo ! Il était temps que tu viennes nous aider. Fais la cour à cette jeune fille, et nous aurons un allié dans la place qui nous récupérera peut-être quelque chose. »

– Albane sait-elle qui tu es ?

– Pas encore.

– Eh bien, avoue tout. Et même ce que t'a dit ta mère. La vérité est souvent plus payante qu'on ne le pense.

– Et si elle ne me croit pas ?

– Tu aviseras.

– Vous dites ça tranquillement, vous ! Je voudrais vous voir à ma place.

– Moi aussi. Ça me donnerait ton âge.

– Savez-vous ce qu'a ajouté ma mère : « Si tu es tenté de l'épouser, tu as ma bénédiction, cette petite a désormais une bonne part des actions de la Farell-Shoes en dot... » Vous imaginez de quoi je vais avoir l'air, aux yeux d'Albane ? D'un coureur d'actions.

– Suis mon conseil, dis-lui tout.

Sandra était montée encore une fois chez Livio. (Quatre ascensions aujourd'hui ; elle pourrait, en récompense, s'offrir un chocolat.)

Elle voulait de lui une faveur :

– *Carissimo*, par exception, par unique exception, descendez jusqu'aux marches du palais pour accueillir mes hôtes. Ce sont les plus célèbres bottiers du monde, des seigneurs aussi nobles que ceux que vous receviez jadis. Plus grands même, parce qu'ils n'ont pas trouvé de couronnes héréditaires dans leurs berceaux, ils les ont acquises par leur valeur, leur talent, leur génie. Elles sont donc plus dignes encore de révérences que les autres. Livio, faites-moi cette grâce, descendez leur souhaiter la bienvenue chez vous.

– Ma chère amie, si je faisais ce que vous me demandez, que penserait-on dans notre cité si médisante ? Me voyez-vous recevant chez vous – car vous êtes ici chez vous en ce moment – champagne, caviar et petits-fours à vos frais ? On penserait... hé ! on penserait des choses aussi... malsaines que l'eau du Grand Canal. Allez, allez, vous serez superbe accueillant vos hôtes, à leur arrivée en gondole, imposante de noblesse américaine. Non ? Cela ne vous plaît pas ? Alors je vous sacre Princesse de Venise, un beau titre qui n'a jamais servi pour la raison qu'il n'y a jamais eu de prince vénitien. Napoléon voulait l'inventer pour sa fille, s'il ne lui était pas né un roi de Rome... prenez-le..., je vous le donne. Mais ne me demandez pas de descendre mes cent vingt marches et, surtout, de les remonter.

Dieudonné arriva alors que l'on allait passer à table, pour un dîner léger avant le bal.

Sandra eut un haut-le-corps en voyant que l'ami dont lui avait parlé Bathilde, et qui leur rendait le service d'apporter le fameux cahier, était un Noir. On ne lui aurait rien épargné !

Adélaïde n'était pas descendue. Elle se reposait et ne dînerait pas, afin d'être plus dispose pour la soirée. En revanche, elle ferait honneur au souper. On lui servit néanmoins, dans son appartement, une tasse de consommé et une aile de poulet. Qu'elle accepta.

Calixte Jr avait passé la journée à lire le roman dont on s'entretenait en ce moment partout, avec enthousiasme, et il en parlait. Les critiques étaient dithyrambiques aussi bien en Amérique qu'en Europe. L'auteur l'avait écrit en langue anglaise, française, grecque et italienne à la fois. Ce qui avait permis quatre parutions simultanées. Il s'agissait d'une histoire mythologique, traitée en roman policier. Ulysse, de retour chez lui après son long voyage, retrouvait Pénélope. Mais, contrairement au récit d'Homère, ce n'était pas lui qui tuait les prétendants à la main de sa femme, grâce à un concours de tir à l'arc. Qui alors ?... On ne savait... pendant deux cents pages. Ces princes mouraient les uns après les autres, mystérieusement, dans des conditions toujours différentes, imprévisibles et stupéfiantes. Hommes et dieux s'affrontaient et ce n'était pas toujours ces derniers qui gagnaient. Le climat inhabituel à ce genre de roman, c'était son déroulement dans un monde de divinités où un arbre était un personnage aussi important qu'un homme et une colombe tantôt un oiseau, tantôt une belle jeune femme.

Rupert, qui ne voulait jamais qu'on lui ravisse la première place, concluait doctement :

– Les poètes antiques choisissaient déjà, parmi les différentes versions d'un mythe, celle qu'ils préféraient. L'auteur, ici, y ajoute la sienne, selon sa philosophie et ses conceptions de la vie. Je pense que ce sera le thème de sa conférence à Harvard où il nous est annoncé. C'est, paraît-il, un brillant docteur ès lettres.

– Il faudra que je lise ce livre, dit Sandra. Toutes mes amies l'ont lu... J'ai oublié son titre...

– *La Sandale de Nausicaa.*

– Et le nom de l'auteur ?

Avant que les jeunes Farell aient pu répondre, Louis-Bertrand, se tournant vers Dieudonné, lui demandait :

– Je peux le dire ? Tu sais, de tout façon cela se saura...

Ce fut Dieudonné qui avoua :

– C'est moi, madame, sous un pseudonyme.

Calixte Jr, à la fois stupéfait et ravi, en jeta sa serviette en l'air et lança un retentissant hurrah !

Pleins de respectueuse considération, les deux avocats, à leur tour, s'extasièrent, en demandant s'il était vrai que le grand cinéaste Cecil B. De Mille, avait déjà acheté les droits pour en faire une superproduction.

– C'est ce que mon éditeur américain m'a confirmé, fit modestement Dieudonné.

– Dieudonné, s'écria Hervine, tu nous imposes au réalisateur pour créer les coiffures de Pénélope et de toutes les dames grecques, jure-le-moi !

– Je te le jure.

– Qu'est-ce qui vous a donné l'idée de faire un roman policier mythologique ? demanda Sandra, se voyant déjà dire dans les salons new-yorkais : « Comme me l'a confié l'auteur... »

– Le personnage de Nausicaa, madame, qui est, de toute la mythologie, mon préféré... et aussi le fait que j'ai vécu ma jeunesse dans la chaussure... et enfin, que les semelles des sandales grecques étaient souvent gravées d'un nom, d'une phrase...

– Ah ! ne racontez pas, dit Calixte Jr, la fin est si inattendue, si extraordinaire.

Bathilde n'avait encore rien dit. Elle regardait Dieudonné, à la fois fière et attendrie.

– Si vous le permettez, madame, dit Louis-Bertrand en levant son verre, et en s'adressant à Sandra, nous boirons en l'honneur de notre brillant écrivain franco-américain.

Dieudonné rectifia :

– Non, si vous le permettez aussi, madame, ce verre n'est à lever que pour remercier la famille à laquelle je dois tout. Et il ajouta – sans sourire – et en s'inclinant vers la maîtresse de maison : La vôtre, en fait.

– Je pense qu'il est l'heure d'aller nous préparer pour le bal, dit Sandra, mi-figue mi-raisin, après avoir, d'une inclination de tête, remercié Dieudonné, et en ajoutant à son intention : Vous trouverez manteau, tricorne et masque dans votre appartement. S'il était besoin d'une rectification, sonnez le valet de chambre.

Les avocats – entendant, comme disait irrévérencieusement, Calixte Jr, un sympathique froissement de billets verts dans le sillage de Dieudonné – ne lâchaient pas ce dernier. Il s'excusa auprès d'eux, il devait aller saluer Mme Royer mère.

Dieudonné avait passé sur son habit le grand manteau de soie noire et, tricorne et masque à la main, il gagnait l'appartement d'Adélaïde.

Alonzo l'avait croisé dans la galerie et n'avait pu s'empêcher de dire à l'office : « Cet homme noir, tout vêtu de noir, m'a fait presque peur. » On savait qu'Alonzo n'était pas facilement impressionnable. Et on l'avait écouté lorsqu'il avait ajouté : « J'ai vu beaucoup de grands de ce monde, mais aucun ne m'a jamais donné froid dans le dos comme celui-là. On aurait dit... Ah ! je ne sais pas... c'était peut-être son pas si décidé, et son visage dur, et cette lueur noire dans l'œil... »

Adélaïde était prête pour le bal, dans une robe de soie bleu foncé. La belle masse argentée de ses cheveux simplement serrés en chignon sur la nuque faisait d'elle « une reine douairière de la nuit », lui avait dit Albane.

Elle eut un bref mouvement de surprise à regarder Dieudonné. Quelques années avaient passé entre leur dernière rencontre et ce soir. Hé ! il en imposait, le gaillard !

Elle l'apostropha, dès son entrée :

– Il paraît que tu es célèbre maintenant ? Hervine et Chloé braillent ça à tous les coins de ce palais. Entre nous, comment trouves-tu cet endroit ?

– Fort beau.

– Peuh ! Vanité !

– J'ai rapporté la valise demandée. Ou, plus exactement, ce qui se trouvait dedans.

– Tu t'es permis d'ouvrir ?

– Je voulais lire, avant elle, ce que vous vouliez faire découvrir à Mme Derivault.

Adélaïde, furieuse, souffla :

– De quel droit ?

– Un vieux droit que j'ai acquis, un certain jour, dans la chambre mortuaire de votre fils Alexandre. Il y avait là votre mari. Vous êtes entrée et lui avez lancé une vérité qui l'a tué. Je vous ai vue tuer Calixte Royer avec des mots comme avec un couteau. Vous lui avez transpercé le cœur.

Livide, Adélaïde regardait Dieudonné, dressé devant elle de toute sa hauteur, comme s'il eût été une apparition maléfique.

– Je n'ai jamais rien dit. À personne. Non pour vous ménager, mais pour ne pas horrifier votre famille.

– Qui t'aurait cru ? Sale petit espion que tu étais...

– Peu importe, puisque je ne l'ai pas fait. Mais je viens vous dire, ce soir, que je vous empêcherai de tuer Mme Derivault.

– Tu es complètement fou !

– Non. Et vous le savez bien. J'ai lu le cahier de Calixte Royer. J'ai compris comment vous comptiez atteindre votre sœur. Dois-je vous citer les passages mortels pour elle ?

Elle s'était reprise. Bien que très pâle encore, elle avait, une fois de plus, relevé sa belle tête blanche.

– Je serais curieuse de t'entendre.

Dieudonné sortit d'une poche de son habit quelques feuilles, et lut :

15 mai : Le jeune Numa est amoureux de Donatienne. Amoureux fort jaloux. Il a compris que je l'aime aussi. Il m'a suivi, ce soir, alors que j'allais jusqu'à sa boutique dans l'espoir de l'apercevoir. Il a hésité un long moment, puis m'a abordé avec une rage enfantine, mais des yeux désespérés, et m'a prié de la laisser en paix. J'ai tenté de le calmer, sans y parvenir. Je suis inquiet pour elle. Pourvu qu'elle ne se soit pas aperçue de cette folle passion et n'en souffre pas.

10 juin : Numa est venu à l'usine me rapporter une paire de chaussures que j'avais déposée, pour Donatienne, chez le portier de la chapellerie. Il était pâle et furieux. « Cessez de la torturer, vous n'avez pas le droit de la troubler. Je ne veux plus la voir pleurer à cause de vous. Je vous tuerai si vous continuez », m'a-t-il lancé avec rage.

4 juillet : En trois semaines, le jeune Numa a rencontré une jeune fille et s'est marié. Mais les regards qu'il me lance, lorsque je le croise en ville, sont toujours aussi féroces. Je plains la pauvre femme qui est la sienne et qu'il n'a épousée, c'est évident, que pour tenter d'oublier Donatienne.

Et ce dernier passage, l'année suivante :

Effroyable mort de Numa et de sa femme. Dieu fasse que Donatienne ne sache jamais que, si ce garçon ne l'avait pas tant aimée, il serait sans doute encore en vie.

– Cela vous suffit-il ? demanda Dieudonné.

– Démon !

Dieudonné, avant de s'éloigner, mit son tricorne et son masque.

Comme une hallucinée, Adélaïde le regardait, si grand, si noir, elle dit encore :

– Démon !

Il y avait un problème, Donatienne voulait absolument que les chaussures faites pour elle par Calixte fassent partie du défilé. On avait soumis ce désir à Livio qui avait défini, avec Sandra, l'ordre de présentation des collections.

Ils décidèrent que, tout à la fin, hors programme, on annoncerait une petite rétrospective, en quelque sorte familiale, qui ne pourrait que rejaillir favorablement sur la Farell-Shoes. On dirait : « À l'origine, avant le grand déploiement des couleurs américaines, il y avait l'art de l'aïeul français. »

Sachant quc ccla plairait à son vieil ami, Sandra avait fait monter les mannequins chez lui pour qu'il choisisse celui qui présenterait les trésors de Donatienne.

Mais aucune de ces immenses filles, venues de Suède, du Danemark ou d'Angleterre, ne parvint à introduire son grand pied dans un si petit soulier.

On se désespérait, quand Zolfina – toujours là où était l'action – murmura à l'oreille de Livio :

– Excellence, j'ai essayé les chaussures de toutes les invitées, dans toutes les chambres, et celles-là aussi, ces anciennes, qui me vont comme me vont celles de Mrs. Farell. Donc elles lui iront, à l'Américaine, elle a un tout petit pied, très joli, j'ose dire pareil au mien et à celui de la gentille vieille dame.

– Va me chercher Mrs. Farell, Zolfina.

Pour la cinquième fois, Sandra gravit les cent vingt marches.

– Ma chère, essayez, à votre tour.

C'était parfait !

– Mais on les dirait faites pour moi, murmura Sandra.

« Zolfina sait tout », dit Livio. Personne ne comprit ce qu'il racontait, faute d'avoir entendu ce que lui avait dit la jeune servante à l'oreille. Mais cela n'avait pas d'importance.

En revanche, on l'écouta avec intérêt quand il dit :

– C'était écrit. Il devait y avoir, un jour, une grande dame américaine, qui ne serait autre que la petite-fille d'au-delà de l'Atlantique de Calixte Royer, pour montrer au monde entier son talent.

Chose curieuse, c'était Sandra qui avait deux larmes dans ses yeux, subitement devenus tendres et beaux, et Donatienne qui souriait.

Le palais vivait l'épanouissement de sa splendeur. Marbres et ors, stucs et peintures, fresques et statues, tout s'échauffait, s'animait. Zolfina disait : « La casa Darelli est dans le contentement. »

Puis les bruits s'amplifièrent. Les gondoles arrivaient à quai dans les lueurs roses du soir.

Maintenant ils étaient là, les plus grands bottiers du monde. De Perugia à Roger Vivier, en passant par Salvatore Ferragamo, cohorte entière des créateurs géniaux de la chaussure. Tous portaient le long manteau de soie noire à la Longhi sur leur habit.

Dans l'écrasant décor du portego de l'étage noble, les robes des femmes, éclatantes toilettes de bal, s'épanouissaient aux lumières des lustres à branches des verreries de Murano, sur fond d'allégories de Giambattista Tiepolo.

Mais, avant le bal, il y avait le défilé.

Un podium avait été dressé au centre du salon. Les invités étaient assis tout autour.

La place réservée à Adélaïde n'était pas occupée. Mme Calixte Royer avait fait prévenir par Alonzo qu'elle descendrait plus tard.

Livio avait dit : « Pour ne voir que les chaussures, il faut que l'œil ne soit distrait par rien d'autre. Ni par la beauté des mannequins, ni par celle de leurs robes. »

Ainsi, pour la première fois dans leur carrière, douze belles filles, parmi les plus belles, dissimulaient leurs charmes et leurs parfaites mensurations sous le grand manteau vénitien de soie noire, couvraient leurs jolies têtes de tricornes et cachaient leurs visages derrière des masques.

Sandra aurait voulu de la musique ancienne du XVIe siècle. Livio avait conseillé Mozart, et seulement Mozart.

Le défilé commença.

Les apparitions noires relevaient, d'une main gantée de noir aussi, le bas de leur manteau et on ne voyait alors que les fins souliers de toutes les couleurs de l'arc-en-ciel.

C'était là, uniquement, des chaussures du soir, faites dans les plus précieux matériaux et garnies de broderies de perles ou de pierreries. Il semblait que cette marche, ou cette danse, fût l'évocation des trésors vénitiens de jadis, du temps de la splendeur de la Sérénissime République.

Les applaudissements couvraient la musique.

Quand ce fut le tour de Sandra d'avancer sur le podium, elle le fit, elle, à visage découvert.

Les souliers de Calixte, qui étaient aussi son amour pour Donatienne, éblouirent.

L'ovation fut immense. Bathilde, Hervine, Chloé et Albane pleuraient.

Bathilde en tenant la main de Louis-Bertrand, Albane celle de Valerio, et Hervine et Chloé celles de Lester et de Reginald Gaskill.

Où était Dieudonné ? On le supposa parti.

Donatienne, elle, continuait à sourire. Elle souriait à Calixte. Puis elle se leva, avant tous les autres, et gagna la porte.

– Suis-la, murmura Bathilde à Louis-Bertrand.

Comme son fils lui demandait ce qu'elle allait faire, elle dit :

– Je voudrais une gondole.

– Pour aller où ?

– Pour y lire le cahier de Calixte sur le Grand Canal.

– Mais vous n'y verrez pas assez clair.

À cet instant, Zolfina apparut.

– Si. La signora n'a qu'à prendre une lampe électrique. Voilà la mienne.

Donatienne monta dans la gondole et partit vers les splendeurs de Venise et de son amour.

– Excellence, la gentille vieille dame s'en est allée en gondole pour lire son cahier.

– *Diavolo !* J'aurais dû y penser. C'était, en effet, la plus belle chose à faire. Tu sais, petite, cette femme-là est celle qui m'aura étonné le plus. Dieu sait pourtant que j'en ai connu... Qui la conduit ?

– Maurizio.

– S'il lui fait faire le grand tour, elle ne reviendra pas avant une bonne heure. Viens me chercher dans un moment, tu m'aideras à descendre.

– Et si Giuseppe vous voit ?

– Arrange-toi pour qu'il ne me voie pas... Tu sais ce que je veux faire ?

– Vous voulez aller lui tendre la main quand elle mettra le pied à quai.

– Comment fais-tu pour deviner ?

– J'aime l'amour. Je sais que la vieille dame est partie lire un livre d'amour... Alors, vous qui aimez l'amour autant que moi, vous allez l'honorer comme vous honoriez les rois et les reines qui venaient chez vous, autrefois.

Zolfina s'éloignait. Livio lui demanda :

– Où t'en vas-tu encore ?

– M'occuper de Vieux-Persan-Gris. Vous savez comme il est, si fier. Il ne veut jamais descendre aux cuisines pour son lait. Il faut que je le lui apporte. Il a son air de dire : « Je ne suis pas un mendiant, je ne vais pas aller miauler pour être nourri. » Et il faudra aussi que je monte le coucher au pied de mon lit, parce qu'il a passé l'âge des nuits dans le jardin, mauvaises pour les rhumatismes. Je le mettrai sous ma couverture, il fera celui qui souffre, par amitié pour moi, d'être sur la couche d'une servante. Il prendra l'air dédaigneux que vous savez, mais il sera bien content.

– Ne m'oublie pas, avec ton chat. Je t'attends.

Livio s'avança jusqu'à la gondole et tendit sa main à Donatienne.

Elle était rose comme une fleur, et le bleu de ses yeux avait vingt ans.

Il lui dit :

– « Le Grand Canal ne vous a pas semblé trop étroit, pour le souffle de votre âme ? » comme disait le poète. Et, j'ajouterai, pour la puissance de votre amour ?

Comme elle ne répondait qu'en souriant, il demanda :

– Vous êtes heureuse ?

Elle fit oui de la tête. Il n'insista pas. Zolfina arrivait.

– Ma fille, lui dit-il, il nous faut deux petits coussins.

– Des petits coussins comment ?

– Pour notre ascension.

– Ah ! pour vous asseoir de temps en temps dans l'escalier. Il y a ce qu'il faut chez Mrs. Farell sur son lit, elle en a au moins douze. Ils ont même des écritures brodées dessus, je vous en apporte.

Elle revint, peu après, avec deux de ces *pillows* que les Américaines s'offrent à tout propos. Livio en traduisit les inscriptions à Donatienne :

« *Pas ce soir* » et « *J'aime mieux ça le matin* ».

– Oh ! là, dit-il, ce n'est plus de notre âge, ça, ma chère. Maintenant, regardez mon escalier. Est-il beau ? Quelle grandeur, quelle solennité en lui ! Je me dis souvent que mes aïeux ont mis toute leur noblesse et tout leur goût dans cette double révolution et la grâce de cette rampe. Hélas, le seul ennui d'un tel chef-d'œuvre, c'est qu'il faut le gravir. Vous n'avez pas la goutte, vous ? Non. Alors, en avant. Nous ferons des haltes-conversations. Et vous allez voir, dès qu'on nous verra assis là, on viendra faire salon avec nous sur nos marches... Nous n'allons pas parler en montant, pour épargner notre souffle. Quel coussin voulez-vous : *« Pas ce soir »* ou *« J'aime mieux ça le matin »* ? Oh ! je vous ai fait rougir... Vous avez l'âme ingénue... et magnifique. Nous nous serions rencontrés il y a seulement une cinquantaine d'années, je vous aurais adorée.

À la première station, il lui demanda :

– A-t-il dit aussi bien que vous l'espériez qu'il vous aimait ? Vous n'êtes pas déçue ?

– Je suis heureuse.

À leur troisième station, ils virent arriver Albane, essoufflée, ravie.

– J'ai raconté à Valerio ma ville, ses tanneurs et ses fabricants de souliers. Je lui ai décrit le Cygne-Fontaine, et Jacquemart... Je lui ai dit aussi que Calixte Royer et fils avait besoin de lui, de son talent. Et qu'il pourrait continuer à faire les chaussures de ses clientes, tout en travaillant avec nous. Et il a dit « oui » !

À la quatrième station, Hervine et Chloé vinrent annoncer qu'elles étaient invitées à New York par Lester et Reginald Gaskill. Elles frétillaient.

Comme Giuseppe passait par hasard, Livio lui demanda du champagne.

– Excellence !

– Pour Mme Derivault.

Ils ne l'eurent qu'en arrivant au bout de leurs cent vingt marches, leur champagne.

– Enfin, nous allons être un peu tranquilles ici.

Ils ne le furent pas. Zolfina les rejoignit, bouleversée.

– La vieille dame... la pas gentille, elle ne bouge plus.

L'un des trente-huit petits-cousins Darelli était médecin. Il vint.

– De quoi est-elle morte ? lui demanda Livio.

– La faculté te répond : de vieillesse, de l'arrêt d'un cœur épuisé. Mais le cousin peut se permettre d'ajouter une suggestion : cette femme serait morte de fureur que ça ne m'étonnerait pas. Elle a un visage qui en porte les traces.

– Tu as vu dans quelle chambre elle était ?

– *Diavolo !* Dans celle de notre aïeul, le cardinal *papabile* qui a trépassé de grande contrariété, lui aussi, parce qu'il n'avait pas été élu pape !

– *È la fatalità !... È il destino !*

Dans la salle du bal, qui se serait douté qu'une vieille dame venait de mourir, seule dans sa chambre, pendant que tous dansaient ?

Zolfina regardait. Aurait voulu regarder toujours. Reverrait-elle jamais aussi beau spectacle ? Mais il lui fallait, elle le savait, se rendre auprès de la morte dont personne ne s'occupait, puisque personne ne savait le malheur. Son Excellence avait dit : « Attendons. Un grand bal ne doit pas être troublé. »

Et Zolfina restait encore, dissimulée dans l'encoignure d'une porte, bien cachée. C'étaient surtout les invitées de Mrs. Farell, qu'elle voulait voir. À tant regarder leurs robes dans leurs penderies, à essayer leurs chaussures, elle se sentait, un peu, leur amie. Sa préférée, Mlle Albane, dansait sans s'arrêter jamais, et toujours avec le même monsieur, celui du jardin, que Son Excellence appelait Valerio. Quelle splendide toilette elle avait ! Quand elle tournoyait, on voyait la grappe de roses de sa ceinture qui ressemblait à celle de la peinture du plafond, avec laquelle jouaient deux *putti*. On aurait cru que les fleurs étaient tombées de là-haut sur elle, envoyées par les petits anges pour lui dire : « Vous êtes la plus belle... » Celle qui s'appelait Bathilde était belle aussi. Mais autrement. Elle était éblouie comme si elle se disait : « Est-ce vrai ? Suis-je bien dans les bras de l'homme que j'aime ? » Du moins était-ce ce que Zolfina croyait lire sur son visage... Deux qui ne devaient pas se poser de questions, c'étaient les sœurs rousses qui dansaient avec les avocats américains. Elles riaient, celles-là, comme les femmes d'ici, les soirs de Carnaval, celles qui se disaient que la fête ne durerait pas toujours et qu'il faut en profiter tant que les lampions sont allumés... avant de s'en aller reposer à jamais au cimetière de San Michele.

Ce fut cette dernière réflexion qui rappela Zolfina à ses devoirs. Elle s'apprêtait à gagner la chambre de la « pauvre dame », quand Giuseppe la pria de monter, Son Excellence la demandait.

Elle gravit le grand escalier en écoutant la musique qui décroissait. Elle se disait que le signor Darelli ne l'entendait pas là-haut et que c'était triste, parce qu'il devait l'aimer. Ce qui la conduisit à penser que Vieux-Persan-Gris aimait, lui, le chant des oiseaux. C'était pour ça qu'il était toujours dans le jardin du palais, alors qu'il ne pouvait plus chasser, même s'il voulait le faire croire... Il allait mourir, lui aussi, bientôt, Vieux-Persan-Gris. Et Son Excellence était bien vieille, autant que la Française...

– Petite, dit Livio, viens ici... Mais tu pleures ?

– Pauvre dame, elle est morte toute seule, pendant que les autres dansaient.

– Tu me disais qu'elle n'était pas gentille, que tu ne l'aimais pas.

– Oh ! elle avait toujours cette idée de réclamer une tasse bien chaude pour son café. Qui sait, peut-être cela avait de l'importance pour elle. Et elle ne devait pas savoir que le café bouillant, il n'y a que ceux de la cuisine qui l'ont. Aux maîtres, excusez-moi, Excellence, il arrive toujours tiède. Plus ils sont riches, plus les cuisines sont loin de leurs chambres... Pour en revenir à celle qu'ils appelaient Mme Adélaïde, elle devait être comme Vieux-Persan-Gris, qui n'aime pas qu'on l'aime. Qui prend son air de dire : « Ça va durer encore longtemps, ces caresses que tu me fais ? », et qui ne sait pas qu'il adore ça, le pauvre. Des fois, je lui dis : « Laisse-toi aimer, prince des idiots », mais il ne me comprend pas. Peut-être qu'il n'a jamais su aimer. Et elle, qui dit qu'elle n'était pas tout pareil ?

– Cesse de pleurer et viens ici. Assieds-toi.

– Oh non, Excellence !

– Je te dis de t'asseoir. Je veux que tu m'expliques pourquoi, hier, lorsque nous cherchions à qui pourraient aller les chaussures anciennes de Mme Derivault, tu as dit que Mrs. Farell avait la même pointure que la tienne et que les jolis petits souliers lui iraient, puisqu'ils t'allaient, à toi. Pourquoi n'as-tu pas dit, simplement : « Ils me vont » ? Et l'on t'aurait alors demandé de les présenter. Tu n'aurais pas aimé ça ?

– C'est la vérité que vous voulez, Excellence ?

– La vérité.

– La vérité, c'est que les contes de fées, ça n'existe pas dans la vie, ou alors ce ne sont plus des contes. Mais si vous voulez la vérité encore plus vraie, j'y ai pensé, un tout petit peu, à dire : « Moi, je peux les mettre, ces si jolis souliers. » Mais j'ai pensé aussi à ce que diraient les gens : « Oh ! ce serait amusant que cette pauvre servante, pour un soir, devienne une sorte de petite princesse ! » Mais le lendemain, je serais redevenue servante. Regardez Vieux-Persan-Gris, il me fait l'honneur de coucher, la nuit, au pied de mon lit de domestique, mais, dès la pointe du jour arrivée, il s'en retourne ou dans la bibliothèque ou dans le jardin du palais, à sa vraie place. *È il destino*, et le mien est ici. C'est vrai, j'ai pensé à tout ça. Et puis aussi à autre chose, à la joie de Mrs. Farell d'avoir le pied petit et d'être la grande reine de la soirée... Et puis encore...

– Quoi donc ?

– Si, des fois, de montrer ces jolis souliers ça avait changé ma vie, et si de là, qui sait, j'avais eu des propositions pour une autre situation, il aurait fallu que je parte, que je vous quitte, Excellence, et alors qui vous aurait fait la *gazzettina* d'en bas ? Giuseppe ne sait ni voir ni entendre, vous n'auriez plus rien su et vous vous seriez ennuyé, non ?

– Sûrement. À ce propos, je ne les ai pas eues, mes dernières nouvelles. Tu ne m'as pas dit ce qu'était devenu le Français noir ? Celui qui a apporté le cahier pour Mme Derivault.

– C'est drôle que vous me demandiez ça, parce que, justement, je pensais à lui, et je me disais que les gens, personne ne les voit de la même façon. Celui-là, Alonzo dit qu'il lui a fait peur. Il l'a rencontré dans la galerie, tout habillé de noir, et – vous savez comme il est poltron, malgré ses grands airs – il a raconté qu'il croyait avoir rencontré la Mort. Moi, ce n'est pas ça du tout. Au contraire de me faire peur, ce monsieur noir me fait de la peine.

– Et pourquoi ? Il est déjà célèbre, et il va être riche.

– Ça n'empêche pas qu'il est malheureux. Je le sais parce que j'ai vu la photo dans sa chambre. Celle de la jeune dame qui s'appelle Bathilde. J'ai apporté son thé au monsieur noir, pendant qu'il prenait son bain. J'étais seule dans la pièce, et j'ai vu le portrait sur sa table de nuit. Il doit le mettre là tous les soirs, le pauvre... Et pendant ce temps, elle, elle aime l'autre monsieur français, comme vous savez. C'est triste, parfois, l'amour. Mais c'est beau quand même... Maintenant, il faut que j'aille auprès de la morte jusqu'à ce que ses petites-filles en aient assez de danser, alors on leur dira le malheur et elles prendront ma place.

Lorsque Zolfina entra dans la chambre, elle fut surprise d'y trouver celle qu'elle appelait « la gentille vieille dame ». Fallait-il la laisser seule, et s'en aller ?

Zolfina était partagée entre l'envie de retourner au bal et celle d'aider, ici. Mais il lui sembla que la dame des jolis souliers anciens avait l'air de se trouver bien, là, près de sa sœur morte. Elles se parlaient peut-être, qui sait !

Zolfina prêta l'oreille. Elle entendit :

– *Et moi aussi !*

Ce qui ne lui dit rien.

Elle ne pouvait pas savoir que celle qui venait de dire : « *Et moi aussi* », était une petite fille qui répondait à une autre petite fille perchée dans un arbre, et qui venait d'annoncer :

« *Quand je serai grande et riche, j'irai à tous les bals de la terre.* »

REMERCIEMENTS

M. Philippe Chatain, président du Syndicat de la chaussure et Mlle Marie-Josèphe Bossan, conservateur du Musée de la chaussure à Romans, m'ont très chaleureusement accueillie et aidée de leur savoir.

Mme Dubrana et ses collaboratrices m'ont fort aimablement photocopié les ouvrages qui m'étaient indispensables.

La Drôme des Collines de Charles et Françoise Gardelle, remarquable guide, fut le point de départ de mes recherches.

Grâce à l'historienne Jeanne Deval qui sait tout de sa ville, j'ai eu de précieux et précis renseignements puisés dans *Romans de 1900 à 1939* et dans les *Années noires.*

Quant à l'histoire de la chaussure, parmi le grand nombre d'ouvrages consultés, tous aussi documentés et passionnants les uns que les autres, quelques-uns furent mes compagnons constants pendant mes deux années de travail : *La Chaussure* de Michel Juignet, *La Saga du pied* de Paul et Jacqueline Galmiche, la revue de l'Institut calcéologique dont le président est le Romanais Jean-Paul Roux, directeur de recherche au CNRS et professeur à l'École du Louvre.

Pour les chapeaux, le musée de Chazelles-sur-Lyon – dont le conservateur est Mme Éliane Bolonier – et sa remarquable documentation m'ont été fort précieux.

TABLE

Cet ouvrage a été réalisé par la
SOCIÉTÉ NOUVELLE FIRMIN-DIDOT
Mesnil-sur-l'Estrée
pour le compte des Éditions Robert Laffont
24, avenue Marceau, 75008 Paris
en mai 1998

Imprimé en France
Dépôt légal : mai 1998
N° d'édition : 38927 – N° d'impression : 42466